'제망아가'의 사도들

**시작비평선 0015** 나민애 평론집 '제망아가'의 사도들

**1판 1쇄 펴낸날** 2017년 2월 27일
**지은이** 나민애
**펴낸이** 이재무
**책임편집** 김연필
**디자인** 이영은
**펴낸곳** (주)천년의시작
**등록번호** 제301-2012-033호
**등록일자** 2006년 1월 10일
**주소** 04618 서울시 중구 동호로27길 30, 413호(묵정동, 대학문화원)
**전화** 02-723-8668
**팩스** 02-723-8630
**홈페이지** www.poempoem.com
**이메일** poemsijak@hanmail.net

ISBN 978-89-6021-316-6 04810
     978-89-6021-122-3 04810(세트)

**값** 24,000원

# '제망아가'의 사도들

### 나민애 평론집

천년의
시 작

## '제망아가祭亡雅歌', 혹은 '제망祭亡-아가'를 위하여

등단한 지 10년 만에 첫 평론집을 묶는다.

그간 쓴 평론을 헤아리면 170편이 조금 넘는다. 원고가 많아져도 평론집을 내는 것은 주저되는 일이었다. 그 각각의 원고는 정말 최선이었는지, 그때의 생각을 지금도 여전히 같다고 말할 수 있는지. 평론집을 엮기 위해서는 170번이 조금 넘는 수만큼 자문해야 했다. 물론 소중하지 않은 글은 없다. 그렇지만 애써 주머니에 모은 구슬을 하나씩 걸러내는 마음으로 여러 편의 글을 내려놓고 또 내려놓았다. 그 결과 34편의 글을 골라 첫 평론집을 꾸리게 되었다.

이 평론집은 크게 3부로 구성되어 있다. 1부에서는 한국시가 사랑하는 13명의 여성 시인들을 다룬다. 여기에는 원로 시인부터 신진 시인까지 고루 배치되어 있는데 한 명 한 명 저마다의 아름답고 개성적인 세계를 지닌 시인들이다. 홀로도 빛나지만 한 지면에서 같이 볼 때 그들은 저마다의 특성을 더욱 강조할 수 있다. 아직은 미진하지만 1부의 스타일을 보다 확충하여 여성 시인들의 현대시사를 꾸려보는 것이 다음의 계획이다.

2부는 문예지의 특집 원고로 실렸던 평론들이 중심이다. '세월호' 사태에 대한 문학적 고민, 시대의 비극에 대처하는 문학의 비극성에 대한 글, 대중문화라는 인식론적 장의 변화와 시의 변모, 이미지와 전통의 문제 등에 대한 글들이 여기 수록되어 있다. 이어 3부에서는 최하림, 오세영, 이재무, 박형준 등 남성 시인들의 작품론을 따로 모아 1부의 구성과 대구를 이루고자 했다.

평론집의 제목을 '제망아가의 사도들'이라고 붙였는데 제목의 일부는 2부의 글에서 가져왔다. 애초 시가 얼마나 아름다운 '아가雅歌'였는지, 그 노래를 기리고 기억하는 사람들은 시를 쓰거나 공부한다. 그리고 모두가 알고 있다시피, 그 아름다움을 기억하는 일은 점차 줄어들고 있다. 그래서 평론집을 '제망아가祭亡雅歌'라고 붙였다. 사라져가는 '아가雅歌'를 애도하는 끝자리에서 새로운 '아가雅歌'가 탄생하기를 바라는 의미가 여기에 들어 있다.

더불어 '제망아가'는 '제망祭亡-아가'라는 의미 역시 담고 있다. 우리가 이 시대에서 지키지 못한, 어린 아가처럼 순수하고 소중한 존재들이 너무나 많다. 시는 그 상실과 존재들을 최후로 기억하는 장르가 될 것이다. 잃은 사람은 통곡할 것이며, 읽은 사람 역시 통곡할 것이다. 안타깝지만 '제망祭亡-아가'로서의 역할은 이 시대 시가 담당할 소임 중 하나이다.

2007년에 등단할 때 세 가지 약속을 했다. 하나는 등단 소감에서, '열심히 읽겠다'고 약속했다. 두 번째는 나의 선생님과, '아첨하지 않겠다'고 약속했다. 세 번째는 시인 아버지와, '섬기면서 보겠다'고 약속했다. 십 년 동안 이 세 가지 약속을 잊지 않도록 노력했다.

평론집을 내주신 천년의시작 편집실과 이재무 선생님께 감사드린다. 평론가의 소임을 가르쳐주신 오세영 선생님, 권영민 선생님께 감사드린다. 평론가가 존재하는 것은 작품이 있기 때문이다. 이 평론집에 수록된 시인들과 지금도 시를 쓰고 있는 모든 시인들께 감사드린다.

2017년 정월
나민애

서 문　　　… 4


**제1부** 여성시학의 갈래화를 위하여

무성성無性性의 사랑과 병증病症의 치유법—김남조론　　　… 10

'종교적 카타로스cartharos'의 열매—허영자의 「감」 깊이 읽기　　　… 21

헌신적 기다림의 내면적 변천사—김초혜론　　　… 33

운명애와 증오 사이의 비극적 거리감—신달자의 「등잔」 읽기　　　… 45

'누이'의 서정에서 '세한도'의 길로—유안진론　　　… 54

진혼鎭魂, 죽은 자를 위한 마지막 노래—강은교의 「비리데기의 여행노래」에 대하여

　　　… 65

흩어진 심장의 지도를 찾아서—노향림론　　　… 76

'여류'와 '마녀'는 없다—김승희 · 최승자 두 시인과 1980년대의 성취　　　… 89

식물성 고통요苦痛謠의 꽃, 만개—최문자론　　　… 104

'그림자 유령'의 심혼주의—안정옥론　　　… 120

고통스러운 영혼의 방향方向과 방향芳香—박라연론　　　… 134

시인의 '궁달窮達'과 심미적 유배자의 초상—정수자론　　　… 143

천문天文의 마지막 활용법—이은규론　　　… 155

## 제2부  제망아가의 기억

문학이 하는 다른 기억, 은유적 살림의 시—세월호, 기원, 후, 문학 ··· 164

제망아가祭亡雅歌—어린 아가를 위한 슬픈 노래 ··· 181

잡음의 세계에서 '푼크툼'을 건지다—대중문화 키즈 2세대의 詩作 보고서 ··· 192

여윈 신화에 대처하는 우리의 자세 ··· 209

당신 붓에 묻은 피는 언제의 것입니까—서정시와 100년의 내력 ··· 222

죽은 바람의 심폐소생술—공기의 재래종과 변종 사이에서 ··· 234

한국 현대시에 나타난 물의 이미지—물의 원형 이미지와 그 변용을 중심으로 ··· 249

'부음의 시기', 임을 위한 진혼곡鎭魂曲 ··· 270

'너무나 가벼운 나'에서 '한없이 무거운 너'에게로 ··· 280

동아冬兒에게—통곡의 벽을 건너라 ··· 292

참을 수 없는 존재의 '일리야(il y a)' ··· 304

'극서정시' 선언의 진의와 미학적 성과 ··· 317

차례

고요한 비극성의 탄생—최하림론 … 332

죽음은 가라, '고래'가 온다—이건청 시집 「반구대 암각화 앞에서」 … 345

인간 정신의 극단에 대하여 고함高喊—오세영의 「그릇」 다시 읽기 … 356

시로 쓰는 '농사직설農事直說'—윤재철론 … 366

'사람 국수'의 마음학—이재무론 … 381

혼돈混沌, 아직 끝나지 않은 노래—오정국론 … 392

슬픈 것은 '詩꿈—살이'—이승욱론 … 400

빈가조頻伽鳥의 '그림—노래'—박형준론 … 409

낭만과 리얼 사이의 경계감각—여태천론 … 427

발표지 목록 … 438

**제1부**

여성시학의 갈래화를 위하여

# 무성성無性性의 사랑과 병증病症의 치유법

—김남조론

## 1. 사랑에 관한 재규정

'사랑', 하고 부르는 일은 늘 조심스럽다. 그것은 사랑이 아닐 수도 있고, 과거에는 사랑이었으나 곧 변질되었을 수도 있으며, 또는 사랑보다 더 큰 무엇일 수도 있기 때문이다. 김남조 시인의 경우에도 그 시적 세계를 그저 '사랑', 이라고 부를 수 없는 것은, 사랑보다 더 큰 무엇이 있기 때문이다. 이제 그의 세계를 '사랑시학'이라고 한정하여 부르기에는 그 '사랑'이 너무 깊어졌고 '그저 사랑'이 아닌 다른 사랑, 그 무엇이 규정되어야 한다.

김남조 시인을 따르는 수식어는 여러 가지이다. 사랑의 시인, 생명의 시인, 정념의 시인, 사랑시학의 완성자 등에서 논자들이 공통되게 지적하기를, 그가 지속적으로 추구해온 것은 사랑의 테마였다. 동서고금을 떠나 사랑을 노래하지 않은 시인이 어디 있겠냐마는 이토록 한결같은, 또 아름답고 슬프게 길었던 노래는 없었다. 따라서 김남조 시인에게 그 흔하고 어려운 단어, '사랑'이라는 말에 '시학'을 붙이기가 주저되지 않았던 것이다. 이 '사랑시학'이라고 일컬어진 시적 세계의 미학적 해석에는 사랑이 지닌 구체적 속성이 무엇인지가 중심이 되어왔다. 그 결과, 사랑 앞에 붙는 수식어로

10

서 플라토닉, 아가페, 에로스, 기독교적 등 여러 가지 단어들이 놓여왔고 이러한 단어들은 시적 세계의 정체를 파악하는 듯했다. 그러나 시의 정신은 잠들 밤이 없었고 논의의 발걸음보다 더 빨리 나아갔다. 그리고 『김남조 시전집』(국학자료원, 2005) 이후에 출간된 시집 『귀중한 오늘』(시학, 2007)을 통해 시인의 테마는 다시 변화했다.

1953년에 등단한 김남조 시인의 시력은 50년을 훌쩍 넘겼다. 그는 『목숨』(정양사, 1953)을 간행한 초기에서부터 문단의 주목을 받아왔으며 오랜 시간에 걸쳐 독자적인 시세계를 추구해왔다. 그리하여 현재 그는 문단의 대가로서 큰 비중을 차지하고 있으며 여성 시인의 선구자요, 개척자라는 평가를 받고 있다. 하나의 고유명사로 여겨지기도 하는 그 이름은 이번 시집을 통해 말을 아끼지 않았으나 말이 스스로 아끼어진 경지에 이르렀다. 이제 그의 말은 토해내는 언어의 묶음 자체로 자연스러워, 천의무봉天衣無縫이 무엇인지 보여준다. 그 간결성의 언어 속에서 우리는 여전히 김남조 시인의 사랑의 본질, 사랑의 근원을 찾아볼 수 있다. 동시에 그 사랑은 관념이 아니라 살아 있는 생명과 같아서 처음 『목숨』에서부터, 지금 『귀중한 오늘』에 이르기까지 줄곧 성장해왔음을 확인할 수 있다. 진화하는 사랑을 좇아 그 수식어 역시 새로워져야 한다. 목숨을 걸고 한 평생 길러온 시인의 세계를 과연 우리는 무엇이라 이름 지을 수 있을까.


## 2. 열정과 인고 사이의 기도

『귀중한 오늘』을 들여다보기 위해서 그의 처음으로 다시 돌아가야 한다. 첫 시집 『목숨』에서 그는 생명에 대한 보편적 사랑을 추구했다. 이것은 '우주적 사랑'이어서 별을 우러러보며(「별이 가져온 것」) 흘려진 피에 대해 안타까워하고(「묵주」) 하느님께 정화의 기도를 올리는 것(「죄」, 「만종」)으로 나타났다. 이 시집에서 시인의 시선에 잡힌 것은 '죽어가는 사람'(「목숨」) 또는 죽은 사람, 죽음 그 자체(「바다 가는 곳에」)였으며, 시인은 사회적 죽음의 시대, 상실의 시대에 저항하여 잃어버린 생명을 옹호하는 정신적 저항가를 만들었다.

초기의 작품들에서 보편적 사랑의 대상이었던 '생명'은 이후의 연시戀詩들에서 구체화되어 등장한다. 그것은 시인의 자의식이 시대적 보편성을 지나 개별화된 자의식으로 옮겨가면서 시작되었으며 『설일』(문원사, 1971)과 『사랑초서』(서문당, 1974) 등에서 그 빛을 발한다. 이 시기 작품은 떠난 자, 부재하는 존재에 대한 기다림과 사랑을 노래하고 있으며 그 태도는 한때는 눈물에 젖고 또 한때는 그 눈물을 씻는 과정의 반복으로 표현되었다.

> 바다는 큰 눈물
> 웅얼웅얼 울며 달을 따라가지
> 그 눈물 다 가면
> 광막한 벌이라네
>
> 바다는 그저 눈물
> 눈물이 더 불어 누워 돌아오지
> 그리곤 또 가네
> 몇 번이라도 달 때문이네
> ─「범부의 노래」 부분, 제7시집 『설일』
>
> 사람아
> 아무러면 어때
>
> …(중략)…
>
> 이별이면 어때
> 해와 달이 따로 가면 어때

못 만나면 어때

한 가지

서녘으로

서녘으로

잠기는 길

―「서녘」 부분, 제10시집 『빛과 고요』

「범부의 노래」와 「서녘」은 이별이라는 공동 상황을 다루지만 두 화자의
태도는 상이하다. '범부凡夫'는 이별에 속수무책 어쩔 수 없는 인간이어서,
그 존재 자체가 눈물로 가득 찬 슬픔의 '바다'가 되었다. 이 '바다'는 울면
서, 울면서 '달'을 쫓아가지만 '달'과의 결합은 요원하다. 그런데 「서녘」에
서는 이와 상반된 태도가 등장한다. 울던 자는 이제 눈물을 씻고 자신을 위
로한다. 「서녘」의 화자는 이별이래도 결국 죽음 이후에는 다시 해후할 것이
니 이별 자체에 절망하지 말 것을 다짐하는 것이다. 하나의 시는 몹시 뜨
거우며, 또 하나의 시는 그 열기를 애써 식힌 자의 것이다. 이것은 그의 시
쓰기가 어둠과 빛 사이를 오가고 있으며 그 양자의 균형을 유지함으로써
전체 시세계가 구성되었음을 의미한다. 이를 일러 열정과 인고 사이, 촛불
과 어둠 사이, 또는 봄과 겨울 사이의 넘나듦이라고 말할 수 있을 것이다.

김남조 시인의 시 한편에는 뜨거워서 어쩔 줄 모르는 '촛불', '봄'의 마음,
열정의 사랑이 있고 그 반대편에는 '어둠'에 익숙해진, 「겨울 바다」를 읊조
리는, 보낸 자의 사랑이 있다. 그 넘나듦이 균형을 이룰 수 있었던 것은 전
적으로 '기도'라는 행위를 통해서 중간 지대가 채워졌기 때문이다. 시인에게
시 쓰기는 어둔 밤에 촛불을 켜고 기도를 올리는 과정과 무관하지 않으며 이
과정에서 시인은 인고의 사랑과 열정의 사랑 사이를 조율할 수 있게 된다.

기도는 참회와 고백의 시간이다. 기도를 통해 시인은 사랑에 관한 두 가
지 방식을 익혔으며 또한 그 과정에서 '죄'와 '병'을 발견하게 된다. 일반적
으로 죄에 대한 고백과 병으로 인한 신에게의 의지는 기도의 주된 내용이

다. 시인 역시 기도라는 삶의 태도를 통해 죄와 병을 고백한다. 실상 죄 없는 자의 죄졌음에 대한 기도는 이러하다.

너의 권리는 끝났다
시험장의 학생이
두 번 답안지를 낼 수 없듯이
너도 한 번뿐인 기회를
써버린 게야
평점에 이르기를
한 남자를 행복하게 못했으며
여타 이에 준한다는구나

이제부턴
후회와 둘이 살면서
스스로 판결한 벌을 섬길지니
즉 두 번 다시 이 세상에
손 내밀지 마라
　　　　　　　　　　—「나에게」 부분, 제12시집 『바람세례』

오랜 잊히움 같은 병이었습니다
…(중략)…
하루 아침 하늘 떠받고 날아가는 한 쌍의
떼기러기를 보았을 때
어쩌면 그렇게도 한없는 눈물 흐르고
화살을 맞은 듯
갑자기 나의 병 이름이 그 무엇인가를
알 수가 있었습니다.
　　　　　　　　　　—「사랑」 부분, 제1시집 『목숨』

이 시들을 통해 우리는 시인의 병과 죄가 그가 가진 사랑에서 연유했음을 알 수 있다. 무릇 병자의 몸은 뜨겁고 머리는 어지럽다. 그리고 열정적 사랑, 몸을 태우는 사랑을 가슴에 품은 자의 몸과 머리 역시 병자의 것처럼 뜨겁고 어지럽다. 사랑의 마음은 시인에게 병이 되었고, 사랑하는 사람을 충분히 사랑치 못한 것은 그에게 씻을 수 없는 죄로 인식되었다. 앞서 인고의 사랑과 열정의 사랑이 기도를 중심으로 하여 반복된다고 하였다. 떠난 님에 대한 모진 마음과 사랑하는 마음 사이의 반복은 여자의 마음으로 인한 것이다. 반복되는 마음 중에서 어둠의 마음은 사랑에 병든 마음이고 연인을 보내주자고 먹은 마음이다. 반대로 촛불을 켜는 마음은 사랑을 되부르는 마음이고 죄를 지닌 자의 마음이다. 이 마음의 반복을 통해, 또 그 반복을 가능하게 하는 기도를 통해 그는 자신의 병을 다스리는 방법을 터득하고 있다. 병을 다스리는, 죄를 씻는 기도는 무엇을 의미하는가. 시인은 시인의 작업 자체가 "좌절 가운데 혼신의 주술呪術이며 헌신"(「시인에게」서문, 『사랑초서』, 1974)이라고 말한다. 그는 사랑이라는 병을 주술, 즉 기도로써 치유하고 있으며 사랑하지 못한 죄 역시 기도로 사함을 받고 있다. 그의 작품 세계는 이렇게 병에 시달린 세월을 통해 병듦과 병 씻음의 반복을 거쳐 이루어졌음을 본다. 자신의 사랑을 기도로 치유하다 보니 이제 치유받은 사랑은 아픔이 아니라 보다 찬란한 그 무엇으로 변화하게 된다. 주문의 말은 쌓이고 쌓여 치유의 능력이 되었고 끝내는 기도가 시인의 병을 완치시키는 방법이 되었다. 나아가 이 치유로서의 기도는 『귀중한 오늘』에서 타인마저 완치시키는 기도로 확장되고 있다.

## 3. 성性을 탈각한 치유의 시학

시집 『귀중한 오늘』에서 찾을 수 있는 가장 큰 변화는 이제 그의 노래가 봄의 노래도 아니고 겨울의 노래도 아니며, 여성의 노래도 더욱이 남성의 노래도 아니라는 점이다. 사랑의 두 갈래 길에서 죄와 병으로 괴로워하던 시적 화자는 사라지고 개별성을 초월한 보편적 목소리가 등장한다. 시인의 목소리에는 더 이상 정념으로 인한 눈물이 보이지 않고 여성, 남성의 어조로 구분할 수 없는, 그저 인간의 것일 뿐인 어조가 느껴진다. 그리고 그 목소리는 단지 치유의 곡진함으로 화자 자신이 아닌 타인의 병에 대해서 기도한다.

어딜 좀 갑시다
산수 호젓하고 나무벤치 놓인 곳
낮게 부는 바람 함께
쉬러 갑시다
병 고치러 갑시다

…(중략)…

하면 지치고 쓸쓸한 이들
모두 나오세요
쉬러 갑시다
병 고치러 갑시다

—「메아리의 메아리」 부분

그의 고통에게
절하며 부탁한다
그를 부드럽게 대해 달라고, 아니
착오로 방문했으니
어서 떠나 달라고

세상이 주지 않은 건

세상에 되돌림으로

누구도 다치지 않게 한 사람이라고

그의 생

겨우 온화해지려는 참에

문 닫을 수 없다고


그의 고통

소슬한 절벽 앞에

예배로 탄원한다

—「쾌유를 위하여」 부분

　이것은 '치유의 시학'이다. 찾아볼 수 있는 기도의 최대치가 여기 나타나 있다. 어떤 종교, 어떤 신앙이든 그 중심에는 기도와 기도하는 자가 있다. 사람들은 기도를 업으로 삼은 신의 종을 사제나 신녀라는 이름으로 부른다. 그들은 대신 기도하는 자, 늘 속죄하는 자로서 죄 없이 대속하는 자이다. 죽은 이를 위해 기도하고 앓는 이를 위해 기도한다. 떠난 자와 떠나려는 자, 그리고 돌아온 자를 위해 기도한다. 사제와 신녀는 긴 기다림을 평생의 업으로 삼은 자이며 몇 곱의 목숨들이 와 깃든 빚을 안고 사는 사람이다. 그들이야말로 가장 고난 받은 목숨이라고 할 수 있는데 기타 목숨들을 감당하는 기도가 멈춰져서는 안 되므로, 사제야말로 쉬 죽을 수 없기 때문이다. 기도의 전당을 떠나지 못한 채 인류의 상처를 껴안는 아픔의 세월이 그들의 감당해야 할 운명이다.

　신이 남성도 여성도 아니고, 대지가 남성도 여성도 아닌 까닭은 만물을 품어야 하기 때문이다. 품고 감싸 안는 자로서의 사제나 신녀 역시 지상에서 정한 성性의 구분을 초월해 있다. 여기 보이는 김남조 시인의 시도 사제와 신녀의 것이기에 역시 그러하다. 엎드려 비는 그의 시는 경건하며 초월적이다. 그 내용이 초월적이며, 그 구분이 초월적이며, 그 대상이 초월적이다. 이 초월적 기도가 추구하는 바 역시 사랑임에 분명하지만 이 사랑에는 새로운 수식어가 붙어야 할 것이다. 남과 여를 초월한 인간의 보편적 사랑, 보다 근본적인 사랑에 접근했다는 점에서 이 사랑은 남성이나 여성과 같은 성性의 껍데기를 탈각한 중성성中性性, 또는 무성성無性性의 사랑이라 지칭할 수 있을 것이다. "살아 있고 살아야 한다는/ 지상의 독백들이/ 꽃씨처럼 날아올라/ 펄럭펄럭 함께 호흡하니"(「야영하는 깃발」)에서처럼 기도의 내용은 생명에 대한 지상의 독백으로 채워져 있다. 김남조의 시의 현재는 그저 목숨은 목숨일 뿐이고 사랑은 사랑일 뿐이라고 말한다. 단 한 사람의 남자를 위한 사랑도, 단 한 사람의 여자를 위한 기도도 아니고 한 사람 한 사람 살아 있는 것 모두를 위한 주문이어야 한다. 그 주문을 가능케 한 사랑은 여성의 사랑, 남성의 사랑, 어머니의 사랑, 아버지의 사랑보다 더 크고 강력한 보편의 사랑이다. 남을 위한 치유의 기도는 무형의 것이지만 유형의 사람보다 더 강력한 주술이어서 마침내 기도 수행자를 지배하고 수행자마저 기도화시키는 것이다. 기도화한 사람의 목소리, 기도화한 사람 자체는 그 추구하는 사랑의 테두리를 확장시킨다. 이제 지식이 규정한 사랑이 리비도, 혹은 에로스, 혹은 욕망 등의 다른 이름으로 얼마나 협소한 범위를 지시했는지 드러난다. '치유의 시학'이 추구하는 무성성의 사랑은 그러한 사랑이 아니지만 사랑이라는 말 외에는 철학적으로도, 학술적으로도 그 꼬리를 잡을 수 없는 것이기에 부득이 사랑이라고 말할 수밖에 없다.

상사병 닮은
몸살 후
어질어질 하늘 바라보니
이거야말로 천하 첫째 될
심각한
짝사랑 상사병이

너무 멀리서

너무 멀리서

붉은 눈시울로

이 깊은 땅을 굽어본다

―「노을 · 3」 전문

평화가 모자라서 죽어간 형제들이

세상에 두고 간 그 수저로

못다 먹은 저들의 밥과 희망을 먹어주고

우리의 밥과 희망도 먹으면서

인류의 이름으로

사랑보다 더한 사랑을

고백할 때

아아 평화여 신성한 심장이여

필연 그가 오리라

―「평화」 부분

　문학에서 사랑과 평화같이 거대한 주제는 다루기 어렵다. 다룬다 하더라
도 그 큰 주제로 감동을 전달하기는 힘든 일이다. 사랑, 평화 같은 말들은
너무 함부로 쓰이고 더럽혀져서 말의 울림이 퇴색되어왔기 때문이다. 그러
나 이 시편에서는 그저 '붉은 눈시울'이라는 말로, '밥과 희망'이라는 말로
사랑과 평화의 순결성이 회복되었다. 살인과 잔혹함이 난무하는 현대는 종
교가 없는 무신론적 시대여서 그의 첫 시집이 창작되던 전쟁 상황과 유사하
다. 이에 기도하는 자는 보다 깊은 기도로써 구원의 문학을 다시금 추구하
게 된다. 기도가 깊어지면 사랑도 커지는 법이다. 커진 사랑은 평화를 바라
는 인류애로 확장되며 부드러운 삶의 위무를 행하고 있음을 알 수 있다. 김
남조 시인의 시적 세계에서 중심이 되어왔던 키워드들, 즉 생명이나 사랑,

신앙이나 모성, 기도 등은 종국에는 인류를 향한 무성성의 사랑 하나로 모여서 이 추상적 개념에 참여한다. 이 사랑을 통해 시인은 '그녀'의 시가 아닌 '그녀/그'가 하나가 된 시를 보여주고 있다.

## 4. 사람은 무엇으로 사는가

"사람은 무엇으로 사는가." 이것은 과거 톨스토이가 물었으며, 더 오래 전에는 예수가 던졌던 화두이다. 영혼의 구원 문제에 소원한 현대는 이 본질적 문제를 잊은 사회라고 할 수 있다. 빵 아닌 그 무엇이 사람을 살리는지 이 질문에 대한 답변으로 톨스토이는 사랑이라고 말했고 예수는 믿음이라고 말했다. 그리고 이에 화답하여 노래하는 자로서 한국의 김남조 시인이 있다. 그의 대답은 이러하다. "그리하여 이 시대의 궁핍도/ 유사 이래 여전히/ 사랑이라고/ 답안지를 쓴다"(「답안지」 전문).

이 시대의 궁핍감의 가장 큰 이유는 '위하여 죽을 것'이 죽어버렸다는 사실이다. 지금은 '내, 너를 위해 죽겠다', 내지는 '죽어도 좋다'는 식의 다소 감상적인 고백에 담긴 열정이 사라졌다. 사랑도, 이데올로기도, 이즘도, 무모한 청춘의 정념들도 사라져 이제 과거의 유물처럼 침묵하고 있다. 이런 시기이기에 오랜 시간 변치 않아왔던 김남조 시인의 목소리가 다시금 새롭게 들린다. '위하여 죽을 것'을 평생 읊조리고 평생 수호한 것이 그의 시이기 때문이다. 그 주문에 다시 한 번 감겨본다는 것은 이 냉정의 시대를 건너는 하나의 방법일 수 있지 않을까. 시인에게 사람이란 무엇으로 사는 것인지에 줄기찬 해법 찾기는 아직 끝나지 않았다. 그러므로 다음 장에서 또다시 펼쳐질 기도의 치유력을 이 시대에 다시 기대해보는 것이다.

# '종교적 카타로스cataros'의 열매
## —허영자의 「감」 깊이 읽기

 바람이 불고 비가 왔다. 천둥이 치더니 서리가 내렸다. 맑은 날이라면 서
럽도록 맑았고, 흐린 날이라면 저리도록 흐렸다. 수많은 갈증, 반복되는 망
설임, 그로 인한 불면. 이것은 우리가 떠나보낸 청춘의 한 장면이다. 이렇
게 돌이켜보니 청춘은 젊다는 것 하나 말고는 별로 부러운 게 없는 듯하다.
하지만 그럼에도 불구하고 청춘예찬, 젊지 않은 사람은 지는 해쯤으로 여
겨지기 십상이다. 서른이 '잔치의 끝'이라는 시가 있는가 하면, 노년의 사랑
을 보여줬다고 상영금지된 영화도 있다. 항변의 기회도 없이 얼결에 젊음을
졸업했던 '젊지 않음'들에게는 이런 상황이 참 치사스럽다.
 물론 싱싱한 젊음들, 뭘 해도 잘 어울리고 뭘 안 해도 이해가 된다. 소중
하고, 사랑스럽고, 귀엽기까지 하다. 그런데 그 많던 젊음들은, 과거 어느
한 순간에는 분명히 소중했고 사랑스러웠고 귀여웠던 그 젊음들은, 과연 어
디로 갔을까. 취직했을까, 부모가 되었을까, 그것도 아니면 퇴직해서 산에
나 다니고 있을까. 그렇다 하더라도 '젊지 않음'은 인생의 끝도 아니고 기회
를 놓친 때늦음도 아니다. '젊지 않음'이 젊음의 고루한 과거가 아니라 젊음
이 도래할 미래라는 생각에 이르면 그들에게도 한자락 변호의 기회가 주어
져야 할 것 같다. 그래야 젊지 않은 당신 역시 젊음과 잘 이별하고 갈 길 갈

21

수 있을 것이다. 그래서 반역적으로 혹은 뒤늦게 도발적으로 '젊지 않음'들에게 고발의 기회를 드리기로 했다. 피고석에는 청춘예찬, 원고석에는 그들의 미래, 그리고 원고의 억울함과 부당한 사정을 해소하고 청춘의 미래에 대해 다른 견해를 제시할 변호인 석에는 허영자 시인의 「감」이 앉아 있다. 이것이 오늘, 시인의 「감」에 대해 밑줄 치며 읽는 이유이다. 단 여섯 줄로 된 항변은 다음과 같다.

이 맑은 가을햇살 속에선
누구도 어쩔 수 없다
그냥 나이 먹고 철이 들 수밖에는

젊은날
떫고 비리던 내 피도
저 붉은 단감으로 익을 수밖에는―.

―「감」 전문

## 1. 젊은 '피'에 대한 각주

허영자 시인의 작품은 고요하고 날카롭다. 게다가 간결하고 단단하다. 감정을 주체 못하는 경우가 없으며, 그 앞에서는 요즘 유행되는 어법이나 주절주절 길게 더듬거리는 말의 난장이 오히려 추해 보이기까지 한다. 이 시인의 시는 길지 않고 한 행을 이루는 단어의 개수조차 일정 수를 넘기지 않는다. 그야말로 한 단어 한 단어 깊게 숨을 골라야 읽을 수 있으며 몇 개의 단어만으로도 견고함을 이루는 시의 성곽은 고집스럽게 입을 다물고 있어, 읽는 이를 엄숙하게 만든다. 그러나 마주하는 이의 엄숙한 태도는 시의 구조적 형태 때문만이 아니고 보다 본질적으로는 그의 작품이 가진 정신적이고 깊은 경지에서 비롯한다. 작품 「감」은 그 윤곽을 어느 정도 드러내고 있기에 견고한 몇 개의 벽돌에 새겨진 문양을 풀이해볼 수 있을 것이다.

「감」은 유사한 구조를 지닌 단 두 연으로 이루어졌고 그중에서 사실상의 의미가 집중되어 있는 곳은 두 번째 연이다. 2연에서는 '젊음'과 '젊지 않음'이 각각 '젊은 날 뜁고 비리던 내 피'와 오늘날의 '익은 단감'으로 대응되면서 상징화되고 있다. 전체적인 분위기를 본다면, 더 이상의 말을 삼가는 시인의 특징을 감안하더라도, 우리는 시인이 후자인 '익은 단감' 쪽에 방점을 두고 있음을 짐작하게 된다. 그렇지만 전자와 후자는 시간적으로나 존재론적으로나 선후 관계에 놓여 있어서 전자를 우회해야 후자의 의미에 닿을 거라고 예상할 수 있다. '젊음'의 초상과 '젊지 않음'의 초상이 대조적인 표정으로 드러난 이 작품에서 전자 쪽의 지배적인 심상은 '피'라고 할 수 있는데, '뜁고 비리던'의 수식어가 의미하는 것처럼 그 피의 맛과 냄새는 정제나 숙성 이전의 차원, 즉 날것 그대로의 원초적이고 본능적인 단계에 머물러 있다. 젊음과 생명을 담고 있는 피의 이미지는 매우 강렬해서, 피를 마주한 사람은 때때로 그것에 지배되기도 한다. 이를테면 「화사花蛇」(서정주, 1936)의 '화花'는 표면으로 쏠린 관능의 피까지를 함축하고 있으며, '순네'를 통해 피의 마력에 지배당한 인간의 모습을 보여주었다. 그리고 여기, 허영자 시인의 「감」에서의 '피' 역시 물질적 피 자체가 아닌, 피가 가진 어떤 마력에 대해 언급하고 있는 경우이다. 피의 색도, 맛도, 그리고 피를 대하는 시인의 자세 역시 다르지만 두 시인 모두 피의 문제에 대해 궁구窮究의 전력을 가지고 있는 셈이다.

「화사」의 피 쏠림 현상이 현재 진행 중이라면, 「감」에서의 피는 이미 과거형이 되었다는 차이가 있다. "젊은날/ 뜁고 비리던 내 피도"라는 단 두 행이 쓰이기 위해서, 게다가 '-던'이라는 과거형과 '-도'라는 조사를 붙이기 위해서, 시인의 과거는 '화사' 버금가는 몸부림을 겪었으리라 짐작할 수 있다. '젊은 날'이라는 단서 조항을 갖고 있는 「감」의 피는 '젊은 날'에서야 피가 피인 것이지 익어버린 단감의 경우에는 피가 피로서 문제되지 않는다고 해석된다. 그러니 여기서의 피는, 정신과 육체가 약동하는 청춘의 시기에 속한 것, 즉 쉽게 제어되지 않고 사라지지도 않는 감정의 파동, 속세적 감정, 번뇌를 의미한다고 볼 수 있다. 관습적인 어법에서도 사람 안에 있는 생명의 기운을 일러 피의 기운, 말 그대로 '혈기血氣'라고 부른다. 그런데 혈기라는 말이 가지는 분위기에는 쉬 길들여지지 않는 제멋대로의 격동까지가 포함된다. 격동으로서의 혈기는 육체의 연령과도 관련되지만 그보다는 기질이나 마음의 파동 세기에 의해 드러나거나 혹 드러나지 않는다. 「감」에서 짧게 표현된 '젊은 날'의 피는 이 길들여지지 않는 혈기, 마음의 동적인 어지러움을 의미한다. 비단 「감」 하나의 작품에서만이 아니라, 허영자 시인의 시세계에서 이 혈기의 작용이라는 것은 가장 곤란하고 어려운 문제로 다뤄지고 있다. 구체적으로 그 피의 기운은 사랑하는 마음, 미워하는 마음, 이별 후의 슬픔, 자신의 미움함, 존재적 한계에 대한 탄식 등으로 나타난다. 조용하고 정결하게 살고 싶었으나 들끓는 피의 기운들은 그 잔잔함을 뒤흔들어 놓기 일쑤, 시인은 이것을 "가슴속 아우성"(「자수」)이라고 표현했다.

허영자 시인은 스스로 여성임을 부정하는 전사적 태도를 취하는 대신, 지극히 여성적이어서 더욱 섬세할 수밖에 없었던 것으로 보인다. 이것은 "비 오는 날이면 처녀 시절 생각이 난다 비 맞고 서 있는 나무처럼 마음 젖어 서러이 흐느끼던"(「비 오는 날」)처럼 우울감과 멜랑콜리에 시달리는 처녀의 모습으로, "당신의 고독을 단 한 번도 위로할 줄 몰랐습니다"(「비 오는 밤에」)처럼 사랑 앞에서 후회하는 성숙한 여성으로 드러난다. 게다가 여성적 감수성의 범위를 넘어 그는 피의 굴레를 벗어나지 못하는 인간의 한계에 대해 민감하게 인식하고 있었다. 그리고 민감했던 만큼, 허영자 시인은 피의 문제를 쉽게 해결하지 못하고 혈기가 가져오는 어지러움에 매번 지고 마는 자신을 끊임없이 경계했다. 자신을 대하는 자세가 얼마만한 서릿발인지 이 시인처럼 자신에게 혹독하고 가혹한 경우는 쉽게 찾을 수 없을 듯하다. "속됨이라는 주어진 운명에 대해 그것은 아니다."라는 말을 하려고 시인은 울었고, 참회했으며, 자책했다. 그리고 자책으로 멍든 몸이야말로 비로소 '익은 단감'으

제1부 여성시인의 갈래화를 위하여

로 변화되는 과정을 이끌어냈다. 우리는 그의 짧은 시를 대하면서도 이 깊고 짙은 멍 자국으로 인해 쉽게 동화되곤 하는 것이다.


## 2. 죄없이 죄지음과 속죄의 대가

> 너무
> 맑은 눈초리다
> 온갖 죄는
> 드러날 듯
> 부끄러워
> 나는
> 숨구 싶어……
>
> ―「하늘」 전문

종교적 카타르시스catharos'의 열매

'나'에게는 피가 있다. 더운 피, 혼란스러운 피, 번뇌를 일으키는 피, 그리고 생래적으로 타고난 피. 시인은 주어진 피의 본성에 순종하기를 거부하지만 피가 일으키는 모든 소란은 모두 자신의 탓이다. 허영자 시인에게서 이 '탓'은 나의 흠이요 나아가 나의 죄로 인식된다. 이를테면 피가 일으킨 사건으로 말미암아 나는 사랑했고, 미워했다. 이것이 나의 죄이다. 또 나는 슬펐고 울었다. 이것 역시 나의 죄이다. 인간이요, 여인으로 태어난 나는 바람에 휘지 않는 바위처럼 살지 못하고 흔들리는 갈대처럼 살았다. 이것이야말로 역시 나의 흠이요, 내가 저지른 죄이다. 그런데 이 죄는 쉽사리 용서되지 않고 죄를 지은 나 역시 쉽게 용서받을 수 없다. 지독한 결벽에서 출발한 이 죄의 인식은, 원죄가 실상 죄없이 죄지음에 대한 인식인 것처럼, 일상에서 죄가 아닌 것까지 죄로 인도하고 있다. 그 결과 인용된 「하늘」에서처럼 '나'는 '온갖 죄'에 대해 부끄러움을 느끼게 되었다. 이때 시인의 온몸

25

은 부끄러움으로 똘똘 뭉쳐 있으며, 부끄러운 나머지 고개를 숙인 그 참회의 자세는 매우 전폭적이다. 이렇게 강하고 깊은 참회의 태도에서 비로소 허영자 시인의 고유한 시적 특질이 형성된다.

허영자 시인의 작품 세계는 독특하게도 '죄'와 '벌'이라는, 서로 하나의 짝이라고도 할 수 있는 두 요소가 균형을 이루고 있다. 우선 젊음 자체의 속성으로서, 스스로 제어되지 않는 본능의 무절제함이 죄의 근원을 이루고 있으며, 이내 그 동물적 감정의 지배하에 놓인 인간의 연약함이 죄의 구체적 양상이라 인식되고 있다. 이때 피의 문제를 죄로 인식한다는 발상 자체가 허영자 시인을 허영자 시인답게 만들고 있는 대목인데, 왜냐하면 이 죄의 인식은 벌의 요청이라는 다음 단계를 짝으로 가지고 있어, 두 요소가 이루는 일종의 정반합적 지향점에 의해 인간에게 보다 먼 곳을 꿈꾸게 하기 때문이다.

소낙비처럼
소낙비처럼
아픈 매를 내려주세요
어머니

돌아온 탕자의
굽은 어깨 위에
부끄러운 뒤통수에
벼락 같은 꾸지람을 내리세요
어머니

다시는 정녕 다시는
잘못이 없도록
뉘우침이 없도록

어머니

날라리 이내 영혼
홍두깨에 감으시고
밤새도록 어머니
다듬이질 하세요.

—「다듬이」 전문

이 시인에게 시를 쓰는 행위는 죄와의 대결 혹은 죄의 사함을 추구하는
것과도 같다. 영혼에 가해지는 매질을 요청하는 위 작품에서도 드러나듯
이, 예리하게도 그는 피의 죗값을 치르기 위해 스스로에게 벌을 가하는 행
위—구체적으로는 뉘우침, 자책, 꾸짖음 등—가 필요하다는 점을 깨달았
다. 그런데 진정 자신이 자신을 벌주고 아프게 하기가 어디 쉬운가. 고통을
피하고 쾌快를 꾀하는 것이 동물된 인간의 속성인데 그 본성에 반해 스스로
에게 채찍질하기란 상당히 곤혹스러운 일이다. 그렇지만 시인에게는 이 자
발적 고통의 시간보다도 '비릿하고 뜲은 피'를 견디기가 더 어려웠던 것으로
보인다. 「감」의 구절에 드러나듯 시인이 궁극적으로 희망하는 바는 내재된
'피'가 '익은 단감'으로 질적 변성되는 것이었다. 이것은 물로 포도주 빚기
만큼이나 어려운 변화지만, 시인에게는 죄와 벌이라는 두 속성의 대결 속
에서 드러나는 종교적 차원의 근거가 하나의 가능성으로서 작용하고 있다.
　스스로를 죄인으로 인식하는 일과 그 죄의 사함을 받기 위해 벌을 자청하
는 일 같은 것은 심미적 인간과는 거리가 멀다. 양심에 의해 반성하고 회의
하는 도덕적 인간에게서도 찾을 수 없는 일이다. 죄와 벌을 자기 존재 내에
서 발견하는 일은 지극히 종교적인 인간에게서나 찾아볼 수 있는데, 허영
자 시인의 시를 읽으면 신 앞에 서기 위해 부정함을 떨치려는 신앙인을 연
상하게 되며, 나아가 죄와 속죄의 과정을 통해 스스로를 부정하고 초월하
는 이 모습이 종교의 목적과도 같다는 생각을 하게 된다.

치열하게 빌고, 속죄한 대가로 허영자 시인의 시적 자아가 얻게 되는 것은 피의 지배로부터 피를 지배함으로 변화하는 것이었다. 시인은 짐승의 생으로 태어나 "짐승의 숨결, 짐승의 냄새, 짐승의 울부짖음"(「낙엽」)을 가졌다고 말했다. 그렇지만 고대 신화에서 곰이 많은 기원 속에 짐승을 벗고 인간이 될 수 있었던 것처럼, 시인 역시 짐승의 피을 벗고 다른 존재로 재탄생하기를 기원해 마지않았다. 이 일을 위해 시인의 손바닥이 얼마나 많은 비나리를 빚었는지 우리는 그의 매 작품에서 확인하게 된다.

## 3. '익은 단감'에 관한 각주—'카타로스cathros'의 절정

다시 '피'의 문제로 돌아가자. 지금까지의 각주들을 통해 우리는 감이 익으려면 외부적으로 필요한 햇빛이나 시간 말고도 내부적으로 참회나 고통 같은 것들이 요청됨을 알 수 있다. 시인은 누구도 쉽게 맛보지 못한, 참회나 고통으로 익은 단감에 대해 아주 적은 힌트만을 남기고 있다. 그가 말을 아끼는 것은 그만큼 단감으로의 과정이 까다로웠기 때문이라고 이해할 수 있다. 단, 그의 작품 「백자」와 「시」에는 「감」에서는 삼갔던, 단감의 풍미에 대해 짐작할 수 있게 하는 구절들이 있는데 "불길 속에/ 머리칼 풀면/ 사내를 호리는/ 야차 같은 계집"의 불길을 다스렸더니 관음보살님이 '현신現身'하여 백자가 되었다는 부분(「백자」)이나, '심장의 피'를 졸이고 태웠더니 사리가 나타났다는 부분(「시」)이 그것이다. 이 부분이 흥미롭게 읽히는 이유는 그 대상이 백자이든, 사리이든 간에 유사한 매커니즘 속에서 탄생되기 때문이다. 이를테면 백자와 사리는 우선 '피', 혹은 '불'의 단계에서 시작되어 그것을 '태우'거나 '다스'리는 과정을 거쳐 비로소 아주 소중한 것, 어떤 정수이며 핵으로 남게 된다. 시인에게 이같이 가장 귀한 것, 백자, 사리 외에도 익은 단감 같은 것들은 피(불)를 이기고 난 후에야 탄생되었음을 볼 수 있다.

물론 불길 같은 계집의 마음, 심장을 심장답게 만드는 피, 타오르는 불꽃을 아름답다고 생각하는 사람도 있을 것이고 그것이 생명 그 자체라고 보는 입장도 있을 것이다. 그러나 허영자 시인의 경우 이 미학적 대상들은 그다지 중요치 않다. 미美는 쾌快에 속하는 것, 이 냉정한 수행자에게서 쾌를 즐기는 의도를 찾아보기는 힘들다. 그는 심미적 인간이기를 거부하고 도덕적 인간을 지향한다. 나아가 도덕적 인간보다는 종교적 인간을 지향하고 있다. 그의 세계가 극히 종교적이라고 말할 수 있는 근거는 바로 위의 두 시에서 찾아진다. 시인은 백자와 시, 이 소중한 무엇에 대해 '현신現身'이라고 말했는데, 이 단어는 '현신現神'을 떠올리게 한다. 즉 허영자의 시에서는 신의 드러남, 다시 말해 '현신hierophanie'됨을 통해, 피에 관한 도덕적 뉘우침이 죄에 대한 인식을 넘어 종교적 단계로 들어선다. 맨 처음, 시인에게 있어 피는 죄의 원인이므로 다스려지고 태워져야 할 대상이었다. 그런데 이 피는 내 몸에 내재되어 있는 자기의 일부이므로 결국 피의 극복은 자기 극복이며 피의 부정은 자기 부정이다. 스스로를 벌주는 도덕적 행위에서 한 걸음 나아갔을 때, 스스로를 부정하는 자기 부정에 도달하게 되는데 이렇게 고정된 나, 소중한 나, 아집 덩어리인 나를 부정하고 체념했을 때 인간은 비로소 온전한 종교적 단계에 들어서게 된다. 이것이 죄의식과 뉘우침, 그로 인한 절망과 극복의 절정에 있다고 설법되어온 신성스러움이다.

이제 '익은 단감'의 풍미에 대하여 시인은 다 말한 셈이다. '익은 단감'은 이렇게 피(또는 불)가 '다스리다'와 '태운다'를 통한 질적 변화를 겪은 후에야 드러난다. 다스림의 과정, 태움의 과정은 고통의 과정이며, 고통 속에서 죄의식과 부끄러움은 서서히 '익어' 해소된다. 엄정한 자세와 고통의 요청을 통해 죄의 값을 치른 후, 비로소 영혼은 현신의 결과물을 마주하며 스스로 종교적으로 변했음을 알게 된다. 몸을 무겁게 하던 피를 태웠으므로 영혼은 가벼워지는데, 새나 구름이 그러한 것처럼 가벼워진 영혼은 천상(종교의 세계)에 가까이 갈 수 있다. 피를 탈각하는 것은 또한 피에 필수적으로 담겨 있는 여러 합성물들, 불순물들에 대해 부정하는 것이어서 불순물을 헤치고 드러난 영혼은 순수하고 절대적이다. 허영자 시인에게서 보이는 이 순수하고 절대적이며 종교적인 영혼에 대한 추구는, 다른 말로 '카타로스catharos'의 절정이라고 바꾸어 부를 수 있을 것이다. 정결함을 뜻하는 그리스어 '카타로스'의 중심에는 부정한 것을 제거한다는 의미가 들어 있다. 곧 섞이지 않고, 더럽지 않고, 흐릿하지 않고, 혼동되지 않는다는 것이다. 이는 「감」의 입장에서 볼 때, 피의 지배를 받지 않고, 그로 인한 죄의식에서 벗어나고, 스스로를 부정하였으나 그 결과 스스로를 구원하게 된 결과를 의미한다. '익은 감'은 채워질 것이 없을 만큼 충족한 상태를 말하는 것이 아니라 다른 잡티가 끼어들지 않을 만큼의 정결함이 되었음을 의미함을 알 수 있다. 이제 내 안의 들끓는 모든 소란은 잠들고 더러운 불순물들은 제거되었다. 내면의 고요를 따라 사위마저 고요하다. 눈을 감고 시인은 정결함의 절정에 도취되어 있다. "무게를 느끼지 않게 가벼운 영혼/ 한 올 찌꺼기 남지 않는 순연한 휘발"(「휘발유」), "그지없이 고요한 미소의 강물"(「가을날 II」)이라는 표현처럼 그 절정은 아름다우며 극적이다.

## 4. '분노 바이러스'가 잊은 그 무엇에 대하여

흔히들 시인이란 늘 외로움을 호소하는 눈물병을 가졌다고 생각한다. 그러나 최근의 한 경향으로 보아 시인에 대한 재정의의 항목으로 다시금, 분노하는 자들이라는 성격이 추가되어야 할 것 같다. '다시금'이라는 단서를 붙인 이유는 1970~80년대 소위 민중시의 성난 어조를 기억하기 때문이다. 그러나 분노에 대한 지금의 태도는 분명 과거의 태도와 크게 다르다. 과거에는 분노의 대상, 분노의 권리, 분노의 논리가 분명했다. 분노의 권리에 의해 사람들은 기꺼이 분노할 수 있었고 또 분노해야만 했다. 그 권리가 카타르시스를 정당하게 했으며 이는 사람들을 살아갈 수 있게 하는 원동력으로 작용했다.

'나는 분노한다, 고로 나는 존재한다'의 시대를 지나 지금에 이르렀을 때

이 소시민의 현대 사회는 더 이상 분노를 권하지 않는다. 그러나 여전히 우리는 분노한다. 그렇지만 크게 분노하지는 못하고 김수영의 "모래"(「어느날 고궁을 나오면서」)만큼만 분노한다. 신자유주의라든가 자본주의라든가 인간성의 몰락 등은 너무 커서 그에 대해 분노하지 못하고 작은 것에만 분노한다. 그 분노는 아주 미비하고 간헐적이지만 분노의 뿌리는 더욱 깊어지고 커졌다. 분노의 대상은 유령같이 출몰하고 더 교묘해졌다. 그렇지만 우리는 적에 대해 무지하고, 대상이 불확실한 분노는 발산되지 못하고 있다. 이른바 분노가 억압된 시대가 시인들의 목전에 있는 것이다. 이 분노, 그 원인과 행로와 결과가 오리무중인 분노는 슈퍼 바이러스와 같아서 죽음에 이르는 병이 되지만 쉽게 고쳐지지 않는다. 소위 분노 바이러스에 걸린 자들의 증상 중 하나로, 해소되지 못한 분노는 자아의 의식과, 신체와, 자아를 둘러싼 주변 세계의 파괴로 돌려진다.

새천년의 시인들은 외롭다고 푸념하기보다, 박탈당하고 상처받았고 찢기고 해를 입었다고 말한다. 모두가 살해를 자행하는 자요, 반대로 모두가 자상刺傷의 비극자들인 셈이다. 빼앗긴 자의 병리학적 시선을 통해 세계를 바라볼 때 스스로와 타인은 모호하고 당혹스러운 존재로 인식된다. 이들은 현대인의 특징 중에서 자기 자신도, 타인도, 사회도 불신하고 거부하는 부정의 정신을 강조하고 있다. 이렇게 파편화된 세계, 유기적이지 않은 세계의 건조함과 거칠어짐에 따라 그들의 언어와 시세계 역시 황폐해졌다. 정신적으로, 존재론적으로 학대받은 현대의 정신들은 나, 너, 우리에 대한 부정의 정신을 극단으로 밀어붙이고 있다.

그러나 상처입은 분노는 언제고 치유되어야 하며 다른 방향으로 질적 변화를 도모해야 한다. 분노가 절정에 달하고 다스려지지 않는다면 이것은 병리학적 문제로 발전될 수 있다. 물론 상처받은 분노의 발현은 우리 현대시의 한 특징이지만 이것만이 미래라고 말할 수는 없다. 왜냐하면 이미 우리 시단은 분노라든가 혼란 등을 충분히 승화시키고 다스린 선행의 경험을 가지고 있기 때문이다. 상처받고, 고통스럽고, 절망했으나 그 상처와 고통과 절망을 세계의 분열이나 더듬거리는 산문화 경향으로 해소하지 않은 경우는 충분히 찾을 수 있다. 그 좋은 예를 우리는 원로들의 작품에서 찾아볼 수 있고 그 작품들은 고전으로서의 역할을 수행하고 있다.

분노 바이러스에 감염되었더라도 우리에게 충분한 항체抗體가 있음을 믿어도 좋다. 삶이 그대를 속인다면 기꺼이 노여워하시라. 그렇지만 노여움을 느끼는 중간 중간 잊은 그 무엇이 생각난다면 항체들을 뒤적여보시라. 그들은 노여움을 노여워하지 않을 만큼의 경험과 노여움을 노여움이 아닌 다른 것으로 승화할 다른 길을 보여줄 것이다. 이것이 분노 바이러스의 시대에 허영자의 「감」을 고전으로 보아 충분한 이유다.

# 헌신적 기다림의 내면적 변천사
## ―김초혜론

## 1. 남겨진 자는 무엇으로 견디었는가

아주 오래된 이야기를 시작하자. 어느 시대건, 남자들은 떠나고 여자들은 남았다. 집을 떠나는 남자의 모험은 서사의 근간이었고, 서정의 영역에서는 '떠돌이의 시'(서정주)나 방랑의 노래라고 불려왔다. 반대로 남아 있는 여자는 처음에도 집을 지켰고 나중에도 집을 지켰다. 그러나 그 여자의 내면이 한결같았다고는 말하지 말자. 아니, 말할 수 없다. 한 여자가 젊은 떠돌이를 떠나보내고 집을 지킬 때나, 후일 늙은 떠돌이가 돌아온 집을 지킬 때나 같았다고는 말하지 말자. 아니, 말할 수 없다. 기다리는 자의 내면이 언제나 지고지순하다는 것은 일부의 착각이다. 누구나 정주하는 마음으로 정주했던 것은 아니니까 말이다. 만약 그렇게 말한다면 그들의 염원까지 부정하는 이야기가 되니까 말이다.

시인 김초혜의 이름을 빌어, 아주 오래된 이야기를 시작하자. 1964년부터 시작된 그의 작품을 보면서, 우리는 '기다리는 자'로서 시인의 내면이 몇 번을 거쳐 다시 태어남을 확인하게 된다. 『떠돌이 별』과 『사랑굿』은 그 첫 번째 내면에 속한다. 이 시기의 작품은 '호곡號哭'의 시적 형태이면서, 구체적으로는 '남겨진 자'가 '떠난 자'를 부르는 갈망이 담겨 있다. 여기서 '남겨진 자'란 절반은 떠돌이이고, 절반은 정주자인 매우 모순적인 존재이다. 이 시기의 화자는 영혼으로 떠나간 떠돌이를 좇아가지만 육체적으로는 한 지점에 속박되어 있다. 가고 싶어도 갈 수 없다는 상황이 슬픔과 갈망을 낳았고, 이 혼돈의 감정은 작품의 추진력을 강화하는 자양분 역할을 한다. 이것이 남겨진 자의 첫 번째 초상이다.

이 갈증의 세계는 해갈 불가능한 듯했다. 그렇지만 뒤이어 『어머니』와 『세상살이』 시편은 새로운 전환을 제시한다. 이 시편들에서 화자는 먼 곳을 바라보는 시선을 거두어 자기 주변을 쓰다듬기 시작한다. '사랑굿'의 시선이 위태롭고 수직적이었음에 반해, 삶과 수위를 맞추어나가는 이 시기의 시선은 안정적이며 평행적이다. 시인은 인생의 구체적 인물들과 함께 삶의 고리를 만들어나가는 일에 주목한다. 그리고 그의 내면은 가지지 못한 것이 아닌 가진 것, 혹은 가졌던 것들을 직시하고 인정하는 수순을 밟는다. 시인은 말하지 않았지만, 우리는 이 변화 역시 사랑과 기다림의 다른 형태임을 알고 있다. 이것이 남겨진 자의 두 번째 초상이다.

시인은 내면적 변천을 거치면서 인고의 세월들을 견디었다. 그리고 우리는 견딤의 결과를 최근의 시작들을 통해 확인할 수 있다. 시간은 흘렀고 떠돌이는 돌아왔으며 기다림은 갈망을 접었다. 떠난 자와 떠나려는 마음이 모두 돌아오니 결핍은 사라지고 관조만이 남았다. 『고요에 기대어』, 『사람이 그리워서』 등의 시집은 남겨진 자의 세 번째 내면을 그리고 있다.

우리는 남겨진 자의 세 국면을 보면서 보편화된 한 여인의 인생을 생각하게 된다. 정주하는 일이나 기다리는 일은 언제나 여성, 혹은 여성적인 것의 몫이라고 알려져 있다. 세상은 그것을 일러 심지어, '운명'이라고 불렀다. 그러나 우리가 김초혜 시인을 통해 말할 수 있는 것은 운명의 내면은 그렇게 쉽게 형성되지 않았다는 것이다. 김초혜의 시를 읽는다는 것은 여성, 혹은 여성적인 삶에 새겨진 굴곡을 아픈 마음으로 확인하는 일과 같다. 그는 여성이라는 남겨진 자가 '어떻게' 사는지에 관해 보여준다. 그리고 '어떻게'

에 관한 그의 주제는 떠나간 것, 남겨진 것, 돌아온 것—이 세 가지로 요약된다. '떠난 자에 대한 갈망을 어떻게 감당하는가', '남겨진 삶을 어떻게 감당하는가', '돌아온 고요를 어떻게 감당하는가' 구체적으로는 이 물음들을 넘어야 김초혜의 세계에 접근할 수 있다. 우리는 그의 작품을 놓고 여자는 무엇을 위해 사는지를 묻지 못한다. 대신 여자는 무엇을 하면서 견뎠는가를 물을 수밖에 없다. 사람은 어디에서 와서, 어디에 있으며, 어디로 가는가, 아니다. 여성, 혹은 기다림의 운명은 어떻게 기다리고, 무엇을 가지고 기다리며, 기다린 끝에는 무엇을 남기는가.

## 2. 불수의근不隨意筋의 상사별곡

'그대 이별하기는 쉽지 않으나 이별할 수밖에 없다네.' 이러한 이별의 상황에서 많은 시가 출발했다. 누군가는 영혼으로 울었고, 누군가는 그래도 기다렸고, 누군가는 따라 죽었다. 이것을 각각 상사가想思歌, 망부가亡夫歌, 절명가絶命歌라고 칭할 수 있대도 어떤 노래가 가장 유장한지는 따질 수 없다. 다만 독하기로 친다면 절명이, 끈질기기로 친다면 망부의 노래가 우선이라고 추측할 뿐이다. 그리고 독하지도 끈질기지도 못한 상사가는 이별한 후에 가장 먼저 나타나서 가장 먼저 사라지는 노래에 속한다. 헤어지면 저절로 나오는 울음은 상사가의 근본이지만, 울음이란 오래가기 어렵다. 곧 상사의 마음이 흩어지거나, 눈물이 마르거나, 목소리가 나오지 않게 된다. 상사가의 짧은 유통기간을 생각할 때 김초혜 시인이 200여 편의 「사랑굿」을 쓴 것은 놀라운 일이다. 과연 우리에게는 당신을 사랑한다는 고백이, 이별 후에 얼마나 오래 지탱될까.

하늘에
해가 하나이듯

물 흐르는 도리에
두 가지가 없어라

그대로가 하나이어
마음에
두 길을 내지 못하고
짧은 생명에 갇히어
내 영혼은 울어라

산 것도 아니고
죽은 것도 아닌 채
어지러움을 견디며
세월을 돌려놓아도
눈먼 돌 속에
아득히 있는 그대

—「사랑굿 41」 전문

　　남겨진 자가 부르는 영혼의 노래이다. 사랑을 따라감이 불가한 것을 알고 있으나 노래는 그칠 수 없다. 이 '어찌할 수 없음'을 가지고 우리는 '사랑굿'의 노래가 자연발생적으로 배태된 것임을 알 수 있다. 그리고 김초혜의 사랑의 방식이 나도, 너도, 세상도 '어찌할 수 없는 것', 즉 불수의근不隨意筋적인 마음에 해당됨을 확인할 수 있다.

　　「사랑굿」 41편은 사랑하는 마음을 '물 흐르는 도리'에 견주었다. 사랑의 마음이 물처럼 흘러서 당신에게 간다고 말했다. 이것은 '사랑굿'의 발화가 주체적인 것이 아니라 불가항력에 해당함을 의미한다. 이렇게 우리는 그의 작품 편편을 통해 사랑의 어떤 속성을 엿보게 된다. 그 결과 알 수 있는 것은, 김초혜의 사랑 방식에서는 사랑을 조절하거나 주체할 수 없다는 사실이다. 흘러가는 것을 막지 못하고 흘러가는 방향을 틀지 못한다. '너를 사랑하지 않으면 좋을 텐데'와 같은 가정법이 불가능한 것, 그것이 사랑의 본질이며 이 본질적 형태의 사랑이 김초혜의 방식이다. 이 사랑 방식은 사랑 그 자체만이 남는다는 의미에서 순정한 형태라고 할 수 있다. 순정한 사랑, 또는 사랑 자체의 강조는 낡은 주제면서도, 오늘날에는 찾아보기 힘들다. 그렇기에 지금 다시 보는 김초혜의 사랑가는 전통적이며 근원적인 사랑의 경험을 재현하는 의미를 지닌다.

현대인은 이렇게 몰주체적인 사랑을 만나면 자아상실의 두려움을 느낀다. 사랑에 두렵고 무지한 우리는 종종 사랑의 이론에 의지하게 된다. 이를테면 에리히 프롬의 『사랑의 기술』을 통해서는 어떻게 하면 '잘' 사랑할 것인가를 배운다. 프로이트의 자아 리비도와 대상 리비도를 통해서는 타인을 덜 사랑하고 자기 자신을 더 사랑하는 '균형감각'을 배운다. 그렇지만 적어도 문학에서는 이런 '잘' 하는 사랑, '균형' 잡힌 사랑은 사랑이 아니라고 말할 수 있다. 김초혜의 시에서도 철학에서 말하는 사랑의 이론은 별 쓸모가 없다. 이론이란 어디까지나 이해를 위한 것. 그렇지만 김초혜의 세계에서 사랑에 대한 이해 따위는 조금도 들어올 자리가 없다. 사랑은 아는 것이 아니라 감응하고 체험하는 것이다. 머리로 안다고 해서는 부끄러운 것이 사랑이고, 온 마음으로 느낀다고 해도 부족한 것이 사랑이다. 물론 우리는 그의 사랑의 강도나 감도를 정확히 공유할 수 없다. 다만 그의 곡조를 따라 부르며 짐작할 뿐이다. 이 곡조는 전염성이 있다. 그의 사랑 노래는 지금은 희귀해진 어떤 사랑의 유형에 대해 우리에게 전염시킨다.

> 그대 내게 오지 않음은
> 만남이 싫어 아니라
> 떠남을
> 두려워함인 것을 압니다
>
> ─「사랑굿 1」 부분

「사랑굿 1」의 1연은 이렇게 시작된다. 여기서의 '압니다'는 당신이 말하지 않아도 안다는 이심전심以心傳心이자 떠난 자를 원망하지 않겠다는 착한 사랑의 어법이다. 착한 사랑은 전적으로 나를 바친다는 자기희생의 사랑으로 이어진다. 사랑의 제단에 제 몸을 올려 분제를 드리려는 이러한 유형을 우리는 한용운의 경우에 비유할 수 있다. 이것은 분제의 향을 통해 몸은 이별했어도 영혼은 그대와 함께한다는 고집으로서 불가능한 사랑의 지속을 추구한다.

여기서의 사랑 노래가 '사랑굿'임에 주목하자. 시인은 떠나버린 당신을 해바라기하는 심정을 '굿'이라고 표현했다. 원래 굿은 치료할 수 없는 병(아픔)을 치료하는 일, 사실상 어떤 결과를 바라기보다는 한다는 것 자체가 치료가 되는 일이다. 시인은 무엇을 치료하고 달래려고 했던 것일까. 사실 사랑하는 일도 어떻게 보면 마음이 미친 일에 해당하고, 굿을 한다는 것도 보이지 않으며 불가능한 일을 바라는 미친 일에 해당한다. '굿'이라는 말에는 사랑과 이별에 숨겨져 있는 미칠 것 같은 마음, 해결 불가능한 갈증을 다소간 해갈할 수 있는 희망이 담겨져 있다. 당신은 아주 멀리멀리 떠났고 언제 돌아올지 모른다. 기다리는 자는 포기하지도 못하고 따라가지도 못하는 상황에 처해 있다. 마음은 떠돌이 당신을 따라가지만 몸은 갈 수 없다. 영혼과 육체의 먼 간극 사이에서 '내 영혼은 울'고, 세월은 "산 것도 아니고/ 죽은 것도 아닌 채/ 어지러움을 견디"는 일이 되었다.

우리는 여기서 이 사랑 노래가 황홀한 낭만주의적 연시戀詩가 아님을 확인할 필요가 있다. 역사학과 사회학, 모든 서사가 떠난 자의 가출과 귀환을 문제 삼는다. 나가서 성장하고 돌아온 자는 승리자가 된다. 그러나 이 환원적 플롯의 중심에는 출발점이자 귀환점인 '집'의 일점一點이 존재한다. 그 여자네 집—가끔은 그 남자네 집이 되기도 하는 집—의 내부 사정은 어떠했는지, 그것이 희극이었는지 비극이었는지, 또는 집을 집으로 유지시킨 기다림의 원천이 무엇이었는지 '떠난 자'는 알지 못한다. 김초혜의 시는 이 지점에서 언급되어야 한다. 떠나간 자 떠나게 하고, 떠나간 자 돌아오게 하고, 기다리는 자 기다리게 하는 근원이 바로 '사랑굿'에 있기 때문이다.


## 3. 어머니, 저를 살게 하소서

김초혜의 작품을 발표 순서대로 읽다 보면, 「사랑굿」의 지극한 사랑이 어머니에 대한 뜨거운 애정으로 이어지는 것을 확인하게 된다. 그의 시적 여정에서 어머니가 등장하는 것은 일반적 회심가의 일종, 불효지심의 통한 때문은 아닌 듯하다. 또는 사랑의 물꼬가 부재하는 떠돌이 당신에서 어머니로 대상만을 바꾼 일도 아니다.

일반적으로 '오 사랑하는 내 어머니'를 부르는 일이 어머니를 위한 것이 아님을 우리는 잘 알고 있다. 우리에게, 그리고 시인에게 어머니의 호명은 '위기 극복'을 위한 첫 번 수순이다. 자식의 피와 살은 어머니에게 비롯된 것이고, 자식의 영혼은 어머니에 초심을 두고 길러졌다. 따라서 어머니를 생각하고, 삶의 태도를 본받으며, 죄를 고백하는 일은 힘들 때 심리적 완충재가 되어주기에 충분하다. 따라서 우리는 김초혜의 『어머니』를 읽으면서 슬픔의 회고를 넘어 문맥 사이에 끼어드는 '어머니!'라는 구원 요청을 듣게 된다.


우리를
살찌우던
당신의
가난한
피와 살은
삭고
부서져
허물어지고

한 생애

가시에 묶여 살아도

넘어지는 곳마다

따라와

자식만 위해

서러운 어머니


세상과

어울리기

힘든 날에도

당신의 마음으로

이 마음 씻어

고스란히

이루어냅니다

—「어머니 2」 전문


　김초혜 시인은 어머니에 대한 시만을 가지고도 온전한 한 권의 시집을 엮
을 수 있었다. 사실 애타게 어머니를 부르는 일은 어머니를 위해서가 아니
었다. 누구에게나 그렇듯이, "어머니" 하고 부르는 일은 부르는 자신을 위
해서였다. 어머니를 부르는 것은 굿을 하는 자의 마음과 같다. 굿이 치료인
것처럼 어머니의 이름은 치료를 위한 주문으로 작용한다. 시인이 어머니를
호명하는 이유는 인용시의 마지막 부분에 여실히 드러난다. "세상과/ 어울
리기/ 힘든 날에도/ 당신의 마음으로"라고 말했다. 우리는 다 알지 못하고
다만 짐작할 뿐이다. 그는 세상을 포기하고 싶어도 어머니 때문에 포기하
지 못한다. 세상이 더럽고 치사하고 괴로워도 내게 남은 어머니의 피와 살
을 위해 견디게 된다. 내가 지면 어머니가 지는 것이라는 명분이라도 있어
야 남은 자의 내면은 삶을 견딜 수 있다.

앞서 「사랑굿」은 호곡, 떠난 자를 부르는 노래라고 규정했다. 그러나 아무리 불러도 돌아오지 않고, 젊은 마음은 이별의 격정을 이길 수 없다. 불가능한 열망은 시인에게 시를 낳게 하지만 한편 잦은 절망을 경험하게 한다. 그렇지만 남은 자는 절망을 극복하고 호곡 이후 삶을 지속시킬 이유와 힘을 찾아야 한다. 이를테면 오디세우스가 떠난 고향을 지키는 것이야말로 페넬로페의 존재 의의였다. 그리고 자신의 존재 의의와 집의 유지를 위해 페넬로페가 선택한 방식은 뜨개질이었다. 뜨개질의 반복을 통해 마음과 명분과 존재가 공허해지는 것을 막았다. 기다리는 누구에게도 마찬가지이다. 마음의 공허를 타자가 채워주지 않는다면 스스로 채울 수밖에 없다.

스스로를 바로 세우고 삶을 지속시키기 위해서는 세상에 대한 직시가 필요하다. 그리고 그 직시가 가능하도록 동반자가 되어준 것은 어머니의 힘이다. 어머니는 죽어도 마음속에 살아 있기 때문에 남은 자는 떠난 자 대신 어머니의 마음을 의지하고 기다리게 된다. '아버지의 이름'이 외부 질서의 법칙이라면 '어머니의 이름'이야말로 기다리는 자의 대표적 상징으로 작용한다. 어머니는 현재 자신보다도 더한 기다림의 삶을 살아냈던 사람이다. 그러니 어머니를 기리는 일은 선행된 기다림의 상징을 재확인하는 일이 된다. 시인은 어머니의 호명을 통해 삶을 지탱하는 정신적 동반자를 얻게 된다. 그 증거로 시인은 『세상살이』의 시편들을 통해 시대의 아픔을 파악할 수 있는 시각을 회복했음을 보여주고 있다.

김초혜 시인이 현재의 삶을 이야기할 때에도 우리는 다른 시인의 현실 소재의 작품과 다르게 읽을 수밖에 없다. 그는 현실에 대해 제대로 보고 제대로 말하고 제대로 살기를 추구한다. 이때 제대로 살아야 하는 이유, 내지는 죽지 않아야 하는 이유는 다름 아닌 사랑 때문이라고 추측할 수 있다. 시인이 살아남아서 생을 유지하는 것 역시 돌아올 사랑을 기다리고 있기 때문이다. 흔히 자신이 아니라 다른 무엇을 위해 견디는 일을 헌신이라고 말한다. 많은 어머니들이 위대하게 인식되는 것도 그들이 헌신을 행했기 때문이다. 이 시인에게서도 사랑의 방식은 헌신의 자세를 취하고 있다.

그의 '세상살이'는 자신을 위한 잘 사는 삶이 아니라 사랑의 회귀를 위한 견 딤의 삶으로 이루어져 있다.

## 4. 별곡의 새로운 유형—사랑과 그리움의 진화 양상

당신은 많은 사랑을 알고 있고 많은 연가戀歌와 별곡別曲을 읽은 적이 있 다. '귀촉도 웁니다'는 소월의 것, 그것은 피 맺힌 울음의 유형이어서 슬픔 의 강도를 제일 원칙으로 삼고 있는 별곡이다. '님의 침묵을 감싸고 돕니다' 는 한용운의 것, 절대 복종과 헌신을 사랑의 최상 가치로 설정한 별곡이다. '나타샤'는 백석의 것, 당나귀와 나타샤와 흰 눈만 필요하지 세상 같은 건 더 러워서 버린 사랑의 별곡이다. 전통 시대의 별곡을 넘어서 고유의 어법을 지닌 별곡들은 20세기에도 충분히 탄생되었다. 현대시에서 이별 노래에 관 한 기념비적인 시인들이 있다는 것은 각각 그들이 한 유형의 시조가 되었음 을 의미하다. 그렇기에 우리는 비로소 소월의 정신이니, 만해의 계보니 하 는 말들을 사용할 수 있는 것이다.

별곡의 강렬함은 읽는 자의 심금을 울려 사랑과 슬픔 자체의 세계에 몰 입하게 한다. 또한 그 강렬함은 별곡이 탄생된 사태 이전과 이후에 대해서 는 무관심하게 만드는 원인이 되기도 한다. 당신은 많은 사랑 노래를 읽었 다고 했다. 그러나 사랑의 곡조가 끝난 뒤에 남는 것이 무엇인지 아는 사람 은 많지 않다. 김초혜의 『그리운 집』, 『고요에 기대어』, 『사람이 그리워서』 의 시집은 그 후일담에 관한 실마리가 적혀 있다. 사랑이나 기다림이 오래 되었다고 해서 사라지는 것은 아니지만 그 성격은 변화한다. 김초혜 시인 에게서 중요한 것은 사랑과 기다림의 대상이 아니라 사랑하는 자세, 기다 리는 태도가 어떠한가에 있었다. 그 어떠함의 이야기는 그리움의 변천사를 낳고 우리는 그 변화를 최근의 시집을 통해 확인할 수 있다.

달밤이면
살아온 날들이
다 그립다

만리가
그대와 나 사이에 있어도
한마음으로
달은 뜬다

오늘밤은
잊으며
잊혀지며
사는 일이
달빛에
한생각으로 섞인다

—「만월」 전문

　이 시를 초기 '사랑굿'의 어법과 비교해보면 시인의 갈망이 어떻게 변화
했는지 알 수 있다. 처음부터 김초혜의 시적 화자는 홀로 무엇을 그리워하
는 사람이었다. 그리고 그리움의 열망은 자아를 태울 정도로 뜨거운 것이
특징이었다. 그래서 그의 노래는 태도로서의 목소리만 남고 이미지와 구체
적 상황이 제거되어 나타났다. 화자는 그리움의 대상 하나에 모든 의미를
헌납했던 것이다.

　그러나 「만월」에서는 그리움의 대상이 '그대'가 아닌 '살아온 날들'로 바
뀌어 있다. 여기서 주목할 점은 가치 부여 대상의 변화가 시적 태도의 변화
로 이어진다는 것이다. 인용시의 2연을 근거로 말하자면, '그대'와의 사랑
은 완성된 것도, 끝난 것도 아니다. 하지만 더 이상 '그대'는 모든 가치를 함

축하는 존재가 아니다. 가치 있는 대상은 '그대'에서 '그대를 사랑한 세월'로 확장되었다. 이것은 슬픈 사랑 노래가 시간에 풍화되고 살아남은 결과라고 볼 수 있다. 비유컨대 초기의 사랑이 좁은 길로 빠르게 흐르는 절대적 사랑이라면 후기의 사랑은 폭넓은 관점을 통과하는 포괄적 사랑이다. 그리고 김초혜의 작품은 이 사랑의 갈래에 이 포괄적 사랑의 태도를 더하면서 기다리는 자의 미학을 완성한다. 초조하고 조급한 마음을 벗고 기다림을 내면화한 화자는 구체적으로는 이 시의 마지막 연에서 '잊으며 잊혀지며' 사는 일을 너그럽게 받아들이고 있다.

다시, 아주 오래된 이야기를 시작하자. 떠날 자는 떠났고, 기다릴 자는 기다렸다. 이것을 '운명'이라고 부르는 사람이 있는가 하면 '사랑'이라고 하는 사람도 있었다. 그리고 사랑에도 표정이 있어, 열정적이며 절대적인 사랑이 있었는가 하면 현재 주어진 것을 견디는 사랑도 있었다. 때로는 돌아오고 남겨진 것들을 포용하는 사랑의 방식도 있었다. 이것들이 모여 그의 "한 생애"(「꽃잎 명상」)는 윤곽을 드러냈다. 김초혜 시의 미덕은 강렬한 사랑의 발화에 있지 않고, 그의 주제는 한순간 제 모습을 드러내는 데 그치지 않는다. 김초혜의 시세계는 하나의 드라마처럼 긴 시간을 통해 사랑과 그리움이 어떻게 진화되어 나가는지를 밝히고자 한다. 그 결과물을 가지고 우리는 비로소, 기다리는 자의 내면을 추적하고 그가 지닌 사랑의 양상을 유형화할 수 있게 되었다. 그리고 이제 현대화된 별곡의 여러 갈래 곁에 새로운 기념비를 기록할 수 있게 되었다.

# 운명애와 증오 사이의 비극적 거리감

—신달자의 「등잔」 읽기

## 1. 지독한 '운명애(amor fati)'의 시적 방식

신달자의 시에는 거짓이 없다. 직접 겪지 않은 것은 담지 않으며 직접 보지 않은 바는 그리지 않는다. 이 시인이 경험론자라는 말이 아니다. 반대로 그가 상상의 세계를 구성하지 않았다는 말도 아니다. 시를 창작하는 기본적 세계관이 그러하다는 말이다. 문학이 한 편 한 편 서로 다르게 태어나는 것은 기본적으로 세상에 대한 자아의 응전방식이 각각 다르기 때문이다. 응전방식이 곧 작가의 개성이라고 할 때, 이 시인의 경우를 따지자면 그야말로 '육탄전'의 방식에 비유될 수 있을 것이다.

신달자 시인은 피안의 세계를 바라보지 않고, 기교와 샛길을 구하지 않으며, 자기에게 주어진 것들만 가지고 승부한다. 그래서 그의 작품을 읽으면 참호와 참호의 구렁을 넘나드는 1차 세계대전 식의 보병을 떠올리게 된다. 상징화된 이 병정에게, 구원병은 오지 않고 사방이 죽음이며 손에는 총검만이 들려 있다. 심리적으로는, 살고 싶어 싸우는지 죽지 못해 싸우는지 분간이 되지 않는다. 그 와중에 써내려간 쪽지에는 숨기고 감추고 할 것도 없는 시인의 육성만이 담긴다.

신달자 시인의 소재는 대개 여자의 일생에서 취해지고, 그 어조가 사뭇 여성적일 때가 있다. 이런 여성의 범주야말로 독한 사투와 무관하다 말하는 일은 시인과 여성에 대한 오해일 수밖에 없다. 자기의 모순과, 인생과, 운명과 싸우는 일은 일차적으로 성의 범주가 아닌 인간의 범주에서 이야기되어야 한다. 온몸과 온 마음으로 삶에 응전하는 태도가 육성의 발화를 낳고, 이 육성을 통해 비로소 여자의 일생이라는 시적 테마가 구체화되는 것이다. 신달자 시인은 그야말로 솔직한 어법으로 자신이 당면한 현실을 토대로 작품을 구성한다. 그래서 이 시인의 시적 대상은 어디까지나 '삶' 그 자체인 것으로 보인다.

그러나 이것이 신달자의 개성적 세계를 만드는 원인은 아니다. 이 시인이 최종적으로 붙들고 있는 대상은, 극히 사랑스럽고 동시에 증오해 마지않는 자신의 '운명'이다. 사랑하는 마음과 증오하는 마음이 같은 뿌리를 지니고 있다고 본다면 신달자 시인의 주제는 '운명애(amor fati)'의 테두리로 규정할 수 있을 것이다. 바로 이 운명애와 운명에의 증오 사이에서 비로소 시인의 모순적 세계관이며 비극적 분위기가 탄생하게 된다.

그의 시가 긴 생명력을 가지고 읽힐 수 있었던 것은 사랑을 논하는 낭만주의적 태도 때문도, 매혹의 관능적 태도 때문도 아니었다. 그는 여자의 한 인생이 손에 피를 묻히는 지긋지긋한 과정이며 그럼에도 불구하고 삶을 사랑할 수밖에 없음을 보여준다. 이것은 여성의 문학이 여성의 삶을 다루면서도 그것이 한갓 여기餘技의 수준이 아니라 치열의 수준에 도달했다는 증거가 된다. 우리의 잠재된 본능을 일깨우는 것은 오직 진실뿐이다. 그리고 이 시인에게 확인되는 진실은, 인생이 자기애와 자기 증오의 틈 사이에서 갈망하는 것임을 제시한다. 따라서 신달자의 작품을 읽는다는 것은 구체적이며 간결한 어떤 메시지를 읽는 것과 같다. 모든 사람은 매 순간을 사랑하고 매 순간을 증오하면서 산다. 그것이야말로 실제 인생이다.

## 2. 「등잔」론 : 여자는 무엇으로 사는가

인사동 상가에서 싼값에 들였던
백자 등잔 하나
근 십 년 넘게 내 집 귀퉁이에
허옇게 잊혀져 있었다
어느날 눈 마주쳐 고요히 들여다보니
아직은 살이 뽀얗게 도톰한 몸이
꺼멓게 죽은 심지를 물고 있는 것이
왠지 미안하고 안쓰러워
다시 보고 다시 보다가
기름 한 줌 흘리고 불을 켜보니

처음엔 당혹한 듯 눈을 가리다가
이내
발끝까지 저린 황홀한 불빛

아 불을 당기면
불이 켜지는
아직은 여자인 그 몸

—「등잔」전문

이렇게 첫 마음을 열어 보이는 작품은 마음에 오래 남는다. 「등잔」은 거창하지 않은 소품이고 더하거나 뺄 것 없이 담백하다. 시인은 거짓 꿈을 말하지 않고 거창한 세계를 제시하지도 않는다. 크고 거창하고 위대한 것들은 여기에 못 왔다. 다시 말하자. 오지 않은 것이 아니라 오지 못했다. 시인은 힘들여 그것들을 부를 필요가 없었으니까. 여자의 세계에 그런 것들은 필요

없다. 시인에 의하면 여자를 만드는 것은 오직 '황홀한 불' 하나면 족하다.

이런 작품을 보면 굳이 거대함이나 위대함을 치장하지 않아도 좋은 시가 나올 수 있다고 믿게 된다. 신달자의 세계는 곱고 아름답고 이상적인 모습으로 채워지지 않는다. 사실만을 보는 그의 시각에 의하면 삶이야말로 곱거나 아름답거나 이상적이지 않기 때문이다. 만약 그가 인생을 논하면서 맑고 투명한 1급수의 수질로만 채웠다면 이것은 환상이거나 거짓말의 수준이 되고 만다. 인생은 더러운 것과 미운 것과 그래도 버리지 못하는 것들이 뒤섞여 있다. 뒤섞여 있다는 것은 순정치 않다는 말이며 곧 혼탁하다는 말이다. 인생을 본격적으로 살아본 누구도 1급수에 노닐지 못한다. 그리고 그의 시에는 이상화되지 않은 삶의 탁한 본질이 그대로 투영되어 있다. 시인의 육성은 은쟁반에 옥구슬이 아니고 그의 희망은 세계 평화도 아니다. 이것이 그의 개성적인 특징이다. 그러니 신달자의 「등잔」 같은 작품은 오히려 아름다운 이상형이 아니어서 높은 순위가 매겨질 수 있다. 이것은 삶의 현장에서 태어난 작품이다. 여자의 구체적인 인생 과정에서 묻어나는 고단함의 살점들이다. 그래서 그의 시는 진실하게 읽힐 수밖에 없다.

「등잔」을 소품이라고 말했지만 사실 이 작품은 많은 이야기를 압축하고 있다. 이 작품은 씁쓸한 페이소스에서 시작한다. 화자는 어느 날 방치했던 '등잔'을 들여다보게 되었다. '등잔'은 근 십 년간 살아 있으면서 동시에 죽어가고 있었다. 시인은 하나의 무기물인 '등잔'에 몸이라는 입체성을 부여하고 그것이 그간 죽어 있었음을 확인하게 된다. 그는 이 구절에서 '등잔'과 자아와의 동일시를 굳이 숨기지 않는다. 그러니 '등잔'이 잊혀졌던 근 십 년간이란, 자기의 본질을 소홀히하고 애정의 외부적 투사만을 행하던 시간으로 이해될 수 있다. 타자적인 어떤 욕망을 쫓고, 삶에 쫓기며 살다 보니 어느새 내면의 자기는 잊고 살았던 것이다.

사람은 신이 아니라서 무한한 에너지를 가지고 있지 않다. 프로이트가 자아 리비도와 대상 리비도를 구분하면서 달아놓았던 단서조항도 그것이다. 어느 한쪽의 리비도가 많이 발현되면 다른 쪽을 향한 리비도는 그만큼 부족하게 된다. 사람의 성숙 단계에서 대상 리비도가 가장 크게 발현되는 시기는 사랑을 할 때이다. 말하자면 사랑에 빠지면 자기 자신을 포기하고 대상을 향해 리비도를 집중시키게 된다. 다른 사람에게 쏟는 리비도, 다른 목표를 추구하는 데 사용되는 리비도가 많을수록 자기 리비도는 줄어만 간다. 누구든 그럴 수 있고 누구든 그렇게 된다. 그리고 대부분의 사람은 리비도의 적당한 배분, 영민한 균형 조절에 실패한다. 사실 무언가를 적절히 사랑할 수 있다는 것은 적당히 사랑한다는 말과 같다.

그러나 욕망이나 사랑에는 적당한 수준이란 것이 없다. 「등잔」에서 화자가 자신을 버려두었던 '십 년'에는 이러한 많은 사정이 숨겨져 있다. 아마 화자는 '십 년'이라는 시간 동안 누군가를, 또는 어떤 가치를 두고 많이 사랑했을 것이다. 이 사랑의 시간을 후회하는 것은 아니지만 불행히도 화자는 사랑에 대가를 지불해야 했다. 전혀 낭만적이지 않은 이 전개야말로 오늘과 내일의 현실이다. 자아는 외부적인 대상을 향해 나아가다 어느새 텅 비어 있는 내면을 발견하게 된다. 시인은 황폐화한 내면과 조우했을 때 미안하고 안쓰럽다고 말했다. 그러나 그것이 단지 죄책감일 리 없다. 내면의 텅 빔은 정신적 허무를 동반하기에 해결하기가 난감하다.

「등잔」의 첫 연 마지막 구절에는 연인에 대한 애정을 표하듯 잃어버린 자기애에 대한 그리움을 드러낸다. 화자는 자아를 생명이 있는 존재로 생각하여 그것의 목숨이 경각에 이르렀다고 표현한다. 문제는 이제 이 죽어가는 자아를 어떻게 되살리는가에 집중된다. 이때 화자가 죽어가는 '등잔'(자아)을 위해 한 일이란, 기름을 붓고 불을 켜는 것이었다. 화자의 이 행동은 원초적이고 근원적인 부활 의식을 재현하는 것이라고 해석할 수 있다. 여기서 '기름'은 에너지의 근원이 되는 생명수를 의미한다. 많은 부활 이야기에서 생명수는 기본 조건이 되어왔다. 이를테면 '약수관음'이나 '바리데기' 모두 부활 내지 치유를 위해서 생명수를 필요로 했다. 신화를 바탕으로 한 민담 「연이와 버들잎 소년」에서도 죽은 소년을 살리는 데 하얀, 빨간, 파란 물이 있어야 했다. 그러니 「등잔」에서 기름을 붓는 것은 자아의 부활을 위한 자기 리비도의 투사요, 자아 중심적 사고의 회복이라고 할 수 있다.

자아의 부활을 시도하는 기름 붓기를 통해 자아는 내면의 '황홀한 불'을 확인할 수 있게 되었다. 이 작품이 행복한 동화라면 여기서 끝났을 것이다. 그러나 불행히도 이 시의 마지막 연은 '황홀한 불'로 끝나지 않는다. 끝은 불이 아니라 "불을 당기면/ 불이 켜지는/ 아직은 여자인 그 몸"으로 마무리되었다. 이것은 여자로서의 자의식이 아직 죽지 않았다는 자기 확인이라고 볼 수 있다. 그리고 '아직은'이라는 단어를 통해 그 결말이 '다행'이지만 '행복'은 아님을 짐작하게 된다. 고전시가에서부터 늦가을 서리 내리는 시절에 소슬 소리를 듣는다는 설정은 가을의 깊은 정취를 느끼게 해주는 계기보다 곧 사라질 것에 대한 쓸쓸함에 가까웠다. 신달자의 '불' 역시 '아직은' 켜지지만 언젠가는 켜지지 않을 것이다. 애쓴 부활의 결과는 결코 지복의 경지에 이르지 않는다. 'Ever After'가 아닌 '아직은'의 결말이야말로 가장 현실적이며 슬픈 결론인 셈이다.

신달자의 이 작품을 읽는 것은 여자의 운명에 대한 근사치에 접근하는 일이다. 그의 작품을 읽으면 삶의 바닥에서 맨몸으로 기어야 했던 괴로움이 토사물처럼 올라온다. 여자의 운명이란 종교도, 철학도 감당하지 않는 일이었다. 그만큼 하찮은 것이고 또 고정된 것이었다. 토마스 하디의 「테스」, 안톤 체호프의 「귀여운 여인」, 플로베르의 「보바리 부인」, 이렇게 위대한 작품도 여자의 운명을 비극적 전개나 몰주체적 성격으로 풀이했다. 그러니 여자의 운명이라는 말에는 선정적 황색지의 기사, 자극적인 몰락, 연민의 스토리 등이 다소간 들어 있다고 여겨진다. 이것은 어느 정도 사실이다. 동시에 남성들이 꾸며낸 거짓 상상이기도 하다.

모함받아온 여자의 운명은 이 시인을 통해 비로소 현주소를 밝히는 듯하다. 신달자 시인을 통해 드러나는 여자의 일생에는 자기 학대의 과정이 포함되어 있다. 여성 특유의 자발적 자기 학대는 소중한 다른 것을 위해 소중한 자신을 희생한다는, 사랑에의 희생을 의미한다. 여자는 가족, 가정, 사회의 기초며 밑거름이 되어야 한다고 배운다. 이것은 평생을 따라다니는 여자의 조건이다. 이것을 탈각하자는 목소리는 선각적 의미를 지니겠으나 대신 여자는 여자임을 포기하고 전사가 되어야 한다는 모순적 상황에 부딪힌다. 이 시대 가장 보편적이고 실제의 근사치에 도달했다고 볼 수 있는 것은 여자의 운명을 끌어안고 버티는 방법이다. 이 방법이 쉬워 보일 수 있다. 아니, 쉽다. 그러나 문학이라면, 쉬운 것이 여자의 삶이라고 말해서는 안 된다.

## 3. 쉿! 잠들라, 운명

"내 시는 바로 현실과 감정이 조화를 이루지 못하는 불균형의 이 파열음을 가능한 미화시키지 않고 발성시키는 생생한 육성이기를 나는 바란다."(「모순의 틈 사이, 갈등의 편린들」)는 시인의 말이다. 그의 시는 조화가 아닌 불균형에서 출발했다. 그것을 싸움이라고 부를 수 있다면 인생이 왜 쉬울 수 없었는지 절반쯤은 이야기된 셈이다.

사나운 소 한 마리 몰고
여기까지 왔다
소몰이 끈이 너덜너덜 닳았다
골짝마다 난장 쳤다
손목 휘어지도록 잡아끌고 왔다
뿔이 허공을 치받을 때마다
뼈가 패었다
마음의 뿌리가 잘린 채 다 드러났다
징그럽게 뒤틀리고 꼬였다
생을 패대기쳤다
세월이 소의 귀싸대기를 때려 부렸나

쭈그러진 살 늘어뜨린 채 주저앉았다 넝마같다

핏발 가신 눈 꿈벅이며 이제사 졸리는가

쉿!

잠들라 운명

—「소」 전문

이 작품의 제목은 '소'이고 주제는 '운명'이다. 비교적 최근에 쓰였으나 「등잔」의 연장선상이라고 생각되는 작품이다. 그리고 '운명'을 '사나운 소'에 비유하는 구절 간간히 화자의 편린이 비추어지는 것이 이 시를 자화상의 계열에 가깝게 한다. 이 특이한 자화상은 노천명의 「사슴」같이 이상적이지도 않고 「자화상」같이 묘사적이지도 않다. 구체적으로는 "손목 휘어지도록 잡아끌고 왔다" "뼈가 패었다" "마음의 뿌리가 잘린 채 다 드러났다"와 같은 구절이 운명이 아닌 자아에게 할당된 표현이다. 난감하고 혹독하다. 여기에는 운명을 감당하느라 엉망이 되어버린 자아가 윤곽을 드러낸다.

전래의 관념에서 '소'라는 것은 목가적이며 친밀한 가축이다. 김종삼의 「묵화」에서와 같이 말없이 고통을 나누는 것이 바로 '소'의 이미지이다. 그런데 신달자 시인은, 우리에게는 낯선 '사나운 소'의 이미지를 들여와 자화상의 신선한 동반자로 삼았다. 인용 부분 중에는 사나운 운명에 휘둘리면서도 '소몰이 끈'을 놓지 않았다는 부분이 있다. 화자에게 '소'와의 삶은 '징그럽게 뒤틀리고 꼬였'던 것이었으면서도 그 지긋지긋한 것을 포기하지 못했다. 차마 포기하지 못하는 마음을 우리는 미련이라고도 하고, 또는 집착이라고도 한다. 이 작품에서는 미련이나 집착도 사랑이라고 말한다. 그러니 「소」라는 작품은 지긋지긋한 운명에 대한 끈질긴 사투가 사실은 사랑임을 주제로 하고 있다. '쉿 잠들라 운명'에도 불구하고 운명이 죽는 날, 어떤 부분에서는 여자의 일생 역시 죽는 날이 된다. 넝마가 되어버린 화자의 자화상 곁에는 넝마가 되어버린 운명이 있다. 이 운명에 대한 사랑과 증오라는 양면적 태도가 신달자 시인의 시적 동력이자 내면화된 삶의 태도가 된다.

외부적 상황에 대해 발언하는 일은 힘이 든다. 반대로 자신의 삶에 대해 시를 쓰는 일 역시 힘든 일이다. 오장육부를 드러내어 작품을 만든다는 것은 애써서 솔직해야 하기 때문이다. 이 말은 솔직하지 않기가 더 쉽다는 말이 된다. 안타깝게도 시에도 거짓말과 참말이 있다. 적당히 그럴듯한 언어를 놀려 뭔가 있는 듯이 꾸미는 경우가, 의외로, 왕왕 있다. 반드시 양분되는 것은 아니지만 심오한 세계관이 먼저 있고 그 안에서 시가 튀어나오는 경우가 있다. 우리는 이런 작품에 대해서라면 격조와 위대함을 논할 수 있다. 반대로 시가 먼저 있고 존재도 않는 세계관을 데코레이션하는 경우도 있다. 영혼의 판매술, 홍보술에 능한 경우이다. 이런 작품은 오래 읽히지 않는다. 거짓말에는 한계가 있는 법이다.

그런 의미에서 신달자의 시를 다시 읽는다. 이 시인의 시쓰기 자세나 시에서 보이는 삶의 태도는 진기한 면이 있다. 셸리는 '시는 가장 행복하고 가장 선한 마음의, 가장 선하고 가장 행복한 순간의 기록'이라고 했지만 누군가에게 있어 시는 가장 비극적인 모순의 기록이다. 전쟁인 삶의 현장 르포다. 그리고 이렇게 미화되지 않아도 되는 치열함이 있어서, 이 시인이 오늘에 산다.

# '누이'의 서정에서 '세한도'의 길로

—유안진론

## 1. 천 명의 '누이'와 단 하나의 '누이'

유안진 시인은 자신의 문학을 통해 여성으로서의 자의식과 삶의 태도에 대해 말해왔다. 그가 한국 현대시사에 공헌한 부분은 바로 이것이었다. 그는 여성적 삶에 대한 여성적 글쓰기를 시적으로 보여주었다. 구체적으로, 여성이자 엄마이고 생활인이자 문학인이라는 동시다발적인 자의식 속에서 시인은 '나는 무엇으로 사는가'를 고민해왔다. 그리고 이에 대한 탐색이 그의 시집들을 만들었다. 여기까지가 유안진 시인을 하나의 여성 시인으로 평가하는 보편론의 내용이다. 그러니 우리가 주목할 내용은 이 지점에서부터 다시 시작될 필요가 있다. 적지 않은 여성적 글쓰기 중에서도 이 시인을 '유안진 시인답게' 만드는 특징은 그의 시적인 포즈와 작품 세계를 관통하는 하나의 개성적 관점에서 포착된다. 그것은 그의 '나는 무엇으로 사는가'의 질문이 기본적으로 '누이'에 대한 자의식에 서 있다는 점이다.

여기서 '누이'라는 명칭은 가족 관계 내에서의 어떤 위치라는 사전적 의미에 국한되지 않는다. 유안진의 작품에서 '누이'는 시인의 내면에서 주요하게 작동하는 존재 의식의 하나이며 '누이스러운' 삶의 태도를 나타내는 확장된 의미를 지닌다. 이 단어를 시인의 어법으로 재정의한다면 '누이는 아픔의 이름'이라는 진술이 가능해질 것이다. 표면적으로 봤을 때 누이란 누이임과 동시에 안쓰러운 딸이며 안쓰러워하는 어머니이며 인내하는 아내나 며느리이다. 이런 구체적인 역할 외에 또한 누이란 삶의 지배자가 되지 못한 피조물이며 거대한 힘들 앞의 나약함이다. 그리고 무엇보다도 이 모든 표리表裏의 누이를 특징짓는 바, 이 명칭에는 운명적으로 시대의 중심이나 영웅이 될 수 없음과 주변부에서 인내의 삶을 살아야 하는 고통이 새겨져 있다.

그리고 이 딸이며 어머니, 나약하고 평범한 존재가 주어진 삶을 감당해야 할 순간이 왔을 때, 과연 '나는 무엇으로 사는가'에 대해 구체적인 모색이 시작된다. 그는 누이로서의 자리를 수용하는 한편 누이라는 존재를 자책하고 그 사이에서 아픔의 감각을 진화進化시킨다. 나아가 이 내면의 아픔이 무르익어 외면을 향한 반동적 움직임을 시작할 때 상승지향적 예술혼이 드러난다. 시인의 작품 세계에서 누이의 영역과 예술의 영역은 대립적으로 길항하며 서로 균형을 유지하고 있다. 누이의 자리는 처절하게 낮은 곳에 위치하고 있으며 반대로 누이의 정신은 철저하게 높은 곳에 위치하고 있는 셈이다. 그리고 이 낮은 것과 높은 것의 격차야말로 작품의 미학적 효과를 낳는 원인이 된다.

문제는 여기서 '누이의 이름'이 비단 시인만의 것도, 어느 한 개인의 것도 아니라는 점이다. 문학의 세계는 개인 내면의 한 점에서 출발하지만 홀로의 것을 넘어 보편으로 확장될 때 생명을 얻는 법. 그러니 우리가 유안진의 시에서 어떤 목소리을 듣는다면 그것은 백만, 천만 누이의 육성이 단 하나의 누이의 입을 통해 드러나는 것이라 볼 수 있다. 이 시인은 지금껏 타자로 인식되던 '누이'의 존재를 주체적인 존재로 끄집어내어 '누이'의 자아를 확립했다. 이것은 문학의 영역을 변방으로 확대하는 일이며 다수의 이방인을 포섭하여 문학의 다양성을 확보하는 일이기도 했다. 그래서 우리는 유안진 시인을 통해 비로소 '누이의 서정'이라든가 '누이의 시학'에 대해 보편적인 언급을 시작할 수 있게 되었다.

## 2. 아픔의 감각과 인고의 내향성

전근대의 사회는 구성원에게 가부장적 제도를 내면화시킨다. 근대의 삶이란 최고의 경쟁력을 선택하는 효율성의 시스템이다. 이 어느 사회에서도 누이의 가치에 대해서는 별로 신경쓰지 않는다. 여기서 말하는 누이는 가족제도 안에서 오라비와 누이가 받는 차별이나 사회 안에서 남성과 여성의 대조적 위치에 국한되지 않는다. 시인은 누이의 이름을 빌어 '선택하는 삶'이 아니라 '선택되는 삶'을 사는 인간의 나약함에 대해 이야기한다.

이 나약함에 대한 두 가지 태도가 있을 수 있다. 하나는 니체식으로 나약함을 벗어던지고 초인이 될 것을 주장하는 강경 입장이다. 다른 하나는 나약함에 절망하여 데카당스한 포즈를 취하거나 아예 자연으로 과거로 되돌아가버리는 것이다. 그런데 유안진의 경우는 어느 쪽에도 해당되지 않는다. 그는 강경 돌파나 우회로를 선택하는 대신 수동성의 운명을 겸허히 받아들이는 쪽을 택한다. 그의 작품에는 이렇게 인생의 순리나 조물주의 숨겨진 의도 앞에 무릎 꿇는 겸허함이 있다. 이 특징적 태도는 어떤 종교적 통로를 거쳐서 형성된 것은 아니다. 그보다는 자의식에서 나온 지극히 생래적인 행동, '누이'의 드러나지 않은 장기라고 볼 수 있다. 선택받은 자가 아니라는 불행에도 불구하고 그녀는 이러한 피동의 삶을 혁명적으로 전복하라고 외치지 않는다. 그는 전사로의 변모를 꿈꾸지 않고 지극히 '누이스러운' 자세를 선택한다. 누이의 정체성이란 이런 것, 그녀는 주어진 삶에 대해 모든 것을 인내하는 자세를 견지한다.

겨울산하가 되고 싶다
세상의 누이가 되고 싶을 따름이다

…(중략)…

비범은 고사하고 평범도 밑돌아서
굳이 있음 없음을 가릴 필요조차 없는
누구에게나 흉허물없는 사이이고 싶다
슬플 때 간절해지는 고향 같은 이름으로.

　　　　　　　　　　　　　—「누이」부분


　이 시는 누이의 자세를 일러주는 교본과도 같다. 화자는 있는 듯 없는 듯 평범하며 친숙한 존재이고 싶다고 자임한다. 이러한 희망은 굳이 희망하지 않아도 될 만큼 소박한 수준의 것이다. 그런데 그 소박함 속에 누이의 필요성이 숨겨져 있다. 화자가 누이가 되고 싶은 것은 스스로가 슬픔이나 아픔에 대해 잘 알고 있기 때문이다. 가난한 사람이 가난한 이웃을 걱정하는 것처럼 아픔에 익숙한 사람이야말로 남의 아픔을 짐작할 수 있다. 시인은 평범한 누이가 단지 있는 그대로를 수용할 뿐만 아니라 자신의 수용을 바탕으로 타인에 대한 위로가 되어준다고 말한다.

　이 시를 읽으면 잘나고 강한 것만이 능사가 아님을, 또는 사람을 살게 만드는 것이 대오각성이나 거창함에서 출발하지 않음을 알게 된다. 자의식을 표방하는 문학의 영역에서 이렇게 낮은 자세와 작은 목소리로 스스로를 낮추는 경우는 드물다. 그렇지만 문학은 때로 비범한 자들의 잔치가 아니라 이렇게 보편적이고 평범한 것의 진리를 드러내는 데 묘미가 있다. 그리고 이 비영웅적 태도야말로 실제의 삶에 가까우며 다수의 인간을 포괄하는 진정성을 지니고 있다.


나는 늘 사람이 아팠다
나는 늘 세상이 아팠다
아프고 아파서
X-ray, MRI, 내시경 등등으로 정밀 진단을 받았더니

…(중략)…

나는 늘 나 때문에 내가 가장 아프단다

—「내가 가장 아프단다」 부분

누이의 자세가 수동적 삶의 경험을 겸허하게 받아들이는 것이라면 이것
은 포기나 순응이 아니라 인내이다. 인내는 참고 견디는 것, 그렇기 때문
에 아픔을 동반하는 경우가 많다. 이 시의 주제 역시 아픔에 대한 발언으
로 되어 있다. 시에서 '나'는 사람과 세상 때문에 상처받았다고 말한다. 그
런데 여기서 방점은 사람과 세상에 있지 않다. 아픔을 말하는 어조에 주목
한다면 화자가 사람과 세상을 원망하거나 고발하지 않고 단지 나의 아픔을
고백하고 있음을 발견할 수 있다. 절규 대신 독백으로 이루어진 이 작품은
말미에서 '나는 늘 나 때문에 내가 가장 아프단다'로 끝을 맺는다. 이 말은
아픔의 처음과 끝이 모두 내 안에 있다는 것을 의미한다. 아픔의 원인도 나
이고 아픔의 결과도 나이다. 타자 때문이 아니라 나 자신 때문에 아프다는
이 말은 세상이 주는 고통을 전가하거나 회피하지 않고 스스로 감당한 결
과로 보인다.

시인이 아픔과 싸워 이길 강한 주먹이나 두 발을 가지고 있어서 이런 작
품을 쓴 것이 아니다. 그에게 심리적 모르핀이나 무심한 강철 신경이 있었
던 것도 아니다. 스스로 고백하기를 그는 어디까지나 연약하고 평범한 누이
에 불과했다. 그러니 우리는 이 화자의 목소리를 재구성해볼 수 있다. '나'
는 아픔의 감각으로 떨면서 그러나 한껏 조용하게 '아프단다'고 말한다. 여
기서 누이는 남과 공유될 수도 없는 지극히 개인적인 영역에 혼자 대면하고
있다. 이것은 흔히 말하는 극복의 방법이 아니라 수용의 방법이다. 때로는
극복보다 수용이 더 용기를 필요로 한다. 그래서 우리는 화자의 아픔에 안
타까워하기 이전에 아픔을 대하는 자세에 대해 감탄한다.

그의 작품에서 삶의 아픔이라는 것은 지속적인 화두로 등장한다. "꼴리고
뒤틀리던 오장육부가 썩어문드러진/ 검은 피 한 주머니만 껴안고 살다"(「물오

징어를 다듬다가」)의 구절이나 "묻노니, 나머지 인생도/ 서리 묻은 기러기 죽지
에/ 북녘 바람길이라면"(「경주 남산에 와서」)이라는 구절에서처럼 여러 편에 세
상살이의 괴로움이 낙인처럼 찍혀 있다. 그러나 괴로움의 끝은 분출되는 분
노가 아니라 안으로 삭히는 내향성의 태도로 이어진다. 이것은 주어진 것을
사명과 정결함으로 승화해야 한다는 누이의 자의식이 발로된 것으로 보인다.
그 결과, 영웅적 서사에서 운명적으로 비껴 있는 평범한 인생을 부정하지 않
고 고스란히 받아내는 누이의 태도가 삶의 태도를 결정하고 있다.


## 3. 자존적 이면, 예술적 삶에 대한 갈망

> 언젠가는 고승을 낳으실
> 대사원의 주춧돌이 될 돌부리가
>
> 그 언젠가는 만세 만인의 절 받으실
> 아기부처님으로 태어나실 돌부리가
>
> 채이고 있다 아직도
> 개똥 묻은 개발길들한테.
>
> ─「현재」 전문


   그렇지만 주변부의 자리를 자처하는 이 누이의 감각에 모든 것이 희생과
인고로 처리되는 것은 아니다. 유안진의 작품에는 아픔에 대한 두 가지 대
조적인 자세가 드러난다. 그것을 인고하는 누이가 있는가 하면 한편으로는
아픔의 힘을 다른 쪽으로 승화시키려는 누이가 있다. 여기 인용된 작품 「현
재」를 보면 '누이'의 현재는 발길에 채이는 '돌부리'에 비유된다고 볼 수 있
다. 돌부리는 흔한 것, 아무도 눈여겨보지 않은 평범한 것, 그러니 귀중하

59

게 여겨지지 않는 것이다. 관념적으로 누이에게 주어진 이미지는 이 돌부리의 것과 다르지 않다. 하지만 시인은 하찮은 이 돌부리야말로 언젠가 무엇이 될 가능성을 가지고 있다고 파악한다. 그리고 돌부리의 미래로서 '고승'과 '아기부처님'처럼 고차원적인 이름을 골라 썼다. 이것은 누이가 스스로에게 하는 다짐이나 약속과도 같다. 인고하는 누이의 이면에는 어떤 높은 차원에 도달하리라는 확신이 있다. 시인의 이 작품은 누이의 현실적 의미를 넘어 그 정신이 지향하고 있는 바를 암시하고 있다.

유안진 시인에게서 '누이의 시학'을 찾을 수 있다고 말한 이유는 이 시인이 굴종과 인내의 여성적 자세를 갖추어서가 아니다. 인내하는 누이상은 분명 드러나지만 그의 작품은 '국화 같은 누님'의 모습을 자의식화하는 데서 끝나지 않는다. 진정한 '누이의 시학'은 오라비의 시선으로는 포착하지 못했던 누이 내면의 목소리나 지향을 발언하는 데서 시작된다. 인내하는 누이, 아픔을 내면화하는 누이의 마음속에는 또 다른 누이의 모습이 존재한다. 수줍은 탓에 그 누이의 이면은 지금껏 속시원히 말해지지 않았다. 유안진 시인이 누이를 정립했다고 말할 수 있다면, 이 말해지지 않은 부분까지를 포함하여 온전한 '누이의 상'이 형성되었기 때문일 것이다.

가려주고 숨겨주던
이 살을 태우면
그 이름만 남을 거야

온몸에 옹이 맺힌 그대 이름만
차마 소리쳐 못 불렀고
또 못 삭혀낸

조갯살에 깊이 박힌 흑진주처럼
아아 고승의

사리처럼 남을 거야

내 죽은 다음에는

　　　　　　　　　　　　　　　　—「사리」 전문

「사리」는 언젠가 고승으로 태어나리라는 돌부리의 미래가 「현재」보다 선명히 적혀 있는 작품이다. 이 시에는 낮은 자세를 취하는 누이가 아니라 스스로를 고승의 지위에까지 승격시키는, 지극히 자존적自尊的인 누이가 나타난다. 이것이 누이의 숨겨진 목소리에 해당한다. 스스로를 낮추지 못한다면 스스로를 높일 수도 없으니 우리는 수용적인 누이와 자존적인 누이가 근본적으로 다르지 않음을 안다.

이제 우리는 누이의 전체상, 혹은 그의 비밀에 대해 거의 접근했다. 그 비밀이란 누이가 자존할 수 있는 근거로서 '사리'의 상징을 통해 추측할 수 있다. 우리는 흔히 인고의 절정이 망부석화에 있다고 생각한다. 그리고 그것이 덕의 일종이며 비극적인 아름다움까지 지닌다고 생각한다. 그렇지만 유안진은 인고를 끝까지 밀고 들어가 그것을 석화시키는 쪽을 선택하기보다 인고의 돌을 태우는 쪽을 갈망한다. 인용시에서 '사리'는 누이의 인고가 만들어낸 결과물(혹은 망부석의 돌)이 아니라 누이의 갈증을 일으키는 원인이 된다. 그는 '내가 죽으면 사리만 남을 거야'라고 말할 정도로 내면에 숨겨진 이 이질적 존재를 긍정하고 있다. 이 '사리'를 이해하기 위해 "바라건대 죽은 다음/ 아픈 가슴 더 아프게 울려서 달래어줄/ 기찬 울음 한 번 울어 보고 싶어"(「담양 참대숲」)라는 구절을 가져오자. 두 시에는 공통되게 죽음 이후에도 남는 울음이 언급되어 있다. 그러니 죽음 이후에도 남는 이 '사리'란 '절창'에 대한 욕구, 즉 예술을 향한 열정이라고 말할 수 있다.

참고할 만한 자료로 시집 『누이』의 '자서' 중 한 구절에 주목할 수 있다. 거기에는 "시로서만이 세상의 모든 것에서 창조주를 만나는 참 자신으로 돌아갈 수 있으니까"라는 대목이 들어 있다. 이 고백과 같은 말 중에 시인은 '참 자신'이라는 말을 사용했다. '참 자신'은 사회적으로 규정된 '누이',

혹은 스스로에게 인고의 자세를 부여하면서 자임한 '누이'를 의미하지 않는다. '참 자신'이란 사실 있을 수도 없고 고정된 것도 아니다. 그러니 이 말 속에는 누이가 아닌 것 내지는 어느 것도 아닌 것, 다시 말해서 추상적이며 예술적인 무형성의 자아까지가 포함된다. 따라서 시인이 '참 자신'으로 돌아간다는 말은 곧 예술적 열정이나 혼과 같이 순수한 존재가 된다는 말로 읽힌다. 사회 제도 안에서의 누이는 수동적 존재이지만 누이가 시 앞에 섰을 때는 예술적 존재로 스스로를 정립하게 된다. 예술이란 지극히 정신적인 영역이므로 여기서는 주어진 운명이나 순응이 문제되지 않고 나의 내면의 창조성만이 심판받게 된다. 다시 말해서 예술 앞에서는 범인이나 비범이나 공평하게 벌거벗는 자유인이 된다는 것이다.

## 4. '누이'의 길에서 '세한도'의 길로

시인이 '참 자신'을 만나 기뻤음을 알기 때문에 근작 「내가 나의 감옥이다」라는 작품이 더욱 아프게 읽힌다. 이 작품에는 '나는 나 때문에 내가 아프다'라는 말과 같은 식으로 '내가 나 때문에 나의 감옥을 산다'라는 말이 들어 있다. 이러한 언급이 가능하기까지 시인은 자신의 존재 의의에 대해 긴 시간을 들여 자문하고 검토했어야 할 것이다. 이렇게 자신에 대해 회의하고 갈등하는 자아는 스스로를 고통스럽게 만든다. 하지만 이 고통의 시간이야말로 그에게 '세한도'에의 길을 보여주기도 한다.

> 서리 덮인 기러기 죽지로
> 그믐밤을 떠돌던 방황도
> 오십령 고개부터는
> 추사체로 뻗친 길이다
> 천명이 일러주는 세한행 그 길이다

누구의 눈물도로도 녹지 않는 얼음장 길을

닳고 터진 알 발로

뜨겁게 녹여 가라신다

매웁고도 아린 향기 자오록한 꽃진 흘려서

자욱자욱 붉게붉게 뒤따르라 하라신다

—「세한도 가는 길」 전문

이 작품은 굳이 '누이의 서정'으로 국한되어 설명되지 않는다. 여기에는 약한 자의 이름도 절창에의 갈망도 없다. '가지 못한 길'에 대한 안타까움이나 자책도 없다. 단지 누이의 표면과 이면이 통합되어 '세한도 가는 길'이라는 새로운 길로 이어질 뿐이다. 작품 서두에서 "서리 덮인 기러기 죽지로 그믐밤을 떠돌던 방황"이라는 대목은 누이의 인생을 언급하고 있지만 3행에서 누이의 아픔은 보편적인 인간의 것으로 바뀐다. 이 시에 의하면 사람이 '오십령'을 넘은 다음에는 주어진 것과 주어지지 않은 것은 중요치 않고 모든 인간이 '얼음장 길' 앞에 놓여 있다는 인식에 도달하게 된다. 그 길 앞에 서면 삶을 살면서 흘렸던 눈물이나 받았던 상처 같은 것이 별 의미를 갖지 못하게 된다. 구태여 이것을 어떻게 해야 한다는 생각도 들지 않고 인생이나 천명을 이해하는 수준에 이르는 것이다.

길이란 그것을 찾는 사람에게만 발견됨을 우리는 잘 알고 있다. 유안진 시인이 이 '세한도'를 보기 위해서 누이로서의 자아, 아픔을 감각하는 자아, 현실적 자아, 예술적 자아 사이에서 갈등하고 괴로워하는 시간을 보내야 했으며 이것은 과거형이 아니라 현재진행형이다. 그리고 그가 말하는 방황의 삶은 '추사체로 뻗친 길'을 통해 인생과 예술이 결합되는 한 소로小路를 내면화하게 된다. 이 길을 통해 자아가 비로소 행복에 이르렀다든가 혹은 불행을 극복했다든가의 이야기가 아니다. 그리고 누이가 이 길을 절대적으로 내면화하거나 그 길의 끝을 보게 될 것이라고도 생각되지 않는다. 이것은 누이로 태어난 아픈 삶이 어떻게 그 아픔을 녹이고 승화하는지에 대한 하나의 방법적 모색의 발로일 뿐이다. 그러니 시인의 다음 시작詩作은 이 모든 것 이후에 다시 출발하는 '길'로서 나타날 것이라 짐작할 수 있다. 신은 높은 첨탑에 내리지 않고 부잣집에 머물지 않듯이, 깨달음의 은총 역시 강자의 전유물이 아니다. '천명'의 길을 볼 수 있는 혜안은 비범도 영웅도 아닌 이 가난한 존재에 깃들었다. 여기 있는 누이의 마음이 그 증거다.

# 진혼鎭魂, 죽은 자를 위한 마지막 노래
— 강은교의 「비리데기의 여행노래」에 대하여

## 1. 여성시의 전통과 바리데기

춘향이나 황진이를 시의 화자, 또는 소재로 삼는 것은 위험이 따르는 일이다. 그들이 고전적으로 지닌 이미지는 매우 강하고 상투적이어서 새로운 모습으로 탄생시키기란 쉽지 않다. 그러니 이 어려움을 극복한 경우를 우리는 아주 드물게 손꼽을 수 있다. 그런데 춘향이나 황진이보다 훨씬 이전부터 존재해서, 더 오랜 시간 동안 고정되고 낡은 인물상이라면 어떠할까. 그 캐릭터에 새 생명을 불어넣는 일은 보다 어려우리라 짐작할 수 있다. 이 어려운 일의 예시로 설화 속의 바리데기를 들 수 있다. 바리데기는 얼마나 나이가 많은지, 그의 이미지는 얼마나 고집이 센지 우리는 이미 알고 있다. 우리는 바리데기 공주 설화가 무가의 기원이 되었고, 그 무가가 기층문화로서 한국인의 심리와 문학에 암암리에 영향을 미쳐왔다는 것도 알고 있다. 원래 이 바리데기라는 이름은 매우 고귀하고 높은 이름이었지만 이제는 너무 낡은 이름이 되어버렸다. 대부분의 사람들도 이런 생각에 동의할 것이다. 바리데기를 전통으로 알고는 있지만, 다른 여러 전통이 그러했듯이, 이미 죽어버린 전통이라 생각할 것이다. 단, 강은교 시인의 작품을 읽기 전이라면 말이다.

앞서 말했지만, 바리데기는 너무 크고, 너무 넓고, 너무 오래된 이름이다. 그렇기에 그녀의 목소리를 빌린다는 것은 시인에게는 큰 모험이다. 하지만 강은교 시인은 이 낡은 것의 상투성을 극복하여 시대와, 여성과, 시인 자신이라는 세 국면에 밀착되는 목소리를 만들었다. 강은교 식으로 재해석된 이 인물은 시인의 전체 작품에 빙의憑依되어 혼재하고 있다. 그 바리데기적 정신과의 혼연일체를 통해 강은교 시인은 전통적이고 여성적인 시의 흐름에 중요한 교두보를 마련할 수 있었다. 이것은 잊혀졌던 과거의 것을 가지고 잊혀질 수 없는 현대시의 한 갈래를 공고히 한 중요한 작업이다. 이 성과가 요행이 아닌 것은, 시인이 공주의 발굴과 재구에 빠져 있던 시간은 시인 개인이나 시단뿐만 아니라 시대가 요청한 것이었기 때문이다. 시대가 호명한 바와 같이, 창녀와 같이 버려지고 천대받던 이름은 결국 살아 돌아왔다. 그 이름에는 아주 오래된 제 울음과 핏빛 슬픔이 행장처럼 걸쳐 있으며 시인은 이 묵은 울음을 다시 토해낸다. 아래와 같이, 「비리데기'의 여행노래—三曲·사랑」에는 그렇게 먼 길을 돌아 우리 앞에 선, 오래된 전설이 숨을 쉬고 있다.

저 혼자 부는 바람이
찬 머리맡에서 운다.
어디서 가던 길이 끊어졌는지
사람의 손은
빈 거문고 줄로 가득하고
창밖에는
구슬픈 승냥이 울음 소리가

---

1 일반적으로 알려진 설화의 주인공 이름은 '바리데기'이고 강은교 시인이 작품에서 사용하는 명칭은 '바리데기'이다. 본문에서는 이 두 명칭을 통일하지 않고 '바리데기'라는 명칭을 주로 삼고, 시인의 작품을 인용하거나 분석을 위해 필요한 경우에만 '바리데기'라는 표현을 사용하도록 한다.

또다시
만리길을 달려갈 채비를 한다.

시냇가에서 대답하려무나
워이가이너 워이가이너

다음날 더 큰 바다로 가면
청천에 빛나는 저 이슬은
누구의 옷 속에서
다시 자랄 것인가.

사라지는 별들이
찬바람 위에서 운다.

만리길 밖은
베옷 구기는 소리로
어지럽고
그러나 나는
시냇가에
끝까지 살과 뼈로 살아 있다.

　　　　　　　—「비리데기의 여행노래—三曲·사랑」 전문


## 2. 고전적 어조와 기원의 곡조

　시에서는 어법이나 말의 뉘앙스가 매우 중요해서 말투나 단어의 경향이
전체의 분위기를 아우르기도 한다. 인용시에서는 두 번째 연에 해당하는 "대

답하려무나/ 워이가이너 워이가이너"의 구절을 통해 화자의 육성과 윤곽을 접할 수 있다. 일반적으로 서정시가 내면의 드러냄이고 순간적인 감정의 포착이어서 그것은 자주 독백의 주절거림의 형식을 취하게 되는데, 이 작품은 일방적인 내면 풍경의 읊조림이 아니라 먼 곳을 향해 부르는 자세를 취하고 있다. 구체적으로, 이 곡조를 지은 사람은 '청천' 아래 오직 홀로 있고, 누군가를 찾아가기 위해 앞으로 '만리길'을 더 가야 할 사람이다. 길은 남았으나 실상 찾는 누군가가 어디 있는지는 알 수 없는데다가 찾을 수 있다는 기약도, 도와주는 그 무엇도 없다. 그러나 이 외롭고 고달픈 화자는 지치고 고달픈 행장에도 불구하고 "워이가이너 워이가이너"라고 높이 울리는 목소리를 지녔다. 들리지 않는 대답을 포기하지 않고 "또다시/ 만리길을 달려갈 채비를 한다." 이 시에서 비리데기는 창천, 바다, 별, 찬바람, 승냥이 등에 비해서 너무 작고 약해 보인다. 광활한 시의 풍경 안에 하나의 점으로서 존재한다. 그렇지만 작은 점으로서의 비리데기는 '창천', '만리' 등의 거대함에 굴복하지 않은 외유내강의 강인함을 지니고 있다. 그 강함을 시인은 "나는/ 시냇가에/ 끝까지 살과 뼈로 살아 있다."라고 표현하고 있다.

바리데기 설화에 의하면 바리데기는 부모를 살릴 생명수를 찾기 위해, 중에게 빨래와 살림을 해주고 아홉 아들을 낳아주었다. 그러니 시인이 선택한 '시냇가'라는 단어는 바리데기 설화에 기대어, 고생스러운 노동을 해야하는 구체적인 장소로 선택되었을 것이다. 그렇지만 이 작품의 어조와 이 작품 주위의 다른 작품들을 연계하여 살펴보면 '시냇가'는 액면 그대로 읽히지 않는다. 시인은 '-하라, 하게, 하자, 하소서' 등의 고전적이고 위엄 있는 어미를 자주 사용하는데, 이것이 강은교의 시풍을 형성하는 데 결정적 역할을 한다. 그 어조에는 거역할 수 없는 힘이 담겨 있어서 하나의 강렬한 목소리가 중심이나 저 위에서부터 주변과 아래로 울려퍼지는 듯한 에코를 느끼게 한다. 그래서 심지어 시인이 '-한다'라는 현재형의 어미를 사용할 때에도 이것은 개인의 현재를 진술한다기보다는 어떤 초월적 예언의 현재적 표현으로 느껴지고, 그러니 그 뒤에 '준비하라, 맞이하라'는 명령이 숨겨진 것처럼 들리기도 한다. 이렇게 근엄한 지시를 연상시키는 시인의 어법은 '-하소서'에서 보듯 어떤 기원까지를 담고 있다. 바리데기의 상징적 의미를 상기할 때 이때의 기원은 여성의 개인적 기원(생명수 찾기)이 아닌 보다 큰 목적을 위한 것으로 파악된다. 이러한 주변적 상황을 고려하면 위 시에서 '시냇가'라는 고난의 장소는 기원을 담은 큰 사위와 함께 사방팔방에 대고 부르는 모양새가 펼쳐지는 공간으로 전환된다.

바리데기의 성별은 분명 여성이지만, 강은교 시인의 비리데기는 우리가 알고 있는 여성적 말투를 사용하지 않는다. 어조가 여성스럽지 않지만 그렇다고 남성의 것도 아니다. 여성의 것이지만 일반어법에서의 여성스러움과는 거리가 먼, 이 '고전적' 어조를 통해 시인은 오래된 캐릭터의 설화적 분위기를 되살린다. 그러나 그보다 주된 효과는 이 고전적 어조를 통해 시인의 비리데기가 구체화, 특성화되고 있다는 점이다. 시인은 큰 기원을 담고 있으며 널리 울려퍼지는 이 육성을 통해 고대에서부터 누적된 시간의 지층을 되감아 한 존재를 현재화하고 있다. 바리데기에 대한 지식에 의지하여, 우리의 현대어 사전에서는 그 존재를 무당이라고 부른다. 그렇지만 강은교 시인이 포착한 비리데기의 성격은 우리가 알고 있는 현재적 무당과는 다르다. 무당이라고 하면 우리는 전근대적 미신과 퇴색한 깃대를 떠올리지만, 강은교 시인이 살려오는 비리데기는 그러한 쇠락과는 거리가 멀다. 그녀가 알고 있는 비리데기란, 영혼의 상징이 올려진 솟대에 온갖 천을 휘감고 귀한 님들의 혼백과 상처를 위로하는 제사의 주관자이다. 여성으로 태어났으나 여성임을 넘어 남녀의 정점에 있는 존재이며, 집단의 내적이고 실질적인 지도자이다. 오랜 시간 다양하게 변주되어오는 바리데기의 성격 중에서 강은교 시인은 이렇게 강력한 역할에 주목했다. 그렇기 때문에 그 바리데기가 여성이되 여성적이지 않고, 멀리 울리는 '워이가이너 워이가이너'의 곡조를 힘 있게 부르는 일이 가능한 것이다.

## 3. 위령慰靈, 자매의 슬픈 사랑법

떠나고 싶은 자
떠나게 하고
잠들고 싶은 자
잠들게 하고
그리고도 남는 시간은
침묵할 것.

또는 꽃에 대하여
또는 하늘에 대하여
또는 무덤에 대하여
…(중략)…
가장 큰 하늘은
언제나
그대 등뒤에 있다.

—「사랑법」 부분

바리데기의 여행은 스케일이 크다. 그 목적이 이기적, 탐욕적이지 않고 대의적인데다가 목적에 도달하기까지 행하는 그녀의 행적 역시 그러하다. 「비리데기의 여행노래—三曲·사랑」을 일독한 결과 알 수 있는 사실은, 그녀가 자신의 고난에 개의치 않고 누군가의 '대답'을 듣기 위해, 또는 그 누군가가 '대답'할 수 있게 하기 위해 온힘을 다하고 있다는 일이다. 그렇지만 이 한 편으로 그 의미를 포착하는 데에는 한계가 있다. 그가 누구에게 왜 '대답하려무나'라고 말하는지, 나아가 그가 왜 마지막 구절에서 '살과 뼈'라는 단어를 선택하고 있는지 그 대답은 다른 시들을 통해 살펴진다.

우리는 바리데기가 방랑과 모험을 거듭했다고 알고 있지만 강은교 시인의 비리데기는 방랑하는 자라기보다는 한 곳에 머물러 있는 자이다. 「사랑법」이나 「풍경제」 같은 작품을 살펴보면 더욱 그러하다. 오히려 떠나는 존재는 형제들이나 다른 사람들이고, 비리데기로서의 화자는 어느 한 곳에 붙박이로서 존재한다. 보다 명확하게는, 그녀를 중심으로 해서 떠나는 자들이 떠나고, 돌아오는 자들이 돌아온다. 나아가 그녀는 떠나는 것—떠나려고 계획하는 것이나, 떠나려는 징조나 움직임—에 대해 아주 잘 알고 있으며, 떠남을 잘 떠나게 하고 떠난 자가 잘 돌아오기를 기원한다. 그녀가 맡은 가장 큰 역할은 바로 이 기원에 있다. "떠나고 싶은 자/ 떠나게 하고/ 잠들고 싶은 자/ 잠들게 하고"(「사랑법」)라는 구절에서 드러나듯, 잘 '떠남'과 잘 '잠듦'이 바로 그녀 기원의 목적이거니와, 그녀는 떠나는 자를 잡지 않고 잠들고 싶은 자를 막지 않는다.

시인은 떠남과 잠듦과 돌아옴에 대해 말했지만 이것이 일반적인 가고 오고를 의미하지 않음은 물론이다. 그보다, 바리데기의 주위를 맴도는 '떠남'과 '돌아옴'은 생生과 사死의 어법에서 이해되어야 할 것으로 보인다. 「사랑법」이라는 시에 등장한 '꽃', '하늘', '무덤'이 암시하듯, 강은교 시인에게 있어 '떠남'이란 죽음을 의미한다. 그런데 '돌아옴'이란 죽지 않고 무사히 돌아오는 육신, 즉 '떠남'의 반대를 말하는 것이 아니다. 이때의 '돌아옴'이란 '떠남'의 다음 단계로서, 죽은 후에 집을 찾아 돌아오는 혼령을 의미한다. 이제, 그녀의 본분이 밝혀진다. 그녀는 죽어가는 자를 살리지도, 죽을 자를 죽지 않게 막지도 못한다. 그것은 전장의 현장에서 형제들이 하는 일이지 기다리는 그녀가 할 수는 없는 일이다. 대신, 그녀는 형제들이 벌인 일을 수습한다. 이를테면, 저승으로 가는 형제—죽은 자는 편안히 눈을 감고 저승으로 가도록 한다. 이것이 그녀가 말하는 '떠남'에 대한 일이다. 그리고 돌아오는 자—육신을 떠나 제대로 잠들기 위해 찾아오는 혼령을 정성껏 맞이한다. 이것이 '돌아옴'에 대한 일이다. 형제들이 외부적 투쟁을 맡아 자신과 타인의 육체를 다룬다면, 이 형제들의 혼을 다루는 일은 기다리는 자매들의 역할이다.

형제들의 영혼과 육신을 매장하는 그 일은 형제들의 끝을 감당해야 하므로 몹시 지난하고도 슬프다. 그렇지만 이 결말의 힘이 뒤에 버티고 있지 않으면 형제들은 제대로 떠날 수도 돌아올 수도 없으며, 심지어 이것이 없다면 그들은 두려워 투쟁조차 할 수 없다. 떠나는 자와 돌아오는 자는 자기 운명에 따라 살지만, 정작 그들을 떠나게 하고 잠들게 하는, 이 기다리는 자매는 마음대로 떠날 수도 잠들 수도 없다. 기다리며 축도하는 자, 죽음과 슬픔을 감당하는 남은 자는 내면적으로 형제들보다 강해야 견딜 수 있다. 이것이 시인이 말하는 바리데기의 사랑법이다. 죽은 자를 위로하는 위령제와 슬퍼하는 영혼을 위로하는 진혼제, 이 제사를 담당하는 것이 바로 바리데기의 역할이다. 그렇다면 이제 「비리데기의 여행노래—三曲·사랑」에서 들렸던 그녀의 "워이가이너 워이가이너"는 다름아닌 '초혼招魂'의 곡조임이 드러난다. 비리데기의 여행은 이렇게 혼을 찾아가는 여정이었던 것이다.

## 4. 생과 죽음의 이분법을 넘어서

그러니 강은교 시인의 시에 '생'과 '죽음'의 문제가 본격적으로, 대립적으로 드러난다는 점은 이상할 것이 없다. 그보다 이 시인이 가진 놀라운 점은 그녀가 여성의 힘으로, 그러나 일반어법적으로는 '여성스럽지 않게' 이 어둡고 강력한 죽음의 주제에 깊이 파고든다는 것이다. 감정적으로, 사상적으로, 그리고 정신적으로 이 시대와 형제들의 죽음이라는 문제에 대해 어떻게 대응할 것인지의 문제를 내면화한다는 것은 개인에게는 감당하기 힘든 일이다. 그러나 시인은 암울한 문제에 대해 바리데기의 '사랑법'으로 대응하며 그녀의 상징들을 발전시켰다. 이것은 본래 바리데기가 가졌던 힘의 아주 일부분일 뿐이다. 그리고 그 힘의 약간을 강은교 시인은 '물과 불', '살과 뼈'의 상징체계 내에서 보여주고 있다.

강은교 시인의 작품 중 가장 대중적으로 알려진 「우리가 물이 되어」에는

"벌써 숯이 된 뼈 하나가/ 세상에 불타는 것들을 쓰다듬고 있나니", 이것을 경계하고 "물이 되어 만나자"는 구절이 나온다. 그녀에게 있어 불은 죽음의 상징이다. 죽음으로서의 불은 생명을 잃은 육체인 '뼈'를 숯으로까지 만드는 소멸의 주체이다. 그러니 시의 화자는 죽음인 불에 대항하는 물이 되기를 원한다. 여기서 표면적으로 드러나는 물과 불의 이분법 외에, 비리데기의 관점 아래에서 해석할 때 드러나는 '그대'와의 만남이 중요하게 읽힐 필요가 있다. 이 시가 죽음에 대한 경계와 위기의식을 드러내면서도 희망적이고 긍정적일 수 있는 근거는 '만리 밖'에서 죽었을 '그대'가 돌아올 것이 예상되기 때문이다. 그녀가 기다리던 '그대'는 불을 넘어 불을 끄고, 죽음을 넘어 죽음을 이기고 돌아올 것이다. 이것이 모든 죽음을 극복하여 살아 있는 몸으로 돌아오는 영웅과의 만남을 그리는 것이 아님은 물론이다. 그녀가 기다리는 것은 그녀가 할 수 있는 역할을 다 했을 때 찾아오는 그대 '영혼'과의 만남이다. 그 만남이 있다면 우리가 죽어도 죽는 것이 아니겠고, 헤어져도 헤어지지 않는 것이라는 지독한 고집이 바로 비리데기를 강하게 만들었다. 그러므로 이 시에서 '넓고 깨끗한 하늘로 오라'라는 구절은 물이 비의 형태로 내린다는 의미로 이해되기 이전에 혼과 혼이 조우할 수 있는 장소로서의 하늘로서 이해될 수 있다.

「우리가 물이 되어」에서의 긍정적 어조와 깔끔한 결론에도 불구하고 강은교 시에서의 비리데기는 지독한 고난과 무거운 슬픔을 지고 있는 자이다. 그녀는 인용시에서 "그러나 나는/ 시냇가에/ 끝까지 살과 뼈로 살아 있다."라고 말했다. 이때 '그러나'와 '살아 있다'가 연결되어, 너는 죽었고 나는 너를 구하지도 못했으나 여지껏 살아남았다는 부채의식과 죄의식이 드러난다. 그러니 그녀가 끝까지 지니고 있는 이 '살과 뼈'는 사실상 그대와 함께 버리기에 아깝지 않았던 것, 내 생명의 형체와 윤곽을 의미한다. 그러니 '살과 뼈'에는 산 자에게 남은 지독한 슬픔까지가 들어 있다. 이 '살과 뼈'를 버리는 것은 바리데기에는 가장 쉬운 길, 그러나 그대를 배반하는 길이겠고 슬픔과 죄의식으로서의 이것을 끝까지 지고 가는 일이 남겨진 숙제가 된다.

## 5. 잊혀진, 잊혀지지 않은 노래

우리는 오디세우스의 세월은 기억해도 아내인 '그녀'의 세월은 알지 못한다. '그녀'라는 말을 듣고 부드러움, 적은 근육, 물리적 힘의 약함, 아름다움 등을 예상할 뿐이다. 그러나 우리가 기억하지 못했을 뿐, '그녀' 안에는 부성과 모성을 포괄하여 그 위에 군림하는 경외의 상이 들어 있다. 왕을 돌아오도록 하고, 그가 권좌를 차지하도록 하는 숨은 존재는 결국 '그녀'였던 것이다. 표면적으로 드러나는 중심이 아니라 이면에서 가장 무거운 추를 드리우고 있는 실질적 지표, 존재 자체로 존경받는 그러한 절대적 신뢰의 존재, 이것이 우리가 바리데기라 부르는 여사제의 모습이다.

영웅이거나 성좌와 동일시되었던 인간, 인간이되 인간의 표상을 얼마간 벗어나 있는 인간, 이러한 인간의 거대한 상을 우리는 진작에 잃었거니와, 그 육신은 사라지고 에코와 같이 목소리만 남아 오늘날의 문학에서 발견된다. 이것이 우리가 지금, 이 시대에 여성의 문학에 주목하는 이유이다. 여성의 문학은 오랜 시간 중심적이지 않았던 만큼 지난날의 거대한 상이 그 모습을 조각조각 나누어 숨기기에 적당했던 것으로 보인다. 그러니 형제들이 전위적으로, 영웅적으로 죽어가는 시대에 그녀들이 그녀임을 버리고 형제화했어야 한다고 말하지 말아야 한다. 우리에게 있어 이 바리데기라는 여성은 그저 위무의 존재일 뿐이라고 말하지 말아야 한다. 강은교 시인이 바리데기의 노래를 창작할 당시 세상은 분노하고 있었고, 번뇌하고 있었고, 화염과 열기가 어지러웠다. 이 분노의 전장에서 상처받은 전사적 남성들의 영혼은 따뜻한 위로의 주문을 필요로 했기에 이 작품이 쓰여질 수 있었다는 생각은 낡은 편견이다. 바리데기의 노래는 형제들의 알려지지 않은 뒷모습에 대한 이야기이다. 그들이 흘린 땀과 눈물과 피를 누가 몰래 모아 어떻게 보관하고 있는지에 대한 이야기이다. 목숨을 걸고 폴리네이케스의 매장의식을 치른 안티고네의 속내이다. 쉽게 죽을 수도 없었던 운명에 대한 노래이다. 우리는 이 바리데기의 슬픔을 통해 빼앗긴 시대와 잃어버린 생명에 대해, 의도하지 않았던 위로를 받는다. 그 입에서 흘러나온 것은 우리의 위대한 조상 영들에게서 듣는 지극히 강한 위안의 언사들이었다. 이것을 우리는 이 현대에 남겨진 파편들을 통해서 아주 잠시 엿들을 수밖에 없다. 그럼에도 불구하고 이토록 오래 살아남은 끈질긴 생명력으로 보아 우리 주변에서 무당과 복점이 사라져도 바리데기는 여전히 살아남을 것임을 예상할 수 있다. 그녀는 우리의 생각보다 더 강하다.

# 흩어진 심장의 지도를 찾아서

—노향림론

## 1. '세계-산책'의 노래 : 풍경으로 하여금 말하게 하라

노향림은 시를 풍경화의 경지에 가장 근접하게 끌어올린 시인으로 알려져 있다. 지금까지 많은 평자들 역시 그의 풍경화적 작법을 언급해왔다. 그, 노향림 시인은 능히 풍경을 그려낸다고. 그, 풍경 속에는 바람이 흐르고 감각도 흐르고 고적함도 흐른다고. 이른 시기부터 이형기 시인은 노향림 시인이야말로 "쓸쓸하고 황량함을 찾아내는 일급 선수"라고 평했으며, 박제천 시인은 "감각적이면서도 회화적인 비유가 명쾌하다"고 말한 바 있다. 분명히 노향림 시인은 풍경의 포착, 또한 회화성과 감각의 결합에 능수능란한 시인이다. 그러나 노향림의 그것은 풍경의 그림(drawing)에 국한되지 않고, 데생과 시각적 심상에 의지하지 않는 풍경이라는 점에서, '풍토에 의해 촉발되는 심미적 인상'인 보편적 풍경과는 사뭇 다른 의미를 지니고 있다.

역설적으로, 회화성의 프레임을 넘어서야 우리는 비로소 진정한 노향림의 심장에 닿을 수 있다. 그리고 이번 시집은 풍경이 풍경을 넘어서는 '먼 너머의 세계'를 품고 있다. 보고, 감각하고, 그리는 것—이것은 작품의 가시적 실루엣이자 구조적 미학을 담당하는 기제임은 분명하다. 하지만 노향림의 작품은 풍경의 프레임을 발판으로 삼아 그것을 넘어서려는 지향성을 보이고 있다. 노향림의 시는 풍경이 된다고 알려져 있지만 사실, 상황은 정반대다. 정확하게 말하자면, 그의 풍경은 시가 된다. 시선이 머무는 장소는 수동적으로 읽혀지는 대신 자발적으로 시의 마법적 세계로 걸어 들어온다.

이 지점에서 우리는 사뭇 궁금해진다. 이 시인의 작품에서 가시적 풍경은 왜 한 폭의 회화에 멈춰 있기를 거부하는 것일까. 많은 경우 노향림의 풍경은 일어선다, 걷는다, 기어간다. 그것은 말을 하고, 손짓도 하며 때로는 돌아서버리기도 한다. 이 사태를 두고 우리는 무엇이라 해석할 수 있을까. 말하는 풍경, 행동하는 풍경이 시와 일치함을 우리는 무엇이라 칭할 수 있을 것인가. 이 점이 바로 노향림의 풍경이라는 지점을 결론 아닌 출발로 삼아 이 시집을 읽어야 할 필연성에 해당한다.

> 샛강 쪽으로 쓰러진 샛길 하나 겨우 일어선다.
> 젖은 갈대 줄기에 실 다리를 감은
> 방아깨비와 실잠자리들
> 아직도 낮잠에서 깨어나지 않는다.
>
> 연기도 나지 않은 발전소 굴뚝들 위로 불씨 같은 해가
> 일직선으로 각도를 맞춘다.
> 눈이 시린 나는 그 해를 똑바로 바라볼 수 없다.
>
> 문득 양화대교 위 달리는 소란한 전동차 몇 량
> 그 아래 강물 속 비명을 감춘 당인리는
> 휘어진 등 지우고 없다.
>
> ──「당인리」 부분

이번 시집의 곳곳에는 '길'이 등장한다. 시인의 '길'은 예사롭지 않다. 그

것은 예전부터 시인을 매우 강렬하게 사로잡았던 시적 매개이기 때문이다. 10년 전에도 이미 그는 "아직 가보지 않은 길을 보면 공연히 가슴부터 뛴다. 그 길에는 이 세상 모든 것이 들어 있을 것만 같다. 그것을 환상으로 부풀려 바라본다 해도 길이란 우리를 얼마나 사로잡는가."(『내 정신의 주소—압해도』)라고 고백한 바 있다. 그만큼 시인에게 있어 '길'의 행로는 작품 세계의 구성에 있어서 큰 비중을 차지해왔다. '길'은 가보지 않은 세상으로 시인을 데려다줄 뿐만 아니라 생각하지 못했던 세계로 시인을 옮겨다 준다. 그런데 '길'이란 단지 통로, 연결고리, 매개체에 국한되지 않는다. 노향림 시인의 곁을 오래 지킨 '길'은 어느덧 사람처럼 의인화되어 있다. 시 「당인리」는 바로 그 인격체적인 길의 행태와 이야기를 표현한 대표적인 작품이다.

"샛강 쪽으로 쓰러진 샛길 하나 겨우 일어선다"는 말, "당인리는 휘어진 등 지우고 없다"는 말을 통해서 우리는 시인의 '길'이, 그리고 '길'이 닿은 지리가 독립적으로 생동하는 모습을 상상할 수 있다. 그것은 땅에 엎드려 살고 있는 또 하나의 생명체이다. 일반적으로 공간적 배경은 주인공을 부각시키거나 전경을 배치하기 위한 원경으로 물러나버리기 쉽다. 그런데 노향림의 풍경은 중시되지 않던 원경의 사연을 전경으로 역전시키는 데 중점을 둔다. '원경遠景의 전경화前景化'라는 기법을 통해 시인은 일상적 시선에서 놓치고 간과된 것, 무의미하게 지나치는 세계의 공간이야말로 주목해야 할 의미를 간직하고 있다고 강조한다.

이 점은 우리로 하여금 시인의 내면에 대해 공감케 하는 전언의 메시지를 담고 있다. 시인의 세계에서 '길'은 우리의 손을 잡고 어딘가로 떠나게 하고, 우리가 보지 못했던 세계의 근원과 현상을 우리의 손에 쥐어준다.

야트막한 키의 돌가시풀들이
불볕더위에 귀때기가 다 타서 눌어붙는다고

---

1 「작가의 말」, 『그리움이 없는 사람은 압해도를 보지 못하네』, 문학사상사, 1992.

온 몸에 가시 돋우며 무더기무더기

활활 이글거리는 여름 한 때

청설모 한 쌍 힐끗 아래를 보다가

꼬리 쳐들어 위태롭게 공중제비를 도는데

휘익 누가 우듬지를 당겼다 놓아버린다.

튕겨나가 후끈거리는 비명 몇 점,

내 발꿈치에 선명하게 묻어났다.

난데없는 길이 한 마리 기어가고 있다.

—「산책」 부분

　　많은 시편에서 노향림 시인은 길을 따라 산책하듯 세상을 더듬는다. 본디 산책의 목적은 시야에 들어오지 않았던 사물과 의미를 다듬는 것이다. 현실의 일과로 인해 충혈되었던 시선을 분산시켜 시야의 균형감각을 회복하는 일이다. 그리고 이러한 산책의 행로야말로 이번 시집의 첫 작품부터 마지막까지를 담당하고 있는 시인의 행보와 닮아 있다고 볼 수 있다. 시인은 '세계—산책'을 통해 시작을 구상한다. 그 산책의 각 굽이굽이에는 '당인리'도 있고, '수녀원'과 '요셉의원'과 '복음약국'도 있다. 또 멀게는 지리산과, 더 멀게는 '카일라스 산'과 '참파왕국' 역시 이 '세계—산책'의 중간중간에 위치해 있는 것이다.

　　시집의 전체적 구조를 담당하고 있는 길과의 동행은 「산책」이라는 시편에 압축적으로 제시되어 있다. 이 작품에서는 '돌가시풀'과 '청설모'와 이름 모를 동식물이 주되게 등장한다. 이것들은 주체를 주인공으로 모시고 사는 인간의 삶에 있어서 먼 원경으로 치환되는, 아주 사소한 배경의 일부들이다. 그러나 노향림의 세계에서 이것들은 배경이 아니라, 선명한 삶의 징후들을 지니고 있는 각각의 명징함으로 복구된다. 산책로를 통한 '원경의 전경화'의 시법은 원경의 미세한 수군거림을 극대화시키는 효과를 지니고 있다. 그 소리는 「산책」이라는 작품에서는 "후끈거리는 비명"으로 발굴되며,

이 소리의 발굴은 나아가 각종의 사연을 지니고 낡아가는 폐선과, 건물과, 바다와, 땅의 목소리를 보여주는 작품들로 형상화되기에 이른다.

## 2. 세계의 뼈다귀를 더듬는 지도

작품의 제목들을 면면히 살펴보면 구체적인 장소가 명사로 제시되어 있음을, 즉 이 작품집이 어떤 지리나 공간에 대한 심상들로 엮여졌음을 알 수 있다. 구체적으로, 노향림 시인의 작품에 있어서 '동洞'과 '골짝'과 '도島' 등의 지리적 언표는 중요한 지표의 역할을 한다. 바꿔 말하면, 이 지표들이 구성요소로 참여하여 모여 있는 전체가 오늘의 시집을 이루었다는 말과도 같다. 동과, 골과, 도를 행보한 것은 실질적으로는 시인의 다리(脚)겠지만 동과, 골과, 도를 연결하는 것은 시인의 '길'이자 시적 상상의 '길'이다. 각 지역이 모여서 전체를 이루고 그 지역 간에 길이 새겨져 있는 것을 지도라고 일컬을 수 있다면, 시인의 각 시편이 해당되는 각 지역을 시인의 '길'이 연결하고 있는 오늘의 시집을 우리는 일종의 '지도地圖'라고 말할 수 있을 것이다. 따라서 이 시집을 다 읽고 난 끝에 우리는 한 장의 커다란 지도를 만나게 된다. 시인이 그린 개별적 광경들이 모여서, 하나의 지도가 되어감을 확인하는 과정은 시집 읽기의 한 묘미가 되어준다.

앞서 말했듯이 노향림의 작품은 풍경 자체가 아니다. 시인의 풍경은 보여주기(showing)가 아니라 말하기(telling)에 해당하는 것으로서, 그 말하기는 지층에 켜켜이 묻힌 '세계─상(像/想)'의 사연을 풀어놓는다. 풍경이 일어서서 보여주는 표정, 춤을 추듯 나부끼는 사위를 통해 그는 세계의 근원적 뼈다귀를 더듬는다. 비유하자면, 그의 시작법은 마치 세계창조신화의 한 구절을 재생하려는 듯 보인다.

여러 고대 신화에서는 최초의 거대신이 죽어 그 유해가 비로소 세계를 구성했다고 알려져 있다. 중국 신화에서는 반고盤古가 죽어 왼쪽 눈은 해가 되고, 오른쪽 눈은 달이 되고, 사지는 산맥이 되고, 피는 강물이 되었다. 북유럽 신화에서도 태초의 거인 이미르Ymir의 살은 대지가 되고, 뼈는 산맥이 되었으며, 피는 바다와 호수에 고였다. 산산이 부서져 흩어진 유해조각은 죄다 세상의 귀한 뼈대가 되었다. 그것들은 없는 것 같지만 엄연하며, 있는 것 같지만 밝히기 어렵다. 흩어진 본질의 조각들은 세계의 지형과 지역, 길과 산과 들판과 섬의 일부가 되었다. 그리고 이렇게 조각난 세계의 거대한 근원을 감지하는 자로서 노향림 시인이 있다. 노향림 시인은 지층에 묻혀버린 세계 부분들의 고향을, 연원을 알고 있다. 지리지의 존재 이유와 그것들이 흩어져 뿌리내리게 된 사연들을 기억하고 있다. 이런 세계 구성의 고대적 사연을 되새기며 그녀의 시를 읽으면 편편의 풍경들이 왜 사지를 떨치고 일어나려고 하는지, 왜 그것들이 시인을 만나 붉은 얼굴로 반기는지, 비로소 이해할 수 있다.

노향림 시인은 세계로 던져져 지리를 만든 거대신의 심장 조각들을 찾는 자, 노향림 시의 풍경들은 흩어졌던 심장 조각들이 일어서는 장면이다. 그 사이에서 우리는 의미의 발화를 목격하게 된다.

산굼부리에 갔네. 능묘같이 높기만 한 몇 몇 오름을 거쳐 한 오름에서 내려다보네. 화산 폭발로 생겨난 분화구 그 붉은 아가리에선 아직도 산짐승 울음소리가 들리네. 누천년 동안 자란 숲이 그 소리를 덮었어도 저 검게 입 벌린 움푹 팬 원시림이 생생히 다시 퍼 올려주고 있네.
온갖 희귀 종류의 나무들 이름은 몰라도 좋네. 이리저리 몸 비틀며 키 올리는 나무들에게선 우우 반벙어리 울음소리가 들려왔네. 다가서 보면 천 길 낭떠러지로 아찔해 멈칫 물러서고 마네. 그 밑은 시커먼 용암이 숨어 있어 제주 사람들은 검푸른 바다 빛 맹금류나 맹수들이 산다고 믿는다네.
무덥고 비 많이 오시는 여름 날 날개 꺾고 숨어들어 간 새들은 나오

지 않고 짝짓기를 하거나 나는 연습을 한다네. 나는 시 한 편 보듬어
기르기를 석 달 열흘 걸리기도 해, 맹금류처럼 서슬 퍼런 눈으로 생
각의 깊숙한 구멍에서 나는 연습을 해야 하네.

미처 떠나지 못한 새들이 짝짓기를 하는 동안 파도는 몇 바퀴 째 소
용돌이치며 맹수처럼 으르렁거리며 달려드네. 짠 바닷바람에 알몸
이 하얗게 절여지는 바위에 걸터앉으면 음습한 갈매기들이 떠올라
한없이 멀리 쐐기문자들로 박히네.

사방 바닥을 알 수 없는 깊숙한 구멍에선 절창의 시 몇 줄이 내 귀
속으로 흘러들어 왔다 바다로 가네. 곧 어둠에 젖어 버린 습지처럼
웅크린 나는 좀처럼 일어설 수가 없네. 산굼부리를 앞에 두고 갈 수
가 없네.

―「산굼부리 2」 전문

'세계-산책'의 시편들 가운데서도 가장 미세한 소리의 포착이 시 「산책」
에 닿아 있다면, 「산굼부리 2」는 가장 웅숭깊은 소리를 접할 수 있는 작품에
해당한다. 그리고 이 작품이라면 노향림의 풍경이 풍경을 넘어선 풍경임을
십분 증명할 수 있을 것이다.

여기에서 가시성의 시각으로 포착되는 것은 오로지 오름, 분화구, 숲, 나
무, 파도뿐이다. 그렇지만 이 오름, 분화구, 숲, 나무, 파도의 광경이 이 시
의 주인이 아닌 것은 누구든 쉽게 알 수 있다. 더불어 이 시를 압도하고 있
는 것은 보이지도 않고, 그릴 수도 없는 "울음소리"라는 사실 역시 감지할
수 있다. 작품에서 시인은 제주도의 '산굼부리'의 분화구를 찾아왔다. 그는
분화구 위에 서서 보이지 않는 부분, 즉 대지의 아래에 머물러 있는 원시성
의 생명력을 상상한다. 용암이어도 좋고, 고대적 맹금류의 사나움이어도 좋
다. 그는 표면의 녹색으로 뒤덮여 있는 분화구의 밑, 검은 구멍에 거센 "울
음소리"가 잠재되어 있다고 생각한다. 놀랍게도 이 울음소리는 분화구의 내
부와 시인의 내부에서 동시에 올라온다. 동시성의 압권은 그 누천년 전의 원

초적 힘에 대한 직감이 시인 내면에 공명해와 같은 "울음소리"로 떨고 있다는 마지막 구절에 있다. 100년을 채 살지 못하는 연약한 인간이 어쩌면 세계의 연원과 함께 전율할 수 있다는 것, 원천적 소리에 온몸으로 응답할 수 있다는 것, 그리고 그 응답의 교차가 시를 통해서 오고간다는 것이 시인의 시인됨과 감각의 최대치를 보여준다. 따라서 마지막 구절, "웅크린 나는 좀처럼 일어설 수가 없네. 산굼부리를 앞에 두고 갈 수가 없네."와 같은 구절을 보면서 시인이 시와 세계가 소통하는 순간에 기진하는 극적인 경험을 우리는 짐작할 수 있다.

보이지 않는 세계와의 공명共鳴이란, 풍경의 스케치만으로는 가능하지 않다. 여기에는 각각 사연 깊은 공간의 연원을 복권시켜주고, 발견해주는 그러한 의미부여가 반드시 선행되어야 한다. 그러한 원천적 지리지의 회복은 노향림 시인이 오랜 시간동안 추구해온 풍경의 본래 의미라고 할 수 있다. 나아가 이 '세계-상(像/想)'의 부분들을 두드리는 시인의 시선과 노력은 노향림 시인의 내적인 작품 세계를 해명할 수 있는 중요 기제가 된다. 세계가, 또는 세계의 곳곳이 반고盤古의 흩어진 살점과 뼛조각이라면, 그것들이 제각기 일어서서 반고의 심장을 향하려 한다고 해도 이상할 것이 없다. 또한 노향림의 내적인 세계가, 내적인 세계의 곳곳이 시심의 흩어진 살점과 뼛조각이라면, 그것들 또한 제각기 일어서서 시인의 심장을 향하려 한다고 해도 이상할 것이 없다. 세계의 원천이었던 거대신과, 시인 내적 세계의 원천인 시심의 신은 동위의 존재로서 서로 조응한다. 그리고 시인은 세계를 돌아다니면서 묻혔던 거대신의 뼈다귀를 일으키면서 풍경의 조각을 모으고, 동시에 자신의 내적인 세계의 부분들을 외부 세상에 투사해낸다. 이 과정은 세계와 자기와의 거리 좁힘이며, 해석이며, 이해의 방식이라고 볼 수 있을 것이다. 따라서 노향림 시인은 원고지를 이젤처럼 세워놓고 세계를 소묘하는 자가 아니라, 그의 시작법은 마치 세계창조신화의 한 구절과 같아서, 대지를 원고지처럼 눕혀놓고 보다 큰 그림을 발굴하는 자라고 말할 수 있다.

## 3. 풍경 '너머'로 사라지기 위하여

측량할 수 없이 너른 개펄은
먼 데서부터 낯설지 않게 오는
수십만 마리의 철새 군단에게
먹일 양식을
한꺼번에 풀어놓는다.
이를 알았다 알았다고
하늘은 고개 끄덕이며 미리 내려와 앉는다.

세찬 바람 밀어내고
머리부터 처박고 새들이
먹이를 찾는 동안
어디선가 다친 새 한 마리 절름거리며
먹이를 찾는 동안
파닥이는 날갯짓 형상으로 하늘과 개펄은
서로 둥글게 깍지 끼듯 껴안으며 안전한 벙커가 된다.
　　　　　　　　　　　　　—「철새는 벙커에 날아들고」 부분

　　하늘과 너른 개펄은 한 눈에 담기 어려울 정도로 거대한 형상에 해당된
다. 그럼에도 불구하고 시인은 그 형상을 손쉽게 '줌-인zoom-in'해서 한
눈에 담고 있다. 그는 "하늘과 개펄"을 "파닥이는 날갯짓 형상"으로 축소
해서 한 마리의 철새의 모습에 비유한다. 철새가 노니는 하늘과 땅이 다
시 철새가 되는, 철새 속의 철새 구도가 흥미롭다. 흥미로울 뿐만 아니라
이 「철새는 벙커에 날아들고」에서는 세계를 해석하는 시인의 대담한 필체
를 엿볼 수 있다.
　　노향림 시인은 세계에 대해 느끼는 감각을 대단히 차분한 방식으로 전개

해나가는 특징을 지니고 있다. 세계를 산책하며 소리를 발굴하면서도 그의 작품에서는 대상의 인력에 대하여 무절제한 끌림을 자제하는 편이다. 시인이 추구하는 것은 세상에 대한 시적인 해석이지, 세상에 대한 도취가 아니기 때문이다. 이런 특징으로 보아 그는 길을 걸으면서 시를 쓰기보다 아마 길을 빠져나온 후에, 혼자 다시 반추하면서 시를 쓸 것이라 예상된다. 현장에서 막바로 생산된 시가 아니라 현장을 간직하고 돌아와서 구성한 작품, 즉 오늘의 시가 아니라 오늘을 품은 시를 추구한다고 볼 수 있다.

이런 상황을 고려한다면 노향림 시인에게 시각성은 최우선의 감각기관이 아니다. 시각성은 대상을 선별하기 어려워 주어지는 시감각을 거의 무조건적으로 받아들인다. 그렇지만 시인은 보고 싶은 것, 봐야 할 것을 선택해서 본다. 그의 지도가 개성적인 이유는 바로 이 선택적인 시각성에 기인하고 있다. 시인은 세계를 받아들이는 편보다는 세계를 해석하고 상상하면서 세계에 참여한다. 사람과 세계의 관계는 "달팽이와 달팽이의 집과 같은 관계"라는 밀란 쿤데라의 말처럼, 시인은 외부 세계와 '길'로 단단히 이어져 있으면서도 달팽이집으로서의 세계와 분명 분리되어 있다. 그리고 세계에 대해서 함몰되지 않으면서 소리와 의미를 얻으려는 길항의 요법은 시인의 풍경으로 하여금 풍경 너머의 세계를 엿보게 만든다.

> 역사는 처음부터 없었다고
> 다 낡은 환상만 내다놓은 나무의자들
> 공허가 주인들처럼 앉아 있다.
> 그 발치엔 먼 데서 온 파도의 시린 발자국들
> 霧津 공간에 失戀처럼 쌓이고
> 우우우 모래바람 일으킨다.
> 먼저 도착한 누군가 휩쓸고 갔나 보다.
> 바닷새들이 그들만의 기호로
> 모래밭마다 발자국들 암호처럼 몰래 숨겨놓고 난다.

낮선 기호의 문장들이 일파만파 책장처럼

파도소리로 펄럭이면

연신 일몰이 그 기호를 시뻘겋게 염색한다.

—「정동진역」 전문

노향림 시인이 매우 냉철하게, 세계를 판독하려는 시도를 하고 있다는 사실이 이 시에 잘 드러나 있다. 이 작품에서 역사驛舍의 이미지는 어떻게 부각되고 있는가. '공허'라는 말이 일차적으로 그것을 띄워놓았고, 이차적으로는 바닷새들의 '기호'와 '암호'가 이미지를 이끌고 간다. 쓸쓸함과 황량함에 의례적으로 있을 법한 울적함이나 멜랑콜리와 같은 감성은 전면 배제되어 있다. 자기만의 방식으로 도해圖解를 달아놓는 것이 시인의 목적인 듯, 그리고 나머지의 감상이야 천천히 스며나도록 처리한 것이 노향림 시인이 지속적으로 추구해왔던 시법이다. 그는 울지 않고 울음을 모으며, 동정하지 않고 동정을 확인하며, 슬퍼하지 않은 채 황량함을 붙든다. 이 길항의 요법이 가능하다는 말, 즉 눈앞의 세상을 읽되 함몰되지 않았다는 말은 그를 지탱하는 더 큰 세상이 있었다는 말과도 같다. 그리고 우리는 시인이 품고 있을 더 큰 세상을 '먼', 이라는 그의 형용사를 통해서 어스름히 추측할 수 있다.

「철새는 벙커에 날아들고」에서의 철새가 반가운 이유는 "먼 데서부터 낯설지 않게 오는" 존재이기 때문이리라. 또한 「모항으로 가는 기차」가 근원적인 이유는 "낯익은 먼 기적 소리 돌아오"기 때문이리라. 시인에게 있어 먼 것은 낯익은 것, 낯익은 것은 먼 것이라는 아이러니한 표현을 얻고 있다. 먼 것이 낯익을 수 있다는 것은 그만큼 간절히 생각했다는 말, 그만큼 사무쳤다는 말, 그만큼 오래 꿈꾸었다는 말과도 같다. 본래 사람의 쓸쓸함은 눈에 들어간 모래와도 같아서 우리를 불편하고 쓰라리게 만들지만, 노향림 시인은 그 쓸쓸함의 모래를 낯익고 먼 곳을 생각하며 씻어낸다. "먼지로 붉게 충혈된 나의 눈은 먼 곳을 향해/ 수족관의 열대어처럼 떠간다."(「통영굴밥집」)는 구절처럼, 그는 눈앞의 풍경을 보면서도 먼 곳을 함께 보는 이중—눈의 구조를 가지고 있지 않는가. 이 두 눈의 존재가 바로 시인의 풍경을 풍경 너머의 풍경으로 건너게 만드는 원천이다. 그리고 시인이 일상에서, 산책로에서, 여행에서 찾아보는 풍경의 이야기들은 이 풍경 너머를 꿈꾸는 풍경들로 채색되어 있다.

> 아파트 창에는 벌써 한밤의 별이 돋고
> 그 하늘의 궤도를 따라 隊商들이 실루엣으로
> 느릿느릿 지나는 먼 실크로드를 건너다보며
> 긴 목발의 시간 나는 겨우 복도에 닿아
> 엘리베이터 단추를 누르네.
> 고장 난 시간은 19층에 멎어 내려올 생각을 않고
> 깊고 푸른 심연에 떨어진 하루가
> 낯익은 얼굴처럼 힐끗 뒤돌아보네.
>
> —「정형외과」부분

간힌 곳에서 보는 밤하늘이야말로 가장 아름다운 풍경의 하나인 것. 그것은 상상의 세계, 먼 곳의, 실재하며 또한 실재하지 않는 세계라는 이중의 의미를 지니고 있기 때문이다. 시인은 일상의 팍팍함을 밀어내는 대신, 아주 먼 곳을 꿈꾸면서 세상의 표정을 바라본다. 이 먼 곳은 실크로드만큼 멀고, 밤하늘만큼 멀고, 반고의 천궁만큼 멀다. 그리고 시인이 미세한 떨림으로, 깊은 울림으로 들었던 '먼 울음소리'만큼 멀고도 낮익다. 풍경을 그려놓은 듯하지만 사실은 "반쯤 열린 지하 창문 밖으로/ 사막 하나씩 품고 걷는 사람들의/ 기운 어깨 너머로 먼 모래 울음소리."(「명사산을 찾아서」)를 찾아 헤매는 것이 노향림의 시선인 바, 그가 찾는 소리의 주인은 장소일까, 사람일까, 의미일까. 어느 시편에서 그것은 장소이고, 어느 시편에서 그것은 사람이나 동물이고, 어느 시편에서는 의미로 드러난다. 그러나 무엇이든 그의 시선은 냉정하듯 환상적이며, 황량하듯 따뜻하다.

이렇게 이 시집은 먼 울음소리들이 그린 풍경들로 가득하다. 그것은 풍경이되 풍경이 아니고, 측량할 수 없는 세계를 측량하는 유일의 방법이기도 하다. 이렇게 노향림 시인은 세계를 해석해서 자기의 방식으로 번역해 내었다. 그의 번역에 의하면 울음소리가 들리는 먼 곳까지가 최초 거대신의 우량함이며 시인이 지닌 심장의 크기에 해당한다. 그리고 우리는 이 크기를 근거 삼아 예상한다. 그곳까지 펼쳐진 길을 따라 시인의 시선은 계속될 것이라고. 시인의 시선을 따라, 죽고 '풍화된 늑골'(「개펄에 와서」)과 같은 '세계의 뼈'들이 일어나 발아發芽할 것이라고 말이다.

# '여류'와 '마녀'는 없다

—김승희·최승자 두 시인과 1980년대의 성취

여성 문학이 현재 지점에 도달하기 위해서는 30년대 '여류 문단'을 지나야
했고, 이후 여성적 문학—여성주의적 문학—여성 문학으로의 단계적 시기
를 거쳐야 했다. 구체적으로 1960년대까지는 '여성적' 문학, 1970년대는 과
도기, 1980년대부터는 본격적인 '여성주의적' 문학의 시기, 1990년대 이후
에는 '여성의' 문학이 전개되었다는 파악은[1] 현재 여성문학사를 바라보는 대
표적인 입장일 것이다. 그런데 과정적 단계로서 우리 시의 흐름을 되짚어
보는 것은 분명 필요한 일이면서 또한 매우 주의를 기울여야 할 일이기도
하다. 단계를 일종의 진전으로 인식한 결과 '여성적'인 것은 '여성주의적'인
것보다 저급하며 '여성주의적'인 것은 '여성적'인 것보다 가치가 떨어진다고
이해해서는 안 되기 때문이다. 이런 오해를 경계하기 위해서는 여성 시인들
의 시에 대해 더 많은 각주를 달아야 할 필요가 있다. 그리고 그 각주의 일
환으로서 1980년대, 파격적인 변화를 주도했던 두 시인에 주목할 수 있다.

김승희 시인과 최승자 시인은 '여성이고 시인인 경우'가 아니라 '시인이
고 여성인 경우'로서, 지극히 선구적인 시적 성취를 보여주었다. 두 시인은

---

1 이혜원, 『자유를 향한 자유의 시학—김승희론』, 소명, 2012, 16면.

1952년생 동갑내기이고, 모두 1980년대 문학의 대표 주자이며, 지금까지 왕성한 활동을 벌이고 있다. 그 외에도 이 두 시인에게는 여러 가지 공통점이 있다. 우선, 하나는 '여성적'이지 않다는 평가를 받아왔다는 것이다. 강렬하고 도발적인 언어와 상상력을 선보인 두 시인은 전통적인 여성적 말하기와는 거리가 먼, 새로운 시도를 보여주었다는 평가를 받은 바 있다. 이것이 특징이자 장점이라고 말하는 논자가 있는가 하면 새롭게 시도한 어법이 '남자처럼 쓰는 여성 시인'일 뿐이라는 비판을 받기도 했다. 이들 시인의 작품은 분명 일반적으로 말해지는 '여성적'인 어법에서 벗어나 있다. 뿐만 아니라 여성 시인에게 일반적으로 기대되어 왔던 여성 특유의 세계, 즉 자애로 가득한 '모성적'인 세계와 고운 '그대'를 향한 열애의 현장과도 벗어나 있다. 김승희 시인에게 '모성'의 「쌍봉낙타」와 같은 작품이 없는 것은 아니며, '자궁'의 생산성에 대한 시화가 없는 것은 아니지만 그것이 그의 80년대의 중심축은 아니다. 또한 최승자 시인에게 '연애'의 「Y를 위하여」와 같은 작품이 없는 것은 아니지만 그의 연애시들은 사랑의 가치를 희구하거나 연인을 그리워하는 모습이 아니라 결별과 원망이 그 중심을 이루고 있다.

김승희, 최승자에게서 공통적으로 제거된 것이 여성으로서의 고운 정서/어법, 만물을 품는 모성의 확장, 생산성, 희생을 기꺼이 감수하는 열애라면 과연 그들에게 있는 것은 무엇인가. 그리고 이 두 시인을 공통으로 묶는 것, 나아가 이 두 시인을 1980년대의 상징적 징후로 세울 수 있는 지점은 어디에 있을까. 1980년대 문학에서 이 두 시인이 가진 중요성은 '강은교 및 고정희와의 변별점이 무엇인가'는 문제의식을 전제하고 있을 것이다. 고정희에 대한 기존 평가에서 그는 한국 현대시사에 나타난 '기독교적 안티고네'라는 의미를 부여받고 있다. 고정희가 민중을 중심으로 새로운 안티고네를 만들고자 했다면 강은교의 시에서는 집단적 슬픔에 대처하는 동양적(바리데기적) 안티고네의 면모를 확인할 수 있다. 김승희·최승자 시인 이전에 등단해 주목할 만한 성과를 보였던 강은교·고정희 시인이 민중이라는 공동체의 고통과 회복을 품는 두 명의 안티고네에 비유될 때, 김승희·최승자 시인이 이들과 갖는 차별성이 더욱 두드러져 보인다. 이 두 시인에게서는 이러한 집단의 이야기가 중심 주제가 아니기 때문이다.

김승희와 최승자의 경우 민중 집단의 원한과 희구라는 강력한 원심력으로부터 보다 자유롭다. 대신 집단의 원한에 못지않은 개인의 원한, 집단의 절망에 못지않은 개인의 절망, 집단의 고통에 못지않은 개인의 절망이 시에서 매우 강력하게 드러난다. '집단의 원한'으로부터 '개인의 원한'으로 옮겨가기가 이들 시의 특징이자 1980년대 시적 발언으로서의 의의였던 것이다. 이들의 작품은 집단적 의식이 아니라 '개인'의 슬픔, '개인'의 고통, '개인'의 절망을 다룬다. 공동체의 고통을 공동체의 일원으로서 감당하려는 작품들이 아니라고 해서 이 시인들이 공통된 시대의 슬픔, 시대의 고통, 시대의 절망에 무감해지거나 그것에 이기적으로 대처했다고 볼 수 없다. 그보다 김승희, 최승자의 작품에서 찾아볼 수 있는 개인적 고통에의 주목은 시대의 슬픔이 개인의 차원에까지 뿌리 깊어졌다는 심화의 현장으로 이해할 수 있다.

## 1. '죄'와 '치욕'에 대한 발견과 시적 감각

김승희 시인이 '고통'이라는 주제를 심화시켰음은 여러 논자에 의해 지적된 바 있다. 1979년에 발간된 첫 시집과 1980년대 발간된 세 편의 시집은 특히 '고통'이라는 주제를 지속적으로 다루고 있다.

> 약 5년 동안 강박적인 체험의 고통에 빠져 시를 못쓰고 있는 동안 나는 내 몸속에 한 마리 짐승을 기르고 있는 것 같았다. …(중략)… 언젠가 영혼의 만신전에 시의 신탁이 폭양처럼 쏟아지면 나는 그 괴물로부터 해방되리라는 것이었다. 원한으로 가득찬 내 오장육부를 피리삼아 한판 가락의 神明에 들려보고 싶었다.
> ─김승희, 「자서」 부분, 『왼손을 위한 협주곡』(문학사상사, 1983)

이 「자서」가 수록된 두 번째 시집은 표현의 과격성과 고통스러움에 대한 노출이 최고조에 이른 시집으로 주목할 수 있다. 1979년 발간한 첫 시집 『태양미사』에도 비참한 현실 인식이 등장하지만, 그것을 절규보다는 상징적이고 신비스러운 세계로 그려내려고 했다. 구체적으로 이 시집에는 천사, 파가니니, 말, 어린 아이들, 지구, 별, 황무지, 에덴, 태양, 죽음 사랑, 불새, 노래, 혼, 육체 등등의 소재들이 등장하여 아름답고 비극적인 환상을 구현하고 있다. 이 작품집은 일상과 실제 경험에 뿌리를 두지 않고, 구체적인 장면을 활용하고 있지 않으며 매우 관념적이다. 첫 시집이 시인에게 '신비주의의 여사제'라는 별칭을 부여했다면 한동안의 공백을 깨고 발간한 두 번째 시집은 시단에 매우 강한 인상을 부여하면서 김승희 시인의 이름을 알리는 데 기여하게 된다. 특히 두 번째 시집의 '자서'에서 시인은 '고통', '괴물', '원한'이 자기 안에 가득 차 있었고 그것들로 인해 이 시들을 쓰게 되었다고 고백한다. 그리고 이 작품집에 대해서 김열규는 "아픔이 그녀의 신령이고 그녀의 뮤즈이다. 뼈와 살과 피도 그녀의 뮤즈에 이바지한다. …(중략)… 고통의 신령에 지펴서 고통과 더불어 갖는 인식—여기에 김승희 시의 비의가 있다."(「태양의 양수 속에 타오르는 동통의 신명」 해설, 시집 『왼손을 위한 협주곡』, 155면)고 평가한다.

쉽게 말해 당시의 시인은 아파 펄쩍펄쩍 뛰면서 시를 썼다는 것인데 이 고통의 원인은 과연 무엇일까. 시인의 고통을 자세히 들여다본다면, 그것이 물리적이라기보다 인식적이며, 선택적이라기보다 존재론적인 것임을 알 수 있다.

'나는 누구인가'에 대한 질문에 대해 시인이 어떻게 인식하고 있는지 단서를 찾아보면 어떤 시에서 시인은 '나'는 '죄악'(「유서를 쓰며」, 「태양성서」)이고, 또 '문둥이/혼혈아'(「남도창」)이고, '치욕'(「난폭」)이며, '신이 쓰다 버린 병든 물음표'(「신의 연습장 위에」) 등이라고 대답한다. 세상과 쉽게 화해하는 장면은 찾기 어려우며 최저 낙원의 비참상과 그것을 견뎌야 하는 괴로움에 대한 토로가 시의 주를 이루고 있다. 김승희 시인에게서 비참한 존재, 저주받은 존재로서의 자기 규정은 활동 초기에서부터 이어져오는 것이다.

첫 시집 『태양 미사』에서 시인은 '나는 유배당한 아이'라고 선언한 바 있다. 흥미롭게도 이 자기 존재에 대한 선언에는 '죄'가 동반된다. 저주받은 원인으로서 자기가 지은 죄가 아니라 조상이 지었을지도 모를 죄가 의심된다는 것이다. 자기가 짓지 않았는데 자신을 비참하게 만든 이 죄를 우리는 원죄라고 부른다. 그리고 이 원죄 인식은 존재에 깃들어 있는 원천적인 고통과 이어진다. 이 원죄 인식은 두 번째 시집에서도 등장한다.

> 내 뼈에 가득 찬
> 죄악을 비우기 위하여
> 나는 유서를 씁니다,
>
>                                        ―김승희, 「유서를 쓰며」 부분


> 타오르지 못하면
> 죄를 느끼는―
> 나는 하나의 양초입니다
>
>                                        ―김승희, 「태양성서」 부분


이 시편들에는 '나'라는 존재 안에 '죄'가 있다고 표현되어 있다. 그런데 '죄'란 내가 지은 죄가 아니라 선험적으로 주어져 있는 것, '뼈 안에 차 있는 것'이거나 '생명의 뿌리와 닿아 있는 것'이다. 그러면서 '죄'는 자기 존재를 비참한 존재로 격하시키는 원인이 되므로 또한 시인이 고통, 괴물, 원한에 사로잡히게 된 원인의 다른 표현이라고 할 수 있을 것이다. 살아가되 본질을 상실할 수밖에 없는 상황과 절대적인 인간 가치를 보장받지 못하는 삶의 속성에 대해 시인은 '(원)죄'라고 표현하고 있다. 김승희 시인의 작품에서 죄-고통-원한-치욕은 동일한 의미 선상에 놓여 비참한 자기 존재 인식에 대한 반응으로 등장하였다.

김승희 시인에게서 고통, 그리고 그 고통을 일으키는 죄 내지 치욕이란

현대 사회에서 태어날 때부터 인간 존엄성을 확보받지 못하는 인간의 현대적 운명, 절대적 가치에 대한 상실을 의미한다고 할 수 있다. 그리고 '죄/치욕'에 대한 감각, 그리고 그것에 대한 반응은 최승자 시인에게서도 동일하게, 그리고 더욱 부정적으로 그려진 바 있다.

　인간으로서의 나, 나로서의 인간은 무가치한 존재가 될 수 없으나 무가치한 존재가 되고 말았다는 절망적 인식, 그리고 그것을 죄와 치욕으로 구체화하는 작업은 최승자의 시세계의 핵심이다.

　　　일찍이 나는 아무 것도 아니었다.
　　　마른 빵에 핀 곰팡이
　　　벽에다 누고 또 눈 지린 오줌 자국
　　　아직도 구더기에 뒤덮인 천년 전에 죽은 시체.

　　　아무 부모도 나를 키워 주지 않았다
　　　쥐구멍에서 잠들고 벼룩의 간을 내먹고
　　　아무 데서나 하염없이 죽어 가면서
　　　일찍이 나는 아무 것도 아니었다

　　　　　　　　　　　　　　　　　　—최승자, 「일찍이 나는」 부분

　최승자의 첫 시집, 첫 작품 「일찍이 나는」은 자회상적인 작품이다. 김승희가 그의 작품에서 '나는 문둥이', '나는 혼혈아'라고 자기를 선언했다면, 최승자의 경우 '나는 아무 것도 아니다', 내지는 '나는 사람이 아니다'라는 부정어법으로 자신의 의미를 규정한다. 그리고 역설적으로 이 부정 명제는 자기 본질성, 자기 가치에 대한 훼손을 적극적으로 고발하려는 의도를 담고 있다. 최승자에게서 본인이 지닌 '죄'의 의미는 '곰팡이'와 '쥐오줌'으로 상징화되는, 황폐한 가족 공간에서 극적으로 드러난다. 그가 태어나기 이전에 죄는 존재했고, 태어나는 것 자체가 죄가 되었다는 '개인의 의도를 넘어서는 선재적인 죄'가 최승자가 주목한 세계의 전제이자 부조리함과 고통의 원인이다. 자신은 아무 죄를 짓지 않았는데 세상에서는 문둥이, 혼혈아에 못지않게 비참함을 느끼게 되는 상황, 자신은 죄를 짓지 않았는데 세상에서 부정당하는 존재가 되어버렸다는 인식은 김승희 시인과 최승자 시인의 공통점을 이루면서 이들 시인의 작품에서 '죄'와 '치욕'에 대한 주제의식을 발전시키도록 만든다.

> 아직 내 정신에서 가시지 않는
> 죄의 냄새, 슬픔의 진창의 죄의 냄새.
>
> 날마다 나는 버려진 거리 끝에서 일어나네.
> 지난 밤의 꿈 지나온 길이 죄
> 살 수 없는 꿈 살지 못하는 죄.
> 그러나 지난 밤 어둠 속에서
> 나의 모든 것을 재고 있던 시계는
> 여전히 똑같은 카운트 다운을 계속하고 있다.
>
> 달려라 시간아
> 꿈과 죄밖에 걸칠 것 없는
> 내 가벼운 중량을 싣고
> 쏜살같이 달려라
> 풍지박산되는 내 **뼈**를 보고 싶다.
> **뼈**가루 먼지처럼 흩날리는 가운데
> <u>흐흐흐</u> 웃고 싶다
>
> —최승자, 「버려진 거리 끝에서」 전문

이 작품에는 삶 자체가 치욕이고 죄이고, 살지 못하는 것 또한 치욕이고 죄라는 현실 인식이 보인다. 작품 초반 "죄의 냄새"라는 단어가 반복적으로 사용되면서 그것이 나의 "정신"에 절어 있을 정도로 심각하게 작용하고 있음을 토로한다. 그런데 이 죄는 일상적인 의미에서의 죄와는 거리가 먼, 존재론적인 원죄이다. 이점을 유추할 수 있는 부분으로 "지난 밤의 꿈 지나온 길이 죄/ 살 수 없는 꿈 살지 못하는 죄"의 구절을 들 수 있는데 사는 것, 살아온 것, 태어난 것 자체가 '죄'라는 절망적 인식으로 읽을 수 있다. 나의 잘못된 행위를 통해 죄를 선고 받는 것이 아니라 구체적인 행위 없이 이미 죄인으로 낙인찍힌 상황에 대해 시인은 또 다른 말로 '치욕'이라고 부른다. 그는 "칠십년대는 공포였고/ 팔십년대는 치욕이었다."(『세기말』)라는 말로서 80년대의 시대와 자아를 정의하거니와, 다음 시에서는 그 '치욕'에 대한 시화를 읽을 수 있다.

다 묻고
떠나자.
삶은
서울은
더러운 것.

문둥이가
제 상처를 핥으며
제 상처를 까발려 전시하며
끊임없이 생존을 구걸하는

삶은
서울은
더러운 것.

　　　　　　　　　　　　　　　　—최승자, 「다 묻고」 전문

'서울은 더럽다'는 명제가 다 묻고, 다 버리고 떠나자는 결론으로 이어지는 것은 일견 이해할 수도 있다. 그런데 '삶은 더럽다'는 명제는 이보다 심각하다. 삶이 더러우니까 버리고 떠나자는 것은 사실상 죽음을 선택하는 것과 같기 때문이다. 이때 구걸해야만 생존을 이어갈 수 있다는 '치욕'에 대한 인식은 최승자 고유의 암울함과 죽음, 절망이라는 시적 주제와 매우 밀접하게 이어져 있음을 알 수 있다.

세상의 입장에서 시인은 지은 죄 없이 죄인이 되어버렸고, 이 죄인으로서의 존재감을 시인 자신은 치욕으로 인식한다. 타자가 부여하는 '죄성'과 자아가 감각하는 '치욕'은 인간의 고유하고 절대적인 가치의 훼손됨이라는 본질적이고 사회적인 문제의식에 뿌리를 박고 있어 개인의 힘으로는 처치할 도리가 없다. 이 암담한 현실에 개인사적인 불행이 더해져 최승자의 시는 '죄'와 '치욕'의 거대한 뿌리에 결박당한 한 인간의 비참상을 드러내고 있다. 하지만 비참함을 소위 '고발'하는 것만이 최승자 시인의 작품 세계는 아니다. 그는 이것을 드러냄과 동시에 그것에 대한 문학적인 반응을 통해 최대한 해소를 하려고 하는 움직임을 보이고 있기 때문이다.

## 2. '죄'와 '치욕'을 극복하는 문학적 방식

고통의 원인으로서 죄와 치욕이라는 훼손 상태를 떨쳐버리기 위해서 두 시인은 격렬한 언어와 해체적 상상력을 고안해내었다. 이 격렬한 반응의 텍스트들에서 두 시인은 '죄'를 타자적인 율법에의 수용이나 터부화를 통한 은폐로 해소하려는 것이 아니라 전면적으로 '고백'한다.

사회적인 죄라면 재판과 벌을 통해 죄를 벗게 되고, 종교적인 죄라면 신에게 귀의하여 죄에 대해 회개하는 방식의 해소가 있을 수 있다. 그런데 만약, 세상에서 존재 자체가 죄악이며 태어난 것 자체가 죄인 무가치한 인간이라고 말한다면, 이러한 이 죄를 사함 받기 위해서는 어떻게 해야 할까. 신에게 죄를 고백하고 신의 영역에 복귀하는 방법을 통해서 비로소 은총이 찾아질 수 있다. 하지만 이것은 종교의 영역에서 일어날 수 있지 문학의 영역에서는 가능한 일이 아니다. 두 시인은 일반적·종교적인 죄의 해결과는 다른 문학적 방식으로, 죄에 대한 저항을 전개한다.

저항적 양상 가운데 맨 처음 주목할 수 있는 것은 표현적 차원에서의 대응, 특히 욕과 비속어의 사용이다. 이에 더불어 낯선 비유와 파격적인 단어 선택은 원죄를 부여하며 인간을 단죄하는 가치 기준에 대한 비난의 시선을 담고 있다.

비속어나 날것 그대로의 욕을 시로 그대로 들여오는 등 최승자의 시에는 시어의 선택이 파격적이다. 그 선택을 읽는 입장에서는 절박하다거나 통쾌하다는 느낌을 받게 된다. 최승자의 욕은 일종의 반항적 포즈를 담고 있다. 아버지의 법, 율법, 계명, 즉 로고스의 윤리를 어기지 않았음에도 불구하고 찾아오는 거대한 죄의 존재감 앞에서 시인은 억울함과 분노를 느낀다. 그리고 이에 대한 일차적인 반응을 욕이라는 언어적 반응으로 보여주고 있는 것이다. 언어 역시 아버지의 법에 해당하는 사회적이고 제도적인 약속이라고 할 때 비속어는 그 언어의 권위와 존엄함을 비웃는 언어의 이단 격이다. 최승자는 이 이단적인 언어를 선택함으로 단죄의 타자적 세계에 대해 일종의 저항을 하는 것이다.

김승희 시인은 최승자 시인처럼 비속어를 즐겨 활용하지 않지만 두 시인의 공통점이자 김승희 시인의 특징이기도 한 파격적인 비유와 잔혹한 서술어들의 활용에 주목할 수 있다. 이어령의 지적(「'33세의 팽세' 다섯 가지 예외의 책」, 『33세의 팽세』, 문학사상사, 2002)에 의하면 '흉측함'에 가까운 김승희 시인의 이미지는 자신을 포함한 인간의 내부를 드러내려는 의도를 지니고 있다. 김승희 시인은 외적인 것이 아니라 내부에 존재하는 것들까지 투명하게 모든 것을 꺼내 보이겠다는 의지를 지니고 있었다. 흉측한 것, 추한 것, 정제되지 않은 것, 미화되지 않은 것을 표현의 주축으로 삼는 방식으로 시인은 인간에 대한 세상의 가치 판단, 정의와는 다른 인간상을 구축한다. 세계는 저열한 것이며 인간은 저주받은 것임을 보여주기 위해 파격적이며 거친 상상력이 동원되었다는 지적도 있지만, 시인의 의도는 보여주기 이상으로 기존의 세계상을 흔들며 전복하고자 하는 모반의 상상력이 포함되어 있다고 볼 수 있다.

김승희 시인과 최승자 시인에게서 공통적으로 '질병'의 은유가 잦은 것도 주목할 만한 특징이다. 질병의 은유는 일차적으로는 저주받은 존재로서의 인간을 극단적으로 보여주기 위한 장치로 이해할 수 있다. 이차적으로 질병의 은유는 고통을 극대화하고 기존 인간상의 변화를 도모하기 위한 문학적인 기법으로 파악할 수 있다. 질병을 철학적인 은유로 파악하는 관점에서는 이것을 개체의 동일성을 벗어나고 관계들을 변형시키는 계기로 설명한다. 질병이 일종의 결함이나 죽음의 징후이기도 한 동시에 그것이 몸 이미지의 변화를 도모하는 원인이라고 할 때 이런 질병의 활용을 잘 보여주는 예로 김승희 시인의 '태양병'에 대한 주목을 들 수 있다.

김승희는 "너무나 많은 사람들이 마취성 아메바에 의해 죽었으므로 이제는 거의 아무도 그것을 이상하게 여기지 않았다. 그러나 이 세상 어느 의학사전에 〈아메바성 염색질환〉이란 살인병명이 있었던가? 그들은 신경쇠약, 심한 피로감, 의욕상실과 심한 우울증, 처절한 무신론, 그리고 자학증상과 잔혹한 의기소침으로 죽어갔다. 그것은 병명이 될 수 없었다. 그래서 숱한 묘지엔 〈병명 미상의 갑작스러운 죽음〉이라고 적히게 되었다."(김승희, 「세 개의 모티브」, 『태양 미사』)면서 현세기를 질병의 세기로 요약한다. 그리고 세상의 질병에 대응하기 위한 문학적 질병으로서 자신의 '태양병'을 고안, 고백한다.

나는 地球도 우리집이 아닌 것만 같애.
이 불, 또는 저 불을 건너
모든 불의 집은 어딜까,
너도 나에게 묻는구나.

칸나꽃이 죽었을 때

나는 유리창에 이마를 대고 울었다.

유리창엔 성에가

희게 가득 끼어 있었지.


무서운 성에. 기하학적 무늬로

흰 塔 모양을 한 그녀는

우리에게 아주 무관심하게 보였어.

나는 문득 마른 칸나 球根을 血管 속에 넣었다.


태양병. 태양병.

우리의 죽음은 싹이 안 튼다.

태양병. 태양병. 넌

地獄의 세금을 끝까지 다 거두려고만 하느냐?

　　　　　　　　　　　　—김승희, 「파가니니와의 대화」 전문

　첫 시집에 수록된 이 작품에서 시인의 "지구"는 어둡고 낯선 공간이다.
이곳은 무신론적인 공간이고 죽음의 징후가 넘쳐나는데 그것을 시인은 태
양의 부재로 은유화한다. 작품에서 태양을 받지 못해, 태양을 알지 못해 죽
어가는 병을 시인은 태양병이라고 부른다. 이 병은 또한 태양이 있으면 살
수 있는, 태양을 희구하는 병이기도 하다. 죽음과 태양의 양면을 복합한
이 태양병은 시인의 1983년도 두 번째 시집 「태양의 면죄부」, 「남도唱」, 「붉
은 종양」 등으로 이어지는 지속적 주제로 자리잡는다. 그리고 "지옥"의 병
으로 지칭된 태양병의 아이디어는 2012년의 작품에서도 여전히 발견된다.
　김승희 시인의 경우 '질병'이 질병의 세기에 대항하는 새로운 질병의 제시
라는 긍정적 의미로 해석된다면, 최승자 시인의 경우 '질병'이란 인간의 지
탱 가능한 최대 지점을 의미한다는 점에서 차별성을 지닌다. 현 세기를 병

적인 세기로 파악하는 지점은 동일하지만 김승희 시인은 그 질병적 세기를 덮는 상승적 '태양병'을 보여주는 반면, 최승자 시인은 질병적 세기를 온몸으로 전면화하여 맞서는 '투병의 시학'을 선보인다.

질병을 피하거나, 아픔을 치유하지 않겠다는 극단의 선택이 최승자 시인의 절박한 심정을 드러낸다. 시인은 세기의 질병, 치욕의 질병, 죄의 질병을 '앓는다'.

> 흐르는 물처럼
> 네게로 가리.
> 물에 풀리는 알콜처럼
> 알콜에 엉기는 니코틴처럼
> 니코틴에 달라붙는 카페인처럼
> 네게로 가리.
> 혈관을 타고 흐르는 매독 균처럼
> 삶을 거머잡는 죽음처럼.
>
> ─최승자, 「네게로」 전문

최승자 시인의 시가 처음 발표되었을 80년대에도 그러했지만, 최근에도 최승자 시인의 시는 인기가 있다. 여전히 최승자 시인의 시는 시대적 도발이자 충격적인 감흥으로 읽힌다. 그 이유 중의 하나로 '앓는다'는 시인의 과감한 진단과 대응을 들 수 있다. 위 시에서 시인은 "니코틴처럼" "카페인처럼" "혈관을 타고 흐르는 매독 균처럼" 간다고 썼다. 여기에서 살 길이 아니더라도 지금 마주하고 있는 어떤 상황을 피하지 않겠다는 시인의 자세를 읽을 수 있다. 이런 자세로 '죄의 세계' 내지 질병의 세기를 대한다면 죄와 질병을 고스란히 짊어지고 가야 한다는 결론에 도달하게 된다. 그것이 최승자 시인의 죄와 질병에 대한 정직하고 문학적인 해소의 방법이다. 그리고 이러한 시인의 태도는 다음 여러 은유를 통해 짐작할 수 있다.

개 같은 가을이 쳐들어 온다.

매독 같은 가을.

―「개 같은 가을이」 부분

종기처럼 나의 사랑은 곪아

이제는 터지려 하네.

…(중략)…

종기처럼 문둥병처럼

짓물러 터지려 하네.

―「이제 나의 사랑은」 부분

내 꿈은 말이야, 위장에서 암 세포가 싹트고

장가가는 거야, 간장에서 독이 반짝 눈뜬다.

―「삼십 세」 부분

부슬부슬 녹이 슬고

허옇게 푸르둥둥하게

피어오르다 피어 박히고

사람들

―「혼수」 부분

불타는 관절염들의 뼈들을 이끌고

나 여기까지 왔네.

―「서녘 항구」 부분

최승자 시인은 세계를 미화하지 않고, 세계의 절망을 더욱 절망적으로 해석한다. 이런 질병의 은유들은 다른 작품들에서 흡혈, 신체 파열, 시체의 클로즈업, 죽음의 장면, 친족의 죽음, 연인에 대한 저주 등과 함께 온갖 처절함의 총체적 세계를 구성한다. 그 세계를 보면서 우리는 이런 지옥에서 사람이 견뎌낼 수 있는지 최저 낙원의 최고 수준을 확인하게 된다. 그러나 이와 동시에 이것이 일종의 전쟁, 전투처럼 최승자 시인이 죄와 치욕에 저항하는 문학적인 수순이라고 규정할 수 있을 것이다.

사실 최승자와 김승희 시인을 비롯해 여성적인 고운 어조를 탈피한 여성 시인에 대해서는 일종의 '마녀' 이미지와 겹쳐 생각하는 경향이 있다. 마녀에 비유되는 것은 여성 시인이 '여류' 시인이라고 지칭되던 편견이 정반대의 방향으로 작용한 결과이다. 여성이고 시인인 경우에는 매우 고운 방식으로 전형적인 여성적 글쓰기를 선보여야 하는 '여류'여야 하거나, 이와는 반대로 '마녀'로서 도발과 '이단'이라는 선정성을 몰고 와야 한다는 생각은 우리가 지양해야 할 편견이다. 보다 바람직한 상황은 여성 시인이라는 용어가 한 시인의 이해에 있어 선택적으로 적용되는 것이 아니라 두 가지 특성이 동시적으로 인식되는 것이다. 여류와 마녀의 이분법을 극복해낸 점에 대해서 한국 시단은 두 시인에게 적지 않은 빚을 지고 있는 셈이다.

# 식물성 고통요苦痛謠의 꽃, 만개
—최문자론

## intro. 선혈을 먹고 자란, 푸른 식물의 기원

최문자의『파의 목소리』는 *길다.*

첫 '시작'과 '끝'을 헤아리기 힘들 만큼. 매우 *길다.* 이 시집은 머나먼 곳, 저 낮은 최저낙원에 뿌리를 대고 있으면서 머나먼 곳, 저 높은 천상을 향해 최대한 생장하고자 했던 결과물이다. 묶인 뿌리는 슬프도록 낮게 있으며, 뻗친 손가락 끝은 처연하게 높다. 이 사이에서 시인은 추락하고, 기어오르고, 추락하고, 다시 시작한다.

무서울 터, 높은 곳과 낮은 곳 사이에 놓인 낙차만큼 정신의 운동성은 강렬하고 영혼의 비상은 날렵하다. 긴장해야 할 터, 이 시집은 매섭게 자라 있다. 자라지 않는다면 최저낙원에 묶인 그대로 잦아질 것이라고, 시인의 날로 파리해지는 영혼이 말하고 있기 때문이다. 저 낮은 지점은 '어서 죽어라' 속삭이고 있으나 시인은 가까이에 있는 죽음 대신 이 긴 시집이 되기를 선택한 셈이다.

늦은 저녁

낡은 바퀴를 달고

검은 트럭 한 대가 덜컹거리며 돌아온다

떨궈진 그것이 누구의 눈알이든

거기 놓고 벌판을 달려왔다


하루의 시동을 꺼트리고도

트럭 같은

핸들을 잡았던 푸른 손목을 비추는 더 푸른 달빛

달빛 마저

트럭 같은

　　　　　　　　　　　　　　―「트럭 같은 1」 부분

식물성 고통요法論의 꽃, 만개

　트럭이자 시인은 길을 잃었고 짐도 잃었다. 게다가 시인이자 낡은 트럭에겐 잃은 길과 짐을 찾을 시간도 남지 않았다. 곧 저녁이 올 것이고 시동을 꺼야 할 것이다. 그 시간이 차츰 다가온다는 사실은 분명 슬프고 무서운 일이다. 그런데, 죽음의 조롱어린 목소리를 들었음에도 불구하고 트럭이 눈물로 얼룩지지 않은 것은 의아한 일이다. 의아함을 넘어, 선혈로 얼룩지지 않은 것은 경이로운 일이다. 과연 인간 최문자에게 눈물과 선혈이 없었겠는가. 그것을 지운 것은 시인 최문자여야 했다. 인간 최문자가 쓰러지면 시인 최문자가 일으키고, 인간 최문자가 '죽자' 하면, 시인 최문자가 '살자' 했을 것이다. 좀 더 정확히 말해 눈물과 선혈 대신 이 긴 시집을 생장케 한 것은, 시적 영혼의 공적이다.


## 1. 절규성 영혼의 고통 지수

　이번 시집 『파의 목소리』는 뿌리 뽑힐 때 단 한 번 부르짖는다는, 식물성의 고통요苦痛謠이며 매맞는 영혼이 울리는 파란의 소스라침이다. 타율적 고통의 터전을 깨치려는 파격의 시도이며 일상의 얼굴을 걷고 포복하려는 푸른 설움이다. 이미지의 독서를 상정한다면, 이 시집의 군데군데는 파랗거나 붉은 어떤 장면들을 포함하고 있다. 우리가 만나게 될 그녀의 파랑은, 절규를 참기 위해 파랗게 질린 얼굴로 읽어야 한다. 그녀의 붉음은, 고통의 원천이 뿜는 선혈이라고 읽어야 한다. 결정적으로, 파랑과 붉음이 사라지는 어떤 장면을 통해서는, 사라짐이 곧 '정화'의 다른 말임을 확인하게 될 것이다.

시집에서 마주치게 될, 모든 파랑과 붉음 그리고 그것들의 사라짐을 예비하기 위해 최문자 시인의 고유 영역을 확인하자. 『파의 목소리』이전, 무릇 시인 최문자가 고통의 세계에서 줄곧 살아왔음은 주지의 사실이다. 시인에게 '고통'이라는 시적 주제가 얼마나 원천적이었는지는 이미 해명된 바있다(유성호, 「통증과 사랑의 시적 형식」 해설, 『나무고아원』, 세계사, 2003). 그가 지녀온 고통의 세계란 한국 현대시사의 굵직한 주제 중 하나이면서 또한 최문자를 문학 영역으로 밀어올린 그의 특징적 영역이었다. 무엇보다도 최문자의 고통의 세계는 1970년대부터 비롯되었던 '고통의 정치학'에 비해 보다 존재론적인 영역에 있었다. '상처받은 유년'의 그리움과 두려움보다는 현재진행형인 고통에 초점을 맞추고 있었으며, 세련된 심미안으로 발견한 미학적 아픔보다는 날것의 육성을 전하려 했다.

이번 시집에서도 '고통의 시학'이 전제적 시발점임은 확실해 보인다. 그 증거로서 시들이 자라난 곳은 얼마나 먼 곳인가. 별들마저 희미할 정도로 대지보다 더 낮은 대지라고, 시들은 속삭인다. 시집이 솟아난 곳은 얼마나 먼 곳인가. 온기가 느껴지지 않을 정도로, 중심에서 멀리 떨어진 대지라고, 시집은 대답한다. 이렇게 이 시집은 세상이되, 세상이 버린 어떤 곳에서 출발한다. 힘에 부쳐 땅을 짚은 손, 흙을 움켜쥔 마른 손가락으로부터 시작한다.

여자들이 아팠다
별들과 멀어질수록
더 많이 아팠다

나도 어제는 많이 아팠다
빠따고니아를 다녀온 후 다시 빠따고니아로 가고 싶어서

다시 찾아오지 말라는 안내표지판을 분명 기억한다

그런데 오늘
아무런 서사도 없이
빠따고니아를 여러 번 불렀다

여기는 별에게서 가장 먼 곳
여름에 더 눈물 나는 여자들
많이 아프다

―「빠따고니아」 부분

　척박하여 목동과 양들만 산다는 '파타고니아'가 시인을 불렀다. 그 부름에 즉각 응답할 수 있었던 이유는 이미 이 척박함에 대한 경험이 있었기 때문, 마음 안에 이 척박한 토양이 갖춰졌기 때문일 것이다. 넓은 평야만큼 별이 가깝게 내려앉는 곳은 없다. 그런데도 불구하고 시인은 파타고니아를 "별에게서 가장 먼 곳"이라고 부른다. 그녀 마음의 황야가 바로 "별에게서 가장 먼 곳"이라는 말이다. 별에서 먼 곳이란 어두운 곳일까. 아니, 아픈 곳이다. "별들과 멀어질수록/ 더 많이 아팠다"라는 구절처럼 별이 먼 곳은 아프기 때문에 시가 되었다.
　이 작품은 아픔의 궤도를 매우 멀게 설정했다는 특징을 지니고 있다. 시인은 먼 곳의 바람 냄새와 먼 곳에 사는 여자들의 서사를 선택했다. 다시 말해, 별빛처럼 아득하게 자신의 고통을 에둘러 표현했다. 멀리에서 발원한 별빛이 오랜 시간 후에 지상에 내려앉는 것처럼, 시인의 고통 역시 아주 오랜 시간을 거쳐 우회하고 있는 것이다. 이것은 우리가 아는 고통의 반응과는 사뭇 다르다. 무릇 고통에 대한 1차적 반응은 '절규'이다. 절규는 빠르고, 즉각적이다. 강하고 원초적이다. 그러나 이 시집에서 주목해야 할 점은 빠르고, 즉각적이고, 강하고, 원초적인 절규의 방식을 선택하지 않는다는 것이다. '않는 것'뿐만 아니라 시인은 '다른 것'을 선택했다는 데에 시집의 방점이 있다. 왜일까. 절규는 순간의 것, 그러나 이 시인에게 고통은 순간瞬間이 아니라 항상恒常이었다. 스치고 지나가는 것이 아니라 안고 사는 것이었다.

푸른빛의 열무야 거짓말아
푸른 건 푸르게 쏟아지는 재앙일지 몰라 가끔 우는 것
가끔 죽는 것 가끔 아픈 것 가끔 무섭고 서러운 것도 기막히게 푸르다

희망을 안고 자면
이튿날 아침이 불행했다
매일매일 간절하게 얼굴을 씻어도
휘파람이 나오지 않았다

수 만평의 열무 밭
절망 한 모금 없이도 여기서는 푸르게 익사할 수 있다

푸르면서 날개 달린 게 나는 제일 무서워
기형도처럼 숨어서 문구멍으로 희망을 내다본다
—「열무의 세계」 부분

시인에게 있어 고통의 심화는 가장 푸른 세계를 가장 무서운 세계로 만드는 수준에 이르렀다. 지나치게 파란, 「열무의 세계」에서 희망 따위는 결코 허락되지 않는다. 희망을 환기하지 않을 뿐만 아니라 푸름은 수만 평의 거짓말이 되어 시인의 영혼을 파랗게 질리게 만든다. 담담하게 풀어놓지만 혼자 건너는 고통의 세계가 얼마나 압도적이었는지 이 시를 통해 충분히 짐작할 수 있는 것이다.

영혼을 압박하는 전면적 고통 때문에 그녀에게는 진화된, 다른 고통의 양상이 요청되었던 것으로 보인다. '항상의 고통'을 감내하기 위해서는 고통이 고통 아닌 것, 절망이 절망 이상의 것으로 나아가야 했다. 그것은 때로 별빛이기도 했고, 먼 길로의 우회이기도 했고, 식물을 심고 기르는 마음이기도 했다. 중요한 사실은 고통의 진화란 일종의 숙성 과정, 시적 방법론의 전환 없이는 불가능하다는 점이다. 고통에 대한 제2의 반응을 창조하는 것이야말로 고통의 시학을 질적으로 변화시키는 첫 번째 수순이다. 고통에 침묵하기. 오랜 시간 고통을 만지기. 고통을 비고통적인 것으로 다스리기. 시인이 고통의 시학을 오래 견지한, 이른바 고통의 전문가임은 이 지점에서 판별된다. 병자는 병의 인식 단계에서 한 걸음 나아가 병을 다루어야 치유에 이를 수 있다. 마찬가지로 시인은 고통을 외치며 인식하는 단계를 지나 고통과 함께 지내는 방식을 터득하게 되었다. 그리고 그것은 다음과 같이, 고통의 지속과 공존이 아니라 생존과 치유를 위한 것이었다.

## 2. 치유를 위한 시적 방법론의 변모

사하라에 가보고 싶었다

암모나이트 껍질이 박힌 사하라의 화석을 만져 보고 싶었다
멀고 먼 사하라 고생대의 절망으로부터 나의 절망에 이르기까지

흰 털을 가진 양들의 굽슬굽슬한 몽유가 한조각씩 떨어져 날아들던
무덤 그 허벅지에서 꺼낸 뼈자국을 만지고 싶었다 짐승들이 몸 안의
구름을 들추고 사포 소리가 나는 장기에 귀를 댄 흔적이, 숲을 덮칠
때 필사적으로 달아났던 꽃잎 날린 흔적이, 뱉어낸 뱀의 허물에 가
득 찼을 모래 흔적이, 사막을 걷다가 올라가야 할 산이 되었다는데

——「화석」부분

　변화된 시적 방법론이 이 작품 안에 고스란히 담겨 있다. 고통을 없앨 수
없다면, 그것이 숙명이라면 어떻게 할 것인가. 시인은 고통의 얼굴에 긴 시
간의 면사포를 씌우는 방식을 선택했다. 고통과 정면충돌하거나, 회피하
는 방식이 아니라 고통을 다른 무엇으로 변화시키려는 것이다. 안고 있는
고통의 덩어리가 뜨겁고 따가워 시인은 펄쩍펄쩍 뛰면서 사하라로 달아났
다. 달아나서는 고통을 버리고 온 것이 아니라 사하라는 무엇인가에 대한
답변을 들고 왔다. 그리고 이 답변을 고통의 이마에 얹자 그것은 '다른' 무
엇이 되었다.
　시인에게 '사하라'란, 고생대의 절망에서 나의 절망에 이르기까지, 처음
에서 끝까지 모든 절망의 시간을 확인할 수 있는 곳이다. 절망이 모래가 되
고 다시 산이 되어 있는 곳에서 시인은 절망의 연대기를 발견하게 된다. 긴
연대기 안에서 절망은 수많은 변신담을 낳아왔다. 그것은 '암모나이트'였다
가, '흰 양의 몽유'였다가, '짐승 안의 구름'이었다가 '꽃잎 날린 흔적'이 되었
다. 이렇게 버리는 것이 아니라 변화시키기 위해서, 비로소 시인에게는 사
막이 필요했다. 또한 버리는 것이 아니라 변화시키기 위해서, 고통의 공간
인 사막은 연대기적 시간을 필요로 했던 것이다.
　물론 사막 위에 몽유를 덧씌워도 사막은 뜨겁다. 고통에 시간의 면사포
를 씌워도 그 속의 얼굴이 얼마나 파리한지 시인은 잘 알고 있다. 고통에
시간을 입히는 손이 얼마나 떨리는지 역시도 그는 알고 있다. 시간의 연대
기를 유지하기 위해서는 연대기의 처음과 끝을 잡고 있어야 한다는 것, 고

통을 변화시키기 위해서는 그것을 꼭 쥐고 있어야 한다는 면에서 이 시인
의 시련은 깊고 깊다.

> 아주 잠깐
> 세상이 희망적이었다
>
> 아주 잠깐
> 나는 그의 환한 옷이 되었다
> 그가 달려갈 때 펄럭이다 떨어지는 길가의 꽃잎처럼
> 꽃무늬가 치마에서
> 푸르다 붉다 푸르다 붉다 아름답다가 떨어졌다
>
> 어느 날은
> 아주 잠깐이
> 온 세상을 덮는다
>
> 아주 잠깐
> 나는 그의 새가 되었다
> 꽃이 피면 어떡하지 어떡하지 하다가
> 북쪽으로 날아갔다
>
> 어느 날은
> 아주 잠깐이
> 온 세상을 가져간다
>
> —「아주 잠깐」 전문

최문자 시인은 시집을 관통하여 고통에 대한 접근방식을 달리하고자 했

다. 즉 그는 긴 시간, 절규를 소리내지 않고 속으로 삭히고 있었다. '오랜 시간 참는다'는 말을 상상해보자. '오랜 시간 견딘다'는 얼굴을 떠올려보자. 입은 고통으로 일그러져 닫혀 있다. 입 속에는 고통과 침이 고이고 고인다. 시인의 경우가 이와 같다. 최문자 시인의 굳게 다문 입 안에는 절규가 맴돌다 사라져갔다. 그 사이 많은 이미지와 언어 역시 고였다가 사라졌을 것이다. 머금은 끝에 비로소 입 밖으로 나온 것에 군더더기가 있을 리 없다. 가장 효율적인 언어 사용과 절제미가 돋보이는 것은 이러한 시적 방법론의 변화와 동궤에 놓여 있다. 기승전결에 얽매이지 않고, 대오각성을 보여줘야 한다는 강박에 사로잡히지 않고, 시인은 너무나 자연스럽게 맨몸을 내놓는다. 그런데 그 맨몸에 기름기란 전혀 없다. 어디서 시작하고 어디서 끝내자 마음에 두지 않고 나온 듯, 저렇게 자연스러운 시가 처연하고 아름답게 쓰였다.

「아주 잠깐」에는 고통과 관련된 단 한 마디 말도 없지만, 참 아픈 작품임은 분명하다. 시간의 연대기를 고통 위에 덧씌우는 시인의 떨리는 손을 알고 있기에 그렇다. 길게 아프고 '아주 잠깐' 희망하는 푸른 영혼을 보게 되기에 그렇다. 아픈 것을 환하다고 말하기, 절망적인 것을 희망적이라고 말하기 위해 시인의 어깨는 숨죽여 흐느꼈을 것이고 '아주 잠깐'에 대해 말하기 위해서 나머지 시간을 이를 악물며 견뎌야 했을 것이다.

이 시집 안에는 죽음과 절망을 다루는 작품이 여럿 있지만 어떤 경우도 죽음과 절망을 직접적으로 말하고 있지는 않다. 눈물과 슬픔을 삭히지 않고 생경하게 노출한 작품은 여기 없다. 말하고 싶은 것을 다 말하지 않는다는 것은 시인으로서 매우 하기 힘든 일이며, 또한 시인의 제일 덕목 중의 하나이다. 말하고 싶은 것을 다르게 말한다는 것은 매우 하기 어려운 일이며, 또한 작품의 제일 덕목 중의 하나이다. 이 시인과 시의 어려운 일을 하기 위해서는 역시 많은 시간 인내했으리라, 버렸으리라, 내려놓았으리라.

## 3. 하얀 '고통화苦痛花'가 피었습니다

이 시집은 분명 '고통'에 대한 이야기이면서 '고통'에 대한 이야기가 아니기도 하다. 시인은 고통이 아니기 위해 이 시집을 썼다. 우리는 너무 아픈 사람이기도 하지만 이제 아프지 않아도 되는 사람이라는 말을 듣기 위해 이 시집을 읽었다. '고통'이라는, 시인의 오래되고 전문적인 영역에서 출발함에도 불구하고 이 시집은 고통의 시학 안에 머무르기를 거부하고 있다. 우리는 이 거부를 충분히 오래 바라볼 필요가 있다. 고통이되 고통이 아니고자 한다는 점이 이 시집을 '다른 최문자'의 새로운 시집으로 읽게 되는 결정적 요소가 되기 때문이다. 고통이되 고통이 아니고자 한다는 점이 이 시집을 너무 아름다운 몸부림으로 만들기 때문이다.

그는 그가 아니고자 한다. 가능한가. 그는 마른 땅의 토룡처럼, 고통의 터전에 온 몸을 부비며 절규하는 자이면서, 또한 절규하는 그가 아니고자 한다. 가능한가. 대답을 망설일 때 시집은 답변 대신 '꽃'을 보여주었다. 고통을 단말마와 출혈과 절규로 표현하지 않고서 어떻게 표현할 것인가의 고민은 고통의 질적 변환을 낳았고 그 변화는 일종의 '꽃'이 되어 피어났다. 이 시집을 덮고 났을 때 향기가 느껴진다면 그것은 전적으로, 이 '꽃' 때문이다. 덮고 나서 지워지지 않는 이미지가 펄럭인다면 그것은 또한 전적으로, 이 '꽃' 때문이다. 시인에게서 개화한, 선혈을 받아먹고 피어난 저 '하얀 꽃' 말이다.

> 1
> 꽃은 몇겹으로 일어나는 슬픔을 가졌으니 푸른 들개의 눈을 달고 들개처럼 울고 싶었는지 몰라 저 불안전한 꽃잎 하나 만으로 죽음도 환할 수 있으니 저 얇은 찢어짐 하나 가지고 우울한 우물을 파낼 수 있으니 이게 바람 대신 울어주는 창호지 문인지 몰라 꽃은 죽고 나무만 살아있으니 나무 속에 끓고 있던 눈물의 일부일지 몰라 검은 점으로

부서졌다가 재가 되는 꽃의 마지막 뼈일지 몰라 밤새 꽃을 내다 버리
는 부스럭거리는 소리 죽은 동그라미의 질감으로 바람에게 끌려가는
소리 간지러웠던 피 모두 흘려버리고 매운 꽃나무
뿌리를 다시 찾아가는 순간일지 몰라


2
꽃들이 꽃 한 송이 피지 않는 공허한 내 등뼈를 구경하고 있었다 언
제부터 이곳에 꽃이 없어졌을까 언제부터 이곳에 이처럼 딱딱한 굵
은 슬픔 한 줄 그어져 있었을까


3
어떤 봄날에 꽃 보러 가는데 불현듯 배가 고팠다 배고프면 위험한
데 깜깜한데 눈 먼 푸른 박쥐처럼 더러운 바닥에 엎드리는데 허기
져도 꽃은 여전히 꽃이 되고 있었다 모른 채하고 하루씩 하루씩 꽃
이 되고 있었다


4
그동안 산맥과 구름 사이에 너무나 많은 꽃잎을 날렸다 어떤 슬픔인
지도 모르는 그 걸 멈추려고 거기다 너무나 많은 못을 박았다

—「꽃구경」 전문


　이 아름다운 시를 아름답지 않게 읽기 바란다. 그녀가 아름다우라고 쓴
것이 아니라 처참한 심정을 꽃잎 사이에 숨기며 썼으니, 북받치는 회한을
틀어막고 썼으니, 처참하게 보길 바란다. 아니, 시인이 그러했듯이 처참함
을 억누르며 보길 권한다.
　작품 「꽃구경」이 중요한 이유는 시인 자신의 과거, 즉 작품 활동과 고통
의 시간까지를 다루고 있기 때문이다. 이 아름다운 시는 끌어안고 있는 모

든 것의 연대 때문에 아름다워졌고, 끌어안고 있는 모든 것을 날려버리기 때문에 더욱 아름다워졌다. 화사한 꽃과 꽃, 저 꽃불 아래 첩첩이 쌓인 애정과 회한에 주목하자. 그리고 그 애정과 회한을 단번에 날려버리는 시인의 결단에 주목하자. 그 애정과 회한의 이야기를 보기 위해서 이 작품은 뒤에서부터 읽을 필요가 있다.

작품의 끝 4연의 구절은 시인의 과거, 즉 슬픔의 시간과 슬픔의 노래에 대한 정리를 담고 있다. "그동안" "어떤 슬픔인지도 모르는 그걸 멈추려고 거기다 너무나 많은 못을 박았다"는 시인의 고백은 지난날 슬픔, 절망, 고통에 대한 자신의 몸부림을 이야기한다. 그 몸부림이 당시로서는 절대적 절박함이었지만 오늘날 생각해보면 너무 많이 아팠다는 것이다. 거슬러 올라가 3연에서 시인은 "눈 먼 푸른 박쥐처럼 더러운 바닥에 엎드리"며 살아온 절망의 세월을 언급한다. 그때는 꽃이 박쥐와는 무관하게 피고 졌다. 저 최저낙원의 시민에게 꽃 같은 것이 눈에 들어올 리 없다. 꽃을 보지 않고 절망만을 보아온 자신에 대해 시인은 2연에서 "꽃 한 송이 피지 않는 공허한 내 등뼈"라고 표현한다. 이 텅 빔에 대한 발견이 시인에게는 또 다른 절망이면서 나아가 시선의 방식을 바꾼 절대적 계기가 된다. 그리하여 비로소 시인은 '슬픔의 꽃'에 대해서 이야기할 수 있었다.

1연의 "꽃은 몇겹으로 일어나는 슬픔을 가졌으니 푸른 들개의 눈을 달고 들개처럼 울고 싶었는지 몰라"는 구절에서 시인은 꽃과 '푸른' 영혼의 연결에 성공한다. 꽃이 아직까지는 슬픈 꽃이고, 푸른 들개 역시 여윈 고통의 영혼이라 해도 시인은 '꽃의 뼈' 내지 "매운 꽃나무 뿌리"를 신뢰할 수 있게 된 것이다. 이렇게 읽은 「꽃구경」은 역순행적으로 풀어놓은 시인의 과거와 변화의 연대기를 보여준다. 절망하고 마른 영혼이 서서히 몸을 일으켜 자신의 빈 척추 뼈 안에 꽃모종을 심는 기이한 광경을 보여준다. 이것은 앞서 「화석」에서 보였던, 고통에 관한 순차적 연대기의 또다른 버전이자 시인이 시간의 거죽을 들어내 그 안의 진실에 접근하기 시작했다는 것을 보여준다.

꽃을 보지도 못할 정도로 절망했던 영혼이 절망을 가지고 꽃을 피우자고 생각하게 된 계기가 무엇인지는 정확히 알 수 없다. 그가 잃은 것이 너무 많아서일 수도, 그가 얻은 것이 너무 많아서일 수도 있다. 문제는 시인이 고통의 질적 변화, 내지 고통과 절망을 가지고 개화를 이루게 되었다는 사실에 있다. 곧이어 우리는 몹시 궁금해진다. 고통이 만든 꽃을 '고통苦痛-화花'라고 부를 수 있다면, 이 절망의 꽃을 '절망絕望-화花'라고 말할 수 있다면, 이 꽃은 대체 어떻게 생겼을까. 절망을 꽃으로 바꾸는 힘은 무엇인 것일까.

> 나의 모든 비탈은
> 앵두의 기억을 가지고 있다
>
> 세상에서 곤두박질치다
> 나를 만져보면
> 앵두 꽃받침이 앵두를 꽉 잡고 있었다
>
> 외할머니는 산비탈에 앵두나무를 심고
> 우리들을 모두 앵두라고 불렀다
> 앵두꽃이 떨어져 죽을 적마다
> 우리는 자꾸 푸른 앵두가 되었다
>
> ―「비탈이라는 시간」 전문

세상이 얼마나 팍팍했는지, 시인의 인식은 "비탈"이라는 시어를 통해 아프게 드러난다. 비탈에 선 자의 다음 수순은 자명하다. "세상에서 곤두박질"칠 일만 남아 있다. 이 아득히 절망적인 순간에 시인은 '꽃'을 생각한다. 시 구절에 의하면 앵두를 잡고 있는 유일한 것은 "꽃받침"이었다. 꽃이 있어서 시인은 계속 "푸른 앵두"일 수 있었고, 여전히 '푸른' 영혼을 세울 수 있었을 것이다.

시인에게 삶을 허가해준 꽃받침, 내지 꽃의 양상은 여러 작품에서 변주

116

되며 나타난다. 특히 최문자 시인의 「지상에 없는 잠」에서는 꽃이 활짝 피어 있다. 피기만 했을까. 이 작품에서는 꽃이 아예 '꽃나무'로 확대되어 만연하다.

어젯밤 꽃나무 가지에서 한숨 잤네
외로울 필요가 있었네
우주에 가득 찬비를 맞으며
꽃잎 옆에서 자고 깨보니
흰 손수건이 젖어 있었네
지상에서 없어진 한 꽃이 되어 있었네
한 장의 나뭇잎을 서로 찢으며
지상의 입들은 여전히 싸우고 있네
저물녘 마른 껍질 같아서 들을 수 없는 말
나무 위로 올라오지 못한 꽃들은
짐승 냄새를 풍겼네
내가 보았던 모든 것과 닿지 않는 침대
세상에 닿지 않는 꽃가지가 좋았네
하늘을 데려다가 허공의 아랫도리를 덮었네
어젯밤 꽃나무에서 꽃가지를 베고 잤네
세상과 닿지 않을 필요가 있었네
지상에 없는 꽃잎으로 잤네

　　　　　　　　　—최문자, 「지상에 없는 잠」 전문

이 작품은 본 시집의 압권에 해당한다. 너무나 청명하고 우주적인 미학을 선보이는 듯하지만, 이 청명과 확산의 과정이 결코 단순하지 않다. 하얗고 하얀 시를 놓고 눈을 감으면, 어둡고 어두운 시의 과거가 보이기 때문이다. 그는 꽃도 피지 않는 황야에 서 있었다. 푸른 영혼이 앙상하게 떨고 있는 별빛의 밤을, 시인과 우리는 함께 보았다. 푸른 영혼은 꽃이 맺히지 못했던 연유를 꽃피를 토하듯 말했다. 고통은 눈을 가렸고, 입을 떼면 슬픔의 꽃잎이 낱장 낱장 허공 속에 흩어졌다. 어떤 것도 손 안에 쥐어지지 않았다. 먼 길을 그렇게 타박타박 걸어왔다. 아니, 아주 먼 저 아래에서 시인은 울며 울며 위로 향했다. 햇빛도 들지 않는 절망의 나라에 머무른다면 눈 멀고 귀 멀어 사라지게 될 것. 시인이 할 수 있는 것은 고통의 덩굴을 자라게 하는 일밖에 없었다. 그리고 그것의 기어오름 끝에, 견딤 끝에 비로소 "지상에 없는 잠"이 피었다. 고통으로 만든, 그러나 고통이 아닌 꽃, '고통화'가 피었다.

　이렇게 시인 최문자의 과거 작품 경향을 알고 있는 사람에게 이 작품은 매우 놀라울 수밖에 없다. 이 작품에는 인간 최문자의 냄새가 전연 없고 오로지 시를 안은 푸른 영혼의 정결함만이 가득하다. 그 정결함의 자아는 매우 강력해서 세속에 속한 것들을 "지상의 입"이나 "짐승 냄새"로 표현하게 한다. 그와 반대로 정결함의 상징적 지표로서의 "세상에 닿지 않는 꽃가지", "지상에 없는 꽃잎"은 시적 세계 안에서 무엇보다 확실하게 존재하고 있다. 지상에서 가능하지 않았던 꽃잎이라든가 "지상에 없는 잠"과 같이 일찍이 없었던 것을 주장하기, 없는 것을 그려내기란 본인의 전부가 실려 있지 않으면 가능하지 않은 일이다. 그러니 이 작품은 시인이 자신의 생명을 그러모아 만든 작품이라는 데 더욱 확신할 수 있다. 시인의 최후 일갈로 이렇게 조용하고 고요한, 그러나 강한 작품이 탄생되었다.

## 4. 별빛 아래 정결한, 하얀 꽃의 역능

　하얀 꽃의 개화 장면을 목도했다면 이제 다시, 시인의 시집이 *매우 길다*는 이야기로 돌아와야 한다. 아니, 푸른 영혼이 절규했던/절규하지 않기로 했던 이야기로 돌아와야 한다. 버려진, 세상이 아닌 곳에서 발원하여 오랜 시간 고통의 얼굴을 어루만졌던 이야기로 돌아와야 한다. 이 모든 이야기의 처음이자 끝에 비로소 '고통화苦痛花'가 피어 손짓하고 있기 때문이다.

'고통화'를 지닌 최문자의 작품은 일순 주위의 공기를 정화시키는 힘을 지니고 있다. 그것은 읽는 독자의 마음을 경건케 할 뿐만 아니라 시인의 세계를 최저낙원에서 최상낙원으로 격상시키는 역능을 지니고 있다. 고통화의 개화에 있어 인간 최문자와 시인 최문자의 간극은 상당해 보인다. 이전 작품들에서 보여주었던 '고통의 시학'과의 간극 역시 매우 커 보인다. 그러나 고통화의 뿌리가 핏빛이었음은 결코 잊을 수 없는 사실이다. 절벽을 맨손으로 기어오른 자의 손에는 피가 묻어 있기 마련, 이 꽃을 심은 자의 손 역시 핏빛이었음은 잊을 수 없다. 나아가 역설적으로 바로 이 핏빛 때문에 '고통화'의 개화는 더욱 문제시된다.

피를 먹고 절벽 끝에 개화한 꽃이 어떻게 "흰 손수건"처럼 하얀 꽃이 될 수 있었는가. 그것은 자기 스스로를 어떻게 정화했는가. 응당 붉게 피어났어야 할 꽃이 하얗게 피기 위해서 꽃은 스스로를 끊임없이 지워야 했을 것이다. 줄기를 타고 흐르는 핏빛을 지우기 위해서 시인이 자신을 얼마나 엄격하게 표백했는지, 우리는 말할 수 있지만 차마 상상할 수 없다. 그리고 이 상상하기 어려운 과정을 지나 비로소 꽃은 '푸른' 영혼을 푸르게 타오르게 할 수 있었고, 고통의 주박과 세상의 사위를 정화할 수 있었다. 이 가이 없는 개화의 사연이야말로 '고통화'가 세상에 없던 꽃인 이유이다. 우리는 이처럼 정결하고 고결한 꽃을 이제껏 보지 못했다. 이처럼 아프고 또한 아프지 않은 꽃을 이제껏 만나지 못했다. 이것은 아직 이 세상에는 없다. 시인의 세상을 펼칠 때만 있다. '고통화'로서의 『파의 목소리』는 분명 세상에는 없던/는 시집이다.

119

# '그림자 유령'의 심혼주의

## —안정옥론

우리 유한한 인간이 보기에는 신이 인간에게 내려오는 것 같지만
신 자신의 관점에서 보면 인간에게 올라가는 것이라면?
셸링이 암시한 것처럼,
영원성이 한시성보다 못한 것이라면?
—슬라보예 지젝, 『죽은 신을 위하여』 부분

## 1. 사라지기 위한 모든 것—'입 없는 말'의 말

자살이란 상실자의 마지막 웅변, 우울은 도와달라는 몸의 비명, 한숨은
말할 수 없는 바를 말하려는 시도. 이렇게 세상에는 '입 없는 말'들이 엄연히
존재한다. 그리고 때로 '입 없는 말'들은 호모 로퀜스Homo loquens라는 지
극히 숭고한 규정을 저급한 차원의 수준으로 밀어버린다. 물론 호모 로퀜
스의 언어는 지시적이고 개념적인 경계를 만들어 사람에게 삶을 헤아리는
지평을 선사해준다. 이 지평이 없으면 사람은 살아갈 수 없다. 그렇지만 지
평의 언어를 건너는 사이에도 우리는, 드러나지 않고 태어나지 못한 비언
어적인 언어들을 만나게 된다. 삶의 과정 중간 중간, 이들과의 만남은 머리
가 아닌 감각으로 이루어진다. 즉 '입 없는 말'은 헤아려지는 지평 위에 안
존되지 않고 그 지평을 뒤흔들면서 솟아오른다.

당혹감 속에서 감지되는 바, '입 없는 말'이 없으면 우리는 과연 죽을 수
조차 없지 않겠는지. 말할 수 있는 것들은 우리에게 삶의 앞면을 생각하게
하고, 말할 수 없는 것들은 우리에게 생의 뒷면을 암시한다. 여기서 후자
의 세계는 쉽게 형언할 수 없지만 쉽게 부정할 수도 없다. 우리의 삶은 아,

하고 입을 벌렸으나 구순口脣을 통해 흩어지지 않았던 무엇이 명치 끝에 걸렸던 경험을 기억하고 있다. 이것은 바로 '입 없는 말'이 꿈틀대기 시작했을 때. 그 순간 삶은 눈앞의 공고한 세계가 흔들리는 위험을 느꼈을 것이다. 그리고 지평의 붕괴를 지연시키기 위해 딴 생각을 불러왔어야만 했을 것이다. 하지만 말할 수 있는 것들로 미봉된 차원에는 말할 수 없고, 말해지지 않고, 말하지 않는 것들의 세계가 엄연히 존재한다. 그곳에는 입 속의 영혼이 밖으로 나올까 봐 봉해진 입이 있는가 하면, 입 속의 영혼이 차마 밖으로 나오지 못해 열리지 않은 입도 있다. 입 없이 행해진 말. 이것은 태어나기 위함이 아니라 지워지기 위한 말이고, 사라지는 말이기도 하다.

지금, '입 없는 말'들이 안정옥 시인의 입안에 머물러 있다. 이 말은, 안정옥 시인의 이번 시집이 흘러서 사라져버린 것들을 암시하는 '사라짐의 시학'에 바쳐졌다는 말이기도 하다. 상제나비처럼 분명 허공을 갈랐으나 사라지고 만 형상, 또는 사라지기 위해 새겨진 무늬, 이것들을 일러 우리는 '소멸'이라고 말할 수도 있고 '숨결'이라고 말할 수도 있다. 무릇 사라지는 것들의 언어는 물리적 입을 통해 발설될 수 없는 법이다. 그것의 주인은 성대聲帶가 아니라 심혼心魂이기 때문이다. 이런 배경에서 안정옥 시인의 작품 세계는 '심혼주의心魂主義'의 범주에 깃든다고 말할 수 있을 것이다. 그는 심혼을 풀어 삶의 배면을 듣는 자, 그 배면에서 울려 나오는 소멸의 어둠에 감읍하는 자이다. 이것이 안정옥 시의 출발점이다. 그러니 우리는 이번 시집을 통해, '입 없는 말'들이 횡단하는 한 시절과 한 숨결과 한 거리를 목도할 수 있다. 그 거리에서 소멸의 응집체로서의 '그림자 유령'이 모든 사라지는 것의 이름을 대변하듯 쓸쓸하게 출몰했다가 사라지고 있음을 보게 된다.

언어적 현실 지평과 비언어적인 사이, 드러났던 것과 우리가 비밀에 붙였던 것의 사이, 존재하는 모든 것과 사라지는 모든 것의 사이에서 '그림자 유령'의 출몰이 암시하는 바는 무엇인가. 소멸의 목전에 걸쳐서 사라지고 있음을 체현하는 유령이 그러하듯, 이 시인은 본격적인 삶의 자세를 떠올리기 전에, 아니 오히려 제대로 살기 위해서라면 제대로 소멸할 것을 주제로 삼고 있다. 온전히 살기 위해서는 온전히 죽어내야 한다는 그의 말은 소멸의 전언으로 들을 수 있다. 이것이 사라지는 모든 것—소멸성에 바쳐진 안정옥 시인의 문학적 화두이다.

## 2. 말할 수 없는 비밀—反유토피아적 소멸론

영화 「트로이」에는 하나의 이상한 장면이 나온다. 전쟁 중에 아킬레우스는 신을 섬기는 무녀를 비웃으며 말한다. "비밀을 하나 알려줄까? 사실 신들은 우리 인간을 부러워해. 인간은 신과는 달리 필멸을 사는 존재니까 말야." 다분히 불경스러운 언사다. 이를테면 신이야말로 지긋지긋한 영생 속에서 무의미로 전락했고 반대로 인간은 필멸의 존재여서 매 순간을 최고의 경지로 만들어간다는 말이다. 그런데 과연 이것이 오만불손한 아킬레우스만의 속내일까. 지젝이 지적한 대로 정말로 소멸이 영원보다, 사라짐이 영속성보다, 죽음이 살아 있음보다 못하지 않다면?

안정옥 시인의 전작을 참고한다면 그는 지금까지 소멸에 대해 오랜 시간 깊은 언급을 해온 시인으로 규정될 수 있다. 그의 작품에는 소멸이라든가 죽음에 관한, 예술적이며 자생적인 이견異見이 발견된다. 여기 자생적 이견이라는 말에는 첨언을 붙여야 할 필요가 있다. 일반적인 입장에서 생명 유지는 모든 생명체의 최대 목적이다. 사람도 예외는 아니어서 죽음은 이별이나 슬픔, 괴로움과 무서움으로 인식된다. 이런 본능적이며 일반적인 반응을 타이르기라도 하려는 듯 철학과 종교에서는 죽음을 안식의 절차, 유한한 감옥을 벗어나는 일, 영혼의 해방으로 인식하기도 한다. 여기서 무엇이 맞는지 따질 필요도 따질 수도 없다. 말하고자 하는 바는 안정옥 시인이 기존의 소멸론을 이어받지 않은, 자기만의 논법을 이 시집에서 풀어내고 있다는 점이다.

안정옥 시인은 인간이 장애물 경주를 하듯 유한한 껍데기를 벗어던지고 유토피아Utopia로, 초월이나 열반으로 상승해야 한다고 생각하지 않는다. 절대나 영원을 향한, 인간으로서는 버리기 쉽지 않은 욕망을 내면화하지도 않는다. 대신 그가 귀중히 여기는 진실은 인간의 유한한 삶이 지닌 소멸의 운명을 대면하는 일, 그리고 그것을 미학적으로 그려내는 일이다.

끼어들 수 없네요 사람에겐 숨을 곳 있다는건
다행입니다 집은 무너질 것 같을 때 보호해줍니다
제 몸을 집 속에 넣듯 그 안에서 벗어나는 걸
돕는 이도 집입니다
몇 번이나 무너질 뻔했습니다
그 집 문에 손을 얹으려 했습니다 굽이치는 마음은
내 집 문을 밀고 남몰래 와서 그 집 문
덜컹거린 줄은 모를 겁니다 내 눈이 듣습니다
살기 위한 나날 중에서 이 무너짐도
소홀 할 수 없었을 것입니다 늙어 다시 끄집어낸다면
흘깃, 1초와 맞바꾸리라 물었습니다
…(중략)…
죽음은 모두에게 따라올 것입니다
부디 그도 나와 같이 따뜻한 힘을 가지고 있는
누군가를 잠시 지닐 수 있었으면,
내 청춘의 가장 길게 여겼던 슬픔은
그러나 고개 숙이면 오래지 않습니다
물고기 잡듯 그물로 한 사람의 무너짐을
그렇게 잡아가던 한 시절을 이젠 용서하려고 합니다
그를 사랑해 보지도 않았다면 훗날 나는 어땠을까요
　　　　　　　　　　　　　─「그대는 나를 모릅니다」 부분

이번 시집에서 여러 편의 시편은 암시적으로 소멸에 대한 고찰을 담아내고 있다. 그중「그대는 나를 모릅니다」,「상자들」,「잠」세 편은 인간의 죽음에 대한 구체적인 언급을 찾아볼 수 있는 〈죽음 삼부작〉으로 요약할 수 있다. 각각 1부, 2부, 4부에 나누어져 실려 있지만 세 작품을 연달아 읽어보면 안정옥 시인의 주제를 보다 확실히 느낄 수 있을 것이다.

이 작품들에는 하나의 공통점이 있는데 표면적으로 봤을 때 그것은 '집'으로 나타난다.「그대는 나를 모릅니다」에는 그 사람의 집 앞을 서성이는 모티브가 등장하고,「상자들」은 집의 내부인 서랍 위 상자로부터 시선이 발화하는데다가,「잠」에서는 집 안과 집 밖의 대조가 중심축을 이룬다. 여성시인이 일상적인 소재와 집이나 방과 같은 폐쇄 공간을 활용하는 예가 드물지는 않다. 그런데 안정옥 시인의 경우 죽음의 주제마다 집이 함께 등장하는 것은 비단 친숙한 것의 소재화라는 실용적 측면에 그치지 않는다. 집과 죽음의 연결은 보다 의도적인 면, 또는 시인에게 죽음이라는 주제가 어느 정도로 체감되고 있느냐와 연결되어 있는 점이 있다.

시인은 사람의 몸을 일종의 '집'으로 이해하고 있으며, 나아가 죽음이란 낡아가는 몸(집)에 언제나 깃들어 있는 동반자라고 본다. 이 시인은 집을 나서고 들어설 때, 방안을 돌아볼 때, 앉고 설 때 죽음을 떠올린다. 그러면서 죽음이 일상적인 도사림이며 자연스럽게 우리와 함께 하고 있다는 점을 상기시킨다. 나의 방구석 한켠에 죽음이라는 것이 마치 유령처럼 우리를 주시하고 있다고 생각하자. 그 죽음의 시선을 대면하지 못하고 그것을 상상만 하는 일은 마치 공포 영화를 보는 것과도 같다. 그런데 일순간 용기를 내어 죽음의 정면을 응시하기 시작했다고 하자. 일순간이 지나고 나서도 죽음은 무섭고 흉측한 것일까. 정면을 응시하는 순간은 나의 소멸성을 내부의 것으로 인정하는 찰나가 되는데, 그 이후의 죽음은 어떤 것일까. 안정옥 시인의 시선에는 그 일순간을 넘긴 이후의 이야기가 담겨져 있다. 자신의 일부가 된 죽음을 바라보는 일, 그것이 시인이 제시하는 소멸론의 구체적인 뒷받침을 이룬다.

자주 잠이 깨기도 한다 모두 잠에 빠져 혼자만 눈뜨며 죽어 있는 것
같다 누가 다급하게도 부르는데 잠이 깨워지질 않는다 몸 속으로 마
음이 들어가려고 버둥거린다 몸이 잡히질 않는다 찰카닥, 잠글 때처
럼 일치돼야 하는데 열쇠의 몸에 가두질 못했다 잠시지만 얼마나 먼
가 다급하게 불러 몸 속을 나온 마음이 응대하는 사이, 몸이 앞으로
몇 발자국 먼저 간 것, 문밖에 세워놓으면 불안하다 집은 살면서 만
들어 놓은 또 다른 한 벌의 대역이다 안에 다 내장되어있다 노숙자들
이 자주 비틀거리는 건 누군가 불러내 몸 속을 나온 지가 오래되었기
때문이다 아무도 잠가주질 않는데

끝내 몸 속을 못 찾아 허둥대다 들어갈 곳이 점점 박명薄明하다 멀리
못 가고 제 입김, 벗어놓은 옷들 포도넝쿨 문양의 밥그릇 가까이 머
무적거리고 있을 뿐이다 죽음도 이것이다 잠깐의 잠동무

—「잠」 전문

이 시에서 안정옥 시인은 '죽음'을 '잠깐의 잠동무'라고 말한다. 그에 의
하면 죽음은 무섭고 거창하고 부조리한 무엇이 아니라는 것. 비로소 죽음
은 독기를 빼고 우리와 어깨를 나란히한다. 하지만 독기를 뺀다고 해도 죽
음의 무게가 가벼워지는 것은 아니다. "나는 무너지고 있습니다, 또는 나는
죽어가고 있습니다."라는 고백은 가슴이 무너지지 않고서는 할 수 없는 일
이기 때문이다. 그러나 이유를 모르고 무서워하면서 무너지지 않기 위해서
는 직시해야 할 고백이기도 하다. 시인은 죽음 삼부작을 통해 "죽음은 모두
에게 따라올 것", 그러니 사라짐이 두려워 몸(집) 안에 움츠러들지도, 죽음
이 조급해 그것을 맞이하러 갈 필요도 없다고 말한다.
　죽음을 담담하게 바라보는 일은 내면의 힘을 요하는 일이다. 앞서 안정
옥의 작품을 '심혼주의'로 규정했지만 그의 세계는 내면과 심혼에 기대어 있
되 몽환이나 상징주의의 작풍으로 흐르고 있지는 않다. 굳이 이런 구분을

밝히는 이유는 그의 심혼주의가 흐물흐물한 내면의 토사로 이해될 수 없으며, 가느다란 비명이 그러하듯 일종의 단단한 심지를 품고 있기 때문이다. 우리는 안정옥 시의 작품을 읽으면서 소멸성에 대한 고찰이 탄식으로 이어지지 않는다는 점에 주목할 필요가 있다. 어느 시편을 보아도 그는 부재하는 것에의 귀의, 환상, 꿈, 관능을 날개 삼아 지상을 떠나는 쪽이 아니다. 눈물 속에 세상을 버리고 세상을 부정하고 먼 곳을 해바라기하는 쪽도 아니다. 그는 지상에서 단 한 번 발을 떼지 않는다. 이것이, 어떻게 가능하며 왜 이루어져야 했는지의 문제는 소멸과 죽음에 대한 명상적 차원에서 나아가 안정옥의 소멸과 죽음을 이해하기 위한 첫 번째 수순이다.

## 3. 검고 아름다운 사라짐, '그림자 유령'

> 여자는 조용한 소리로 "이제 죽어요" 하고 분명히 말했다.
> 나도 '틀림없이 이제 죽겠구나' 하고 생각했다.
> 그래서 "그래, 벌써 죽는 거야?" 하고 물어 보았다.
> "죽고 말고요" 말하면서 여자는 눈을 크게 떴다.
> *긴 속눈썹에 감싸인 눈 안은 온통 까맸다.*
>
> ─나쓰메 소세키, 『열흘밤의 꿈』 부분

안정옥 시인의 시집을 읽는다는 것은 다음과 같은 목소리를 가녀리게 듣는 것과 같다. 그녀는 말한다. 나는 죽어가고 있어요. 사람이, 사람으로 태어나, 죽어가는 것은 삶의 당연한 방식 아닌가요. 그리고 그것을 똑바로 지켜봅니다. 이제 나는 죽음이 아름답기까지 해요, 라는. 시인에게 동의하는 방식으로, 죽어가고 일이 사라지는 과정이되 상실되는 억울함은 아니라고 이해해도 되지 않을까. 이 언사가 신뢰를 얻는 이유 중의 하나는 시인이 소멸의 주체와 아름다움의 주체를 한 몸에 묶어 '그림자 유령'을 제시하고 있기 때문으로 보인다. 없는 듯 아련하지만 있는 것, 있는 듯하지만 사라질 운명의 속성을 시인은 '그림자', 또는 '유령'으로 제시한다. 시인이 보기에 삶의 주인공이란 이런 그림자 유령의 속성을 다분히 지니고 있다. 그러니 이 시집의 '그림자 유령'들은 이번 시집의 참된 주인공이자, 시인의 소멸론을 이끄는 견인차이고, 삶의 가려졌던 진실 일부인 셈이다.

모든 유령이 그러하듯, 안정옥 시인의 '그림자 유령' 역시 이번 시집의 이곳저곳, 드러남과 사라짐 경계에 숨어 있다.

> 소도시는 **그림자놀이**하기 좋은 화면이지요 밤엔 불빛보다 달빛 촉수가 높지요 …(중략)… 죽으면 그림자는 끊어진 달빛이겠지요 이제 와서 그림자가 나였다고 말할 수 있을까요 **늦었지만 그림자의 삶 역시 획일적인 삶 아니었을까요**
>
> ―「그림자 밟기」 부분

> **유령 같은 겨울**, 간밤에 내린 눈은 길도 없애 버렸다 **창백하게 울어대는 소리**에 잠이 깬다
>
> ―「까치」 부분

> 어릴 적 누에를 봤다 내 몸무게만큼 뽕잎을 사각사각 **갉아먹는 소리** 들었다 **그림자** 아직은 거기에 있을 터, 비단을 위해 죽어간 몸을 먹었었다
>
> ―「비단」 부분

> 떠난 사람의 입김이 남은 찻잔은 아직 남겨 두었어요 그걸 **유령처럼 바라보는 건** 내 생에 터지는 몇 번의 폭발음 같았지요 사랑이 한 사람만의 것은 아니었어요 그 부근, 언저리가 많았기에 자주 가라앉지요 그래서 어제 내린 소나기로 차를 끓입니다
>
> ―「어제 내린 소나기로 차를 끓인다」 부분(강조―인용자)

이 네 편의 작품에는 두 번의 그림자와 두 번의 유령이 등장한다. 안정옥의 이번 시집에서 '그림자 유령'의 등장과 그 방식은 매우 중요하게 다루어져야 할 필요가 있다. 그림자 유령은 그 본질상 창백하고 희미하게 탐지되지만 시인의 작품 세계에서의 비중을 따지자면 주제면과 방법론을 일치시키는 지점이 되기 때문이다. 시의 창작에 있어 주제와 방법의 교집합 부분은 시의 완성도를 가름하는 매우 중요한 평가 요소가 아닐 수 없다. 사실 안정옥 시인의 그림자 유령은 이번 시집에서 갑자기 노출된 돌발사항이 아니다. 시인의 자아를 대변하기도 하는 그림자 유령은 사실 전작에서부터 발전되어온 부분이 있다. 안 시인의 이전 시집 제목은 『나는 걸어 다니는 그림자인가』였다. 그의 자의식 일부가 스스로 그림자임을 주장하지 않았다면 이런 제목이 등장할 수 없었을 것이다. 시인의 흥미로운 변화는 우리 눈앞에 놓여 있다. 그가 '그림자인가'라고 말하는 것은 질문 형식이다. 그리고 그림자 유령을 감추지 않는 이번 시집은 '그림자인가'의 질문에 대답을 보여주고 있는 셈이다.

시적 자아의 반투명성이 소멸의 주제에 효과적으로 얽혀 있다는 사실은 읽는 이에게 일종의 쾌감을 선사하면서 시집의 미학적인 직조 방식을 완성하고 있다. 구체적으로 안정옥 시인의 시를 읽으면서 아름답다고 밑줄 치게 되는 부분이 있는데 그것은, 과거 어느 순간 얻었던 '온기'에 대한 언급이거나 이와 대조적으로 지금 안면에 머물 것으로 여겨지는 '창백'함에 대한 언급에 해당한다. 이 '온기'와 '창백'은 그의 시에서 묘한 길항을 창조해낸다. '온기'는 쉽게 사라질 것이고, '창백'은 그 사라짐의 증거로서 남아 있다. 사라짐의 전후前後에 관여하는 '온기'와 '창백'이라는 극단의 상태는, 시인이 애호하는 '여백'(또는 '말할 수 없음')이라는 간격을 두고 양면에서 마주보고 있다. 그 과정에서 '온기'와 '창백'은 각각 지상과 지상 밖의 것, 또는 사랑과 죽음으로 확장된다. 언제는 따뜻하고, 언제는 창백한 것, 어느 정도 사라졌고, 어느 정도 사라질 부분을 확인하는 것이 바로 그림자 유령의 역할이다. 그림자 유령이 헤매고 다니는 시공간의 세계는 소리가 적고 주로 회화적인 무늬들로 이루어져 있다. 소리가 적은 것은 그의 작품이 눈과 눈의 대화, 마음과 마음의 연결을 서술하고 있기 때문이다. 그리고 그가 가지고 있는, 보이지 않는 마음의 사정은 입을 다물고 그림을 그려 보여주는 벙어리식의 표현을 통해 깊어지고 있다. 그는 굳이 크게 소리내지 않으며 한참을 머뭇거렸다는 듯이 주저하며 말한다. 그의 작품을 읽을 때 이 주저하는 태도는 무언가를 말해줄 듯 말 듯하여 무척 매혹적으로 느껴진다. 그리고 작품들의 몇 가지 특징과 어우러지면서 전체적인 분위기를 결정하는데 기여하고 있다.

그의 몇 작품을 보면 대번에 알 수 있듯이, 시인은 '—이었나'(내지는 '—였을까')와 '—입니다'(내지는 '—습니다')라는 어미를 자주 사용한다. 이것은 단정적이고 직접적이기보다는 다소 유보적이고 수동적인 태도를 피력하는 듯하다. 그러나 오히려 우리는 이 조용하고 차분한 어조를 통해 문면 뒤에 숨겨져 있는 단호함의 힘을 느끼게 된다. 조용한 듯 단호한 시인의 어법을 통해 우리는 수다스럽지 않은 그림자 유령이 사실은 쉽게 흩어지지 않을 만큼의 내적 역량을 가지고 있음을 짐작할 수 있다. 안정옥 시인의 시적 주체는 많은 말을 말하지 못하는 것이 아니라 말하지 않는 것이다. 굳이 그림자 유령의 주체를 형상화하여 이야기하는 것은 안정옥 시인의 이러한 시적 표현이 여성적인 부드러움을 최선의 공격으로 내세우는 여성적 전략도 아니고 그저 하나의 시인이 지닌 개성적 특성으로 이해되어야 하기 때문이다. 시인은 구체적인 여성 화자 이전에 보편적인 인간 화자이고자 한다. 그리고 그 중심에는 인간 본질에 대한, 실존주의도 아니고 종교 중심주의도 아닌 어떠한 새로운 입장이 표명되어 있다.

그림자 유령은 시인의 내부에만 있는 것이 아니다. 죽음이 그런 것처럼 유령은 시인의 내부와 외부를 가리지 않는다. 밖에 있는 유령의 하나로서, 시인은 때때로 유령을 새(소리)로 치환해 만나곤 한다. 이번 시집에는 특이하게도 '새'를 모티브로 한 작품들이 많은데 이 작품들은 그림자 유령에 관한 네 개의 작품에 연결되어 있다. 「까치」, 「대신하여」, 「두루치기」, 「미끼론」, 「밤나무에 대한 쓸데없는 생각」, 「여보세요」, 「페루라는 이별」 등의 시편들은 '새'를 언급한다. 이 새들은 '자유'나 '비상'의 의미를 물고 날아가는 새가 아니라, 소멸의 성격을 체화하는 상징으로 이해될 수 있다.

> 화사한 입술이다 사월은 누구도 휘둘린다 꽃도 물살이다 나무와 나무가 맞댈 때까지 새들은 빠져나가려는 화사함을 놓지 않는다 새의 날개짓이 가시덤불의 찔레꽃을 쏟아냈다 거처를 산밑으로 바꾸니 눈 뜨면 뜰 안, 온종일이다 새처럼 번잡한 날을 벌써 버렸을까 밥 한 술 입에 넣고 그런 생각들을 삼키면 새가 미쳐, 미쳐, 식물처럼 움직이지 않는 날은 여보세요, 여보세요, 도시에 두고 온 사람들이 손을 내밀듯 뭐하니, 뭐하니, 새가 묻는다 새들은 닿소리와 혀끝소리를 모아 지저귐을 지어낼 줄 알았다 꽃과 같은 어조로 사람들에게 흩뿌려 주었다 아직도 새에게서조차 귀기울이고 싶은 날 있다 그러나 따라 할 수 없는 새의 울음소리는 앞의 산맥들 같다 선뜻 다가가지 못한 사람 있었다 두어 마디만 주고받았다면 검은가슴물떼 새처럼 시베리아 벌판으로 날아갔겠느냐 날이 저물어 사방이 어슴푸레 할 때 나는 걷는다 새의 날개짓이 허공에 나를 놓아줄 때까지
>
> —「어스름새」 전문

우리는 새에게서 오르락내리락하는 작은 가슴, 보드라운 깃털, 서로 부비는 애무를 기대한다. 그러나 「어스름새」에서 새는 구체적인 묘사 없이 날개짓과 지저귐의 두 가지 방식으로만 존재한다. 새는 날개짓을 하며 '날아가고', 그것은 시인에게 허공으로 부서지라는 응원으로 들린다. 새는 '닿소리와 혀끝소리'를 모아 그 소리들을 흩뿌리고 그처럼 시인의 언어도 흩어져라 촉구한다. 실체로서 나타나 허상처럼 사라지고 마는 이 새는 진정 '검은가슴물떼새'가 아니다. 그것이 날아간 곳이 시베리아일 필요도 없다. 우리가 주목하는 점은 새의 등장, 그것이 조각나면서 하늘 끝으로 사라져가는

것, 이 점이 시인이 품고 있는 '그림자 유령'의 성격과 닮아 있다는 것이다. 부처의 눈에는 부처만이 보이고, 보살은 보살만 품는 것처럼 내면의 유령은 외면의 유령을 찾아낸다. 보통의 새는 생물일 뿐, 유령의 절반도 될 수 없지만, 유령의 시야에 담긴 새는 유령보다 더 유령적인 속성의 것으로 해석된다. 이번 시집에 유독 새소리가 많이 담긴 것도 비단 자연물을 담기 위한 것이 아니다. 그것은 소멸의 속성을 가시화하고 때로 그것을 흔적화하는 또 다른 '그림자 유령'으로 작용하고 있다.

## 4. 지워지는 시작법, 지워지는 소멸의 의미

이번 시집에서 연 구분 없는 작품이 여럿이다. 이 경우 단어들은 차곡차곡 싸여 형태적으로 반듯한 사각형을 이룬다. 말들의 배치뿐만 아니라 이 시인은 어조의 차원, 이미지의 구조에서도 최대한 굴곡을 자제하고 있다.

> 강하江下에 누가 처음 살구나무를 내렸을까 만발한 살구꽃을 흠뻑 보고 간 이, 하던 일 멈추고 조용히 살구나무 그늘에 앉아 있었다 그의 몸이 한쪽으로 기울어져 있다면 삶의 한쪽만 타기 때문이다 떠날 땐 남게 되는 이도 생각해야 한다 하찮은 것도 나를 위해 있다고 믿었다 대신 아파하는 마음, 세상 모든 나무는 그런 끈적임을 갖는다 미미했거나 지루했거나 하루를 지는 해처럼 여겼다 다시 뜨는 태양을 빛나게 하였기에 우리 들을 밤과 낮으로 갈라놓을 수는 없었다 잠시 살구나무 그늘에 앉아 쉬었다 해도 행복해질 수는 없었다 당신이 원하는 무엇인가는 숨 속에 또는 발자국의 홈에 흘렸을 것 같다 그러나 나는 기다린다 무성한 살구나무 사이로 버스 정류장이 아직은, 아직은 있을 것이다 아주 드문드문 오는 버스지만 퇴촌退村으로도 가고 강상江上으로도 간다

—「살구나무 아래 비스듬히」 전문

'강하江下'에 관한 시편이다. 마치 실내악처럼, 또는 젖은 마음처럼 강하降下하는 심정이 낮게 조율되고 있다. '있다'라는 생성의 시어보다 '없다'라는 지움의 술어가 더 큰 울림을 갖는 작품이다. 말미에 "아주 드문드문 오는 버스지만 퇴촌으로도 가고 강상으로도 간다"라는 구절이 적혀 있지만 그럼에도 불구하고 이 시에서 '나'는 '없음'의 효과로 점차 희미해진다. 최소의 상승과 최대의 하강이 결합한 인용시에서처럼 안정옥 시인의 작품들은 많은 경우 '지워지는 시작법'을 선택하고 있다. 시인이 특징적으로 사용하는 '여백'이라든가 강하고 직접적인 표현을 삼가는 일 역시 '지워지는 시작법'의 일환으로 묶을 수 있을 것이다. 아마도 시인은 물리적인 시집 제작에 있어서도 모든 시편들을 흐릿하게 인쇄하여 묶어내고 싶었으리라.

> 일기장에 여백이 많았던 것은 누군가에게 보여줄 수 없는 진심 들여놓을 곳 필요했기 때문임 삶도 몇줄 빼내면 내면의 공터임을 오늘 하루 영원하다 했거늘 수렵벽화엔 오래된 얼굴들 음, 하루를 물처럼 흘려버렸으나 내일도 흘러오기에 일기를 완결시키지 않았음 음, 날씨는 맑음입니다 철수와 사이좋게 놀았습니다 부모님 말씀을 잘 들었습니다
>
> —「2011년 1월 12일 맑음」 부분

> 나는 겨우 몇 번 입을 열었습니다 아무도 감지하지 않는데 나만 형언할 수 없을 만큼입니다 남자는 가로등에 묶여 있습니다 슬픔도 큰 위력이 됩니다 그는 내게 이야기조차 하지 않습니다 마음이 안개를 풀어냅니다
>
> —「마지막 남자」 부분

이렇게 추측하는 이유는 시인이 소멸론을 펼치면서도 그것을 전유하는 방식 자체가 확실한 언급으로 규정하는 일이 아니라 사라짐 자체를 보여주

는 데 초점을 맞추고 있기 때문이다. 안정옥 시인은 소멸의 의미는 무엇이라고 명백한 언급을 어디서도 하지 않는다. 의미에 대해서 말하는 대신 소멸 자체의 흐름, 다시 말해 '흐려지기'나 '사라지기' 자체를 시와 동일시하고 있다. 이렇게 안정옥 시인에게 있어 시쓰기는 '지우기'와 공통된 의미로 여겨진다. 그렇다면 '지워지기 시작법'은 그의 기법이면서 동시에 주제라고 볼 수도 있을 것이다.

안정옥 시인이 그의 소멸론을 '사라지기'로 보여준다고 볼 때, 사라짐 이후의 '여백'은 이번 시집에서 매우 중요한 역할을 한다. 인용 시편들에는 입을 열었으나 말해지지 않았던 것들이 '여백'으로 표현된다. '말해지지 않은 말'에의 주목은 우리를 다시 서두에서의 '입 없는 말'로 돌아가게 한다. 그의 시에서 자주 사용되는 '잠잠', '은은', '곰곰'의 시어들 역시 이야기할 수 있었으나 말로 꺼내지면 이미 사라지고 마는 소멸성을 은근하게 표현하기 위해 사용되었다.

이 시집은 시의 전면과 좌우, 기법과 주제, 표현과 상징을 소멸하는 것의 드러냄에 맞추면서도 소멸론을 완성하지 않는다. 그에게 소멸론이란 완성할 수 없었던 것일까, 아니면 완성되어서는 안 되는 것일까. 숨결, 입짓, 흔적. 이렇게 가없는 것들을 살피는 사람이 그것을 쥐어 수집할 이유가 없다. 소멸에 관한 한 그것의 의미를 완성하거나 확립하는 일 자체가 어불성설일지 모른다. 진정 소멸의 의미는 손아귀 사이로 빠져나가는 햇살처럼 우리를 가볍게 하고, 우리가 놓아버리도록 만드는 데 있을 테니까 말이다. 그렇다면 결과적으로 우리 역시 안정옥 시인의 소멸은 무엇이라고 마침표를 찍을 수 없고, 찍어서도 안 될 것이다. 과연 그는 역설적인 조형가, 흩어지는 것들을 반대로 음각하는 자이다. 예전에 들었던 '말할 수 없는 것에 대해 침묵하라'는 혹자의 명제는 오늘 안정옥 시인에게 있어 '말해지는 모든 것이 차마 말해질 수 없노라'고 변천되고 있다.

# 고통스러운 영혼의 방향方向과 방향芳香
—박라연론

## 1. 시인과 시적 대상의 운명에 대해

한 시인이 한 대상과 만나는 일은 필연적이다. 물신론적인 시대에서라면 더욱 그러하다. 우리에게 있어 내면화의 문턱을 통과하지 못한 대상은 단지 사물과 관념일 뿐이다. 당신에게 내가 수십 근의 고깃덩어리에 불과하듯, 내 정신 안에서 가공되지 않은 사물과 관념 역시 내게는 무의미일 뿐이다. 시인과 시적 대상의 관계도 같아서, 몽상과 상징의 문턱을 넘지 않은 대상은 어떤 의미도 획득하지 못한다. 그러니 시인은 시적 대상에 목마르게 매달리고, 끊임없이 두드리고, 나아가 영혼 밖으로 튕겨나가려고 하는 대상의 원심력과 전투 아닌 전투를 벌이게 된다. 이러한 일이 사람과 사람 사이에 벌어지면, 우리는 그것을 연애나 사랑이라고 말할 수 있다. 그리고 같은 일이 시인과 시인의 시적 대상 사이에 벌어지면 우리는 그것을 일러, '꿈꾸는 일'이라고 부른다.

시적 대상과의 만남이 자기 필요에서 출발했든, 필연적 만남에서 출발했든 어느 순간에는 시인의 운명이 될 수 있다. 알다시피 운명이란 매우 비과학적이고 비논리적인 현상이지만 우리 피조물의 인생에는 엄연히 운명이라는 것이 존재한다. 그리고 그것에 대해 문학은 매우 효과적으로, 그리고 여러 각도에서 언급해온 바 있다. 시인의 창작 과정을 하나의 생에 비유할 수 있다면 여기에도 역시 운명은 깃들어 있다. 이때 운명이라는 말은 시적 대상이 시인 안에 들어와 어느덧 그 둘이 하나가 되고 만다는, 하나의 황홀경이나 신비로움과 같은 뜻으로 이해할 수 있다. 그래서 문학의 진정성을 따지는 이들은 첫째로 한 시인에게 있어 한 대상이 과연 운명의 수준으로 격상되었는지를 가리고, 그 다음에는 한 시인이 한 대상을 얼마나 꿈꾸었으면, 그것이 고작 우연에서 출발해 운명까지 되었는지 확인한다.

여기 한 시인과 한 대상이 있다. 박라연 시인의 경우 그의 시적 대상은 '식물'이다. 시인은 전작(『빛의 사서함』, 2009)을 통해 꽃, 풀, 나무 등의 식물류와 열애 중임을 드러낸 바 있다. 대상에 주목하여 규정한다면, 이것을 '꽃의 시학', 혹은 '식물의 시학'이라고 할 수 있을 것이다. 그렇지만 박 시인의 작품을 이해하기 위해서는, 시적 대상을 확인하는 일보다 대상을 바라보는 태도의 파악이 중요하다고 판단된다. 앞서 발표한 작품집은 시인이 꽃인지, 꽃이 시인인지 구분할 수 없는 지경에 와 있었다. 이 사태는 앞서 말한 운명에 가까운 일이어서, 상당히 옳게 보이는 것임과 동시에 상당히 위험한 일이기도 했다. 위험할 수밖에 없는 이유는, 시적 자아가 대상과 자아 사이의 혼미한 영역을 벗어나면 더 이상 시를 쓸 수 없기 때문이다. 언어는 인간의 영역에 있지, 꽃의 영역에서는 존재할 수 없는 것이어서, 만약 완전히 꽃의 영역으로 넘어가버린 자아라면 말을 뱉어낼 수 없게 된다. 한국 현대시에는 몇 번의 식물변형, 또는 '식물-되기'의 시도가 있었다. 그 식물변형은 다프네가 월계수로 변화하는 신화의 한 장면과 같이, 때로 경이롭고 아름답다. 그리고 완전히 경계를 넘어가버려 돌아오지 못한다면 더 아름답고, 더 위험할 것으로 예상된다. 위험을 내포하는 이 상황을 어떻게 타개할 것인지는, 식물변형을 시도하는 상상력, 또는 박라연 시인의 해결해야 할 몫이다.

고통스러운 얼굴의 박향가와 박향香

## 2. 탈각하려는 영혼의 새 주거지

　많은 사람의 마음속에는 유토피아가 있다. 이 유토피아는 무균無菌의 공간, 상처가 없는 시간으로 설정되어 있다. 현실을 탈각脫殼하려는 영혼은 이 유토피아로 돌아가려는 방향성을 지닌다. 그러나 사실 영혼이 돌아갈 곳은 존재하지 않는다. 행복한 유년을 노래하는 감상적인 사람은 자연으로, 순수로, 근본으로 돌아가고자 하지만, 사실 아이들도 결코 행복하지 않으며 많은 갈등과 분열을 겪는다는 것을 완전히 망각하고 있다. 평화로운 식물들의 세계인 자연도 마찬가지이다. 당신이 나무로 다시 태어난다면 행복할 것 같은가? 나무의 속마음이 지옥인지, 천국인지 알기 전에 대답할 수 없다. 결과적으로 우리는 나무에게서 위안을 얻을 수 있으며, 상상을 통해 나무를 하나의 매개체나 통로로 이용할 수 있을 뿐이다. 그러니 사람된 것이 저주스러워 자연으로 돌아가자, 라는 말은 쉽게 할 수 없는 말이다. 뒤로 돌아갈 길은 전혀 없다. 어린아이로 돌아갈 수도 나무 사이로 회피할 수도 없다. 가야 하고 갈 수 있는 길은 뒤로 돌아가는 것이 아니라 앞으로 나아가는 일이다.

> 허공을 찢고 저지른 저 수평의 무한한 팔들 좀 봐! 다른 피가 흐르잖아 여기와 다른 링을 찾아 부유하는 복서들을 빨아들여 4차원을 펼친 거야 내 상한 팔에서도 덩달아 풀꽃들이 피어나 옛말하며 정겹게 웃고 있잖아 무엇으로 저 많은 구사일생을 받아 그대 팔에서 꽃피우나? 더는 올려다보지 않으려고 수평을 몸소 행하려고 날마다 공중에 제 피를 걸어 원은 걸러내며 삭힌 향이야 저의 굵어지는 향기를 허공에 쟁여 한 세계를 분양한 셈이지
>
> ―「4차원을 그대 팔에」 전문

　이번 신작시는 총 5편이다. 이 작품들을 통해 시인은 유토피아적 회귀

가 아니라 앞으로 나아가는 일이 어떠한지를 구체화하고 있다. 결론적으로 말해서, 그는 식물을 운명으로 삼는 일에 종사하고 있지만 나무로 돌아가자는 쉬운 결론으로는 끝내지 않았다. 인용시에는 앞으로 나아가는 일에 대해 "4차원"이라는 단어로 언급하고 있다. 물론 박 시인의 세계는 여전히 식물로 가득하며, 우리는 신작시에서 아직도 꽃향기의 감각을 느낄 수 있다. 그렇지만 다시 강조하되, 문제는 식물이냐 아니냐가 아니다. 어디까지나 박 시인에게 있어 문제적인 지점은 식물을 운명으로 꿈꾸는 그의 태도에 놓여 있다.

식물은 그를 꿈꾸게 하고, 반대로 그는 식물이 꽃을 피우게끔 한다. 이 작품에도 꽃의 개화를 찾아볼 수 있다. 그가 우리에게 보여주는 꽃은 언어로 된 것이어서 문학적인 영역에 해당하고 있다. 문학이어서 내면적이고 상상적인 꽃은 키우는 사람의 태도에 따라 양태를 달리하게 된다. 그 다른 양태는 박라연 시인의 꽃을 매우 낯설고 또한 새롭게 만드는 동력이기도 하다. 구체적으로 시인은 인용시를 통해 자신의 온실에서 최초 개량에 성공한, 신품종 꽃을 선보이고 있다. 신품종은 다름 아닌 꽃이 내뿜는 향기를 말한다. 우리가 사는 세상은 3차원이고, 일반적인 모든 꽃은 여기 3차원에서 피어난다. 그런데 시인은 3차원에 피어난 꽃이 "4차원"으로 옮겨간다고 말한다. 꽃이 차원을 넘어서는 것은 향기를 통해서이다. 꽃의 향기는 허공에 퍼져나가 어딘가 알 수 없는 먼 곳, "4차원"에 도달한다. 그리고 "향기를 허공에 쟁여 한 세계를 분양"했다는 말에서처럼, 향기의 확산이 세계의 확산으로 이어진다.

그러니 시인은 이 시의 제목을 붙일 때 그대에게 꽃을 선사한다거나, 그대에게 향기를 선사한다고 말할 수 있었음에도 불구하고, 굳이 "4차원"을 선사한다고 바꾸어 말했다. 이때 그가 강조하고자 한 것은 꽃, 내지는 꽃과 동일시되는 향기의 마법적인 측면이다. 그 마법은 자아를 직접적으로 식물화하지 않고, 자아의 변형을 요청하는 것이 아니라, 간접적으로 꽃이 매개하는 세계를 구축한다. 이것은 시인의 세계를 확장하며 더 많은 가능성을 담지한다는 의미에서 긍정적으로 받아들여질 수 있다. 그는 아마도 꽃을 하나의 '문'이나 '통로'로서 인식하고 있는 듯하다. 꽃길을 걸어 들어가면 어떤 세계가 나타날까, 시인은 그것에 대해 "4차원"이라는 규정으로 언급을 시작하고 있다.

이 "4차원"에 대해 우리가 얻을 수 있는 정보는 그리 많지 않다. 그럼에도 불구하고 확인할 수 있는 바는 그가 추구하는 것이 '다른 피'의 세계라는 것이다. 시인은 아름다운 화단을 눈앞에 놓고서도 그것에 안주하지 않는다. 그는 다른 품종의 꽃, 새로운 품종의 향기를 매개로 또 다른 세계를 꿈꾼다. 그리고 그 다른 세계란, "내 상한 팔에서도"라는 말에서 짐작할 수 있듯이, 병들어 아파하는 3차원의 육신이 치유될 수 있는 세계이다. 그는 전작에서도 생명의 건강한 지속 내지는 생명력의 확산에 지대한 애정을 표명한 바 있다. 그 태도는 신작에도 이어져 인용시에서도 생명력이라는 초점을 유지하고 있다. 그는 "구사일생"이라는 말로 위태로운 인생을 표현하면서, 반대로 안식을 찾을 수 있는 건강한 세계를 원한다. 그리고 그 세계는 '지금-여기'에 "부유하는" 모든 무의미와 무기력함을 흡수할 만큼 강력하다. 우리는 여기서 고통을 탈각하려는 영혼이, 하나의 방향성을 부여받고 있음을 알 수 있다. 피로한 영혼, 가고 싶으나 갈 곳이 없는 영혼에게 시인은 새로운 주거지의 새 번지를 마련하려고 한다.

## 3. 식물이 가진 '약성藥性의 시학'

박 시인의 작품을 읽으면 찬란하고 향기로운 많은 일을 발견하게 된다. 작품의 내부에 화단이 꾸며져 있고 그 화단을 키우는 햇빛이 있기 때문이다. 찬란하고 향기로운 것에 대해 우리는 찬란하고 향기롭다고 말한다. 그러나 때때로 우리는 찬란하고 향기로운 것이 전혀 찬란하지도 향기롭지도 않다고 말한다. 오히려 반대로 어둡고 괴롭다고 이야기한다. 박라연 시인의 경우가 그렇다.

그의 시에는 향기가 배어 있다. 그렇지만 여러 번 읽으면 그 찬란하고 향기로운 것에는 다른 냄새가 섞여 있다는 사실을 알게 된다. 물어본다면, 시인은 화단의 거름 냄새라고 말할 것이다. 거짓말이다. 답을 찾기 위해 우리는 그가 무엇으로 거름을 만들었나를 생각하게 된다. 그의 꽃에서는 키운 자의 핏물 냄새, 아픈 냄새, 눈물 냄새가 포함되어 있다.

> 자식은 뉘에게나 꽃이니 다시 보려고 王소나무 주름살로 길을 내
> 시던데
>
> 이제 갓 마흔의 어미가 제 손으로 새끼들을 꺾어 웅덩이에 내동댕
> 이치듯
>
> 끊고 가야 하는 길은 도대체 누구에게 무슨 용도로 붙잡혀가는 길일까
>
> 40壽의 복숭아나무 저의 올해 핀 꽃잎이 다 떨어지는 꼭 그 순간에
>
> 마흔의 그 어미도 숨을 이동할까 여기보다 더 사랑하기에 알맞은 곳
>
> 설사 아무리 오래 한눈을 팔아도 수명이 새지 않는 그곳으로
> ─「이별의 페이지를 펼치며」 전문

신작 5편 중 2편은 '이별' 이야기이다. 인용시는 그 중 첫 번째 작품인데 여기에는 앞서 말한 작품 「4차원을 그대 팔에」의 이면적 이야기가 들어 있다. 이 작품이 말하는 이별은 엄마와 자식 간에 일어나는 사별死別이다. 이때 엄마란, 40년간 살아온 "복숭아나무"이고 자식은 복숭아나무가 피워낸 꽃들을 말한다. 꽃이 피고 지는 것은 매해 반복되는 일이고, 자연의 섭리이

다. 그렇지만 시인은 꽃이 피고 지는 것에 대해, 생명을 나누어주고 그것을 다시 잃는 매우 슬픈 사건으로 파악한다.

시적 자아와 시인은 동일하게 여겨질 수 없지만 반대로 상호참조가 불가능한, 전혀 다른 것도 아니다. 우리는 시인이 오랫동안 꽃과 나무를 키웠다는 사실을 알고 있다. 그것은 시인의 생의 일부이고 그 일부는 작품에서도 숨길 수 없는 마음으로 다루어진 일이다. 그런데 마음을 기울이는 일이 기쁜 일만이 아님은 이 작품을 읽고서야 알게 된다. 시인은, 그리고 시인의 시적인 자아는 식물을 통해 즐거움과 위안만을 얻는 것이 아니라, 동시에 고통과 슬픔까지 얻고 있었다.

식물은 박 시인에게 삶의 원동력을 보여주고 그 일부를 나누어준다. 시인은 이것을 받아 인간의 생과 문학적 생을 만들었다. 그런데 때로 상황은 반대로 역전된다. 시인은 받기만 한 것이 아니라, 자신의 마음을 식물에게 나누어주었다. 나누어 받은 인간의 마음으로 식물은 살았고, 자식을 낳았고, 또 이별했다. 마음을 나누어준 탓에 시인의 삶은 식물의 삶과 공명하게 되어서, 식물이 살면 기쁘고 자식이 피어나면 기특하고 이별하면 슬프게 된다. 그리고 그 식물의 죽음이나 이별을 목도하게 되면 죽음이나 이별하지 않는, 이른바 "수명이 새지 않는" 어떤 곳을 꿈꾸게 된다. 이것은 시적 화자 자신을 위한 일임과 동시에 그의 식물들을 위한 모색이었다. 슬픔 방지 대책의 일환으로 시인은 식물을 3차원의 현실이 아닌 4차원의 새 세계로 파종하는 것을 고안해낸다. 시인은 이 시를 뒤에 배치했지만, 사실 「이 별의 페이지를 펼치며」라는 작품은 「4차원을 그대 팔에」보다 먼저 읽혀야 좋을 시이다.

　　온 몸이 잘린 그 후에도 제 죽음을 못 받아들이는 낙지의
　　자존심까지 삼켜서?

　　그의 최후를 삼켰다는 사실과 막 죽을 때 뿜어낸 독성이

심장을 관통해서?

—「네 맛이 무서워」 전문

　이제 시인과 시적 대상의 운명에 대한 이야기로 다시 돌아가자. 처음으로 돌아가기 위해, 다시 말해 박라연 시인의 운명은 겉보기와는 달리 꽃이 아니며, 그 작품 세계를 '꽃의 시학'이라 규정할 수 없음을 밝히기 위해 여기까지 왔다. 그의 시를 지배하는 정체성은 원예업자나 조경업자도 아니며 식물학자는 더더군다나 아니다. 아니라면 다른 무엇이냐에 대한 답은 지극히 고전적인 개념에서 출발한다. 오래전부터 산천초목의 식물을 재배하는 이의 정체는, 식물의 독성을 다루는 사람이었다. 모든 식물에 양을 달리해서 들어 있다는 독성은 때로 정말 독이 되기도 하고 때로는 약이 되기도 한다. 그래서 동양의 의학서는 물론, 소위 서양의 마법사가 하는 일에도 이 식물의 독성을 다루는 일이 큰 부분을 차지했다. 시인이 식물에 주목한 원인 역시 식물 내면의 성분 때문이다. 근거의 하나로 신작시의 하나인 「네 맛이 무서워」라는 작품을 들 수 있다. 이 시의 중심은 "낙지"가 아니라 "심장을 관통"하는 "독성"이다. 시인은 여기서 비로소 "독성"이라는 말을 사용했지만 사실 이 독성毒性 내지 약성藥性은 암암리에 주제화되고 있었다. 시인은 많은 식물과 꽃에 대해 이야기하면서 사실은 많은 치유법에 대한 실험을 했다고 말하고 있는 것이다.

　한 시인이 있고, 그가 사랑한 시적 대상이 있다. 이번 신작시는 같은 문장을 달리 말하게 한다. 박라연 시인이 있고, 그가 운명으로 사랑한 '식물의 약성藥性'이 있다.


## 4. 고통의 문학적 의미

　전쟁과 학살, 맹목과 망상, 그리고 고통과 병이 바로 문명의 불만에 해당

고통스러운 영혼의 반향反響과 반향方響

한다. 문명의 불만은 해소될 수 없다. 이에 대해 잊거나 왜곡하는 한 방법이 있을 수 있고, 직시해서 맞서는 다른 방법이 있을 뿐이다. 그리고 문학의 힘이란, 그리고 문학의 진정성이란 후자의 방법론을 통해 출발한다. 우리는 그렇게 알고 있고, 그렇게 믿고 있다. 실천적으로 많은 시인들이 문명의 불만의 어느 부분에 대해 정신적 대항을 해왔다. 박라연 시인의 시도 피할 수 없는 고통을 버리거나 망각하지 않는 전제에서 시작된다. 특징적으로 그 고통은 육체에서 시작해 정신으로 옮겨간다. 그래서 그의 꽃 역시 자아의 팔다리에서 피어나는, 육체로 전이된 꽃에서 시작해 정신이 만들어낸 "4차원"에서 피어나는 꽃으로 옮겨가고 있다. 이 말은 그의 꽃이 고통을 거름삼아 피어났다는 말과 같다.

이제는 박 시인의 작품에서 꽃을 발견하면 '아팠다'는 말로 읽을 수 있다. 아무리 부드러운 어조로 풀어쓴 작품이라고 해도, 박라연의 시는 고통이 무엇인지에 대해 성찰하게 만든다. 고통은 그 자체로 지향적이 될 수는 없으나, 고통의 경험은 다른 것을 인식하게 하는 데 중요한 작용을 한다. "아픔을 통해 사람은 주체성을 느낀다"는 헤겔의 말처럼, 정신적 고통과 육체적인 아픔은 일종의 반성적 사고로 이어진다. 자아 인식이 철학적인 고통의 의미라면, 박라연의 작품들에서는 고통의 문학적 생산력을 찾아볼 수 있다. 그녀는 많이 아파서 꽃을 찾았다. 고통의 순간에 서정성이 위안이 되어주듯, 문학에서의 꽃은 위안이 되어주었다. 그리고, 그래서, 박라연 시인은 더 아프게 되었다.

# 시인의 '궁달窮達'과 심미적 유배자의 초상
## —정수자론

이아계는 만년에 평해에 유배되자 시가 비로소 극치에 이르렀다.
고제봉의 시도 버림받아 한가하게 되었을 때 바야흐로 크게 진전했다.
—허균, 『성수시화』 부분

## 1. 한 유배지에서 발송된 사연

정수자 시인의 작품에서는 유배지의 속성들이 발견된다. 물론, 우리는 이 유배지가 전남 강진이나 제주도인지, 아니면 삼수갑산인지 그 계통적 유형에 대해 미리 속단할 수 없다. 또한 그 유배지가 작품을 위한 자발적 유폐지인지, 아니면 그의 가슴과 운명은 유배지에 머무르지 않을 수 없었던 것인지도 쉽게 판단할 수 없다. 지금 지점에서 말할 수 있는 바는 그의 작품이 한 유배지에서 탄생되었고 또 부쳐졌다는 사실이다. 그래서 우리는 정수자의 작품을 보면서 위리안치圍籬安置된 자의 형상을 생각하게 된다. 홀로 유배된 자는 과연 무엇을 보고, 어떻게 보는지를 확인하게 된다.

알려지기를, 이 유배인의 시선은 퍽 적막하고 깊이 외롭다고 했다. 작품의 발송지를 고려하면, 그것은 유배지의 풍경이 본시 적막하고 외로운 탓이다. 여기 유배지는 소리가 적고, 시인은 다변多辯하지 않아, 우리는 유배지의 전체가 아닌 편린만을 그려볼 밖에 없다. 작품의 정경을 떠올려보자. 시심이 머무는 장소는 인촌에서 멀고 고적하다. 화자 이외에 다른 생명의 기척이 허용되지 않고 있으나, 오히려 마음은 허용되지 않은 기별을 그리워하며 노닌다. 생명의 기척이 없으니 봄이나 낮조차 빼앗겼을 것이고, 남은 것은 이면의 어둑함뿐이다. 무엇보다도 시인이 머무는 곳이 유배지임을 말해주는 확실한 사실은, 화자가 눈을 돌리는 곳곳에 '사막'이 발견된다는 점이다. 일반적으로 우리는 유배지가 사막과 같음을 알고 있다. 정수자시의 화자는 사방에 사람이나 기별 대신 '모래' 언덕이 놓여 있다고 말한다. 그러니, 찾아오는 벗도 없고 사구砂丘로 둘러싸인 이곳이 '오호라, 삼수갑산'이 아니라고, 또는 다산 초당의 강진이나 세한도歲寒圖의 제주가 아니라고 우길 도리가 없다.

사막과 같은 먼 곳에 유배시키는 일은 '사막과 같은 사람이 되어 죽어버려라' 말하는 잔인한 세상의 뜻이다. 그리고 대부분의 사람이 잔인한 세상의 의도를 따른다. 이 많은 따름은 보편화에 기여할 뿐 개별적으로 기념될 것은 못된다. 그런데 사막에 유배되어 스스로 사막이 될 위험에 노출된 한 사람이 있어, 사막이 되기를 거부하고 하나의 학문이나 한 폭의 그림쯤이 되어 돌아왔다고 하자. 그럼 우리는 그는 충분히 기록하고 기억해야 할 필요가 있다. 그리고 이제는 사막이 되라는 유배의 세상에 한 시인이 있어, 모래에 입이 막히지 않고 아픈 생각을 서정으로 풀어냈다고 하자. 그렇다면 우리는 그를 충분히 이야기할 필요가 있을 것이다. 잃은 것 많고, 가진 것 없어 스스로 서글픈 이 시인은 궁하나 곤궁에 떨어지지 않고 사막에 처했으나 사막이 되지 않았다. 모래 언덕에서 꽃을 얻는 일, 아프면서 병든 자가 되지 않는 일—이런 것을 일러 우리는 유배 체험에서 얻은 시인의 '궁달窮達'이라고 말할 수 있다.

## 2. '등'이 아픈 사람의 '궁달窮達'

우리는 어떤 경험이 이런 시를 쓰게 했는지 물어볼 수 있다. 이 질문은, 시인에게 언제 정직하게 아팠는가 묻는 일과 같다. 가령, 아래와 같은 시는 그의 내면이 유배자이거나 혹은 이었다고, 정수자의 문학 세계를 유배 문학의 맥락에서 이해하게 만든다.

저기
혼자 밥 먹는 이

등에서 문득
주르르륵

모래 흘러내려
어둠 먹먹해져

지나던
소슬한 바람

귀 젖는다

鳴沙……

—「늦저녁」 전문

이 작품은 시인의 전작 시집에서 빼어나게 눈에 뜨였던 작품이다. 단 1수의 작품이면서도 할 말은 다 해놓고 있어 군더더기 없는 시조 미학을 선보일 뿐 아니라, 읽은 후의 여운이 깊게 남는다. 그리고 그 여운이란, "지나던 소슬한 바람"이라든가 "명사鳴沙" 같은 단어가 고통을 녹이며 가벼워지는 지점에서 발견된다. 하지만 이 작품에서 무엇보다 강렬했던 구절은 따로 있다. "저기 혼자 밥 먹는 이"와 같은 일상적 소재가 갑자기 "등에서 문득 주르르륵"으로 변화하는 부분이다. 이런 과감성은 시인이 내면과 직접 대면하고 있다는 증거일 것이다. 그리고 그 내면이 어떠한가에 대해서, 인용 작품은 '등'이라는 상징적 표현을 남긴다.

정수자 시인에게 있어 '등'이나 '등'을 보는 일은 「빈 들」, 「십일월 저녁」의 시편에도 등장한다. 잦은 빈도만큼 그에게는 지배적이며 체화된 하나의 시적 자세라는 말이다. '등'이란 앞면이 아닌 뒷면, 보이지 않은 곳에 남겨진 몫, 그리고 보일 수 없었던 표정 등에 해당한다. 이 시인은 '등'을 보는 일에 매우 능숙하고, 우리는 이 능숙하다는 말을 익숙하다는 말로 이해할 수 있다. 그리고 남겨진 '등'의 상황에 익숙함을 근거로, 그의 내면이 남겨진 자, 홀로 유배된 자의 것과 유사하다고 추측하게 된다. 시인에게 있어 등의 자세는 이른바 '방치된 이면에 주목하는 마음'으로 풀이할 수 있다. 그리고 이것은 유배자로서의 내면이 취한 하나의 태도라고 볼 수 있다. 확장된 의미로서 유배자적인 삶 자체가 생의 앞면이 아닌 뒷면이고 인생의 양지가 아닌 음지라는 점에서 이 '등'으로 표상되는 '뒷모습'은 의미심장하다.

그는 전작 시집 제목을 『저녁의 뒷모습』이라는 이중二重의 '등'으로 붙였다. 이 시인의 어조가 부드럽고 온건한 서정적 어법을 구사한다고 해서 그 아픔 역시 부드럽고 말 것이라 판단해서는 안 된다. 이것은 어디까지나 겉면일 뿐, 그의 진정성은 잘 보이지 않는 곳인 '등'에 배어 있다. 시인의 작품은 '등'을 발견하고 이해하지만, 이 말 걸기의 장면 전에는 아픔의 장면이 숨겨져 있다.

이를 테면, 혼자 남겨진 사람들은 늘 남들의 '등'만 보며 살았을 것이다. 그래서 자동반사적으로 '등'만 보면 아프다. 이 '느낌'이 아픔의 일차적 단계이다. 그리고 '등'이 아파본 사람은 남의 '등'을 또 아파한다. 어디 나와 같이 아픈 '등'이 없는지 자꾸 눈길이 가고 찾게 된다. '공감'이 아픔의 이차적 단계이다. 그리고 아픔은 사람에게만 있는 것이 아니어서 사람이 아닌 계절에, 육신이 아닌 시간에, 생명이 아닌 만물에 역시 아픈 '등'이 있다는 사실을 발견하게 된다. 그러면서 아픈 '등'은 점차 '달達'이 되어간다. '궁窮'의 아픔이 '달達'이 되면서, 아픔은 더 이상 아프지 않게 된다. 이것이 아픔의 마지막 모습이다. '등이 아픈 사람'인 정수자 시인의 작품에는 이 아픔의 세 유형이 곳곳에 들어 있다. 그래서 그가 '등'이라고 말하면 어느 때는 '아프다'로 읽히고, 어느 때는 '공감한다'로 읽힌다. 그리고 또 어느 때는 '아프지 않다'라고도 읽힌다.

## 3. 유배자가 유배자를 꿈꾸는 일

'등이 아픈 사람', 유배자가 '등'을 보고도 아프지 않으려면 무엇을 해야할까. 몇 가지 기록은 그에 대한 선례를 말해준다. 강진의 초당에서 정약용은 학문에 매달렸다. 방대한 저서가 '등'의 아픔을 대체했다. 제주도의 추사는 세한도를 그렸다. 추운 그림을 그리는 동안 추사는 아픔을 다른 성질의 것으로 바꿀 수 있었다. 그리고 시인의 경우는 다음과 같았다.

> 은자隱者 같은
> 꼿꼿한 시간의 표백 같은
>
> 혹은
> 손이 희어서 슬픈 자작 같은
>
> 제 안만
> 오롯이 보다
> 뼈가 된
> 고독 같은
>
> …(중략)…

뼈마다

경이 들릴 듯

눈 시리다


은빛

직립

―「백두산 자작」 부분


　일견, 이 시는 직유의 방법으로 나무의 의미를 포착해가는 과정을 그리
고 있다. 그렇지만 이 작품을 하이데거 식으로, 사물 자체의 숨겨진 의미를
드러내는데 주력했다고 읽을 수는 없다. 극히 주관적인 이 작품은, 시인과
나무와의 동일시를 위해 쓰여진 작품이기 때문이다. 시인은 먼 백두산에 선
나무가 '은자' 같다고, '슬픈 자작' 같다고, '뼈가 된 고독' 같다고 말했다. 이
구절들은 사실 '나무는 나와 같다'라는 말을 직유의 횟수만큼 반복한 것이
다. 이때 동일시는 '나무'와 '나'와의 일대일 대응으로 이루어지지는 않았다.
시인은 나무라는 대상과 자신 사이에 '유배자'라는 공통분모를 두고 그것이
심미적 차원의 시적 변용을 거쳐서 나무와 자신을 오가도록 설정해놓았다.
　위 시를 근거로 말하자면, 시인은 한반도 최북단에서 한 그루의 나무를
만났다. 알고 보니 그것은 나무가 아니라 한 유배자의 초상이었다. 이 드문
유배자는 유배자인 주제에도 몹시 아름다워서, 알려지지 않은 유배의 극적
인 결과를 온몸으로 드러내고 있는 듯했다. 그래서 시인이 이 미적인 유배
자를 내면화하는 장면에서 '눈 시리다'고 감탄할 수밖에 없었고, 그 아름다
움에 '은빛 직립'이라는 이름을 붙이게 되었다. 그러면서 점차 한 유배자는
다른 유배자와 동일화되었다. 이런 미학적 의미 부여를 통해 한 유배자의
처지 역시 다른 유배자의 찬란한 수준으로 나아갔다. 시인은 유배자의 미
학을 적극적으로 내면화하면서 스스로를 구원할 방법을 모색하게 되는 것
이다. 이 시를 읽으면서 우리는 알게 된다. 유배인이 자유인을 꿈꾸지 않고

제1부 여성시학의 갱신화를 위하여

유배인을 꿈꾸는 상황도 있음을, 그리고 그 꿈이 모순적이거나 비극적이지 않다는 사실을 말이다. 이 시인의 어법을 따르자면 추운 겨울을 나게 하는 것은 따뜻한 장작더미가 아니라 더 추운 겨울을 꿈꾸는 일이었다.

다 해진 길을 끌고 가을이 가고 있다

목마다 목이 시린 시래기 같은 시간들

그 어귀 외등을 지나는

당신 등도 여위겠다

가으내 비색에 홀린 바람의 당혜 같은

귀 여린 잎사귀도 먼 곳 향한 귀를 접고

제 안의 잎맥을 따라

한 번 더 저물겠다

—「십일월 저녁」 전문

극단적인 아름다움에 기대어 유배자의 심사를 변화키는 꿈이 있다면, 회감回感에 의해 비감悲感을 후퇴시키는 꿈이 있을 수 있다. 「십일월 저녁」이라는 인용시가 그같은 경우에 해당한다. 이 시는 극히 서정적인 상호 융화에 의해 고립된 화자의 유폐성을 해소하고 있다.

작품의 중심에는, 앞서 언급한 '등'이 자리잡고 있다. 그것도 하나의 '등'이 아닌 복수의 '등'이 등장한다. '십일월'은 1년의 '등'에 해당하는 달이고,

149

배경인 가을이나 저녁 모두 시간적으로 저무는 '등'의 부분에 놓여 있다. 화자는 각자 홀로인 다른 '등'들을 하나하나 호출해서는 그 사이에 심정적인 연결을 짓는다. '당신 등도 여위겠다'라거나 '귀 여린 잎사귀도' 같은 구절에서 사용된 '-도'라는 조사는 나의 '등'과 당신의 '등'과 잎사귀의 '등'을 이해받고 공감하는 동일선상에 올려놓는다. 그래서 여러 개의 '등'은 각자의 아픔을 주장하지 않고, 다른 '등'의 존재에 의해 위로받는다. 그래서 이 시조의 마지막 구, '한 번 더 저물겠다'라는 부분이 또 다른 '등'의 탄생이 아니라, 충분히 '등'의 존재여도 괜찮다는 자임으로 읽힐 수 있다.

## 4. '오래도록 서로를 잊지 말자'는 말

정수자 시조 시인이 나누는 바가 '유배자의 시학'이라면, 이 내면은 시조 형식과 절묘하게 맞아떨어지는 부분이 있다. 작품 스타일을 보면, 그는 태생적으로 말이 적은 듯하고, 아마도 이 적은 말수 때문에 시조와의 만남이 자연스러웠을 것이라 추측된다. 그는 의미를 드러내는 데 그다지 많은 말을 필요로 하지 않으며, 시조는 말을 한정적으로 사용함에 있어서는 현존하는 가장 효과적인 방식이기 때문이다.

말을 아낀다는 점과 연관되는 이 시인의 미덕은 구차히 울거나 해명하지 않는다는 점이다. 대신 그는 보고, 담아내고, 보여준다. 조용히 보여주는 정수자 시인의 작품에는 소리가 적다. 그리고 소리 대신 정경을 읊조리는 이 사색의 포착은 그의 작품을 도화圖畵의 일종으로 만드는 듯하다. 즉 그의 시는 한 폭의 그림, 그것도 동양의 문인화文人畵에 가깝다. 그런 그가 시적 모티브로서 세한도歲寒圖에 관심을 두는 일은 시조를 선택한 이의 고전적 성향만은 아닐 것이다. 이 시인은 '세한도 연작'을 시도할 만큼 세한도의 정신에 인접함을 드러내고 있는데 이것은 세한도의 본 주인이 유배자였다는 정체적 동일성에 끌린 이유 외에도, 세한도라는 그림이 의미를 전달하는 문인화였다는 데에 기인한다.

　세한도는 실경으로 친다면 싱겁게도 보이고 엉성하게도 보인다는 평가를 받는다. 그런 작품이 추사 예술의 극치로 꼽히는 것은 사의寫意의 표현이 탁월하기 때문이다. 우리는 황량한 정경을 그린 추사의 세한도를 보면서 그 작품이 춥다고 느끼지 않는다. 마찬가지로 우리는 정수자 시인이 그린 외롭고 아픈 정경을 보면서 그 작품이 외롭고 아프다고 느끼지 않는다. 추사가 제한된 필획으로 정제된 하나의 의미를 그려내는 것처럼, 정수자 시인은 제한된 자수로 내면의 의미를 표현하고 있다.

　　　　외롭고 외로울 제
　　　　바다는 더 저승 같고

　　　　수선화 목을 빼도 봄소식 감감할 제

　　　　꽃인 양 서책을 품고
　　　　달려오던 그대여

　　　　그립고 그리울 제
　　　　집은 한 채 무덤 같고

　　　　먹물 나눈 벗조차 황차 무심할 제

　　　　생을 건 먼 바닷길에
　　　　비단을 펴던 그대여

　　　　세한의 매운 그늘
　　　　뼛속까지 시려올 제

문자향 문득 피운 송백을 우쭐 세운

더없이
깊은 그대여
푸르도록 기루겠네

이 신작시에는 정수자 시인의 여러 특징이 담겨 있다. 우선, 시상의 처음을 보자면 첫 마디는 저승 같은 "바다"와 무덤 같은 "집"에서 출발한다. "바다"와 "집"은 삶을 이루는 터전인데 그것이 저승이나 무덤이라면 시작부터 절망적일 수밖에 없다. 이러한 현실 인식은 이 작품이 역시 유배지에서 발송된 것임을 드러낸다. 온 세상이 저승이나 무덤이 되어 화자와 추사와 시인에게 어서 죽어버리라고 말했다. 매일 같이 울리는 유배지의 부름이다. 이 부름에 응하는 순간, 삶과 그림과 시는 끝장이 날 것이다.

끝장을 막아준 것은 아이러니하게도, 여기에는 없는 '그대'였다. 정확히 말하자면 '그대'이자, 그대가 보내준 마음이고, 그 마음에 '장무상망長毋相忘'이라는 붉은 낙인을 찍을 줄 아는 정신이다. 전해지기를, 모두에게 잊힌 추사에게 단 한명의 제자만이 남아 때때로 귀한 서적을 보내왔다. 추사는 그 제자에게 세한도를 보내 감사하면서 우리 오래도록 서로 잊지 말자는 낙인을 찍어 보냈다. 이 유명한 일화가, 없는 그대에게 보내는 마음의 전서구가 시인에게 유효한 이유는 무엇일까. 시인은, 서적보다 귀한 것은 서적을 보내는 사람의 마음이고, 그것보다 귀한 것은 사람의 마음을 아끼는 자의 온기임을 알고 있다. 추사는 소일거리 서적이 있어 세한을 견딘 것이 아니라 서적을 보내주는 마음을 생각하며 그 시절을 견뎠다. 그가 '長毋相忘'이라는 낙인을 붉게 찍으면서 실상 자신을 살리는 붉은 생명꽃을 키운 셈이다. 추측건대 정수자 시인은 이 유배자가 피워낸 꽃을 보면서 의아했을 것이다. 시를 쓰면서는 그 연유를 밝히고 싶어 했을 것이다. 그래서 이 시인은 다음과 같은 방법론을 얻었다. 그는 유배지의 뜻에 거역하는 방법으로 유배자는 오래도록 유배자를 잊지 말 것, 그리하여 유배자는 유배자를 통해 구원받을 것임을 제시하고 있다.

진짜 떠돌이도 아니면서, 떠돈다고 말할 수 있다. 진짜 이방인이 아니면서, 이방인이라고 말할 수도 있다. 이런 가짜 언급에는 진정성이 없어서 아무리 미학적인 수사를 획득했다고 하더라도 멋이나 포즈 이상의 가치를 부여할 수 없다. 유배 문학에 있어서도 마찬가지이다. 게다가 여기에는 산송장이 되느냐 마느냐가 달린, 명운을 가르는 절박함이 깃들어 있다. 이 절박함을 어느 정도 진실하게 다루는가가 문학의 성취도를 가름할 것이다.

우리 문학에는 내부적으로 많은 유배지, 혹은 유사 유배지가 있어왔다. 기록에 의하면 고려시대부터 이어진 이 유배 문학의 계보가 현대적인 감각으로 탄생해 전자사막과 같은 새로운 유배지가 등장하기도 했다. 이 오랜 시간의 유배지 중에서 어떤 곳은 낭만적이어서 한 번도 목마르지 않았고, 어떤 곳은 이해에서 얻었을 뿐 경험할 수 없는 허상이기도 했다. 이에 대해 정수자 시인의 출발점이 되는 유배지는 내면의 장소이면서 또한 경험의 사막이라는 점에서 주의를 요한다. 인간을 이해하는 학문에서 경험이라는 것은 데이터베이스의 일부일 뿐이라지만 실제 삶에서 접하는 경험은 때로 세계를 변화시키는 계기가 된다. 시인이 경험한 유배지의 체험은 다른 유배지를 발견하게 만들고 나아가 그 유배지 간의 심정적·정신적 유대감을 확보하게 한다.

시인의 '궁달窮達'이란 모래가 흐르는 사막에서 꽃을 얻는 일, 아프면서 병들지 않는 일에 해당한다. 그리고 우리는 정수자의 시를 보면서 좋은 시란 아픔을 처량으로 전락시키지 않고, 핍진한 삶을 궁핍이 아닌 '시궁이후공詩窮而後工'으로 보여줘야 한다는 사실을 재확인하게 된다. 자각하지 못한다 하더라도, 누구에게나 자기만의 유배지가 있으며 자기만의 유배 기간이 있다. 세상의 변두리에서 중심으로의 복귀를 꿈꾸는 것은 근대의 논리이다. 그렇지만 문학은 어둠을 보면 더 깊은 어둠을 꿈꾸게 한다. 정수자 시인 역시 깊은 어둠이 어둠을 구원하는 유일한 기도라고 생각하는 듯하다.
여기 그가 아픔의 유배지에 밝힌, '등燈'의 명도를 보라.

# 천문天文의 마지막 활용법
―이은규론

붉은 밤, 보랏빛 바탕
별들은 흩날리고 하늘은 나의 쓰러져 객사할 광장
―이상, 「황의 기」 부분


## 1. 천공계의 지지자

이은규 시인은 보기 드문, 천공계天空界의 지지자다. 그의 작품 배면에
는 늘상 천문도天文圖의 빛과 구도가 드리워져 있다. 별과 구름, 여기에 반
사된 빛과 의미, 그리고 이것들이 지나치게 멀리 존재하면서 때로는 지나치
게 가까이 파고든 상처야말로 시인이 사랑해 마지않는 것들이다. 이 시인의
작품을 보면 그의 세계관이 별들의 빛과 운행을 중심으로 결집되어 있음을
알 수 있다. 마치 별을 보고 한 행, 다시 별을 보고 한 행 새겨놓은 듯하다.
말하자면 이런 시법은 실제 천공의 반사 형태, 즉 천문을 그려내는 일과 매
우 닮아 있다. 때문에 이은규 시인의 작품 일독은 '천상열차분야지도天象列
次分野之圖' 일부를 헤아리는 경험에 비유될 수 있을 것이다.

희미한 천상 지도를 눈 속에 그려놓고 시작한 시인. 여전히 별의 말을 들
어야 한다고 믿는 시인. 이은규 시인 읽기의 첫 번째 인상은 이렇게 요약
된다. 그렇다면 그는 별을 노래하는 과거의 시인들이 그랬던 것처럼, 낭만
주의자에 속하는 것일까. 많은 낭만주의자의 방향성이 천상을 향했던 것
은 사실이지만, 이은규 시인이 '천문의 해독자'로 규정된다고 해서 그를 낭

만주의자로 구분할 수는 없다. 낭만주의자는 현실에서는 낙백하되 상상에서는 지고한 존재여야 하며, 둘 사이를 자유롭게 넘나들 줄 알아야 한다. 그들은 일종의 마법사이며 영매이다. 그렇지만 이은규 시인은 현실과 천상을 명확히 구분하고 있으며 각각의 세계 사이에 넘어설 수 없는 경계를 인식하고 있다. 작품 전체를 놓고 보자면 이 시인은 불가능을 가능하게 만드는 낭만주의자가 아니라, 오히려 불가능을 직시하는 회의주의자에 가깝다. 별을 노래하며 회의하기, 또는 고통을 곱씹기 위해 바라보는 별. 이런 아이러니한 결합은 어떤 사정을 지녔을까. 이 지점에서 이은규 시인의 재독再讀이 시작된다.

이 시인에게 있어 '별빛'들은 현실의 어둠을 밝혀주면서도 땅에 쉽게 임재하지 않는다. 작품에서 현실에서 천상의 빛을 황홀하게 경험하는 일은 거의 찾아볼 수 없다. 반대로 천상의 존재는 땅 위 현실의 천박함과 암담함을 드러내는, '절망의 기준'으로 작용하고 있다. 그의 시편들에서 별이란, 아픈 곳을 어루만지는 성스러운 손길이 아니라 상처를 덧나게 만드는 무엇이다. 그러므로 이 시인이 왜 천공계를 지지하는가는 천공 자체의 속성—원형·순수·초월·신화—과 다른 코드에서 파악될 필요가 있다. 그에게 있어 별빛은 모멸의 구원자가 아니라 모멸을 비추는 자, 나아가 모멸을 인도하는 신호이다. 그리고 이 시인은 자아의 확장을 위해 천공계 안으로 초월하는 편이 아니라, 어두운 방 안에 유폐되어 있다는 현실 속박 의식으로 인해 천공계로 향하는 어두운 통로 하나를 만들었다.

나는 이 시인의 시쓰기 작업이 맨 손으로 땅굴을 파서 그 안에 천공의 지도를 더듬어놓는 것이라 짐작한다. 가둬진 곳에서 손톱으로 굴(또는 창)을 파고, 그 틈새로 새기는(또는 엿보는) 하늘은 얼마나 가혹하고 매혹적인가. 그때의 천문들은 제가 가진 것보다 더 많은 의미를 시인에게 감당하라고 던져놓을 것이다. 갇힌 자의 '천문-바라기'는 손끝과 눈길로 빛을 헤아리면서 다음과 같이 드러나고 있다.

## 2. 시인의 유폐의식과 '밀폐된 방'

이은규 시인에게서 현실 인식은 '밀폐된 방'의 모티브로 형상화된다. 신작시 가운데 「육첩방에 든 알약」과 「구름의 무늬」는 이 점을 확연히 드러내고 있다. 그중 「육첩방에 든 알약」은 윤동주의 「쉽게 씌여진 시」를 언급하면서 '육첩방'으로서의 밀폐된 방을 표현하고 있다. 윤동주 시인이 '육첩방'을 통해 의도한 바가 이국에서의 부적응과 자책감의 자극이었다면 이은규 시인의 경우 이것은 다다미가 깔린 방이라는 사전적 의미보다 여섯 겹으로 차단된 방이라고 이해된다

> —복도 끝 어둠만이 충만한 방
> —벽을 떠난 못의 흔적, 텅 빈 구멍 속으로 숨어드는 어둠
> —작은 방을 채울 수 있는 텅 빈 말을 원한다는 문장
> —해가 들지 않아 노랗게 뜬 얼굴
> —후두둑 떨어지는 알약들
> —잠든, 꽃씨 옆에 누워보는 알약 한 알

이상은 「육첩방에 든 알약」 중에서 뽑은 구절들이다. 구절을 토대로 요약하자면, 어두운 밀폐 공간에 약을 먹어야 하는 환자가 갇혀 있다. 그것이 시인에게 '방'의 의미이자 현실에 대한 인식이다. 시적 자아는 자살을 시도했을 정도로, 그리고 지금까지 '알약'을 먹어야 하는 괴로움에 시달리고 있다. 마치 금치산자나 정신병자처럼 외부와 단절된 이 자아에게 움직임은 찾아볼 수 없다. 감금당하고 움직임이 거세된 자아는 시의 말미에서 '누워 있는 알약'과 동일시되기도 한다. 이 동일시는 아픔과 상처의 상징이면서 활동불가능한 현실의 자세를 의미하고 있다.

암담하게 차폐된 공간배경은 다음 작품 「구름의 무늬」에서 '눕는 순간, 관이 되기에 알맞은 방'이라고 표현된다. 그런데 이 방은 「육첩방에 든 알약」

과는 다른 특징을 갖고 있어 주목된다. 이점이야말로 이은규 시인의 '밀폐 현실(방)'과 '천상계'를 이어주는 유일하고 중요한 부분이라고 할 수 있다. 「구름의 무늬」에서 자아는 여전히 방 안에 위치해 있지만 이 방에는 '작은 창'이 나 있고 그 창을 통해 구름을 바라보는 것으로 시를 전개한다. 이때의 창은 시인을 살게 만들었던 유일의 숨구멍이다. 그리고 그는 그것을 천상계로 향하는 시각적 통로로 활용하고 있다.

## 3. 창窓과 창槍의 필요성

그럼에도 불구하고 시인은 행복한 꿈을 꿀 수 있다. 천상계로 향하는 시선은 꿈을 꾸게 만들지만 동시에 그 갇힌 자의 현실을 두드러지게 만든다.

> 흘러간 구름의 당신과
> 흐르고 있을 구름의 무늬를 듣기위한 질문이 길다
>
> 구름아, 전생을 누구에게 걸까
>
> 나는 종종 거의 실행되었다는 생각에 시달린다
> 가로막힌 하늘 앞에서
> 몇 점 색으로 찢겨져 나온 구름의 나선처럼
> 같은 질문에 다르게 대답해야만 할 것
>
> ―「구름의 무늬」 부분

시인은 "구름의 무늬를 듣기 위한 질문"을 던진다. 이것이 갇힌 자의 유일한 소일거리이고 이은규 시인의 화두이다. 그런데 구름은 질문을 가능하게 하고, 다시 말해 고통의 재음미만을 가능하게 하고 흘러가버린다. 시시

각각 변화하는 구름의 형태와 의미는 "생각"만을 남겨놓고 조롱하듯이 사라진다. 그렇기에 시인은 여전히 아픈 "생각에 시달"릴 수밖에 없는 것이다.

이 시점에서 천상계는 우리에게 어떤 역할을 해주는지, 같은 말로 우리는 천상계를 어떻게 이해하는지 짚고 갈 필요가 있다. 신화학자들은 천상계를 원형적인 상징, 본질적인 기운의 운행, 상승과 초월의 관점에서 이해한다. 현대문명에 관한 벤야민의 글에서도 "우리가 우주 속에서 만나는 것 중 우리를 높이는 데 도움이 되지 않는 것은 하나도 없으며, 우주가 내민 도움을 빌리지 않고서 우리는 진정 숭고해질 수 없다"는 구절이 발견된다. 다시 말해서 우리는 천상계로 나아가야 하며 그것이 제시한 숭고라는 주제를 연습해야 한다는 관점이다. 이와는 반대로 지상에서 모조 천상의 이미지를 발견하는 입장 또한 존재한다. 오늘날 회화적 데생은 하늘의 무지개를 더 아름답게 드러낼 수 있고, 은하수는 가스등으로 비추어진 밤거리로 나타나며, 달은 구름 위에서가 아니라 유행하는 벨벳 쿠션 위에서 쉬고 있다는 것이다. 이것은 하늘로 향하는 목을 꺾어놓기에 충분하다. 천상이 지상에 재현되는 순간 이미 천상의 모든 가치는 오염되어 폐기되기 때문이다.

천문도를 제작하는 입장에서 이상적인 원형이나 천박하게 지상화된 아름다움 중 하나를 선택하는 것은 효율적인 방식이다. 인식적으로는 그렇다. 하지만 그 천문이 고름이나 피와 같은 살점으로 새겨져야 한다면 어떨까. 고통이라는 감각은 이상이나 미학의 차원에서 해결되지 않기 때문에 이미 있는 선택지에서 답을 고를 수는 없다. 그리고 이 난감함은 이은규 시인이 천문에 대해 끊임없는 질문을 던져야 했던 이유이기도 하다. 세상이 쉽게 아름다운 하늘을 선전하고, 신화가 너무 먼 과거를 노래한다면 시인은 천문의 의미에 대해 다음과 같이 이야기한다.

시간이 약이라는 처방을 받았다

입술대신 처방전을 찢고,

상처를 아물게 할 수 있는 것은

오직 그 상처를 낸 창뿐이라고 누군가 말했지

창끝을 벼리는 눈빛으로

더욱 날카로워질 창끝을

꿈꾸는 밤, 시간의 리플레이 리플레이

　　　　　　　　　　　　　　—「창을 들어라」 전문

　앞서 본 것처럼 시인에게 있어 '창窓'이란 숨구멍이고 천상계로의 유일한
통로이다. 그것은 세상을 직조하는 얼레이자 가능성이다. 그런데 그 '창'이
시인에게는 상처를 만드는 '창槍'과 동일한 의미를 갖는다. '창窓=창槍' 도식
을 확대하면 창으로 들어온 모든 별빛이 고통이라는 말과도 같다. 작품의
처음부터 읽어보면 고통을 호소하는 시인에게 세상은 감각을 무디게 하여
지상의 문법에 편입하라는 처방을 내렸다. 모든 범인처럼 사회화를 거치고
규격화되면 삶이 편해질 것이라고. 그렇지만 시인은 고통을 치유하는 것은
더욱 고통스러워하는 길 끝에 놓여 있다고 믿는 편이다. 그리고 상처를 덮
는 것이 아니라 상처를 드러내기 위해서 그것을 비출 자신만의 빛, 즉 하늘
의 별빛들이 요청된다.

　이 시를 통해 우리는 이 시인에게 왜 별빛이 그토록 중요했는지, 그것
이 왜 통증을 치료하고 제자리로 돌아가지 않는지 알게 된다. 이은규 시인
은 별이 총총한 하늘을 우주적 요소들의 도서관으로 생각하고 독해에 들어
간 것이 아니라 제대로 살기 위해, 세상에서 고치지 못하는 갈증을 풀기 위
해 바라보고 있다.

## 4. 별이 아직 존재하는 한

> 시詩가 존재하지 않는다면
> 나는 아마도, 혁명을 과거사라고 믿는 당신에 불과할 것이다
> 아직 별들의 몸에선 운율이 내리고
> 당신과 나의 정체는 우리 자신을 앞지르며 밝혀질 것
>
> …(중략)…
>
> 엄마, 인간의 얼굴은 별을 비추기 위해 만들어졌다는 시구詩句를
> 믿을래
>
>              ─「당신이 그렇게 말하신다면 그렇겠지요」 부분

이 시인의 건강과 안위를 염려하는 사람이라면 조용히 충고할 수도 있다. '남들은 다 무던하게 사는데 왜 아직 아프니', 또는 '위험을 피하기 위해서라도 타협하는 법을 배워라'라고 말이다. 그 충고의 유혹은 매우 달콤하다. 그것은 진심어린 걱정에서, 1차원적인 생명 유지를 위해서, 소위 잘 사는 법에 의해서 타당하기 때문이다. 하지만 예민한 정신과 순결한 청춘에게 이 말은 네 일부를 죽이라고 주문하는 잔혹함이기도 하다.

나는 이 시에서, 잔혹에 저항하는 그의 대답을 발견할 수 있었다. 시인은 "불가능의 시대에 혁명을 부르짖는 것"과 "별을 노래하는 것"을 동일한 위상에 놓고 생각한다. 이 두 가지 모두 21세기식 활용법을 잃어버린 일이다. 그렇지만 이은규 시인에게 있어서 이 헛된 일들이야말로 한 사람을 달콤한 염려와 잔혹한 매도로부터 지켜내는 마지막 활용법으로 이해되고 있다.

시인은 "아직", 이라고 말한다. "아직 별들의 몸에선 운율이 내리고" 그것들이 당신과 나의 진정한 정체를 밝힐 것이라고 말한다. 그렇게 믿는 이유는 오직 한 가지, 매우 실존적인 근거를 지니고 있다. 하늘을 올려다보니

"아직" 별이 떠 있다는 것. 시인의 얼굴이 '천문-바라기'를 배우지 않아도 익히고 있었다는 것. 여기에서 믿음을 지키는 지고지순함과 고전적인 품위가 느껴지는 것은 별의 탓일까, 시인 탓일까. 부디 시심詩心에 담긴 천문天文이 이 시인을 가호하시길.

제망아가의 기억

# 문학이 하는 다른 기억, 은유적 살림의 시
—세월호, 기원, 후, 문학

## 1. 절박에서, 땅을 밀어 올리고 나온 봄싹처럼

세월호 사건이 일어난 것은 2014년 4월 16일이다. 그리고 이로부터 한 달 반이 지나 5월 말쯤, 여름 계간지들이 나왔다. 2014년 여름호의 계간지들에는 세월호의 흔적이 없었다. 눈으로는 찾았지만 알고 있었다. 있을 수 없었다. 대개의 여름 잡지들은 4월 초중순에 원고를 마감한다. 그러니까 여름 계간지에는 4월 16일이 담길 만한 시간적 여유가 없는 셈이다.

여름의 계간지들은 그렇게 지나갔지만, 대신 다른 방식의 문학적 반응이 '세월호 추모 시집'이라는 형식으로 등장했다. 2014년 7월 24일, 실천문학사였다. 7월은 원고를 청탁하고, 수합하고, 정리하고, 인쇄하는 전 과정을 감안했을 때 상당히 빠른 시점이었다. 즉, 『우리 모두가 세월호였다』는 참사를 '기억'하고 '추모'하기 위한, 첫 번째 행동의 결과물이었다.

죄책감의 동지들을 찾기 위해서 그 시집을 보지 않을 수 없었다. 그런데 이 시집은 비겁한 죄책감을 상쇄해주지 않았다. 죄책감을 덜어주려고 만든 시집이 아니었기 때문이다. 오히려 이 시집은 곧 다른 목마름을 낳았다. 시집에 담길 수 있는 한계보다 더 많은 수의 시인들이, 쓰지 않을 수 없어 쓴 시들. 그 시들은 어디쯤 있는가. 시집이 출간되는 7월의 시점, 그러니까 3개월 후의 시가 아니라 3년 후, 30년 후의 시들. 이 시들은 어디쯤 왔는가. 미래의 작품들이 연달아 창작되어야 한다는 설득이 『우리 모두가 세월호였다』의 목적이었던 것으로 보인다. 그래서 다음 단계의 작품들을 우리는 기다렸으며 기다려야만 했다.

계간지에 한할 때, 가을호가 되어서야 세월호가 담긴 시를 찾아볼 수 있었다. 진은영이었다. 그녀니까 시를 쓸 것이라 예상했었다. 그리고 그녀라서 다행이었다. 다행이었던 것은 쉽게, 남의 슬픔을, 시의 창작 순간에 시의 소재로 영접하고 만 시들을 보고 싶지 않았기 때문이다. 모든 슬픔이 무거운 것은 아니다. 슬픔에도 가벼운 것이 있다. 남의 슬픔을 동정하고 마는 것, 슬픔의 언저리를 두드리며 이용하는 모양새가 그렇다. 시원하게 눈물 흘려주고 깔끔하게 정리되는, 오호라 통재라 식으로 쓴 시들을 보면 세월호는 더 슬퍼질 것이다. 진은영의 시는 이 염려를 불식시켰을 뿐만 아니라 '말해도 될까', '과연 어떻게 말할 수 있을까'라는 두려움의 물꼬를 터주었다. 하지만 2014년의 가을은 상당히 의외였다. 어떤 작품들이 등장한 것이 의외라는 말이 아니다. 어떤 작품들이 등장하지 않은 것이 의외였다. 시단에 문예지가 얼마나 많은가. 가을호에는 세월호의 파장으로 인한 작품들이 대거 수록될 것이라 예상했지만 그 수는 예상보다 너무 적었다.

마치 쓰나미처럼 사회 전체를 덮치고 만 충격이었다. 그런데도 시는 '그 일'에 대해서 마치 실어증에 걸린 사람과도 같았다. 시인 타이틀을 지닌 모든 시인이 백 편의 시를 써도 부족할 만한 일이었지만, 2014년 가을, 모든 '그'—그 사람, 그 죽음, 그 참극, 그 슬픔, 그 바다, 그 아이들, 그 팽목항, 그……—에 대해서는 많은 말이 터지지 않았다. 아니, 이 표현은 조금 수정될 필요가 있겠다. 쓰나미처럼 우리 모두를 덮친 거대한 사건이었다. 그래서 2014년 시단은 다소 무언증적인 상황에 놓여 있었다고 추측할 수 있다. 무언증(mutism)은 우울증 환자가 빠지게 되는 말의 공백을 말한다. 그에게는 의미라는 것이 모호하고, 애매하고, 텅 비어 있다. 말을 한다고 해도 그 말이 거짓이라는 것을 확신하고, 자기 말을 믿지 않는다. 이와 유사하게 지난 가을, 문단은 말을 잃은 우울증 환자와 같이 어두운 심연 안에 있었다. 100편의 시를 쓸 줄 아는 시인도 문학의 사명 이전에 사람이다. 무릇 사람이라면, 어의語義를 잃을 수밖에 없을 만큼의 충격이었다. 이 사태에 대해 우리 문단 역시 감당하기 어려운 비극적 사태에 힘겨워했다고 이해할 수 있다.

시간이 지날수록, 말해서는 안 될 어떤 휘諱인 듯 조심스럽던 이 일에 대해서 말하는 일이 조금씩 잦아졌다. 가을호를 지나 겨울호로 갈수록, 특히나 2015년 봄 계절부터는 세월호에 대한 다양한 방식의 발언을 찾을 수 있었다. 아마도 시인들에게 "2015년 봄호에 실릴 시를 청탁드립니다"라는 원고 청탁이 들어왔을 때, '봄'이라는 단어는 마음속에 콕 박혀서 '세월호'를 환기시켰을 것이다. 왜냐하면 세월호 이후의 '봄'은 그 이전의 봄과 매우 달라져 있기 때문이다. 혹자가 기원후와 기원전이 나뉜 것처럼, 세월호 이전과 이후로 나뉜다고 표현한 것처럼 말이다. 적어도 '우리'라는 것이 존재한다면 세월호 이전과 이후가 다르다는 이 말은 맞다. 아니 맞아야 한다. 그리고 1주년을 잊지 않았던 올 봄의 현상을 본다면 아마도 내년 2016년 봄호의 문예지들에서도 세월호의 슬픔은 여운을 남기리라 예상된다. 2017년에도, 2018년에도, 혹은 10년이 지난 2024년에도 세월호의 슬픔은 우리의 봄을 차지할 것이다. 그리고 앞으로 2024년, 2034년의 봄은 2014년의 봄과는, 2015년의 봄과는 다르길 바란다. 바라건대, 이 예상과 바람은 문학의 것이다.


## 2. 2014, 봄, 미칠 듯, 『간절하게 참 철없이』

꽃게가 간장 속에
반쯤 몸을 담그고 엎드려 있다
등판에 간장이 울컥울컥 쏟아질 때
꽃게는 뱃속의 알을 껴안으려고

꿈틀거리다가 더 낮게

더 바닥 쪽으로 웅크렸으리라

버둥거렸으리라 버둥거리다가

어찌할 수 없어서

살 속으로 스며드는 것을

한때의 어스름을

꽃게는 천천히 받아들였으리라

껍질이 먹먹해지기 전에

가만히 알들에게 말했으리라


저녁이야

불 끄고 잘 시간이야

　　　　　　—안도현, 「스며드는 것」 전문, 『간절하게 참 철없이』

　세월호가 체질적으로 고통에 민감한 거의 모든 시인의 가슴을 후려쳤을 것이라는 예상에도 불구하고, 그에 반응하는 작품이 즉각 창작되지 않은 점에 대해서는 다시 생각해볼 필요가 있다. "내 경우 4월 16일 이후로 말이 부러지고 있습니다. 말을 하든 문장을 쓰든 마침에 당도하기가 어렵고 특히 술어가 잘 떠오르지 않는다. 문장을 맺어본 것이 오래되었다."[1]는 한 작가의 말은 2014년 후반기에 세월호에 대한 시를 쉽게 볼 수 없었던 사정을 짐작케 한다. 일반적으로는, 사회 전체로 파급될 만한 거대 사건 발생 후 1개월 이내를 급성기, 3개월 이내를 아급성기, 3개월 이후를 회복기, 1년 이후를 안정기로 분류한다. 1년이 지났다. 그런데도 관련 전문가들은 세월호에 대한 우리 사회의 상황이 여전히 급성기와 회복기의 중간에 머물러 있는 것으로 본다. 물론 많은 노력이 있었다. 집회도, 추모제도, 콘서트도

---

1 황정은, 「가까스로, 인간」, 『눈먼 자들의 국가』, 문학동네, 2014.

있었고, 사회학계·종교계·문학계에서 펴낸 관련 서적만 해도 30종이 넘게 출판되었다. 하지만 우리는 아직 하나도 해결된 것이 없다고 느낀다. 모든 것이 함께 수장되어 있다고 인식한다.

이 절망 앞에서 나올 수 있는 '세월호 이후 문학'[2]의 첫 장은 '쓰지 않을 수 없는 작품'을 쓰는 것이다. 2014년 문단에 등장한, '쓰지 않을 수 없는 작품'이란 사건 앞에 비겁해지지 않기 위해서 사건을 자기 안에서 되풀이하고 그 고통을 시로 표현한 작품들이다. 그 비극의 생생함을 다시 살려 고통에 정면으로 마주하는, 빙의된 자의 목소리가 '세월호 이후의 문학'의 첫 장을 열었다.

> '찾아주세요. 사위 권재근, 손자 혁규, 아직도 차가운 바닷속에 있나
> 봐요. 저는 베트남에서 왔어요.'
>
>
> 진흙 반죽처럼 부드러워지고 싶다
> 무엇이든 되고 싶다
> 지금 내 곁의 빈 나무관 속을 떠돌며
> 반쯤 부패해가는 네 얼굴 위로 내려앉기를 기다리는 톱밥먼지만 아
> 니라면
>
>
> 진흙 반죽처럼 부드러워지고 싶다
> 너를 위한 기억의 데드 마스크로
> 망각 법원의 길고 어두운 복도마다 걸려 있고 싶다

---

2 이 용어는 "세월호 이후의 문학은 …(중략)… 고통받는 이들의 표상을 여러 방식으로 균열시킬 수 있어야 한다. 눈물을 흘리며 싸우는 이들, 니체가 표현했던 대로 열매를 "손수 따는" 이들의 형상을 발명하며 다양한 상상과 질문의 방식을 제공할 필요가 있다."(진은영, 「우리의 연민은 정오의 그림자처럼 짧고, 우리의 수치심은 자정의 그림자처럼 길다」, 『눈 먼 자들의 국가』, 문학동네, 2014)는 시인의 말을 차용한다.

쌓인 먼지를 털면

가장 오래된 슬픔의 죄수들이 쇠창살 사이에서 기웃거리는 표정처럼

―진은영, 「죽은 엄마가 아이에게」 부분(『시산맥』 2014년 가을호)

진은영 시인은 죽은 엄마에게 빙의하여 이 작품을 썼다. 죽은 엄마는 아이에게 "무엇이든 되고 싶다". 그래서 곁에 머물고 싶고 자라는 것을 보고 싶다. 그런데 정말이지 지극히 소박한 소망이 절대 불가능한 소망이 되었다. 엄마의 소망과 미래만 스러진 것이 아니다. 사건 기사를 본 사람은 알겠지만 엄마만 죽은 것이 아니라 엄마의 아이 또한 살지 못했다. 자식이 제 품안에서 죽어가는 것을 감당해야 했던 엄마의 고통은 상상할 수 없다. 미친 듯이 간절하게 엄마는 바랐을 것이며 우리는 그 바람의 사라짐을 어떻게든 책임져야 하는 상황에 놓여 있다. 이에 대해 진은영 시인은 그 미칠 것 같은 마음을, 미칠 것 같이 공감하고 상상해야 한다고 말하는 듯하다. 아마도 시인은 쉽지 않았을 것이다. 이를 악물고 죽은 이의 염원에 몸을 담갔을 것이고 그 탓에 시인이 이 작품을 쓸 때, 퇴고할 때, 보낼 때 고통스러웠을 것이다. 그렇지만 엄마의 목소리가 시인의 두려움을 이겼다. 죽은 엄마는 "무엇이든 되고 싶다"고 말했고 시인의 시는 그것을 받아 "무엇이든 쓰고 싶다"는 울컥거림을 토했다. 한탄하고 비판하고 비난하고 성찰하는 모든 사유의 이전에 무엇이든 쓰지 않으면 안 될 것 같은 답답함. 이 답답함이 우리로 하여금 쓰지 못하게 만들었고, 또한 답답함이 시인으로 하여금 쓰게 만들었다. 이 시를 읽으면 슬프고 화가 나게 된다. 왜, '살려주세요'를 말하지도 못하고, 죽은 시신을 저 바다에서 '꺼내주세요'를 부탁해야 하는지 가슴을 치게 된다. 이 슬픔과 화는 작품을 통해 적극적으로 시를 읽는 자아의 내면으로 들어오게 된다. 보다 정확히 말해서 이 작품의 핵심은 비극적 사건을 내 세계 안에서, 온전히 내 것으로서 경험화하는 시도에 있다. 빙의된 자로서 세월호의 탑승자가 되어 그 사건을 겪어내는 시도는 그 사건을 피하지 않기 위해, 대면하기 위한 첫 번째 바른 수순이 된다. 이 유형에 해당하는 대표적인 작품으로

는 앞서 말한 진은영 시인의 작품 외에 이영광 시인의 작품을 들 수 있다.

> 살고 싶어요를 지나는 시간입니다
> 수학여행 큰일 났어요 나 올 것 같아요를,
> 죽을 수 있을 것 같습니다를 지나갑니다
> 걱정돼요, 한 명도 빠짐없이, 아멘……을 기억하는 시간입니다
> 실제상황이야 아기까지 있어 미치겠다가
> 가만히 있으세요 절대 이동하지 말고가, 기다리세요가 떠났습니다
> …(중략)…
> 우리는 천천히 오그라듭니다
> 고통이 너무 많이 천천히, 천천히 옵니다
> 우리는 천천히, 천천히, 천천히 죽임이 옵니다
> 우리는 천천히, 천천히, 천천히 죽임이 만집니다
> 우리는 천천히, 천천히 죽임이 알아봅니다
> 우리는 천천히, 죽음을 모릅니다
> 옷을 껴입습니다, 버려졌으니까 네 손과 내 손을
> 묶습니다 정말 없어질지도 모르니까, 입 맞춥니다
> 젖은 몸을 안습니다 젖었으므로 안습니다 웁니다
> 그칩니다 웁니다 어둡습니다
> 무섭습니다
>
> —이영광, 「수학여행 다녀올게요-유령 6」 부분
> (『현대시학』 2014년 11월호)

읽는 것만으로도 몹시 고통스러운 작품이다. 읽는 내내 죽은 이들의 산 시간, 그 배 안의 상황이 눈앞에 재현된다. 왜 이 시인은 그 마지막 순간의 행동들을, 유언들을, 울음을, 무서움을 다시 재현하는가. 그것도 가장 구체적인 방식으로 가장 무서운, 가장 미안한, 가장 고통스러운, 가장 잊고

싶은 그 부분을 골라 언어화하는가.

"유가족들이 가장 고통스러워하는 것이 아이의 마지막 순간이거든요. 그게 떠오르면 거의 미치다시피 해요. 밤에 그 생각이 갑자기 떠올라 스스로 통제할 수가 없어서 제게 전화하는 엄마들도 있고요. 그건 거의 고문실에 끌려들어가는 것과 같은 고통이에요. 아이가 얼마나 무서웠을까, 원래 겁이 많은 애였는데, 하고 아이가 겪은 고통과 거의 똑같은, 상상할 수 없는 고통을 그 엄마들이 겪어요."[3] 정혜신 박사의 이 언급은 시인의 심리와 의도를 짐작할 수 있게 한다. 즉, 이 시를 쓰는 작품의 자의식은 광의의 유족임을 자처하고 있는 것이다. 이 말은 도통 고통과 상처와 죄책감과 미안함이 잊혀지지 않는다는 말과 같다. 죽은 자들과 살아도 고통스러운 자들을 잊을 수가 없다는 말과도 같다.

이렇듯 시인이 보여주는, 고통에 대한 자발적인 동참은 비극이 2014년 4월 16일에 끝나지 않았다는 것을 상기시킨다. 그것은 지속적이다. 지속되는 고통을 시인은 작품 안으로 옮겨온다. 물론 유족에는 비할 수 없지만, 문학을 통해 우리는 사건의 아픔 일부를 간접 경험할 수 있다. 그것은 무섭다. 두렵다. 가급적 생각하고 싶지 않다. 하지만 이영광 시인은 이 몸서리를 긴 시간 받아들이고 마주해야 한다고, 작품으로 보여주고 있다. 고통의 공명과 그로 인한 탄식이 우리가 실어증에 빠지지 않기 위한, 혹은 실어증에서 탈출하기 위한 첫마디가 될 것이기 때문이다.

---

3 정혜신·진은영, 『천사들은 우리 옆집에 산다』, 창비, 2015, 64면.

# 3. 세월호 '이후 문학'의 2장 : 은유적 살림의 시

진은영 시인과 이영광 시인의 작품은 통곡의 문이다. 그 문은 바다 속에 있다. 시인들은 우리를 데리고 그 바다로, 깊은 울음의 속으로 함께 가자 한다. 독자들은 두렵지만 먼저 두려움을 겪은 자로서의 시인은 겪을 수 있다, 혹은 겪어야 한다고 독려한다. 이것은 공동체적인 고통을 확립케 하는 의의가 있다. 통곡은 비극적 사건에 대해 우리가 거쳐야 할 의례이자 최초의 선택이 되어준다. 그런데, 이것이 세월호 이후 문학 중에서도 최초의 문학이라면, 그렇다면, 통곡의 문을 지나 다음은 어디로 갈 것인가.

통곡을 통해 고통을 그들의 것이 아니라 나의 것으로 공유했다면, 1주년 이후의 문학은 그 다음의 수순을 기약해야 할 필요가 있다. 우리는 울고 있을 수만은 없다. 울고만 있다면 우리는 바다 속으로 주거지를 옮기게 될 것이다. 그러나 이것이 진정한 극복은 아니라는 것을 모든 이가 알고 있다. 세월호의 사후에 우리가 해야 할 일에 대해서 많은 사람들이 사건의 기록, 공동의 추모공간 확립을 든다. '기록'은 잊지 말자는 의미를 지닌다. 잊지 않겠다는 약속은 유족에게도 우리에게도 일종의 치유가 된다. '공동 기록'에의 희망은 다시는 인간 이하의 상황을 좌시하지 않겠다는 희망이나 진보에의 나아감도 포함되어 있다. 그런데 기록이 할 수 있는 역할과 문학이 할 수 있는 역할은 다르다. 이를 테면 문학의 방식은 사실의 기록, 전달에서 출발하지 않는다. 문학은 공감에서 출발한다. 재현과 내면화에서 출발한다. 우리의 문학은 이제 '기억하라, 기록하라' 다음의 수순을 떠올려야 한다. 올 봄의 계간지에서는 1년이 지난 시점을 추모하는 의미와 함께 다양한 작품들이 등장한 바 있다. 그리고 이 작품들이 바로 세월호 이후의 문학, 제2장에 해당할 것이다.

1

그는 조선 수군 백 명을 저쪽의 일천 군사와 바꿨다

우리 배 열두 척을 왜국의 전함 백삼십 척과 바꿨다
불공정한 거래였지만,
그는 조선의 사람 값 물건 값을
하늘만큼 올려놓았다

그는 알았다 세상의 어떤 거래도 억조창생의 목숨과
옥체의 안녕을 하룻밤에 바꾼 군왕의 거래보다는
깨끗하다는 것을
밀물 썰물이 아침저녁 다르고
뭍으로 밀려온 것들이 고스란히 되나가지 않고
나간만큼 다시 돌아오는 것도 아니라는 것을

그는 장졸들에게 소리쳤다
사람 안 죽은 땅 보았는가, 사람 안 죽은 바다 또한 없다
만경창파 이랑마다 조상들 무덤이니
조선사람 빠져 죽을 바다는
여기 없다,
우리는 죽지 않는다.

2
아희야, 봄날이 오면 우리도 다시 그 바다에 나가 볼 일이다

배 한가득 수백의 소년소녀를 싣고 나갔으나
남은 것 하나 없는 저 갑오년의 거래에 관해
땅과 하늘 마주 접히는 바다 복판에 서서
몽은사 화주승도 듣고 용왕도 듣고 한울님도 들으라고
소리칠 일이다

그리곤 기다려 볼 일이다

어느 착한 거북이 떼가 그 철석같은 등판에

오백 송이쯤의 연꽃을 지고

나오는 광경을


우리 옛적에는 공양미 삼백 석, 셈도 다 끝난 몸을

아무 계산 없이 다시 밀어 올려준 순진한 경제도 있었고

어린아이들도 알다시피

바닷속 용궁의 제도는 여전히 바르고 정의롭지 못할 것이니

그만한 일년쯤 한 번

기다려볼 만하지 않은가


아, 무엇보다 그곳은

정유년의 그가 조선의 사람 값 참 많이 올려놓아서

금빛 은빛 시리게 눈이 부신

남녘 바다 아닌가.

　　　　　　　　　　　　—윤제림, 「바다엔 불공정거래가 많다」 전문

　　　　　　　　　　　　　　　　　　　(『문학사상』 2015년 3월호)


　아이들이 돌아온다는 말은 순 거짓말이다. 죄 없는, 아까운 목숨들은 이미 사라지고 없다. 그런데도 이 작품이 마음을 파고드는 이유는 무엇일까. 시인은 그 바다에서 "죽지 않는다."라고 말한다. 그것도 이미 죽은 충무공의 입을 빌어, 이미 죽은 병사들의 입을 빌어 "죽지 않는다"고 말한다. 역설적이다. 윤제림 시인은 거짓말이 아니라 그는 우리의 분노와 희망을 대변하여 시화하고자 했다. 시인은 충무공처럼 단호한 목소리로 꾸짖는다. "억조창생의 목숨과 옥체의 안녕을 하룻밤에 바꾼 군왕의 거래"는 더럽다고. 그리고 힘센 질타는 죄책감에 시달리는 우리를 일으켜 햇빛 가득한 바다로

달려가게 만든다. 작품은 "몽은사 화주승도 듣고 용왕도 듣고 한울님"도 다들도록 큰 소리로 외친다. 억울한 목숨, 바꿀 수 없는 목숨, "수백의 소년 소녀"를 내놓으라고 시원하게 대변해준다. 누군가 그 목숨이 세상에서 가장 중요하다고, 그러니 내놓으라고 '대신' 말해주니 슬픔으로 흐려진 눈에서 다시금 열기가 뿜겨져 나온다. 이 열기의 가능함이 이 작품의 공적이요 마음을 흔들었던 이유일 것이다.

이어 시인은 "어느 착한 거북이 떼가 그 철석같은 등판에/ 오백 송이쯤의 연꽃을 지고/ 나오는 광경"을 상상하게 한다. 이것이 가닿을 곳 없는 울림이라 할지라도 목숨을 내놓아라, 큰소리치는 시인의 목소리는 덩달아 힘을 내도록 한다. 그들이 살아나오는 광경을 지우거나 부정하지 말아야 하며, 지우거나 부정하지 않기 위해 무엇이든 해야 한다는 생각을 하게 만든다. 이것은 일종의 전환이다. 그리고 우울한 상심이 다시 고개를 드는 전환은 또 다른 상상도 가능하게 만든다.

> 앞에는 가시와 불길이 치솟는 바다가 끝없이 펼치고
> 뒤에는 태어나 한 번도 본 적 없는 폭풍우가 뒤쫓고 있습니다
>
> 술래잡기 장난에 빠진, 나의 아름다운 동상들
> 이제 우산을 펼쳐 서로를 가려야 할까요?
> 물인지 불인지 모를 빗방울을 받아 마셔야 할까요?
>
> 빗줄기로 너덜너덜한 햇빛 아래 두 팔을 벌리고 더듬더듬
> 술래라는 이름의, 같은 병명으로 점을 치며
> 서로 속이다가 어느새 얼음 기둥이 되는 일
>
> 스치듯 벽을 만지고 깨금발로 달아나는, 나의 아름다운 동상들
> 나이를 한 살씩 한 살씩 따먹으면 두 발로 걸을 수 있다지만

어쩌자고 모두 술래가 되려고 작정을 했는지

눈먼 팔로 빛살을 한 뼘씩 뜨개질하지만
달팽이는 더듬이를 잘도 숨기고 방아깨비는 피 한 방울 흘리지 않고
잘만 튀어 오릅니다

촉진이냐 문진이냐 그것이 문제는 아닙니다
나의 아름다운 동상들, 별들이 느릿느릿 자전을 끝마치고 죽어가는
새벽빛 속에서 나이면서 내가 아는 모든 당신들을 불러 모읍니다

…(중략)…

아무도 죽지 않는 나라에서는 염장이마저 굶어죽고
당신의 살인자마저 살해당하는 나라에서는 누가 노래를 끝마쳐야
하나요?
나의 아름다운 동상들, 우리의 영혼은 짐승의 냄새를 경작하고 있
습니다

파도가 끝나는 곳에 구름이 구름이 끝나는 곳에 바람이 일 듯
소금호수를 걸어간 파리한 사나이
제 피의 농도를 가늠하며 피눈물을 한 방울씩 떨구네요

묽게 더 묽게……스미라고 숨으라고……꼭꼭 숨어 영영 이 나라를
떠나라고
─신동옥, 「나의 아름다운 동상銅像들」부분
(『서정시학』 2015년 봄호)

세월호라는 말이 적히지 않았지만, 신동옥 시인의 이 작품이 세월호 이후의 문학에 해당하는 것은 분명해 보인다. 그리고 이 작품에 주목하는 이유 역시 바로 이 점, 세월호라는 실물과의 거리두기에 있다. 명시되지 않았지만 그럼에도 불구하고 우리는 세월호의 영혼들을 더 잘 느끼게 된다. 명시되지 않았다는 점에서 그의 작품은 실제 진도 앞바다 현장에서 멀리 떨어져 있다. 그렇다면 이 작품의 세계는 어디 있는가. 가라앉은 배와, 파도와 승객들은 시인의 내면으로 옮겨와 있다.

그럼, 옮겨와 재탄생된 세계를 따라가보자. 거친 바다와 몰아치는 폭풍우 사이에 술래잡기들이 놓여 있다. 시인은 이 술래잡기에 빠진 아이들을 '아름다운 나의 동상들'이라고 부른다. 바다에서 읽은 모든 목숨을 술래잡기로 은유할 때 그들은 죽은 사람들이 아니라 이 나라가 싫어 꼭꼭 숨어버린 사람들이 된다. 나아가 시인이 이들을 '아름다운 나의 동상들'이라고 은유할 때 그들은 타자가 아니라 "나이면서 내가 아는 모든 당신들"이 된다. 이 두 가지 은유는 시인에게 통곡을 멀리하게 하고, 진도의 바다에서 멀어지게 한다. 그리고 2014년의 그들을 다시 형태의 존재로 살게끔 한다.

통곡의 바다에 가면 죽음의 징후는 거세어질 것, 시인은 그 바다를 내면에 다시 만들어 죽음의 징후가 아니라 숨어버린 사람들의 별빛 같은 이야기로 만들었다. 이것을 읽고 싶지 않은 이야기라고 말할 수 없는 것이 우리는 이와 같은 은유화의 과정을 통해 그들을 각자의 내면 안에 살려야 하기 때문이다. 이것이 문학적인 방식의 '기억'이고 '기록'이다. 내면에 나의 일부로, 마치 그들이 나에게 장기 이식된 것처럼 살게 하기. 문학이 세계를 자아화하는 역능은 그들의 존재를 자아의 일부로 만들어내면서 세계의 별로 만드는 역할을 할 수 있다.

문학은 은유로서 그들을 다르게 기억한다. 미래가 없는 과거는 하나의 기억에 불과하다는 크리스테바의 말처럼, 기억에 불과해 조금씩 낡아가는 2014년을 만들지 않기 위해 우리는 그 일을 끊임없이 은유해야 한다. 이때 은유는 단순히 비유어법이라는 전통적 의미뿐만 아니라 보다 적극적으로 이해될 필요가 있다. 은유는 상이한 영역에 속해 있는 두 주체들 사이에 함의를 이끌어낸다. 다시 말해서 그 바다를 나의 바다로 만들어주는 것이 은유다. 그들의 일을 나의 일로 만들어주는 것이 은유다. 이것은 그들을 위해서만이 아니라 우리를 위해서 필요하다. 은유화를 통해 먼저 간 이들의 집을 자아 내면에 다시 만든다. 세계를 재구성한다. 그렇지 않고는 이 허물어가는 세계를 감당할 힘이 생길 리 없다.

> 그늘진 쪽으로 몸이 기운다
> 모든 사랑은 편애
>
> 제철 맞은 꽃들이
> 먼 분홍과 가까운 분홍을 다투는 봄날
> 사랑에도 제철이 있다는데
> 북향의 방 사시사철 그늘이 깃들까 머물까
> 귀가 부끄러워, 방이 운다 웅—웅
> 얼어붙은 바다 속 목소리
>
> …(중략)…
> 나는 뉘우치지 않겠습니다
> 나는 용서하지 않겠습니다
> 나는 화해하지 않겠습니다
> 사시사철 환한 그늘이 한창일 북향의 방
> 얼어붙은 바다를 부술 것, 목소리를 꺼낼 것
> 끝은 어디일까 다시 봄이 오기 전
> 의문문은 완성되어야 한다
>
> 도처에 꽃말과 뉘우침과 용서와 화해들

귀가 부끄러워, 결별하기 좋은 봄의 시국

— 이은규, 「귀가 부끄러워」 부분(『유심』 2015년 6월호)

　　이은규 시인의 작품은, 문학적 기억 즉 은유적인 기억으로 인해 그 사건의 의미가 내 세계의 일부로 완전히 정착된 한 장면을 보여준다. "제철 맞은 꽃들이/ 먼 분홍과 가까운 분홍을 다투는 봄날"인데 시인은 더 이상 그 꽃들의 사랑과 화사함을 노래하지 않는다. 이미 세계가 변했으니까. 그 사랑과 화사함의 위에는 "얼어붙은 바다 속 목소리"로 인한 새로운 의미의 사랑이 덧씌워졌으니까. 그 결과 시인의 세계 즉 "봄의 시국"은 여느 다른 봄과 완연히 다른 봄이 되었고 시인은 그 봄을 의문문으로 장식하게 된다. 이 의문문은 꽃처럼 피어 뉘우침과 용서와 화해가 아닌 다른 곳으로 우리를 인도할 것이다. 쉽게 뉘우치고 쉽게 용서하고 쉽게 화해하지 않고 끝까지 이 봄을 지킬 것이다. 이 얼마나 진도 앞바다와 멀리에 와 있는 작품인가. 그런데 간과할 수 없는 것이, 이 멀리까지 시인은 진도 앞바다에 수장된 이들의 손을 잡고 왔다는 점이다. 그리고 우리는 앞으로도 아주 긴 시간, 더 멀리 그들의 손을 함께 잡고 가야 한다.

## 4. '꿈속의 꿈'을 깨야 할 때

　　지상은 온통 꽃더미 사태沙汰인데
　　진달래 철쭉이 한창인데
　　꿈속의 꿈은
　　모르는 거리를 가노라
　　머리칼 날리며
　　끊어진 현弦 부여안고
　　가도 가도 보이잖는 출구

179

접시물에 빠진 한 마리 파리
파리 한 마리의 나래짓여라
꿈속의 꿈은

지상은 온통 꽃더미 사태인데
살구꽃 오얏꽃 한창인데

—박용래, 「꿈속의 꿈」 전문

박용래 시인의 시 「꿈속의 꿈」은 지금 유족의 상황에 정확하게 들어맞는 작품일 것이다. 세상이 꽃밭일 때 꽃 같은 사람들이 돌아오지 않았다. 나아가, 광의의 유족임을 자처하는 자의 마음 역시 이 시, '꿈속의 꿈' 안에 들어 있다. 아마도 이 '꿈속의 꿈'을 깨지 못한다면 우리는 앞으로 더 많은 비보를 접하게 될 것이다. 그러니 '꿈속의 꿈'이 우리의 생 안에서 지속되지 않기 위해서는 다른 꿈을 꿀 필요가 있다. 그것이 의도적인 일이라 하더라도 우리는 그 의도적인 다른 꿈을 독려할 필요가 있다.

이 독려가 깊은 슬픔을 어떻게 거둘지는 사실 알 수 없는 일이다. 은유를 통해 그들을 바다에서 건져내 내 안에 살게 하자는 말이 사실 어떤 작품으로 이어질지도 알 수 없는 일이다. 하지만 문학적 기억의 방식, 즉 은유로서 그들을 다시금 살리는 일이 유족들이 건너야 하는 긴 사막에 한 방울의 도움이 되지 못하더라도 그 가능성만으로도 포기할 수는 없다. 또한 이 일이 우리 사회의 무기력증과 실어증을 치유하지 못하더라도 역시 가능성만으로도 포기할 수는 없다. 그러니 매번의 봄에 우리는 다시금 지난 1년을 돌아보며 의문문을 달아야 한다. 적어도 2024년에도, 2034년에도 문학은 과연 침묵하지 않았다 말할 수 있도록 말이다.

# 제망아가祭亡雅歌
## —어린 아가를 위한 슬픈 노래

## 1. 인간 모독의 시대라서, 미안해

또 어린 영혼이 상처받았다는 소식이 면도날이 되어 대중을 치고 지나갔다. 그리고 우리는 다시 절망한다. 이런 인간 모독의 시대에 문학이 어떤 위안이 될 수 있을까. 고작 글 몇 줄, 고작 종이 나부랭이—이런 것들이 절망의 시대, 혹은 아가의 눈물을 어떻게 감당할 수 있을까. 대답은 회의적이다. 그렇지만 이럴 때 우리가 문학이라도 하지 않으면 또 무엇을 할 수 있을까. 이 답답한 마음을, 이 분노와 슬픔을 문학을 통해 기록하고 읽지 않으면 부채감이 마음을 범람해버릴 태세다. 그래서 오늘도 살아 있는 사람들은 죽지 않았기 때문에 글을 쓰고, 죽지 못했기 때문에 노래한다. 그리고 오늘의 애가哀歌는 제망매가祭亡妹歌가 아닌 제망祭亡아가, 아가, 우리 아가들에 대한 노래이다. 더 이상의 아가가 혼자 울지 않았으면 좋겠다는 작은 바람이다. 울 수만 있다면 우리 같이 울자는 희망이다.

아가는 부모에게서 태어난다. 세상의 많고 많은 시인도 누군가에게서 태어난 아기였으며 대개는 어머니나 아버지를 알고 있다. 누구에게나 부모란 잊을 수 없는 근원이며 축복이다. 그리고 때로는 지울 수 없는 상처이거나 벗을 수 없는 짐이기도 하다. 시인들도 마찬가지어서 어떤 이는 희생적이고 가엾은 어머니에 대해 가슴 아픈 헌시를 썼다. 몇몇은 폭력적인 시대의 은유로, 혹은 실제로 폭력적이었으며 전혀 존경할 만한 구석이 없는 아버지에 대해 피로 얼룩진 절규를 내뱉었다. 또 누군가는 시간이 흘러 이해되기 시작한 부모의 늙은 뒷모습을 가슴 아프게 읊조리기도 했다. 이렇듯 어머니에 대한 애도, 어머니를 통한 위안, 아버지 상像에의 증오와 반항, 아버지와의 화해—이런 것들은 현대시의 빈번한 모티브가 되어 왔다.

그런데 어찌된 일인지 한때 아이였으며 여전히 누군가의 아이일 수밖에 없는 시인이 쓴 부모상은 쉽게 찾아 볼 수 있어도, 한 아이의 부모이며 아이들의 어른인 사람이 쓴 아이상은 드물게 보인다. 물론 아이에 관한 시로 동시라는 장르가 있기는 한다. 그러나 여기서 드물다는 말은 아이를 독자로 상정하고 창작되는 동심의 세계를 의미하지 않는다. 어른의 세계에서 아이의 일이 소홀하게 그려지고 있다는 점을 말하는 것이다. 프로이트의 설명을 보아도 인간의 의식은 어머니와의 이자관계, 아버지의 이름이 투입된 삼자관계로 끝이 나고 만다. 인간의 성숙단계에는 아이가 투입되어 4자 관계가 형성된다는 이론을 찾기 힘든 것을 보니 아이라는 이 이상한 타자는 EBS와 교육학 서적에서만 다루어지는 대상인 듯하다. 광고에서는 확실한 효과를 보장하는 3B(미녀, 동물, 아이)의 하나로 아이의 이미지를 쉽게 이용한다. 경제에서는 아이의 교육과 개발을 목적으로 부모의 지출을 유도한다. 그렇지만 정작 본격 문학, 성인 문학에서 아이의 문제는 소외되어 있다.

## 2. 약육강식의 지옥도, 또는 잃어버린 천국

『엄마를 부탁해』라는 소설은 있지만 우리는 '아이를 부탁해'라고 부탁할 사람이 없다. 일하는 엄마들의 증가와 반비례하여 더욱 작아질 수밖에 없는 아이는 말하는 듯하다. '엄마가 필요해'라고. 우리 사회에는 엄마가 필요하다. 바빠진 엄마, 생물학적인 엄마 외에도 다른 '엄마'들이 필요하다. 아래 인용된 작품은—모든 아이들에게 엄마를 가질 권리가 있음에 대한 슬픈 이야기들이다.

아이들 넷은 모두 아버지가 달랐다 엄마는 같았다 엄마는 빨간 매니큐어를 열 손가락에 바르고 옥탑방을 떠났다 네 아이는 한방에서 조약돌처럼 뒹굴었다 비닐봉지처럼 부스럭거렸다 …(중략)… 난간에 놓인 꽃에 물을 주려고 올라갔던 막내가 의자에서 떨어졌다 뜨거운 옥탑방 앞으로였다 며칠이 되어도 눈뜨지 않았다 바람이 옥탑방을 칭칭 동여맸다 두 발에 걸을 때마다 삐약삐약 소리가 나는 노란 슬리퍼를 신기고 두 귀가 축 늘어진 강아지 모양의 가방을 매어준 막내를 트렁크에 넣었다 갑자기 어딘가에 빈 자리가 자라기 시작했다 세 아이는 트렁크를 끌고 지하철역으로 갔다 계단을 내려갈 때는 셋이 트렁크를 들었다 손잡이가 있는 쪽을 조금 더 높이 들었다 막내의 머리가 그쪽에 있었다 엄마가 돌아온다고 했던 공항이 보이는 강변에서 밤새 땅을 팠다 그곳에 트렁크를 넣었다 땅은 트렁크를 고스란히 껴안았다 흙을 덮는 장남의 손이 바들바들 떨렸다 막내에게서 뿜어져 나오던 썩은 냄새가 싫었다는 생각을 떠올리느라 열한 살의 오빠는 트렁크에 구멍을 내어주는 것은 잊었다 네 살배기 막내는 그곳이 비키니옷장 속인 줄 알테니 배가 덜 고플 것이다
　　—이원, 「10 · 10cm 타일」 부분, 『세상에서 가장 가벼운 오토바이』
　　　　　　　　　　　　　　　　　　　　　　　(문학과지성사, 2007)

엄마도 사람이니까 배고팠을 수 있고, 아빠는 아이들의 미래를 위해 돈 벌러 갔을지 모른다. 그렇지만 아이의 입장에서는 어떤 이유도 변론이 안 된다. 엄마가 돌아오지 않은 삶은 아이에게 지옥이기 때문이다. 그리고 그 지옥에서 '막내'는 죽었다. 보호벽이 사라졌을 때 가장 약하고 어린 개체가

희생당하는 것은 어찌 보면 당연한 자연의 순리이다. 우리는 그것을 벗어날 수 없는 자연의 일부이며, 구체적으로는 유인원의 일종이다. 그래도 이 시를 읽는 우리는 이 자연의 순리에 그래, 그래, 순응할 수만은 없다.

걸을 때마다 삐약삐약 소리가 나는 노란 슬리퍼와 강아지 모양의 가방은 아이를 키워본 사람이라면 쉽게 알 수 있는, 아이의 상징이며 보물이다. 이 보물을 부장품처럼 동반하고 막내는 배고프지 않은 세계로 떠났다. 고작 네 살배기였다. 지은 죄가 있다고 말하기도 어려운, 원죄라는 것도 비껴갈 만한 그런 나이였다. 그러니 이 시의 끝에 놓인 '막내는 배가 덜 고플 것이다'는 시구는 마치 우리에게 묻는 듯하다. 너는 든든하게 아침밥을 먹고 나왔느냐고, 배 부르냐고. 아이의 배고픔에 그것이 네 위장에서 토해질 것 같지는 않느냐고.

이 작품이 최루성 신파를 위해 지어진 가상이라고 말할 수 없는 것이, 우리는 약육강식의 지옥에서 아이가 희생당하는 것이 현실의 일부임을 이미 경험적으로 알고 있기 때문이다. 알면서도 모르는 척, 있는데도 없는 척 해왔기 때문에 천국을 정글로 만든 것은 엄마, 아빠가 아니라 바로 '여기-나'라는 자책감을 버릴 수 없다. 문제는 자책감과 그에 대한 용서를 구함이 아니라 자책감의 유지이다. 이 시를 읽으면 물론 슬프다. 그런데 그저 슬픔으로 끝난다면 막내는 죽어서도 배부를 수 없을 것이다. 그러니 이 조시弔詩는 다음과 같은 것을 요청하고 있다. 슬프다면 영원히 슬퍼할 것. 진혼鎭魂한다면 내면으로 할 것. 그래서 그것이 일회성이 아니라 영혼에 흉터처럼 각인될 것을 소망하라고.


## 3. 죽어도, 살아도 '엄마'와 함께

꽃게가 간장 속에
반쯤 몸을 담그고 엎드려 있다

등판에 간장이 울컥울컥 쏟아질 때
꽃게는 뱃속의 알을 껴안으려고
꿈틀거리다가 더 낮게
더 바닥 쪽으로 웅크렸으리라
버둥거렸으리라 버둥거리다가
어찌할 수 없어서
살 속으로 스며드는 것을
한때의 어스름을
꽃게는 천천히 받아들였으리라
껍질이 먹먹해지기 전에
가만히 알들에게 말했으리라

저녁이야
불 끄고 잘 시간이야

　　　—안도현, 「스며드는 것」 전문, 『간절하게 참 철없이』
　　　　　　　　　　　　　　　　　　　(창작과비평사, 2008)

　시인은 일상을 한순간에 전복시키는 파괴 전문가이다. 그들은 기존 관념에 대해 또는 그것을 담당하는 무감각한 뇌에 뇌관을 설치하고 폭파를 시도한다. 폭발음의 하나로서 저렇게도 사람이 아닌 것과 사람 간의 차이를 무화無化하거나 외면의 사물에서 깊은 사정을 찾아낼 수 있다. 인용시를 읽었을 때 이같은 시인의 본질을 엿볼 수 있으며 동시에 시라는 것이 영양학적으로나 실용적으로나 참 도움되지 않는다는 사실에 감탄하게 된다.
　절멸에 도달한 꽃게는 '엄마'였다. 죽음의 물이 스며들 때 한참을 버둥거렸다. 생명의 본능이 아니라 모성의 본능 때문이었다고 시인은 적었다. 그리고 '어찌할 수 없'을 때가 되자 알들과 함께 조용히 잠들어버렸다. 어미 꽃게의 발버둥이나 뱃속의 알까지가 죽어버린 것을 생각하면 안타깝지만 그래도 우리가 이 시에서 따뜻함을 느끼는 것은 알들의 마지막을 담당한 어머니의 목소리가 있기 때문이다. 죽음을 목전에 두고 어린 생명들은 어미의 두려움에 전염되어 같이 불안했을 것이다. 그러나 마지막에는 어머니의 '저녁이야 불끄고 잘 시간이야'라는 말에 안도함으로 생을 마감했을 것이다. 세상의 어린 것들이란 그런 존재다. 그들에게 죽음보다 무서운 것은 혼자 남겨지는 상황이다. 하지만 상승지향적인 어른들은 이 키 작은 존재를 내려다봄에 익숙지 않다.

아쿠타가와 류노스케의 소설 「갓파」에서는 뱃속의 아기가 세상에 태어나기 전에 아빠 갓파가 태아에게 물어본다. 세상이 이렇게 풍지고 부모가 시원찮은데 그래도 나오겠느냐고. 때에 따라 뱃속 아기는 나오기를 거부하고 그대로 어미 뱃속에서 잦아든다. 비판적이며 현명한 거장의 상상이다. 어른이 아가에게 이 선택권을 줄 수 없다면 자궁 밖의 세상을 바꿀 필요가 있다는 말로도 들린다. '혼자는 아니다, 누구도 혼자는 아니다'(김남조, 「설일」)라고 어른은 위로하지만 아기는 아직 이 스스로의 위로법은 물론이거니와 신의 존재도 알지 못한다. 아기에게는 엄마가 바로 유일신이다. 우리가 그러했듯, 또는 지금도 그러하듯 아기에게는 분명 '세상보다 어미가 필요했던'(채호기, 「세상보다 어미가 필요했던」, 『현대시』, 2009년 10월호) 것이다.

> 어디서 나왔을까 깊은 산길
> 갓 태어난 듯한 다람쥐 새끼가
> 물끄러미 나를 바라보고 있다
> 그 맑은 눈빛 앞에서
> 나는 아무것도 고집할 수가 없다
> 세상의 모든 어린 것들은
> 내 앞에 눈부신 꼬리를 쳐들고
> 나를 어미라 부른다
> 괜히 가슴이 저릿저릿한 게

핑그르르 굳었던 젖이 돈다

…(중략)…

너를 떠나서는 아무데도 갈 수가 없다고

나는 오르던 산길을 내려오고 만다

하, 물웅덩이에는 송사리 떼 무사하다

       —나희덕, 「어린 것」 부분, 『그 말이 잎을 물들였다』

                    (창작과비평사, 1994)

   나희덕 시인의 작품들에는 사람살이에 대한 진짜 이야기가 있다. 그의 시는 우리 삶에서 평범하면서도 놓치기 쉬운 것이 중요하다는 점을 잘 보여준다. 인용시의 경우에도 마찬가지이다. 담담하게 풀어쓴 이 작품에는 곳곳에 어머니로서의 감각이 숨쉬고 있다. 세상의 모든 '어린 것'들이 나를 어미라 부른다는 말이나 그 어린 것들의 눈동자를 눈부시게 바라보는 것이나 '너를 떠나서는 아무데도 갈 수가 없다'는 사랑의 고백이나가 그러하다. 이 모성적 감각의 절정은 '어린 것'들을 보고 이미 말라버린 젖이 돈다는 구절에 있다. 세상의 논법에서는 이해되지 않고 감정 혹은 문학의 논리로만 이해되는 이 말은 부모와 형제에 대한 일차적인 '애愛'를 통해 남의 부모와 형제까지 사랑하라는 공자의 주장을 상기시키기도 한다. 개인적이고 생물학적인 모성이 아니라 보편적이고 인류애적인 모성은 '어린 것'을 키워본 가슴에서 시작되어 '모든 어린 것'에로 확장된다. 어머니의 세계관에서 '어린 것'들은 연령이 어린 것, 어리석은 것, 여린 것들까지를 포함하며 위기의 생명('물웅덩이 송사리 떼')을 보호한다. 이것이 어머니 시인만이 쓸 수 있는 작품이다. 이 작품을 읽는 동안 '어린 것'으로서의 나도, '어린 것'의 보호자가 되어야 할 부담감을 느끼는 나도 구원받는다.

## 4. 위선적 동정, 위안의 거짓말

내가 가장 오래 상상한 것은 그 애의 메마른 등이었지
목말라
점심으로 먹은 몇 개의 과자처럼 그 애가 봉지에 담겨 부스럭거릴 때
나는 온몸이 가려웠지
목말라
…(중략)…
그러나 내가 가장 오래 익숙한 것은 누군가의 비극에 대한 나의 전
염적 도취였어
불쌍해
나는 완벽한 밀폐용기처럼, 샐 틈 없이 그 애들을 가두었을 학습된
무기력을 공상했고
사기야!
그가 그 애의 식판 위에 무엇을 놓았고, 무엇을 빼앗았을지, 그 애와
나 사이에 존재했을 공백들을 노려봤지
…(중략)…
그 애들도 모르는 실밥 풀린 상처를 세탁한 옷 속에서 찾아낼 때
나 역시도 위안의 거짓말로 만족의 회전수를 늘려가는, 이해할 수 없
는 환상적 불행의 도취자였어
　　　—조혜은, 「밀폐용기 속의 아이들」 부분(『현대시』 2009년 8월호)

　　내면의 나이를 고려하지 않더라도 세상의 나이를 먹으면 어른이 되는 법.
아이가 어른이 되면 어른은 아이의 과거를 가졌으나 더 이상은 아이가 아
닌 존재가 되고 만다. 그리고 하나와 다른 하나 사이의 깊은 격절감에 의
해 '내가 너의 고통을 안다'고 말할 수 없듯, 어른이 어른 아닌 존재를 이해
한다는 말은 순전히 거짓말에 해당된다. 위의 시인은 이 거짓말의 허위에

대해 언급하고 있다. 아마도 시인은 착취당하는 고아원의 아이들을 보고(또는 듣고) 온 마음으로 동정의 눈물을 흘렸을 것이다. 한 어린 아이가 배고픔에 시달릴 것을 생각하며 '목말라'라고 느끼는 착한 마음은 거짓이 아니며 잘못도 아니다. 그러나 그 마음의 정체가 '누군가의 비극에 대한 전염적 도취'이며 타인에 대한 동정 자체에 빠져 자기 만족을 행하는 경우라면 이것은 위선일 뿐이다. 시인은 이렇게 자아비판을 이어나간다. 몇 푼의 후원금이나 몇 번의 자원봉사를 행하며 나의 도덕적 자만심을 충족시키고 그들의 불행과 대비되어 더욱 빛나는 나의 행복을 확인한다면 이것은 무위無爲함보다 비겁하다.

시대를 사는 정신으로서의 문학의 우선적 기능은 회의하는 것, 자책하고 고백하는 것, 남의 비난에 앞서 우리를 비판하는 것이다. 그런데 이런 회의, 자책, 비판이 책상과 관념 안에서 이루어지고 끝나는 백면서생의 것이라면 '문학은 피로 쓰인다'고 감히 말할 수 없다. 그러므로 위 시에서 시인은 이 고통의 공감과 위선적 동정 사이의 아슬아슬한 경계境界에 대해 경계警戒한다. 어떤 생명도 값싼 동정의 눈길을 받을 만큼 가볍지 않으며 누구도 자기 도취를 위해 다른 존엄을 이용할 자격이 없다고 말한다. 인간 존엄의 무게가 무겁다면 이 시의 주제 역시 그만큼의 무게감을 갖고 있다고 말할 수 있을 것이다. 그리고 이 무게감은 고스란히 읽는 이에게 옮겨와 마음을 천근만근으로 만든다. 이렇게 시인의 고백은 개인적 자아비판에 그치는 것이 아니라 어떤 보편성까지 획득해서 나-너-우리의 내면을 건드리고 있다. 선행으로 면죄부를 사듯 죄책감을 일시 모면하려고 했던 행위들을 다시금 되돌아보게 한다.

굳이 시를 동원하지 않더라도 우리가 이미 알고 있는 사실은 자명하다. 그것은 세상의 모든 어린 것들에는 동정이 아니라 '엄마'가 필요하다는 사실이다. 그것도 아주 많은 복수의 '엄마'들—이를테면 엄마인 엄마 말고도 아빠 엄마나 아저씨 엄마, 처녀 엄마나 삼촌 엄마 같은—이 필요하다. 그렇지만 언제나 그러하듯이 '안다'는 말과 '감당한다'는 말 사이에는 대서양만큼의 거리가 놓여 있다. 사실 어른되기도 힘든 세상에 이 힘없는 타자를 책임지는 일은 벅차고 과중하다. 우리는 천수관음이 아니라서 수많은 아이를 다 안아줄 수천의 팔을 갖고 있지 못하다.

이런 현실적 문제에 부딪히고 나면 맞서 싸울 힘도, 회피할 뻔뻔함도 없음에 "나에겐 도망칠 수 없는 지리멸렬의 미학이 있을 뿐이라"(진은영, 「그런 날에는」 부분, 『시인시각』 2009년 여름호)는 시인의 고백을 아프게 듣게 된다. 그럴 때마다 고달픈 '엄마' 됨을 일으켜 세우는 것은 바로 다음과 같은 시이다. 그러니 이 애가哀歌에서는 엄마 되기에 힘이 부친 당신과 나를 위해서 이 시를 종결로 삼지 않을 수 없다. 시인이 적어놓은 저 '이쁜 오누이'는 당신의 옆집에 살았을지 모르고, 앞으로 당신의 울타리에 살지도 모른다. 혹은 지금도 내 마음속에 같이 살고 있을지도 모른다. 이렇게 모르는 일투성이이니 다시금 일어서서 살아볼 만하지 않은지.

> 57번 버스 타고 집에 오는 길
> 여섯 살쯤 됐을까 계집아이 앞세우고
> 두어살 더 먹었을 머스마 하나이 차에 타는데
> 꼬무락꼬무락 주머니 뒤져 버스표 두 장 내고
> 동생 손 끌어다 의자 등을 쥐어주고
> 저는 건드렁 손잡이에 겨우겨우 매달린다
> 빈 자리 하나 나니 동생 데려다 앉히고
> 작은 것은 안으로 바짝 당겨앉으며
> '오빠 여기 앉아' 비운 자리 주먹으로 탕탕 때린다
> '됐어' 오래비자리는 짐짓 퉁생이를 놓고
> 차가 급히 설 때마다 걱정스레 동생을 바라보는데
> 계집애는 앞 등받이 두 손으로 꼭 잡고
> '나 잘하지' 하는 얼굴로 오래비 올려다본다.
> 안 보는 척 보고 있자니

하, 그 모양 이뻐

어린 자식 버리고 간 채아무개 추도식에 가

술한테만 화풀이하고 돌아오는 길

내내 멀쩡하던 눈에

그것들 보니

눈물 핑 돈다.

—김사인, 「오누이」 전문, 『가만히 좋아하는』

(창작과비평사, 2006)

# 잡음의 세계에서 '푼크툼'을 건지다
—대중문화 키즈 2세대의 詩作 보고서

## 1. 대중문화라는 근원성에 대해

언어에는, 특히 그것이 시적으로 높여짐을 받았을 때, 하이데거가 '오라고 명령하는 것', 또는 '근원적인 부르짖음'이라고 이름 지은 것이 생긴다.[1] 이때의 '부르짖음'이란 입 밖으로 꺼내어진 언술을 의미한다. 그런데 '부르짖음'에는 왜 '근원적인'이라는 수식어가 붙어야 했을까. '근원적'이라는 말은 시의 언어란, 우리가 경험하고 알고 있는 모든 감정과 실재를 언어로 옮기려는 움직임이라는 점을 강조하고 있다. 그리하여 '근원'이라는 말은 시의 언어에 일종의 무게추와 같은 것을 매달아준다. 이 무게추의 이전과 이후에는 하나의 약속이 존재하고 있다. 언어는 그것을 신호라고 부르든, 계시나 증언, 전언이라 부르든 간에 언제나 의미를 향해 헌신적이고, 교량의 역할을 하며, 명징함을 지닌다는 점 말이다.

실제적으로 우리가 당면했던 독해의 몇몇 예들, 그 난감함의 원인은 바로 이 점에 있다. 얼굴이 없는 언어, 결합이 아닌 반항을 하고 있는 것처럼 오

---

1 R. N. Maier, 『세계상실의 문학』, 장남준 역, 홍성사, 1981, 196면.

직 자기 자신의 주장만을 하고 있는 언어, 비논리적인 언어, 중요한 의미를 지운 듯한 언어는 도대체 어떤 언어들이라고 해야 할까. 무엇을 기준으로 삼아 우리는 그것들에 대해 인정한다거나, 충분히 독해했다고 말할 수 있는 것일까. 어떤 시작품들은 분명 언어 예술이면서도 예스러운 언어적 규정에서 적당히, 혹은 상당히 벗어나 있다. 이를 테면 최근, 모든 젊은 시인들의 경향은 아니면서도 어느새 젊은 시인들의 특징이라고 암묵적이며 암시적으로 여겨지는, 한 경향이 있다. 그것의 특징이란, 형식적으로는 '시'임을 짐작할 수 있게 해주었던 시적 형식의 파괴, 세부적으로는 동원된 시의 언어들이 대폭 증가했지만 의미의 방향이 방사형태로 분산된다는 점, 주제적으로는 분열적이고 묵시록적인 자아를 기반한다는 데에 있다. 일이관지一以貫之적인 세계를 추구하지 않으며 시의 의미가 하나의 '빛'으로 좁혀들지 않는다. 하나의 일관된 의미에로 헌신하지 않는 시의 언어들이 등장했다는 사실 자체가 우리를 당혹스럽게 만든다. 거기에는 분명 '부르짖음'이 들어 있지만 '근원'이란 것이 모호한 듯, 혹은 아예 없는 듯 보이기 때문이다.

시는 하나의 어둠을 밝히는 작은 등불이라는 관점에서 볼 때, 산란散亂하는 빛으로서의 작품을 읽는 경험은 난파되어 가는 배를 보는 것과도 같다. 불안을 동반하며 지속 불가능한 한때의 사건으로 여겨질 수도 있다. 때문에 이들의 작품은 '해명이 불가능한 기호'의 집합으로 비판받기도 하며 반대로 신기원적인 시 쓰기의 개발로 칭송받기도 한다. 그러나 이러한 작품들을 과연 근원 없는 부르짖음, '비근원성'에의 표지라고 선언할 수 있을까. 분명 가장 '최신'의 경향에서 시의 언어는 많아졌고, 자아의 분열은 불행한 운명처럼 다루어지고 있으며, 병들지 않은 자는 시를 쓸 수 없다는 듯이 황폐함을 드러내는 경우가 잦다. 하지만 모호하고 황폐한 잦은 경우에도 불구하고 이들의 세계에는 어느 때보다 풍성한, 흥미로운, 친숙한 교감의 요소가 담겨져 있는 것 역시 사실이다. 낯설어 보이지만 우리를 끓어오르게 만드는 요소, 그리고 낯설지 않지만 낯설어 보이는 요소를 합했을 때 우리는 '대중문화'라는 하나의 접점을 발견할 수 있다. 이때의 대중문화란 문화의 일종임을 넘어, 시인이 지닌 근원성의 존재 자체와 그 구체적인 모습을 가늠하게 만드는 기제이기도 하다.

## 2. 대중문화 키드 1세대에서 2세대로

문학적 감수성의 토대는 현재가 아니라 과거에서부터 시작된다. 엄밀히 말해서는 현재진행형의 첨예한 감각이 우리 시의 변화를 낳은 것이 아니라 우리 내면의 은밀한 변화가 우리 시의 변화를 낳았다고 말할 수 있다. 무의식이나 의식이란 것이 하루아침에 생성될 수 없는 것처럼 이 내면이란 유행 따라 변천하는 것이 아니다. 그것은 오랜 시간 체험과 기억과 정서가 누적되어 형성된다. 그리고 "모든 시는 무의식의 자서전"[2]이라는 말처럼, 누적된 체험과 기억과 정서는 시인이 스스로를 예술인으로 증명하기 위해서 어떻게든 소화하고 넘어가야 하는 1차적이며 근원적인 관문이다. 처리해야하는 난제임과 동시에 또한 영원한 보고寶庫이며 문학의 밑천이다.

이 내면을 부분적으로 공유하는 무리를 일러 우리는 세대라고 부른다. 그리고 세대론은 어느 시대에나 있어왔다. 한 세대가 자기정체성을 가지려면 세대론 없이 출발할 수 없는 법이다. '우리는 저들과 다르다'는 강력한 세대론의 선언은 신세대가 자리매김하기 위한 가장 확실한 방법이었다. 이때 '다르다'는 근거로서 대중문화와의 접목을 무기 삼았던 이들을 대중문화 1세대 시인이라고 말할 수 있다.

대중문화 1세대의 대표적인 인물은 유하와 장정일 시인이다. 이들은 60년대 초반에 출생(두 시인 모두 62년생이다)하여 70년대에 청소년기를 보낸 세대로서 80년대에 등단했을 때 햄버거와 흑백 TV, 팝송과 서구 대중문화의 소유물들을 문학의 영역으로 들여왔다. 장정일의『햄버거에 대한 명상』

---

2 성기완, '표4' 중에서, 『당신의 텍스트』, 문학과지성사, 2008.

(1987)과 유하의『무림일기』(1989),『바람부는 날이면 압구정동에 가야 한다』(1994) 등은 당시에도 많은 우려와 (특히 장정일의「햄버거에 대한 명상」의 경우 이것이 과연 시가 맞느냐는 비판과) 호기심과 주목의 대상이기도 했다. 유하의 경우 압권은, 영화 제목과 동일하여 널리 알려진『바람부는 날이면 압구정동에 가야 한다』이전의『무림일기』(1989)였다. 이 시집은 우아한 시의 세계와는 전연 상종할 수 없다고 여겨졌던 '무림武林'이 제목에 엄연히 등장했을 뿐만 아니라 만화, 영화, 포르노, 무협지, 프로레슬링, 세운상가, 압구정 등등 엄숙주의에 반하는 대중문화에 대한 긍정이 너무나 확고하게 드러나 있었다.

많은 비판이 함께했지만 중요한 것은 이들 대중문화 1세대의 작품 세계가 분명 시의 소재적인 영역을 넓혔다는 사실, 그리고 일상성과 개인의 취향에 대한 문학적 언급을 가능하게 했다는 점이다. 알다시피 60년대 후반과 70년대 초반 서구 대중문화는 실제로 대도시와 도시민의 일상에 많은 영향을 미쳤다. 그러나 대중문화는 강력하고 현실적인 문화이면서도 문화계의 잔치에서는 초대받지 못한 손님의 지위에 놓여 있었다. 이때 태어난 대중문화 1세대는 손님의 목소리를 발언시키는 데 성공하여 문학의 도시생장성을 보여주었다는 긍정적 의미를 지니고 있다.

> 추억의 국적이란 것에 대해 생각해본다. 거의 팝송과 외국배우의 이미지들로만 구성되어 있는 나의 추억들.「블루벨벳」이란 노래를 들으면 60년대 아메리카의 소도시가 나의 추억이 되고, 진추하를 들으면 70년대 홍콩의 밤거리가 나의 추억으로 화한다. 그리고 이소룡이라는 홍콩 영화배우의 이미지를 통과해야만 비로소 70년대 서울의 풍경을 다시 만날 수 있다. 나는 70년대에 유년 시절과 청소년기를 보낸 이들을 이소룡 세대라 명명해 보았다. 우리들의 추억의 국적을 다양하게 바꿔 놓은 것은, 그 무렵 급속도로 확산되기 시작한 대중문화의 거대한 스펙터클이 아니었나 싶다. 내가 말하는 이소룡 세대란 바로

그 대중문화의 스펙터클에 본격적으로 감염되기 시작한 세대—그것을 나는 대중문화 1세대라고 부르고 싶다—를 지칭한다. …(중략)… 바야흐로 미디어 시대, 전파 왕국에 살고 있지만, 나는 아직도 70년대적 감수성으로 세상을 바라본다. '계몽사'의 세계명작 동화와 만화책, 흑백 티브이, 동시상영관 그리고 세운상가…… 윗세대처럼 대중문화에 대해 마냥 비판적이지도 못하고, 그렇다고 지금의 신세대처럼 영혼과 육체가 완벽하게 대중문화와 합일되는 것도 아닌 엉거주춤한 상태가 70년대적 감수성을 가진 자들의 모습일 것이다.[3]

유하는 산문집에서 자신의 세대적 정체성에 대해, '나는 이소룡 세대이고, 대중문화 1세대'라고 정리했다. 이것이 1995년도의 일이었는데 당시에 유하는 어느새 신세대의 첨병이 아닌 '대중문화 1세대'로 정리되고 있었다. 1세대가 정리가능하다는 말은 새로운 세대가 등장했다는 말과 같다. 이미 시대는 "영혼과 육체가 완벽하게 대중문화와 합일되는" 이후의 신세대로 옮겨갔다. 대중문화에 대한 향유가 청소년의 당연한 권리이자 공통된 임무처럼 느껴지는 90년대가 도래했고, 문학적으로 대중문화의 2세대 작품들은 2000년을 넘어 등장한다.

정리하자면 대중문화 키즈 1세대는 60년대에 출생하여 70년대 대중문화의 터전에서 놀았으며 80년대 시의 영역으로 그것을 끌고 들어와 영역 혼합과 확장에 앞장섰던 시인들이라고 할 수 있다. 그리고 우리는 이제 대중문화 키즈 2세대의 등장을 보고 있다. 2세대는 주로 70년대 출생하여, 70년대 말과 80년대에 유년 시절을 보내고 당시의 주변부 문화이며 B급 문화였던 대중문화의 영향을 드러내는 경우이다. 1세대와 2세대 사이에는 큰 차이점이 있다. 1세대가 대중문화에 관하여 '선택적으로 놀았다'면, 2세대는 선택이라기보다는 태생적으로 접하여 그 안에서 자란 경우이다. 대중문화

---

3 유하, 『이소룡 세대에 바친다』, 문학동네, 1995, 8~9면.

가 취향의 일부가 아니라 삶의 일부, 기억의 일부, 내면의 일부가 되어 더욱 자명하고 자연스러워졌다. 70년생 황병승 시인, 74년생 유형진, 박상수 시인, 76년생 장이지, 김경주 시인 등등의 작품에서는 대중문화가 자연스러운 시적 인터페이스로 등장한다.

## 3. 백팩backpack 속의 '아르카디아 호'

이들은 과거 90년대 청소년일 때 대중문화를 먹어가며 성장세포를 분열시키고, 생장시켰던 세대이다. 70년대 후반과 80년대는 아직 '스타크래프트' 등과 같은 게임이 창궐하기 이전의 세계로서, 해적판이 지배하던 혼란과 찬란의 시기였다. 이 당시 어린 '아해'였던 세대는 인생의 실질적이며 유용한 덕목을 주로 대중문화를 통해 습득했다. 주된 장소는 헌책방과 다락방, 만화방 등이었는데 그곳에서는 특유한 책 곰팡내를 폐부 깊숙이 호흡하며 심리적 안정감을 찾을 수 있었고, 거기서 접하는 문물은 일종의 기서奇書나 신세계와도 같았다. 무협지를 통해서는 탐욕적 사회의 약육강식과 진정한 권력의 의미를 정의받았고 일본의 괴기물과 탐정물을 통해 인간의 악마적 본성과 비극에 대해 접할 수 있었다. 비틀즈를 통해서는 대중문화도 신화가 될 수 있다는 가능성을, 사이먼 앤 가펑클을 통해서는 시적인 감수성을 배웠으며, 「북두신권」, 「드래곤 볼」 등의 만화를 통해서는 외계인의 자아정체성 찾기와 홀로서기에 대해서 배웠다.

여기서 습득한 이미지와 상상력과 언어들은 그들의 백팩packpack에 들어 있다. 그리고 이 백팩은 적어도 일정 수준 시세계의 구성에도 관여하고 있다. 배워온 이미지의 도식이 달라지면 비유법과 연상법, 즉 이미지의 연계와 구성 방식이 달라질 수밖에 없기 때문이다. 대중문화 2세대 키드들이 지닌 특징적인 예의 하나는 '우주론'에 대한 잦은 언급에서 찾을 수 있다. '이상한 나라의 앨리스'에 대한 애호 못지않게 장이지, 조연호, 유형진, 김경주 등의 시인은 우주로의 여행 및 우주로부터의 전언, 또는 그것의 호출 등에 대해 매우 구체적인 상상과 애정을 보여주고 있다. 이들의 우주는 신화와 전설로 뒤덮여 있는 미지의 체계가 아니라 우리의 이야기가 살아 숨쉬는 미개척의 고향인 듯, 실체로 등장한다. 하이데거 식의 세계에 던져진 존재가 지닌 감각은 이에 지구별 외계인이라는 자의식이나 분명 무엇인가 전언을 가지고 있는 외계 공간과의 소통으로 변화되고 시인은 은하에 자신들만의 성좌를 그린다.

장이지 시인의 경우 '은하'에 대한 시적 경도는 매우 큰 비중을 차지한다. 그의 「군함 말리軍艦茉莉의 우주여행」, 「백하야선白河夜船」, 「오래된 집을 떠나며」의 작품 세편을 나란히 읽는다면 그의 내면에 우주가 어떤 방식으로 심어졌으며 그가 그것을 어떻게 극복하려고 하는지에 대해 암시받을 수 있다.

> 오늘 밤 나는
> 또 다른 나를 떠나보낸 것이다.
> 흰 눈은 후일담처럼 가라앉고 쌓여
> 고즈넉이 반짝거리는데,
> 또 다른 나는
> 은하철도 999호에 몸을 싣고
> 우주 저편 남십자성을 향해 떠난 것이다.
> 오늘 밤도 다른 내가 가는 우주 저편에선
> 초록 올리브 숲이
> 마그네슘 불꽃처럼 이글거리고
> 사파이어 모래밭은
> 파도에 몸을 담근 채 노래할 것이다.
> 길 잃은 철새가 길을 물어올 것이고
> 빨간 스웨터가 잘 어울렸던 내 첫사랑도
> 정한 돌멩이를 찾고 있을 것이다.

어디선가 클라리넷 소리

온유하게 들리고

검은 바람이 옷깃을 스친다.

오늘 밤 오광대 탈처럼 무서운 얼굴의

노숙자들이 범하듯 나를

치욕스럽게 보고 간다.

눈길은 달빛에 녹아 강이 되어 흐르고

나는 가벼이 가벼이 가는

망각의 빈 배.

오늘 밤 나는

내 유년의 꿈들을 떠나보낸 것이다.

검은 돛을 올려라. 나는 빈 배.

호졸근한 내 둥근 어깨 너머로

999호는 유성처럼 멀어져가고

격려하듯 깨끗한 눈발 몇 개가

내 어깨를 두드린다.

—장이지, 「백하야선白河夜船」 전문

이 작품에 등장하는 '은하철도 999'는 익히 알려져 있는 애니메이션의 제목이다. 마츠모토 레이지의 「은하철도 999」는 「천년 여왕」, 「캡틴 하록」과 연계된 장편 애니로서 한국에서는 80년대 이후, 기계인간의 등장과 철이, 메텔의 이미지가 강렬했던 일본발 애니메이션의 상징으로 인식되어 있다. 왜색이냐 아니냐를 떠나 문제는 장이지 시인의 작품에서 은하철도의 방랑하는 이미지가 상징적으로 사용되고 있다는 점이다. 지금 하늘을 바라기하는 시인의 눈에는 애니메이션의 이미지와 그것을 바라보던 자신의 이미지와 온갖 이미지들 사이에서 탄생하는 새로운 상이 겹쳐져 연상되어 있다. 어린 시절의 믿음대로 성좌와 성좌 사이를 오가는 영혼이 분명 실재하는 것 같으면서도 동시에 시인은 그것에 스며 있는 유년에 대한 결별을 통해 시적인 표현의 구체적인 세계를 얻는다. 그의 시에 대중문화 반영론을 확인할 수 있다는 말이 아니다. 시인은 분명 자신의 이야기를 출발점으로 상상의 나래를 펼쳐가는데 그 나래의 어딘가에는 밟고 온 길이자 청산해야 할 유년의 일부로서 대중문화의 이미지가 존재한다는 것이다.

> *하록이 키를 꺾었을 때*
> *50미터 해일이 그의 배 아르카디아를 삼키기 위해 다가오고 있다*
>
> 더 이상의 전쟁은 없는 시대
> 살육은 이제 스크린에서 튀어나와
> 현실의 거리에서 활보한다
> 귓전엔 프로그레시브로커
> 겟다퍽아웃겟다헬
> 아무도 지옥 같은 걸 모르는데
> 겟다퍽아웃, 겟다헬
>
> 눅눅해진 팝콘을 씹으며
> 스포츠 신문의 오늘의 운세를 본다
> 물가에 가지 마세요 실족할 수 있습니다
> 70mm 스크린에는 3000만 톤의 물을 뒤집어쓰고
> 원양어선의 선장이 분투하고 있고
> 영화관 밖에는 비가 내린다
> 빗속에 묶여 집엘 갈 수 없는데
> 귓전엔 여전히 프로그레시브로커 겟다퍽아웃……
>
> *해일 속에서 아르카디아를 구한 애꾸눈 하록은*

*녹아 흐르는 하늘색 캔디바의 단물을 쭉 빤다*

　　　　—유형진, 「캔디바를 물고 있는 폭풍 속의 하록 선장」 전문

　영웅계와 은하계를 사랑하는 대중문화 마니아라면 응당 섭렵했을 '하록 선장'은 기계인간의 반대편에 선 정의의 축이자 비극적인 사연의 주인공이다. 유형진 시인은 그 하록 선장을 차용하여 과거—애니가 아닌 현재—현실의 '反아르카디아' 적인 이미지를 부각시키는 데 활용하고 있다. 하록 선장의 배로 유명한 '아르카디아 호'는 애니 속에서 구원과 해방의 마지노선이다. 그런데 하록 선장 이전에 아르카디아는 실제로 그리스 반도에 있는 지명이자 르네상스 시대부터 유토피아로 묘사된 낙원을 의미해왔다. 즉 낙원이라는 아르카디아의 1차적 의미가, 하록의 '아르카디아 호'의 2차적 의미로 나아가고, 그것이 다시 살육의 이미지가 실재로 변화하는 시인의 오늘이라는 3차적 의미로 변화하고 있다. 여기서는 의미와 이미지의 일대일 대응이 아니라 몇 겹의 중첩된 이미지를 겹쳐놓으면서 복잡한 현대의 인식을 드러낸다는 사실에 주목할 수 있다. 하나의 단어에 따라오는 이미지가 하나가 아니니만큼 의미의 변화는 작품 안에서도 비약적으로 변화한다. 따라서 시인의 상상 속에서 이루어졌던 이 비약을 독자가 함께 공유해야 이 작품은 비로소 제 의미를 드러낼 수 있다.

　낙원이면서 은하이기도 한, 또한 선과 악의 부조리한 현실이기도 한 '아르카디아'에 대한 언급은 장이지 시인이나 유형진 시인만의 것은 아니다. 우주에 주목하는 여러 젊은 시인들에게도 내면의 우주이면서 도달 불가능한 지점을 배회하는 '아르카디아 호'가 존재한다. 조연호 시인의 「아르카디아의 광견」이나 「점성占토의 성속사聖俗史」의 경우에도 내면과 내면의 확장으로서의 우주에 대한 가능성과 불가능성이 복잡하게 새겨져 있다. 이들 시인에게 고대 그리스의 이야기, 천문학자의 위증과 진실의 세계, 애니메이션과 동화의 세계, 지금 내 곁의 세계는 모두 동등한 위상을 지니고 있다. 이 세대의 특징이자 장점은 대중문화는 저급하다는 선입견에서 자유롭다는

점이다. 경전의 우아한 말투를 대중문화가 입을 수도 있고, 대중문화의 거
짓과 허위를 고대적인 인물에게서 들을 수도 있다. 이 말은 문학적인 상상
력에 성역이나 암묵적인 차별이 사라졌다는 반가움으로도 들린다. 그렇지
만 반대로 시 쓰기와 시 읽기의 어려움을 암시하는 대목이기도 하다. 내면
에 노니는 무엇에게든 말을 걸 수 있다는 관대함은 너무나 많은 것이 축적
되어 있어 어떤 진실도 믿을 수 없다는 말에 근접하기 때문이다.


## 4. 무수히 인터셉트하는 잡음들의 역능

변화 중에서 흥미로운 또 하나의 예는 무의식적으로 튀어나오거나 연결
되는 음악이나 잡음 등, 음성적 코드가 시에 미치는 영향이다.

> 과꽃 잎사귀에 이슬이 내릴 때 그는 꽃잎을 타고 일터로 갑니다 그의
> 일터는 프라모델 탱크를 만드는 공장입니다 그는 탱크의 바퀴를 만
> 드는 일을 합니다 그가 만든 탱크 바퀴는 과꽃을 닮았습니다 그는 탱
> 크 바퀴의 전문가입니다 그가 만든 탱크 바퀴는 진흙탕도 달릴 수 있
> 습니다 비탈언덕도 쉽게 오를 수 있습니다 과꽃의 씨방에 사는 그는
> 과꽃을 타고 출근해서 과꽃 같은 탱크 바퀴를 만듭니다
> ─유형진, 「올해도 과꽃이 피었습니다」 부분

누구에게든 하늘을 보았는데 난데없이 어떤 멜로디가 기억난다거나, 반
대로 특정한 음악을 들을 때마다 과거 특정한 정취가 자동반사적으로 떠오
르는 일이 있을 수 있다. 한 동요에서 촉발된 유형진의 위 시에는 이와 유
사한 경험이 바탕이 되어 있다. "올해도 과꽃이 피었습니다"로 시작되는 동
요 「과꽃」은 초등과정 음악 교과서에 실려 있었던 탓에 즐겨 부르지 않는다
하더라도 내면의 데이터베이스에는 고스란히 저장되어 있는 노래이다. 유

형진은 이 노래의 구절에서 시작하되 노래의 세계로 끝나지 않는 방식으로 시를 제작한다. 지금, 과꽃이 피는 계절이라고 인지하자, 자동적으로 동요 「과꽃」이 무의식의 데이터베이스에서 불려나온다. 그리고 이 노래가 지닌 예쁜 세계도 따라 나온다. 이 다음에 시인은 인지한 자연 과꽃의 세계와 동요 과꽃의 세계를 뒤집기 위해서 이 노래를 다시 부른다. 현실은 아이들이 탱크를 가지고 꽃밭에서 노는 세상이며 노동자 그는 호미처럼 굽고 딱정벌레처럼 딱딱한 손등을 가졌다. 이렇게 동화의 순진무구함에 대비되는 폭력과 노동과 소외의 현장이 동요의 등장과 전복을 통해서 솟아오른다.

이렇게 내면 어딘가에 잠재되어 있다가 우연하게 솟아오르는 음악은 시인을 이쪽 저쪽의 세계로 옮겨다 주는 역할을 수행해낸다. 황병승, 김경주, 장이지 등의 시인에게도 특정 노래에서 촉발된 기억의 소환과 정서의 형성은 자주 목격된다.

외로운 날엔 살을 만진다

내 몸의 내륙을 다 돌아다녀본 음악이 피부 속에 아직 살고 있는지 궁금한 것이다.

열두 살이 되는 밤부터 라디오 속에 푸른 모닥불을 피운다 아주 사소한 바람에도 음악들은 꺼질 듯 꺼질 듯 흔들리지만 눅눅한 불빛을 흘리고 있는 낮은 스탠드 아래서 나는 지금 지구의 반대편으로 날아가고 있는 메아리 하나를 생각한다

…(중략)…

워크맨은 귓속에 몇천 년의 갠지스를 감고 돌리고 창틈으로 죽은 자들이 강물 속에서 꾸고 있는 꿈 냄새가 올라온다 혹은 그들이 살아서

미처 꾸지 못한 꿈 냄새가 도시의 창문마다 흘러내리고 있다 그런데
여관의 말뚝에 매인 산양은 왜 밤새 우는 것일까

　　　　　　　　—김경주, 「내 워크맨 속 갠지즈」부분

　이 작품에 등장하는 것은 워크맨이다. 워크맨 같은 개인 음향기기는 지하
철에서의 어색한 시간을 견디게 하고 남과 나를 성공적으로 분리시켜주며
이어폰을 통해 다른 세계에 대한 몽상을 떠나게 해준다. 시인은 귓가에 울
리는 특정 노래를 통해 12살 때의 워크맨을 들었던 기억, 그때 귓가에 울려
퍼지던 제3세계 음악을 통해 나만의 인도를 소유했던 기억을 생각해낸다.
워크맨 속에는 갠지스 강만 있는 것이 아니다. '워크맨'이라는 단어나 특정
음악 안에는 갠지스와 12세 소년, 그 당시의 떨림이나 상상까지도 포함되
어 있다. 이 작품에서 인도의 갠지스, 12살의 기억, 그리고 그것을 출발점
으로 시의 세계로 나아가는 현재가 3각 구도를 이룬다. 이 세 지점은 시간
적으로나 지리적으로나 분명 분리되어 있는 듯하지만 음악을 통해 연결된
다. 그런데 그 음악은 의도된 것이 아니다. 오늘 과거를 회상해보자고 작정
하고 음악을 듣지는 않았다는 것이다. 현대인의 일상에 흐르는 수많은 삽
입음, 혹은 잡음들의 사이에서 어떤 특정한 나만의 음악은 순간적으로 포
착되어 잡음 사이에서 튀어나온다. 시인은 일상에 자연스럽고 때로는 불편
하게 끼어드는 음성적 세계 위에 떠 있고 그는 그것을 시적으로 활용하는
방식을 터득해간다.

　　　전봇대 바람 살랑살랑
　　　낡은 광고 문구
　　　**이불솜 틀어드립니다**
　　　이불솜 이불솜
　　　이, 불, 솜

솜


나는
솜
이라는 글자를
생각보다 오래도록 쳐다봅니다
솜 솜 솜사탕
솜
은 왜
솜
이 되었을까


솜 솜 솜 솜사탕
솜사탕도 사탕일까
사탕 깨물다 이빨 빠진 김강새
화이트데이 솜사탕 남자


솜사탕은 구름
당신에게 구름을
구름의 침대
구름 베개
구름 이불
당신 맘대로 해요
내 몸으로 만들어드릴게
나는 솜사탕 남자


솜 솜 솜사탕 구름

죽음의 세계에서 '뭉크뭉크' 건지다

205

저 구름이 달디달아요

분홍 이불 속에서

당신과 나의 맨발은

부싯돌처럼 부딪치며 뜨거워져

이불솜 틀어드립니다


옛날 응암동 살 때 두 골목 위 솜틀집에서

마스크 쓰고 솜을 틀던 할머니는

지금쯤 저 구름을 타고 계실까요


솜 솜 솜사탕

이제 할머니는

마스크를 벗으셨겠네요

할머니 젖가슴 숨 모시적삼 새하얀 다듬잇돌

눈부신 봄날의

솜 솜 솜

솜사탕 구름

—성기완, 「이불솜 틀어드립니다」 전문


    의도하지 않은 어떤 자극이 고요한 일상의 틈새를 비집고 들어와 상상의 꼬리를 이어나가는 장면이 성기완 시인의 작품에서도 등장한다. 이 작품의 시발점은 전봇대에 붙어 있는 광고 문구 "이불솜 틀어드립니다"라는 문구이다. 수많은 사람들이 이 문구를 읽고, 또는 보았으나 배경의 하나로 읽지도 않고 지나쳤을 것이다. "이불솜 틀어드립니다"라는 문구에는 주목할 만한 어떤 의미도 없어 보인다. 하지만 시인의 눈에는 문구, 그중에서도 '솜'이라는 단어가 실제보다 유난히 크게 눈에 들어와 박힌다.

    바르트가 제안한 용어에 의하면, '솜'은 수많은 다른 사람에게는 일상적인 '스튜디움studium'일 뿐이지만 시인의 눈에 박히는 순간 시인 한 사람에게만은 '푼크톰punctum'이 된다. 타인에게는 아무렇지도 않은 어떤 작은 요소가 유독 자신의 가슴을 찌르는 것, 이것을 일러 바르트는 '푼크톰'이라고 말한 바 있다. 그런데 이 푼크톰이 발견된다는 것은 어떤 방식으로든 적나라한 나 자신을 드러낸다는 일과 같다. 개인마다 이것이 드러나는 순간과 대상이 다르고 이것은 남과 공유될 수도 없다. 시인이 푼크톰으로서의 '솜'을 발견하는 것은 몸에 새겨져 있는 두 가지 기억 때문이다. 하나는 연인과 솜이불 속에서 온기를 나누던 기억, 그리고 또 하나는 솜을 틀던 할머니에 대한 추억이다. 자신만의 고유한 기억이 일상적인 무의미의 일부를 유독 의미있게 받아들이게 만든다. 그렇지만 내게 있어 이 보물의 한 자락은 다른 이에게는 쓰레기와 다름없다. 쓰레기장 안에서 보물 찾아내기, 혹은 보물 안에서 쓰레기의 눈물을 보기, 즉 나의 푼크톰이 너의 푼크톰은 될 수 없다는 어떤 허무함 또한 이 시에는 엿보인다.

도시에 사는 한 우리는 듣고 싶지 않아도 타인의 목소리, 대중매체의 방송 소리, 어디선가 흘러나오는 정체모를 소리와 음악에 노출되어 있다. 그것들은 대부분 흘러 지나가고 말지만 어느 순간 특정한 소리는 내 안에서 줄줄이 상념과 연상을 불러일으키기도 한다. 그러나 그 순간이 언제 어디에서 찾아올지 우리는 예측할 수 없다. 수없이 많은 잡음들이 인터셉트하면서 우리를 방해하고 촉발시키고 자극하는 것처럼 광고들과 문자판들과 이미지들 역시 일방적으로 우리를 자극한다. 이 무례한 자극 역시 대부분은 견딜 수 있지만 때로 어떤 자극은 민감한 정서적 반응을 이끌어 내기도 한다.

우리 외부에서 음성과 언어 자극은 불규칙적으로 배합되어 있고, 또한 불규칙적으로 침입한다. 이 불규칙적인 외부 상황에서 '푼쿠톰'의 의미는 예고 없이 찾아온다. 의미망이 체계 없이 던져져 있고 그 안에서 나만의 보석 상자를 발견하기, 그리고 그것을 다시 체계 없는 의미망 안으로 되돌려버리는 일, 이러한 반복은 앞서 말한 새로운 시적 형식을 닮아 있다. 의미 없이 들려오는 어떤 소음들 속에서 분명 누군가는 소중한 기억을 재발견하고 은

밀히 엿본다. 그렇다면 독자들의 내면에 침입할 모든 시행과 모든 시어 역시 반드시 명곡이어야 할 필요는 없을 것이다. 이 불규칙성 안에 한 구절은 한 사람의 푼쿠툼이 되고, 다른 한 구절은 다른 사람의 의미가 되고, 또 다른 구절은 속절없이 흩어져도 좋을 것이다.

# 여원 신화에 대처하는 우리의 자세

## 1. 신성하지 못한 시대의 신성한 이야기

문화콘텐츠의 발달과 상호콘텐츠성을 배경으로 만화, 애니메이션, 영화의 시적詩的 수용이 다양하게 이루어지고 있다. 기존의 문학이 기초했던 자연이나 감정 대신, 시각적 비주얼이 강한 외부 문화가 시인의 상상력을 자극하고, 그러한 시적 경향이 바야흐로 신선한 코드로 읽히고 있는 시점이다. 문학이 시대를 바꾸던 시기는 지났는지, 시대가 문학을 바꾸고 있다. 이에 대해서 문단 내에서는 신세대 시인들의 성격 규정에 관한 논의서부터, 본격문학과 장르문학 간의 팽팽한 자존심 대결 논의, 또는 순수 서정시의 권위를 회복하고자 하는 여러 논의가 오고간 바 있다. 문학의 한 장르로서의 시가, 이제 문화 코드 없이는 읽지도 못하는 난해한 지도가 되어가지 않는가 우려하는 목소리도 적지 않다.

그러나 이 우려는 조금 더 지연되어야 할 것이, 시대를 막론하고 시의 양상은 변화해 왔지만 그 어떤 이단아도 상상력의 소산이라는 기본 뿌리를 부정할 수는 없었기 때문이다. 시를 포함한 모든 문학 장르는 반복과 단절을 겪으며 모방, 전용, 암시를 통해 변형해왔다. 그러나 새로운 체험과 언어가 있을 뿐, 새로운 주제라는 것은 없다. 신세대 시인의 상상력은 영화를 먹고 자란다, 록 음악을 먹고 자란다, 재패니메이션을 먹고 자란다. 그런데 이 새로운 문화 장르들은 암암리에 오래된 문화의 영향하에서 자랐다. 그 가장 오래된 문화를 일러 우리는 '신화', 라고 부른다. 새로운 문화를 낳은, 이 오래된 문화는 몇천 년 동안이나 반복, 변형되면서 우리 곁을 맴돌고 있다.

현재 모두가 시인하고 있듯이, 신화는 태초(*in principio*), 즉 원초적인 무시간적 순간, 신성한 시간에 일어났던 사건들을 이야기한다. 이 말은, 신화는 지금의 시간 및 주변 세계로부터의 단절을 함축하고 있으며, 신화를 이야기함으로서 신성한 시간과 공간으로의 열림이 실현된다는 뜻이 된다. 그런데 신성한 이야기로서의 신화는 자본주의 사회에 와서 그 신성성이 탈각되고 모티프만 상품화되게 된다. 우리 사회에서는 90년대 중반부터 판타지 소설, 판타지 영화, 게임 스토리화한 신화가 시장성을 확보한 바 있다. 이를 통해 신화의 대중화는 성공했을지 모르지만 웅혼雄渾한 신화의 본질은 말초화된 흥행물로 전락하게 되었다. 대중화 속에서 오히려 신화는 곤궁해지고 여위어간다고 말할 수 있겠다. 여위고 곤궁한 신화는 오히려 다른 문화 장르에 비해 역시 여위고 곤궁해진 시 속에서 다양한 목소리를 내고 있다.

동서양을 막론하고 오래전부터 신화는 시인들의 단골 주제였다. 우리가 접할 수 있는 신화들, 주제별로는 창조신화, 건국신화, 영웅신화, 홍수신화, 변신신화, 또는 민족별로 그리스 · 로마신화, 중국신화, 게르만신화, 북구신화 등은 시시때때로 시인들의 영혼 속에 불을 지피는 매개체가 되어 왔다. 한국의 시인들은 주로 한국 고유의 고대신화를 시 속에 끌어들여 고대로의 여행을 통해 시의 깊이를 추구하고자 했는데 '춘향'의 김소월 · 김영랑 · 전봉건 · 박재삼 · 송수권, '질마재'의 서정주, '처용'의 김춘수 등이 신화적 상상력에 기댄 바 있음을 기억한다. 이 시인들의 신화 차용은 개괄적으로 낙원지향적 성격, 신비적인 세계로의 이끌림이라고 할 수 있는데, 90년대 이후의 시인들에게는 유토피아적 상상력을 넘어 새로운 신화적 상상력의 양상이 연출되고 있음을 볼 수 있다. 이 신화적 친연성은 불교적 세계관, 생태주의적 성격, 생명 옹호의 시 등의 용어로 지칭되기도 했다. 그러나 사실은 보다 다양한 양상의 신화적 상상력의 세계가 여러 시인들에 의해 전개되어 왔다.

## 2. '교통交通'에서 '교통交痛'으로—나희덕, 김선우의 경우

잘 알려진 바와 같이 90년대 시단에서 가장 눈에 띄는 사건은 여성시인들의 약진이었다. 약진이라고 함은, 소수에서 다수로의 양적인 증가로 인해 기존 시인들과의 연계를 통한 계보화까지가 가능해졌음을 의미한다. 그러나 약진이라 함은 변두리에 처해 있던 여성의 목소리가 커졌다는 것만을 의미하지 않는다. 여성 시인 한 명 한 명은 구원의 바리공주라는 점에서 귀하다. 80년대의 열기에 잊혀진 상처를 그녀들은 바리공주의 약병을 들고 각자 다른 방식으로 축도하기 시작했는데, 그런 의미에서 그녀들은 누구보다 신화적이며 그들의 시적 경향은 시의 가장 원초적이고 근원적인 뿌리에 대어 있다. 이 점으로 보아 그녀들은 소홀했던 서정성의 기본에 복귀한 것이므로 그녀들의 귀환은 상찬받고 주목받아야 한다고 여겨진다.

많은 시인 중에서 특히 나희덕과 김선우는 위무의 기능에 능하다. 『원시주의』(서울대출판부, 1985)를 썼던 미카엘 벨은 신화적 상상력을 객관적 인식과 주관적 느낌의 분리가 없는 총체성으로 보고 있거니와, 이들 시인의 상상력은 총체성 안에서 이루어지는 '교통交通'을 넘어 '교통交痛'의 작업으로 나아가고 있다.

나희덕의 『어두워진다는 것』(2001)에서의 「상현」, 「흙 속의 풍경」, 「석불역」외에 『사라진 손바닥』(2004)에서의 「어떤 出土」, 「斷指」, 「소풍」 등은 그녀의 신화적 상상력을 잘 보여주는 작품이다. 「어떤 출토」에서 화자는 늙은 호박에 들끓는 벌레들을 본다. 이것을 일러 그녀는 '당했다' 하지 않고 온갖 벌레들을 위해 온몸 바쳐 '소신공양'한다, 라고 말한다. 「단지」에서 어머니는 문에 손가락을 잘렸다. 어머니는 '잘렸다', 하지 않고 '굶주린 바람에게 먹여라', 했다. 「소풍」에서의 엄마는 자신의 '안창살'임을 몰라도 좋으니, '꼭꼭 씹어 삼키라'고 했다. 위 세 작품은 일차적으로는 육체로 또 영혼으로 젖을 물린 모성이 쓴 작품이고, 다음으로는 소신공양적 희생제의의 신화성이 만든 작품이다. 나희덕이 일몰의 시인으로 불리우는 것처럼 그녀는 낮도 밤도 아닌 경계지대에 익숙하다. 이를테면 "불빛을 훔치려는 사람처럼/ 문이 아닌 창 쪽으로 가서 집 안을 들여다본다"(「불켜진 창」)는 구절처럼 그녀는 거리감을 유지하는 중용의 시인으로 보였다. 그런데 이 소신공양의 신화는 은근히 뜨겁다. 소신공양이란 무엇인가. 약왕보살이 향유를 몸에 바르고 불을 그어 스스로 재가 되었다. 나를 죽여 부처(만물)를 공양하였다. 완전한 소실, 완전한 희생을 통한 '통痛'의 달램이다. 이것은 농경 신화와 불교 신화 속에서 많은 제의를 통해 이루어진 바 있다. 제의 속에서 이루어지는 엄숙한 희생이 나희덕의 시를 더욱 정결하게 만든다.

모성 신화가 갖는 특징을 나희덕의 시가 보여준다면, 김선우의 시는 모성성의 시가 아니라 여성의 생산성을 보여주는 작품에 속한다. 김선우는 양감있고 풍만한 시들을 써왔다. 이것을 감각적으로는 진한 '살내음'의 시라고 표현할 수 있을 것이다. 그 살내음은 가임可姙의 여성이 내뿜는 페로몬에서 온다. 비유하자면 '아이를 갖고 싶은' 시(「입춘」)로서, 이것은 젊은 처녀의 시, 즉 '난포卵胞'가 무르익은 시라고 할 수 있다. 몸과 생산성을 결합시킨 이 「난포」가 바로 김선우를 신화의 세계로 이끈다. 시 「민둥산」의 '그대를 맞는 내 몸이 오늘 신전이다'라는 구절은 바로 이러한 시세계를 압축한다. 김선우는 선배 시인 강은교와는 다른 방식으로 바리공주의 목소리를 내고 있는데(「물속의 여자들」), 이때의 바리공주는 어머니 전에 처녀아기이다. 출산, 모험, 재생보다 강조되는 바리공주의 정체성은 분홍의, 난포 주머니를 가득 채운, 무르익은 처녀아기이다.

살거나 죽었거나 내 몸속으로 들어와 나를 살린 것들 다 이렇게 두려
웠겠구나 만월이었고 혼례의 밤이었네 온몸을 가득 채운 여러 겹의
허기가 참을 수 없이 슬퍼져 그대 몸속으로 통째 걸어 들어갔네 온
몸을 통째 으깨어 먹였네

　　　—김선우, 「여러 겹의 허기 속에 죽은 달이 나를 깨워」 부분,

　　　　　　　　　　　　　　　　　　　『내 몸속에 잠든 이 누구신가』

　김선우가 주목한 건강한 여성의 에너지는 신화를 통해 더 부풀어 오르게
된다. 온갖 것 살릴 가능성이 임재한, 가능성이 들끓는 처녀의 육체성을 김
선우는 바리공주를 빌어 노래해왔다. 그녀의 시에서는 아이를 낳기 위한 소
통, 아이를 낳음, 이 두 가지 모티프가 주가 되며 두 가지 행위는 모두 '살림'
으로 이어진다. 위의 시는 붓다의 전생 이야기 중 굶어 죽어가는 호랑이 속
에 스스로 들어앉은 일화를 소재로 채택했다. '내 몸'을 채우고 있는 '너'의
두려움이 '내 것'이 되고, '너'의 허기가 '나'의 허기가 되었다. 그래서 '내 몸'
을 통해 비로소 '너'를 살렸다. 김선우의 시 전체를 통괄하여, '내 몸'을 통해
'아이'를, '너'를, '나'를 살림이 궁극적 주제가 되고 있다. 이것을 일러 단순
히 위로라고 할 수 있을까. 교류라고 할 수 있을까. 이것은 고통을 나눔이며
생을 나눔이며 근대적인 자아의 개념을 뛰어넘는 사고의 전환이다. 이것을
신화적 세계가 가져오는 고통의 나눔, '교통交痛'의 효과라고 명명해본다.


## 3. 신화 없는 시대의 신화 창조—이원, 유하의 경우

　위의 시인이 정통 신화를 풍성하게 요리한 경우라면 이원, 유하의 경우
는 정답을 일부러 비껴가는 경우에 해당한다. '전자사막'을 통해 컴퓨터 세
대를 대변하는 아이콘이 된 이원의 시는 신화의 적극적 부정을 위해 기존
신화를 패러디하고, 새로운 신화를 창조하고자 한다.

내륙 산간에 폭설이 쏟아지고 있었다
하늘로부터 온 신의 메시지는 모래 위에 새겨지지 않았다
　　—이원, 「밤의 놀이터」 부분, 『야후!의 강물에 천 개의 달이 뜬다』

　나희덕이 보고 있는 풍경 곳곳에 어머니 신의 손길이 닿아 있고, 김선우
가 몸 속에 신성을 기르는 동안, 이원이 본 것은 부정되는 신화성이었다.
그가 가진 신관神觀의 출발은 '하늘로부터 온 신의 메시지는 모래 위에 새겨
지지 않았다'는 구절, 즉, 신의 부재, 신성함의 부재이다. 문명사회에서 결
핍으로 존재하는 신화, 구멍이 되어버린 신화. 이러한 신화성의 부재가 역
설적으로 새로운 신화의 창조를 요청한다. 새로운 신화의 등장을 위해 이
원이 선택한 것은 육체성과 물신화에 대한 탐구이고 그 방법 중 하나는 고
전의 패러디, 신화의 패러디이다. 시집 『야후!의 강물에 천 개의 달이 뜬다』
(2001)의 제목 자체가 '월인천강지곡'의 패러디이고 『세상에서 가장 가벼운
오토바이』(2007)에서도 「즐거운 인생-창세기」와 같은 패러디의 수법을 만날
수 있다. 이원은 엄숙한 신화의 COPY본으로서의 패러디를 제작하여 신화
세계의 결핍을 극복하려고 한다.
　유하 역시 패러디를 통해 신화 없는 시대의 신화 창조를 맛깔나게 선보
인 적이 있다. 그의 「무림일기」(1989) 연작이 원 장르로 삼고 있는 것은 무협
지인데, 무협지란 신화가 아님에도 중원 영웅들의 권선징악적 활약극을 담
고 있다는 의미에서 영웅 신화에 뿌리를 대고 있다. 그는 패러디의 시대 풍
자적 성격을 이용해 80년대 정치상황, 젊은이들의 방황, 신문 검열, 언론
탄압 등을 비판한다.

　　　경천동지할 무공으로 중원을 휩쓸고 우뚝 무림왕국을 세웠던
　　　무림패왕 천마대제 만박이 주지육림에 빠져 온갖 영화를 누리다
　　　무림의 안위를 위해 창설됐던 정보기관 동창 서열 제2위
　　　낙성천마 금규에게 불의의 일장을 맞고 척살되자

무림계는 난세천하를 휘어잡으려는 군웅들이 어지러이 할거하기 시

작했다

— 유하, 「武曆 18년에서 20년 사이―무림일기 · 1」 부분, 『무림일기』

　　이 구절은 유신정권 붕괴라는 역사적 정치상황을 무협지의 용어와 어조를 사용하여 패러디하고 있다. 비장하고 진지한 무협지의 어투를 흉내냄으로 독자의 조소를 자아내는 「무림일기」는 현재의 사건을 전해 내려오는 먼 옛날 이야기처럼 다룸으로써 유사 신화, 가짜 신화를 만들어낸다. 유하는 대중문화를 다재다능하게 다룰 줄 아는 시인인 만큼 신화의 세계에 깊이 침윤한 경우는 아니지만, 무협을 이용해 현대판 무협을 그려냈다는 점에서 역시 신화 부정의 시대에 재창조를 시도한 유의미한 경우라고 할 수 있다.

　　이원에게서 신화성의 부정은 새로운 신성의 탐구로 이어진다. 『야후!의 강물에 천 개의 달이 뜬다』에 들어 있는 「몸이 열리고 닫힌다」는 시에서 '신이 몸 속에 살게 되었어. 신은 이제 몸 속에서 키울 수 있는 존재야', 내지는 '내 몸이 신전이니'라는 구절에 주목하는 이유는 근대의 화두가 된 육체성과 고대의 신화성이 결합되고 있기 때문이다. 신화성은 관념적이고 문화적인 것임에 반해 육체성은 실체가 있는 것이다. 이 두 가지의 결합은 이질적인 것의 합체라는 점에서 신화성 입장에서 보면 변질이고, 육체성 입장에서 보면 진화인 셈이다. 중요한 것은 이제 본격신의 이야기를 하지 않는다는 것이다. 신이 변질, 진화하여 사라졌는데 떠나버린 신이 이미 내 몸에 와 있더라는 언술이다. 그 육체성에 대한 주목이 가능한 이유는 신이 신전을 싸들고 육체 안으로 이전했기 때문이다. 이제는 신이 아닌 내 육체의 난자함에 대해서, 고깃덩어리임과 핏덩어리임에 대해서, 이해받지 못함과 소통불가능하다는 것에 대해서 이야기할 뿐이다.

　　이어 이원은 「미로에서 달마를 만나다」라는 시를 통해 새로운 신과 신전을 소개한다. 신이 사라진 시대에는 물신들이 신의 자리를 대체하고 물신들의 집인 '대형 쇼핑몰'이 신전을 대체한다. 그러나 패러디와 마찬가지로

이것은 강한 긍정으로서의 부정이다. 신이 사라진 문명시대라는 인식은 철기시대 이후 낭만주의 시인들의 오래된 주제이다. 근대의 앙상한 이미지를 비판할 때 신의 부재라는 사건은 시인들의 어조를 더욱 비극적일 수 있게 해주었다. 그러나 이원이 신세대 시인들의 기수일 수 있는 것은 이 슬픔, 이 비극성에 대해 패러디의 가벼움으로 대처하기 때문이다. 신들에게 버려진 하찮은 인간, 타락한 쓰레기로서의 인간이 살고 있는 쓰레기장을 이원은 적극적으로 재활용하고자 한다. 따라서 이원의 '전자사막'은 PC문화의 통찰 이전에 끈질긴 존재 의지가 찾아낸 새로운 신전의 일종이라고 할 수 있다.

## 4. 젊은 떠돌이의 시, 현금류玄琴類의 사내—박정대, 이병률의 경우

90년대 이후 여성 시인들이 풍성한 잔치를 벌이는 반면, 남성 시인들에게는 여전히 방랑의 미학이 작용하는 듯하다. 대표적으로 박정대, 이병률 시인은 이 떠남의 미학을 잘 형상화하고 있는 경우이다. 이들이 여행을 선택한 것은 상상력의 고갈을 방지하고자, 즉 자극제로서의 풍광을 접하기 위해서가 아니다. 그들이 여행지로 떠나는 이유는 우선, 떠나야 살아지는 '늙은 떠돌이의 시'(서정주, 1993)와 같은 피를 가진 족속이기 때문이다. 그리고 다음으로 이들의 떠남은 표면적으로는 공간적 이동이지만 이면적으로는 시간적 이동임을 상기해야 한다. 떠남의 미학이란, 아주 오래된 이야기이다. 역마살에 이끌려 운명적으로 떠남을 반복하는 사내들은 사실상 '여기'를 떠나는 것이 아니라, 궁극적으로 '지금'을 떠나는 것이다. 그들은 떠남을 통해 시간을 거슬러 올라 태고의 어느 시간대에든 다시 살 수 있다. 이것을 머나먼 곳이 가져오는 신화적 울림을 산다고 말할 수 있겠는데, 서정주의 경우에 빗대어 '젊은 떠돌이의 시'의 현대적인 경우는 대략 이러하다.

삶은 고조곤히 저 스스로의 기원을 찾아가는 밤입니다 나는 나귀를
타고 씨양, 아직 태어나지도 않은 그대를 찾아가는 밤입니다.
— 박정대, 「삶의 기원」 부분, 『아무르 기타』

　박정대 시인은 『아무르 기타』(2004)라는 아름답고 이국적인 시집을 선보
인 바 있다. 이 시집은 방랑과 음악을 통해 신화, 즉 '삶의 기원'을 찾아가는
음유시인의 노래로 요약할 수 있다. 대표작 「아무르 강가에서」가 갖는 깊이
는 시인의 낭만주의적 속성에서 기인한다. 실재하는 아무르 강의 탐사 체
험 여부와 무관하게, 스스로를 오르페우스라고 여기는 시적 자의식이 시의
성격을 규정하고 있다. 즉 박정대의 노래가 아니라 오르페우스의 노래이기
때문에 이 시는 울림을 낳을 수 있는 것이다. 바꾸어 말하면, 이 시는 신화
적 세계에 빚을 지고 있는 셈이다. 「그 깃발, 서럽게 펄럭이는」, 「그런 건 없
겠지만 사랑이여」, 「망기타」 등의 작품에는 비파, 기타, 리라 등 고대적 현
악기나 그 변형태가 늘 등장하는데 이 소품 역시 그의 오르페우스적 성격을
드러내는 시적 기제가 된다.
　사나운 사내들에게 지친 부드러운 심성들은 비파의 음유시인을 얼마나
오랜 시간 사랑해왔는지. 그리고 그 사랑의 근거로서 시인의 음악은 또 얼
마나 아름다웠는지. 비파를 타는 이들 사내는 '맹금류猛禽類'의 사내가 아니
라 '현금류玄琴類'의 사내라고 지칭할 수 있겠는데, 스스로 현금玄琴이 되고
자 하는 이들 시는 신화적 시간의 재생을 가능하게 하고 있다.
　이병률 역시 동일 부류에 속하는 예가 된다. 이병률의 시는 낭만주의가
퇴색한 시대에 지극히 낭만적이어서 오히려 신선하게 느껴지고 있다. 아래
인용과 같이 이 젊은 시인의 시는 몇천 년 묵은 이야기를 담고 있으며 그의
자의식은 멸족된 종족의 마지막 후예인 듯하다.

　그후 얼음 미치는 날들 다시 보지 못하고 멸족한 우리를 단지 더 추
운 곳으로 옮겨갔다고만 적길 바라네 그날 이후로 산 것은 아무도

무엇도 지나간 적 없었다고만 일러주길 바라네 잠시간 태양이 비쳐
도 적막 위로 눈만 활활 쌓이고 쌓일 뿐 얼음의 파편들 짐승의 이름
들 찾지 않길 바라네 이것이 천년을 넘긴 일이므로 잊어주길 바라네
　　　　　　　　—이병률, 「잠시」 부분, 『바람의 사생활』

　　이병률의 시에는 고고학적 상상력이 작용하고 있으며 이것은 오랜 신화
성과 연결된다. 그는 아무도 기억하지 못하는 '기억'과(「잠시」), 그것을 기억
하는 마지막 '후예'(「약속의 후예들」)라는 두 가지 모티프를 연결하면서 잊혀
진 종족의 정서를 재구성하고 있다. 멸족됨, 마지막, 잊음, 잊혀짐, 잊지
못함 등의 단어는 모두 사라짐에 수반되는 안타까움과 애상을 동반한다.
오래전 사라진 종족의 기억이라는 의미에서 그의 시들은 신화적 세계로의
안내를 자처한다. 잊혀진 신화는 잊혀졌기 때문에 신화가 될 수 있다. 멸
족된 종족은 멸족되었기 때문에 아름답다. 낭만주의적 시인의 자세에 충
실한 이 시인의 여행은 '멸족한 우리'의 흔적을 찾아 헤매는 신화적 방랑이
므로 '지금—여기'를 이륙할 수 있는 도약이 된다.


## 5. 만인의 만 가지 신화—이승하, 조예린의 경우

　　'젊은 떠돌이의 시'가 저러했다면, '늙은 떠돌이의 시'를 이어받은 다른 경
우는 이러하다. 이승하는 『박수를 찾아서』(1994)부터 『취하면 다 광대가 되는
법이지』(2007)까지 '늙은 떠돌이의 시'를 발전시키는 작업에 골몰했던 것으로
보인다. 그러나 그는 여행, 방랑의 모티브를 발전시킨 것이 아니라 내재하
는 우리 신화성의 전개에 초점을 두었다. 결과로서 시인이 발견한 것은 '만
인의 만 가지 신화성'인데 이것은 인간 중심적 한국 정서의 기층에 닿아 있
는 것이면서 모든 인간의 신화성에 대한 강한 긍정을 보여 주는 사태이다.
　　근작 『취하면 다 광대가 되는 법이지』(2007)는 각기 '광대, 구도자, 노래,

예인을 찾아서'의 연작으로 구성되어 있다. 그 중「광대를 찾아서」의 연작 20편을 예로 들자면, 시인은 광대의 계보학을 만들어놓고 있음을 볼 수 있다. 백수광부로부터 백결, 처용을 거쳐 현대적 광대인 황우석, 동춘서커스단, 심지어 김형곤에 이르기까지 고대적 광대와 현대적 광대를 모아놓고 신명나는 한 판 흥풀이를 시도하고 있다. 이것은 비단 신화적 소재의 활용 측면뿐만 아니라 웃으며 놓치는 신화적 상상력의 흥겨운 제의성을 현대화하고 있다는 점에서 유의미하다.

　이승하는 고대시가나 삼국유사 등의 고대적 신화의 재구성에서 시작된 작업을 뚝심을 가지고 현대로 밀고 들어와 거기에 '만인보'적인 시각을 첨가한다. 백수광부와 백결의 언어를 현대화함과 동시에 고대적 신화 인물 외에 동시대인에게서 신화성을 찾아내는 탐구의 과정을 거치고 있다.

> 　　　그대 몸이 점점 더 가벼워지면
> 　　　가벼워질 대로 가벼워지면
> 　　　하늘 향해 두둥실 공중 부양할까
> 　　　…(중략)…
> 　　　저래도 죽지 않는구나 사람의 몸
> 　　　먹어야 사는 것이 생명의 이치인데
> 　　　먹지 않고서 살리고 있다
> 　　　개골개골 개구리를 두껍두껍 두꺼비를
> 　　　이루 말할 수 없는 생명을, 생
> 　　　　　　　—이승하,「구도자를 찾아서 10—지율」부분,
> 　　　　　　　　　　　　『취하면 다 광대가 되는 법이지』

　예를 들어 위의 시와 같이 그는 생존인물인 스님 지율에게서 새로운 신화의 가능성을 찾아 낸다. 이로서 이승하의 신화적 세계는 그 범위를 점점 더 확대하고 있다. 이러한 인식에는 만인에게서 만 가지 신화를 찾아낼 수 있

다는 적극적인 인간 긍정론이 깔려 있다. 신화 없는 시대에 현대인에게서 새로운 신화성을 도출해내려는 이러한 시도는 확장될 경우, '풀뿌리 신화'의 구성으로 이어질 수 있을 것이다. 하찮은 삶도 하찮을 수 없다는 인식, 우리는 살아 있으며 우리 안에 신화가 살아 숨쉰다는 '풀뿌리'들의 신화성은 현대인을 파악하는 새로운 지침이 될 수 있다.

조예린의 경우도 이승하의 작업과 공통분모를 갖고 있어 주목된다. 조예린은 『바보 당신』(1996)에서 황진이를 비롯한 고대 여인들의 목소리를 차용해 만고불변의 사랑의 감정을 다시금 표현하고자 했다. 정읍별사, 공후인 별사, 정석별사, 동동별사 등 선택한 고대 시가가 별사 위주인 것으로 보아, 시인은 사랑과 이별이라는 주제를 별사의 형식을 빌어 새롭게 쓰려고 한 것으로 보인다. 별사의 주체는 대개 헌신적이며 희생적인 사랑의 주체이다. 고대적 소재와 고대적 화자를 이용해 시인은 고풍스러운 여성의 어조를 자연스럽게 선보이면서 자신만의 새로운 사랑의 노래를 시도하려 한 것이다. 조예린의 작품에서는 황진이와 가시리의 목소리가 시의 등을 밀어주고 받쳐주고 있다. 이 황진이와 가시리의 힘 덕분에 시인은 흔한 상사타령의 진부함을 극복하고 고풍스러운 시세계를 확보할 수 있었다. 시에 신화적 인물을 도입할 경우 기존 인물로부터 파생되는 유사한 정서에서 어떻게 벗어나 내 것으로 만들 것인지가 시의 성공을 가름할 것이다. 신화적 상상력을 내 것으로 만든 시인들의 시세계는 풍요롭지만 드물다. 조예린의 경우는 특유의 언어 절제와 비감한 어조가 신화적 세계와 어우러져 그 육중함을 감당하고 있는 셈이다.

## 6. 신화의 빚을 넘어 신화의 빛으로

시란 기본적으로 현실에서 현실 초월을 꿈꾸는 자들의 노래라는 전제 하에, 신화적 상상력이란 많은 시인들, 어쩌면 모든 시인들에게 작용해왔다고 할 수 있다. 시대적으로 컴퓨토피아와 게놈지도에 의한 새로운 낙원이 전망되는 21세기에 신화가 다시금 인기를 얻고 있다는 사실은 신화가 가진 끊임없는 창조력을 보여주는 현상이다. 평단 일각에 의하면 젊은 작가들이 이전 세대와는 달리 죄의식이나 부채감으로부터 자유롭고 그로 인해 발랄한 상상력과 자유로운 시도들이 가능해졌다는 해석이 있다. 이 가벼움과는 대칭적으로, 기꺼이 부채감을 허락하는 시인들 역시 존재한다. 그 중 신화에 대해 기꺼이 빚을 지고 있는 시들이 있어 우리를 기존 서정시의 다양한 변모로 안내하고 있다.

앞서 일부 언급했듯이 현재 시단은 신서정 논의로 비롯된 서정에 대한 재논란을 겪은 바 있다. 이 논의는 기존 서정이 너무 구태의연함을, 서정이 새로워져야 함을 전제하고 이루어졌다. 그러나 그 '기존 서정'만을 고려한다고 해도, 우려와는 달리 현재 시단은 충분히 더 서정적이며 더 본질적일 필요가 있다. 일견에서는 90년대 서정성의 범람에 대해 '지나친' 서정화 경향이라는 비판으로, 시의 퇴보에 대한 책임을 묻고 있다. 그러나 문제는 서정이 아니라 명상적 경향의 무책임한 유행, 자격없는 에피고넨의 난입이다. '기존 서정'은 우려되는 것보다 유장하며 서정시의 미래를 이끌고 갈 능력을 가지고 있다. 그러나 서정이, 그리고 서정을 담보로 한 문학 장르가 앞으로 살아남기 위해서는 스스로 각고의 변화를 꾀하지 않으면 안 된다. 그 방법적 성찰의 하나로 신화의 무궁무진한 상상력의 세계를 탐사하는 것 또한 바람직한 일 중의 하나일 것이다. 그 보고寶庫 속에서 우리는 상처받은 시대와 현대를 견디는 신화적 지혜를 건질 수 있기 때문이다.

# 당신 붓에 묻은 피는 언제의 것입니까

—서정시와 100년의 내력

## 1. 당신은 어디에서 오셨습니까

인도의 천만 신 숫자만큼 많은 것이 한국의 시인이다. 이들의 생산품을 일컬어 우리는 현대시라고 부른다. 현대시, 현대시, 현대시……. 이 많고 많은 현대시와 시인들은 '어디서 와서 어디에 있고 어디로 가는가(Where do we come from? Where are we? Where are we going?).' 1897년, 고갱이 던지기도 했던 이 물음(고갱 作, 캔버스, 유화)은 오래된 존재론적 화두이자 현대시 비평가들이 늘 품에 지니는 근본적 질문이다. 이 문제를 잊는다면 현대시와 그 작가의 존재 가치는 한갓 종잇장처럼 얇아질 것이다.

시간의 층위 중 현장비평에서 중시하는 것은 역시 현재와 미래의 문제이다. 오래된 과거보다는 현황의 진단과 나아갈 바에 대해 논의하는 것이 더 생산적이라는 생각, 그리고 새로운 것이 과거의 것보다 가치 있다는 판단에서다. 원래 그런 것이 현장비평의 존재 의의이자 목적이다. 그러나 모든 작가에게 근원이 있고 그 근원을 밝혀낸 한 구절이 눈부셨음을 기억하는 사람들은 '우리(현대시)는 어디서 왔는가'라는 해묵은 질문을 함께 나누어야 할 필요가 있다. 현대시가 걸어온 자리를 찾아 정리하는 일을 우리는 '현대

222

시의 전통 형성 과정'이라고 부를 수 있을 것이다. 그 과정을 이해하기 위해서는 차라리 '한국현대시사' 한 권을 통째로 암기하는 것이 빠를 수도 있다. 기존의 시인들과 사조, 작품 등 어떤 문학적 과거든 현대시 형성에 사소하고도 지대한 영향을 미쳤기 때문이다.

현대시의 전통이라는 해묵은 주제를 이제야 끄집어내는 이유는 2005년부터 제기되어 온 이른바 '서정 논의'와 연결되어 있다. 래디컬한 열정의 민중시도 사그라들고, 지식과 이성으로 무장한 해체시의 질주도 잠잠해진, 조용한 시판에 남은 것은 언제나 그 자리에 있었지만 사실상 뒷방 늙은이로 취급받아왔던 서정시였다. 이렇듯 오래된 서정시를 새롭게 쓰고자 하는 젊은 시인들이 불거지는 한편, '반서정 · 비서정'의 연장선상에서 2000년대 신세대 시인들의 작품이 '미래파' 명명 논란과 함께 등장했다. 이 현상을 두고 평단에서는 '새천년을 맞이한 현대의 서정이란 무엇인가'에 대해 모색하지 않을 수 없었다. 서정의 범위를 확장하거나 재정의를 시도하는 등 '신新'서정이 활발히 논의되었고[1], 서정시와의 차이점을 기반으로 '반서정 · 비서정'의 작품들이 묶일 수 있었다.

이들 '서정 논의'야말로 2000년대 시단의 가장 큰 수확이라고 부르지 않을 수 없다. '신서정'이든 '반서정'이든 서정에 바탕을 두고 있으며, 다시금 서정성와 서정시가 입에 오르내린 것은 실로 다행한 일이기 때문이다. 많은 사람들이 시조를 아예 잊었거나 그에 대해 차마 죽었다고 말할 수 없어 침묵했듯, 서정시 역시 가뭇없이 잊혀지고 묻혀 있었다. 이런 시기 우리가 '신서정'을 논하고 서정의 탈바꿈을 이야기하기 위해서는, 우선 먼지 묻은 서정시의 전통을 다시금 꺼내 펼쳐놓아야 한다. 근대시 운동이 곧 서정시 운동이었고, 따라서 서정시야말로 현대시의 줄기를 형성해온 터줏대감이

---

1 김유중, 「서정의 회복을 위한 전제 조건」, 『문학사상』 2006년 1월호; 이승원, 「다시 '서정'을 말하는 이유」, 『서정시학』 2007년 봄호; 이경수, 「'서정'에 대한 새로운 질문들」, 『서정시학』 2007년 봄호.

었기에 말이다.


## 2. 현재진행형의 전통 : 소월, 그리고 민요시

　서정시란 무엇인가. 간단히 말해 개인의 감정을 토로한 시이다. 이 특징
을 '회감Erinnerung'[2]이라 부르든, 또는 그 조건으로서 '주체와 객체와의 거
리감 부재'를 붙이든 간에, 서정시는 찰나에 스치고 지나가는 극히 주관적
감정을 포착하여 문자화한 것을 말한다. 그렇기에 서정시는 사람 모인 곳
어디서나 생겨날 수 있다. 『시경』이 채집되던 고대 중국에도 있었고 한반도
의 삼국시대나 조선시대에도 감정을 노래한 서정시는 존재했다. 그러다가
근대에 들어 서구시가 수입되고 자유시 운동이 진행되면서 '시=서정시'라
는 도식이 성립되었다.

　근대 문학의 한국적 정착이 '시'에서 먼저 시도되었고, 그 와중에 시가 서
정시로 국한되었기 때문에 이 서정시의 뿌리가 어디에 있는가에 대한 논란
이 있을 수 있다. 혹자는 우리 근대 이후의 문학이 온전히 서구의 것이라고
했고[3], 다른 이는 그 형식과 정신의 일부가 깊은 뿌리를 지니고 있다고 말했
다[4]. 이는 임화의 이식문화론에서부터 비롯된 끊임없는 전통 논쟁이거니와
서정시와 전통의 문제도 논쟁의 중요 부분을 차지한다.

　서정시의 전통 계승 문제가 문학론의 과제로서 처음 비평계의 전면에 부
상한 것은 1920년대 중반의 민요시 운동이었다. 이른바 시조부흥운동으로
전개되고, 국민문학의 제창으로 수렴되며, 더 넓게는 민족문학 대 계급문
학의 논쟁으로 확대되는 일련의 비평적 담론들이 그것이다. 1920년대 중반

---

2　슈타이거, 『시학의 근본개념』, 오현일 · 이유영 역, 삼중당, 1978, 96면.

3　이광수, 「문학이란 하오」, 『이광수 전집』 1, 삼중당, 1971, 555면.

4　정한모, 『한국현대시문학사』, 일지사, 1974. ; 김윤식 · 김현, 『한국현대문학사』, 민음
　사, 1973.

제2부 제망아기의 기억

은 어떤 시기였는가. 서구의 몇백 년짜리 사조를 몇 년 사이에 속성으로 받아들이던 이 시기는 이미 신체시 실험이나 상징주의가 지나간 후였다. 다시 말해 서구시가 무엇인지 김억, 주요한, 황석우 등을 통해 선을 보였던 시기인 것이다. 때문에 비로소 서구시 세례의 얼떨떨한 상황을 벗어나 방향 전환을 모색할 수 있었다. 또한 비로소 한국의 토착주의 내지는 반근대주의가 근대주의 지향에 대해 대칭축을 형성하기 시작하는 시기이기도 하다. 1920년대 초반까지가 서구의 자유시를 연습·훈련하던 시기라면 1920년대 중반기에는 일군의 '민요시'[5] 시인들이 '조선적인 것'을 들고 나와 전통을 옹호하기 시작했다. 그리고 아이러니하게도 서구파가 아닌 토착파 시인의 한 명인 김소월에 의해 한국적인 서정시의 정형이 확립되었다[6].

현재 우리에게 소월은 어떤 존재인가. 시쳇말로는 제1호 국민시인. 작품성만으로는 따라올 이 없다는 서정주가 '시인부락'의 족장이라면, 소월은 '시인공화국'의 수장쯤 된다. 소월이야말로 '핏속에 흘러온 시'[7]가 실제 존재함을 몸으로 느끼게 하는 가장 원초적인 시인이다. 그렇지만 당대 소월은 그만큼 빛나는 존재가 아니었다. 그는 정주 곽산에서 쓸쓸히 죽어가던, 화려하지도 잘나가지도 못하던 시인이었다. 안서나 월탄의 옹호를 제외하고는 당대 중앙문단에서 큰 주목을 받지도 못했고 당대 중앙문단에 큰 영향을 미치지도 못했다. 그런 소월이 김억에게는 해답이자 출구였다.

1920년대 중반 국민문학이 주창한 민요시 운동은 주요한의 '조선혼, 조선적 기분', 김억의 '조선심' 주창이라는 이론적 틀을 가졌다. 그러나 주장이 먼저였고, 주요한도 김억도 그 이론에 합당한 창작물을 쉽게 내놓지 못했다. 이 장면에서 소월의 중요성이 부각된다. 그의 시는 '한국의 서정시가 조선혼을 담을 수 있다'는 명제를 증명하기에 충분했다. 소월은 민요라는 재

---

5 오세영, 『한국낭만주의시 연구』, 일지사, 1980.; 김용직, 『한국근대시사』, 학연사, 1986.

6 권영민, 『한국현대문학사』, 민음사, 2002, 268면.

7 정한모, 『한국현대시문학사』, 일지사, 1974, 10면.

래의 장르가 지닌 율격이 자유시에서 훌륭히 기능함을 보여주었으며, 한국 고유의 '정한'이라는 감정을 시적으로 승화했다는 평가를 받고 있다[8]. 근대 시사에서 처음 있었던 전통계승론의 모양새가 이러했다고 할 때, '조선혼'을 통해 이때의 전통이 무엇을 의미하는지 짐작해볼 수 있다.

김억과 주요한이 각각 '조선심', '조선혼'을 외쳤다 하자. 이 '조선'이 의미하는 것은 이미 스러진 대한제국 이전의 조선, 그 구체제 시절의 옛 노래들의 지칭이 아니었다. 조선은 당시 우리가 우리 땅과 민족을 지칭할 때 사용하던 현재진행형의 이름이었다. 다시 말해 조선혼을 시에 담자는 것은 조선시대의 정신과 율격을 담자는 것이 아니라 현재 우리의 것, 당대 국민 대다수가 알고 있고 익숙하고 친숙한 우리의 노래를 부르자는 것이다. 남의 것을 가져다가 어렵게 형성한 낯선 것이 아니라 입에 쉽게 붙어 마음에도 붙을 수 있는 것, 그 안에서 우리 영혼이 형성되어야 마땅하리라는 이야기인 것이다. 그들의 전통은 그렇게 시대착오적이지 않았고 오히려 시대를 형성하는 것이었다. 오늘, 이 땅의 것이야말로 현재와 미래의 전통이라고 말했던 것이다. 이러한 정신을 지금에도 가지고 있다면, 현대시 선구자들의 그 의도를 알아차린다면, 지금의 한국 서정시는 그 외연의 폭을 더 확장할 수 있는 것 아닌가.

## 3. 길항작용으로서의 전통 : 지용, 그리고 시문학파

1930년대 시단은 이국적이고 낯설다. 그만큼 신비롭고 새로워 보이기도 한다. 현대시인들에게 1930년대가 중요한 이유는 먼 닮은꼴을 찾을 수 있기 때문이다. 광복 이후 현대시의 주류였던 모던하고 새로운 시들은 이 시기의 창작물과 가장 가깝게 닿아 있다. 다시 말해 이 시기 개화했던 김기

---

8 오세영, 『김소월, 그 삶과 문학』, 서울대학교 출판부, 2000.

림, 이상, 정지용 등의 모더니즘 작품들이 현대시의 전통으로 굳어져 전범이 되었다는 말이다.

시의 전통을 논할 때 1930년대를 거쳐야 하는 다른 이유가 있다. 그것은 우리 현대시의 또 다른 전통이 되어준 '시문학파'의 존재 때문이다. 시문학파가 중요한 것은 민요시 시인들의 서정성을 이어받으면서도 완결된 자유시의 형태를 이루었기 때문으로 알려져 있다. 그들의 농익은 창작 능력은 자유시를 그야말로 자유롭게 구사하면서 그 안에서 한국적인 정서의 향연을 펼쳐놓았다. 뿐만 아니라 영랑의 언어 감각과 향토적 감수성이 뛰어났기에, 박용철의 존재론적 시론이 이후 큰 영향을 미쳤기에 시문학파는 중요하다. 이러한 부분 역시 우리 시사전통의 한 갈래를 이루었음에 틀림없다. 그리고 시문학파에는 그 기획단계부터 전제가 되었던 정지용이 있었다.

서구 사조를 접했을 때 나타날 수 있는 가장 분명한 두 가지 태도를 이 시기 찾아볼 수 있는데, 우선 하나는 '더 더 새로운 것'을 모토로 했던 '김기림류'이다. 그리고 또 하나의 태도는 서구 문물을 통해 세계화가 아닌 한국화를 시도했던 '정지용류'이다. 전자가 외부로의 확장을 택했다면 후자는 내부로의 깊이를 선택한 쪽이다. 정지용은 초기 「카페 프란스」와 같이 모던한 시를 발표했지만 시문학파에 참여, 이후 산수시 및 종교시로 나아갔다. 그의 시는 이미지즘의 절정에서 고전주의적 절제로 옮겨갔다고 말해지며 유교적 전통, 고전적 우아미가 찾아지기도 한다. 이 변모는 그의 개인적 영민함에 달려 있는 것이 아니고 시사에서 해명해야 할 문제다. 김기림류의 태도가 끝내 더 새로운 것을 찾지 못해 막다른 길에 도달한 이상에서 종착점을 보였다면, 정지용은 안팎을 살펴 죽지 않고 새 통로를 만들어낸 경우이다.

정지용, 김영랑, 박용철 등의 시문학파 동인 중 일본을 통한 서구 사조에서 자유로울 수 있는 사람은 없었다. 정지용은 1929년 동지사대학 영문과를 졸업했고 졸업논문은 일본에서 유행하던 신비주의 시인 윌리엄 블레이크William Blake에 대한 것이었다. 이렇듯 영문학에 푹 젖어 돌아온 정지용이 귀국 직후 참여한 것은 신세계의 복음 전파가 아닌 시문학파였다. 이 선택을 가능케 한 원동력은 박용철과의 인간관계가 아니라 정지용의 내면에서 일었던 서구와 전통과의 길항 관계가 아니었나 추측된다. 즉 당시로서는 가장 서구적인 것을 배워왔기 때문에 역설적으로 그에 대한 반응으로 고전주의적인 전통을 '발견'할 수 있었던 것이다. 여기서 지용의 뛰어남이 엿보인다. 내 것과 남의 것을 구분했다는 것, 영영 내 것이 될 수 없는 남의 것을 좇는 일 대신에 남의 것을 가지고 내 것 만들기에 열중했다는 것, 그것은 양쪽 눈을 모두 크게 뜬 경우이기에 귀한 경험이다. 정지용의 「장수산」이나 「백록담」 시리즈가 과거 정취로의 회귀라고 평가할 수 있는가. 그렇다고 이것이 전통적이지 않다고, 그리고 이후의 시들에게 전통이 되어 주지 못했다고 말할 수 있을까. 후기시의 세계는 그가 열심히 땅을 파서 만든 전통에서 비롯된 것이다. 있던 것이 아니라 만들어진 것. 정지용의 경우에서 우리는 서정시의 전통이 고가구에 담겨 전해지는 유물이 아니라 찾아지고, 발견되는 것, 즉 전통 자체의 입장에서는 생성, 변화하는 것이라는 점을 확인하게 된다. 이것을 일러 서정시에 내포된 전통의 힘, 주체적인 방향성이라고 말할 수 있을 것이다.

## 4. 서정시의 완숙 시대 : 서정주, 청록파

이후 이어지는 서정시의 대가로 서정주와 청록파를 들 수 있다. 이들이 없었다면 한국 현대시는 빈약한 부모를 이고 살았을 참이다. 서정주는 그의 오랜 활동 기간과 시집 권수만큼 다양한 면모를 보여주었다. 다양함 속 공통점은 작품 한 편 한 편이 하나의 주술 내지는 제의화된 세계라는 것이다. 주술이나 제의는 종교를 전제로 한다. 그 중에서도 서정주가 다루는 그의 신은 무속 신앙, 민간 신앙의 신이다. 채 학문으로도 정리되지 못한 신비주의적 향토 종교를 체화해, 거기서 흘러나오는 목소리를 담은 것이 서정주의 시였다고 하면 과언일까. 따라서 그의 작품은 한국인들의 일상에 녹아 있던 무형의 정신을 담아낸 큰 무기巫器가 될 수 있었다.

물론 지층처럼 오랜 시간 축적된 향토 종교를 시화하는 것은 힘들고 까다로운 일이다. 「귀촉도」같이 저승과 이승을 넘나들었던 서정주지만, 이후 있었던 그의 『신라초』를 예로 들 때 신라로의 여행이 퍽 성공적이었다 말하기는 어렵다. 그럼에도 불구하고 서정주의 신라 여행, '질마재' 세계는 시도 면에서 그 의의를 인정할 수 있다. 왜냐하면 이 작업들이 전통에 대한 그의 인식에서 기획되었다 볼 수 있기 때문이다. 서정주는 저서[9]에서 한국 시정신의 전통을 상대로부터 내려온 재래적 전통과 갑오경장 이후의 서양류의 전통으로 대별했다. 그리고 전자는 도·불교의 전통과 유교의 전통, 후자는 주정주의와 주지주의라고 도식화했다. 여기서 그가 따르고자 했던 전통은 전자의 것이었다. 그는 도교, 불교, 유교 이 모든 것이 회통 안에서 어우러지는 세계가 신라의 화랑도라고 여겼다. 그리고 눈에 보이지 않는 고전의 애니미즘이 질마재 마을에서 살아 있음을 보았다.

서정주는 민간 신앙, 전래의 무의식을 시로 다루면서 덩치 큰 전통을 홀로 짊어지는 아틀라스가 되었다. 거인이 지고 나르지 않았으면 끊겼을 거대한 전통이었다. 사라지고 잊혀지면 그것은 이미 전통이 될 수 없다. 소설사에서 김동리가 그러했듯, 서정주는 자체로 전통의 유통로가 되어 가장 밑바닥 기층 유산을 현대시로 전달하며 스스로 전통이 되었다.

청록파 삼인의 자연이 전통적 산수가 아니라 근대적인 발견에서 비롯되었다는 말이 있다. 그리고 그들의 시작법 또한 가장 근대적 방식이라는 말도 있다. 그러나 이들이 여전히 청록파로 묶여야 하고 청록파로 불릴 수 있는 것은 이들 이후에서야 '전통 서정시'라는 말이 자연스러워졌기 때문이다. '전통 서정시'를 '서정시'와 동의어로 생각하는 이도 있으나, 현대 서정시의 양상을 보면 그것은 불가능한 이해이다. 그렇다고 '전통 서정시'를 따로 떼어 한마디로 정의하는 것 역시 어려운 일이다. 서정시 앞에 '전통'이 붙는다 함은

---

9 서정주, 『한국의 현대시』, 일지사, 1969.

그만큼 전통적인 요소, 즉 일반적으로 생각하기에 자연친화의 태도, 향토적 정서, 토속적 소재가 보편이 아닌 것이 되어버렸다는 말이다. 그렇지만 해방 이후 박재삼, 박용래 등을 거쳐 지방에서 그 명맥을 유지한 '전통 서정시'의 창작자들은 정신적으로 이들 청록파의 후예임을 자인한다. 청록파 당대에 청록파의 위상이 사상 논쟁을 벗어난 청정영역의 숨터였다면, 문명과 난해가 불거지는 현대시단에서 청록파의 존재는 향토적 색채의 시들이 버틸 수 있는 마지막 자존심이다.

청록파에 대한 재조명이 시도된다 하더라도 그들이 전통 옹호자들이었으며, 그들의 자연친화적 작품 세계가 이후 비문명권 서정시들의 어버이가 되었음은 분명한 일이다. 작품 면에서만이 아니라 문단 내에서의 청록파가 맡은 역할이 그러하였다. 청록파는 1960년대 전통계승논쟁에서 시단의 중진으로 전통계승론의 중요 주장자가 되었다. 60년대 논쟁은 1962년 『사상계』에서 기획한 문학 심포지엄 '신문학 오십 년'의 현대시 특집에서 표면화되었다. 여기서 논의된 화두가 전통의 계승이냐 단절이냐의 문제였기 때문이다. 이 심포지엄은 전통계승론의 조지훈, 박목월과 전통단절론의 이어령, 유종호, 그리고 중재 역할을 맡은 김종길의 토론회로 이어졌다.[10] 이 논쟁이 문단사에서 중요한 이유는 이때에 비로소 임화가 내세운 이식문학론이 극복될 여지가 마련되기 때문이다. 고전문학과 현대문학의 접맥이 연구되고, 한국 근대문학의 기점으로 영·정조설이 제기되었다[11]. 그리고 청록파의 위상만큼이나 그들을 따르는 신진 시인들이 '전통 서정'을 기치로 등장할 수 있었던 것이다.

---

10 성기옥 외, 『한국시의 미학적 패러다임과 시학적 전통』, 소명출판, 2004, 41면.

11 김윤식·김현, 『한국현대문학사』, 민음사, 1973.

## 5. 서정시의 변모와 성장 : 전통론 부활과 함께

근래의 주요 문학상은 이들 '전통' 서정시의 손을 들어주는 듯하다. 섬진강 시인 김용택이나 오래된 뒤란의 문태준이 그러하고 나희덕의 명상적 시도 자연의 생명력에 상당 부분 기대어 있다. 아무리 '신서정'이래도 그들은 김소월이나 청록파의 먼 후예요, 박재삼이나 박용래의 혈족이다. 따라서 이들로 인해 전통 서정시의 재정의가 이루어지거나 혹은 전통 서정시가 다른 용어로 부활할 가능성이 있다.

60년대 전통계승론이 힘을 받았지만 청록파 이후 서정시는 큰 주목을 받지 못했다. 1970~80년대에는 민중시의 열기가 너무 강했고, 서구의 영향을 받은 현대시의 경향 또한 막강했다. 서정시는 이전 그대로였지만 주위가 소란하여 그 소리가 묻혀버렸던 것이다. 그럼에도 불구하고 우리는 '춘향이 마음' 삼아 흘렸던 박재삼의 울음을 기억한다. 감정을 자유롭게 노래하는 서정시라고 해도 이 '눈물'이란 맘 놓고 흘리기 쉽지 않은 것이다. 울먹임은 퍽 원초적이고 생경해서 그것을 서정 안으로 끌어들이기는 녹녹치 않다. 성공한 자는 흔치 않아 소월이나 그 이후 서정주, 박재삼 정도를 꼽을 수 있을 뿐이다. 박재삼은 소재면에서도 그러하지만 이 눈물의 문제에서도 서정시의 계보를 이어받았다고 할 수 있다.

박재삼뿐이랴. 박용래나 신경림, 고은 등도 서정시의 수작들을 발표했다. 신경림이나 고은을 서정시인으로 분류하기는 쉽지 않지만 그들의 출발점이 향토적 배경과 토속적 정감 등, 극히 한국적인 것이었음은 부정할 수 없다. 이후 민중으로 나아간 그들의 뿌리는 서정시의 전통으로 인해 이루어진 것이었다.

이후 60년대, 70년대, 80년대에도 충실한 서정시인들은 늘 존재했다. 조용한 울음이었고 작은 탄식이었다. 그들이 바라보는 자연이나 풀 역시 침묵의 것이어서 그 목소리가 들리지 않았다. 그리고 이들 서정시인들은 대개 중앙 문단이 아닌 사대문 밖에 거하는 자들이었다. 이것이 주변부로 밀려난

서정시의 상황을 말해주기도 했지만 실상, 서정시의 자리는 그렇게 문명의 소란함을 떠난 자연의 곁이었다. 생전 화려하지 않았던 소월의 운명처럼, 화려하지 않게 서정시의 전통을 지키고자 했던 현대시인들 덕에 2000년대 신서정으로 서정시가 귀환했다. 서정시야말로 시의 본령이 아니던가. 그 서정시가 은둔한 지 오래였기에 돌아온 그를 환영하지 않을 수 없다. 100년 의 현대시사가 말해주듯 서정시는, 서정시의 전통은 죽지 않기 때문이다. '오래된 미래'라는 말을 다시 한 번 생각하게 해주는 서정시의 회귀이다.


## 6. 그리고도 남을 말

당신은 어떤 시를 쓰고 있는가. 당신 붓에 묻은 잉크는 누구의 피인가. 혹은 언젯적 피인가. 이 단어가 온전히 나만의 것, 당대만의 것인가. 이 감 정이 온전히 나만의 것, 당대만의 것인가. 새로움에 오만한 자들은 이 문제 에 대해 개의치 않는다. 그러다가 나이를 먹으면 깨닫게 되는 것이다. 나 이는 깊은 사유를 동반하기에 내가 사는 동안 전통에 기대어 있었음을 보 게 되는 것이다.

활발히 전개되었던 '서정 논의'에 이어 우리 시단에서는 한국적 서정성이 재점검, 재정의되어야 함에 동의하는 듯하다. 이에 대한 여러 가지 제안이 있었고 앞으로도 있을 것이다. 어떤 제안을 내놓기 전에 우리는 한국 서정 시의 전통을 확인해볼 필요가 있다. 지금까지 서정시를 유지시켜온 서정시 의 전통은 전래의 무엇이 아니다. 현재 우리 마음과 정서를 전통이라고 했 고, 외부의 거울에 비쳐 전통이 발견되기도 했으며, 내면으로 깊이 파고듦 이 전통 자체이기도 했다. 오늘날에는 생태시학으로 명명될 자연친화적 태 도가 전통이기도 했고, 여러 가지 종교적 태도가 전통으로 흡수되기도 했 다. 이른바, 우리가 '서정시의 전통은 이것이다'라고 단언하여 말할 고정된 무엇은 없다. 전통은 발견되는 것이고 찾아지는 것이다. 성장하고 변화하는 것이다. 서정시 역시 그러하다.

　서정성이 변모, 생성하는 개념임을 확인한다면 서정성의 외연은 그만큼 확대되고 유연해진다. 이러한 전제하에 서정시의 폭을 넓히고 하위 유형을 구체화함이 필요하다. 이 하위 항목에는 그토록 정의하기 난감했던 '전통 서정시'도 포함되고 '신서정'의 시들도 포함되며 '비서정이나 반서정' 항목 역시 서정과의 길항 작용의 항목으로 유형화될 수 있다. 기존의 서정에 도전하면서 새로운 서정이 형성되고 다시 그것은 다음 시인에게 도전을 받으면서 새로운 서정으로 승계되는 법이다. 시대마다 태어나는 새로운 서정들을 포함하는 큰 서정성, 전통을 지키는 시인이 아니라 전통의 새로움을 창조하는 젊은 시인들이 등장해야 할 때가 가깝다.

# 죽은 바람의 심폐소생술

— 공기의 재래종과 변종 사이에서

## 1. 더러운 공기청정기의 시대

인간이 지구에게 해줄 수 있는 가장 좋은 선물은, 조용히 사라져주는 일이다. 암세포처럼 도시를 확장하고 지구의 에너지를 사용하는 인류의 진화는 지구에게 있어 큰 불행이었을 것이다. 우리는 지구의 불행을 보면서 인간의 행복을 따져볼 수 있다. 산술적으로 보았을 때 피사용처—지구의 불행의 양만큼 사용자—인간의 지복至福이 있어야 합당할 것이다. 그렇다면 합리적인 인간은 지구의 불행에 대해 지속적으로 눈감을 용의가 있다. 그런데 아이러니하게도 지구의 불행만큼 행복하기로 약속된 인간은 행복하지 않다. 대중문화조차 문명의 판도를 불길하게 읽고 있다. 사실이든 사실이 아니든, 모두가 지기로 예정되어 있는 듯 불길한 예정설은 점차 확신이 되어가고 있다.

문제는 상호 불행의 상황을 논리적·과학적으로 해결할 수 없다는 점에 있다. 헤겔은 역사의 발전을 설명하면서, 너와 나의 관계에 있어 한 사람이 주인이 되려면 한 사람은 필연적으로 노예여야 한다고 말했다. 주인이 계속 주인이기 위해서, 또는 노예가 주인이 되기 위해서 어떤 투쟁을 하는

지 이야기했다. 타당한 설명이다. 정말로 타당하지 못한 것은 인간과 지구의 관계이다. 이 관계에 있어서는 누구도 주인이지 못하다. 양쪽 편 모두 노예라는 이상한 상황이야말로 현재 인간의 가장 큰 적이며 불행이다. 그리고 우리는 공공의 적과 불행에 대해, '왜'라는 말을 물을 수 있고 또 물어야만 한다.

최근 환경 담론은 고답적인 층위에서 대중의 현실적 문제로 그 폭을 확대해왔다. 그렇지만 대중화된 환경 문제는, 대중의 뇌리를 미리 차지하고 있던 상업논리에 의해 반향을 거두지 못하고 있다. 이를테면 최근 한 공익광고는 "물을 대신할 것은 물밖에 없다"는 슬로건을 강조했다. 이 슬로건은 실패할 수밖에 없는데, 더러운 물을 대신할 것은 훌륭한 정화시설이라는 심리적 보루가 있기 때문이다. 대중은 공익광고만 보는 것이 아니라, 정수기의 효과를 자랑하는 상업 광고 역시 접하게 된다. 그러니 환경운동단체가 맑은 물의 필요성을 역설한대도 개인은 돌아서서 정수기의 필요성을 생각한다. 누군가 맑은 공기를 지키자고 하면 고급 공기청정기를 구입할 예산을 따지게 될 것이다.

우리 생활에서 정수기의 보급은 이미 보편화되었고, 공기청정기가 그 뒤를 따르는 후속 개발 모델이 되었다. 상품 개발 현황을 보면서 우리는 상업적 영민함만을 생각할 수는 없다. 공기청정기가 팔린다는 말은 물이나 식물의 정화 수준을 넘어 공기가 더러워졌다는 말이기 때문이다. 상황은 자명하다. 정수기 없이 살 수 없는 현재처럼, 공기필터 없이는 숨쉴 수 없는 시대가 곧 올 것이다. 이런 사실은 자본이 가장 먼저 알고, 잘 알고 있었다. 그리고 병든 공기에 대응하는 자본의 전략이 청정기의 개발 수준임을 확인하면 우리는 다시 절망하게 된다. '절망한다'는 말은 충분히 알아챘다는 뜻이기도 하며 손쓸 수 없이 늦었다는 말이기도 하다. 이것이 현실이다. 그리고 최근의 시단에서 "나의 자랑은 나의 힘은 없다 바람과 물과 같이 지나가고 없다"(백석, 「북방에서」)는 식의 절망이 폭발한 일은, 이와 결코 무관하지 않다.

## 2. 청풍淸風이라는, 멸종 위기종의 분류

수풍지화의 4원소 중에서 바람은 가장 파악하기 어려운 존재이다. 분명 존재하지만 항상 감각할 수 있는 것도 아니고 눈에 보이지도 않는다. 바람을 포함한 공기 역시 그러하다. 공인된 정보에 의하면 실질적인 공기는 질소 78%와 산소 20%, 기타 이산화탄소와 아르곤, 수소 등으로 이루어져 있다. 이것은 분석적 수치이다. 이와는 달리 상상의 수치에 의거한다면 공기의 보편적인 의미는 천상 및 상승의 이미지로 대별된다. 하늘에 가장 가깝고 자유롭게 돌아다니는 특성으로 인해 바슐라르 역시 공기에 대해 '상승의 꿈'이라는 이름을 붙인 바 있다.[1]

천상의 상징만큼이나 오래된, 공기의 다른 이미지는 그것을 '영혼'과 '생명'으로 규정하는 것이다. 희랍 사람들은 사람의 영혼이 공기와 같은 층위에 놓여 있다고 생각했다. 융의 논문에 의하면 아니무스(Geist)와 아니마(Seele)라는 내면의 영혼은 그리스어, 라틴어, 아랍어에서 공통적으로 '움직이는 공기'라는 의미로 집약된다고 한다. 특히 라틴어에서 이 단어들은 바람, 정신, 혼이라는 뜻을 가지고 있다.[2] 공기와 생명을 동의同意로 보는 일은, 사람의 영혼이 보이지 않는 대기 중에 떠돈다는 생각, 그리고 사람이 공기를 들이마셔 생명 연장을 하듯 공기의 영혼과 생명을 들이마신다는 생각에서 출발했을 것이다.

신과 가까운 천상의 존재, 영혼이나 생명의 동의어—이런 원초적인 이미지 외에 공기는 무방향성·전방향성의 특성을 들어 구속할 수 없는 자유의 이미지를 추가하게 되었다. 방랑, 자유 등과 비유되는 공기의 존재는 이념과 공간에 구속되지 않는 특성을 지니고 있다. 그리고 우리 문학은 자유로서의 바람이라는 이미지를 애지중지 사랑해온 바 있다. 정치, 사회 또는 사랑,

1 바슐라르, 『공기와 꿈』, 정영란 역, 이학사, 2000.
2 이부영, 『아니마와 아니무스』, 한길사, 1991, 321면.

미련 등의 이유로 문학인이기 전에 한 비천한 인간이 주저앉아 있을 때 바람은 조롱하듯 스치고 지나간다. 그러면서 인간의 비겁과 회한을 날려버린다. 이런 경우, 인간은 바람과 함께 지구별의 방랑자로 존재할 수 있었다.

르네상스 시기 그림을 보면 천사와 신이 녹아 노니는 대기가 등장한다. 한국 전통 시가에서는 바람과 벗이 된다든가 바람의 말을 듣는 일이 있었다. 마음속에서는 아직도 이런 상상이 가능하다. 그렇지만 꿈을 깨고 보면 그런 바람은 이제 아무데도 없다. 아무데도 없는 바람을 말하는 일은 그래서, 불가능한 희망을 흔드는 것처럼 쓸쓸하게 느껴진다.

> 바람 속에 익은 붉은 열매에서 툭툭 튕기는 씨들을
> 무연히 안 보이듯 바라보며
> 살을 말리게 해다오
> 어금니에 박혀 녹스는 백금白金 조각도
> 바람 속에 빛나게 해다오
>
> 바람을 이불처럼 덮고
> 화장化粧도 해탈解脫도 없이
> 이불 여미듯 바람을 여미고
> 마지막으로 몸의 피가 다 마를 때까지
> 바람과 놀게 해다오.
>
> —황동규, 「풍장風葬 Ⅰ」 부분

읽을 때는 가슴이 충만해지고, 읽고 나서는 서글퍼지는 작품이다. '풍장風葬'이라니, 육신이나 마음같이 속세적인 것을 버리고 바람과 같이 자유롭겠다니, 충만할 수밖에 없다. 다음으로 과연 이런 아름다운 죽음을 꿈꾸어도 무방할까 주위를 둘러보면 좌절하게 된다. 이 시를 채우는 바람은 청풍淸風의 그것으로서 바람의 본래적인 성격을 유지하고 있다. 만약 이 바람이 일상적인, 오염된 대기에 속한다면 풍장의 의미는 상실되고 만다. 시인도 그 사실을 잘 알고 있어 맑은 바람을 찾으러 굳이 배를 타고 먼 바다 무인도로 가자고 말했을 것이다. 지금 우리에게 있어 풍장은 어렵게 가능하기도 하고, 곧 불가능하기도 한 무엇이다. 풍장의 주재료인 청풍은 멸종 위기에 처해 있어 곧 지구상에서 사라질 예정이기 때문이다.

우리는 바람의 종류를 과거부터 있었던 재래종在來種과 현대에 변형된 변종變種으로 구분할 필요가 있다. 풍장의 바람, 또는 풍류風流의 바람 등은 물론 재래종에 속한다. 우리가 알기로 풍류의 개념은 바람이 흐른다는 자구적 의미에서 시작한다. 그것은 기풍이나 유풍으로, 다시 풍아風雅, 문아文雅의 고상한 의미로 확대되면서 후대에 이르면 남녀의 애정을 일컫는 말이나 미적인 놀음의 방식으로 속화되었다. 여기서 주목하는 것은 속화되기 전의 풍류에는 자연의 진취를 각한 사람, 사물이나 자연의 영과 교감하는 일종의 샤먼이라는 의미가 들어 있었다는 점이다. 풍류의 본질은 자연과 합일되어 속된 것, 현실로부터의 벗어나고자 하는 자유로움에의 지향성을 의미했다. 재래종으로서의 바람이 풍장이나 풍류와 같은 말을 통해 이러한 세계관을 낳았다면 산실産室로서의 바람은 아래와 같이 변했다.

> 해송 몇그루가
> 무너지는 하늘 쪽으로 팔다리를 허우적였다
> 그때마다 놀란 새의 울음소리가
> 바람에 실려왔다
>
> 너는 잘못 날아왔다
> 너는 잘못 날아왔다
>
> ─김성규, 「불길한 새」 부분

「풍장」의 '바람'이 맑고 따뜻한 부드러움이라면, 인용시의 '바람'은 얼마나 적대적이고 불길한가. 우리가 마시지는 못했어도 한 번쯤은 들어본 단어, 꽃바람, 하늬바람, 청풍 등의 흔적이 남아 있지 않다. 여기 바람은 현대적인 변종의 바람이기 때문이다. 변종의 역할은 "너는 잘못 날아왔다"는 말을 전해주는 것이다. 여전히 바람은 말을 한다. 정확히 말하자면, 바람은 더 이상 신들의 말을 나르는 헤르메스의 목소리가 아니고 일방적인 통고와 경고의 말을 해준다. 불행인지 행인지, 듣는 사람에게 있어 반갑지는 않아도 익숙한 것은 역시 후자 쪽이다. 그래서 이 시를 읽는 사람은 무서운 바람이 시인만의 것이라고 말할 수 없게 된다.

## 3. 병든 공기의 내면화와 기형적 진화

다른 4원소의 이미지와 비교해보았을 때, 공기란 그 실체답게 가장 투명하고 순수한 이미지, 그리고 보이지 않는 만큼 추상적 의미를 획득한다는 특징이 있다. 그런데 이러한 공기의 원초적인 이미지는 지금 실효성을 지니지 못하고 화석화 과정 중에 있다. 우리에게 남아 있는 공기는 천상의 것도, 영혼의 동의어도, 자유의 속성도 아니라고 판단된다. 현대문명의 삶의 터전에서라면 맑거나 서늘한 바람은 멀고, 병든 공기는 가깝다.

병든 공기의 한 예로서, 1952년을 기점으로 인류는 스모그라는 새로운 현상을 기록하게 되었다. 당시 영국 런던의 하늘은 약 9일 동안 낮과 밤의 구별이 무의미했다고 전해진다. 낮에도 전조등을 켜야 했고 결국 4,000여 명이 죽었다. 직접적인 원인은 자동차 배기가스였으나 총체적으로는 1800년 대부터 이어진 산업혁명의 여파였다. 충격적이었지만 인과 관계가 뚜렷한 수순이었다. 이로부터 약 50년이 지난 지금, 스모그라는 병리적인 현상은 신조어의 위치에서 벗어나 일상어의 하나로 자리잡았다.

스모그는 기존 공기에 오염 물질이 추가된 공기의 변종 형태이다. 알다시피, 직접적인 피해는 이 변종 공기에 섞인 화학 물질로 인해 발생한다. 그런데 생물학적이고 신체적인 오염이 피해의 전부는 아니다. 반세기밖에 지나지 않았지만 스모그라는 단어에는 자본 논리로 인한 계층의 위계화, 또는 취약 계층의 절망적 희생이라는 비극적 인식이 함께 추가되어 있다. 스모그는 악취, 혐오, 기피, 독성과 같은 사회적이고 물리적인 반응과 함께 절망, 슬픔, 희생, 빈부, 소외 등을 유발한다.

1
아침 저녁으로 샛강에 자욱이 안개가 낀다.


2
이 읍에 처음 와 본 사람은 누구나
거대한 안개의 강을 거쳐야 한다.
앞서간 일행들이 천천히 지워질 때까지
쓸쓸한 가축처럼 그들은
그 긴 방죽 위에 서 있어야 한다.
문득 저 홀로 안개의 빈 구멍 속에
갇혀 있음을 느끼고 경악할 때까지.


어떤 날은 두꺼운 공중의 종잇장 위에
노랗고 딱딱한 태양이 걸릴 때까지
안개의 군단軍團은 샛강에서 한 발자국도 이동하지 않는다.
출근길에 늦은 여공들은 깔깔거리며 지나가고
긴 어둠에서 풀려나는 검고 무뚝뚝한 나무들 사이로
아이들은 느릿느릿 새어 나오는 것이다.
안개에 익숙하지 않은 사람들은 처음 얼마 동안
보행의 경계심을 늦추는 법이 없지만, 곧 남들처럼
안개 속을 이리저리 뚫고 다닌다. 습관이란

참으로 편리한 것이다. 쉽게 안개와 식구가 되고
멀리 송전탑이 희미한 동체를 드러낼 때까지
그들은 미친 듯이 흘러 다닌다.

…(중략)…

3
아침 저녁으로 샛강에 자욱이 안개가 낀다.
안개는 그 읍의 명물이다.
누구나 조금씩은 안개의 주식을 갖고 있다.
여공들의 얼굴은 희고 아름다우며
아이들은 무럭무럭 자라 모두들 공장으로 간다.

—기형도, 「안개」 부분

일반적으로 '안개'라는 말을 들으면 우리는 시야를 뿌옇게 만드는 영상
효과와 대상을 모호하게 감추는 낭만적 현상을 떠올리곤 한다. 이런 것들
은 안개가 작은 물방울과 공기의 조합일 경우에 한한다. 인용 작품에서의
'안개'는 일반적인 안개보다 스모그에 가까워서 안개의 기존 이미지나 사
전적 개념으로는 풀이되지 않고 있다. '여공'과 '공장'이라는 말, 안개가 지
닌 폭력적 속성이 이 시의 제목을 공기와 오염물질의 합으로 이해하게 만
들고 있다.

그런데 '스모그'가 등장한다고 해서 이 시를 생태시의 범주에 포함시키기
는 곤란할 것으로 보인다. 시인의 의도는 환경 보호나 자연 사랑에 있지 않
고 죽음의 징후를 드러내는 데 있다. 그의 목소리에는 우리 함께 살아보자
는 긍정의 힘이 전연 없고, 우리 함께 죽어가고 있다는 절망의 힘만이 존재
한다. 여기 소도시는 시인이 파악한 세계의 축소판인 셈인데, 구체적으로
이 세상은 스모그로 표상된 더러운 폭력성에 둘러싸인, 병든 세계이다. 시

인은 스모그가 공기의 일종이라는 설정을 통해 이 세계에 출구가 없다고 말하는 듯하다. 누구나 알고 있듯이 사람은 숨을 쉬지 않으면 살 수 없고 당장에 시급한 생존의 절대성 때문에 병든 공기의 폐해를 알면서도 거부하지 못한다. 지금 거부하면 당장 죽고 거부하지 않으면 근미래에 죽을 것이다. 시인은 우리의 순간을 살리는 공기가 점진적으로 우리의 미래를 죽이는 공기가 되어간다는 모순에 절망한다.

문제는 병든 세계의 대기가 자기 주체성을 잃고 계층에게 배분되는 수동성으로 전락했다는 점에 있다. 시인의 탄식에 의하면 산업화의 힘은 거대한 군단과도 같으며 피해자는 연약한 여공과 아이들, 소위 비저항군에 국한된다. 안개가 하필 이들에게 집중되는 것은 우연이 아니다. 예전에는 맑은 공기나 녹지, 물, 조용함 등은 공짜로 남아돌 만큼 쉽게 얻을 수 있었던 보편재였으나 현대에 와서는 특권계급만 얻을 수 있는 사치재가 되었다.[3] 특권계급이 아닌 대다수는 오염된 공기를 마실 수밖에 없다. 그리고 오염된 공기를 마신 결과를 언급하는 마지막 연—"여공들의 얼굴은 희고 아름다우며/ 아이들은 무럭무럭 자라 모두들 공장으로 간다"—은 퍽 암시적이다.

여공들이 희고 아름다운 것은 폐를 앓기 때문이다. 여공은 죽고 아이는 자라서 청년이 될 것이다. 안개의 소도시는 아직도 건재하고, 시 역시 현재진행형이라면 우리는 이 청년이 어떻게 자라 어디에 있는지 물어볼 수 있다. 대답의 하나로 80년대 중반부터 누이의 죽음을 보고, 안개를 먹고 자라난 아이들의 세계가 2000년대의 시단에서 드러났다고 이해하는 것은 어떨까. 병든 세계에서 살아남은 아이라면 기형적인 진화를 거듭하면서, 다른 말로는 현대적인 적응을 꾀하면서 후일을 도모할 것이다. 우리는 진화의 양상을 2000년대에 두드러졌던 시의 경향에서 찾아 볼 수 있다. 이 시기 특징으로 죽음의 시학, 혹은 그로테스크한 이미지, 주로 신체 절단이나 의도적 훼손, 가학성과 질병성을 주목할 수 있다. 이것은 스모그를 먹으며 성장해

---

3 보드리야르, 『소비의 사회』, 이상률 역, 문예출판사, 1991.

야 했던 아이들과 무관하지 않다. 기형도의 인식을 현대 시단이 어느 정도 공유한다고 인정한다면, 소위 병든 공기의 내면화와 인간의 기형적 진화는 이때부터 예고되었다고 볼 수 있다.


## 4. 공기의 비본래적 변질과 소생술의 요청

1990년에 상영된 「토탈 리콜」(Total Recall, 폴 버호벤 감독, 아놀드 슈워제네거 주연)이라는 영화가 있다. 주연 배우의 이름 때문에 할리우드 오락물로 치부되기 쉽지만, 한편으로는 암울한 미래 묘사와 철학적 성찰이 기대 이상이라는 평가를 받았다. 서기 2084년 화성을 배경으로 한 SF작품인데, 이런 배경이야 빤하다고 해도 디테일한 설정은 주목할 만하다. 특히 공기를 무기로 피지배인을 통제한다든가, 공기 부족으로 많은 화성인들이 돌연변이 기형으로 태어나고 있다는 점들이 충격적인 서사 장치로 기능했다.

공기의 독점으로 형성되는 미래의 환경 권력이 중심이니 대기권에 대한 묘사는 퍽 섬세한 편이었다. 영화의 하늘은 불길한 적황색으로 표현되었고 태양 광선이 오염에 의해 차단되어 인간에게 제대로 전달되지 않고 있었다. 문제는 이러한 하늘 상태가 미래사회에 관한 예상에서 공통되게 등장한다는 점이다. 소설과 영화 등의 미래에서 육 · 해 · 공은 지배층과 피지배층의 것으로 이분된다. 맑은 공기와 태양빛을 충분히 흡수하는 천공의 성은 지배층의 것이고, 그 반대로 버려진 폐허는 기본적 자연을 박탈당한 피지배층의 터전이 된다. 지금도 일조권, 다시 말해서 태양광선의 주인을 법적으로 가리고 돈으로 사고파는 실정이니 근미래에 공기의 가치가 돈으로 환산될 것이다.

우리가 공상과학영화의 공상을 허황됨으로 치부할 수 없는 것은, 불길한 적황색의 하늘을 오늘날에도 경험하고 있기 때문이다. 대표적인 예가 연례 행사가 된 황사이다. 이것은 하나의 기상현상임을 떠나 근미래상의 불길한 상징이 되어가고 있다. 원래 공기는 보이지 않는데 황사바람으로 인해서는 그 형태를 드러낸다. 보이지 않는 것은 보이지 않아야 정상이다. 황사로 인해 공기가 자기 존재를 들키는 이 현상은 뭔가 잘못되었다는 느낌을 준다.

지금 내게 바람은
바짝 마른 파동
파동치는 고통이다
세상은 바짝 마른 굉음으로 가득하다
유리창과 문짝과 지붕과 벽들이
공중에서 부딪힌다
바람의 일격! 바람의 이격! 바람의 삼격!
부러진 굴뚝이 부서진 책상 위에 쓰러져 있다
나는 두 눈 벌겋게 뜬 채
쩍쩍 갈라져 해체된다
해체되어
바짝 마른 해일 속을 떠다닌다
우수도 갈망도 없이.

—황인숙, 「황사바람 2」 전문

시적인 표현에서 황사는 대체적으로 두 가지 이미지를 형성하고 있다. 우선, 고은 시인의 「황사 며칠」과 같은 작품처럼, "대륙大陸아. 너희들은 모르리라. 우리 개나리꽃 진달래꽃을 모르리라/ 아아 머리에 인 것은 황사黃砂뿐!"이라고 말할 수 있다. 이것은 대륙에서 시작된 황사를 민족주의의 침해로 이해하는 경우이다. 이런 이해보다 많은 경우 황사란 고통, 허무, 폐허 등으로 의미화되고 있다. 후자 중에서 황인숙의 작품은 황사의 성격에 대한 우리의 매우 구체적인 반응을 보여준다. 재미있게도 이 작품에는 "바람의 일격"이라는 표현이 들어 있다. 아마도, 싸움을 거는 바람이라는 것이 황사에 대해 우리가 처음 떠올리는 이미지일 것이다.

황사가 불면 우리는 불길함과 두려움을 동시에 느낀다. 불길한 것은 하늘이 빨갛게 변한 나머지 황사가 마치 세상의 망조와도 같이 느껴지기 때문이다. 다음으로 두려움을 느낀다면 그 원인은 고마운 대기, 다시 말해서 아군이라고 생각했던 친밀한 것이 인간을 공격한다는 생각에 있다. 일상에서 전달되는 황사예보는 일종의 공습경보와 같다. 예보를 들으면 사람들은 마스크 등을 챙기며 황사와의 일전을 각오한다. 무기를 준비하며 싸울 채비를 하는 것이 전투와 다를 바가 없다. 관념적으로든 실제적으로든 황사의 공격성은 공기의 공격성으로, 그리고 공기의 공격은 자연의 공격으로 확장될 수 있다. 그래서 황사의 습격을 보면서 우리는 전체적인 자연의 성질이 변질되는 것이 아닌가 걱정하게 된다. 사실 이 걱정은 문학 내에서도 매우 유효하게 작용해왔다.

자연이 비본래적인 시기니만큼 생태시의 창작이라든가 환경오염에 비판적인 주제의식은 필요하다. 그런데 만약 필요성만 충족시킨다면 시는 슬로건이나 표어하고 다를 바가 없다. 물론 시가 환경 문제를 다루면 분명 '의도가 좋은 시'임에는 틀림없다. 그렇지만 이 '의도가 좋은 시'가 무조건 '좋은 시'로 이어진다는 보장은 어디에도 없다. 오히려 이미 알려진 목적의식과 주제의식이 강해서 절묘한 언어, 새로운 표현으로 조직해내기가 힘들다. 이런 부분에서 환경문제를 다루는 시나 생태주의적 작품들은 같은 주제의 중복이라는 비판, 충격적 감동을 주지 못한다는 비판을 받거나, 의도하는 지향성은 높이 사나 문학적 성취는 최고수준이 낮다는 평가를 받을 수 있다. 우리의 환경은 시인에게 문제의식을 갖되 무거운 주제가 부여하는 자기 검열을 미학적으로 이겨내기를 요구한다.

러시아워 속에서 러시아워 속으로
스모그 속에서 스모그 속으로
욕망에 떠밀리며 욕망들 속으로 걸어갑니다

거대한 러시아워 속에서

나는 큰 거품들에 떠밀리는 하찮은 물거품,

텅 빈 자들 속의 텅 빈 자,

혹은 물귀신物鬼神 무리 속의 물귀신


스모그 속에서 스모그 속으로

러시아워 속에서 러시아워 속으로

불안을 불안해하며 초조하게 걸어갑니다

　　　　　　　　　　　　　　—최승호, 「러시아워」 부분


　　시의적이면서 문학적이기는 쉽지 않은 일이다. 비판적이면서 감동적이
기도 쉽지 않은 일이다. 그래서 쉽지 않았을 좋은 예들을 찾았을 때, 다행
이라고 느끼게 된다. 인용시는 최근 출간된 최승호 시집 『북극 얼굴이 녹을
때』에 포함되어 있는 작품이다. 생태시의 범주에 몰두하지 않았으나 우리
와 우리의 주변을 돌아보게 만드는 묘미가 있다. 먼저 인용한 기형도의 「안
개」에서 '스모그'가 외부적으로 침투하는 적이었다면, 여기에서 '스모그'는
외부와 내부에 동시에 존재하고 있다. 시인은 그것을 우리의 욕망과 불안
이라고 말한다. 그리고 이것들이 현대인의 일상을 물들이는, 좋지 않으나
필연적인 현실이라고 꼬집었다. 이러한 현실 인식이 새롭다고 말할 수는
없어도, "예술에 있어서 새로운 주제란 없다. 영원한 주제의 새로운 체험
만이 문제된다"[4]는 언급처럼, 새로운 체험과 체험의 발언이 효과적이다.
　　이를테면, 시인은 "믿고 싶지 않겠지만 나 아닌 것들이 모여서 나를 잠시
이루었다 해체되듯이, 당신도 당신 아닌 세계로 흘러드는 날이 있을 것이
다. 이슬, 바람, 흙, 별, 그것들이 본래 당신의 얼굴 아니었나? 바다와 하
늘과 노을과 풀, 그것들이 본래 당신의 발바닥 아니었나?"(「눈다랑어」 부분)라

---

　4 이성복, 『네 고통은 나뭇잎 하나 푸르게 하지 못한다』, 문학동네, 2001.

고 묻는다. 인디언이 말했고, 조상들이 말했고, 많은 문학이 말해왔던 주제를 최승호 시인의 버전으로 다시 한 번 말한 것이다. 그리고 이 주제의 새로운 버전은 다시, 다시, 다시 말해져야 한다. 그리고 우리가 공공의 적에 대해 "왜"라는 질문을 그칠 수 없는 한 지속될 것이다.


## 5. 오, '공기는 내 사랑'

우리는 맑은 개천과 맑은 공기를 선천적으로 타고나지 못한 시대에 살고 있다. 비유적으로 정수기와 공기청정기의 필터로 걸러진 삶을 살고 있는 셈이다. 오염된 것을 증오하는 것도, 그것을 정화조로 은폐하거나 미련하게 끌어안는 것도 모두 우리의 선택에 달려 있다. 선택이라고 해서 모두 가능한 것은 아니다. 현재의 상황을 보면 혁명은 요원하고 개혁은 약하다. 환경 문제는 아직 운동이 되지 않았고, 여전히 운동이 되기를 기다리고 있다.

생태시 또는 자연에 대한 문학적 문제 제기란, 공동 저술의 작업과 유사한 면이 있다. 누구 하나만의 내밀한 숙제도 아니고 개인의 성취를 제일 목적으로 하는 것도 아니다. 일반적으로 한 시인의 작품은 다른 시인의 작품과 경쟁하지만 이 경우에는 한 시인의 작품이 다른 시인의 작품과 연대를 형성한다. 홀로가 아닌 연대가 현실의 변화에 미학적으로, 문학적으로 거름이 되어줄 수 있다.

주제는 변함없고, 갈 길은 멀다. 결론을 대신하여, 그리고 생태시의 너무나 무거운 존재감에 지친 문학을 위하여, 한 시인의 위트 있는 작품을 소개하려고 한다. '공기는 내 사랑'이라니, '공기야, 사랑해'라니, 상투적인 사랑 고백이 이보다 더 상큼하고 씩씩할 수는 없다. 우리의 대부분은 순정한 이 말 앞에 입을 다물 수밖에 없다.

감자 껍질을 벗겨봐 특히 자주감자 껍질을 벗겨봐 감자의 살이 금방

보랏빛으로 멍드는 걸 보신 적 있지 속살에 공기가 닿으면 무슨 화학
변화가 아니라 공기의 속살이 보랏빛이라는 걸 금방 알게 되실 거야
감자가 온몸으로 가르쳐주지 공기는 늘 온몸이 멍들어 있다는 걸 알
게 되지 제일 되게 타박상을 받는 타박상의 일등─等, 공기의 젖가
슴이 가장 심해 그 타박의 소리를 어느 한밤 화성 근처 보통리 저수
지에서 들은 적 있어 밤 이슥토록 내려앉았다가 무엇의 습격을 받았
는지 일시에 하늘로 치솟아 오르던, 세상을 들어올리던 청둥오리 떼
의 공기, 일만 평으로 멍드는 소리를 들은 적 있어 폭탄 터졌어 그 밤
그 순간 내 사랑도 일만 평으로 멍들었어 그 소리의 힘으로 나 여기
까지 왔지 알고 보면 파탄이 힘이야 멍을 힘이라고 말할 수밖에 없어
나를 감자 껍질로 한번 벗겨봐 힘에 부치시걸랑 나의 멍을 덜어가셔
보탬이 될 거야 이젠 겁나지 않아 끝내 너를 살해할 수 없도록 나를
접은 공기, 공기는 내 사랑!

─정진규, 「공기는 내 사랑」 전문

# 한국 현대시에 나타난 물의 이미지

—물의 원형 이미지와 그 변용을 중심으로

## 1. '물'의 거대함에 이름하여

'물을 살리자'는 생태학적 구호가 세상의 중심을 때리지 못하는 시대에 우리는 산다. 그러니 물에 대해 이야기하자는 목소리는 또다른 '무용無用의 되풀이'라는 자조自嘲를 감당해야 시작될 수 있을 것이다. 굳이 자조라도 감내해야 하는 이유는 두려움 때문이다. 물의 착취자로서 살아온 인간은 이제와서야 '물의 상실'이 무섭다. 이것은 과학자의 예고와 산술적 수치에서 배운 것이 아니라 마치 폭풍의 징후가 뼈마디로 느껴지는 것처럼 직감되는 두려움이다. 징후에 대한 감각은 말한다. 물에서 태어났고, 몸 안에 물을 지니고 살고, 곧 물로 돌아갈 이는 물의 경고를 귀담아 들으라고. 물과의 원시적인 관계로 돌아갈 방법이 없다면 '다른 관계'를 회복하라고.

하필 지금 '물의 시학詩學'을 더듬어보려는 것도 물과의 '다른 관계'를 탐사하자는 희망에서 시작된다. 문학인들은 일찍부터 사용가치로서의 물이 아니라 거대한 물의 다양한 속성을 빌려 상상력의 세계를 일구곤 했다. 물이야말로 근원적 4원소 중에서도 가장 이질적인 속성들을 동시에 가지고 있는 야누스적 존재이기 때문에 '물의 시학' 역시 다층적이며 풍부할 수 있다. 이를테면 우리가 알고 있듯이 물은 생명을 주지만 반면에 죽음을 주관한다. 우리가 기억하듯이 물은 사랑을 낳지만 동시에 이별 후의 눈물에 관여하기도 한다. 그리고 우리가 경험하듯이 물은 용서하고 정화하지만 때로는 폭력적이며 파괴적이다. 이와 같은 속성들로 인해 친밀하며 또 미지의 것인, 가깝고도 먼 물이라는 존재는 문학으로 하여금 다양한 꿈을 꾸게 만든다. 물은 거울처럼 반영하면서도 수면의 흔들림을 통해 존재를 변형시켜서 새로운 몽상으로 우리를 안내한다. 그리고 불투명한 수면 아래 미지의 세계는 몽상의 영역을 무한대로 넓히는 기회를 제공한다. 창조적 작가들은 물 안에서 생과 사를 끄집어내고 시체와 연인을 안아 일으키며 그 안에 용해된 것을 관념화하기도 하고, 반대로 물질과 감정을 물에 용해시키며 상상력의 연금술을 마음껏 펼쳐왔다.

한국 현대시의 경우도 상당 부분 이러한 물의 상상력에 기대어 지금에 이르렀다. 정지용과 김기림의 바다 시편이 있었고, 영랑과 소월의 눈물 어린 강가 있었으며, 1960년대에 주제화된 바다의 심상 외에도 지금까지 숱한 물의 다양체가 한국 현대시의 테두리 안에 기록되었다. 이 기록은 시와 물 사이에 이루어진 모종의 상생관계를 드러낸다. 문학의 정신은 물의 한 부분과 어우러져 시적 영혼과 육체를 형성하고 우리는 다시 그 구체화를 통해 물을 살리는 새로운 지점을 발견할 수 있다. 그러니 '물의 시학'은 어떻게 해서 물이 문학을 살리고 또 문학이 물의 미래를 살리는지에 대한 일종의 보고서인 셈이다.


## 2. 어머니 '물'—사랑의 탄생, 사랑의 작용

우리가 물 앞에 고개 숙이는 가장 큰 원인은 아무래도 그것이 생명의 탄생을 주관하기 때문이다. 낳아준 육신의 어머니가 죽어도 이 물이 죽지 않는 한 우리에게 어머니의 잔영은 영 사라진 것은 아니며 상징적 자궁인 물을 통해 우리의 상처나 어리석은 인생까지가 재생된다는 희망을 버리지 않아도 된다. 물의 모성성이란 물의 가장 근원적이고 보편적인 상징이어서 우리 현대시에서도 끊임없이 노래되어 왔지만 그 목소리가 강렬했다고는 말할 수 없다. 어머니도 여성인 이상, 어머니 물에 대한 남성 시인의 접근과 여성 시인의 접근에는 차이가 있을 수밖에 없다. 남성에게 어머니 물은 그리운 대상, 위로의 공간으로 유형화되지만 여성의 경우 물의 모성성은 내재적이며 주체적일 수 있다. 한국 현대시에서는 1990년대 여성시인들의 약진을 통해 타자적인 모성이 적극적으로 주체화되어 전면에 등장할 수 있었다.

> 세상의 모든 어린 것들은
> 내 앞에 눈부신 꼬리를 쳐들고
> 나를 어미라 부른다
> 괜히 가슴이 저릿저릿한 게
> 핑그르르 굳었던 젖이 돈다
> 젖이 차올라 겨드랑이까지 찡해오면
> 지금쯤 내 어린 것은
> 얼마나 젖이 그리울까
> 울면서 젖을 짜버리던 생각이 문득난다
> …(중략)…
> 하, 물웅덩이에는 송사리 떼 무사하다
>
> —나희덕, 「어린 것」 부분

이 시는 거대한 바다나 강물에 대한 언급 없이도 모성이 무엇인지, 그리고 물과 어떻게 연결되어 있는지를 체험적으로 전달해주고 있다. 더는 젖어미도 아닌 어미가 어린 생명을 만났을 때 말라버린 젖이 돌았다는 이야기는 세상의 논법으로는 이해할 수 없지만 문학의 논리에서는 충분히 가능하다. 여기서 시인이 말하고 있는 '젖'이란 목숨을 키우는 만나manna이며 생명수, 다시 말해 생명을 생명되게 하는 물의 가장 근원적인 속성을 의미한다. 나희덕 시인의 시에서 모성은 전반적으로 물의 원소보다 대지의 속성을 더 자주 빌리고 있으나 이 시에서는 물의 모성에 주목하고 있는 듯하다. 그것은 시의 마지막 행, 물웅덩이에 살아 있는 송사리 떼를 발견하는 지점에서 재차 확인된다. 상징적으로 해석하자면 송사리를 무사히 살아 있게 하는 '물웅덩이'란 대지의 어머니 육신에 깃들여 있는 자궁의 '양수'라고 볼 수 있다. 그러니 나 시인은 이 작품을 통해 '젖'과 '양수'라는 두 가지 모성적 물이 비로소 어머니를 만든다는 점과 그 물이 생명을 어떻게 지키고 있는지에 관해 말하고 있는 셈이다.

우리가 물이 되어 만난다면
가문 어느 집에선들 좋아하지 않으랴.
우리가 키 큰 나무와 함께 서서
우르르 우르르 비 오는 소리로 흐른다면.

흐르고 흘러서 저물 녘엔
저 혼자 깊어지는 강물에 누워
죽은 나무 뿌리를 적시기도 한다면.
아아, 아직 처녀인
부끄러운 바다에 닿는다면.

…(중략)…

만 리 밖에서 기다리는 그대여
저 불 지난 뒤에
흐르는 물로 만나자.
푸시시 푸시시 불 꺼지는 소리로 말하면서

올 때는 인적 그친

넓고 깨끗한 하늘로 오라.

―강은교, 「우리가 물이 되어」 부분

나희덕의 인용시에서 물이 모성에 한정된 협의의 생명수生命水라고 할 때, 우리 시단에는 이미 광의의 생명수를 요청하는 한 목소리를 가지고 있음을 기억할 필요가 있다. 강은교 시인의 작품에는 특징적이라고 말해지는 죽음의 주제만큼이나 생명 살림에 대한 주제가 큰 축을 이룬다. 인용시에서 가장 미학적인 구절은 불과 물의 대립, 그 변증법적 결과물인 "넓고 깨끗한 하늘"에 도달하는 부분이 아니다. 감동의 중심은 아름다운 결과물(하늘)에 있지 않고 그 과정에 있는 물의 활성적인 작용, 즉 "흐르고 흘러서 저 물녘엔/ 저 혼자 깊어지는 강물에 누워/ 죽은 나무 뿌리를 적시기도 한다면"의 구절에 있다. 이 부분을 통해 우리는 죽은 나무를 적시는 물의 풍부하고 부유富裕한 벅참에 닿게 된다. 시를 읽어가면서 절망적인 '정말 그럴까'에서 시작되어, 점차 희망적인 '정말 그럴꺼야'로 이행되는 수용자의 감정 노선을 움직이는 힘은 물이 '죽음'을 충분히 적셔줄 것이라는 믿음, 그 힘이 우리와 가깝다는 가능성에서 비롯된다. 이 시에는 세상의 염세와 절망에도 불구하고 어둠을 비추는 작은 빛이 발견된다. 시의 힘이란, 그리고 물의 힘이란 이런 것이다.

우리에게 모성적 물에 대한 다양한 목소리, 그리고 생명을 살리는 생명수의 물이 발견된다는 점은 반가운 일이다. 그리고 생명의 물에 관한 상상력은 현대시의 현장에서 몸에 내재하는 물, 사랑의 물 등의 주제로 확장되고 있음을 확인할 수 있다. 우리 문학의 경계가 넓어졌음을 의미하는 예로 김선우의 풍성한 물과 김혜순의 경우를 들 수 있는데 이들은 생명과 사랑의 탄생을 물의 세계 안에서 보여준다.

달에 사는 물고기 떼 미끄러져 오는 동안

인간의 지느러미가 스쳐간 문 속의 문들

해저처럼 푸르네 아무도 이 문을

통과하지 않고선 숨 얻을 수 없으니

이제 막 해변에 닿은 구유 속에는 아직

태어나지 않은 별들이 처음처럼 끓고 있네

아무래도 오늘은 사릿날,

달이 지구를 이처럼 사모하지 않았으면

지구의 시간은 계절 밖을 떠돌았을 것이니

금이 간 뼈를 보름처럼 구부리고

파도를 밀며 끌며 오는 사랑아 이 섬 어딘가

죽음보다 질긴 사랑이 있어

우리가 낳은 혼례의 어린 몸들 깊으니

— 김선우, 「사릿날」 부분

　김선우의 최근 시집에서 가장 감각적인 작품 중의 하나인 이 시는 단 한
편의 작품 속에서도 우주적인 전개가 가능함을 보여준다. 일견 몽환적으로
읽히는 이 작품에는 생명의 탄생에 관한 자연법칙이 표현되어 있다. 이를
테면 아비와 어미의 만남이 달과 지구의 사랑으로 확대되어 우주적 결합이
이루어지고 있고, 그 전개 속에서 태아가 양수를 통과하듯 바다에서 별들
이 태어난다. 마치 서구 신화에서 파도의 거품이 비너스의 탄생을 밀어 올
리는 것처럼 우주적 사랑의 힘이 별과 생명을 이 세상으로 밀어 올리고 있
다. 그리고 거대한 움직임의 중심에는 생명소生命沼로서의 바다가 존재한
다. 바다를 지지대 삼아 이 시의 생명과 우리는 지구에서 달과 별로, 그리
고 사랑과 탄생으로 상상력의 확장을 할 수 있게 된다.

내 눈동자가 내 몸 위에 떠 있는 게 아니야

내 몸이 내 두 눈동자에 매달려 있는 거지

사랑하는 그대와 내가 각자 두 개씩

검은 눈동자를 포개자 열리는 대양

사랑하는 우리를 휘감아오는

온 세상의 저 하얀 파도

그 파도 속에서 우리는 알몸으로 부서지고

그러나 우리가 바다를 거두어 들고 일어서자

검은 눈동자 속으로 삽시간에 졸아붙는 바다

—김혜순, 「검은 눈동자」 부분

김선우의 인용시가 여성적 물의 생산성을 주목한 경우라면, 위 시는 몸의 감각과 연결된 물을 에로스적 사랑의 상징으로 전개하고 있다. 김혜순의 시에서 지속적으로 작동해 온 '붉음'의 기호들은 피, 술 등과 연결됨과 동시에 신체 내부적으로는 일종의 '수성水性'에 대한 염원을 담고 있다. 그녀가 "몸속의 바다는 말라 있다"(「수족관 밖의 바다」)고 말할 때, 상대적으로 몸의 바다가 풍성해지기 기원한다는 말이며 그것을 위해 연인과의 조우를 원한다는 말이기도 하다. 그토록 물은 충만함을 꿈꾸게 하며 그 속에서 사랑을 완성하게 한다. 현실에서의 사랑이 호르몬의 한정된 작용, 천박한 낭만주의의 왜곡된 형태로 낙심하는 경우라면 더더욱 이 에로티즘적 합일의 사랑은 불가능한 진정성으로 비춰지기 마련이다. 바따이유의 이론을 굳이 언급하지 않더라도 연인과의 합일이 일어나는 순간은, 자기들만의 바다 속에 온전히 고립되어 하나의 개체로 완성됨을 경험할 수 있다. 비유하자면, 이때 에로티즘적 융합의 절정은 불타는 사랑이라기보다 두 개체가 하나로 완전히 용해되는 물의 속성에 가깝다. 인용시에서도 두 연인은 바다와 바다가 만나 자연스럽게 하나가 되는 것처럼 구별되지 않은 하나로서 재탄생하고 있다. 사랑의 감각적 측면, 육화된 측면이 물(바다)의 기호와 만나서 효과적으로 시화되고 있다.

## 3. 슬픔을 감당하는 두 가지 '눈물'

시가 내면의 서정에 쓰여진다면 그때의 좋은 잉크는 피나 눈물이다. '눈물'은 내면적이며 가시적인 어떤 증거물이면서 근대 문학 초기부터 하나의 전통적 시학에 포함되어 왔다. 전통적 서정에 대해 새로움이라는 것이 부족하다는 강박감이 우세해지면서 서정의 중요 측면인 애상, 리리시즘, 탄식, 슬픔, 비애 등이 평가절하되는 것은 그다지 바람직하지 않다. 우리 근대문학의 초창기부터 '눈물'이라는 것이 강력하게 문학의 전면에 등장한 원인을 살피고 이후 눈물의 변천사가 일종의 문학적 경력을 이루어왔음을 긍정할 때 하나의 한국시의 전통이 확립된다. 화자의 태도가 유연하고 연약하다 하여 그 시의 내적 힘마저 연약한 것은 아니다. 한국의 현대시는 이 눈물의 문제에 천착한 소중한 몇 시인을 보유하고 있다. 많은 눈물 중에서 우리는 크게 눈물의 두 가지 종류를 기억하는데 그중의 하나는 박재삼과 박용래로 대표되는 순수한 눈물이다.

> 마음도 한자리 못 앉아 있는 마음일 때,
> 친구의 서러운 사랑 이야기를
> 가을 햇볕으로나 동무삼아 따라가면,
> 어느새 등성이에 이르러 눈물나고나.
>
> …(중략)…
>
> 저것 봐, 저것 봐
> 네보담도 내보담도
> 그 기쁜 첫사랑 산골물 소리가 사라지고
> 그 다음 사랑 끝에 생긴 울음까지 녹아나고
> 이제는 미칠 일 하나로 바다에 다와가는

소리죽은 가을강을 처음 보것네.

─박재삼, 「울음이 타는 가을강」 부분

이 반짝거리는 눈물의 서정은 영랑이나 소월 식의 눈물 어린 강줄기를 이어받은 것이면서도 슬픔의 순도를 거의 절대에 이르기까지 정련精鍊하고 있다. 여기서 시의 전반부를 장악하고 있는 눈물(강)의 발화지점은 구체적이지 않을뿐더러 원인을 굳이 종사촌의 죽음이나 누이의 슬픔으로 규정하지 않아도 좋다. 박재삼의 시에서는 강물, 혹은 밤바다의 찬란함이 눈을 자극하여 눈물을 자아낸다는 사실, 먹먹한 슬픔 그 자체가 문제가 된다. 인용시의 마지막 행에서 화자는 강을 '처음' 보았다고 말한다. 물론 그 강이 실재하는 자연의 발견을 의미하는 것은 아닐 터, 거대한 슬픔에 최초로 직면했을 때 느끼는 경이로움이 이 시의 미학과 주제를 낳았다. 그러니 이 눈물은 애도의 눈물이 아니며 관념과 조우한 결과로서의, 순수한 눈물이라 할 수 있다.

아래의 작품 역시 순연한 슬픔의 물을 짧은 언어로 절묘하게 잡아낸 경우에 해당한다.

마을로 기우는
언덕, 머흐는
구름에
낮게 낮게
지붕 밑 드리우는
종소리에
돛을 올려라
어디메, 막 피는
접시꽃
새하얀 매디마다

감빛 돛을 올려라

오늘의 아픔

아픔의

먼 바다에.

—박용래, 「먼 바다」 전문

이 조용하고 작은 어촌 마을이 애상적인 이유는 항해를 떠나는 연인과의 이별도, 바다에서의 죽음도 아니다. 박용래 시선집의 표제시이기도 한 위 작품에서 느껴지는 바는 원인 모를 아픔과 슬픔, 그리고 그 감정을 품고 침묵하는 '먼 바다'에 대한 아련한 그리움이다. 그리고 그 아픔으로 상징되는 바다에 감정이 동화되는 일순간에 문학적 감동이 발생한다. 이유 없는, 혹은 이유는 있었으나 이미 중요하게 여겨지지 않는 이 상황의 중심은 어디까지나 슬픔 내지는 애상 자체이다. 이러한 정조는 우리 현대시의 여성적 화자 전통과 맞물려 문학적 혈통을 형성해왔던 것이나, 오늘의 상황은 비역사성 등의 이유로 이 깊은 슬픔을 방치하는 듯하다. 역설적으로 이같은 상황이기 때문에 박재삼이나 박용래 시인 식의 슬픔의 깊이가 희소적 가치를 발한다. 그들은 특정 대상이나 목적을 떠나 우리에게 슬픔 그 자체에 충실할 수 있는 기회를 물의 심상과 더불어 제공하고 있다.

사람들은 슬플 때 흔히 바다나 강을 떠올리거나 찾아간다. 바다(강)야말로 큰 눈물이어서 개인의 작은 눈물은 큰 눈물에게로 옮아가거나 위안을 받을 수 있기 때문이다. 그리고 바다와 눈물의 관계에 대해 아래의 노래만큼 크고 정확하게 말한 작품을 찾기란 쉽지가 않다.

바다는 큰 눈물

웅얼웅얼 울며 달을 따라가지

그 눈물 다 가면

광막한 벌이라네

바다는 그저 눈물

눈물이 더불어 누워 돌아오지

그리곤 또 가네

몇 번이라도 달 때문이네

—김남조, 「범부의 노래」 부분

　자아라는 허상을 모두 포기한 사랑의 절망적 결과가 여기 누워 있다. 절망이 감동적일 수도 있다는 것은 문학의 특기이며 동시에 김남조 시작詩作의 특징이기도 하다. 인용시의 첫 행에는 분명하게 '바다=눈물'이라는 공식이 등장한다. 바다가 눈물로 재정의되는 순간, 우리가 알고 있던 바다의 모성이라든가, 죽음 등의 거대한 관념들은 사라지고 그저 슬픔 덩어리가 출렁이는 것으로 보인다. 시인은 눈물이 모여 바다에 고여 있다고 말하는 것이 아니다. 여기서의 바다는 눈물이라는 물질이 확대된 것이 아니라 눈물을 흘리는 사람(마음)과 눈물, 바다, 이 세 가지의 삼위일체의 결과로서 탄생했다. 그 바다는 사람에게 떨어져 나와 살아 있는 생명체가 되었다. 이렇게 보면 이 시는 바닷가에 서서 울먹거리는 사람이 순간적으로 바다와 눈물에 자신을 망각하여 자아도, 바다도, 눈물도 함께 울어버리는 사태를 드러내고 있다고 볼 수 있다.

　이상의 애상적 눈물이 순수화된 맑은 눈물의 경우라면 다른 한편으로는 물의 움직임과 연계되어 있는 '피눈물' 흘리는 쪽이 존재한다. 맑은 눈물이 순연의 것이어서 심장과는 독립된 아픔의 추상체라면 후자의 피눈물은 슬픔이 고통으로 변한 결과로서 드러나는 몸부림이라고 말할 수 있다. 이 안에는 그야말로 '귀촉도'식의 핏빛 울음이 내재되어 있어서 감정의 폭이 대단히 강렬하다. 서정주의 시는 폭주하는 감정, 순화될 수 없는 감정, 시로 풀어내지 않으면 공격적일 수밖에 없는 충동은 피와 (눈)물의 결합으로밖에 감당할 방법이 없다고 말한다. 이 경우 피눈물은 슬픔과 격렬함이 결합되어 있는 물의 이미지를 대변한다.

그대는 깊디깊은 강
슬픔들은 저녁 되어
그 누더기 옷을 벗으니

그대의 온몸은 빨갛게 물듭니다.
끝에서 다 쓰러진 꿈 하나
비틀거립니다
몰래 춤춥니다.

—강은교, 「붉은 강 1」 부분

　　같은 강가에 서 있으나 박재삼의 '눈물'과 강은교의 '눈물'과는 질적으로 다름을 느낄 수 있다. 강에 노을이 졌지만 그대는 가서 오지 않는다. 그래서 아픈 나는 기다리던 강가에서 고통을 새겨 넣었다. 붉은 노을은 기다리는 아픈 내 마음이고 내 마음속에서 찢어진 사랑이 남긴 흔적이다. 이것이 「붉은 강」의 내용이라면 우리는 붉은 심장과 고통과 노을 진 강이 일치되고 있음을 보고 있는 것이다. 마음으로 흘리는 피눈물이 밖으로 꺼내어 존재하는 것이 바로 '붉은 강'인 셈이다. 시인은 이 시를 쓰기 위해 강이 노을 지는 그 순간만을 기다렸을 것이다. 바로 자신의 피눈물을 확인하기 위해서 말이다. 그 피눈물은 언어로 발화되는 순간, 독립적 주체가 되어 움직여간다. 뱀처럼 꿈틀거리며 강이 되어 멀리 흘러간다. 이것이야말로 물의 원형적 심상에서 눈물이라는 세목을 찾아내어 문학에 도입하였을 때의 시적 효과라고 할 수 있을 것이다. 눈물을 흘리면서 슬픔은 삭아지고, 피눈물을 토하면서 고통은 기록되고 멀어져간다.

## 4. 역사의 현장, 삶의 터전으로서의 '물'

거대한 물에서 우리가 찾은 것은 생명을 일구는 힘과 한편으로의 슬픔이었다. 이것들이 다소 관념적인 축으로 묶인다면 이와 달리 물에서 역사와 삶을 찾는 일군의 시인들은 구체적인 물의 장소를 문학으로 들여왔다. 유유히 흐르는 강물은 흔히 역사의 유구함에 비유되곤 한다. 물이 있는 곳에 사람들이 모이고 그에 따라 삶과 역사가 형상되는 것이니 물의 존재에서 역사를 찾는 것도 무리는 아닐 것이다. 한국 현대시는 강물을 청사진에 비유하는 오래된 비유의 관습성을 넘어서, 강과 바다를 역사의 현장 및 삶의 터전으로 파악하여 살아있는 공간으로 활용했다. 시인이 가지고 있는 역사의식은 '그곳'을 단지 객관적 자연물이 아니라 삶과 역사의 의미가 녹아 있는 피땀의 터전으로 구체화한다. 그 대표적인 예로 신동엽 시인을 들 수 있다. 그는 '금강'이라는 구체적 지명을 장시 속에 차용함으로써 '절로절로'의 풍류적 자연 공간을 역사적 공간으로 변모시키고 중부 지역의 주요 지명에 문학적 의미를 부여하는 데 성공했다.

어느 해
여름 금강변을 소요하다
나는 하늘을 봤다.

빛나는 눈동자.
너의 눈은
밤 깊은 얼굴 앞에
빛나고 있었다.

그 빛나는 눈을
나는 아직

잊을 수가 없다.

…(중략)…

너의 빛나는

그 눈이 말하는 것은

자시子時다, 새벽이다.

승천昇天이다.

어제 발버둥치는

수천 수백만의 아우성을 싣고

강물은

슬프게도 흘러갔고야.

세상에 항거함이 없이,

오히려 세상이

너의 위엄 앞에 항거하려 하도록

빛나는 눈동자

너는 세상을 밟아디디며

포도알 씹듯 세상을 씹으며

뚜벅뚜벅 혼자서

걸어가고 있었다.

―신동엽, 「금강」 제3장 부분

장시 「금강」의 제3장은 "그해 여름 금강변을 소요하다 나는 하늘을 봤다", 라는 시행으로 시작된다. 강변 밤하늘에서 시인은 '빛나는 눈동자'를 발견하는데, 그 눈동자는 김수영에게 그러했듯 60년대 시인들을 사로잡았던 4・19

정신이며 또한 그 정신을 일구어내는 민주화와 자유의 열망일 것이다. 시를 계속 읽어나가다 보면 하필 그 눈동자를 보는 장소가 왜 금강변인지, 이것이 우연이 아니라 필연적 결과임을 알게 된다. 그는 아래 연에서 수많은 아우성을 싣고 강물은 흘러갔다고 말한다. 이 강물이야말로 온 국민의 염원이고 그들의 목소리가 실린 역사의 흐름이다. 그리고 그 흐름 앞에 마주선 사람이어야만 '빛나는 눈동자'를 위해 죽음을 각오할 수 있다. 금강은 슬프게 흐를 뿐이지만 그것이 엄연히 존재하기 때문에 역사의 파도를 견디며 변화를 꿈꿀 수도 있다는 것이다. 이른바 신동엽의 '금강'은 민중의 실질적 터전이자, 민중 정신의 총체라는 이중적 의미를 지니고 있다. 이렇게 구체적인 하나의 장소 지명에서 기념비적인 작품이 탄생할 수 있었던 것은 시인의 능력이자 4·19의 힘이기도 하지만, 더 근본적으로는 물에 내재되어 있는 상징의 힘이기도 하다. 신동엽이 작품을 썼지만 실질적으로는 '금강'이 장시를 만들었기 때문에 시인의 이름 석자와 이 작품 모두가 시사적인 생명을 획득할 수 있었다.

누이야, 원래 싸움터였다
바다가 어둠을 여는 줄로 너는 알았지?
바다가 빛을 켜는 줄로 알고 있었지?
아니다, 처음 어둠이 바다를 열었다
빛이 바다를 열었지, 싸움이었다
…(중략)…
누이야, 어머니가 한 방울 눈물 속에 바다를 키우는 뜻을 아느냐
바늘귀에 실을 꿰시는
한반도韓半島의 슬픔을
바늘 구멍으로 내다보면 땀 냄새로 열리는 세상
어머니 눈동자를 찬찬히 올려다보라
그 곳에도 바다가 있어 바다를 키우는 뜻이 있어

어둠과 빛이 있어 바닷속

그 뜻의 언저리에 다가갔을 때 밀려갔다

밀려오는 일상日常의 모습이며 어머니가 짜고 있는 하늘을

—문충성, 「제주 바다 Ⅰ」 부분

　신동엽의 경우가 특정 강을 주제로 하여 역사적 현장을 문학화한 경우라면, 문충성의 「제주 바다」는 바다의 역사성을 드러낸 드문 작품에 해당한다. 근현대사를 통해 역사적으로 우리에게 가장 문제화되었던 바다라면, 근대의 콤플렉스를 주도했던 현해탄과 현대사의 여러 항쟁과 관련되어 있는 제주도의 바다가 대표적일 것이다. 문충성은 제주에서 태어난 토박이만이 말할 수 있는 어법으로 역사적 사건이 일어났던 바다에 대해 멀리로는 신화의 바다와 가까이로는 어머니의 바다를 배치함으로써 그 비극성을 효과적으로 드러낸다. 이 작품에서 시인은 바다를 싸움터로 규정한다. 여기서 싸움이라는 말은 중의적으로 읽히는데 우선 태초 신화에서 세상이 모습을 드러내기 위한 빛과 어둠의 혼란, 다음으로는 현대사의 두 정치적 세력 또는 계급적으로 권력을 가진 자와 가지지 못한 자 사이의 싸움으로 읽힌다. 바다의 정체성에 대해 수많은 상징을 젖혀놓고 '바다는 싸움'이라고 정의할 정도로 화자에게는 바다에서 벌어진 역사적 사건들이 트라우마로 작용하고 있다. 이 두 가지 싸움의 바다로 작품을 끝맺었다면 화자는 과거에 매어 있는 어떤 고발자적 비판자에 머무를 것이다. 화자는 역사의 현장인 바다에 희생하는 어머니의 바다를 오버랩시키면서 싸움으로서의 바다를 희망의 바다로 치환시킨다.

　우리에게 한강, 섬진강, 낙동강 등의 강 이름과 통영, 목포, 부산 등의 해변 도시들과 서해, 동해, 남해 등의 바다 이름은 지칭을 위한 지명이 아니다. 우리는 이 지명들을 통해 인접한 물의 풍경을 떠올리며, 그 안에 녹아 있는 삶과 역사의 의미를 확인한다. 바슐라르도 그의 저서에서 미처 언급하지 못했던 '역사적인 물'을 우리의 현대시는 '물의 시학'의 하나로서 확

보하고 있다.


## 5. 고요하여라, 명상하는 초월의 '물'

한국 현대시에서 물의 심상은 죽음보다는 생명의 측면이 우세해 보인다. 이것을 시대와 정치에서 이미 차고 넘치는 죽음의 기운을 극복하려는 반동적 움직임이라고 해석해야 할지, 혹은 딜레탕트dilettante한 미학보다는 건강한 희망을 찾으려는 민족적 정서 때문이라고 해야 할지 분명치 않으나, 우리의 시에서는 낭만적 죽음이라든가 죽음에 대한 예찬 등은 찾아보기 힘들다. 대신 죽음으로 인한 소멸보다 더 거대한 광의의 소멸을 담당하는 '초월'에 대한 추구가 하나의 경향을 이루고 있음이 발견된다.


나를 가르치는 건
언제나
시간……
끄덕이며 끄덕이며 겨울 바다에 섰었네

남은 날은
적지만

기도를 끝낸 다음
더욱 뜨거운 기도의 문이 열리는
그런 혼령魂靈을 갖게 하소서

남은 날은 적지만
겨울 바다에 가보았지

인고忍苦의 물이

수심水深속에 기둥을 이루고 있었네

　　　　　　　　　　　　　　—김남조, 「겨울바다」부분

　위에서 '바다는 눈물'이라고 말했던 시인의 다른 시를 기억한다. 같은 바다에 같은 시인이 서 있으나 시적 화자의 내면은 같지가 않다. 이 시에서 우리는 슬픔으로서의 물이 인식의 변화를 따라 '인고의 물'로 변모하고 있음을 본다. 이때 중요한 것은 물이라는 동일한 제재가 질적 변화를 거쳤다는 사실이다. 시인은 슬픔의 바다를 버린 것이 아니라 적극적으로 수용한 결과 그 바다의 성질을 바꾸었다. 그 과정에 얼마나 많은 시간과 기도가 필요했는지 우리는 쉽게 언급할 수 없다. 다만 결과로서 드러난 '겨울 바다'가 모든 것을 품에 안고도 침묵할 수 있는 경지를 경이롭게 바라볼 뿐이다. 이것은 모든 것을 감당하여 용해하는 물의 속성을 십분 살려 문학으로 끌고 들어온 경우라고 할 수 있다.

　이때의 물(바다)은 어디까지나 소멸의 장소이다. 그러나 그 소멸은 협의의 죽음, 즉 생명의 사라짐을 의미하지 않는다. 이때의 소멸은 보다 명상적이고 철학적인 의미에서의 그것—더 이상의 슬픔도, 괴로움이나 번뇌까지도 사라지는 절대적 소멸에 닿아 있다. 아무것도 더 바라지 않는 이 관조적 자세를 허무(nihil)라 할 수 없는 것은 시인이 종교적인 초월을 준비하고 있기 때문이다. 이때 화자가 바다를 앞에 두고 느끼는 감정은 허무보다 오히려 숭고에 가깝다고 해석함이 옳다. 일반적으로 숭고란, 거대한 자연 앞에 압도당하는 미약한 존재가 느끼는 반응을 말한다. 특이하게도 위 시의 경우 거대한 자연으로서의 바다는 외부에 존재하는 것이 아니라 화자 안으로 들어와 내적 바다를 이루었다. 이 내적 바다를 형성하여 마주 섰을 때 자아가 지금까지 고집하던 아집과 망상은 내적인 바다에 압도되고 만다. 숭고에 대해 압도당하는 자와 압도하는 자가 표면적으로는 같다. 인고의 과정을 거쳐 바다를 내면화한 화자 안에서는 압도당하는 자가 자기 숭고에 대해 승복하고 스스로 거룩하려는 어떤 경지를 지향하고 있다고 볼 수 있다.

파도는 몇 겹쯤 건반에 얹히더라도
지치거나 병들거나 늙는 법이 없어서
소리로 파이는 시간의 헛된 주름만 수시로
저의 생멸을 거듭할 뿐,
접혔다 펼쳐지는 한순간이라면 이미
한 생애의 내력일 것이니,
추억과 고집 중 어느 것으로
저 영원을 다 켜낼 수 있겠느냐.
채석에 스몄다 빠져나가는 썰물이
오늘도 석양에 반짝거린다.
고요해지거라, 고요해지거라
쓰려고 작정하면 어느새 바다 드러내는
삶과 같아서 뻘 밭 위
무수한 겹주름들,
저물더라도 나머지의 음자리까지
천천히, 천천히 파도소리가 씻어 내리니,
지워진 자취가 비로소 아득해지는
어스름 속으로
누군가 끝없이 아코디언을 펼치고 있다.
—김명인, 「바다의 아코디언」 부분

 '물의 시학'이라고 하면 김명인 시인을 빼놓을 수는 없을 것 같다. 지금까지 그는 '동두천'과 '스와니 강'을 거쳐, 혼탁한 물에 흠씬 젖어온 작품들을 보여주었다. 그런 그가 삶과 가까운 바다를 거쳐 인생론적이고 원형적인 바다의 내면으로 들어가고 있는 최근의 작품들은 그의 긴 여정에서 자연스럽게 여겨진다. 과거 시인이 작품화했던 개개의 인물과 그 개개의 바다가 가진 비극은 인용시인 「바다의 아코디언」에서 보편화된 바다로 모여들고 있다. 이 바다를 보기 위해서 지금까지 시인은 많은 하천이 뿜는 악취와 싸워왔다. 그 악취와 얼룩의 기록 역시 소중함은 물론이며 비교적 근작에서 '자취'를 지우는 새로운 바다를 기록함 역시 김명인 시인의 한 부분일 것이다.

과거의 경력과 연륜 없이는 설득력을 얻을 수 없는 저 '고요해지거라'는 언명이야말로 시인이 발견한 바다의 오늘이다. 이것은 포기와 순응이 아니라 자연의 가르침에 대한 겸허한 자세이다. 그럼에도 불구하고 이 시의 고요함과 소멸이 후련하게 느껴지지 않고 아픈 것은 우리가 아직 과거의 상처를 기억하고 있기 때문이며 시인에게 추억이라 말해지는 것들이 지워질 수 없는 축에 해당하기 때문이다. 이 지점이 김명인 시인의 초월을 초월답게 만든다. 우리에게 초월은 경계를 훌쩍 넘어가버리고 마는 깨끗한 정리나 해탈이 아니다. 우리에게 초월은 아프다. 실컷 앓고 난 후에 얻을 수 있는 맑은 눈빛 같은 것이다. 시인이 뻘밭에서 보았다던 '무수한 겹주름들'은 바로 그 아픔의 상징이며 그것들의 흔적을 감내하면서 바라보는 시인의 눈이 바로 바다이며 초월이다. 그만큼 초월의 물은 무거운 주제이며 누구나가, 언제나 말할 수 있는 것은 아니다.


## 6. 당신과 나와 그리고 우리의 '물'

지금의 현대시에서는 '물의 시학'의 여러 양상뿐만 아니라 그것과 연계되는 다채로움을 발견할 수 있다. 고래에서 가자미, 심해어에 이르기까지 갖가지 물고기의 심상이 다양하고 많은 섬과 강에 대해 더 많은 시가 창작되었으며 개성화된 여러 바다의 시학이나 '물속' 세계가 존재한다. 어떤 시인은 해양 문학의 가능성을 점치기도 하고 어떤 시인은 하나의 물을 자신의 이름으로 삼기도 한다. 물이 하나의 갈래에서 시작하여 여러 갈래로 나뉘는 것처럼 이 다른 '물'에 관한 이야기들은 숱한 지류를 형성하며 현대문학을 풍성하게 하고 있다. 그리고 나뉘어진 여러 갈래의 물줄기가 큰 물에서 모이는 것처럼 문단의 논의가 전통적 서정, 신서정이라는 명명, 미래파의 낯선 풍경 등 여러 구역으로 나뉘더라도 물의 관문을 통과하는 일에서는 구별이 따로 없다. 또 앞으로도 많은 시인들은 과거의 물과 새로운 물에 대해 생각하고 이야기하고 노래할 것이다.

물론 이 많은 현상을 일으킨 원천은 '물' 그 자체이다. 물이라는 이 한 음절짜리 단어에는 신화와 역사와 문화적 상징들과 생명, 사랑 등의 주제와 눈물, 피, 양수 등의 물질과 용해, 정화, 명상, 초월 등의 관념이 들어 있다. 그렇지만 문학적 보고寶庫 속에서도 결국 이것을 활용하고 지켜나가고 소중히 하는 것은 문학하는 자의 몫이다. 그러니 더욱 물을 살리자는 구호를 되풀이할 수밖에 없는 노릇이다. 이것이 허위로 끝나더라도, 무위임이 밝혀지더라도, 결국은 또다시 제자리일지라도. 다시 복창 삼창, 물을 살리자—강에서, 바다에서, 생활에서, 하수도에서. 그리고 문학에서, 정신에서, 우리 시대에서.

# '부음의 시기', 임을 위한 진혼곡鎭魂曲

## 1. 두 가지 진혼곡의 종류

2010년 대한민국의 봄은 '부음訃音의 시기'였다고 기록될 것이다. 원인이 무엇이든 죽음은 언제나 강도 높은 상흔傷痕을 남겨놓는다. 당혹스러운 나머지, 필리프 아리에스의 『죽음의 역사』라든가 박상륭의 『죽음의 한 연구』 같은 유명 서적을 찾아 읽는다고 하자. 애써 죽음을 성찰하고 이해한다고 해도, 심리적 조의弔意 기간은 끝나지지 않고 상흔의 처리는 요원하기만 하다. 그러면서 우리는 죽은 자는 말이 없고, 남은 자들이 할 수 있는 일은 많지 않음을 생각한다. 그 많지 않은 일 가운데 하나, 아니, '부음의 시기'에 남은 자들이 해야 하고 할 수 있는 최선의 일은 진혼鎭魂의 일이다.

진혼이란, 죽은 사람의 넋을 달래어 편안히 잠들게 하는 것을 말한다. 인류 문명에서 매장 의식이 오래된 만큼이나 진혼 역시 그 기원이 오래되었다. 진혼이라고 하면 일반적으로 샤머니즘을 떠올리지만 종교와 사회를 막론하고 진혼은 존재해 왔다. 불교에서는 49재, 수륙재, 우란분회와 같은 망자천도(薦度)의례가 있으며 무속에는 사령굿(지역에 따라 진오기나 오구굿)이나 수망굿(넋건지기)과 같은 영혼천도의례가 있다. 가톨릭에서는 레

퀴엠requiem이라고 해서 위령미사에 연주되는 예식 음악을 따로 마련했고, 굳이 특정 종교를 배경으로 하지 않은 경우에도 위령제를 올린다. 이렇게 진혼의 방식은 각각 다르다. 그렇지만 죽은 영혼을 달랜다는 목적의식만은 같다.

진혼이 필요한 것은 죽음이라는 사건이 초래하는 유일무이한 결과 때문이다. 일반적으로 사건은 존재의 의미와 변형을 일으킨다. 죽음이라는 사건 역시 변화가 일어난다는 점에서는 여타 사건과 동일하다. 죽음이 특별한 것은 사건의 결과가 존재의 영구 삭제를 초래하기 때문이다. 이 사건을 거치면 존재와 존재 사이에 절대적인 이별, 절대적인 분리가 일어난다. 그래서 죽음은 '불가능'이다. 구체적으로, 누군가 죽으면 이제 '우리, 다시는' 이라는 말을 사용할 수 없다.

'우리, 다시'라는 말이 없어도 사람이 사람처럼 살 수 있을까 새삼 생각하게 된다. '우리'라는 말에는 인연, 결합의 관계가 포함되어 있다. 그리고 '다시'라는 말에는 약속, 기원의 미래가 포함되어 있다. 죽음은 이 '우리'라는 관계를 파괴하고, '다시'라는 미래를 파괴한다. 당신이 이 세상에서 삭제되면 당신의 육체만 사라지는 것이 아니라, 우리의 공시적인 관계와 통시적인 미래도 따라서 사라지게 된다. 다시는 함께 밥을 먹을 수도, 눈빛을 주고받을 수도, 포옹하거나 만져볼 수도 없다. 안타깝게도 이 상실의 사태엔 대체재가 없다. 누구든 유사 아버지가 있을 수 없고 유사 아들이 있을 수 없다. 그러니 인간이 할 수 있는 정상적이고 원초적인 반응은 슬픔과 울음뿐이다.

'부음의 시기'는 슬프다. 그래서 여기 '임'을 위한 진혼곡이 나타났다. 이때 대상이 되는 '임'이란, 일차적으로는 떠난 임을 말한다. 죽어서 지상을 떠난 사랑했던 사람의 넋을 위로하기 위해 오래전부터 산 자는 노래를 불러왔다. 우리는 장례 절차를 예법의 일종으로 관리하는데 이 진혼곡은 망자를 위한 일종의 의식에 포함된다. 그런데, 여기 또 하나 '임'을 위한 '다른 진혼곡'이 있다. 이때의 '임'이란, 진혼의 본래 대상인 죽은 넋이 아니라 남은 자를 의미한다. 죽은 자의 영혼을 슬프고 억울하다고 규정하는 것은, 사실 남은 자의 영혼이 슬프고 억울하기 때문이다. 죽은 자의 영혼이 구천을 떠도는 것 역시 남은 자가 쉽게 보낼 수 없어서이다. 우리는 죽음에 당면하여 죽음의 주체만을 생각하지만 진정한 진혼이라면 죽음의 피해자가 죽은 자와 산 자, 모두임을 고려해야 한다. 최근의 사태를 겪으면서 우리는 죽은 자를 위해, 남은 자를 위해, 그리고 우리를 위해 세 번 울었다. 그러니 진혼이란 이 모든 울음을 승화시키는 의식의 총체를 의미해야 할 것이다.

　그 중에서 가장 깊은 진혼은 남은 자에게 바쳐져야 옳다. 남은 자는 죽은 자의 슬픔까지 포함해 긴 슬픔을 안고 버티는, 슬픔의 주인이기 때문이다. 유족이 위로받아야 비로소 죽은 자는 편안해질 수 있을 것이다. 그러니 다시 두 임을 위한 진혼곡을 말하자. 우리의 진혼 문학은, 떠난 영혼과 살아있는 자 모두를 잊지 않고 있다.

## 2. 전통적인 진혼의 곡조란

　　　떠나고 싶은 자
　　　떠나게 하고
　　　잠들고 싶은 자
　　　잠들게 하고
　　　그리고도 남는 시간은
　　　침묵할 것.

　　　또는 꽃에 대하여
　　　또는 하늘에 대하여
　　　또는 무덤에 대하여

　　　…(중략)…

실눈으로 볼 것

떠나고 싶은 자

홀로 떠나는 모습을

잠들고 싶은 자

홀로 잠드는 모습을


가장 큰 하늘은 언제나

그대 등뒤에 있다.

—강은교, 「사랑법」 부분

　왕가위의 작품 중에 「동사서독」(Ashes Of Time, 1994)이라는 영화가 있다. 무협장르의 탈을 쓴 이 영화는 매니아층을 확보하고 있을 만큼 감각적이어서 애지중지할 만한데, 내용 중에 주인공이 취생몽사酒醉生夢死酒를 마시고 모든 것을 망각하는 장면이 있다. 모두 사람과 이별 때문에 일어난 일이었다. 헤어짐에 직면하면 나약한 인간은 망각을 원한다. 그만큼 이별이란 감당하기 어려운 일에 해당한다. 그것이 어떻게 어려운지는 인용시를 보면 알 수 있다.

　이 시는 70년대에 발표된 강은교 시인의 작품이다. 제목이 「사랑법」이어서 흔히 사랑의 노래로 해석하는데, 정확히는 진혼곡으로 읽어야 한다. 여기서 화자가 유족의 입장에 있다고 보면 전체의 이해가 쉬워진다. 사랑하는 사람이 죽었을 때, 때로는 이 모든 사태를 부정하고 싶다. 또는 망각하고 잊어버리고 싶다. 너무 괴롭기 때문이다. 그러나 괴로움을 극복하고 해야 할 일이 있다. 이 시는 그 일이 떠나는 자의 뒷모습, 즉 망자의 영원한 잠을 똑바로 지켜봐주는 일이라고 말한다.

　죽은 영혼은 내 곁을 떠나 꽃, 하늘, 무덤에 머물러 있다. 사실 남은 자는 떠나지 말라고, 잠들지 말라고 말하고 싶다. 혹은 저승으로 따라가고 싶다. 그런 유혹에도 불구하고 화자는 충실하게 가장 힘든 진혼을 하고 있다.

273

그것은 하늘이라는 큰 사랑의 마음을 지지기반으로 해서 죽은 자를 잘 보내는 것이다. 잘 가도록 뒤에서 지켜봐주는 일은 유족이 표현하는 마지막 사랑의 표현법인 셈이다. 사랑은, 나의 상처보다 너의 상처를 더 아파하게 만든다. 아픈 나보다 아픈 네가 먼저여서 이 시의 화자는 되돌려 받을 수 없는 사랑을 일방향적으로 표현하고 있다.

강은교는 우리 시대의 안티고네의 역할을 해온 시인이다. 그리스 신화에서 테베의 왕위를 다투던 폴리네이케스가 죽었을 때, 누구도 그의 매장을 책임지지 않았다. 그를 사랑한 사람은 많았지만, 그의 죽음과 함께 모든 사랑은 끝장을 보았다. 단 한 사람 폴리네이케스의 누이 안티고네만이 온갖 저주를 무릅쓰고 몰래 흙을 뿌려주었다. 이것이 역사의 후일담이다. 불행히도 죽은 영혼은 역사에 남지 않지만 다행히 진혼곡을 통해 축복받을 수 있다.

## 3. 우리를 위한 진혼의 노래

위에 실린 시, 강은교의 「사랑법」은 죽은 자를 위한 진혼곡이라고 할 수 있다. 그리고 아래에 적힌 시, 김사인의 「별사別辭」는 산 자를 위한 진혼곡에 속한다. 조금 특이하게 이 시는 모친과 사별한 한 아들이 자기 자신을 위로하기 위해 쓴 작품이다.

> '다 공부지요'
> 라고 말하고 나면
> 참 좋습니다
> 어머님 떠나시는 일
> 남아 배웅하는 일
> '우리 어매 마지막 큰 공부하고 계십니다'

말하고 나면 나는

앉은뱅이책상 앞에 무릎 꿇은 소년입니다

어디선가 크고 두터운 손이 와서

애쓴다고 착하다고

머리 쓰다듬어주실 것 같습니다

눈만 내리깐 채

숫기 없는 나는

아무 말 못 하겠지요만

속으로는 고맙고도 서러워

눈물 핑 돌겠지요만


인적 드문 소로길 스적스적 걸어

날이 저무는 일

비 오는 일

바람 부는 일

갈잎 지고 새움 돋듯

누군가 가고 또 누군가 오는 일 때때로

그 곁으로 골똘히 섰기도 하는 일


다 공부라고 하면 좀 낫지요마는

—김사인, 「별사別辭」 전문

 이 시인은 젊지 않다. 어른인 그가, 정확히는 늙고 주름진 그가 어머님을 잃고 나서 소년이 되었다. "나는 소년입니다"라는 말을 해석하면, '나는 마음이 너무 아파서 소년처럼 약해졌습니다. 그러니까 지금 많이 우는 일이 부끄럽지 않습니다'로 읽을 수 있다. 그는 엄마를 잃고 울면서 자신을 위로한다. 엄마는 죽는 게 아니라 마지막 큰 공부를 하고 계시다고. 그래서 죽음에 대해 죽음이라고 말하지 않고 공부라고 말하자고. 그래서 이 시는 "다 공부지요"에서 시작해 공부의 구체적인 내용들로 마무리를 하는 듯 했다. 하지만 위로는 위로일 뿐, 시인의 마지막 말은 "다 공부라고 하면 좀 낫지요마는"이라는 안타까움으로 끝을 맺었다. 이 뒤의 말이 무엇인지 그도, 우리도 알고 있다. 죽음을 공부라고 생각하면 약간 도움이 되지만, 사실은 죽을 만큼 마음이 아프고 슬프다. 이 시인은 지금까지 사람냄새 나는 다정한 시를 써왔는데, 다정다감한 그 마음이 어머니의 죽음 앞에서는 큰 진통으로 울렸으리라 짐작할 수 있다.

우리 다시는 만나지 못하리

그대 꽃이 되고 풀이 되고
나무가 되어
내 앞에 있는다 해도 차마
그대 눈치채지 못하고

나 또한 구름 되고 바람 되고
천둥이 되어
그대 옆을 흐른다 해도 차마
나 알아보지 못하고

눈물은 번져
조그만 새암을 만든다
지구라는 별에서의
마지막 만남과 헤어짐

우리 다시 사람으로는

만나지 못하리.

—나태주, 「별리」 전문

이 시의 제목은 '별리別離'. '별別'과 '리離'를 각각 사전에서 찾아보면 갈라 떼어놓았다는 의미로 꽉 차 있다. 다른 뜻은 없다. 그리고 그것만으로도 충분히 슬프다. 우리는 헤어졌고 우리는 나뉘어졌다. 그래서 더 이상 우리가 아니게 되었다. 이별에 직면한 첫 마음은 "우리 다시는 만나지 못하리"라는 말에서 시작된다. 사별로 인한 슬픔도 이 말에서 비롯된다. 그리고 죽음을 골똘하게 생각해본 나중의 결론도 역시 같은 말로 끝나게 된다. 오직 만나지 못한다는 말만이 이별의 앞과 뒤를 차지하고 있는 것이다. 그래서 슬픔은 절대적인 것이 되고 우는 방법 외에는 아무것도 모르게 된다.

물론 불교적 윤회관념에 의하면 우리는 언젠가 다시 만나게 된다지만 거대한 슬픔 앞에서는 어떤 약속도 효과를 발휘하지 못한다. 시인은 생각해본다. 다시 태어나 나무가 되고 풀이 되면 우리 다시 만나게 될까. 대답은 부정적이다. 다시 태어나 구름이 되어 천둥이 되면 만나게 될까. 역시 불가능하다. 이 시인은 벌레마냥 작고 나약한 것이 사람이고, 그러니 살아있는 동안 온 마음을 나누다 가기를 바라면서 시를 쓴다. 사람인 것을 원망하지는 않지만 한편으로는 사람이어서 서글프다. 한갓 미천한 우리였지만 가진 것 없고 능력도 없어서 이 우리라는 것은 더욱 소중했다. 그런데 소중하고 소중한 것이 사라졌다. 사람은 소중한 것이 사라졌어도 어찌할 도리가 없다. 그래서 "우리 다시는 만나지 못하리"라는 말은 차라리 '우리 다시는 사람으로 태어나지 말자, 울지 말자'라는 안타까움으로 읽힌다.

## 4. 끝내 남은 말은 '사랑한다'는 말

서둘러 가는 것들은

얼마나 망설이다 떠나는가

꽃은 노랗고

열매는 붉은 빛

걸음이 처져

걸음이 처져

뻐꾹새 운다

고욤나무 가지에 앉아

꽃이, 꽃이 핀 풍경을 돌아다봤다


꽃이 안보일 때까지

　　　　　　─고영민, 「구례 산동」 전문(『시와시』 2010년 봄호)


　고영민 시인의 미덕은 슬픈 일을 담담하게 말한다는 점이다. 하지만 담담하대서 슬프지 않은 것은 아니다. 매우 슬픈 일─죽은 자와 남은 자 사이의 마지막 인사가 이 시의 주제다. 원래 모든 죽음은 서둘러 가는 것처럼 느껴진다. 남은 사랑 때문에 그렇다. 그런데 시인은 서둘러 죽음의 길을 가야 할 사람이 그와는 반대로 망설였다고 표현했다. 아깝고 안타깝다는 말이다. 역시 사랑 때문에 그렇다. 가는 사람도 망설이면서 떠났고, 보내는 사람도 주저하면서 망연했다. 이렇듯 사연은 슬픈데 이 사연이 벌어진 곳은 노란 꽃과 붉은 열매의 대비가 찬란하다. 더불어 새소리도 청각을 자극한다. 보아하니 시인은 봄날에, 아름답다는 구례 산동의 꽃천지를 보고 있음을 짐작할 수 있다. 만물 소생의 시기에, 이 시인이 무슨 속내로 죽음을 이야기하는지는 알 수 없으나, 하필 찬란하고 부산한 때에 홀로 떠나는 죽음을 대조적으로 그리고 있어 더 처연하다.

　시인은 사람이 죽었다고 말하지 않고 꽃이 졌다고 표현했다. 실제 낙화가 있었는지 없었는지 중요치 않다. 중요한 것은 우리가 이 꽃의 사별을 꽃같이 고운 사람들의 이야기로 바꾸어 생각한다는 점이다. 시에서는 '꽃이 안

보일 때까지' 꽃이, 꽃을 돌아다봤다고 말했다. 우리는 이 구절을 보면서 젊은 아들이 우는 엄마를, 반대로 남은 아내가 떠난 남편을 돌아봤다고 읽는다. 지금은 '부음의 시기', 이 시기는 지나가도 오랜 기간 슬픔은 남아 있을 것이다. 그 슬픔보고 빨리 사라지라고 해서는 안 된다. 충분히 슬퍼하고, 오래 울어야 한다. 우리에게 필요한 것은 애도哀悼이다. 언제까지일까. 꽃 같은 당신이 안보일 때까지. 누군가에게는 어쩌면 영원히.

'부음의 시기', 임을 위한 진혼곡鎭魂曲

# '너무나 가벼운 나'에서 '한없이 무거운 너'에게로

오서요, 당신은 오실 때가 되얐습니다, 어서 오서요.
—한용운, 「오서요」 부분

## 1. 2000년대와 2010년대의 차이, '?'에서 '!'로

지금, 2010의 상반기. 당신에게 이 시기는 지난 2000년대를 점검하고 새로운 10년의 미래를 꿈꿔보는 때이다. 문단의 마음가짐 역시 마찬가지여서, 2010년은 그동안의 시단과 앞으로의 시단에 대해 궁리하게 만든다. 지금 읽히는 작품들은 문단의 현재를 만들면서 과거와 미래를 연결하고 있다. 그 현황에 대해, 다소의 이론異論을 각오하면서 대략 두 가지 변화를 지적할 수 있다.

우선은 작금의 시단이 주목한 주제에 대해서, '너무나 가벼운 나(주체)'에 대한 고민에서 다시금 '한없이 무거운 너(타자)'의 문제로 비중이 옮겨가는 듯하다. 전자를 구체적으로 살펴볼 때 이 '참을 수 없이 가벼운 나의 존재 의미'에 대한 고민이란, 세계와 나의 관계에 대한 문명적이고 현상학적인 성찰과 함께 드러났다. 이 고민은 '나는 무엇?' 또는 '나는 왜?'와 같이 물음표(?)와 함께 시작되었다. 그리고 '물음표(?)'를 기폭제로 내부에서 폭발된 '나'의 문제는 초입자적으로 가벼워지고 분해되는 나의 '고정불가능성'과, 사회 및 타자와 소통할 수 없다는 나의 '이해불가능성'으로 이어졌

280

다. 이렇게, 시詩라고 불리는 인간 탐사 보고서는 현대적인 주체에 내재된 두 가지 불가능성을 확인하고 있다. 이 '불가능'의 부정적인 세계관은 시인에게 있어 공유불가능한 독특한 표현, 자기만의 세계와 같이 폐쇄적인 공간을 만드는 데 일조했다. 그리고 이 부정의 세계관에 대해 우리는 가장 동시대적이고 첨예한 현실 인식의 표출이라는 긍정적 함의를 부여한 바 있다.

2010년대는, '나'의 문제에 '?'을 더한 2000년대의 시인들을 어떻게 기억해야 할까. 그들을 색으로 비유할 것 같으면, '이해불가능한 나'의 경우는 절망이나 가망 없는 외침과 같이 참혹한 암흑의 빛깔일 수 있겠고, '고정불가능한 나'는 온갖 색(혹은 온갖 가능성이나 온갖 물음표)이 난무하여 결국 한없는 투명에 가까워지는 빛의 산란일 수 있겠다. 극과 극인 듯 보이지만 이 암흑과 빛의 뿌리는 같아서, 공통되게 주체에 대한 고민에서 나온 것이라고 할 수 있다. 이것이 나의 이야기라면, 혹은 나를 해명하고자 하는 욕망의 발현이라면, 최근 우리 시단에는 이와 다른 움직임이 포착되고 있다.

지금 시단의 주인공은 '나'가 아니라 '나의 동반자인 너'로 교체되고 있다. 어느 때이고 시에 나, 혹은 너의 이야기가 없었겠냐마는 '시와 윤리', '시와 정치'라는 최근 논의에서처럼, 이 '너'의 문제는 시대적인 요청에 의해 필연적으로 시작되었다. 보편적이고 추상적인 '타자성'에 대한 문제 제기가 아니라 생명과 인권을 갖고 살아 있는 '너'에 대한 문제라는 말이다. 이것은 우리의 시적 태도가 '물음표(?)'에서 '느낌표(!)'의 방향으로 선회했음을 의미하기도 한다. 느낌표의 태도는 '너와 나는 필연적으로 합일될 수 없다', 혹은 '기표와 기의는 미끌어지고 의사소통은 불가하다'는 비관적 전제에서 시작되지 않고, 너를 나와 함께 살아갈 착한 동반자로 규정하고 있다. '한없이 무거운 너'는 공감과 동감으로 나를 압박해 들어오는 무거움을 지닌 존재여서 잊으려야 잊을 수 없고, 지우려야 지울 수 없다. 이 존재의 무거움에 대한 탐색은 사회적인 연대 및 공감의식의 확대, 그리고 그 확대를 가능하게 하는 사회 구조 변화와 매체의 변화 등에서 비롯되었다. 마르쿠제 식으로 말하자면, 현대적 혁명을 가능하게 하는 '에로스'는 알게 모르게 우리 사회 안에서 점점 제 온도를 달구어가고 있다. 시가 드러내려고 하는 시대정신은 다음과 같이 판단하는 듯하다. 지금, 절망적이거나 분자화된 나의 문제보다 더 시급한 것은 고통을 호소하는 너의 목소리이다, 라고.

## 2. 한 외로움이 다른 외로움에게—황동규 시인과 마종기 시인

『유심』(3·4월) 시단의 첫 꼭지는 황동규 시인이었다. 제목은 「산돌림」, "이제야 간신히/ 무엇에 기대지 않고 기댈 수 있는 자가 되었지 싶다"고 중얼거리는 노년의 구절은 작품의 완성도를 이루고 있었다. 그렇지만 눈을 번쩍 뜨이게 만드는 부분은 따로 있었다. 문제적 부분은 부제, "−지리산 가는 길에, 마종기에게"라고 굳이 달아놓은 그 꼬리표에서 시작된다. 분명 이 시는 황동규 시인이 쓴 좋은 작품의 하나이다. 그런데 그 시를 쓴 사람이 황동규 시인이고 그 시를 받는 사람이 마종기 시인이라는 사실로 인해, 이 시는 그저 좋다기보다 더 많은 의미를 뿜어내는 작품으로 읽히게 된다.

황동규 시인은 38년생, 마종기 시인은 39년생, 앞서거니 뒤서거니 태어났고 중학교 동기 동창으로 시작해 지금까지 친구로 살아왔다. 그들은 서로가 서로에게 전하는 작품을 여러 편 발표해, 비록 일상은 공유하지 못해도 내면을 공유하는 정신의 친구임을 자랑스럽게 밝힌 바 있다. 「산돌림」 역시 한 친구가 50년 넘게 사귀어 온 벗에게 보내는, 보기 드문 편지에 해당한다. 여기서 분명히, 한 친구는 외롭고 쓸쓸하다. 멀리 떨어진 다른 친구 역시 외롭고 쓸쓸할 것이다. 그러나 이 외로움 사이에 오고가는 전언, 이를테면 "네가 조심하라고 한 술은, 술병病이 다스릴 것이다"라는 말은 쓸쓸하다고 말하기에 어폐가 있다. 우리는 여기서 한 외로움이 다른 외로움을 문학적으로 포용하고 있는 장면을 발견하기 때문이다.

황동규 시인의 편지는 지구 반대편의 아메리카에 도달한다. 그리고 답신인 듯 마종기 시인 역시 서한을 적어 보냈다. 그 서한에서는 역시 한 친구가 다른 친구에게, 한 외로움이 다른 외로움에게, 두 외로움이 어째서 외롭지 않은지를 다음과 같이 말했다.

1

네가 돌아간 후 수십 년 동안
끝없이 이어진 옥수수밭이, 어느새
끝없이 더 이어진 콩밭이 된 것 말고는,
키 큰 옥수수 대신 조신한 콩밭이 모여
여름내 하늘을 지고 구름을 만드는 것 말고는,
내가 나이들고 네가 소식이 없는 것 말고는,
내 걸음이 더 이상 바쁘지 않은 것 말고는,
그래 사실은 아무것도 변한 것이 없다.

…(중략)…

2

지구가 아직 둥글어지기 전에
땅끝까지 눈이 내렸다. 그것을
아이오와에 와서야 확인했다.
세상의 냉대 속에서 살아온
눈 덮인 숲에 들어와서야
나무가 체온을 가진 모습을 본다.
나무마다 둥치 주위에 눈 녹은 자리,
온기의 호흡이 오래된 얼음 녹여놓았다.
잎이 나고 꽃이 피고 열매를 익히는 체온,

나무가 따뜻하다는 것을 아직껏 몰랐다니!

내가 살아온 길이 허술했던 이유를
이제야 확실히 알 것도 같다.
언 손으로 나무의 살을 포옹한다.
아무도 억울한 일 당하지 않기를,
아무도 눈물짓는 일이 없기를,
지구가 아직 다 익기 전,
지구가 아직 둥글어지기 전,
사랑이 우선 존재했다고 주장하는
아이오와의 겨울 숲, 저기 겨울 숲……
　　　　—마종기, 「겨울 아이오와」 부분(『문학동네』 2010년 봄호)

　마종기 시인의 이름에는 시대의 비극과 디아스포라의 이방인, 또는 상처
의 냄새와 바람의 냄새가 동시에 존재한다. 그렇지만 이 두 가지가 그를 평
가하는 절대적 요소가 되어서는 안 된다. 그 전에 마종기 시인은, 원로 시
인의 감각이란 퇴색하는 것이 아니고, 외로움이 처량함이 되지 않는 좋은
예를 보여주고 있다. 이 작품도 그렇다.
　시인은 말하고 있다. 수십 년을 열심히 산 결과 내 곁에는 너도 없고, 일
도 없다. 인생은 발전을 중단했고 정체된 심장에는 시간만이 흘러간다. 그
래서 할 일 없는 시인은 겨울 아이오와의 숲을 찾아오게 된다. 시대의 냉대
와 시간의 냉대에 처해있는 시인은 꼭 겨울 숲의 냉대에 침묵하는 나무를
닮았으니 숲이 시인을 끌어당긴 셈이다. 사람이 성자가 아닌 마당에 누군들
억울함과 상실감이 없겠는가. 그렇지만 시인은 겨울을 이기는 나무의 온기
를 발견하고는 개인적 슬픔을 지구적 슬픔으로 확대하게 된다. 나는 냉대
받지만 너는 그렇지 않기를, 나는 억울했지만 너는 억울하지 않기를, 시인
은 바란다. 그리고 이것을 "사랑"이라고 부르고 있다. 지구의 모든 것은 이

사랑을 바탕으로 형성되었기 때문에 자신의 스치고 지나가는 작은 억울함
이야 아무것도 아니라고 위안할 수 있게 된다.

'나의 건강을 걱정하는 너를 생각하며, 나는 술을 마셨다'고 한 친구가 말
했다. 그리고 '나의 언 손을 보고 너의 손은 얼지 않기를 기원한다'라고 다
른 친구가 화답했다. 현실에서 우리는 외로우면 남을 상처입히게 된다고,
외로움을 가장하여 자신의 이기심을 자위한다. 그렇지만 여기 오랜 친구의
서한은 외로워서 남의 외로움을 걱정하게 되는, 상처 내는 외로움이 아니
라 상처를 보듬는 그런 외로움도 있음을 보여준다.


## 3. 네가 오지 않아 봄조차 오지 않는다

오늘 온다 하여 안날부터 기다렸으나 족하는 이틀이 지났어도 오지 않
았소 언덕배기 돋을양지 쪽 노루귀나 봄까치풀에 정신이 팔렸다 해도
한것이면 넉넉할 것을, 해토머리 오는 길 매화나무에 통통히 꽃물이 올
랐다 해도 한나절이면 족할 것을 나는 족하가 일부러 에움길로 오나싶
어 동구밖까지 나가 기다렸으나 족하는 보이지 않았소 내가 직접 족하
의 집 근처로 가려 했을 때는 이미 마당에 살구나무 긴 그늘이 드리울
무렵인지라, 주저하다 포기하고 밤새 족하는 도대체 어느 길에 묶인 채
나를 그리워할까 생각하였소
다음날 갓밝이에는 여러 마을로 통하는 난달이라 필시 거쳐 갈 것이라
생각하고 서둘러 그곳에 갔으나 족하는 없었소 나는 한참을 서글프게
서 있다가 끝내는 족하의 집으로 갔는데, 등을 보이고 서 있는, 키가 훌
쩍 큰 무언가에 마음이 설레었소 그러나 또 헛걸음이란 것을 알고 비로
소 원망이 생겼소 소소리바람이 불자 와락 돌아갈 마음이 생겼소 그렇
지만 뒤돌아서 키 큰 버드나무에게 만약 족하가 오거든 내 이름을 전해
달라 부탁 하였지만, 돌아올 때는 족하가 어쩌면 버드나무 뒤에 서서 진

작부터 나를 보고 있었는지도 모른다 생각했소

그러나 이때의 마음을 오늘은 다 잊었소 게다가 족하가 오겠다 한 날은

골안개가 끼었다가 명지바람이 불고 지짐거렸기 때문에 괜찮다 자위하

였소 멀리서 매화가 터지는지 사방이 우련하니 그것으로 족하오

　　　　—강희진, 「봄, 족하足下에게」 전문(『시와시』 2010년 봄호)

　봄날은 왔다. 황사가 불어도 봄은 봄인데, 우리는 왜 광합성에 실패하고
있는 것일까, 생각하지 않을 수 없는 봄이다. 지금 우리가 맞은 봄에는 계
절의 속성과 반대되는 죽음의 기운이 가득하다. 누군가는 아버지를, 누군
가는 남편과 아들을, 그리고 우리는 희망을 수장당했다. 오지 않는 사람을
기다린다는 것만큼 절망적인 상황이 있을까. 이 상황에서 우리가 맞이하는
봄의 매일은 말한다. 네가 오지 않아, 봄조차 오지 않는다고.

　「봄, 족하足下에게」라는 시편을 처음 읽었을 때, 봄을 '족하'라는 말로 의
인화했다고 생각했다. 아마도 시인의 의도는 그러했을 것이다. '족하足下'
라는 말은, 동년배나 나이 어린 이를 높여 부르는 말이다. 시인은 봄을 '족
하'라고 부르는 서신을 띄워, 왜 이 친구가 오지 않는지 걱정하는 마음으로
마중 나갔던 일을 조곤조곤 이야기하고 있다. 그리고 마지막 구절을 통해
서는 봄이 당장 오지 않더라도 멀리서 봄이 오는 소리가 들리고 있으니 그
것으로 "족하다"며 위트있는 언어유희를 보여주고 있다.

　그러나 이 시는 사랑스러운 봄과의 장난으로만 읽히지 않는 것이, 구절
사이사이 기다림의 본성을 내비치고 있기 때문이다. 어떤 기다림이건 간에
그것은 가볍게 시작될 수는 있어도 가볍게 끝날 수는 없다. 기다림에 투여
된 마음과 시간의 무게가 기다림의 결말을 무겁게 만든다. 여기 1연의 말미
에는 "족하는 도대체 어느 길에 묶인 채 나를 그리워할까 생각하였소"라는
구절이 있다. 여기서 당신은 오기 싫어 오지 않음이 아니라 오지 못한 상태
에 놓여 있다. 이럴 때 나의 기다림은 하나의 자세를 넘어 안타까움과 애끓
음의 감정으로 깊어진다. 이어 두 번째 연에서는 기다림이 취하게 되는 세

가지 심리상태를 보여준다. 하나는 그림자에도 "마음이 설레"는 기다림의 시작, 다음은 "서글프게 서 있"는 기다림의 중반, 마지막은 비로소 생기는 "원망"이다. 설레고, 서글프고, 원망하는 세 심리를 되풀이하며 기다림은 시간의 지속을 견뎌낸다. 지속된다는 것, 다시 말해서 기다림을 그칠 수 없다는 사실이 바로 기다림을 슬프게 만든다. 시에서는 그래도 '족하다'는 충만함으로 마지막을 정리했지만, 그것이 반어법같이 들리는 것은 우리 상황의 탓일까, 시인의 의도 탓일까. 만약 '족하'와 동일시된 봄이 오지 않은 것이 아니라, 네가 오지 않아서 봄조차 오지 못한 것이라면, 오지 못한 너는 어디에 있는 걸까.

## 4. 애잔, 당신의 별을 보여주세요

이번 시즌 발표된 작품들을 검토하면서 자주 눈에 뜨인 단어는 '지구'와 '별'이라는 말이었다. 이태수의 「점등을 꿈꾸다」, 허만하의 「지구가 끊임없이 도는 것은」, 박라연의 「로봇시대」, 위선환의 「발자국」, 손택수의 「얼음의 문장」 등이 지구나 별이라는 단어를 시어로 선택했다. 별은 고전적인 낭만의 대상으로서, 하늘의 선하고 슬픈 눈빛쯤으로 사용되던 단어이다. 그런데 '지구'라는 구체적인 명칭과 함께 별들의 사용 용례도 차츰 변화하고 있는 듯하다. 그래서 최근 작품들에서 제한된 경우에, 별이라든가 지구라든가 하는 것들은 낭만주의나 천체적 상상력의 하위 구분으로 정리하기에는 다소 특별한 의미를 지니고 있다고 판단된다.

'지구'라는 말에 들어있는 자연과학적 냄새를 지우고 나면 순환적인 하나의 세계, 모두 같이 사는 공간이라는 공동체 의식, 그리고 그 지구가 아픔을 호소한다는 식의 위기의식이 드러난다. 이것은 지구를 따끈따끈한 생명 덩어리로 파악하는 일이고, 이 일은 최근 시단의 화두가 내 옆에 살아있는 '너'인 것과 무관하지 않다. 이때 생명인 지구, 생명인 너에 대한 관심은 과거 생태학적 관점의 작품이 유행했던 것과는 차별적으로 해석해야 한다. 같은 '살려라!'의 모토에서 시작하지만 현재의 움직임은 과거 어느 때보다 강력한 대중 다수의 공감대를 지지배경으로 삼고 있다. 그리고 누적된 경험을 바탕으로, 생명성 옹호라는 추상적 관념을 벗어나 구체적이며 현실적인 '눈물'들의 개별적 목소리를 지향하고 있다.

> 문을 열면 거긴 또 어디일까요.
> 난시청 지역을 생각해 봅니다.
> 이 곤궁한 하루에도 우리는 잠을 자지 못합니다.
> 돌아가야 할 길은 없습니다.
>
> 소문이 무성한 우리의 사상가들이
> 항로의 위도와 경도를 알아보고 있는 동안
> 우리의 나머지는 끊임없는 설교를 들으며
> 고도의 정치적 침묵을 배웁니다.
> 참을 수 없는 침묵은 난시청의 일상입니다.
> 그것을 참을 수 없는 파도의 유혹이라고
> 우리의 나머지는 기억합니다.
>
> …(중략)…
>
> 사실은 뇌가 문제라는 걸 그들도 알지만
> 그것은 음모론에 불과합니다.
> 원근법에 대한 우리의 연구가 밝혀낸 최근의 업적들은
> 예측 불가능한 우리의 나머지를 살아가게 합니다.
>
> 우리의 사상가들이 행성과 행성을 이어 놓았지만

별들의 궤도는 점점 줄어들고 있습니다.

지나친 자의식은 도움이 되지 않고

반숙의 생각이 몸을 망친다는 걸

그들도 이미 알고 있었던 겁니다.

눈물이 그리워지는 계절입니다.

———여태천, 「지구를 이해하기 위한 첫 번째 독서」 부분

(『세계의 문학』 2010년 봄호)

시인마다 자신의 제일 주제와 자기 관점이 있기 마련이다. 여태천의 경우, 사회학자적 시선과 추리소설적인 방법론으로 사태를 파악하고 뒤집는 묘미가 있다. 이를테면 그는 A의 국면을 자세하게 분석하면서, 사실은 B의 국면을 드러내고자 한다. 그래서 그의 작품은 결론적으로 여러 번의 재독을 요구한다. 재독 사이에 그는 사건들에 어떤 의도가 숨겨져 있음을, 역시 의도적으로 밝히면서 그 안에 숨겨진 음모를 드러내고자 한다.

그가 연작으로 발표할 이 작품은 지구 이해를 목적으로 한 시리즈라고 말할 수 있다. 이 작품에서 일반의 사람들은 듣지 못하고 말하지 못하는 부자유의 삶을 살고 있다. 소위 "우리"는 정치와 사회로부터 설교를 듣지만 그어떤 발언도 못하게끔 되어 있다. 대신 사상가들, 정치인들, 지식인들이 이런 저런 항로를 해결책으로 제시하지만, 결국 파선의 결과는 대다수의 "우리"라는 군중에게 떨어질 것을 예상할 수 있다. 사상가들이 살 길을 도모하고자 했지만 그 모든 의도는 무위로 돌아가 별들과 별들은 언젠가 충돌로 종말을 낼 것이다. 이때 필요한 건? 시인은 자의식이나 두뇌가 아니라 "눈물"이라고 말한다. 세상의 표면에 의문을 던지는 시인의 어법이 종내 건조했음을 상기하면 "눈물"은 의외의 요소처럼 보인다. 그렇지만 무력한 눈물이 지구를 구원할 것이라는 이야기는, 눈물 시리즈 다큐멘터리가 사회적 파장을 일으킨 것을 연상하게 한다.

우리는 암흑의 긴 터널을 지나고 있다. 떠도는 이론은 많고 믿으라는 낭

설도 많아 무엇을 잡아야 할지도 모르겠다. 길을 잃은 상황에서 가장 좋은 두 가지 방법은 누군가가 찾으러 올 때까지 제자리에서 기다리는 것과, 처음으로 돌아가는 것이다. 처음으로 돌아간다면 우리의 처음은 무엇일까. 이 물음에 대해 시인은 "눈물"이라고 말하고 있는 듯하다. 애잔한 타자를 애잔하게 바라볼 줄 아는 당신은 눈물을 가진 사람이다. 그 눈물은 빛을 반사해 천공의 별과 같은, 시대의 지도가 되어줄까. 그러니 지구를 사랑하고 애잔함을 아끼는 당신, 우리에게 별을 보여주세요, 부탁하지 않을 수 없다.

## 5. 시는 기도祈禱의 다른 말

가끔, 아니 사실은 아주 자주, 시라는 것은 무력하고 쓸모없다. 시에서 보이는 문학화된 죽음이나 슬픔의 자기절제 같은 것들은 읽을 때 가슴을 치고 지나간다 해도, 지나치게 사후적이어서 직접 일어나는 사건의 일차적 충격파를 감당하지 못할 때가 잦다. 이럴 때 문학은 스스로 자조적일 수밖에 없다.

자조적인 문학에게 당신은 마땅히 비난할 수 있다. 시가, 또는 시 따위가 찬 바닷물에 들어가 있는 장병 46명 중 한 명이라도 살릴 수 있는가. 시가, 또는 시 따위가 미래의 어느 시점에 한 죽음을 막아줄 바리케이드가 되어 줄 수 있는가. 어떤 당신은 충분히 물을 수 있고 충분히 분노할 수 있다. 그렇지만 한편으로 우리는 더 이상 서정시가 쓰일 수 없다는 시대 이후에도 열심히 서정시가 쓰인 세월을 생각하게 된다. 시인들이 모두 죽지 못해 이 세월이 있었는지, 아니면 그 세월이 필연적이었는지를 생각하게 된다. 그리고 이 시점에서 우리는 시에 대한 정의의 하나를 떠올릴 수 있다.

문자로 된 사전을 덮고 마음 사전이나, 인생 사전을 돌이켜 생각하자. 우리 인생에서 시란 무엇인가. 인생에 있어 시가 큰 울림으로 다가올 때를 떠올리면, 시는 기도의 일종이라는 생각을 하게 된다. 기도는 사건의 발생

순간에는 현실의 급박함에 밀리지만, 사건의 이전인 두려움과 사건의 이후인 상처에는 관여한다. 천안함 사태 이후, 어느 네티즌이 올렸다는 「772함 수병은 귀환하라」와 같은 시는 매우 필요한 일이었다. 많은 전문 시인들이 문학적 표현을 고를 때, 사병 이름을 나열하며 귀환하라고 말하는 이 아마추어적인 시는 얼마나 시의 적절했는가. 이것을 읽은 사람들은 시가 기도, 염원, 기원이라는 데에 동의할 것이다. 그리고 우리는 기도라는 것이 두려움의 극복이나 상처의 회복에 효과적으로 접근할 수 있게 되기를 바라게 된다.

사회적으로는 구체적인 사건을 계기로 '살려라', '죽이지 마라'는 요청이 더욱 촉발되었지만, 근래에 문학적으로는 이미 그러한 자세가 지속적으로 문제시되어 왔다. 2010년의 시작은 생명과 존엄에 대한 희망과 절망이 뒤범벅되어 강한 파토스의 미래를 암시하며 시작되었다. 그리고 타자에 대한 '눈물'이나 '별빛'이 지닌 뜨거움이나 강렬함은 다가올 여름에 어떤 문학적 성과를 가져올 것인지, 우리는 기도하며 지켜볼 수밖에 없다. 지금도 골방에 숨어, 시인은 눈물의 '천문天文'을 만들고 있다.

# 동아冬兒에게
—통곡의 벽을 건너라

## 1. 통곡의 벽을 건너라

시인은 오늘도 운다. "이봐, 울음은 시가 아니야." 맞는 말이다. 너무 감정적인 언사는 수준 낮은 토로일 뿐, 예술로 칠 수 없다. 율곡 선생님도 말씀하셨지 않는가. '문사文辭는 말 중에서 정한 것이며, 시詩는 문사 중에서도 빼어난 것'이라고 말이다. 눈물 콧물 범벅해가지고 어찌 정하고 빼어난 것을 얻을 수 있을까. 그렇지만 율곡 선생의 다음 말에는 약간의 반전이 포함되어 있다. 그는 '시는 곧 선명善鳴'이라고 규정했던 것이다. 사실 선명善鳴이라는 말에 대해 좋은 울음이라고까지 하는 것은 억지 해석일 테고 좋은 울림 정도로 이해하는 편이 옳을 것이다. 그렇지만 우리는 '울음'과 '울림' 사이의 미묘한 공통 지역에서 눈을 뗄 수가 없다. 시인은 자신은 울지 않으면서 대신 울림을 울려야 하는 어떤 지점에 서 있는 사람이기 때문이다. 그런 점에서 수백 년 전 율곡의 시에 대한 이해가 오늘날 영 고리타분하지만은 않다. 아니, 아직도 시인은 운다고 말하는 것이 옳다. 다만 운다는 시적인 행위에 대해 제작자나 향유자 모두 눈물과 감정의 분출이라는 식으로 곡해하지 않는 한에서 말이다.

292

생각해보자. 시라는 압축을 얻기 위해서라면 세대를 막론하고 누구든 너(대상)와 나(자아)와 언어와 세계에 대한 오체투지의 과정을 거치지 않는가. 우리는 천재적인 신인에 환호하면서도 오로지 저 홀로, 자신만의 머릿속에서 멋진 신세계를 탄생시켰다는 오만은 불신한다. 그것은 멋진 기교이지 멋진 시가 아니다. 시가 진정 시로 불리기 위해서는 내면의 여러 관문과 거울이 필요하고, 또 내면에서 이루어지는 시 창작의 수순 어딘가에서는 통곡의 벽을 넘어야 한다. 그렇지만 통곡의 벽을 넘었다고 해서 모두 눈물바람인 것은 아니다. 아닐 뿐만 아니라 아니어야 한다. 벽을 넘었다는 것은 다른 무언가로 변했다는 말이므로 어디까지나 이 벽은 질적인 전환을 위한 단계가 되어주어야 한다. 지금 우리가 시를, 별로 얻을 것 없어 보이는 가난한 시를 끝까지 옹호할 수 있다면 그것은 통곡의 벽이 얼마나 가혹했으며 또 단단했는지에 달려있다. 하여, 이 계절에는 꼭꼭 숨겨져 있는 통곡의 벽을 찾기로 하자. 의도하건대 이것은 통곡의 재확인이 아니다. 우리가 궁금한 것은 다른 데 있다. 그 벽은 과연 무엇으로 만들어졌을까. 그리고 시인이 이 관문을 건너가기 위해 바쳤던 것은 무엇이었을까.

## 2. 뼈

기타를 빌려간 그녀에게. 우리는 음악보다는 창문을 감싸는 연기가 되고 싶습니다. 겨울에는 깊은 숨을, 여름에는 축축한 손을 잡았죠.

아기의 배내옷을 보면 수의 같지 않니? 한번 죽고 난 다음에 새로운 것을 배우는 일이 예정된 공포 같아. 초보 기타 레슨 책을 쥐어주고 나는 건물 뒤로 돌아가 청바지를 찢습니다.

그녀는 침묵 아니면 도약. 모든 음표는 평행선이거나 수직선의 도표를 벗어날 수 없어. 스무 살에는 침을 뱉습니다. 이 악보에서는 어떤 음계가 부정어일까요.

그녀는 옆에서 잠든 가족의 갈비뼈를 더듬듯 조심스럽고 아무렇게나 기타 줄을 튕깁니다. 처음으로 타인의 뼈를 만지고 떨림을 손가락에 느끼던 날, 나는 껌을 씹고 단물을 삼킵니다.

목에 줄을 감고 생각했어. 어디서 태어났는지 알 것 같아. 그녀의 긴 머리카락이 밑으로 내려갑니다. 네가 가본 구멍이 어둠의 전부는 아니야. 우리는 서로 감싸 안고 몸을 둥글게 말고 있습니다.

봄에는 광목천을 사고 가을에는 편지를 씁니다. 복도의 빨랫줄에는 그녀와 나의 부정어들이 음표처럼 걸려 있습니다.

서른 살에는 목줄을 감아봅니다. 나는 기타보다도 음흡의 외부에 있고 싶습니다. 머리를 감을 때마다 수챗구멍이 어두워집니다. 젖은 머리칼로 그녀가 가본 빈 방에 들어갑니다. 앉아서 조용해집니다.

기타를 놓고 간 그녀에게. 뼈를 만집니다. 천천히 답장을 씁니다.
　　　　　　　　　—이영주, 「처음으로 타인의 뼈를 만지고」 전문
　　　　　　　　　　　　　　　　　　（『문학들 21』 2010년 가을호）

　처음에 이것은 사랑의 이야기일까, 아니면 사랑과 이별한 이야기일까를 생각했다. 그런데 아니었다. 이것은 날마다 자살을 생각하는 사람이 자살에 실패하고 나서 쓴, 혹은 자살을 끊임없이 유예시키기 위해 쓴 기록이다. 여기서 나와 그녀가 헤어졌는지, 그녀가 죽었는지, 아니면 나와 그녀가 동일인물인지는 크게 문제 되지 않는다. 중요한 것은 "목에 줄을 감"아야 했던 자아의 텅 빈 공동화 현상이다. "모든 음표는 평행선이거나 수직선의 도표를 벗어날 수 없어"라는 표현에서 드러나듯이 개개 인간은 너무나 무기력한 존재로서 인식된다. 세상이 저열한 것이고 인간의 삶이 주체적이지 못한 그저 견디는 삶이라고 할 때 죽음은 가장 가깝고 현명한 일로 보인다. 그런데 시인은 쉽게 죽음의 세계로 건너가지 않는다. 그건 '뼈', 바로 '뼈' 때문이다.

최근 이영주 시인은 뼈에 대한 연구에 돌입해 있다. 다른 지면에 실린 시인의 작품 중에서 "모든 세계가 이별할 시간을 찾아 바닥에서 꿈틀거릴 때. 뼈를 만진다."(「라푼젤」, 『문학동네』, 2010년 가을호)는 구절을 참고해볼 때도 지금 시인을 사로잡고 있는 것은 '뼈'인 듯하다. 그런데 왜 뼈일까. 이 계절에는 유독 뼈에 대한 시가 여러 편 선보여 이영주 시인의 시를 이제니 시인의 「곱사등이의 둥근 뼈」나 송재학 시인 「그림자 속에서 만져지는 뼈」와 함께 음미해도 좋겠지만, 그 중에서 이영주 시인의 작품을 언급해야만 했던 이유는 이 시가 너무나 배고파 보였기 때문이다.

시의 행간에는 뼈만 남은 골격이 내는, 뼈마디 부딪히는 소리가 들어 있다. 그리고 이것은 배고픔의 상징적 음흠이라고 말할 수 있다. 이를테면 피와 살이 타는 괴로움을 지나 피도 없고 살도 없고 그녀도 없이 뼈를 만지작거리는 이 젊은 형해形骸는 얼마나 기아의 얼굴 같아 보이는지. 남아 있는 뼈마저 꺾어 죽어버릴까 두려워 잠든 시간 남의 뼈를 더듬는 이 연약한 두려움은 얼마나 배고픈 자의 것인지. 알려져 있기로, 전통적인 여덟 가지의 재난災難에는 배고픔, 목마름, 추위, 더위, 물, 불, 칼, 병란兵亂이 해당되지만 그 중 가장 으뜸은 단연 배고픔이다. 프로이트도 「문명의 불만」에서 세계를 움직이는 것은 식욕과 사랑이라는 실러의 시(「철학자들」)를 언급하지 않았던가. 그런데 세상을 움직일 성욕과 식욕이 거세되고 결과적으로 배고픔만이 남은 기아상태의 정신이 여기 뼈만 남아 시가 되었다. 그러니 이영주 시인의 통곡의 벽은 인골로 이루어진 돌무덤에 가깝다.

무릇 인간의 정신은 숭고한 존엄을 주장할 수 있지만 육신으로서의 인간은 배고픔에 시달리는 한갓 유한체일 뿐이다. 배고픈 자에게 뼈가 과연 무슨 궁극인지를 생각할 때 박민규의 소설 「슬膝」(『문예중앙』)을 만났다. 단지 그 소설 하나만으로도 이 잡지를 사야만 했다. 시평이면서 소설 이야기를 꺼내든 것은 「슬」의 주인공이 BC 17,000년의 원시인이 아니라 '종아리뼈'이기 때문이다. 그리고 종아리뼈의 대칭점에는 '굶주린 새끼'가 있었다. 소설가는 "하늘에 있는 누군가가 보았을 때 둘은 그저 아주 잠시 살아있는 것들이었다"라고 썼다. 잠시 살아 있는 것들은 비참함의 이름이다. 살아 있는 것은 비루하다. 살과 피는 비루하고 배고픔 역시 비루하다. 그런 그저 비참한 것들도 굶주린 새끼를 먹이기 위해 제 살을 바르고 뼈를 바쳤다. 이때의 뼈가 절대적인 해결책이 될 수 없지만 가능한 최선最善의 최후쯤은 될 수 있었다. 돌이켜보건대 문제는 윤리나 정언명법이 아니라 배고픔에 대처하는 즉각적인 자세이다. 그래서 지금 우리는 굶주린 새끼에게 먹이기 위해서 무엇을 구해왔나, 가난한 이 시대의 사냥꾼들은 배고픈 우리 정신을 위해서 무엇을 가져왔는가 묻지 않을 수 없다. 그리고 다시 돌아와도 문제는 '뼈'에 있다. 그것이 한 시인의 가난한 뼈를 옹호하는 이유다.

## 3. 연명

그러니까 재작년 가을이었습니다. 군대 동기 녀석과 소주 두어 병을 기분 좋게 마셨습니다. 집에 돌아와 바지도 벗지 않고 방바닥에 엎질러졌습니다. 좀처럼 잠이 오지 않았습니다. 무작정 서른셋이란 나이가 버거웠습니다. 시만 붙들고 늘어지다 훌쩍 지나가버린 이십대가 야속했습니다. 김광석과 커트 코베인과 빈센트 반 고흐의 얼굴이 떠올랐습니다. 벽에 걸린 못이 꼿꼿하게 나를 노려보았습니다. 매듭이 지어진 싸구려 넥타이를 못에 걸고 목을 집어넣었습니다. 얼마나 시간이 지났을까, 힘을 빼고 축 늘어져 있으니 눈알이 튀어나오고 목구멍이 타는 듯했습니다. 눈물이 흐르고 침이 흘렀습니다. 살고 싶다고 발버둥 쳤습니다. 그러자, 녹슨 못대가리가 고개를 숙였습니다. 목에 두 가닥 붉은 선이 그어졌습니다. 목젖에서 끊어져 하나가 되지 못한 붉은 두 가닥 선. 목이 메었습니다. 아침을 먹는데 아버지와 어머니가 번갈아가며 제 목을 쳐다보셨습니다. 술 먹고 늦게 들어오는 것 같더니 누구와 싸웠냐고 물으셨습니다. 밤에 언덕을 오르다 동네 빨랫줄에 걸려 생긴 흉이라고 했습니다. 아버지와 어머니는 그리고 아무 말도 하지 않으셨습니다. 고개를 푹 숙이고 몇 숟갈 뜨다 말고 제 방으로 들어왔습니다. 밥상도 치우지 않고 흐느끼는 어머니의 울음이 안방에서 새어나왔습니다. 목을 맸는데 죽지도 못하고 목만 메이는 것이었습니다. 보름이 지나니 흉은 씩씩하게 사라졌습니다. 이제와 생각하니 저는 오래전에 이미 목 대신 시를 매달았음을 알았습니다. 공중에 붕 떠서 죽지 않고 발버둥치며 질기게 잘 살아있습니다. 아무도 시킨 사람 없는데 자발적으로. 자발적으로 어머니 배를 발로 차고 당당하게 나왔습니다.

—김산, 「즐거운 인생」 전문(『유심』 9·10월호)

신경숙의 소설에 보면 어떤 이의 서재가 나오는데 거기에는 서른셋 이전에 역작을 남기고 절명한 사람들, 소위 천재적 인물들의 저작만을 거꾸로 꽂아놓았다는 부분이 있다. 일반적으로 주목받는 서른이란 그런 것이다. 서른 이전에 뭔가, 하다못해 번듯한 명함이라도 만들어놓고 사회적이며 대타자적인 평가를 기대하는 시기가 바로 서른 즈음이다. 시인에게 있어서는 20대에 혜성처럼 등단해 조숙한 천재로 평가받거나 기형도나 랭보처럼 절명하고 전설이 되어야 비로소 젊음을 잘 보낸 셈이 될 것이다.

하지만 오늘날 시인의 서른은 이런 것일까. 이영주 시인의 작품에서는 딱 서른에 목줄을 감는 자가 등장하고, 김산 시인의 시인에는 재작년 서른셋의 나이에 자살을 시도하는 인간이 등장한다. 죽음에 대해 고민해야 하는, 그리고 죽음을 값으로 치러도 전설조차 얻지 못하는 지극히 비참한 상황의 인간 인식이 시인의 지닌 강한 자의식과 맞물려 그 격차를 비극적으로 벌이고 있다. 문제는 이 비극이 우리 모두의 비극이 아니라는 점이다. 오늘날 시인의 서른이나 시인의 배고픔은 사회적으로 희극의 대상쯤으로 전락하고 말았다.

9월 26일 일요일, TV 버라이어티 프로그램에서는 「시를 즐겨라」는 제목의 특집이 방영되었다. 하루 동안 배고픔을 체험하고 그 체험을 시로 쓰는 내용이었다. 연예인들이 나와서 웃고 떠들며 인위적 배고픔을 즐기는 것을 보며 정말 배고픈 사람들이 어떤 표정을 할지 궁금하지 않을 수 없었다. 그리고 그런 거짓 배고픔에서 유희로 만들어진 시를 시로 부르기 주저하지 않는 문화에 우리들이 살고 있다. 이것이 현실이다. 시나 배고픔이 오락의 수준으로 전유되는 이 상황에서 김산의 작품은 어떻게 읽어야 할까. 이 시에 대해서는 88만 원 세대의 비애나 소위 '이태백'의 자의식이라고 이미 알려진 정의를 검토하고 넘어갈 수 없다. 왜냐하면 여기에는 이 시인의 목숨줄이 달려 있기 때문이다.

우리가 떠올릴 수 있는 가장 바람직한 청춘은 이미륵의 경우에서 극적으로 보인다. 『압록강은 흐른다』에서 이미륵은 고향과 어머니라는 이미 주어진 세상을 떠나 더 먼 세상을 선택해서 나아간다. 이곳을 떠나 저곳으로 갈 수 있다는 것, 그 감의 행위에 어머니의 희망이 더해져 있고, 그 끝에 거창한 세계가 기다리고 있다는 것만큼 축복받은 청춘의 상징이 어디 있을까. 그러나 이 축복은 지금 많은 젊음과 또 우리의 젊은 시인에게 먼 일이다. 갈 곳이라곤 골방과 부적응의 세계뿐이고 거기서 기다리고 있는 것은 부조리뿐이라며 이 청춘은 살 방도가 요령부득이다. 폭력과 망각으로 세계를 응징할 수도 있고, 아니면 순응해야 할지도 모른다. 언젠가는 선택을 해야 하고 선택의 마지막 유보지점이 서른이라는 시간적 지점에서 멈춘다. 그래서 서른이 무서운 것이고 시인은 그 공포의 지점을 끌고 「즐거운 인생」을 구상했다.

이 시인은 이 작품을 쓰기 위해 2년 전을 다시 떠올려야만 했다. 그는 그것을 추억의 부분으로 옮겨놓았을까 아니면 나름 소화해서 삶의 원동력으로 삼았을까. 나는 아직도 이 시인이 통곡의 벽에 자신의 목을 효수해놓고 바라보고 있다고 생각한다. 개인적으로는 김산 시인을 알지 못한다. 그렇지만 시인이 써낸 작품을 가지고 이차적인 밥벌이를 하는 입장에서, 시 때문에 죽었고 시 때문에 산다는 그의 말을 어떻게 감당할 수 있을지 난감하다. 난감하기에 나를 부끄럽게 만드는 시다. 그가 통곡의 벽을 감당하는 것은 저 홀로의 문제이지만 또한 이 시대의 문제이기도 하므로 우리를 부끄럽게 만드는 시이기도 하다.

> 우리는, 고독 속에서
> 꽃을 두드려 울음을 얻으려 했고
>
> 우리는 사랑으로, 연명하였고,
> 그 무엇도 사랑이 될 수 없는
> 오후, 동안
> 우리는 共同의 하품.
>
> 우리를 위한, 반도는 가뭇없이
> 우리의 패망은, 흔적없이.
>
> 국가를 위해, 또 무엇인가 한다
> 우리는 또, 下血한다
>
> 우리는 소멸 앞에서.
> 조금 가벼워지고, 가려워지고, 가여워지고
>
> 찢어지지도 않은 채

사랑하는 우리, 공동들,
무연한 액포들.


이루어질 수 없으니까,
우리에 대한 도덕적 연민이니까.


꿀꺽 밖에서 우리는 쓸쓸하다


오염될 수밖에.
그것이 살아 있다는 증거.
우리의 긴 하품 동안,
外界는, 우미해지겠지


우리는 입을 맞대고
서로의, 꿀꺽이 되겠지.
　　　　　—장석원, 「레이캬비크」 전문(『현대시학』 2010년 8월호)


　조금은, 통곡의 벽에서 걸어 나온 듯한 작품이다. 통곡의 벽을 바라보고
있는 시선이 느껴지기 때문이다. 장석원 시인이 "꽃을 두드려 울음을 얻으
려 했"다고 쓴 구절은 통곡의 벽에 뺨을 기대고 있던 지난 경험을 정리한 것
이고, "우리는 사랑으로, 연명하였"다는 구절은 통곡을 무덤으로 삼지 않을
수 있었던 연명의 방법을 언급하고 있다. 여기서의 "우리" 역시 상징적 30
대가 겪었을 극심한 절망의 나락을 거쳐 왔을 것이다. 그리고 통곡의 벽 앞
에 선 그 두려움 이후가 전모가 아닌 아직 진행형조로 이 시에 드러나 있다.
　이영주 시인은 뼈를 더듬으며 벽을 조형하고 있고, 김산 시인은 벽에 목
을 건 싸움을 치렀다. 그리고 장석원 시인은 사랑을 쥐고 걸어가고 있다.
그러나 시인도 누구도 이 "사랑하는 우리"가 절대적이고 절대적인 유일한

방법론이라고는 생각하지 않는다. 이 사랑은 그만큼 거창하지 않고 몹시 남루하다. 다시 봐도 시인은 분명 "우리는 사랑으로, 연명하였"다고 썼다. 해방시키거나 초월하게끔 하는 것이 아니라 기껏해야 연명 가능하게 하는 최소한의 방법인, '겨우' 사랑일 뿐이다. 그리고 때로는 그 사랑마저 자취를 감추는 것이다.

우리는 소멸 앞에서는 한없이 가벼워지고 또 가여워지는 존재이고, 서로에 대한 값싼 연민으로 살아가기도 하면서 하루하루의 삶을 연명한다. 그러나 한편으로는 전복이나 혁명이 아닌 이런 방식이 인간이 할 수 있는 최대치의 노력이 되기도 한다. 서로에게 살아갈 힘이 되어주면서, 서로에게 배고픔을 덜어주는 위안이 되면서 말이다. 사람이 위대해질 수 있는 낭만주의는 이제 완전히 끝났다. 그것은 허공이나 가상으로 돌아가버렸다. 사람이 질서 잡힌 세계에 동참할 수 있는 고전주의도 이제 빛을 발했다. 고전주의는 고전의 과거에서 꼼짝하지 않는다. 이제 남아 있는 것은 무엇일까. 모던한 이 시대는 포스트모더니즘이 아닌 다른 꿈을 꾼다. 그리고 그 꿈은 아마도 비극의 현장을 지키고 직시하는 최후의 인간성, 고통과 배고픔과 겨우 '사랑'을 전파하는 길임을 이 계절의 시들이 말해주고 있다.

## 4. 곡哭, 동아冬兒

의도하지 않았지만 이 계절은 뼈로 시작해 뼈로 끝나고, 배고픔에서 시작해 배고픔으로 끝나게 되었다. 다만 처음의 배고픔이 정신적 공허에서 비롯한다면, 이 끝의 배고픔은 영혼과 기억의 배고픔에 관한 이야기임이 다를 뿐이다.

> 반세기 만에 찾아온 명륜동 성균관 근처
> 4서 5경 건너뛰다 돌아온 경학원 자리,

사변 중에는 동장이 총살당해 죽은 자리였고
나는 배가 고파 쌀을 훔치러 갔던 자리,
한여름 시체더미 피해 아카시아 꽃 따먹고
방공호 진흙 긁어 삼키며 허기를 달래던 자리.
그 경학원 자리, 우울증이 쉬어 가는 자리,
때 묻고 늙은 비둘기 몇 마리 나를 맞아 주고
주인 없는 그늘이 혼자 놀다 주눅 든 자리.

너무 오래된 유학의 곰팡이 냄새 속에
어린 시절이 메말라 눈물 없이 울고 있다.
성균관 뜰 조악한 돌 조각의 용 두 마리,
이 시대에는 용을 보는 이도 다 떠나고
어떻게 사는 것이 바른 길이고
어떻게 죽는 것이 용의 죽음인지.
추운 청춘을 혼자서 견뎌 낸
경학원의 뼈만 많이 늙어 있다.
　　　　—마종기, 「경학원 자리 2」 부분(『시와시학』 2010년 가을호)

　이 시인에 대해서는 그가 속해 있는 에꼴을 잊고 읽는 편이 옳다. 시집 『하늘의 맨살』은 그가 쌓은 항공 마일리지의 누적 점수만큼, 떨어져 있는 두 고향 사이 놓인 태평양의 거리만큼이나 신뢰할 만한 성과를 보여주었다. 또한 이 시인에 대해서는 그를 하나의 특이하고 복잡한 외로움으로 읽는 편이 옳다. 토르소와 같이 팔다리가 떨어져나간 상태에서도 통곡의 벽을 수차례 넘어오는 과정이 없었으면 그는 더 이상 시인으로 남아 있을 수 없었을 것이다. 누구도 마종기 시인이 될 수 없고 될 이유도 없지만 그가 통곡하되 통곡을 속되게 떨어뜨리지 않았다는 사실만은 좀 기억되어야겠다.
　젊은 절망에 몸을 맡겨 그대로 산화하는 것은 몹시 극적인 사건이다. 한

편 그 절망을 지니고 계속 살아간다는 것은 오욕과 운명을 견디는 일이므로 또한 가치 있는 일이다. 최근 이 시인은 오랜 역사를 견뎠다는 사실을 훈장처럼 자랑하지 않고, 아직도 떨리는 마음으로 고민하고 흔들리고 그러면서 힘겨운 발걸음을 내디디고 있어 경화되지 않은 시의 오랜 정신을 보여주고 있다. 인용시에서는 한국전쟁의 배고픈 기억을 돌이켜내면서도 그것을 지금 "경학원의 뼈"와 연결시켜 어떻게 사는가, 어떻게 죽는가를 괴로워하는 현재적 떨림을 자아낸다. 누구도 이런 상태를 행복이라고 말하지는 않는다. 오히려 결과적으로 생각한다면 아무리 굳세게 자살의 충동을 이겨내고, 삶을 긍정하고, 통곡의 벽을 성공적으로 넘어선다고 해도 남아 있는 것은 배고픔과, 앙상한 뼈와, 하늘과 외로운 자아뿐이라는 비극적 인식일 뿐이다. 그렇지만 반대로 끝까지 살아 이런 상태를 유지하는 일이 행복이 아니라고 누구도 말할 수는 없을 것이다. 완전한 행복 따위가 아니라도 시를 쓰는 뛰는 심장이 아름답기 때문이다.

동아冬兒, 이제 곧 겨울이 닥칠 것이다. 시련은 어느 때보다 굳셀 것이고 너는 죽을 것이라 말해지고 있다. 언제나 동아凍餓, 배고픈 사람은 입고 먹을 것 없어 헐벗고 굶주린 가여운 형해를 면하지 못할 것이다. 방법과 형식을 정립하기도 전에 정신의 아귀가 되고 말리라 모두 두려움의 통곡을 울리고 있다. 그러니 이 시기에 울리는 '통痛'으로서 서로 '통通'하는 고통의 전파야말로 시대의 위험을 나누는 서로의 전언이요 마지막 봉화가 될 것이다. 얼음 속에 들어가 죽어도 죽은 것이 아닌 자(undead)가 되기에 우리의 피는 아직 뜨겁고 비참하다. 할 수 있는 한 다음 계절의 시를 기다리면서 부탁하는 말이, 언젠가 돌아올 동아冬芽의 봄을 위해, "바람아, 제발 쓸어가지 말아라, 친구 올 때까지라도 기다려다오."(莫敎風掃地, 好待主人至-李奎報, 「雪中訪友人不遇」中)

# 참을 수 없는 존재의 '일리야(il y a)'

영원의 사랑을 받을까
인간 역사의 첫 페이지에 잉크칠을 할까
술을 마실까 망설일 때에 당신을 보았습니다
—한용운, 「당신을 보았습니다」

## 1. '일리야(il y a)'적 감각을 부양하기

당신은 이상한 계절을 보냈다. 이 계절에는 죽음과 분노, 유희와 막장, 비난과 비판이 뒤섞여 있었다. 그 사이 당신의 일기장에는 불안과 불만이 적혀갔다. 사실 지금껏 당신이 애써온 전부란, 아무 것도 아닌 우리가 아무 것이 되고픈 이야기였다. 하지만 이상한 계절은 역시 아무 것도 아니었다며 우리를 설득한다. 간절하게 낙담하게 만든다. 아직도 당신의 일기장은 "그렇군, 나는 그동안 너무 긴 소멸의 노래만을 불러왔네, 절망의 발등만을 보아왔네"(강은교, 「후회」, 『실천문학』 2007년 가을호)라는 시구를 기억한다. 그리고 절망을 접을까, 술을 마실까 망설일 때에 당신은 만해의 눈으로 문학을 보았다. 그 21세기식 만해는 오늘 일기장에 이렇게 적을 것이다. '아직 문학은 더 깊은 절망을 독려하고 있다'고. 아마 우리에게는 여전히 절망의 전망이 우세한 모양이다.

당신의 절망을 위로하기 위해 레비나스는 '일리야'라고 불렀다. 혹은, 그가 당신의 절망을 함께 절망하며 '일리야'라고 불렀을 수도 있다. 레비나스는 친구와 지인이 모두 죽은 고향에 돌아와서 산천이 유구하다는 사실에 절망했다. 인간이, 존엄이, 생명이 죽었는데 어떻게 세상은 존재할 수 있을까 이해할 수 없었다. 그래서 탄생한 '일리야'를 발음할 때, 21세기식 만해는 외국어의 음독音讀이 아니라 마치 정인情人의 이름을 통곡하듯 초혼의 목소리로 말한다. 한국어로 친다면 '세상아', 내지는 '생이여'와 같은 비곡으로 이해할 수 있는 '일리야'의 감각은 그만큼 우리에게 가깝다. 삶은 이토록 부조리한데, 사람이 죽고 죽이는데 세계는 여전히 그저 존재한다. 그리고 마치 아무 일도 없었던 듯이 존재는 존재를 지속한다. 이럴 때 우리는 존재한다는 것에 대한 경이와 조우하지 못하고 오히려 존재하는 것의 의문에 사로잡히게 된다. 어떻게, 세상이 여전히 똑같을 수가 있는가. 이 의문의 끝에 당신의 일기장은 '일리야'를 슬프게 적었다.

존재가 증여이기는커녕 결정적인 박탈로 느껴진다면, 지금의 우리는 근본적으로 상실된 자이고 우울증 환자일 수밖에 없다. 이런 때에 세계의 결정적인 무의미함을 언급하거나 그것에 맞서는 시편들을 만나게 되는 것은 우연이 아니다. 지금 우리는 아무 것도 아니고 아무 것도 아니어왔지만 어느 미래에는 아무 것이 되고 싶다. 그리고 그 슬픈 방편으로 시편들은 이 '일리야'적인 감각을 어떻게든 부양해나가고 있다.

## 2. 우울증, 나홀로 노다지(NO TOUCH)의 문법

최근 가을 · 겨울 문예지는 신인들의 특집 시즌을 맞았다. 물론 다가올 신춘문예의 시기를 감안한 기획들이다. 『현대시』 11월호 신작시단은 2010년 등단 신인 특집을, 『유심』 11 · 12월호는 신춘문예 당선시인 특집을, 『현대시학』 11월호는 2000년대 신예 시인들 특집을 선보였다. 이것은 신인들의 성장에 대한 좋은 보고서이자 2차적 진검승부의 장이 될 것이다.

이중에서 『현대시학』 특집에는 신인이라고 말하기 쑥스러운 몇 시인이 포함되어 있다. 그중 2001년에 등단한 류인서 시인은 이제 신인의 틀을 벗고 자기만의 개성적인 시세계를 갖춘 작가의 한 명이다. 그는 마치 세필화와 같은 시를 쓰는데, 이 시인의 섬세함은 점점 좋아지는 매력이 있다. 아주 부드럽고 미세한 언어 사용을 통해 할 말은 하고 그릴 것은 촘촘히 그려낸다. 가늘고 강단진 이 화풍은 거미가 되었다는 에코에게서 사사받은 듯하다. 시에서 그의 목소리는 거미의 것이고, 그의 어법은 거미줄처럼 은밀하다. 그리고 이번에는 아이러니하게도 「나비」한 마리가 시인의 주사蛛絲에 걸려 있어 의미의 표상이 아련하다.

> 발바닥이에요
> 손바닥이에요
> 그렇게 홀레붙어 난
> 애면글면 내 혓바닥들이에요
> 태엽손잡이만 한
> 날개예요
> 식어 느슨해진 중천을 팽팽하게 충전하는, 말랑하게 풀어 읽는
> 掌握이에요
> 변칙, 반칙, 봉투 속의
> 꽃씨예요
> 흰 두건 아래 매복한
> 유령 테러리스트예요 어둠 퇴마사예요
>
> 내 꿈 건들지 마, 내 잠에 손대지 마
>
> 和姦하는
> 꽃과 꽃 사이
> 두께와 무게로 떨어져 쌓이는 무른 그림자와 얼룩들이 있고, 무장해
> 제 당하는 포로 잡힌 도시가 있고, 방부처리의 표본상자 같은 광장

을(침대를) 안고 천창 밖으로 사라지는

참을 수 없이 가벼운 세계가 있고

　　　　　—류인서, 「나비」 전문(『현대시학』 2010년 11월호)

　　이 작품은 형태상 '나비=무엇'이라는 규정의 반복으로 이루어졌다. 류인서 시인에게 나비는 먼저 손바닥이고 발바닥이고 혓바닥이다. 지금까지 알려진 나비와는 반대다. 내가 아는 나비란 영혼이나 유계의 존재, 혹은 미학적 상징의 일부이다. 그런데 류인서는 나비에게 자신의 신체 일부를 나누어 줌으로써 존재 밖의 존재를 바라보는 분열증적 시선으로 나비를 포착한다. 외부 존재에게 나의 손바닥과 혓바닥을 떼어주는 상상은 자기 신체의 자발적 절편切片을 떠올리게 한다. 그런데 신체절단 이미지는 그로테스크하기보다는, 슬프다. 왜 슬픈 것일까. 이때 우리는 자기 몸을 떼어내어 세상 밖으로 던져버리는 마음은 어떤 것일까 생각하게 된다.

　　언제나 그러했듯 나비는 아름답고 연약하며 한시적인 탓에 찬란하게 슬프다. 나비에게 부분 빙의될 수 있는 화자 역시 아름답고 연약하며 한시적인 존재다. 사람으로 치자면 소녀라고 볼 수 있다. 그런데 이 소녀는 찬란하게 슬프지 못하고 어둡고 암울하게 슬프다. 소녀에게는 그럴만한 사정이 있다. 그녀는 도시와 세계에 상처받은 결과, "내 꿈 건들지 마, 내 잠에 손대지 마"라는 방어의 자세로 웅크리고 있는 것이다. 그의 붕괴된 내면이 수족(손바닥, 발바닥)과 말(혓바닥)을 거세했고 소녀는 토르소의 벙어리가 되었다.

　　여기서 토르소가 된 화자의 상황은 우울증자의 방어와 슬픔을 보여준다고 볼 수 있다. 하지만 이 작품은 우울증적 현대인의 내면을 펼쳐보이는 것에서 끝나지 않는다. 여기서 표면적으로 드러나는 것은 홀로 고립되고자하는 'NO TOUCH'의 문법이지만 사실 소녀는 이 무중력 상태를 벗어나고 싶어 한다. '건드리지 말라'는 나비의 전언은 더 이상 상처받지 않겠다는 후퇴의 언어가 아니라 반대로 누군가 위기를 알아달라는 구원의 SOS인 셈이다. 게다가 우리는 류인서의 나비가 소녀적 감수성에서 탄생된 것이 아님을 알고 있다. 이 시의 마지막 부분에서 나비의 이미지는 광장 위에 날아다녔던 구호나 삐라, 촛불과 겹쳐지기 때문이다. 시인이 말하는 "참을 수 없이 가벼운 세계"는 우리 사회의 참을 수 없는 존재의 일리야와 무관하지 않다. 그리고 아이러니하게도 가장 가벼운 나비가 참을 수 없는 가벼움을 절망과 희망 사이의 반어법으로 건너고 있는 참이다.

## 3. 치욕의 크로노스를 건너라

어디까지나 시는 순간의 문학이다. 어떤 강렬한 순간에 회심回心이 일어나 세계가 반짝, 변화하는 기적에 대한 문학이다. 그러니까 기본적으로 시간과 시간의 틈새에 존재하는 카이로스적 시간을 옹호하는 것이 시간에 대한 시의 자세라고 볼 수 있다. 실제 살다 보면 카이로스적 시간이라고 느껴지는 어떤 경이를 경험하기도 하지만 시에서만큼 순간의 기적이 강조되는 분야는 없다. 그만큼 시는 일상에 파격을 선사하는 축복이나 경이와 유사성을 갖고 있으며 스스로도 이 점을 장기로 삼아왔다.

기적의 순간을 노린다는 면에서 철학적 작품이든, 명상적 작품이든, 현대적이든 고전적이든 시는 일종의 인식적 환상이다. 시인들은 믿는다. 언어의 재구성은 진실된 환상을 만들어내고, 이 환상을 통해 세상을 바라보는 차원이 바뀐다고 말이다. 그런데 정영 시인의 시는 외람되게도 전혀 반대의 순차를 밟고 있어 주목된다. 이 시의 중심에는 "깃털 달린 뱀"을 목격하는 환상이 놓여 있다. 그런데 이것은 분명 환상이면서도 카이로스적 시간에서 탄생하는 환상이 아니어서, 시의 시간적 본성과 정면으로 대치하고 있다.

초침을 바라보는 사이
나는 상한다

…(중략)…

사전에도 없는 음식물들을 먹어치우며
사전에도 없는 말들을 침 뱉듯 던지며
뇌 없는 동물의 탄생에 대해 웃으며 이야기 나누는 저녁
굶은 새들이 걸어와 개처럼 짖는다
당신과 내 사랑의 거추장스러움을 말하듯
하품을 하며

흐르는 눈물은 벌써 상하기 시작하고
몸 깊은 곳엔 아직 싱싱한 눈물 가득하다
그러니 뭐……

말하는 사이
깃털 달린 뱀이 지나간다

구멍 난 몸에서 자질구레한 감정들이 동전처럼 짤랑거리자
썩는 당신과 나 사이로, 삭는 뼈와 뼈 사이로, 흐르는
검은 눈물
　　　　　　—정영, 「깃털 달린 뱀」 부분(『현대문학』 2010년 11월호)

　시인은 "초침을 바라보는 사이"라는 구절로 작품을 시작한다. 초침은 물
론, 초침을 바라보는 그 사이의 시간까지도 역시 순간에 해당한다. 그러나
이 시는 통상 시에서 기대되는 순간의 기적을 순간의 비참함으로 바꿔놓는
다. 시인의 말을 따라가 보자. 그에게 시간은 카이로스도 아니고, 순간은
기적의 틈새가 아니라 연속되는 시간의 일부일 뿐이다. 희망사항은 그렇지
않더라도 사실이 그러하다. 그래서 순간은 카이로스의 구원적 시간에서 멀

어져서 오염되었고, 오염된 시간을 사는 인간의 몸과 정신 역시 부패하고 말았다. 정영 시인에게 있어 카이로스의 신성한 유의미함은 아예 없었거나, 아니면 있다 하더라도 지금 우리의 차지는 되지 못하고 있다. 우리에게 남겨진 시간이 얼마나 저열한 것이며 비속한 연속성인지에 대해, 시인은 "뇌 없는 동물의 탄생에 대해 웃으며 이야기 나누는 저녁"이라는 일상적이며 굴욕적인 장면으로써 보여준다.

이 시에서 회의적으로 검토되는 문제는 육체적인 부분과 감정적인 부분으로 나누어진다. 아무 반성과 회의 없이 제 배만 채우는 일상의 육체는 세상의 절반이 굶주리고 있는 세상에 대해 고민하지 않고 있다. 사실 상식 차원에서 이것은 죄가 아니다. 그러나 '일리야'의 감수성에 의하면 이것은 이해할 수도, 이해하고 싶지도 않은 부조리함이다. 대부분의 사람들은 지구 저편의 기아에 대해 생각하지도 않을 뿐더러, "굶은 새들"의 개 같은 상태를 보고도 어떠한 비참함을 유추하지 못한다. 이 얼마나 일상적이면서 또 무비판적인 상황인가. 이것은 현재 우리 모습이라고 보기에 어떤 변명의 여지도 없다.

시에 등장하는 인물들은 사랑의 경이에 대해서도 쉽게 포기하는 영민함을 갖추고 있다. 지혜롭기보다는 재빠르게 약다고 할 수 있는 지금 우리의 모습을 이렇게 시를 통해 확인하는 일은 확실히 유쾌하지 않으나 자극적이다. 이들은, 아니 말을 바꾸어 우리는 현실을 충실히 살고 있다. 흘러가는 크로노스와 함께, 어쩔 수 없이 혹은 어쩔 수 없다고 생각하면서 열심히 살고 있다. 그러면서 소비를 삼키고, 부패를 남기면서 죽어가고 있다. 이에 대해 시인은 "썩는 당신과 나"라는 말을 통해, 일상적 존재함의 문제를 통렬하게 지적했다. 현재에 충실한 것이 무슨 문제냐는 질문에 그는 너의 일상과 나의 존재 자체가 바로 문제라고 대답한다.

지금 어떤 식자도 카이로스의 기적을 신뢰하지 않으나 실제로는 기적이 가끔 발견되기도 한다. 문제는 이제 어떤 기적도, 어떤 환상도 개인의 일상을 움직일 수 있을 만큼 지속적이고 강렬하게 작용하지 않는다는 데에 있다. 우리는 기적을 목도하면 크게 감탄하고, 제 갈 길을 간다. 그 과정에서 유사 신은 넘쳐나며 신은 굶어 죽었다. 여기서 정영 시인이 굶어 죽은 신을 살리는 묘약을 들고 있다고 말하고 싶은 것이 아니다. 실제로 그의 손에는 "검은 눈물"의 내향적 통곡 외의 것은 들려 있지 않다. 그러나 시인의 시각과 문제의식은 노신이 '납함' 아래 질식사를 불행으로 진단한 것과 유사하다. 알고 죽느냐 모르고 죽느냐의 차이에서 한 걸음 더 나가면 통곡을 하는 것이 더 나은가 아니면 침묵하는 것이 더 나은가의 문제가 나온다. 정영 시인에게서 이것은 우리가 카이로스를 믿는 순진한 인사는 아니라고 해도 크로노스에 만족하지 말자는 이야기로 바뀐다. 세상이 무의미로 채워진다고 해서 너의 뇌와 가슴을 비워두지는 말자는 이야기는 청산이 유구한 것에 감탄하지 말고 분노해야 한다고 말하는 듯하다. 또한 이것은 박탈의 연쇄작용에 대한 이야기이다. 우리는 분명 박탈된 존재이다. 그 이유로 우리는 동정받기에 충분하며 상처와 분노의 채권자가 되기도 한다. 하지만, 그 반대의 경우 역시 참이다. 우리 무고한 존재 자체가 역시 무고한 타인의 박탈을 토대로 하고 있기 때문이다.

## 4. 시는 기적을 원해도 될까

김학중의 「행운의 편지」는 기적에 대한 작품이다. 그래서 처음 읽었을 때는 그 착한 희망 어법에 자조적일 수밖에 없었다. 앞서 말했듯이 식자는 기적을 믿지 않고, 이 글을 쓰는 나는 품위있는 식자이고 싶었으니까. 그런데 품위를 포기하고, 단순한 독자로 돌아가니 시인 역시 기적에 대한 불신과 신뢰 사이에서 번뇌하며 작품을 썼음을 알 수 있었다.

작품의 첫 연은 머나먼 땅에서 보내온 당신의 편지를 소개하고 있다. 편지에는 "지구에서 일어나는 기적들이 적혀 있었다." 기적이란, 앉은뱅이가 일어서고 벙어리가 말을 하고 봉사가 눈을 뜨는 일이다. 편지를 받아본 시의 화자는 이 기적을 '거짓말'이라고 읽었다. 반응을 짐작한 듯 발신자는 "이건 모두 사실이야"라고 강조했지만 역시 거짓말. 판단이 상이한 이유는 '나'에게 속해 있는 기적과 '당신'이 목격한 기적이 서로 다르기 때문이다. 인용된 부분은 화자가 알고 있는 기적에 대해 적어놓은 구절인데 이 부분이 '현대적 기적'을 아프게 해설해놓고 있어 이 시를 다시 읽어봐야 했다.

> 그에게 답장을 썼다
> 가로등을 피해 시골로 내려간 별들처럼
> 기적도 기적을 원하는 사람들에게로 떠났다고
> 이곳의 아이들은 꿈을 갖기 전에
> 달력을 넘기는 것이 삶임을 알고 있으며
> 아프지 않아도 잘 죽어가고 있는 사람들
> 그들의 유일한 기적은 생의 지루함인데
> 미안하지만 그것은 편지에 동봉하지 못했다고
> 편지가 가닿을지도 모르지만 답장을 썼다
>
> 평생 떠돌 그의 대지 기적의 땅으로
> 당신의 이름을 지우고 봉투를 밀봉해
> 보내는 사람과 주소도 적지 않고 빨간 우체통에 넣었다
> 이 편지가 전해진다면
> *또 하나의 기적이 이 땅을 떠나는 것이네*
>
> 그리고 그에게서 답장이 왔다
> 누군가에게 편지를 쓰는 일도 기적을 믿는 일이라고
> 나에게만 보낸 편지인 것처럼.
> ─김학중, 「행운의 편지」 부분(『현대시』 2010년 11월호)

우리는 아마 사전에서 '기적'이라는 단어를 재정의해야 할런지도 모른다. 이미 죽어버린 '사어死語'로 분류해야 옳은지도 모른다. 그만큼 인식적으로 알고 있는 기적과 현실에서 체감하는 기적이 차이를 보이고 있다. 현실의 기적에 대해 시인의 말을 빌리자면 유일한 기적이란 '생의 지루함' 정도로 전락했다. 생명부지의 원시적 목적이 삶의 전부가 되었고 사는 것은 점차 죽어가고 있는 것과 동의어가 되어버렸다. 이러한 상황이니 시인은 기적은 "기적을 원하는 사람들에게로" 떠나갔다고 말한다. 기적은 먹고 살 만한 이 땅이 아니라 극빈의 케냐나 콩고 같은 나라로, 기적 밖에는 다른 무엇도 없는 곳으로 떠나갔다.

시인은 기적을 설파하는 행운의 편지를 받아놓고도 아직 현재의 기적과 잃어버린 기적 사이에서 갈등 중이다. 여기서 그의 갈등을 '행운의 편지'라고 표현한 것이 재미있다. 인터넷이 발달하기 전부터 악의 없는 장난의 하나로 '행운의 편지'라는 것이 있었음을 많은 사람들이 기억할 것이다. 구체적인 디테일은 달라도 편지를 복사해 며칠 내 몇 사람에게 보내면 행운이 오고, 그렇지 않으면 비명횡사할 것이라는 내용이었다. 여기에는 장난기와 사기성과 순진함이 구분되지 않게 섞여 있다. 그러면서도 지금까지 '행운의 편지'가 돌고 도는 것은 장난기 속에 희미하게나마 기적에 대한 소망이 남아 있기 때문일 것이다.

나는 우리에게 필요한 것이 더 깊은 절망이라고 생각했다. 그것이 '일리야'에 대한 유일한 대답이라고 판단했기 때문이다. 그런데 김학중 시인의 「행운의 편지」에 얼마큼의 절망과 얼마큼의 희망이 공존하고 있어 아직 우리가 기적을 꿈꿔도 된다는 말을 긍정하고 싶어진다. 이것은 '행운의 편지'를 받고 이 어처구니없는 명령에 '설마'하는 의구심과 '한번 속아볼까'는 두 마음이 함께 동하는 것과 같다. 과연 절망어법을 탐구하면서도 우리는 아직 시의 이름에 기대어 실현불가능한 '행운의 편지'를 만들기도 한다. 그리고 이 사이야말로 오늘날 많은 시인들이 고민하는 자리이기도 하다.

## 5. 비탄의 갈무리에 대하여

　시는 사람에게서 시작한다. 어디까지나 사람의 이야기이며 가시적이며 비가시적인 소중한 가치들에서 시작된다. 그러니까 시나 시인은 결코 무고하다고 할 수 없다. 사람과 소중한 가치들은 지속적으로 훼손되고 있기 때문이다. 이 말을 달리하면 시는 연평도에서 시작된다고도 할 수 있다. 더 전에는 참사에서 또는 슬픔에서 시작된다고 해도 틀리지 않다.

　무고하지 못한 시와 시인의 의미에 주목할 때 우리는 모두 '일리야'의 감수성을 공유하고 있는 셈이다. '일리야'에서 출발하되 누군가는 앨리스적 지하벙커에 대해 주목할 수 있다. 특히 젊은 시인들은 4차원적 원더랜드의 발견에 책임이 있고 또 능하다. 다른 누군가는 '일리야'를 감정적으로 해소할 수도 있고, 또 누군가는 명상적으로 회고적으로 대응할 수도 있다. 그 여러 양상 중에서 이수익 시인의 신작시는 비탄의 갈무리를 조용하고 힘있게 읊조리고 있었다.

　　　해는 지고 갈 데가 없다
　　　뭍으로 돌아오는 물새들의 날개 짓 소리
　　　파다하다
　　　서쪽하늘에 장엄하게 물드는 일몰 풍경
　　　저 건너 마을에 불빛 하나, 둘 켜지는 눈물겨운
　　　점등의 시간
　　　이제 참으로 거두어야 할 것들이다
　　　고깃배에 그물을 거둬들이는 어부와 그의 아낙이
　　　섬세하게, 그들의 마지막 하루 일과를
　　　정리하듯
　　　우리도 조용히 오늘에 마침표를 찍자
　　　모두들 길게 늘어뜨린 어깨 죽지를 거두고

처연히 저물어가는 바다 위로

비탄과 휴식의 이마를 떨어뜨려라

우리는 점점이

까마득하게

멀어져만 간다

　　　—이수익, 「저 바다 위에 당신의 이마를 떨어뜨려라」 전문

　　　　　　　　　　　　　　　(『시와시』 2010년 겨울호)

　무릇 노장은 호들갑스럽지 않아서 좋다. 그는 나이테만큼의 경험을 지니고 있기 때문에 속으로 깊어지는 울림을 울릴 수 있다. 또한 노장은 쉽게 판단하고 쉽게 분노하지 않아서 좋다. 빠른 반응으로 인해 간과될 수 있는 중요한 부분을 우리는 이 시편을 통해 배운다.

　「저 바다 위에 당신의 이마를 떨어뜨려라」에서 시인은 "처연히 저물어가는 바다"를 보고 있다. 그 바다를 바라보는 솔직한 심정은 아마 난감함일 것이다. 그 난감함은 자연과 삶에 대해 정답이라는 것은 없고 세상의 모든 문제에 종결은 없다는 말과도 같다. 이 난감함 앞에 우리는 어떤 반응을 해야 할까. 시인은 한 마디로 "비탄과 휴식의 이마를 떨어뜨려라"고 알려준다. 이것은 망각도 아니고 정지도 아니고 잠시 몰아沒我되는 상황이다. 이 시인의 충고를 받아들여서 생각할 때, '일리야'의 비탄과 공포를 감당하는 최종 단계는 '일리야'에 너의 이마를 떨어뜨리는 것, 그래서 그것과 하나가 되는 일이다. 이것은 가장 나중의 단계이자, 또한 새로운 출발점이 되어줄 것이다. 참을 수 없는 존재의 가벼움에 대해 우리는 지극히 인간적인 방식으로 참아내야 할 필요가 있다. 참는 것이 순종이 아닌 이상, '일리야'의 중압감을 지속적이고 자발적으로 감당해갈 때 비로소 우리는 '참을 수 없는' 무엇에 대해 말할 자격을 얻게 된다.

　나는 참을 수 없이 가벼운 존재이고, 너는 참을 수 없이 무거운 존재이다. 그런 내가 너를 업고 강을 건너기란 언제든 불가해한 목표일지도 모른

다. 하지만 이 불가해한 목표는 너를 위한 것이라기보다 나를 위함이 많다. 이 사정에 대해서는 한용운이 이미 말해놓은 바 있다. "당신이 가신 후로 나는 당신을 잊을 수가 없습니다. 까닭은 당신을 위하느니보다 나를 위함이 많습니다. (…) 영원의 사랑을 받을까 인간 역사의 첫 페이지에 잉크칠을 할까 술을 마실까 망설일 때에 당신을 보았습니다"라고.

# '극서정시' 선언의 진의와 미학적 성과

## 1. 왜 다시 '서정'인가

2012년의 현시점에서 조망하는 지난 10년간의 시단은 다시 전반부와 후반부로 나뉘어진다. 구체적으로 말하자면, 2000년대 초반의 화두는 개인의 기억을 넘어서는 공동 정서의 확보라는 서정성의 복구에 닿아 있었다. 그리고 후반의 화두는 2006년 초(『현대시학』 2월호)에 촉발된 미래파 관련 담론을 중심으로 펼쳐져 있었다. 이를 정리한다면 전반부는 복권된 서정성에 대한 주목이었고, 후반부는 새롭게 등장한 젊은 시인들의 변화에 대한 주목이라고 요약할 수 있을 것이다. 실제로 전반부에 주목받았던 작품 경향과 후반부에 주목받았던 작품들의 세계는 매우 상이해서 10년의 시간을 다시 양분해 이해하는 일이 어색하지만은 않다. 그리고 지금까지 두 양상 사이에서는 유사한 측면보다 대조적인 성격이 부각되어 왔던 것이 사실이다. 하지만 비평적으로 살펴볼 때 2000년대 초반 '서정의 귀환'이라는 사건과 2000년대 후반 '미래파'로 대변되는 새로운 시의 면모는 분리가 아닌, 연속성의 차원에서 이해될 필요가 있다. 서정성의 확립과 그 반대의 성향으로 보이는 두 경향은 실상 하나의 연결고리, 즉 '서정'에 대한 문제제기로 묶여 있음을 간과할 수 없기 때문이다.

되돌아보건대 지난 10년의 시간은 문학에 대한 위기감이 어느 때보다 짙었던 시기였다. 진정성의 권위가 위협받았으며 문학은 대중문화 및 혼종성과 분열적 자아라는 주제를 감당해야 했다. 이러한 변화 속에서 시는 시의 현재 뿐만 아니라 불투명한 미래를 고민해야만 했다. 살아남아 앞으로 나아가기 위해서 시는 어떠한 자세를 취해야 하는가. 이에 대한 자체적인 모색과 실험이 우리의 지난 10년을 채우고 있다. 결론이 외연상으로는 차별적 의견과 시적 세계의 충돌로 드러났지만, 그럼에도 불구하고 이 충돌과 다름의 원인으로는 새로운 시에 대한 고민, 그리고 서정시의 운명과 미래를 어떻게 점치느냐의 문제 제기가 공통적으로 포함되어 있다.

많은 비평가가 정리한 것처럼 1990년대 문학의 책무는 거대 이데올로기가 붕괴된 자리에 개인의 미시적인 자리를 복권시켰던 데 바쳐졌다. 90년대 후반부의 중요한 징후로 지목되어, 2005~2006년 사이에 출간된 평론집의 중심을 차지하고 있었던 것은 '신서정' 및 '다른 서정'의 문제였다. 그 예로서 나희덕, 문태준, 김선우 등의 시인은 민족이나 민중이라는 크기의 공동체는 못 되어도 우리의 다수가 감각하고 공감할 수 있는 새로운 감수성을 출현시켰던 공로를 지녔다고 평가받았다. 이로서 시의 서정성은 단지 미학적인 측면에서만이 아니라 시의적인 가치로서도 주목받게 되었다. 그런데 이 '다른 서정'의 문제는 이 시기에만 논의된 것이 아니다. '다른 서정'의 문제는 이후의 미래파 논쟁 때에도 역시 중심을 차지하고 있었다. 주지하다시피 미래파 논의가 지닌 가치는 비단 젊은 시인들을 무엇이라 규정해야 한다는 결론 확정을 넘어서 있다. 거시적으로 보았을 때 그 논란은 규정의 문제를 넘어, 우리 시의 미래를 무엇으로 파악해야 하느냐는 '서정성'의 의미와 가치에 관한 논의로 확장된다. 구체적으로 미래파 논의에 사용되었던 주된 근거들은 서정의 외연을 확장하여 그것의 진화를 서둘러야 한다든지, 서정에 부족한 다른 가치를 모색해야 한다든지, 또는 어디까지나 서정이 지닌 본연의 가치를 옹호해야 한다는 등 서정성에 대한 제언과 파악을 바탕으로 한 의견들이었다.

지금 시단의 서정에 대한 논의는 아직 끝나지 않았다. 90년대 후반부터 이어진 서정성에 대한 회의와 비판과 복권이라는 문제제기는 현재에 와서 극서정시에 관한 논의로 이어지고 있다. 이것이야말로 현시점에 극서정시의 등장을 면밀히 살펴봐야 할 필연성이다. 극서정시의 선언은 왜 '아직도' 그리고 '다시' 서정이어야 하는지에 대한 강력한 요청이면서, 시단의 비평적 흐름이 역동적으로 살아 있음을 증거하는 사건으로 이해되어야 한다.


## 2. 이것은 '선전포고'가 아니다

'극서정시極抒情詩'의 선언과 시적 실천은 분명 원로 문인들을 중심으로 이루어졌다. 2010년 말 비평가이자 시인인 최동호의 글 「트위터 시대와 극서정시」(『유심』 2010년 11·12월호)를 통해 '극서정시'의 용어 제언이 이루어졌으며 이에 뜻을 같이하는 시인들의 참여는 바로 시집 출간으로 이어졌다. 2011년에는 『서정시학』의 극서정시 시리즈가 연달아 출간되었다. 여기에는 김종길의 『그것들』, 유안진의 『둥근 세모꼴』, 오세영의 『밤 하늘의 바둑판』, 강은교의 『네가 떠난 후에 너를 얻었다』, 조정권의 『먹으로 흰 꽃을 그리다』, 이하석의 『상응』, 최동호의 『얼음 얼굴』이 포함된다.

이들 작품을 구체적으로 살피기 전에 분명히 해야 할 점은 '극서정시' 선언이 이루어진 진의에 대한 부분이다. 항간, 특히 신문기사에서는 극서정시에 관련된 움직임을 다분히 세대 간의 대립으로 부각시키려는 경향이 있다. 이를테면 젊은 미래파 시인들은 '탈서정'을 추구하고, 이에 반대하는 원로 시인들이 나서 맹공을 가한다는 식이다. "젊은 시인들의 시에서 느껴지는 부정적 징후들을 지적하고 이의 대안으로서 극서정시라는 용어를 사용하였다"(최동호, 「극서정시의 기원과 소통」, 『유심』 51호(2011년 7·8월호))라는 언급, 최근에는 "시를 기업의 상품 마케팅과 같은 전략으로 팔고 사는 듯하다. 포퓰

리즘, 센세이션널리즘, 저널리즘, 커머셜리즘에 편승한 한탕주의식 문학적 판매기법을 현대 미학이라 포장하여 강변하기도 한다. 예컨대 충격, 해체, 자해, 폭력, 무의미, 패륜과 같은 방식의 시선 끌기들이다"(오세영, 「시인의 말」, 『밤 하늘의 바둑판』, 서정시학, 2011)라는 비판이 있으니만큼 극서정시 운동은 최근 '난해시'로 일컬어지는 젊은 시인들에 대한 문제제기에서 촉발된 바 있다. 하지만 문단 내 세대 간 문학론의 차이가 반영되어 있다고 해도 극서정시를 세대 간의 대립으로 규정하고 마는 것은 지나치게 그 의도를 축소하고 있는 것이다.

세대 간의 입장 차이를 노정하고 있으며 산문체로 흐르는 난해한 작품에 대한 비판을 견지하고 있지만 극서정시 운동이 지닌 본연의 목표는 젊은 시인들에게 교시敎示를 내리는 것이 아니다. 이 원로 시인들은 1차적으로는 미래파 작품 그 자체보다는 논란의 파급력으로 인해 한국의 현대시와 미래파의 시가 동일시되는 사태를 문제시한다. 하나의 경향이 유일한 경향으로 암암리에 인정된다면 그것은 시의 판도를 질식시키는 결과를 초래할 것이라 우려하고 있는 것이다.

> 그럼에도 최근 우리 시단은 시적 담론의 공백 지점에 도달한 것이 아닌가 하는 느낌을 받는다. 문학이 시대 변화를 선두에서 견인하지 못하고 그 변방으로 전락했기 때문일까. 1980년을 떠올려 보면 확실히 그렇게 생각되기도 한다. 디지털 문화의 첨단적 활성화와 더불어 최근 우리 시단은 그 양적 팽창을 가속화시켰음에도 불구하고 시대적 대응과 진취적 모색에는 둔감했던 것이 아닌가 한다. 바로 이 담론의 공백 지점이 극서정시가 생성되는 지점이라고 할 것이다.
> —최동호, 「극서정시의 기원과 소통」(『유심』 51호, 2011년 7·8월호)

나아가 본질적으로 극서정시 운동이 향해 있는 목표는 시를 외면하는 시대에 시의 육성을 드러내는 데 바쳐져 있다고 볼 수 있다. 인용된 평문에는

'시적 담론의 공백 지점'이 지적되어 있다. 시단은 시단 내부에서는 반드시 무엇인가 변화하고 있고 더 나은 미래를 만들어가고 있다고 생각해왔지만, 사실은 그렇지 못했다는 것이다. 시는 분명 많이 창작되고 있고, 시 전문잡지는 어느 때보다 다수의 종류를 자랑한다. 그렇지만 이 양적인 팽창에 비해 시인이 아닌 누가 시를 소중히 읽으려고 하는가. 이것은 시대의 탓이기도 하지만 시는 변명만 하고 있을 수는 없다는 것이 극서정시 선언의 출발점이다. 오늘날의 시가 내일의 시가 되기 위해서는 우선 문학인들끼리 쓰고 읽고 평가하는 형태를 넘어 대중의 가슴으로 파고들 수 있어야 한다. 그러기 위해서는 우리들 사이에서 먼저 시끄러운 소리도 내보고, 여러 가지 담론을 활발하게 생성하면서 시가 아직 퍼렇게 살아 있음을 논쟁으로서 알려야 할 필요가 있다.

극서정시 운동은 난해시에 대한 선전포고가 아니라 시단 전체의 시대에 대한 무용성을 근심하고 그것을 타개하고자 하는 의도에서 출발했다. 극서정시 운동의 진의를 이해하기 위해서는 문단 안에서의 두 대립적 경향의 충돌이라는 시각을 밖으로 돌려, 보다 거시적인 차원으로 바라보아야 한다. 구체적으로 이 운동은 문학 청년들과 독자들에게 시단에는 미래파 등의 경향만 있는 것이 아니라는 것을 알리고, 현재의 시적 경향에 대해 재고하기를 촉구한다. 다른 경향에 목마른 독자들에게는 서정시의 극적인 형태를 벼려서 선보이고, 차츰 당연시되어가는 젊은 시인들의 시적 경향이 다시금 고민을 시작하게끔 만든다. 극서정시 운동의 진의는 미래파를 '살해'하는 것이 아니라 미래파 논란에서 멈추었던 시적 담론이 다시 진전할 수 있도록 활성화시키는 데에 있다. 현대 시조계와 고민의 폭을 공유하고 시의 본질을 재검토한다는 점에서도 극서정시의 의도가 시의 전체적인 판도와 활성화에 있다는 점을 알 수 있다. 극서정시 운동은 '탈서정'에 대한 반작용을 넘어서 이미 달라져버렸다고 생각되어 오던 서정에 대해 또다시 '다른 서정'을 제언하는 진전의 한 모습인 것이다.

## 3. 정제 후에 얻는 '순도純度'의 미학

극서정시 작품에서 특히 강조되는 점은 언어의 경제성이다. 적은 수의 언어를 가지고 간결하고 담박한 이미지를 구현하며 이를 통해 세계를 대면하는 서정을 드러낸다는 것이 극서정시의 기본 골격이다. 때문에 극서정시 시집에 실린 많은 작품은 유난히 짧은 형식을 특징으로 삼는다. 이를테면 조정권 시인의 「골다공」이라는 작품은 "무뼈/ 안에서도 설월雪月이 드나들었군"이라는 두 줄이 전문이다. 마치 짧은 한 문장으로 된, 쥘 르나르의 시 "너무 길다"(「뱀」 전문)를 보는 듯하다. 이렇게 짧은, 촌철살인적인 표현 방식은 앞서 언급된 극서정시 시리즈의 시집들 곳곳에서 찾아볼 수 있다.

> 집 나온 가을달 수퍼마켓에서 만나 밤 뒷산 같이 올랐다가 말없이
> 헤어진다
>
> —조정권, 「추풍조」 전문

> 아기 안은 엄마를 구경하던 원숭이가
> 쪼르르 달려가더니
> 제 새끼를 안고 와 보여준다.
>
> —유안진, 「자랑거리」 전문

인용된 작품들은 짧을 뿐만 아니라 리듬감 있게 읽힌다는 공통점을 지니고 있다. 조정권의 「추풍조」는 한 문장이 한 작품을 이루고 있는데 이 문장을 읽어보면 "집 나온/ 가을달/ 수퍼마켓에서/ 만나// 밤 뒷산/ 같이 올랐다가/ 말없이/ 헤어진다"라고 8가닥의 호흡으로 읽을 수 있다. 읽다 보면 마치 시조의 1장과 2장을 읽는 듯한 느낌을 받는다. 유안진 시인의 「자랑거리」라는 작품의 전문 역시 "아기 안은/ 엄마를/ 구경하던/ 원숭이가// 쪼르르/ 달려가더니/ 제 새끼를 안고 와/ 보여준다"라고 운율을 확인하며

읽을 수 있다.

단지 시 전체의 형태가 짧기 때문에 운율이 생성되는 것은 아니다. 시 작품을 구상할 때에는 적절한 단어가 안개 속에 가려져 있는 듯 잡히지 않을 때가 있고, 또한 너무 많은 단어가 몰려들어 시의 균형을 저해하는 때가 있다. 와중에 전체적으로 리듬감을 놓치지 않으려면 형식을 구성하는 언어를 정교하게 다듬고 여러 번 솎아내어 구성을 시도해야 한다. 극서정시가 추구하는 짧은 형식의 작품 역시 쉽게 완성되는 작품이라고 볼 수 없다. 오히려 시인의 입에서 수차례 굴려져 불필요한 가지를 제거하고 남은 단단한 언어들이 끈기 있게 결합되는 과정이 필요하다. 숙고를 통해 걸러지고 긴밀하게 얽혀 있는 이 시어들은 잡스러움을 제거하고 정제한 후에 남은 순도純度의 언어라고 할 수 있을 것이다.

시상詩想에 몰려드는 숱한 언어의 곁가지를 태운 이후에도 살아남는 언어들은 단단하며 무게감이 있는 언어의 뼈에 해당한다. 뼈로 직조된 작품은 단순과 여백을 그 장점으로 삼는다. 하여, 극서정시의 작품들은 읽는 시간은 적게 들고 대신 반복하여 음미하는 시간은 길게 소요된다. 이런 형태와 독법의 차이는 극서정시에서 비판하는 최근의 시적 경향, 즉 시에 과다하게 많은 언어를 사용하는 경향과 가장 큰 대비점을 보인다. 소위 '난해시'라 불리는 작품에서는 사용된 언어의 100%가 의미를 지니고 있다고 볼 수는 없다. 각각이 명료한 의미를 구현하기보다 많은 언어들은 시의 정조를 창출해내고, 분위기와 배경을 만들고, 그 배경에 구멍을 만들고, 구멍 안에 빠져 들어가 사라지는 자아의 그림자를 만드는 데 기여한다. 따라서 우리는 이 장막을 몇 겹이고 거두고 눈을 비벼가며 그림자를 건져내는 독법, 읽은 후에 남는 '감感'의 공유를 시도해야 한다. 이러한 독법은 그 자체로 기표와 기의가 미끄러지는 포스트모더니즘적 경향을 언어로써 보여주려는 의도를 지니고 있었기도 하고, 또한 불분명함 속에서 해체되고 분열되는 자아상을 그려내려는 의도를 지니고 있다고 평가되기도 한다. 그런데 형상성 대신 분위기와 징후를 감지하는 독법, 보이지 않으나 촉觸하는 독법에 반해 극서정시의 간결한 언어 사용은 눈으로 보고 거기서 우러나오는 의미를 획득하는 방식을 지지한다. 끓는점을 높여 순도를 얻는 극서정시의 시학은 탈각과 제거의 시학이며 시의 구성 방식에 있어서는 젊은 시인들과 분명 반대의 과정을 추구하고 있다.

이러한 언어 정제의 방법론을 추구하는 극서정시임을 염두에 둔다면 이들 작품이 많은 경우 '명사 탐구적'이라는 사실을 자연스럽게 이해할 수 있게 된다. 해당되는 시집의 제목이나 목차의 작품 제목을 보면 한 단어로 이루어진 명사가 특히 많다는 사실을 알 수 있다. 그것도 추상적인 어떤 개념어가 아니라 구체적인 대상의 이름씨들이 자주 등장한다. 극서정시 작품은 하나의 명료한 대상에 초점을 맞추고 그것을 궁구하는 방식을 시의 구성 방식으로 채택하기를 즐긴다. 대상에 초점을 맞춘다면 마땅히 조리개를 조정하는 과정에서 흐릿함을 걷어내야 하고 명료한 상을 얻기 위해 여러 번의 탐색을 거쳐야 한다.

명료한 시선을 지닌 주체가 존재하고, 또한 명료한 대상의 이미지를 얻을 수 있다는 신념은 과연 어디에서 온 것일까. 극서정시에 해당하는 작품들은 파편화된 우주, 불길한 폐허의 묵시록적 예언과 같은 부정적인 세계관을 다루지 않는다. 반대로 그들은 중국의 포희씨가 앙관부찰仰觀俯察하여 언어를 만들어내던 고전적인 방식에 닿아 있다. 우러러 하늘을 살펴보고, 굽어 땅을 관찰하여 그곳에 의미를 발견한다는 앙관부찰은 중심 없는 세계에서 포스트모더니즘을 말하고 인간의 출발점은 상실된 대지라고 선언하는 것과 반대의 관점에 놓여 있다. 극서정시의 세계관에서 세상은 아직 살 만한 것이고, 상실되지 않은 의미로 넘쳐나는 살아 있음으로 풀이된다. 세계가 건재하고 굳건하다는 긍정적인 믿음은 곧 세상을 대면하여 읽고 해석하고 정서를 풀어낼 수 있다는, 서정에 대한 신뢰로 이어진다.

이들의 시학은 전통적으로 사유되는 서정의 본질을 보다 확고하게 정초하는 기획과 연관되어 있다. 눈앞에 놓여 있는 자연계의 사물에 자아가 비추어지며 그것을 통해 세계와 감응할 수 있다는 믿음은 연암 박지원이 강

조한 성색정경聲色情境을 연상케 한다. 박지원은 좋은 글에 성색정경이라
는 네 가지 조건을 갖추어야 한다고 말했다. 그 중에서 '정'이란 '서정'의 방
식과 긴밀하게 연결되는데 구체적으로 그것은 '나는 기쁘다'라고 쓰는 대신
지저귀는 새들의 노래 소리를 들려주는 것이다. 내가 내 감정을 직접적으
로 말하지 않아도 시인이 선택하고 의미를 부여한 사물이 대신 이야기해줄
수 있다. 이때 시인이 말하고 제시하는 것은 있는 그대로의 사물일 뿐인데
도 그것들 위에는 정情의 무늬가 아로새겨져 있다. 사물이란 깨끗이 닦아
놓은 거울이기 때문이다. 이러한 정의 포착을 위해 극서정시 시인들은 사
물을 탐구와 의미 전달의 매개로 삼으며 작고 구체적인 존재가 지닌 의미
를 섬세하게 들여다본다.

## 4. 자연을 이야기하는 소회

극서정시 시인의 인식론적 특징을 보면 불안함, 불편함에 휘둘리지 않
는 강건함을 느끼게 된다. 그것은 자연에 대한 태도에서 기인한다고 볼 수
있다. 인공도시에서 길을 잃어버린 자들의 세계가 젊은 시인들의 것이라
면 이에 대조적으로 극서정시 시인들은 자연 속에 거하는, 혹은 실제로 자
연의 것을 이야기하지 않더라도 마음속에 자연을 지니는 것이다. 자연에
의 신뢰, 혹은 자연의 존재 위에 서 있다는 의식은 그들의 작품 편편에서
드러난다.

온종일 지구를 끌다가
저물녘
지평선에 누워 비로소
안식에 든 산맥.

하루의 노역을 마치고
평화롭게
짚 바닥에 쓰러져 홀로 되새김질하는
소 잔등의
처연하게 부드러운 능선이여.

—오세영, 「일몰日沒」 전문

　　오세영 시인의 작품에서는 자연 세계를 살아 있는 동물에 비유하여 자연
을 유기체적으로 그려내고 있다. '일몰'이라는 제목에서 자연의 시간 법칙
에 유순히 따르려는 시인의 마음이 엿보이며 평화로운 내면의 세계가 표현
되고 있다. 이 작품의 중심적 이미지를 만들고 묘미를 살리는 가장 큰 요소
는 신선한 은유의 발견이라고 볼 수 있다. 특히 완만한 산맥의 능선을 누워
있는 '소 잔등'으로 이해하는 부분에서는 세계란 불가해한 미지가 아니라 인
간과 친숙하게 의미를 나눌 수 있는 것임이 강조된다. 이 작품을 읽으면 특
수하게 목가적인 한때가 아니라 매일의 모든 일몰 때가 우리를 따뜻하게 감
싸주는 듯한 위로를 받게 된다. 고립된 일자로서의 인간이 외롭지 않음을
증거하듯, 세상 곳곳의 보이지 않는 의미를 발견하려는 시도는 다른 시편
들에서도 자주 발견되는 특징이기도 하다.

바람이 지우고 지워도
늘 새로 밝혀 서는

먼 데, 높이,
나앉은,
천심天心 나누는 장터.

가쁜 숨으로 우련하게 올라서면

낮게 엎드린 채 고개 드는 악착으로

울컥, 원추리 피어 있는


구름 위로 뉘 부르는 한 소절 더 높은

바람목.

—이하석, 「장터목」 전문

이하석 시인은 도시인의 삶에 대한 관찰이라든가, 투명함과 깊이감 등으로 표상되는 존재에 대한 시적 사유를 드러내 온 바 있다. 도시적이며 현대적인 감각을 날카롭게 보여주었던 이 시인이 극서정시에 참여하고 시적 실천을 보여주는 것은 시사하는 바가 크다. 고유한 서정시에 대한 옹호를 지속적으로 강조해왔던 오세영 시인뿐만 아니라 강은교, 이하석 등의 시인이 극서정시에 대한 공감대를 형성한다는 것은 극서정시의 확장 가능성과 발전 가능성을 시사하고 있다.

인용된 작품의 제목인 '장터목'은 지리산의 한 고개 이름이지만 작품 내에서는 "천심天心 나누는 장터"라는 의미를 얻고 있다. 실질적인 사람의 장터는 아니지만, 지명에서 촉발된 상상력은 백두대간의 한 언덕을 구름과 바람과 원추리가 살아 있는 소통의 장소로 이해하게 만든다. 이 작품을 통해 우리는 하나의 명징한 이미지를 얻을 수 있을 뿐만 아니라 인간이 낯선 하나의 풍경을 찾아 그 안에 깃든 의미를 캐내고 이해하면서 자신의 존재 가치를 증명하는 장면을 접하게 된다. 말하자면, 인간의 무의미와 삶의 무기력함은 무릇 주어진 것이 아니라 지속적인 의미의 확보를 통해 극복할 수 있다고, 이 작품은 시사하고 있다.

자연 친화적인 특징은 극서정시의 장점이면서 또한 비판의 원인이 될 수도 있다. 예를 들어 88만 원 세대의 입장에는 사회 초년생이 되기 전부터 많은 빚을 지고 출발해야 한다는 자괴감이 강하다. 그런 세대는 자연 친화적인 작품을 먼 나라 이야기인 것마냥 느낄 수 있다. 청춘은 아픈 것이고, 도

시와 근대의 족쇄에 묶여 있다는데 눈앞의 현실이 아닌 자연을 이야기하는 것이 괴리감으로 다가올 수도 있다. 그러나 극서정시의 자연 친화적인 세계는 자연에 돌아가자, 자연을 사랑하자는 모토와는 다르다. 명확히 말하자면 극서정시의 자연 친화성은 자연에 방점을 찍기보다 지구적인 거시성이 필요하다는 차원으로 이해될 필요가 있다. 대세적으로 도시의 암울, 해체, 분열을 이야기할 때 극서정시 시인들은 서정, 본질, 동일성, 가능성을 강조한다. 그것은 위기감의 타개보다 독려하려는 의미가 짙다. 각각의 시편들이 그리는 주제는 달라도 극서정시 작품들은 공통적으로 도시 안에서 성장한 감수성이 국지전의 폐단에 함몰되지 않고 지구적인 감수성을 향해 뻗어나가기를 후원하고 있는 것이다.

## 5. 미래를 향한 진자 운동의 시작

"낭만주의가 100년쯤 지나면 새로운 고전주의가 부흥된다"고 했던 것은 흄의 선언이었다. 그가 주목한 것은 서양문화사란 100년을 주기로 마치 진자 운동처럼 극단적인 세계관을 오가면서 전체의 흐름을 만들어 왔다는 사실이다. 물론 현재의 문화사, 미래의 문화사에 100년의 시간 간격을 액면 그대로 적용할 수는 없다. 그렇지만 흄의 이 말은 낭만주의의 것도 고전주의의 것도 아니면서 양측 모두를 구원한다는 의미에서 흥미롭다. 우리는 낭만주의와 고전주의가 대조적인 사조임을 잘 알고 있다. 그러나 크게 조망할 때 이 대조적인 양 극단은 분명 전체의 진보에 기여하는 균형의 일자라는 점에서 연계되어 있다.

흄의 선언을 통해 우리가 유추할 수 있는 사실은 이 진자 운동의 흐름이 비단 낭만주의와 고전주의에만 국한되지 않는다는 점이다. 대조적인 다름의 극이 오고 가면서 전체의 미래를 지양하는 대등한 주축을 형성하고 있음을 현재 우리 시단의 변화를 통해서도 확인할 수 있다. 특히 극서정시를 통해서 90년대 이후의 우리 문단의 흐름을 되짚어볼 때 진자 운동처럼 극과 극을 오가는 두 경향을 확인하게 된다. 현시점에서 우리 눈앞에 벌어지고 있는 진자 운동의 양 극은 서정과 자아를 중심으로 차별성을 보이고 있는 듯하다. 그리고 지금 우리 문단은 진자 운동이 멈추기를 원하지 않는다. 한 극에서 다시 한 극으로 이동하는 운동 에너지가 전체 문단의 미래에 힘을 보태는 원동력임을 잘 알고 있기 때문이다.

제3부

아직 끝나지 않은 노래

# 고요한 비극성非極性의 탄생
## —최하림론

보이지 않는 들판을 간다는 건 어려운 일이다
—최하림, 「들판」 부분

## 1. 혁명가가 된 시인과 시인이 된 혁명가

시인은 죽고 문학세계는 완료되었다. 이제 우리는 오직 작품을 통해서만 최하림 시인을 만날 수 있다. 그를 기억하기 위해 총 7권에 대한 독서를 시작하자. 그러나 이들 시집에서 우리가 만나는 것은 비단 개별 시인의 시적 여정만이 아니다. 여기에는 시인이 혁명가여야 했던 지난 시대의 아픔이 발견된다. 또한 혁명이 끝나고 난 뒤에 혁명가가 취할 수 있는 가장 미학적인 선택이 들어있다. 사회와 시대라는 참고문헌을 곁에 끼고 읽을 때 이 시인의 세계는 과연 '혁명의 시'에서 '서정의 시'로 변모되는 모습을 보여준다. 그는 역사와 자아와 그리고 서정과 분투하는 일을 통해 작품을 써온 것이다. 그래서 최하림의 시는 혁명과 시가 얼마나 다른지 말한다. 아니다. 사실 그는 오랜 시간 혁명과 시가 얼마나 같은지에 대해 이야기해왔다.

최하림 시인에 대한 가장 정확한 논평은 1982년의 평론(「고통의 인식과 확대」)에서 이루어진 바 있다. 시인과 같은 〈산문시대〉 동인이었던 평론가 김치수는 "최하림은 우리 시단을 주도한 두 경향의 어느 쪽에도 치우치지 않으면서 순수와 참여의 분리를 극복하려는 의지를 시의 완성이라는 목표에

332

연결하려 했다"고 말했다. 날카로운 비평적 감각에 뜨거운 애정을 더했으니 이 평가는 앞으로도 시인에 대한 논평의 출발점이 될 것이다. 이 글에서 김치수가 시인에 대해 긍정적 평가를 내린 것은 분명해 보인다. 이렇게 '아주 좋습니다'는 말을 들었으니 듣는 우리도 즐거워야 할 터인데 실제로는 별로 그렇지 못하다. 즐겁기보다는 시인의 오랜 문우였던 한 비평가가 이 글을 쓰면서 몹시 가슴 아팠으리라 예상하게 된다.

읽는 우리가 함께 씁쓸한 것은 사회의 다른 영역이 그렇듯 문단에서도 '어느 쪽에도 치우치지 않기'란 참 쉽지 않기 때문이다. 치우침을 거절하기에 인간은 너무 나약하고 외로움은 막강하다. 그래서 우리는 김치수의 언급을 바탕으로 최하림의 문학적 생애가 몹시 외로웠음을 짐작할 수 있다. 사람 사는 세상에서 외로움은 사람을 나약하게 하거나 비굴하게 만드는 데 기여한다. 진정성을 자랑하는 문학에서 나약함이나 비굴함을 보는 것은 괴로운 일일 것이다. 그러나 다행히도 최하림 시인의 작품을 보면 적어도 문학의 세계에서라면 외로움이 굳건함에 기여하기도 한다는 사실을 새롭게 알게 된다. 어느 유파에도 속하기를 거부하는 그는 '최하림류'에 속한다. 시인의 홀로서기는 쉽지 않았겠지만 그의 남겨진 작품은 여기저기 흩어져 제 평가를 받지 못하는 다른 외로움들을 독려할 만하다.

그러나 오해하지 말기 바란다. 만약 당신이 외로운 시인의 작품 세계를 향해 '외롭습니까' 하고 묻는다면 그의 작품들은 '아닙니다' 대답할 것이다. 시인의 진정한 동료는 사람이 아니었다. 그에게는 〈산문시대〉로 이름 붙여진 '혁명의 시대'가 있었다. 그 다음으로는 혁명의 짝패격인 '고통'이 있었다. 나아가 고통으로 좌절한 혁명의 마음이, 혁명도 친구도 없이 혼자 일어설 때에는 '말(언어)'을 동료 삼았다. 그래서 그의 시집들을 나열해놓으면 혁명, 고통, 말의 손을 잡고 걸어가는 시인의 행적이 나타난다. 그리고 행적이 도달한 지점을 우리는 시인 자신의 시어를 빌려 '고요한 비극성'의 세계라 부름직하다(「햇빛이 무진장 내려」).

비극의 시대라고 할 때 우리는 1970년대 전후를 자동연상하게 된다. 그리고 당시 최하림의 출발은 분명 울부짖는 목소리, '고조된 비극성'이었다. 그런데 어느 사이엔가 고통은 조용해지고, 그러면서도 종내 비극적임을 유지하고 있다. 지금 서점에서 구할 수 있는 최하림의 작품들만을 가지고는 이 시인이 본질적으로 조용한 적막을 자랑한다고 생각할 수도 있다. 그러나 그의 낮은 노래에는 분명 비애감이 포함되어 있으며 이것은 한 시인의 기질 문제로 해석될 수 없다. 개인이 아니라, 여기에는 실재했던 비애의 시대가 세월을 견디면서 한 인간의 존재 내부로 들어가 빚어낸 결과가 있다. 한 사람이 아니라, '더러운 그리움'을 공유했던 세대가 시간의 풍화를 견디며 변화하고 스스로를 지켰던 어떤 슬픈 방도, 시적 방도가 담겨져 있다. 최하림의 시는 시대에 함께 대응했던 세대의 시에서 시작해 시대를 홀로 소화하는 독자성의 시로 나아간다. 이를 확인하면서 우리는 묻지 않을 수 없다. 시인이 최후에도 쥐고 있던 것이 피 토하는 비극이 아니라 '고요한 비극'이라니, 이것은 어떻게 가능했는지, 또는 이런 것은 왜 가능해야 했는지를.

## 2. 시대를 위한 마음, 서정을 향한 마음

최하림의 첫 시집 『우리들을 위하여』는 혁명가의 노래이다. 그의 최근 작품에만 익숙한 경우라면 이 세계가 매우 낯설게 느껴질 수도 있을 것이다. 시집의 전체는 제목 그대로 70년대의 아픔과 목소리에게 바쳐졌다. 구체적으로는 억센 굶주림과 원한 및 분노로 이루어진 강렬한 파토스가 가득하며 여기에는 'All for One, One for All' 식의 사고방식이 깔려 있다. 그래서 이 시집은 최하림의 시라고 하기보다는 시대의 작품이라고 하는 편이 옳을 것이다. 그는 주어를 '우리'에게 양보했기 때문이다. 여기서 대부분의 시는 '우리'의 것이고 '나'라는 존재는 우리의 하나로서만 존재한다. 최하림 시인의 작품에서 인칭, 혹은 주어의 정체성은 매우 중요하다. 1991년의 세 번째 시집에서부터 '우리'는 사라지고 '나'가 드러난다는 지적(오생근)이 있었는가 하면, 1998년의 시집에 대해서는 '나'도 사라지고 '비인칭'이 등장한다는 평가 (황현산)가 있었다. 다시 첫 시집으로 돌아가 인칭에 주목하면, 강렬한 고통은 나의 것이기 이전에 우리의 고통이었다. 이 시인은 '우리는 아프다'고 슬프게 울부짖으며 시의 첫 발짝을 떼었다.

이 시기 많은 시인들은 혁명을 사랑했다. 그들은 시인으로 태어나 혁명가가 되어야 하는 시대를 살았고, 우리의 아픔보다 나의 아픔을 더 크게 느낀 경우에도 시대에 대한 짐을 잊지 않았다. 그런데 우리 역사에서 90년대에도 혁명이 가능했는가를 묻는다면 대답은 부정적일 수밖에 없다. 모두의 혁명이라는 개념은 오래 지속되지 않았다. 그렇다면 혁명이 끝난 다음에 혁명가는 어떻게 되는가. 체 게바라처럼 다른 혁명을 도모해서 혁명을 지속하든가 정치가로 변모해 혁명을 부정하는 세력으로 변화하든가 그것도 아니면 자살해버리는 세 가지 길이 있다. 세 가지 일이 불가능할 때, 우리는 「치숙」이나 「심문」 등의 소설에서처럼 혁명가가 파렴치한으로 전락한 경우를 익히 들은 바 있다. 물론 이것은 근대와 서사의 일이었다. 이것과 달리 우리의 현대 그리고 서정의 영역에서도 많은 혁명적 정신과 시심이 있었다. 문학의 시대적인 흐름을 파악하기 위해서는 그것들이 어디로 향했는지 확인할 필요가 있다.

최하림 시를 이해하기 위해서도 역시 그의 첫 시집의 혁명이 어디로 갔는지를 살펴봄이 필요하다. 그 실마리의 하나를 두 번째 시집 자서自序에서 찾을 수 있다.

> 아침 바다라든가 낮바다, 저녁 바다를 고루 보았을 터인데도 어인 일인지 지금의 기억에는 붉은 바다밖에 없다. …(중략)… 돌산 기슭에는 역광으로 생긴 보랏빛이 조용히 흐르고 있었다. 나는 그 보랏빛 속에 흐르는 슬픔을 표현코자 무던히 덤벼들었으나 바다의 울부짖음에 사로잡혀 있었던 나의 관심과 시어들은 그것을 잘 묘사해내지 못했다.
> ─『작은 마을에서』 부분

여기에서 시인은 매우 상징적으로 '붉은 바다'와 '보랏빛'을 언급했다. 그는 전자를 강렬함과 울부짖음이라고 기억했고, 후자를 조용한 슬픔이라고 생각했다. 둘 사이의 대조적 구조는 시인의 전체 마음을 그려준다. 이것을 해석하자면 마음 절반은 신념과 대의, 정의감이라는 '붉은 바다'로 되어 있다. 시인의 시간에서는 붉음이 먼저 나타났고 첫 시집을 혁명의 노래로 만들었다. 그 다음에 최하림을 찾아온 것은 보랏빛이었다. 노을이 바다를 붉게 물들이는 때가 지나자 어둠이 내려오기 직전 하늘은 보라색으로 물들었다. 그리고 그의 마음 절반은 보라색이 상징하는 슬프고 막연하고 절실한 감정이 차지하고 있다. 여기서 말하고자 한 감정이란 서정성의 다른 표현일 수밖에 없다. 최하림 시인에게 순수나 참여의 구분이 중요하지 않았던 이유 역시 여기에 들어 있다. 그는 한때 혁명가를 꿈꾼 시인이었다. 그리고 한번 꿈꾼 후에는 혁명을 잊지 않는 시인이 되었다. 혁명과 시─시인의 내부에는 순수의 원천과 참여의 기질이 동반되고 있었으므로, 굳이 구분할 필요도 하나를 선택할 이유도 없었던 것이다. 나아가 어느 것도 아니면서 둘을 동시에 생각한다는 말은 시인에게 이 둘의 공통감각을 일깨우는 다른 중심이 있었음을 의미하기도 한다.

## 3. '어둠'이 드러내는 고통과 결벽의 감각

최하림이 붉은 참여의 시인인가, 보랏빛 순수의 시인인가를 묻는 것은 무의미하다. 시인은 산문에서 붉음과 보라만을 말해놓았지만, 실제 작품에서는 붉음이나 보라 어느 한 편이 주요하지 않다. 그는 마음의 한 편을 지지하는 대신, 두 마음의 합으로서의 '어둠'을 제시하고 있다. 최하림 시인에게서 '어둠'은 첫 시집에서부터 2000년대 이후의 작품에까지 지속적으로 등장한다. 지속적이되 그 용법은 처음과 나중이 다르다. 이 용어의 변화는 시인의 변화와 궤도를 같이 하므로 어둠이 지닌 의미를 기준 삼아 전체 시집을 초기, 중기, 후기로 나눌 수 있을 것이다.

1)
우리들은 허사에서 배어나오는 암흑을 보며
암흑 속에서 승냥이처럼 울부짖는다
울부짖음이 암흑 속으로 사라져 암흑이 되어 돌아온다
암흑이 우리를 둘러싸고
우리를 눈보라 속으로 몰아 넣는다

—「설야」 부분, 제1시집[1]

2)
밤에는 고요히 어둠이 온다
나는 더듬거리며 '어둠이여'라고 부른다
어둠이 이불처럼 감싸고 잠들 준비를 하게 한다

—「밤에는 고요히 어둠을 본다」 부분, 제5시집

1)은 1974년에 발표된 「설야雪夜」의 마지막 구절이고 2)는 그로부터 24년
후의 작품이다. '어둠'이라는 같은 단어를 사용했는데 이렇게 다르다. 어둠
이 공통되게 화자를 둘러싸되 하나는 울부짖는 고통의 원인이 되고, 또 하
나는 고요하게 받아들여지는 무엇으로 그려지고 있다. 1)은 발표된 시기가
70년대이니만큼 여기서의 어둠이란 시대의 부정을 의미할 만하다. 그의 시
에서 어둠의 의미를 따라가면서 시적인 변화를 지적할 수 있다면 어둠이 외
부적인 고통의 원인, 거부해야 할 대상을 의미하는 시기를 첫 시기로 묶을

---

1 최하림 시인의 시집 간행의 구체적인 상황은 다음과 같다. 제1시집 『우리들을 위하여』
(1976), 제2시집 『작은 마을에서』(1982), 제3시집 『겨울 깊은 물소리』(1988), 제4시집 『속이
보이는 심연으로』(1991), 제5시집 『굴참나무 숲에서 아이들이 온다』(1998), 제6시집 『풍경
뒤의 풍경』(2001), 제7시집 『때로는 네가 보이지 않는다』(2005)

수 있을 것이다. 구체적으로는 『우리들을 위하여』와 『작은 마을에서』의 시집이 그 부분에 속한다.

　시인에게 어둠이 외부에서 찾아오는 것이 아니라 내면에서 발견될 때, 그래서 심연이라는 말로 치환될 수 있는 때를 중기라고 말할 수 있다. 이 시기는 1988년 세 번째 시집에서부터 1998년 다섯 번째 시집까지에 해당한다. 이 경우 시집의 제목인 '겨울 깊은 물소리'나 '속이 보이는 심연' 등은 어둠이라는 말의 다른 표현으로서 어둠의 용법이 어떻게 달라졌는지를 대변하고 있다.

　이렇게 시인이 어둠에 변화를 가했어도, 그가 진한 심상을 놓지 않고 있는 것은 여전히 고통스러워 보인다. 사랑과 미움이 한 단어이듯, 혁명과 변절이 한 뿌리에서 출발했듯, 그가 어둠에 대해 느끼는 부정과 이끌림은 고통의 감각이라는 하나의 원인을 갖고 있다. 불행히도 이 시인의 작품에는 기뻐하며 환호작약하는 장면이 드물거나 없다. 아름다움은 있어도 기쁨은 없다. 그 원인으로서 우리는 시인의 어떤 고백을 제시할 수 있다.

　몇 해 사이 나를 괴롭힌 것은 죄였다. 5월 광주로부터 비롯된 이 생각은, 살아남은 자의 울부짖음에서 출발하여 씻어내야 할 문화의 어둠, 혹은 형벌로 인식되기에 이렀다.

　　　　　　　　　　　　　　─「자서」 부분, 『속이 보이는 심연으로』

　이때가 1991년이니 광주의 5월과는 시간적 거리감이 있다. 때문에 그의 죄에 대한 인식은 광주의 것이면서도 또한 아니기도 하다. 문제는 그가 죄=어둠=형벌을 동일시한다는 점, 그리고 그것을 가슴 안에 꼭꼭 품고 있다는 것이다. 만약 그의 고통이 광주에서 유발된 것이라면 그의 시는 혁명의 후유증이 문학적으로 발현된 것이라 말할 수 있다. 실제로도 작품에는 혁명의 시대에 죽지 못했다는 부채의식이 남아 있다. 그래서 시인은 '수치스러워 못 살겠다'고도 말하고(「정방폭포」), '어둠이 무너져 별이 보일 때까지' 싸움을 벌이자(「영동」)고 말하기도 한다.

그런데 이것이 다가 아니다. 고통에는 광주의 것이 아닌 부분이 분명히 있다. 이 시인에게는 고통에 민감하다는 내부적인 원인이 있다. 10년이나 지난 시점에 80년 5월을 상기하는 일이나 그것을 죄와 더러움에 연결시키는 감각은 민감한 결벽적 성향이라고 추측할 수 있다. 시인이 고통을 떨구지 못하는 것은 점점 혼자만의 고통이라는 외로운 현상으로 변화했을 것이다. 모두가 고통스러울 때의 고통과 누구도 고통을 기억하지 않을 때의 고통은 서로 같을 수 없다. 고통이 외면된 시기에 그가 얼마큼의 고통을 어떻게 향유했는지는 아래의 구절에 적혀 있다.

> 사람들은 저마다 아량과 여유를 말한다.
> 노년의 마음에서 우러나옴직한
> 그것은 신성에 속하는 것일까
> ─「시간은 영원히 고통스럽다」 부분, 제5시집

> 어둠 속에 내가 있으면
> 모습을 보이는, 그리고 하던 일 멈추고
> 하나도 이상스럽제 않게,
> 사랑이 많이 남은 가슴으로
> 껴안아주는, 당신은 심연처럼
> 푸르고, 심연처럼 깊습니다.
> ─「겨울 초상화」 부분, 제4시집

최하림 시인의 다섯 번째 시집에는 시간을 견디는 이야기가 대부분을 차지하고 있다. 시인이 하고 싶었던 말은 '시간은 여전히 고통스럽다'라는 말에 압축되어 있다. 다른 사람들이 말하는 아량과 여유 같은 것은 다 거짓말로 보인다. 시대가 깨끗하지 못해서 고통스럽고, 그 시대를 잊어버리지 못해서 고통스럽고, 고통스러운 나날을 견뎌내야 해서 고통스럽다. 고통의 시간을 버리지 못하고 견뎌야 하는 시인의 현실 인식은 오지 않는 예수를 기다리는 사도들의 나날이나, 이루어지지 못할 혁명의 미래를 바라는 늙은 혁명가의 믿음을 연상하게 한다. 시인의 「베드로」 연작을 읽어보면 '도적같이 오리라'(베드로후서 3장 10절)던 예수는 없고 "나는 계속 걸어갔다"는 베드로의 지난한 행보만이 적혀 있다. 시인이 베드로 상과 자신을 일치시키게 된 큰 공통점은 '걸어감'에 있다. 고통이 있었지만 시인은 참고 조금씩 나아갔다. 그리고 걸어가는 과정 중에서 나를 안아주는 깊은 심연을 만나게 되었다. 어둠이 심연으로 표현을 달리했다는 것은 고통의 어둠을 시간을 견디게 하는 양분으로 바꾸어냈다는 말과도 같다. 이 변화는 우리와 시인을 기쁘게 하지는 않으나 적어도 과거를 품고 미래를 바라보게는 만들어준다.

## 4. 말, '고요한 비극성'을 이끄는 동력

최하림 시인의 외로운 행보가 주된 친구로 삼은 것은 '말'이다. 세상이, 삶이, 또는 살아 있는 것 자체가 혐오스러울 때 '말' 내지 '시'는 어깨를 도닥여 주었다. 이 시인만큼 '말'이라는 같은 제목의 시, 또는 '시'라고 이름 붙여진 시를 여러 번 발표한 이도 많지 않을 것이다. 심지어 『작은 마을에서』는 '시詩'라는 시가 두 편, 『겨울 깊은 물소리』에는 '말'이라는 시가 세 편 실려 있다.

> 이제 우리는 세계가 평화롭다고도
> 생각할 수 없고 쉽사리 역사를
> 자유스럽다고도 말할 수 없으리라
> 이제 우리는 외칠 수도 없으리라
> 돌아볼 수도 없으리라

…(중략)…

이제 너는 가야 한다

—「너는 가야 한다」 부분, 제3시집

인용된 시에서 가장 가슴 아픈 선언은 '이제 우리는 외칠 수도 없으리라'
는 구절에 있다. 시인은 세계나 역사가 평화롭거나 자유롭지 않으며 이에
대해 전처럼 큰 함성으로 대응할 수 없다고 진술한다. 큰 울부짖음으로 시
작한 이 시인의 전작을 상기한다면 그의 세계가 전면적으로 좌초될 위기에
처해 있음을 알 수 있다. 가시적 혼란의 시기도 고통이지만 외침마저 불가
능한 시기는 더한 고통의 시기이다. 만약 그가 혁명가라면 '할 수 없다'는 불
능을 인정할 수 없을 것이다. 받아들이는 순간 혁명은 종료되기 때문이다.
그렇지만 시인이라면 불능의 인정에서 새로운 출발을 시작할 수 있다. 그
는 "너는 가야 한다"는 말로 시의 마지막을 채운다. 불가능이 있어도 시인
은 '간다'. 이것이 혁명가와 시인의 차이이다. 혹은 혁명이 끝난 시기에 혁
명이 시인 안에서 자기만의 혁명을 유지하는 방법이다.

우리는 이 시인에게서 변혁할 수 없다고 해서 변절하지 않기, 묵묵히 침
묵과 패배를 감당하기, 그러면서 내면적으로는 혁명의 정신을 자기 혼자만
의 방식으로 익히기를 배운다. 이것이 혁명의 진수를 배반하지 않는 방법
이다. 그리고 시인의 방법적 행보를 통해 '고요한 비극성'이 탄생한다. 외침
의 목소리를 빼앗긴 혁명가에게라면 청각적인 것은 점차 줄어들겠지만 대
신 시각적인 부분을 적극 활용할 수 있게 된다. 그래서 얻은 것은 '풍경 뒤
의 풍경'과 같은 놀라운 시력의 확보와 여기서 비롯된 고요한 비극성의 형
성이다.

시인이 고통의 시기를 그저 걸어갈 때, '말'이라는 동반자 역시 친구의 곁
을 지키며 '간다'(「말」) 같은 제목 다른 시편에서 시인은 말과 함께 어둠을 비
추면서 '꿈을 꾸리라'고 말한다. 시인과 말이 함께 꾸는 꿈, 외부에서 찾아
오는 어둠이 아니라 내면에서 파생돼 어둠을 포용하는 일은 '고요' 쪽으로

향하고 있다.

> 오래도록 걸으면
> 우리는 물을 볼 수 있으려니
> 눈물 흘리지 않아도 고요에
> 이를 수 있으려니
>
> ──「바람이 이는지」 부분, 제6시집

> 골짜기는 깊어가고 내를 따라 가을 물은
> 졸졸졸 흐르다가, 그것도 그치고 나면
> 일대는 무통의 적막뿐, 그뿐,
> 아내는 낮은 소리로 산을 보고 있으면
> 우리는 작아지고, 그림자들이 우리를
> 어둠 속으로 몰고 간다고, 나는
> 말없이 귀를 기울인다 말은
>
> ──「갈마동에 가자고 아내가 말한다」 부분, 제6시집

최하림 시인의 작품은 비극과 고요 중에서 전자는 세월에 삭아가고 고요의 비중의 커지는 시기를 맞는다. 그 과정 전체를 요약하는 한 구절로 시 「바람이 이는지」를 읽어볼 수 있다. 그는 아무도 알아주지 않지만 고통스러워하면서, 혁명의 뒷일을 감당하면서, 자책하면서 문학 곁에 머물렀다. 이것을 시에서는 '오래도록 걸으면'이라고 적었다. 이 사람은 그 끝에 '고요'를 생각하고 있다. 시 「바람이 이는지」가 고요에 대한 기대라면, 그 다음 인용시에는 '무통의 적막'을 보았다는 경험담이 적혀 있다. 오랫동안 찾았던 그 희귀종의 확인을 적는 자리에는 우리라는 인칭도 없고 모든 것이 처음부터 아무것도 아니었던 것처럼 느껴진다. 이것은 외면과 내면의 고통을 이기는 고요의 방법론이라 할 만하다. 후기시로 갈수록 시인은 '점

점 투명해져간다'(「버들가지들이 얼어 은빛으로」). 즉, 눈물을 잠재우고 어둠의 고통은 스스로 어둠이 되고자 한다. 이것을 고요가 이룩하는 '세계의 투명도透明度에 도달하기'라고 말할 수도 있겠다. 그래서 가장 후기의 작품을 접하고 나면, 이 시인의 죽음은 육체적인 것이 아니라 극도의 투명해진 결과가 아닐까 생각도 되기도 한다.

## 5. 사라지는 모든 것을 대신해서

우리는 최하림 시인을 보면서 그와 동시대의 청년들을 떠올리게 된다. 1960년대의 전후에 등단했고 70년대 혁명의 시대에 젊은 청년이었던 시인들은 문단의 원로가 되었다. 이들에게 해당되는 시대의 요약문은 '더러운 그리움'이라 할 만하다. 이것은 한 시인의 입에서 발언되었지만 시대의 공통분모였고 미학적 근거였으며 시작의 원동력이었다. 아무리 세상이 변해도 그들의 마음은 '더러운 그리움'을 기억하고 있다. 언젠가는 최하림과 산문시대, 김명인과 마종기 등이 한 기치의 다른 양상으로 다루어져야 할 것이다. 여기서 최하림 시인이 맡은 바 역할은 '더러운 그리움'에서 출발해 '고요한 비극성'까지 올랐던 그 거리에 해당한다.

최하림 시인이 추구한 것은 지속 가능한 혁명성이었다. 이때의 혁명이란 세상 사람들이 말하는 체제 전복으로 이해할 수 없다. 시인에게 혁명은 내면의 것이며 자가발전적인 것이었다. 가두의 함성이 사라졌을 때, 다시 말해 혁명이 버려질 바로 그때, 시인은 혁명의 정수를 고스란히 안아 내면으로 옮겨왔다. 그리고 모두의 혁명이 끝났어도 시인은 혼자만의 혁명을 시작하게 되었다. 이것이 그의 작품에서 시적이며 예술적인 형태로 드러났다. 시대의 혁명은 끝났어도 내면의 혁명을 지속하는 것은 70년대가 낳은 가장 아름다운 선택이 될 수 있었다. 시인은 날마다 혁명하며 살았고 그의 초상은 고요로 이어졌다. 혁명가의 시선이라면 마땅히 기존의 것을 와해시키고 새로운 것을 꿈꾸는 데 장점이 있다. 시인은 '풍경 뒤의 풍경'을 보았다고 했다. 어둠이 아닌 '심연'의 속을 바라다본다고 했다. 그리고 많은 것을 부정한 후에 그가 발견한 것은 끊임없이 고요해지기였다. 그러면서 점차 그의 세계는 투명도에 근접해갔다.

혁명과 예수의 공통점은 온다고 해놓고 오지 않는 데 있다. 오진 않지만 기다려지는 데 있다. 이승에서 고통의 반대말을 충실하게 기다리며 자신의 일을 행하던 한 시인은 계속 기다렸다. 때문에 이 시인의 고요는 어디까지나 비극적 고요이다. 그 고요에는 고행이라든가, 인내라든가, 침묵과 같은 땀에 맺힌 핏방울이 다소 섞여 들어 있다. 이제 시인은 사라지고 고요만이 남았다. 아니, 시인과 함께 그의 고통이나 시간, 고요마저도 사라졌다. 사라진 자리에 우리는 시인에게 배운 바 '모든 것은 흘러갔다'고 적는다. 그의 시는, 사라지는 혁명이다.

# 죽음은 가라, '고래'가 온다
—이건청 시집 『반구대 암각화 앞에서』

## 1. 이 시대의 '목숨 값'에 대해

이건청 시인의 시집 『반구대 암각화 앞에서』는 2007년 『소금창고에서 날아가는 노고지리』 이후 3년 만의 시집이다. 누구든, 이 시인의 이름 뒤에 반세기의 시작 기간이 깃들어 있음을 알고 있다. 연보와 계보가 있는 이름은 상징적이며 향기롭다. 그 상징적임과 향기로움이 이 시집을 긴 흐름의 하나로, 즉 1967년부터 시작된 작품 세계의 연장선상에서 살펴보게 만든다. 그래서 우리는 이 시집에서 이건청 시인의 고유한 어법, 시적 대상을 다루는 개성적 방식을 발견하게 된다. 나아가 시단의 든든한 기둥이 되어주는 시인이 최근 이천 모가헌에서 어떤 화두에 사로잡혀 시적 모색을 해왔는지, 그의 근황을 확인할 수 있다.

이것이 시인의 이름으로 말해진 것들이라면, 우리는 또한, 시집의 이름이 스스로 어떤 목소리를 내고 있는가 물을 수 있다. 우선, 『반구대 암각화 앞에서』는 시인과 관련된 모든 개별적 사항들을 지운 채 일독—讀되기를 원하고 있다. 우연인지 운명인지는 알 수는 없으나, 이 작품집이 2010년의 벽두에 나타났다는 점은 책과 함께 음미되어야 할 지점이다. 이 시집은 희망으로 시작된 2000년대가 2010년으로 넘어온 지금, 우리의 내면 심정은 어떠한지 반성하게 만든다. 돌아보면 우리 사회는 근시일간 충격적인 많은 일을 겪었다. 여기서 말하는 일이란, 하나의 객관적 사건을 넘어 심리적 상흔의 연속을 포함한다. 눈을 뜨면 너무 아프게 죽어가고 있음을 보고, 눈을 감으면 너무 많이 죽었음을 느끼게 된다. 준비되지 않은 어린 죽음들이 있었고, 죽음에 필적하는 비극들이 있었다. 새 2010년은 상처와 고통으로 시작되었다.

이런 시기여서 이건청 시인의 시집은 더욱 뼈아프게 읽힌다. 그의 시집은 고래를 중심으로 세 가지 서로 다른 죽음의 이야기로 이루어져 있기 때문이다. 구체적으로 세 가지란, 이미 죽어 그림이 된 '암석 고래', 끊임없이 죽임을 당하는 '생물 고래', 그리고 고난을 당하는 '사람 고래'로 구분할 수 있다. 그러나 부디 오해하지 말길 바란다. 어디까지나 이 시집의 중심은 죽음이 아니라 '고래'에 있다. 시인은 '고래'라는 화두를 통해 죽어도 죽지 않는 고래의 역설적 생명력에 관해 이야기한다. 이건청 시인은 '암석 고래'를 단단한 돌 속에서 다시 불러낸다. 누천 년 전에 살던 고래는 상상력의 물길을 타고 다시 활성화하여 헤엄친다. 또한 시인은 '생물 고래'와 '사람 고래'의 비극을 직시하여 죽음이라는 사태가 일어나고 그것이 생명으로 거듭나는 시적 방법론을 모색한다. 이를 통해 우리는 시인에게서 발화되는 '다시는 죽지 말라, 다시는 죽이지 말라'는 정언명령에 도달하게 된다. 이 정언명령은 도덕적이기 전에 가슴으로 먼저 느끼는, 시대의 목소리이다. 시인은 우리 시대에 잘못 매겨진 '목숨 값'을 정정하기를 요청한다. 결론적으로 시인의 전언을 풀이하면 다음과 같다.

'죽음은 멀리 가라, 지금 고래가 오고 있다.'

## 2. '암각 고래', 화석화된 생명의 부활

　이건청 시인의 전작을 살펴보면 두 개의 상징적 중심축을 발견할 수 있다. 하나는 동물적 역동성이고 또 하나는 광물질적 단단함인데, 전자는 '개-이리-하이에나-코뿔소-말' 등의 동물로 구체화되었고 후자는 '석탄', '소금'과 같은 결정화한 물질로 모습을 드러냈다. 이건청 시인에게 있어 동물의 모티브란 기존 세계에 포섭되지 않는 야생성의 생명력을 지니고 있는 에너지의 표출이며, 광물질의 모티브는 그 에너지의 중심을 형상화하는 빛나는 핵으로 이해할 수 있을 것이다. 그동안 이건청 시인은 서로 다른 두 상상체계를 날실과 씨실처럼 사용하면서 작품 세계를 직조해내곤 했다.

　흥미롭게도, 이번 시집에서 이질적인 두 가닥의 상상력이 한 가닥으로 융합됨을 발견할 수 있다. 상상력의 두 주축인 '동물'과 '광물'은 이 작품집에서 '동물+광물'로서 등장한다. 그것은 바로 바위에 새겨진 고대의 암각화인데, 이 암각화에는 동물이 표출하는 역동성과 광물이 담고 있는 생명핵이 공존하고 있다. 어찌보면 시인이 동물 암각화를 발견하고 찾아간 것이 아니라, 반대로 암각화가 하나의 운명과도 같이 시인을 기다리고 있었던 것이라고 할 수 있다. 시인과 대상의 필연적인 만남이 있었기에 우리는 시인이 일생을 걸고 추구했던 문학적 세계의 종합적 국면을 이 작품집에서 찾아볼 수 있다.

　사실 이 시인이 '동물+광물'의 사태를 이루어놓기 위해서는 많은 노력과 땀이 필요했을 것이다. 시인은 언어라는 관념체계를 다룬다지만, 이 시인의 언어에는 관념적 허상과 조작적 기교를 찾아볼 수 없다. 그가 시를 쓰는 자세는 충실한 생산자의 자세와 같아서, 머리로 꿈꾸어서는 감히 만났다고 말하지 않고 몸으로 체득하지 않고는 꿈꾸었다고 말하지 않는다. 이건청 시인은 마치 삽과 채굴기를 손에 들고 수고하기를 마다하지 않는 지층 탐사자처럼, 멀리서 오는 어떤 미지의 의미를 지층으로 삼아 그것의 내면을 밝히는데 주력한다. 그렇기 때문에 그의 작품에서는 탐사를 행하는 보폭과 그 과정의 노고가 생생하게 느껴진다. 그는 늘 찾아간다. 이번에도 어디선가 한 '동물'과 한 '광물', 또는 한 '동물+광물'이 그를 불렀다. 그래서 우리는 오늘 '반구대 암각화'를 만나게 되었다. 이 시집의 서시격인 아래의 작품이, 발견자로서의 시인이 느낀 그 감격을 우리에게 동일하게 전달해준다.

여기 와서 시력을 찾는다.
여기 와서 청력을 회복한다.
잘 보인다. 아주 잘 들린다.
고추잠자리까지, 풀메뚜기까지
다 보인다. 아주 잘 보인다.
풍문이 아니라, 설화가 아니라
만져진다, 손끝에 닿는다.
6천여 년 전, 포경선을 타고
바다로 나아간 사람들,
작살을 던져 거경巨鯨을 사냥한,
방책을 만들어 가축을 기른,
종교의례를 이끈,
이 땅의 사람들이 살아 있는 숨결로
온다, 와서 손을 잡는다.
피가 도는 손으로 손을 덥석 잡는다.
우렁우렁한 목소리로 말한다
어서 오라고, 반갑다고
가슴으로 끌어안는다.
한반도 역사의 처음이
선연한 햇살 속에 열린다.
여기가 처음부터 복판이었다고,
가슴 펴고 세계로 가는 출발지였다고,

반구대 암각화가 일러 주고 있다.

신령스런 벼랑이 일러 주고 있다.

눈이 밝아진다.

귀가 맑아진다.

잘 보인다. 아주 잘 들린다.

—「암각화를 위하여」 전문

인용시에서 시인은 "여기 와서"라는 말로 시작했다. 고고학자가 고대 황금 도시를 발견한 것처럼, 여기 와서 비로소 시인은 새로운 세계를 발견하게 되었다. 그 벅찬 감격이 이 작품 전면에 두근두근 심장박동을 울린다. 시인은 반구대 암각화를 찾아가 그 안에 신세계가 잠들어 있었음을 알게 된다. 그리고 그 신세계의 발견이 어떤 기적이었는지 경이로운 체험을 작품으로 풀어내고 있다.

'반구대 암각화'란 울산시 울주군 언양읍에 있는 선사 시대의 바위 그림이다. 댐으로 인한 수몰 지구에 위치하고 있고, 오랜 시간 풍화되었지만 이 암각화는 누천년 살아온 위대함을 간직하고 있다. 지금 시인은 암각화 앞에 서 있는데, 시간을 달리해 수천 년 전 똑같은 자리에 고대인이 암각화를 새기며 서 있었다. 그리고 같은 자리에 있었을 고대인은 시간의 격차를 넘어 시인에게 빙의된다. 아무리 아우라가 사라진 복제품의 시대라지만, 반구대 암각화는 보기 드문 진품이고, 진품은 아우라를 발휘할 수 있다. 그 힘을 통해 무기력한 현대인은 빙의된 고대인의 야성적 능력을 전달받게 된다.

시인은 암각화에 의미론적으로 접근하지 않고 실제 살아 있는 생명 덩어리임을 느끼는, 감각적인 접근을 시도한다. 그에게 있어 암각화는 고정불변의 고체가 아니라, 과거의 역능을 현재로 연결해줄 수 있는 현재진행형의 활동이며 일종의 통로와도 같다. 시인이 암각화를 파악하는 방식은 일반적으로 족보를 아끼는 심리에 비유될 수 있을 것이다. 족보란, 누대로 이어온 끈을 확인하여 현재 나에게 적극적 의미를 부여하는 의미망을 말

죽음은 거라, 고래가 운다

한다. 족보가 있음으로써 현재의 존재 의의와 기반이 확인될 수 있고, 지금 내가 피와 살로 이루어진 비참한 물질이 아니라 상징적 의미의 핏줄임을 파악하게 된다.

암각화를 마주한 시인이 그 안에서 고대인의 활동을 발견하고 벅차는 것은 과거의 재구나 과거의 상상 때문만은 아니다. 너(고대인) 거기 있고 나 여기 있지만 그 사이의 시간적 격차는 동일한 암각화를 매개로 극복되며, 시인은 고대인과 하나가 되는 유사 접신接神의 기회를 얻게 된다. 반구대 암각화는 하나의 대칭축, 혹은 거울과 같고 그 사이에 시인과 고대인이 서로를 마주보고 있다. 그 마주봄에서 시인은 고대인의 정신적 강인함과 육체적 생산성의 지향을 배우게 된다. 시인은 고대인 당신이 "만져진다" 말하고, 나아가 당신이 나에게 먼저 와서 "피가 도는 손으로 손을 덥석 잡는다"고 말한다. 이러한 유사 접신의 결과로서 시인은 시력과 청력, 다시 말해 원시적이며 본연적인 삶의 자세를 회복한다.

현대인의 병든 정신은 인간 본연의 것이 아니다. 그렇지만 현대적 삶 어디에도 모범적 인간의 궤적을 발견하기 어렵다. 이런 현실 인식에서 시인은 현대인의 정신적 양생養生의 방법을 제시하고 있다. 우리는 여기 시인이 말한 시력과 청력이 육신의 것이 아닌 정신의 능력에 해당함을 알고 있다. 반구대 암각화에는 역동적인 동물, 그리고 그것을 기록하는 정신–생명 충동이 충만하기 원했던 고대인의 본능적 생명 의지가 드러나 있다. 그 육성이 시인에게 옮겨가 비로소 이 시집을 통해 우리에게 전달되고 있다.

## 3. 고래, '죽이지 말라'는 말의 다른 이름

암각화의 동물은 축제적인 동물이다. 돌 안에 새겨진 동물은 죽고 죽이는 먹이사슬의 일부였지만, 상징적 의미까지 사슬의 일부로 전락하지는 않았다. 시인이 보여주는 암각화는 외면적으로 침묵하지만 내면적으로는 적극적이고 활기찬 의미로 채워져 있다. 이와는 반대로, 시인이 시집 허리를 할애하여 말하는 바다의 '생물 고래'는 외면적으로 살아 있지만 내면적으로는 가장 먼저 죽어가고 있는 존재다.

고래. 『우리말큰사전』에 의하면 품사적으로는 명사, 생물학적으로는 동물로 분류되는 그것. 또는 '바다에 서식하는 포유강 고래목에 속하는 포유동물의 총칭'이라 설명되는 그것. 여기서는 아니다. 시인이 말하고자 한 고래는 명사도 동물도 아니다. 그가 고래, 라고 불렀을 때 염두에 둔 것은 쫓겨다니는 거대한 슬픔의 덩어리이다. 고래가 슬픈 가장 큰 이유는 함부로 포경되었기 때문이다. 어떤 생명도 함부로 죽이고 죽을 이유가 없는데, 지구상 가장 큰 짐승에게서도 생명의 존엄은 보호되지 않았다. 고래에게 있어 바다는 포식자가 없는 낙원이어서 자연 안에 내버려두면 저희들끼리 평온할 수 있다. 그렇지만 경제 논리로 인해 무분별한 포획이 일어났고, 양식되지도 가두어 보호할 수도 없는 고래를 우리는 죽이기만 하고 살리지는 못했다. 따라서 고래라는 부름에는 무조건적인 죽음의 사건, 피비린내의 비극이 그림자처럼 따라다닌다.

> 고래는 그물에 걸린 채 죽고
> 죽은 고래는 어판장에
> 끌려와 흥정이 된다.
> 살아서 수평선 너머로
> 가고 싶던 목숨 값이
> 1,980만 원이라니,
>
> ─「고래 어판장에서」 부분

말없이 덩치 큰 것에 대해 우리는 영험하다고 생각한다. 그 탓에 고래는 동서양 바다에서 가장 신비로운 존재, 혹은 가장 두려운 존재로 여겨졌다. 아무리 인간과 신이 결별한 시대라지만, 한때 영험하고 신성하던 존재가,

혹은 그런 존재마저 비참한 시체로 전시되는 것은 두고 볼 만한 일이 되지 못한다. 시인은 여러 편의 작품에서 '생물 고래'의 비참한 죽음을 전달한다. 시인이 고래의 불행을 말하는 이유는 고래의 멸종을 방지하자는 운동의 차원에서 시작되지 않는다. 그는 이 시대의 목숨 값이 어느 정도인지, 어떤 경제학자도 어떤 사회학자도 발언하지 않고 관심두지 않는, 시대적 목숨 값의 산술치를 보여주고 있는 것이다. 어느덧 신이 신 따위가 되고, 생명이 생명 따위가 되었다. 이 변화를 고래라는 존재가 온 몸으로, 온 시체로 적나라하게 증언하고 있다.

인용시에서 고래의 살고 싶었던 "목숨 값"은 에누리 있는 2천만 원의 돈으로 환산되었다. 이 사태에 대해서, 어떤 인간도 나의 생명보험은 더 많은 액수 2억이라며 기뻐할 수만은 없다. 절대적인 생명의 시대는 고래와 함께 사라지고 있다. 그러니 이건청 시인이 슬픈 '생물 고래'를 말하는 것은 이 상대적인 생명의 시대에, 시인으로서 할 수 있고 해야 할 최후의 일인지도 모른다.

> 울산 정자항에서
> 18km쯤 떨어진 해역이었다.
> 참돌고래 다섯 마리가
> 숨지기 직전의
> 늙은 참돌고래를
> 수면 위로
> 밀어 올리고 있었다.
>
> 마지막 숨을
> 몰아쉬는
> 기진한 늙은 참돌고래가
> 죽음 속으로 갈앉지 않도록

젊은 참돌고래끼리
힘을 모으고 있었다.
한 시간쯤 후
기진한 늙은 참돌고래가
끝내 숨을 놓고
칠흑의 해저로
갈앉아 버리자
망연자실,
고래들이
꼬리를 치며
혈육이 떠난 자리를
맴돌았다, 그리고

그리고, 뿔뿔이 흩어져 갔다.
슬피 울며
제 갈 길로
멀어져 갔다.

　　　　　　　　　　　　　　—「고래들의 선종의례」 전문

　　시인은 많은 고래 이야기를 읽었고 많은 고래를 보았다. 그가 보고 읽고 상상해서 전하는 고래의 많은 이야기는 매우 인간적이다. '고래'라는 단어가 들어갈 자리에 '사람'이라는 말을 대신 넣어 읽어도 자연스럽다. 불행히도 이때의 사람이란, 현대인이 아니라 '인간적'이라는 말이나 '사람 냄새'라고 말할 때의 사람, 또는 전통 시대의 인간형에 국한된다. 인간보다 더 인간적인 고래의 하나로, 시인은 인용시에서 늙은 고래를 살리려는 젊은 고래들의 노력에 대해 말했다. 그들의 행동은 재산 분배의 노림수도, 어떤 이득도 고려하지 않은 것이었다. 생명이 그렇게 시켰고 그들은 따랐다. 늙은 고래가 죽었을 때 젊은 고래들은 울며 맴돌았다. 그들의 눈물은 타인의 이목이나 체면을 고려하지 않은 것이었다. 마음이 그렇게 시켰고 그들은 따랐다. 반면, 생명의 말과 마음의 말을 듣지 못하고 알지 못하는 인간은 영험한 동물 앞에서 모자를 벗고 경의를 표해야 한다. 인용시는 마땅히 그래야 한다고 강조하는 작품이다.

이 시인은 현실원칙, 쾌락원칙도 아닌 인간원칙을 제시해주고, 그것을 보면서 우리는 문학에 대해 다시금 생각하게 된다. 만약 시의 자세가 근대의 이윤추구의 법칙에서 벗어나 마지막 하나의 가치를 수호하는 것이라면, 이 자세는 비록 낡고 오래되었다 비판받는 한이 있어도 가치 있는 일이다.

## 4. '사람 고래', 우리는 여기 살아 있다

이제 남은 것은, '사람 고래'의 이야기이다. 『반구대 암각화 앞에서』의 후반부는 '말향고래를 찾아서'와 '고래박물관이 건너다 보이는'이라는 두 가지 연작으로 구성되어 있다. 여기에는 많은 '사람 고래'들이 등장한다. 사람 고래는 바다 고래와 마찬가지로 드물게 나타났다가 순식간에 사라지지만 강렬한 이미지로 내면에 각인되게 된다. 사람 고래는 마음 속 반구대 암각화를 남기고 사라지는 셈이다. 시인은 시집의 초반에서 실제 반구대 암각화를 더듬어 만졌던 것과 같은 방법으로 내면의 암각화를 더듬어 사람 고래의 이야기를 전설처럼 풀어낸다.

그 사람 고래는 때로는 시인 자신이거나 시인의 '이명耳鳴'이고, 때로는 과거의 트라우마적 죽음이나 이문구, 한승원 같은 문학적 인연이고, 또한 때로는 과거와 현재의 혁명적 기운이기도 하다. 그가 사람 고래, 혹은 사람 고래의 흔적들을 하나씩 반추하는 이유로 다음과 같은 작품을 들 수 있다.

말향고래야 살아다오. 산호 숲에 숨어라, 북극해를 떠도는 유빙 밑

에 숨어라, 아니면, 포경선 밑에라도 깊이깊이 숨어라. 네가 숨은 밤

바다를 천수관음이 지키리니.

　　　　　　　—「말향고래를 찾아서−말향고래야 살아다오」 부분


　"고래야 살아다오"라는 말은 본 시집의 전체를 관통하여 울리고 있다. 여기서 고래는 생명을 가진 모든 것을 의미한다. 모든 생명이 생명답게 살 수 있기를 희망하면서 시인은 할 수 있는 모든 것을 다하고 있다. 그는 외면의 고래와 내면의 고래를 발견했다. 과거의 고래와 현재의 고래도 찾아갔다. 죽어가는 생명에게 물을 주고, 함께 물을 주자고 말했다. 그 언명이 무위로 돌아갈 것인지 아닌지는 걱정하지 않았다. 중요한 것은 지금 "살아다오" 염원하는 일이 최선이라는 사실이다.

　시인은 "울산광역시 울주군 대곡천 물을 거슬러 가면 거기 고래가 산다. 고래들이 떼를 지어 산다"(「고래박물관이 건너다 보이는 · 7」)고 반구대의 돌로 된 고래의 소재를 알려주지만 아무도 이 고래를 잡으러 배를 띄우지 않는다. 반구대의 암각화는 점차 바위에서, 사람들의 기억 속에서 점차 사라지고 있다. 반구대뿐이랴. 한국 바다의 고래도 지워지고, 새끼 고래를 떠나지 못해 작살질 당하던 어미 고래의 모정도 지워지고, 사람 사이에 숨어 살던 사람 고래들도 지워지고 있다. 멸종당하는 것보다 더 슬픈 일은 잊혀지는 일이다. 의미가 잊혀지고 무의미로 전락해버리는 일이다. '암석 고래', '생물 고래', '사람 고래', 그리고 이 모든 고래를 아우르는 '생명 고래'는 사람들의 기억에서 멀어지고 있다. 아직도, 그래서, 우리의 '고래'는 슬프다.

# 인간 정신의 극단에 대하여 고함高喊

## —오세영의 「그릇」 다시 읽기

깨진 그릇은
칼날이 된다.

절제와 균형의 중심에서
빗나간 힘.
부서진 원은 모를 세우고
이성의 차가운
눈을 뜨게 한다.

맹목의 사랑을 노리는
사금파리여.
지금 나는 맨발이다.
베어지를 기다리는
살이다.
상처 깊숙이서 성숙하는 혼

깨진 그릇은
칼날이 된다.
무엇이나 깨진 것은
칼이 된다.

—「그릇—그릇 1」 전문, 『사랑의 저쪽』

## 0. 일독一讀

이 시에서는 아무 소리도 들리지 않는다. 빛도 비추지 않는 어둠이다. 공간도 시간도 구체적인 이름을 잃어버렸다. 존재하는 것은 단 둘―떨어져 놓여 있는 한 개의 '그릇'과 그것을 노려보는 정신의 '눈'. 그 사이에 팽팽한 긴장감이 감돈다. '네가 깨지느냐, 내가 베이느냐' 일촉즉발의 상황이다. 깨어질 위기에 놓인 그릇의 입장에서도, 그릇을 깨려고 하는 정신의 입장에서도 안심은 금물이다. 마치 무도武道를 다룬 영화의 장면에 등장할 법한, 적막한 도장에 가부좌를 튼 심기일전의 상황처럼 보인다. 다르지 않다. 이것은 실재하였으나 구체적인 역사기歷史記로는 기록될 수 없는, 어떤 '싸움'에 관한 이야기이다.

## 1. '그릇'과 '칼', 인간 앞에 놓인 두 갈래의 길

오세영 시인의 작품 세계는 여러 가지 키워드를 동원해도 하나로 규정하기 쉽지 않다. 1968년부터 현재까지, 40년 이상의 시간을 어떤 말로 규정한다는 것 자체가 애초 불가능한 일인지도 모른다. 『무명연시』, 『사랑의 저쪽』과 같은 시집의 제목을 보면 연시에 능한 시인인가 생각되다가도 시집을 펼쳐보면 연인에 대한 일반적 헌사와는 다름을 발견한다. 『꽃들은 별을 우러르며 산다』, 『눈물에 어리는 하늘 그림자』 같은 제목을 보면 전통 서정시의 어법을 현재화하는 데 주력하는 경우인가 생각되는데 또 작품을 보면 그것과 다르다. 『어리석은 헤겔』, 『아메리카 시편』을 보면 비판적인 첨봉을 휘두르는 것이 그의 장점인가 생각되다가도 정작 비판 그 자체에 목적이 있어 보이지는 않는다.

한 인간은 통합체가 아니라 수많은 다른 영혼들로 이루어졌다니까 동일한 시인이 쓴 작품들도 서로 다른 것들의 목소리일 수 있다. 그렇지만 그 영혼들이 지향할 바 없이 무의미하게 헤매지는 않음을 우리는 감각적으로 알고 있다. 같은 존재 내에 서로 다른 영혼들이 각 시편을 만든다고 해도 그 다양함을 주재하는 영혼의 명령어 같은 것, 스스로 표제어로 삼고 인생을 걸듯 건곤일척하는 하나의 선언문 같은 것이 존재한다. 그리고 선언 아래 영혼이 이끌리는 방향을 '시적 자세'라고 말할 수 있다면 오세영 시인의 경우 그 자세가 분명하게 드러나는 작품으로 「그릇」을 이야기할 수 있다.

내용적으로도 이 시의 주제는 '삶의 자세', 또는 '인식의 자세'에 대한 성찰로 이루어져 있다. 그러니 성찰의 과정에서 시인이 '그릇'을 이야기한다고 해도 그것은 우리가 알고 있고 사용하는 그 '그릇'이 아님을 분명히 할 필요가 있다. 어느 날 우연히 그릇을 깨뜨렸다, 그리고 이 시를 썼다. 이런 추측이 가능하더라도 작품 안에서의 '그릇'은 사물 그릇이 아니라 일종의 '인간 그릇'을 의미한다. '그릇으로서의 인간'이 가진 속성과 가야 할 방향에 대해 언급하고 있는 이 작품은 존재의 동일성에 대해 확인하고 그것을 문제 삼음으로 시작된다.

첫 연을 이루고 있는 것은 다소 충격적인 문장 "깨진 그릇은/ 칼날이 된다"로 이루어져 있다. 저기 놓여 있는 것, 내 발 아래 깨어진 것, 그것의 이름은 '그릇'이다. 이 이름이 낯선 존재를 낯설지 않게 만들며 그것의 기능과 개념을 부여한다. 이른바 동일성의 이름인 셈이다. 그러나 그릇 외의 것이 되기를 거부하는 이 동일성의 이름 '그릇'은 '깨짐'의 계기를 통해 '깨진 그릇'이 된다. 깨진 그릇은 그릇의 이름이 되어줄 수 없다. 그것은 다른 무엇으로 재정의된다.

동일성을 파괴하고 얻어진 이 변화에 대해 우리의 동물적 본능은 위험스럽다고 감지한다. 살아 있는 개체인 인간은 피부와 자아로 각각 육체와 정신의 내부를 갈무리하여 외부와 구별되어 있다. 이 구별은 우리를 존재하게 해주는 필수 조건과 같다. 피부가 파괴된다면 육체적인 고통이 따를 것이고 자아가 파괴된다면 정신병동에 격리될 것이다. 그러니 쾌락원칙을 따르는 인간으로서는 이 독립된 개체로서의 육체와 정신이 온전히 유지되기를 바란다. 타인과 외부 사물을 바라보는 마음 역시 같다. 파괴된 타인의 육체와 정신은 내게 공포스러울 뿐이다. 외부 사물 역시 그것이 지금까지의 모양과 기능 그대로 유지되지 않는다면 곤혹스럽다. '그릇'이라는 사물에 대해서도 마찬가지이다. 우리는 그것의 기능적 측면이 훼손되지 않기를 바란다. 그릇에 금이 가고 모가 떨어지고, 혹시 떨어뜨려 깨지기라도 한다면 당황한다.

　그러나 '그릇'을 바라보는 시인의 시각은 이와 다르다. 화자는 지금 깨진 그릇을 눈앞에 두고 있다. 그러나 당황스럽지 않다. 그에게는 오히려 그릇의 '깨짐'이 반갑다. 그릇이 그릇으로서의 온전함을 유지하는 한 그릇은 한갓 그릇일 뿐이다. 자기에게 주어진 속성을 벗어나지 못하는 그릇의 자세를 시인은 긍정할 수 없다. 그릇이 언제까지 그릇이어야 한다는 그 동일성의 유지는 인간이 일상을 무비판적으로 사는 한 일상의 노예일 수밖에 없다는 말과도 같다. 그릇은 '깨짐'이라는 사태를 겪자 순응적으로 주어진 기능과 외형을 유지할 수 없게 되고 따라서 더 이상 그릇에 속하지 않게 된다. 「그릇」의 3연에서 보듯 이 '깨짐'이라는 사태는 '이성의 차가운 눈을 뜨'게 한다. 그리고 눈을 뜨는 순간, 한 존재는 비로소 다른 존재로 탈바꿈된다.

　다시 1연을 읽어보자. "깨진 그릇은/ 칼날이 된다"와 같이 그 다른 존재란 '칼'이다. 시인은 '그릇'에서 '칼'로의 비약적 변화를 통해 인간의 두 가지 삶에 대해 이야기하고 있다. 일반적으로 우리는 '그릇으로서의 인간'이라는 관념에 익숙하다. 내가 나인 이상 자기 자신이란 외부와 단절된 그릇, 하나의 주머니와 같다고 생각한다. 이때 중요한 것은 그 그릇과 주머니에 무엇을 채우냐의 문제이다. 혹은 그 그릇 내지 주머니를 자신의 도량과 동일시하고 어떻게 넓히고 깊게 할 것인가를 고민한다. 그렇지만 이것이 아무리 넓어지고 깊어진들 그릇은 그릇의 범주를 벗어날 수 없다. 존재 기반이 되었던 그 동일성의 이름이 자신의 감옥이 되는 셈이다. 이에 반해 '칼로서의 인간'은 그릇의 도리와 한계를 벗어나는 반항적 사건을 통해 태어난다. 이 인간은 소우주인 인간을 둘러싸고 있는 인식의 장막을 찢고 나가 무한대의 대우주와 조우하기를 두려워하지 않는다. 이때 만나는 대우주의 넓이와 깊이란 그릇이 스스로의 능력 내에서 확보하려고 한 그것과는 비교할 수 없다. 1연의 저 언급은 외형의 한계를 파괴하는 순간에 전혀 다른 세계가 펼쳐진다는 사실을 말하고 있다.

문제는 '그릇'과 '칼'과의 대립, 혹은 '그릇'에서 '칼'로의 변주가 하나의 대상 안에서 일어난다는 점이다. '칼'은 '그릇'의 이후이며 '그릇'은 '칼'의 이전이다. 그릇과 칼은 수많은 인간을 둘로 나누는 기준이 아니라 한 존재의 내면에서 이루어지는 변화이다. 그릇이 칼을 낳는다는 언급은 한 인간은 관습적인 자의식을 가졌으나 스스로 그것을 파격할 수 있다는 말로도 읽힌다. 그러나 '깨진 그릇'과는 달리 인간의 경우 이 깨짐이란 자발적으로 이루어져야 하는 것. 이 작품은 기꺼이 그러기 위해서 극단의 극단까지 나아가라 고함치고 있다.


## 2. '싸움'에 필요한 몇 가지 조건

이 작품은 시행들이 비교적 짧게 끊어져 있고 '-ㄴ다'의 단정적이고 현재적인 어법을 주로 사용하기 때문에 단단한 짜임새를 느끼게 한다. 그렇지만 시의 분위기는 이와 달리 안정적이라기보다 위기 직전의 고요함과 같이 긴장되어 있다. '그릇'은 시의 처음부터 이미 깨진 채 등장했고 '나'는 '기다리는' 중이므로 미동도 않지만, 이런 동사의 부재不在에도 불구하고 시의 밑면에는 잠재된 힘이 느껴진다. 잠재된 힘은 곧 문면文面으로 드러날 준비를 하고 있는데 우리가 그 힘을 보게 된다면 아마 고통의 빛깔, 아픔의 색이 그것이라고 말할 것이다. 먼저에서 이 시의 중심이 '깨짐'의 요청에 있다고 말했지만, 이것은 보편적인 교훈으로 치환되는 것이 아니라 제일 먼저 자신의 자아에게 향하는 명령으로 작용한다. 실천적으로 깨짐을 목전에 두고 있는 '나'에게 그것은 산산조각 나거나 찢어지는 아픔을 감내해야 한다는 말과도 같이 들린다. 이 고통의 강도나 그것을 감내할 때 지르는 비명이 이 시의 감동적 가치를 가늠케 한다. 이 작품이 읽는 이들을 '동動'하게 한다면 그것은 성찰에 감화되었기 때문이 아니라 깨어짐을 감당할 때 필요한 의지 또는 힘을 감지했기 때문이다.

"지금 나는 맨발이다. / 베어지를 기다리는/ 살이다"는 4연의 시구에 의하면 '나'는 동일성을 확보해주는 피부가 파괴되기를 원한다. 이것이 마조히스트적 발상과 구별되는 것은 마조히스트가 고통 자체를 환영함과 달리 '나'는 그것을 쾌락에 연결시킬 줄 모른다는 점이다. 가급적 고통을 제거하려는 건강한 정신을 가졌음에도 불구하고 깨어짐의 고통을 자초하는 것은 동일한 정신 안에 정체되는 일이 결국 자멸로 이어진다는 전제에서 시작된다. '나'는 살이 베어질 것을 원한다고 했으나 이때 살은 '육신의 피부'가 아니라 인간 정신과 인식을 가로막는 장막을 의미한다. 그는 관성법칙에 따라 현재를 미래로 연장할 뿐인 이 일상이나 행복 따위의 유지가 달갑지 않다. 그러니 그는 '그릇이여, 깨어져라'에서 '모든 것이여 깨어져라'로, 그리고 '나의 정신과 인식도 깨어져라'라고 말하고 있다.

이것은 파괴주의자의 논리가 아니라 시인이 진정한 생이라고 생각하는 '칼'의 삶으로 재탄생하기를 원한다는 말이다. 개혁은 온건하게 이루어지므로 썩은 뿌리를 잘라낼 수 없지만 혁명은 고통의 대가를 치루고 신국면을 초래할 수 있다. 이런 입장에서 '나'는 정신의 혁명을 소원한다. 머무는 자 죽을 것이요, 스스로 죽이는 자 살 것이라는 역설적 자세를 견지한다. 그는 자기 자신과, 자기 자신을 감싸고 동일성을 요구하는 장막에 싸움을 걸고 있는 셈이다. 앞서서는 이것이 그릇과 그릇을 바라보는 자의 싸움이라고 했다. 아니다. 실상은 그릇 안에서 대립되는 두 가지 방향, 그릇이기를 유지하려는 관성과 그릇이기를 거부하는 정신과의 싸움이다. 그러므로 이것은 가장 어려운 싸움이라는 자기와 자기의 대격돌에 해당한다. 오세영 시의 특징은 웰메이드well-made식의 작품에서 찾아볼 수 있는 매끄러움, 무리없음이 아니라 바로 위와 같은 정신적 세계의 방향에서 드러난다. 그의 본질은 관조적이며 명상적인 태도보다 의지적인 내면에서 충격과 파격을 끄집어내는 점에 있다. 기존의 관념을 과감하게 벗어던지고 극단적이라고 말할 수 있을 정도로 '다른' 것을 선언하는 자세가 그의 시세계를 끌고나가는 견인 역할을 하는 원동력이다. 지극히 의지적이며 어느 관념에도 종속되기 부정하는 지향성은 카뮈가 '시지프스'를 언급할 때나 니체가 고원의 세계를 보여줄 때 감각되는 고양된 정신을 느끼게 한다. 오세영 시인의 작품이 종종 실존적인 관점에서 논의되는 것도 이러한 특징에 주목한 결과이다. 그러니 인용시 「그릇」에서 느껴지는 역동적인 힘을 시인 이해의 출발점으로 삼는 데에 큰 무리가 없을 것이다. 여타 작품에서 별이나 꽃에 대해 부드러운 단어를 골라 사용할 때나 '구룡사시편'의 선적인 세계를 펼쳐놓을 때도, 혹은 연인에 대한 그리움을 이야기할 때에도 그 뒷면에서는 여전히 '갈喝!'의 목소리가 들리는 듯하다.

## 3. 모더니즘적 비판과 동양적 철학의 결합

> 시민은 자아를 (물론 발육 부진의 자아에 불과한데도) 최고의 가치로 삼는다. 그는 강렬한 삶을 희생한 대가로 자신을 보존하고 안정을 얻으며 신에 사로잡히는 대신에 양심의 평온을 거두어들이고, 쾌락 대신 쾌적을, 자유 대신 편안함을, 치명적인 작열 대신 적당한 온기를 얻는다.
>
> —헤르만 헤세, 『황야의 이리』 부분

오세영 시인이 「그릇」에서 드러내는 바는 따뜻한 휴머니즘이나 감각적 미학이 아니라 인간 존재의 방향성에 대한 가능성이다. 어떤 의미에서는 시민이야말로 가장 병적인 존재인데 왜 멸망하지 않는지 모르겠다는 헤세의 말과 같이 오세영 시인도 이것도 저것도 아닌 생의 존속에만 집착하는, 소위 시민적 삶을 거부한다. 거부의 의사가 포함되어 있기 때문에 그가 '그릇이 깨져서 칼이 된다'고 말할 때 이것은 존재의 있는 속성 그대로를 옮겨놓았다기보다는 '그릇은 깨져서 칼이 되어야 한다'는 당위적 속성을 언급하고 있는 듯하다. 그렇지만 이 시대에 태어나는 순간 시민으로서의 삶이란 운명처럼 주어지므로 이 '칼'로의 존재 변이는 어려울 수밖에 없다. 어려서부터 주입되는 수많은 관념과 관습들은 시인이 말하고 있는 '이성의 차가운 눈을 뜨'지 못하게 방해하는 장벽이 된다.

오세영 시인은 바로 이 점에 대해 비판적이다. 시인으로서 자신이 살고 있는 시대의 징후와 본질을 남보다 먼저 읽어내고 발언하는 이 비판적 태도는 그의 시에서 모더니즘적 성격과 연결된다. 만약 한 정신이 주어진 시대에 대해 불만을 느낀다면 다음의 선택지는 두 가지로 대별될 수 있을 것이다. 하나는 '아, 얼마나 행복할까'라고 외치며 과거의 유년시절이나 몽상적 낙원으로 돌아가고자 하는 일이다. 자연으로, 순수로, 근본으로 회귀하는 이 선택은 호감 가는 일이지만 결국 우리의 뒤는 막혀 있다는 난관에 부딪치고 만다. 그렇다면 남은 방법은 하나, 앞으로 나아가는 일이다. 이것은 문명을 이용하여 편리함을 추구하는 '진보'와는 다른 개념으로 오히려 동양의 수양 과정에서 말하는 '정진'과 유사하다.

이 정진의 태도는 오세영 시인의 여러 작품에서 발견된다. 가령 그가 수련의 장소인 산사山寺에 은거하며 자연을 이야기할 때에 그는 '자연으로 돌아가자'는 낭만적 태도를 취하지 않는다. 그가 자연을 통해 얻으려고 하는 것은 마음의 위안이 아니라 정신의 고양됨이다. 사랑에 대하여 언급할 때도 마찬가지다. 그의 시에서는 연인과의 사랑을 회상하거나 완성을 희망하지 않는다. 역설적으로 "푸르게 열리는 그 하늘을 위해선 사랑아/ 조금은 슬픈 일도 있어야 한다"(「푸르른 하늘을 위하여」)처럼 사랑을 통해 열리는 어떤 지평에 도달하고 싶어 한다. 만약 우리가 과거 지향적이라면 그 과거에는 무엇이 있었는지를 알고 있기 때문에 안도하는 마음에서 출발할 수 있을 것이다. 그렇지만 오세영 시인의 경우와 같이 우리가 정진의 자세를 취한다면,

그 앞에 무엇이 있을지 모르기 때문에 결연한 마음이랄까 비장한 각오 같은 것이 필요하다. 시인의 단호한 어조나 어느 것에도 의지하지 않는 단독자적인 태도는 바로 이러한 맥락에서 이해할 수 있다.

오세영 시인은 감정보다 근원적이고 아름다움보다 선행하는, 시인만의 주제로서 정진하는 자세에 관해 역시 정진하는 자세로 시를 쓴다. 이 정진은 비판적 태도와 관계되지만 시인의 경향을 모더니즘이라고 한정할 수는 없을 듯하다. 왜냐하면 그의 비판적 태도는 비판 그것에 주안점을 두기보다는 이미 구성된 것의 해체─또 다른 구성─그리고 다시 해체라는 연속 과정의 하나로서 나타나기 때문이다. 고정된 것을 거부하는 정신은 끝을 모르기 때문에 어느 지점에 이르러서야 완성되는지 말할 수 없다. 시인은「그릇」을 통해 그의 본질이 '상처 깊숙이서 성숙하는 혼'에 있음을 말했는데 이 혼은 상처가 아물면 다시 '베어지기를 기다릴' 참이다. 이처럼 그의 시에는 끊임없는 자기 부정, 존재 부정이 수반된다.

이처럼 시인이 존재 이해의 전제로 삼고 있는 것은 모든 것이 변한다는 인식이다. 이 만물유전萬物流轉의 사고는 서양 고대철학 헤라클레이토스의 명제이며 동시에 동양 불교의 중요한 화두이기도 하다. 그러나 이것을 가지고 오세영 시인의 작품 세계가 어떤 사조에 절대적인 영향을 받았다거나 특정 종교에 귀속된다고 말하기는 어렵다. 정진을 추구하는 그의 사고방식이 불교의 수행 방법과 유사하다면 이것 역시 구체적 종교의 내면화라기보다는 철학적 깨달음의 궁극이 유사하게 나타나는 현상으로 해석해야 할 것이다. 부정하는 정신으로서의 시적 자세는 모더니즘, 고대 철학, 종교 등에 포섭되기를 거부하고 개성적인 정신을 지향한다. 이것을 일러 모더니즘의 비판적 인식과 동양적 철학 사유를 종합하여 새로운 시적 태도를 낳았다고 말할 수 있다.

이것이 오세영 시인을 그답게 만드는 점이다. 그의 작품에는 문명과 정신, 주어진 것과 주어지지 않은 것, 그리고 동양적 태도과 서양적 세계관이라는 대조적인 것들이 함께 존재한다. 시인은 극과 극을 이루는 대조항에 대해 변증법적 화해나 조화를 추구하지 않는다. 오히려 그는 가장 치열한 싸움을 부추기며 반긴다. 얌전하게 굴지 말라, 더 용맹정진하여 덤비라, 벗어나고 벗어나라고 말한다. 이 싸움을 통해 잃는 것은 기존 관념이요, 얻는 것은 인식의 새 영토이다. 시인은 기꺼이 파괴자이자 개척자의 역할을 자임한다. 그러니 오늘의 인용시 「그릇」을 다시 읽는다. 이것은 깨달음의 전언에 그치지 않는다. 바로 개척을 준비하는 정신이 낭독하는 일종의 선언문이다.

# 시로 쓰는 '농사직설農事直說'

—윤재철론

## 1. '광주' 이전의 세계와 이후의 세계

수만이 살든 수억이 살든 현대 세계는 정확히 두 개로 양분된다. 있는 자의 세계와 없는 자의 세계. 이것은 이미 정형화된 도식이다. 그러나 정형화된 것이 절대적 진리인 것은 아니다. 아니, 오히려 진리와 거리가 먼 만큼 정형화되기 쉽다. 자본력으로 세계를 양분하는 것은 일종의 패러다임일 뿐이다. 패러다임은 당대에 있어 가장 강력한 영향력을 행사하지만 어느 미래에선가 부정될 운명에 처해 있다. 그러나 사실 미래는 어디까지나 희망사항이다. 현재 자본주의의 패러다임은 너무 공고해서 부정될 미래를 쉽게 상상할 수는 없다. 그러나 우리는 믿고 싶다. 이미 정형화된 도식은 그것과 다른 논리를 지닌 소수에 의해서 비로소 분열되기 시작할 것이라고 말이다.

그래서 오늘은 이 분열에 대해 이야기하려고 한다. 다른 논리를 지닌 소수로서의 한 시인에 대해 이야기하려고 한다. 이 시인은 세상이 암송하는 정형어법이 아니라, 새로 찾아오는 다른 미래를 노래하는 사람이다. 그는 주체와 몰주체 사이에 존재하는 '나의 노래'가 아니라 너와 나 사이에 존재하는 '우리의 노래'로서 자신을 채웠던 사람이다. '나'의 시가 아니라 '우리'

의 시라는 점에서 이 시인의 이름은 윤재철이면서 윤재철이 아니기도 하다. 차라리 그는 '좁은 길'로서 요약될 수 있다. '좁은 길'이란 무엇인가. 「누가복음」 13장에서 예수는 "좁은 길로 들어가기를 힘쓰라" 가르친 바 있다. 하지만 이 길은 마음으로 옳다고 여기지만 아무도 가지 않는 길, 필요하다고 역설하지만 누구나 주저하는 길이다. 현대사의 비극은 '우리'의 노래가 '좁은 길'이 되고 만 그 지점에 있다. 그리고 이 모순됨은 1980년대 시인들의 난관이면서 시인 윤재철의 출발점이라고 할 수 있다.

사람은 누구나 한 시점을 중심으로 Before와 After를 경험하기 마련이다. 연인들에게 세계는 사랑 이전과 이후로 나뉜다. 삶에 있어 세계는 죽음 이전과 이후로 나뉜다. 그리고 어떤 세대에게 세계는 '광주 이전의 세계'와 '광주 이후의 세계'로 나뉜다. 특히 1950~60년대 출생들에게 광주민주화항쟁은 죄의식의 기원년이다. 이들은 세상에 벌어진 참극에 대해 윤리적 책임을 운명적으로 맡았던 세대이고, 그로 인한 위축과 자조의 시간을 어떻게든 해결해야 했다. 광주의 원혼들이 정치적, 사회적으로 공식적인 해결을 보지 못하는 상황이었기에 해결에는 정서적인 방법보다 실천적인 방법이 우선되었다. 윤재철 시의 출발점 역시 광주 이후의 세계관에 뿌리를 대고 있다. 그리고 그는 아직까지 현실의 왜곡에 대항하는 실천으로서의 작품을 쓰고 있다.

그러나 윤재철 시인을 '민주투사의 시인'이라고 규정하는 일은 부분적 정의에 해당한다. 분명 『아메리카 들소』나 『그래 우리가 만난다면』의 시집에는 투사로서의 의지가 드러나 있기도 하다. 그러나 이 시인은 본질적으로 투사이지 않다. 윤재철의 시는 어디까지나 '농부'의 것이다. 그가 실제 논밭을 소유하고 있는지는 중요하지 않다. 중요한 것은 이 시인의 시가 최우선적으로 '사람 농사', 그리고 다음으로 '마음 농사', 종국에는 '생명 농사'를 짓고 있다는 점이다. 실제 농사꾼은 유형有形의 땅에 정착하지만, 시의 농사꾼은 정신의 땅에 정착한다. 그가 심장이라는 망태에 넣고 다니는 종자는 일종의 신념에 해당한다. 불행히도 현실은 그 종자를 뿌릴 땅을 빼앗기도 했다. 이에 윤재철 시인은 종자를 뿌릴 땅을 찾아 주유하는 과정에서 다섯 권의 시집을 출간했다. 그가 일굴 땅을 찾아 나서는 '좁은 길'에는 거리가 있고 감옥도 있으며 무엇보다 그의 교단이 있다. 이 농부는 비료값과 노동력의 감각상각을 따지는 데는 누구보다 무능하다. 그러니 그는 현대적인 의미에서의 적응이나 발전에는 실패할 것이 자명하다. 하지만 그런 종류의 성공에 대해서라면 이 시인은 자발적으로 실패할 것을 목표로 하고 있다. 이것이 시인에게 남은 내면의 성취이자 마지막 농사가 될 테니까.

## 2. 치욕에 대한 '부정의 정신'

> 정의로운 일들을 행함으로써 우리는 정의로운 사람이 되며,
> 절제있는 일들을 행함으로써 절제있는 사람이 되고,
> 용감한 일들을 행함으로써 용감한 사람이 되는 것이다.
> —아리스토텔레스, 『니코마코스 윤리학』 부분

윤재철 시인은 80년대 초반부터 〈오월시〉의 동인으로 민중시를 창작한 바 있다. 그러다 교단에서 국어 교사로서 활동하던 중 교육민주화운동을 이유로 옥고를 치르게 된다. 이 경험은 시인의 개인적 인생과 시적 인생의 가장 충격적인 사건이었다. 그 사건을 중심으로 첫 시집과 두 번째 시집이 만들어졌고 특히 두 번째 시집에는 조사 과정의 안기부에 대한 기억, 옥살이, 그 중에 있었던 가족과의 이별 등이 절절하게 표현되어 있다. 가장 최근 시집인 『능소화』(솔출판사, 2007)에는 당시에 대한 김영호 평론가의 회고(「비움과 느림의 미학」 발문)가 포함되어 있다. 이 글에 따르면 윤재철 시인은 『민중교육』지 사건으로 법정에 섰을 때 "재판장님, 저는 교사입니다. 사랑하는 아이들 곁으로 돌아가게 해주십시오"라고 심경을 밝혔다고 한다. 그만큼 그는 자타가 인정하는 천생 선생이었던 것이다. 그런데 한 교사가 투사가 되어야 했던 이유는 무엇일까.

결코 지금보다 행복하지 못했던 시절
그래도 햇빛 환한 교실에서
수송아지처럼 눈 맑은 너희들을
가르친다 했거니
두음법칙, 은유법, 입시로 몰아세우곤
부끄러운 마음에 돌아서서
소주잔으로 눈을 붉혔거니
이제 무엇이 더 떳떳하지도 않게
나는 민중교육을 말하다 잡혀오고
너는 삼민투를 하다 잡혀오고
칼바람 불어가는 이 들판
서로가 묶인 채
가슴 가득
그리움으로 만나거니

이제는 말하지 않아도 알아
먼발치 입김으로도 알아
오늘 우리가 묶인 채 가는 길이
한 발자국 한 발자국
다져지고 다져져서
언젠가는 우리 모두가 환호하며
달려가야 할 길이라는 것을
그 길을 제대로 뚫어내지 못하면
통일도 교육도 사랑도 무엇도
아무것도 아니라는 것을 알아
이제 다시 그리움으로
너를 보낸다

그 날

동토의 대지 위에 마침내 밝아올

그 날

저 압제의 피묻은 깃발을 끌어내릴

그리움으로 너를 보낸다.

—「너를 보낸다」 부분, 『그래 우리가 만난다면』

이 작품은 윤재철의 초기 대표작이자 80년대 한국 대표 노동시로 널리 알려진 작품이다. 내용으로 볼 때 시인이 감옥에 있을 때 실제 겪었던 일을 바탕으로 하고 있다. 그는 수감된 옥사에서 옛 제자를 만나게 된다. 제자는 고등학교를 졸업하고 삼민투를 하다가 잡혀왔다고 한다. 서로가 수갑을 차고 있지만 시인과 제자는 말을 하지 않아도 서로 유대관계를 읽을 수 있는 동지의식을 공유한다. 그러면서 시인은 "오늘 우리가 묶인 채 가는 길"이 미래로 이어지는 옳은 길임을 다시 한 번 확신한다.

이 시에는 시인의 의지와 희망이 강렬하게 투영되어 있다. 그리고 교사가 왜 투사가 되어있는지 그 원인이 포함되어 있기도 하다. 그것을 시인은 "부끄러운 마음"이라고 표현했다. 시인은 자신이 입시를 강요하는 입장에서 학생들을 가르치는 것이 부끄러웠다. 그래서 교단에 서 있을 때 행복하지 않았고 감옥에 있을 때 떳떳할 수 있었다. 그는 진정한 교육이 이루어지기 위해 교육의 본질을 훼손하는 현실의 위압에 대한 '부정의 정신'을 갖추어야 했다. 이것이 투사가 되어야 했던 교사의 상황이었다. 교사로서의 윤재철이 '부정의 정신'을 지녔다고 한다면 부정의 대상은 '치욕' 그 자체라고 볼 수 있다. 치욕이란 수치와 모욕이 합해진 말로서 손상된 가치를 인식한 결과로서 감각된다. 시인이 손상되었다고 파악한 것은 교육 정도正道의 정신이었고 나아가 윤리성이나 인간 존엄이라는 가치체계이기도 하다. 그런 의미에서 이 시기의 작품은 윤리의 시적 실천이며 실천성이 지닌 파토스적 열정이 극적으로 드러난다고 할 수 있다.

앞서 시인을 '농부 시인'으로 규정한 것은 이러한 '사람 농사'의 작품으로 구체화된다. 시인은 농부의 지혜가 범인간적으로 적용되는 교육계를 이상적으로 생각한 듯하다. 농부가 지닌 원칙과 법도는 어디까지나 인위적이지 않은 자연의 흐름을 따른다. 여기에는 계급과 서열화가 없지만 농사로서의 교육이 아닌 자본주의의 교육은 학생을 수치화하는데 핵심이 있다. 시인은 교육 현장에서 '사랑'을 가르쳐야 한다고 믿지만 사랑 교습본은 어디에도 없고 최근의 시 「고3 교실」에서처럼 불평등한 평등이 사람을 노예화한다. 현재 시인은 복직되어 교단에 서 있지만 아직도 교육이 계급 재생산의 수단으로 전락한 점에 대해 고뇌하고 있다. 조선 후기 지식인들이 꿈꾸었던 유토피아는 평등한 인간 중심의 이상향이었다. 그 이상향은 자본주의의 도입에도 얼마쯤은 영향을 미쳐서 개인의 능력만 있으면 누구나 성공할 수 있다고 믿으면서 우리는 자본주의를 옹호했다. 그런데 자본이 사람을 지배하고 새로운 중세의 계급사회를 만드는데 기여하는 지금에 이르자 뒤늦게 속았다는 자책과 허무감을 느끼지 않을 수 없다. 그렇기에 시대의 대세에 저항하는 몸짓은 미약하게 느껴지고, 또한 더욱 '좁은 길'이 되고 만다.

부단한 사기다
고통스러운 사기다
내가 온몸으로 울어도
눈물 한방울 내비치지 않는
내가 떠나는 몸짓을 해도
뒤돌아보지 않는
내 시는 사기다

반동을 꿈꾸면서도
낡아빠진 암호다
내 안경이 바뀌기 전에는

내 구두가 바뀌기 전에는
내 십팔번이 바뀌기 전에는
내 슬픔과 내 사랑과
내 집이 바뀌기 전에는.
　　　—「내 시가 암호로 보이는 때」 부분, 『그래 우리가 만난다면』

　　윤재철 시인의 시를 읽으면 일반적으로 시에서 기대하게 되는 미적인 유희와 언어의 발견보다 현실의 무게감과 그것을 감당하는 한 개인의 어려움을 먼저 발견하게 된다. 이 시인에게 시는 미학의 일부라기보다는 실천을 위한 수양법에 더 가깝다. 자신을 다잡고 농부로서의 정체성을 가다듬기 위한 길이 그의 시작詩作이라고 할 때 이 시는 윤리적인 시의 계보 하에 놓일 수 있을 것이다. 그래서 1992년에 출간된 시집 『그래 우리가 만난다면』의 맨 마지막에 실린 시 「내 시가 암호로 보이는 때」는 의미심장하다. 이 작품은 윤리 탐색의 시가 지닌 정체성이나 어려움을 드러내기 때문이다. 시나 개인이 과연 무엇을 할 수 있느냐고 물을 때 시인이 할 수 있는 것은 역시 시 쓰기밖에 없고 교사가 할 수 있는 일은 역시 교육밖에 없다. 이러한 한계 속에서 시 쓰기와 교육이 나아갈 방향은 끊임없는 자기 반성과 회의를 통해 안착과 안정을 부정하는 일이 될 것이다.
　　윤리적 실천으로서의 시를 쓰는 시인은 두 가지 문제점에 봉착하게 된다. 그것은 시와 윤리, 시학과 실천의 조화가 어렵다는 것과 대의大義에 관한 주제는 한정되어 있는데 끊임없이 새로움을 만들어야 한다는 창작상의 애로사항이다. 그것은 최근 비평계에서도 문제되었던 것이면서 80년대 민중시에서도 뜨겁게 논의되었던 점이기도 하다. 그런데 윤재철 시인의 위 작품은 어려움은 물론 존재하며 이것을 두려워하거나 회피하지 말고 우선 쓴다는 창작 모토를 보여준다. 그는 시를 '사기'라고 규정하면서도 이것이 고통의 과정으로서 쓰고 지워지기를 반복해야 한다고 본다. "내 슬픔과 내 사랑과/ 내 집이 바뀌기 전에는" 헛된 시일망정 포기할 수 없다고 할 때, 이 말은 시와 실천은 양립하며 계속 진전할 것임을 암시하고 있다. 그 끝에 흉작이 있다 해도 포기하지 않는 것이 농부의 덕목인 것처럼 이 시인의 원동력은 시와 교육과 인간됨의 가능성에 대한 신뢰임을 알 수 있다.


## 3. 사람 농사, 마음 농사, 생명 농사

윤재철 시인의 작품 세계를 대별하자면 첫 시집과 두 번째 시집을 초기로 구분할 수 있다. 그리고 네 번째, 다섯 번째 시집을 후기로 구분할 때 중기이자 세 번째 시집『생은 아름다울지라도』는 방황으로서의 과도기에 속한다. 그 방황이 시의 방황이 아니라 정신적 탐색의 방황이라고 할 때 시인은 개인적으로 심신의 괴로움을 겪었으리라 예상할 수 있다. 그때 그를 지켜준 것은 '집'이었다.

『생은 아름다울지라도』의 제목에는 그럼에도 불구하고 생은 고통으로 가득하다는 삶에 대한 애증의 고백이 포함되어 있다. 그런데 생이 고통스러운 것도, 아름다운 것도 모두 '집' 때문이다. 시집 1부의 제목은 '집의 노래'이고 여기에는 20편의 집에 관한 작품이 실려 있어 과연 이 시집이 집 찾기에 헌정되었다고 할 만하다.

이 시집의 서시 격이자 사람들이 주로 기억하는 작품은 「대적전 앞에서」라는 첫 번째 시이다. 계룡산 갑사에서 기거할 때 절당 앞에서 집을 그리워하는 '내 집은 어디에 있을까'는 구절이 사람들을 함께 슬프게 만들었을 것이다. 그런데 이 시만 가지고는 시인의 집을 주민등록상 주소지로 오해하기 쉽다. 사실 시인은 처자식이 있는 집을 그리워하면서 '집'이라는 말을 입에 올리지는 않았다.

집이 슬프다
집이 집으로 슬프다

집은 집이 제집이라고 생각하지 않는다
그러면서 집은 한번도
집을 배반해 본 적이 없다

집은 집이 그립다.

　　　　　　　—「집으로 가는 꿈」부분, 『생은 아름다울지라도』

　집 없는 슬픔은 농부로서의 시인이 농사 지을 땅으로서의 교단을 잃어버렸기 때문에 발생했다. 그리고 시인은 지금 처한 장소와 사회적 위치로서의 '집'이 자신이 있어야 할 '제집'이라고 생각하지 않는다. 사람 농사꾼으로서의 소망과 정체성은 "한 번도 집을 배반해본 적이 없다"는 구절에서 가장 애상적으로 드러난다. 시인은 아이들에게 돌아가는 꿈을 잊은 적이 없고 그 꿈 또한 자신을 배반한 적이 없다는 말이다. 이 시를 포함해서 시인의 어느 편편이건 사람 농부로서의 본질이 드러나 있지 않은 작품이 없다. 그리고 후기의 작품에서는 천직인 '사람 농사'에 돌아간 시인이 농사의 범위를 '마음 농사', '생명 농사'로 확대하고 있음을 확인할 수 있다.

시간을 한 두어 달만
뒤로 물렸으면 좋겠네
삼월에 딸기 먹고
오월에 참외먹는
이 시간을 두어 달만 뒤로 물러
오월 난만한 햇빛 속에서 딸기먹고
칠월더위 한창일때 참외를 먹고 싶네

시간을 한 두어 달만
뒤로 물려 다시 시작했으면 좋겠네

비닐 하우스 걷고

비닐 하우스 속 그 독한 농약 냄새도 걷고

과일 하나 놓고라도

제대로 된 시절을 느껴보고 싶네

제대로 된 햇빛과 바람을 먹어보고 싶네

　　　　—「다시 시작했으면 좋겠네」부분, 『세상에 새로 온 꽃』


　사람 농사에 매진했던 시인이 농사의 영역을 확장하는 것은 자연스러운 행보로 보인다. 사람 농사건 생명 농사건 기본적인 세계관은 같다. 그것은 역시 정도正道에 따라 이루어지는 과정을 신뢰한다는 점이다. '사람 농사'에서의 정도正道는 인간에 내재된 본질적 가치를 육성한다는 데 있다. 그리고 '생명 농사'에서의 정도는 자연의 이치를 따르는 것이다. 인용시에서 시인은 이 자연스러운 육성을 과일에 빗대어 이야기한다. 이 시는 실제 과일이 제철보다 조금씩 일찍 재배되는 '농사의 조급증'을 본질에 벗어나는 병폐로 지적한다. 느긋하게, 천천히라는 말이 무능과 후퇴로 오욕되는 시대에서 가장 큰 문제점은 시간의 흐름을 인위적으로 변질시키는 행위일 것이다. 현대의 농사가 역설적으로 반反농사가 된 셈이다. 농사의 기본이 세시를 따르는 것이라면 세시를 따르는 마음은 역행逆行하지 않는 순행巡行의 자세다. 시인의 어조는 순행을 닮아가면서 잔잔해졌지만 그렇다고 해서 그가 전달하려는 메시지나 품고 있는 뜻이 흐려진 것은 아니다. 후기시로 갈수록 윤재철 시인의 시에는 점차 바람이나 눈물의 냄새보다 풀이나 꽃, 나무의 향기가 짙어진다. 그러나 이 모든 수풍지화, 산천초목의 원형들은 같은 뿌리를 지닌 윤재철 교사의 제자요 동료다. 그는 제자를 사랑으로 기르듯이 세상의 종자와, 생명과, 마음 같은 것들을 싹 틔우려고 한다.


　왜 그렇게 뒤섞여 있느냐고 물으니

　이놈은 가뭄에 강하고

이놈은 추위에 강하고
이놈은 벌레에 강하고
그래서 아무리 큰 가뭄이 오고
때아니게 추위가 몰아닥쳐도
망치는 법은 없어
먹을 것은 그래도 걸질 수 있다니

전제적인 이 문명의 질주가
스스로도 전멸을 입에 올리는 시대
우리가 다시 가야 할 집은 거기 인디오의
잘디잘은 것이 형형색색 제각각인
씨감자 속에 있었다
　　　　　　　　—「인디오의 감자」부분, 『세상에 새로 온 꽃』

　우리는 이 시인의 마음이 가장 스산했던 때가 수감시절이 아니라 '집'이
라는 농토를 상실했던 시기였음을 기억한다. 그의 시에 고통이 스몄던 원
인이 농사의 불가능이었다면 반대로 그의 삶과 시를 낳았던 희망은 역시 농
사에 있었다. 시인에게 왜 농사꾼이었는가 묻는다면 우선 세 가지 대답이
있을 수 있다. 하나는 우선 가슴이 그렇게 시켰다는 심장의 대답, 둘째는
시대가 그렇게 시켰다는 책임감의 대답, 그리고 마지막으로는 미래에 대
한 전망이 그렇게 시켰다는 혜안의 대답일 것이다. 시인은 교사를 천직으
로 안 사람이었지만 그의 문명에 대한 진단 속에서도 교육이라든가 농사의
가능성은 긍정되고 있었다. 이 시인은 성적을 가리지 않고 학생들의 숨겨
진 종자로서의 가치를 주목했기에 애정어린 교편의 시를 창작했다. 그리고
「인디오의 감자」에서는 이러한 가치관이 "우리가 다시 가야 할 집"으로 향
해 있음을 재확인할 수 있다. 시인의 구체적인 실천은 '사람 농사'이지만 자
연이 주신 본질을 키워나간다는 의미에서 모든 종류의 농사는 미래의 유일

한 희망인 것으로 보인다.

　문제는 누구도 고되고 힘든 농사일에 귀의하려 하지 않는다는 점이다. 도연명의 '귀거래사'가 전원주택의 상품화에 이용되는 시절에 순박하거나 정직한 일, 또는 노동력의 수고가 노동력만큼만 돌아오는 일은 천시되고 있다. 우리는 자본을 넣어 수곱절의 이윤을 빼내는 자동화 시스템에 너무 익숙해져 있다. 이런 시기이니 윤재철 시인의 작품이 대중적으로 인기를 끌지 못하는 것은 당연하다. 아니, 소박함을 지능적으로 상품화하지 않는 한 시인이 대중화되는 일 자체가 불가능하다. 그러나 우리가 이런 농부의 시인을 가졌다는 것은 숨겨진 기쁨이라고 소수의 몇은 기억할 것이다. 농부가 아니면서도 농부인 시인이 있고, 또 어떤 시는 시이면서 '농사직설農事直說'이기도 하다는 사실을 몇 반의 학생들은 기억할 것이다.

## 4. Ashes to Ashes, Dust to Dust

　가장 최근 시집인 『능소화』는 죽음을 준비하는 시편이 전반부의 주를 이룬다. "내 죽음 연습"(「잠」)이라는 구절처럼 시인은 자주 죽음에 대해 생각한다. 이 시집에서는 사적으로 그 원인이 어디 있는지 묻기보다 죽음의 방식에 대해 주목할 필요가 있다. 윤재철 시인이 생각하는 죽음의 방식은 초월적인 죽음이나 철학적인 성찰과는 조금 다르다. 그에게 있어 죽음은 분명 자신의 육신에 해당하는 개인적 죽음이면서도, 그것이 개인적인 허무나 초월적 철학으로 귀결되지 않는 점이 개성적이다.

　　　갈 때는 그냥 살짝 가면 돼
　　　술값은 재들이 낼 거야
　　　옆 자리 앉은 친구가 귀에 대고 소곤거린다
　　　그때 나는 무슨 계시처럼

죽음을 떠올리고 빙긋이 웃는다

그래 죽을 때도 그러자

화장실 가는 것처럼 슬그머니

화장실 가서 안 오는 것처럼 슬그머니

나의 죽음을 알리지 말라고 할 것도 없어

빗돌을 세우지 말라고 할 것도 없어

왁자지껄한 잡답 속을 치기배처럼

한 건 하고 흔적 없이 사라지면 돼

아무렴 외로워지는 거야

외로워지는 연습

술집을 빠져나와

낯선 사람들로 가득한 거리 걸으며

마음이 비로소 환해진다.

　　　　　　　　—「갈 때는 그냥 살짝 가면 돼」 전문, 『능소화』

　죽음의 발걸음이 가볍기란 쉽지 않다. 그러나 각오하기가 어려움에 비해 실제 죽음의 현상은 자연의 입장에서 볼 때, 산화되어 가벼워지기의 과정이다. 이러한 죽음관은 'Ashes to Ashes, Dust to Dust'는 기독교의 조사弔辭를 연상시킨다. 재는 재로, 먼지는 먼지로 돌아가리라는 이 구절은 고이 잠들라는 기원이면서 인간의 죽음이 땅으로 돌아가는 극히 단순한 과정임을 암시하고 있다. 윤재철 시인이 생각하는 죽음 역시 땅에서 태어나 땅으로 돌아가는 자연의 죽음에서 크게 벗어나 있지 않다. 그리고 그냥 사라지는 것으로서의 죽음을 생각하자 화자는 비로소 죽음에 대해 웃을 수 있게 되었다. 사실 이런 입장은 농부로서의 시인에게 예비되었던 것으로 보인다. 농부는 땅에서 태어나 땅으로 돌아가는 가장 자연적인 흐름을 체질적으로 익힌 사람이 아닌가. 그런 농부에게는 자신의 죽음 역시 어디까지나 농부의 세계관 안에서 해석될 것이다.

농사꾼은 농작물의 지배자가 아니다. 그는 지배자가 아닐뿐더러 지키는 수위이자, 시중드는 집사에다, 짝사랑하는 외골수다. 그래야 농작물이 잘 자라준다고 믿는 가난한 봉사자이다. 이 봉사자로서의 농사꾼의 모습은 『능소화』의 교단 시편에서 면밀히 드러난다. 그 시편 중에 아이들이 졸업한 교정을 "어미 물고기의 투명한 내장"(「졸업식」) 같다고 표현하는 구절이 있다. 이것은 교정에 대한 이야기가 아니라 짝사랑 끝에 남겨진 시인 자신을 표현한 것처럼 들리기도 한다. 아이들의 뒷모습만 바라보는 이 오래된 농부의 헌신은 그에게는 소명이면서 독자에게는 안타까움이다. 그리고 진정한 교사란, 농부란, 다시 말해 분신分身을 낳아가며 스스로 분신焚身하는 자이기에 어려울 수밖에 없음을 깨닫게 된다. 분신焚身에는 전태일의 강렬한 오후 1시의 것만 있지는 않다. 이렇게 평생을 걸려 천천히 진행되는 그런 분신도 있는 것이다.

윤재철 시인의 시를 읽으면서 1980년대와 2000년대에 있었던 문학의 실천에 대한 논쟁을 다시금 생각할 수 있다. 다 같이 좋을 세상을 꿈꾸는 그런 사회적인 시가 어떻게 시학적으로도 성공할 수 있는 문학성을 갖추겠느냐는 질문은 어떤 방향으로 귀결될 수 있을까. 사실 이 논쟁의 결론은 나오지 않을 것이다. 누구도 결론을 위해 논쟁을 시작하지 않았고 논쟁은 실천을 위해서 존재했을 뿐이다. 1980년의 민중시 운동도 어떤 종점으로 정리될 수는 없었다. 하지만 실천 자체는 남았고 어떻게 보면 실천의 존재가 논쟁의 승리이다. 그러니까 윤재철 시인의 말처럼 계속 쓰고 기르는 과정이 중요하다고 볼 수 있다.

한때는 횃불이었고, 지금은 촛불이지만 각 시대의 상징적 빛에 대해 총량과 밝기를 따지는 것은 무의미하다. 결론적으로 말해 그때건 지금이건 우리는 모두 좋은 농사꾼이 되어보고 싶었던 것은 아닐까 싶다. 횃불과 촛불이 밝히고자 했던 것은 '나'의 미래가 아니라 '우리'의 미래였고 어린 세대들의 세상이었으니까 말이다. 그 횃불과 촛불을 태우는 원유가 사랑이나 마음같은 따뜻한 것이었음을 시대를 넘어 공감한다. 시인의 시 「마음」은 "사랑만

한 수고로움이 어디 있으랴/ 평생을 그리워만 하다/ 지쳐 끝날지도 모르는 일"이라고 말하는데 이 수고로움과 미련함이야말로 윤재철 시인의 급훈이었다. 그리고 그 급훈이 우리 사회의 급훈이 되는 미래가 바로 횃불과 촛불과 농부가 꾸는 같은 꿈이었다.

# '사람 국수'의 마음학

## —이재무론

## 1. 지상에서의 한 철

이재무 시인은 어디까지나 사람 중심적인 시를 쓴다. 그리고 문제는 이 '사람'이 지닌 성격에 있다. 사람이라는 단어는 하나지만 이 단어의 용법은 하나가 아니기 때문이다. 근대가 제시하는 사람론이 다르고 종교나 윤리가 생각하는 사람론이 다르고 또 시인이 염두하고 있는 사람론이 다르다. 그 중에서 우리가 알고 있는 가장 일반적인 사람이란 세상을 대상화하여 능동적으로 재구성하는 사람, 즉 근대적인 성격의 주체일 것이다. 일반적 개념에 비교할 때 이재무 시인이 지닌 '사람론'은 예외적인 지점에 있다고 볼 수 있다. 시인은 사람에게서 자연 세계를 지배하는 근대 질서의 승리자를 찾아내지 않는다. 만약 그가 사람의 핵심을 근대의 시선으로 포착하고자 했다면 시인이 아니라 차라리 사회학자나 심리학자가 되었을 것이다. 반대로 이재무 시인은 사람에 관심을 갖되 주체로서의 인간이라는 지배자의 속성을 기꺼이 방기放棄한다. 그리고 개개의 인생이 보여주는 가장 평범한 진실 앞에 도달하고자 한다.

그래서 이재무 시인에 대해서라면 "사람은 무엇으로 구성되는가"의 질문에 못지않게 그가 도달한 "사람의 진실이 무엇인가"는 오늘 우리의 화두가 된다. 사람이 세상을 지배하고 난 후에 인류는 비로소 상대적 편리便利의 업그레이드를 지속할 수 있게 되었다. 그러나 모두가 믿고 의지하는 현대의 패러다임은 어느덧 근대의 신화가 되어버려 신화로서의 권력을 남용하고 있는 것이 사실이다. 신화가 되어 석화되어가는 인간 개념에 대해 이재무 시인은 사람의 실상은 다르다는 메시지를 전달하고자 한다. 시인에게 있어 인간이란 근대에 종속되어 정립된 주체성이 아니라 세상을 성실하게 살아가는 그 단순성으로의 회귀를 의미한다.

1945년 사르트르는 "실존은 본질에 앞선다"고 말한 바 있다. 이 철학자의 말은 여러 차례 부정되어 왔거니와 이재무 시인의 작품에서는 "인간은 주체에 앞선다"는 것으로 바뀌어야 할 것이다. 중요한 것은 지배적인 근대의 관념이 아니라 우리 삶의 실천이다. 한때 '지옥에서의 한 철'이 멋스런 유행어가 되어줄 때가 있었다. 그러나 사람아, 지옥이라니. 모든 관념을 지우고 실제로 돌아가 생각해보면 우리는 다른 무엇이 아니라 인생이라는 나날을 살고 있다. 시인은 이 점을 거창하게 수식하지 않는다. 그리고 꾸밈음 적은 그의 담백함은 오늘도 '지상에서의 한 철'을 옹호하고 있다.


## 2. '사람 국수'가 상징하는 것

여기 그의 작품 5편이 있다. 한 시인을 그려보기에는 충분히 불충분한 편수이다. 그러니 전작 『저녁 6시』(창비, 2007)를 참고문헌 삼아 신작시를 독讀하기를 청한다. 전작을 염두에 둘 또 다른 이유가 있다. 그것은 『저녁 6시』의 냄새가 이 시편들에서도 맡아지기 때문이다. 그가 제목으로 내세운 '저녁 6시'라는 시간—이것은 때를 지칭하는 객관적 기술 같아 보이지만 속사정은 전혀 그렇지 않다. 사실 이 표현은 진술을 목표로 하기보다는 그로 인해 이끌려 나오는 구체적인 감각들의 연상을 노리고 있다. 우선, '저녁 6시는 경계의 시간,

그래서 '개와 늑대 사이의 시간'이라고 불리기도 한다. 개가 늑대가 되고 늑대가 개가 되는, 그러다가 개와 늑대가 혼동되어도 좋을 시간의 넓이와 가능성이 여기에 펼쳐져 있다. 이것이 '저녁 6시'의 상상력이라면 실제 우리에게 다가오는 경계의 시간은 보다 구체적이다. 그것은 낮과 밤이 교차되는 시간, 그러면서 오늘도 하루를 살아냈구나 하는 사소한 감사와 중얼거림이 허락되는 시간이다. 그리고 무엇보다 삶의 현장에서 '저녁 6시'는 저녁밥을 짓는 연기가 마을에 가득 차는 시간, 지금은 없지만 마음속에는 남아 있는 가장 따뜻한 '밥때'의 시간이다. 이 '밥때'는 이재무 시인의 일상에 대한 긍정을 상징하는 표현이기도 하다. 시간적으로 그를 대변하는 것이 저녁 밥때의 6시라면 감각적으로 그를 표현하는 것은 입맛이다. 그중에서도 시인의 편향된 입맛은 '국수'와 같은 소박함으로 드러난다.

> 한두 시간이 아니라 작심한 듯
> 한 사흘 비가 중얼중얼 줄기차게 퍼부어댈 때
> 불 나간 방에 눈 감고 누워있으면
> 감각의 덩굴들 손 뻗어 비의 살에 닿으려 아우성이다
> 비가 내려와 바닥을 만지면서
> 내는 소리의 실금들이 보이고
> 또 비의 몸에서 나는 비린내가
> 슬금슬금 번지어 가는 모양이 손금처럼 적나라하다
> 캄캄한 동굴에 한 마리 길짐승으로
> 엎드려 귀 쫑긋 열어놓으면
> 바깥에서 피우는 온갖 소리와 냄새의 꽃들 환하다
> 천리 밖 남향 집 모처럼 일에서 놓여난
> 소가 워낭 흔들며 우물우물 여물 넣어 삼키는
> 소리의 목젖이며 마루에 둘러앉은
> 입성 초라한 식구들 이른 저녁으로

후루룩 국수 말아먹는 가난한 식욕이 보이고

젖어 구겨진 보리 대궁을 펴 지핀 매운 연기로

쪄낸, 대바구니 속 햇감자의 고순 내가

는개처럼 퍼져와 마음의 담장 안에 축축하다

한두 시간이 아니라

한 사흘 비가 줄기차게 퍼부어댈 때

나는 꼼짝없이 털갈이 하는 짐승이 된다

—「장마」 전문

이 신작 역시 전작의 연장선상에서 읽어볼 때 과연 이재무 시인의 것이라
는 묘미를 느낄 수 있다. 「장마」는 저녁 밥때에 관한 시이면서 시인이 따뜻
하고 소박한 국수의 입맛을 선호한다는 것을 재삼 증명하고 있기도 하다.
국수란 백석이 몹시 사랑한 탓에 문학 안으로 들어왔고 문태준과 윤의섭 등
의 많은 시인이 그 담백하고, 심심한 맛을 음미했던 서민의 음식이다. 그
리고 나름 시학적 계보를 지닌 이 음식에 대해 이재무 시인은 맛의 차원이
아닌 사람의 이해에 관한 의미를 부여한다. 우리가 국수의 입맛을 주목하
는 것은 사실 시인의 취향에 대한 사소한 궁금증을 넘어서 있다. 이재무 시
인의 국수 선호는 개인의 취향이 아니라 그의 사람론을 살펴볼 수 있는 어
떤 지표로서 기능한다.

시인은 국수를 통해 이 음식처럼 정직하고 소박한 개별적 인생을 의미하
는 '사람 국수'를 긍정하고자 한다. 시에서 그는 "국수 말아먹는" 일을 "가
난한 식욕"이라는 역설적 표현으로써 말한다. 이 구절이 탄생한 경위를 살
펴보기 전에 일반적 식욕, 나아가 식욕이 포함된 욕구가 무엇인지 생각해
볼 수 있을 것이다. 우리가 본능적으로 원하는 무엇은 욕구의 대상이 되고
이 욕구는 채워지면 곧 해소된다. 이 본능은 짐승이나 인간을 가리지 않고
살아 있는 전 존재의 동일한 반응으로 이해할 수 있을 것이다. 문제는 욕구
가 욕망의 차원으로 변질될 때에 생겨난다. 욕망은 욕구와는 달리 결코 해

소되지 않고 지속적으로 발현되기만 한다. 욕구 차원의 본능은 배가 부르면 더 이상 먹기를 원하지 않는다. 그런데 인간만이 식욕을 욕망으로 변화시켜 배가 불러도 먹으려 하기 때문에 본성을 위배하는 무리함이 뒤따르게 된다. 이런 점을 생각할 때 이재무 시인의 소박하고 자연스러운 식욕과 그것을 상징하는 국수는 아귀적 성격의 현대적 입맛에 대립적으로 작용하고 있음을 알 수 있다. 욕망으로서의 식욕을 부정하기 위해 시인은 국수에 '가난한 식욕'이라는 역설을 부여했던 것이다.

최근 대중이 엘리자베스 길버트의 『먹고 기도하고 사랑하라』에 열광하는 이유는 이 에세이집이 지금 우리에게 낯선 단순한 욕구의 해소를 긍정하고 있기 때문이다. 욕구가 욕망이 되지 않고 순한 본성에서 태어나 다시 본성으로 돌아가는 자연스러움을 낯설게 인식하는 점이야말로 현대의 불행이다. 그런 의미에서 오늘 이재무 시인의, 국수의 입맛을 지닌 인간상은 음미해야 할 점을 지니고 있다. 그의 작품은 단순히 착하고 선한 자기 성격의 표출이 아니다. 이재무 시인은 가난한 짐승처럼 먹고 감사하면서 잠시 현대인이 아닌 그저 온전한 인간으로 돌아가는 일이 중요함을 이야기하고 있는 것이다.

지상에서의 개별적 삶은 매우 구체적이다. 일상적이기 때문에 때로는 하찮아 보일 수도 있다. 그러나 사실 그 흔한 것 속에 "까닭도 없이 삶이 문득 서럽고 경건해"(「감자알」, 『저녁 6시』)지는 삶의 기적이 숨겨져 있다. 지상을 탐색하는 이재무 시인의 시는 삶의 현장에 가장 가깝게 다가가고자 납작 엎드린 사람의 형상을 하고 있다. 이 사람은 땅에 몸을 대고 높은 곳을 욕망하지 않고 포복 자세를 유지한다. 모두 상승을 꿈꿀 때 포복을 꿈꾼다는 것, 모두 인간의 인간이 되기 원할 때 한 마리 짐승이 되길 원한다는 이 차별성에서 진정한 안식과 평온이 찾아온다. 그는 사람으로 태어났으면 정말 사람답게 살자는 모토를 가지고 시를 쓴다. 이것은 일상이라는 다수의 지지자를 가졌으면서도 오만한 근대의 대세에 밀려 열세를 벗어나지 못한다. 사람 본연의 자연스러움이 여당의 위치에 차지할 날이 먼 훗날의 것이라면 아마 그 먼 훗날까지 이재무 시인의 모토 또한 지속적으로 전개되리라 짐작할 수 있다.


## 3. 본능의 사망 선고에 대하여

한밤중, 누워 있던 검은 아스팔트가

벌떡 일어나 먹이 감을 찾아나선다

콜타르 칠한 벽처럼 빗물에 번들거리는 몸,

속에서 먹을수록 커지는 허기가

컹컹, 인접한 산을 향해 짖고 있다

나흘 끼니를 건너 뛴 아스팔트

제 몸 무두질하며 달리는 차량들

돌돌 말아 혀 안쪽으로 삼키고 싶다

공복이 불러온 뿌연 안개 속

검은 아스팔트가 바퀴를 굴리며 달리고 있다

질주의 관성은 중력이 낳은 사생아

아스팔트 등에 올라탄 재규어와 쿠거, 바이퍼,

머스탱, 스타리온, 갤로퍼, 라이노, 포니 무소들이

꽥꽥 비명을 지를 때마다

와들와들 산천초목이 떤다

산을 빠져나온, 길 잃은 본능을 잡아먹고

점점 더 난폭해지는 아스팔트

고삐 풀린 저 무한질주를 아무도 막을 수 없다

—「로드킬」 전문


인간의 욕망이 인간 자체적인 필요에 의해 생겨난 것이 아니고 시대의 주
문에 걸린 도취임을 주목하는 이재무의 다른 시편이다. 이 시의 이해를 위

해 먼저 '로드킬'의 의미와 한국적 상황에 대해 살펴보자. 사전적으로 '로드킬'은 도로에서 일어나는, 야생동물과 유기동물을 포함한 동물들의 교통사고를 의미한다. 황윤 감독의 다큐 영화『어느 날 그 길에서』(2008)의 조사단에 의하면 지리산 인근 120km 도로에서 30개월 동안 야생동물 교통사고가 5769건 발생했다. 한국의 도로 길이는 10만km, 차량의 평균 시속은 130km이니 전체적인 '로드킬'의 상황은 가늠하기 어렵지 않다.

영화적 관심에서 알 수 있듯이 최근 '로드킬'이라는 말에는 무고한 생명의 희생이라는 비극적 의미가 포함되어 있다. 그런데 이재무의 시는 비극보다 비판적 요소가 강하다. 그는 '로드킬'을 도로 위에서 당하는 죽음으로 파악하기보다 길이 지닌 본성이 상실되는 것, 다시 말해서 본래적인 '길(로드)'이 죽어간다는 점에 착안하고 있다. 그렇기 때문에 이 시는 「장마」와 양면의 짝을 이룬다. 시인이 「장마」에서 드러내는 것이 배고픔을 채우는 단순한 식욕의 회복이라고 할 때, 「로드킬」은 '속에서 먹을수록 커지는 허기'라는 기만적 식욕을 비판한다. 전자는 생명이 지닌 본성을 의미하고 후자는 현대의 조작에 의해 자기 본성에서 벗어난 미친 욕망을 보여준다. 여기서 시인이 말하는 아스팔트의 식욕은 '대로大路'로 표상되는 근대적 직선주의 사고관을 의미한다. 그것은 단순히 곧게 뻗은 길을 의미하는 것이 아니라 본연성을 망각하는 그릇된 파괴로 이어진다. 과거 현상적인 길을 보고 도의道義와 같이 사람이 걸어가야 할 길이나 운명처럼 주어진 몫을 떠올리던 시절이 있었다. 그러나 지금의 길은 자연의 흐름을 위배하고 자아와 타자에 대한 해악으로 질주하고 있다. 시인이 주목하는 이러한 '로드킬'의 상황은 그의 현대에 관한 이해를 드러낸다고 할 수 있다. 우리는 욕구가 욕망으로 변질되는 과정을 라캉을 통해 배웠지만 이것이 철학적으로 정립되기 전에도 많은 실례와 많은 오류를 경험했다. 그러나 경험 후에도 "고삐 풀린 저 무한질주"를 정정하지는 못했다. 그것은 사람이 삶을 지상의 하루로 받아들이지 못하고, 전쟁의 일부로 인식해야만 하는 생존의 구조적인 문제에서 발생한다. 근대사회에서는 단순한 욕구를 무한적 욕망으로 승화시키는 사람만이 사람 사이의 전쟁에서 살아남아왔다. 우리는 누구보다도 빨리 욕망을 표출하고 대상을 선점해야 한다는 "질주의 관성"의 지배를 받고 있는 것이다. 이런 심층적 차원에 주목한 이재무 시인의 「로드킬」은 생태주의적 관점에서 야생동물의 희생을 막아보자는 목적을 넘어서 있다. 그는 이른바 근대의 논리가 살아 있는 모든 것이 희생당하는 패배의 전략임을 역설하고 있다. 그가 빼어나지 못한 범인들의 일상에 주목하고 그들의 삶을 옹호하는 것은 다만 인생 애호가의 취향으로 설명할 수 없다. 그가 보여주는 것이 잔잔한 풍경이라 할지라도 여기에는 시인이 거부하고자 하는 정적이 분명 존재한다. 이것이 그가 인간의 사람다움, 사람의 본성을 회복하자는 메시지를 전달할 때 복고주의적 관점이라 오독할 수 없는 이유이다.

## 4. 서정시의 미래는 오늘이다

이재무 시인의 「로드킬」은 문명비판적 논조가 강한 작품이다. 그렇지만 이 작품의 정신적 측면에 주목하자면 이것 역시 윤동주 식의 "모든 죽어가는 것들을 사랑"하는 서정의 일부이다. 많은 이들이 서정시의 위상에 대해 이미 가망 없다는 진단을 내리고 있는 때에 창작되는 서정시는 어떤 의미를 가지고 있을까. 다음의 작품에는 서정시인 스스로 파악하는 시의 상황이 드러나 있다.

> 새 기르는 이가 말하길
> 그렇게나 잘 울고 발랄하게 지저귀던 새
> 잡아 장 속에 들여놓으니
> 아침나절 잠깐 시늉하고는
> 종일을 울음 없이 지낸다 한다

한 톨 두 톨 삼킨 모이 힘으로
이 가지에서 저 가지로 이착륙을 반복하면서
통 통 통 뛰는 음표로
연초록 광도 높이며 절창을 울던 새여,

퇴화된 울대 살찐 몸으로
뒤뚱뒤뚱 게으르게 걷다가
불쑥, 추억을 새김질하듯
날개 짓 두세 번 파닥거리다 마는 새여,

배고프지 않은데
끼니 때 되니 먹는 밥처럼
도무지 눈맛이 없는 깔깔한 서정시여,

—「장 속의 새」 전문

　이재무 시인의 「장 속의 새」는 서정에 의한 서정의 자기 비판으로 읽을 수 있다. 그는 현대에 직면한 서정시의 운명을 '장 속에 갇힌 새의 울음'으로 이해한다. 시를 곧 울음으로 보는 관점은 매우 전통적인 유래를 지니고 있어서 설득력이 있는데 시인은 이 전통적인 시관詩觀에서 출발해 그것의 비극적 현실에 대해 주목하고 있다. "연초록 광도 높이며 절창을 울던 새"가 서정시가 절정인 시대를 의미한다면 그 시대를 담보하는 것은 "이 가지에서 저 가지로 이착륙을 반복"할 수 있는 자연 속의 자유이다. 그러나 본능적 행동의 제약을 받고 사육되는 인간의 목청에서는 더 이상 서정시의 진면목이 발휘될 수 없게 된다. 이런 점을 본다면 서정시에 미래는 없다는 현재의 진단에 시인 역시 동의하고 있는 듯하다. 하지만 시인은 그럼에도 불구하고 "서정시여" 하고 부른다. 이 마지막 부름이 다정함을 근거로 그의 내면에서 '장 속에 갇힌 새'가 두 종류로 세분된다고 볼 수 있다. 하나는 본성을 망각한 '납함 아래의 새'이고, 또 하나는 갇혀 있음을 자각하는 '불행을 인식하는 새'일 것이다. 그리고 시인의 마음은 후자를 지향하고 있어 이 시인의 어조에 다소의 슬픔과 아련함과 그리움마저 묻어나오는 원인이 된다.

그는 행복한 서정시인은 아니다. 지금은 어떤 서정시인도 행복할 수 없는 시대이다. 그렇지만 행복한 시인이 아니어도, 서정시에 대한 사망 선고가 내려져도, 작품은 탄생하고 절창은 움튼다. 이런 상황에서 우리는 이재무 시인의 시를 읽으며 이 시대 서정시의 역할은 무엇인가 생각할 수 있다. 현대적 세상은 사람들에게 최대한 빨리 가라고 가속도를 강요한다. 강요는 외적인 힘이 세지만 그것을 받아들이는 마음에 저항력이 존재하고 있어 내적인 동력은 약하다. 이런 대세에 대해 서정시는 최대한 천천히 가자고 청한다. 청할 뿐이기 때문에 서정의 힘은 약하지만 서정의 순간이 없으면 우리는 결국 무뇌로 이어지는 무심자가 될 것임을 직감한다. 아마도 서정시는 사람이 사람된 후의 최초의 발성으로서 생겨났을 것이다. 그리고 사람이 사람됨을 포기하기 이전의 최후의 발성이 될 것이라 또한 예상할 수 있다.

이미 오래된 구식이지만 아직도 순수예술은 기존 사회와는 다른 사회를 추구하는 인간의 마지막 희망이라고 생각하는 사람들이 있다. 자주 인용되는 호르크하이머의 말을 다시 한 번 인용하자면 "예술은 자율적인 것이 된 이래 종교에서 증류한 유토피아를 보존해왔다"(「예술과 대중문화」, 1941). 그러나 예술의 희망적 성격을 옹호하는 이런 관점이 오늘날 순수 예술의 비난하는 이유가 된다. 유토피아는 말 그대로 어디에도 없는 곳, 그러니 이렇게 허황된 것이 어떻게 삶의 비극을 건져낼 수 있겠는가 말이다. 우리는 이 비판 앞에서 소설처럼 팔리지도 않고, 영화처럼 흥행 대작도 없고, 기부금이나 돈도 만들어내지 못하는 시의 울림 없음을 생각한다. 이재무 시인이 고민하는, '장 속의 새'가 울음을 잃은 것도 같은 맥락이라고 생각할 수 있다. 그러나 사람이 죽어간다고 해서 그 죽음을 방기할 것인가, 혹은 죽을 운명이라고 해서 아무 노력도 하지 않을 것인가, 또는 우리가 과연 말할 수 없는 것에 대해서는 침묵해야만 할까. 경제 논리에서는 침묵해야 하겠지만 심정적으로는 그렇지 않다. 모든 것은 언젠가 죽는다. 시가 죽을 것이고 소설이나 영화도 죽을 것이다. 그리고 인류도 죽을 것이다. 그런데 광범위한 회의론보다 앞서는 것은 오늘의 실천이다. 그래서 다시 한 번 이재무 시인의 '지상에서의 한 철'을 생각한다. 이재무 시인의 시편은 평범하게, 그러나 본성이 무엇인지 내면을 늘 돌아보면서, 오늘을 어제처럼, 내일을 또 오늘처럼 살자고 말한다. 이것이 지상에 내려온 우리의 소임이자 서정시의 마지막 할 일일 것이다.

# 혼돈混沌, 아직 끝나지 않은 노래
## —오정국론

한밑천 다 털어먹은 탕진의 결과가 이러하다 물컹한
진흙들
—「진흙들—탕진의 열매」 부분

오정국 시인을 지켜보면서 드는 첫 번째 질문은, "왜 '진흙'인가"이다. 그의 변화를 주도하고 있는 복수複數의 진흙들에 대한 질문은 간단하지만 문제는 간단하지 않아 보인다. 돌이켜보건대, 오 시인의 작품에는 덩어리성 질료보다 고복皐復을 행하듯 황량하고 고달픈 소리가 먼저였다. 작품을 통해 어떤 풍경을 보았다 싶었는데 눈보다는 귀와 마음이 시리고, 또 그 면면 뒤에는 슬프고 선연한 먼 것에 대한 부름이 자리하고 있었다. 그렇게 그는 지금껏 불러왔다. 숨어 있는 것, 아득한 것, 멀리서 오는 것들이 있다고(『멀리서 오는 것들』, 세계사, 2005). 그것들이 내 몸에, 내 등 뒤에, 목구멍 속에 깃들어 있다고. 시인 대신 적나라하게 말하자면, 깃들여 있다기보다 그것들이 나를 숙주 삼아 기생하고 있다고. 이젠 누가 주主이고 누가 객客인지조차 모르겠다고. 그렇게 나는 수동성의 대상이 되었고 내 육성은 들림에 사로잡히고 말았다고.

물론 이러한 주객전도의 인생에 대해 현대 일반은 긍정적으로 평하지 않는다. 시인 역시 이 사실을 잘 알고 있으며, 때문에 오 시인의 작품은 타칭 낭만주의적 성격을 의심받기도 하는 것이다(박철화,「진흙의 연금술, 낭만적 자아와 세계의 화해」). 이제 진흙 이야기로 다시 돌아갈 시점이 되었다. 최근의 연작들에서 이 기생당한 낭만주의자는 인생을 살아왔으되, 이를 '살았다'고 하지 않고 '탕진했다'고 말한다(「진흙들-탕진의 열매」). 탕진이라, 이 얼마나 비참하고 절망적인 단어인가. 모든 것을 무절제하게 그리고 낭비적으로 소모하여 이제 남은 것이 아무것도 없다는 자조로서의 탕진. 용감하거나 무모하지 않다면 할 수 없는, 따라서 아무나 모방할 수 없는 그 막다른 '절絶'로서의 탕진. 우리는 이 지점에서 비로소 '진흙'의 탄생 배경을 유추하게 된다. 주어진 인생을 충분히 탕진한 결과로서, 또는 탕진이 낳은 열매로서 비로소 최근 연작에서의 '진흙'이 소환된 것이다. 시인이 80년대부터 성실히 게워낸 질척한 노래가 제멋대로 형체를 끌어모으더니 스스로 진흙이 되어 윤곽을 드러낸 셈이다.


## 1. 세계의 중심에 '혼돈'이 살았네

진흙이 가진 점성과 함유물들로 인해 오정국 시인의 신작들은 이전보다 훨씬 덜 곱고, 덜 순하며, 한층 흥미진진해졌다. 시인의 내면에 있던 어떤 흐름이 굳이 '진흙'이라는 언어적 외형을 골라 나타난 이유를 추측해보자면, 이것이 가진 독특한 상징체계를 빼놓을 수 없을 것이다. 진흙은 흙의 일종이면서도 재생을 의미하는 이광수의 흙이나, 모성을 추구하는 나희덕의 흙과 같은 생산적 토양에 속하지 않는다. 또한 '사각형의 기억을 갖'(송찬호)고 있는 흙도 아니고 그릇으로 완성되기를 꿈꾸는 점토도 아니다. 오 시인의 진흙은 식물을 키워내는 훈훈한 대지가 아니라, 어린 신이 유희遊戲로서 매만졌던 바로 그 '무정형성'의 질료에 가까워 보인다. 진흙은 만지면 만지는 대로 빚어질 듯하다가 이내 주저앉아버리기 일반, 그리고 이 진흙에서 인류와 생이 비롯되었다지만 그 자체로서는 어떤 것도 키워내지 못하는 역설적 존재이다. 그럼에도 불구하고 오 시인은 이 불안정하고 불투명한 질료에서 많은 의미와 이야기를 키워 올리고 있다. 그가 진흙 연작에서 선보이는 사물과 언어가 다양한 만큼 작품의 주체격인 진흙은 흔히 이해되는 사전적 의미와는 점점 더 멀어지고 있다는 말이 된다.

> 진흙들, 내 발자국을 뒤따라오던 지평선이 여기 있고
> 역참의 말발굽처럼 지나간 해가 여기 있고
> 나의 생몰연대가 새겨진 돌이 여기 있다
> ─「진흙들─탕진의 열매」 부분


> 밑도 끝도 없는 이야기, 이렇게 버무려진
> 위없는 위이며
> 아래 없는 아래의,
> ─「진흙들─탕진의 열매」 부분

이것은 이 낯선 진흙에 대해 시인이 언급한 부분에 해당한다. 진흙들 안에는 '생몰연대'가 새겨져 있고 등 뒤로 넘겨버린 지난 세월이 담겨 있다. 생몰연대는 나의 처음과 끝이니, 나의 전부가 이 진흙 안에 포함되어 있다는 말이 된다. 그런데 이처럼 모든 것이 들어 있되 어떤 형식이나 순서를 따르지 않고 아무렇게나 버무려져 존재한다. 이런 뒤죽박죽 모순덩어리의 특성을 고려할 때, 오정국 시인에게서 표면화된 진흙은 자기를 포함하지만 표면에 드러난 자아와는 다른, 포착되지 않는 어떤 '무정형성'을 의미한다고 볼 수 있다. 이 무정형성은 질척한 진흙과도 같아서, 어떤 무엇으로도 빚어질 수 있으나 아직 빚어지지 않은 상태에 있다. 이렇게 '생'(밝음)과 '죽음'(어둠)이 무질서하게 뒤섞여 있는 상태의 다른 이름은 '혼돈混沌'이다. 시인 대신 다시 적나라하게 말하자면, 진흙은 나와 포함관계에 있지만 나라고 말할 수 없는 그 무엇, 자기 정체성이 무화되는 밑바닥 어둠에 가깝다. 그리고 이곳에서는 '밑도 끝도 없는 이야기'가 생성되고 있음에 주목해야 할 것이다. 밑도 끝도 없다는 이 말은 시작도 끝도 없다는 말이니 이만큼 큰 범

위의 형용사는 또 없을 것이다. 이 보이지 않는 깊은 심연이 바로 진흙의 몸을 빌려 드러나고 있음을 우리는 오 시인의 연작 시편에서 찾아보게 된다.

'형태없는 형태'로서의 진흙은 무엇도 되고 무엇에도 붙을 수 있지만 또한 그렇기에 무엇도 되지 않고 있어 당황스럽다. 그렇지만 오정국 시인에게 있어서는 이 진흙이야 말로 자기에게 수행하도록 주어진 인생을 기꺼이 탕진하게 하고, 자기 정체성이라는 고정된 틀을 거부하는 대신 얻고자 하는 지점에서 출발된 것이다. 도달할 수 없는 것을 가능하다고 믿으며 그것에 손 내미는 무모함이 낭만주의자의 본질이라면, 그 '멀리서 오는 것들'에 홀려 있던 한 낭만주의자가 이제 그 멀리에 있는 것에 근접했다, 내지는 그 멀리에 있는 것과 대면한다고 말할 수도 있을 것이다.


## 2. 그 '혼돈'은 이레만에 죽곤 했지

눈앞까지 온, 이 멀리서 온 것들(진흙들)은, 그럼에도 불구하고 불가사의 속에 쌓여 있다. 시인의 어느 구절을 통해서도 이것들이 탕진과 관련된다는 말 외에 확실한 단서는 은폐되어 있다. 단지, 진흙에는 이런 것들이 포함되어 있음이 확인될 뿐이다.

> 역광처럼 흩어지는 너의 머리카락이었고, 그걸 바라보던
> 내 우묵한 눈그늘이었다 문득 되돌아보던
>
> 네 눈빛 사이로 흘러가던
> 구름이었다 노을빛으로 타오르던
> ─「진흙들─블랙리스트를 주고받는 커넥션」 부분

그의 이전 시집에서 잘된 구절을 뽑아온 듯한 위 몇 행이 서정적으로 느

껴지는 이유는, 역광이나 흩어진 머리카락, 눈빛, 구름, 노을과 같이 잡을 수도 지속할 수도 없는 찰나의 순간이 참여되었기 때문이다. 향기와 용기에 담긴 향수가 다른 것처럼 이런 순간의 향기들은 느껴질 뿐 포획되지는 않는다. 그리고 이것을 바라봄으로 인해 어두워진, '내 우묵한 눈그늘'은 스치고 지나가는 환영에 대한 집착만큼 어리석고 강한 것이 없음을 다시금 일깨워준다. 잡을 수 없는 것들에 대한 헛헛한 심정, 불가능을 바라는 이 심정이 그토록 낭만주의자를 여위게도 하고, 반대로 살게도 하는 원인임은 널리 알려져 왔다. 그렇다면 그토록 원하던 것에 닿을 때 낭만주의자는 리얼리스트가 되어버릴까. 그렇다기보다는 닿는 순간 낭만주의자와 그의 먼 것은 동시에 죽어버린다는 편이 맞을 것이다.

살게 하는 원동력이지만 동시에 손을 대면 죽어버리는, 이러한 대상의 특징은 오 시인에게 접근한 진흙이 가진 '혼돈성'에도 동일하게 적용된다. "진흙은 입이 무겁고 뱃심이 두둑하여/ 블랙리스트의 진위는 아직 밝혀지지 않았다"(「진흙들—블랙리스트를 주고받는 커넥션」 부분)는 구절처럼, 진흙의 성격은 아직 구체화되지 않았다. 정확히 말하자면, 진흙이라는 이 혼돈을 파악하는 것은 사실 불가능하며, 파악하는 순간 그것은 이미 혼돈이 아니게 된다. 이로써 우리는 오정국 시인에게서 이 혼돈으로서의 진흙이라는 대상은 '아직' 밝혀지지 않은 것이 아니라 '영영' 구체화되지 않을 것임을 짐작할 수 있다. '숙儵'과 '홀忽'이 일곱 개의 구멍이라는 질서를 부여했더니 이레만에 죽어버렸다는, 중앙에 존재하던 '혼돈混沌'이라는 신에 관한 이야기(『莊子』 應帝王 중)처럼 이 혼돈으로서의 진흙 역시 파악됨을 거부하는 '영문 모를'(「진흙들—日蝕」) 것인 셈이다. 그렇기에 오정국 시인은 진흙에 사로잡혀 그것을 말하려 입을 벌리되, '—처럼'과 '—같이'라는 비유법, 그리고 '—하는'이라는 상태의 설명으로 행을 마감하며 끝끝내 마침표를 유보시킬 수밖에 없는 것이다. 진흙의 오장육부를 속속들이 들어내 그 실체를 정렬하고 나면 진흙은 더 이상 진흙으로서의 힘을 잃게 될 테니까 말이다.

## 3. 그러니 지나는 숙과 흘이여, '혼돈'을 죽이지 말아주시게

오 시인의 근작이 집중적으로 다루고 있는, 혼돈으로서의 진흙에는 나의 전후좌우 · 밑과 위를 둘러싸고 있는 모든 것들이 들어 있다. 모든 것이라는 말에는 분명 과거가 포함되지만 시인은 회고적 자세로 과거를 재생하기보다는, 무정형성으로서의 진흙이 장차 형성할 수 있는 어떤 미래상에 대해 가능성을 열어두고 있는 쪽에 가깝다.

이것이 만약 진흙이 아니라면, 숨 막히는 만삭의
보름달을 통과하여
당신 어깻죽지의 날개가 되었겠고

만약 이것이 진흙이 아니라면, 내 눈을 멀게 한
태양의 흑점을 다시 뚫고나가
그 여름날의 장미가 되었겠고

일몰의 그물에 목이 걸려 버둥거리는
푸른 새가 되었겠고, 되었겠는데

어떻게 알고 이 자리를 찾아와
나무 한 그루가 솟아오르듯

여기까지 밀려온 진흙,
제가 태워먹은 물과 불의 혈통을 몸 깊숙이 숨겨놓고 있다
—「진흙들-災의 길, 災의 몸」 부분

이 인용부는 의미의 부단한 재창조가 시인의 업임을 보여준다. 여기에

서의 진흙은 우리가 기껏 알고 있는, 연꽃이나 피우는 더러운 구정물이 아니다. 이 진흙은 '날개'나 '장미' 혹은 '푸른 새'까지가 될 수 있었으나 결국 그러지는 않았던, 날개와 장미와 푸른 새의 전신前身쯤으로 언급되고 있다. 오 시인이 고른 '되었겠는데'라는 낱말은, 진흙이 날개나 장미 따위가 될 수 있었으며 또 될 예정이었으나 그렇게 되지는 않았다는 의미까지를 담고 있다. 기억하기를, 이 장미나 날개, 푸른 새 등은 오 시인이 지난 날 우리에게 보여준 범주에 속해 있는 것들이다. 그러니 짐작컨대, 과거 시인이 매혹되었던 장미-날개-푸른 새가 있었으며, 그가 형상들의 근원을 찾아 'Over the Rainbow'에 다가갔으며, 바로 그 과정에서 비로소 혼돈과 조우했던 것이라 말할 수 있겠다. 그러니 오늘날 진흙 연작은 시인이 걸어간 길들의 흔적이요 낭만주의자의 한 변화 과정 중에 있는 지표라고 이해해도 무방할 참이다.

혼돈이 미분화된 열등이나 질서화의 실패가 아니듯이 오 시인이 재의미화하고 있는 진흙 역시 한갓 혼란스러움쯤에 머물 수 없다. 그 증거로 근작에서 진흙이 어떤 객관적 사물이 아니라 '들끓던 내란의 횃불'이라고 명명되었음을 들 수 있다. 시인은 이것을 미처 빛과 어둠으로 나뉘지 못한 존재가 아니라 그 안에 빛과 어둠 그리고 그 이상의 것을 산출할 수 있는 만물의 가능성이 들어 있는 잠재의 들끓음으로 인식하고 있다. 이는 모든 것이, 그리고 어떠한 것이든 가능하다는 인간 상상력의 낙관적 인식과 그 바탕을 같이하고 있으며 낭만주의자로서 들림을 보여주었던 오 시인의 전작들과도 연장선상에서 이해할 수 있는 부분이다. 논리화할 수 없는 실재의 부분을 감각으로서 파악하고 형상화하는 그 열정에 의해 오 시인은 "열매들의 흐벅진 이야기, 벌판을 무수히 건너갔지만/ 아직도 철탑에 남아 있는 전선들처럼/ 또 다시 시작되는, 진흙 이야기"(「진흙들-탕진의 열매」 부분)라고 말할 수 있는 것이다. 다시 시작되는 진흙의 이야기는 '또'라는 단어를 통해 연결되며 그 되풀이에는 끝이 예정되어 있지 않다.

오정국 시인의 작품에 드러나는 것은 이른바 진흙이 가진 '들끓는' 혼돈의 세계관이라고 말할 수 있다. 이것은 이룰 수 없는, 그러나 결국에는 이루어졌다고 전설화된 피그말리온의 꿈이며, 동시에 알에서 깨어나길 거부하는 태아의 꿈이다. 이러한 혼돈의 세계관 속에서는 '아프락삭스' 같은 것은 중요치 않다. 알을 깨고 나와 신으로 날아가야 한다는 그런 순차적인 언술은 필요치 않으며 오정국의 경우 자아(알)는 새로 태어나라고 권고받지 않는다. 알은 알 안에서 무정형성의 점성질로 존재한다. 그 알은 깨어나 하나의 새가 되기보다는 가능성인 알 그 자체로 남기를 원한다. 점성질의 이 혼돈성이 가진 이 끈끈함과 끈기, 이것이 바로 오 시인이 여러 단계로 나누어 보여주려고 하는 하나의 가능성이다. 이른바, 진흙에는 '혼돈'이 산다. 눈코입이 없는 '무정형성'이 산다. 그가 이 진흙에서 어떤 새로운 종의 '날개-장미-푸른 새'를 선보일 것인지 기대된다.

# 슬픈 것은 '詩꿈-살이'
## —이승욱론

꿈은 멀어라
아아, 나는 온갖 책을 읽었어라
—신석초, 「새벽에 앉아」

## 1. 꿈이 나를 버리고 간다

이승욱 시인은 인식이나 직관에 호소하는 지적인 현대시의 풍모를 지녔다고 평가받은 바 있다.[1] 현대적이냐 전통적이냐를 따진다면 그의 어법은 모던한 기법을 활용한다는 면에서 현대시적인 경향을 지니고 있다. 반대로 시적 공간이나 소재는 전통 서정시의 범주에 해당할 때가 잦다. 하지만 이 시인은 그 둘 중에서 어느 하나의 아들로서 태어나지 않았다. 마치 그에게는 시적인 아버지가 없는 듯하다. 아이러니하게도 시인은 시의 아버지에게서 시를 배운 것이 아니라 자신의 '꿈' 때문에 시를 배웠다. 결론적으로 말하자면, 그의 시에서 느껴지는 어떤 슬픈 냄새는 전적으로 '꿈' 때문이다.

시인과 꿈이라고 한다면 대개 낭만주의 시인을 떠올리기 쉽다. 그러나 사정은 간단치 않다. 니체가 인용한 "친구여, 자기의 꿈을 해몽하여 적어두는 것, 바로 그것이 시인의 일이로다"(『비극의 탄생』)는 말처럼 시만큼 꿈과 가까운 것도 없다. 그런데 꿈을 대하는 시인의 자세는 조금 세분화될 필요가 있

---

1 이경철, 「소멸의 변주곡」, 이승욱 시집 『지나가는 슬픔』 해설, 2004, 세계사.

다. 만약 예이츠Yeats처럼 '아아 가난하여라, 내 소유란 꿈밖에 없어라'는 입장이면 시인은 행복하다. 온전한 꿈꾸기를 선택함으로써 비로소 낭만주의, 상징주의적인 세계가 열리게 된다. 이와는 반대로 꿈과 대결하거나, 꿈을 죽이고 파헤치면서 대신할 무엇을 찾는 시인이 있을 수 있다. 이런 경우에는 지적인 탐색과 회의를 통해 현대적인 모더니티의 시가 탄생하게 된다.

장황한 꿈 이야기를 우회해 다시 이승욱 시인에게 돌아오자. 이 시인에게 '꿈'이라는 것은 매우 중요한 중심으로 보인다. 그는 '꿈살이'라는 일종의 운동을 통과해가며 시를 탄생시킨다. 하지만 꿈이 중심이면서도 이승욱 시인의 시는 전적인 낭만주의에 속하지 않는다. 이승욱 시인의 특성은 바로 이 지점에서 출발한다. 시인은 스스로에 대해 낭만적 경향이 강하다고 고백하지만 그의 시는 결코 꿈의 세계에 들어가 있지 않다. 과연 이 시인이 꾸는 꿈의 지위는 상당히 독특하다. 그의 시는 꿈을 소중히 여김에도 불구하고 '꿈의 획득'이 아니라 '꿈의 상실'로 구체화된다. 상실을 확인하는 꿈이란, 각몽의 괴로움을 낳을 것이다. 앞서 말했듯이 꿈에는 전유하느냐, 꿈의 마술성을 부정하느냐의 두 가지 길만이 존재한다. 그 두 가지 길에는 이미 알려진 방법론도 도움이 되어줄 수 있다. 그렇지만, 매번 꿈꾸고 매번 깨어나 슬퍼하는 그런 지난한 반복이라면, 그리고 그것이 시를 쓸 수밖에 없었던 하나의 운명이라면 이 내면의 표정은 어떠한 것일까. 우리가 이것을 이미 알려진 두 가지 꿈의 해석 중 어느 하나로 이름지어도 되는 것일까.

이승욱 시인의 꿈은 자아가 함몰되어도 좋을 자리에 있는 것이 아니라 가질 수 없음이 명백한 박탈된 대상으로서 존재한다. 그의 시편을 살펴볼 때 후술되겠지만, 이 시인에게서 꿈은 소유할 수 없고 그렇다고 해서 버릴 수도 없는 중간지점에 있다. 만약 그를 사랑하는 현실의 누군가가 있다면 불편하고 불행한 그런 꿈 따위 차라리 망각하라고 말해줄 듯하다. 하지만 시인은 시를 통해 20년 이상, 인생을 통해 50년 이상 이 꿈을 통해 살았고 시를 써왔다. 꾸어도 온전히 가질 수 없는 이런 꿈꾸기를 요약한다면 '애증의 꿈살이'라고 말할 수 있을 것이다. 이 점에 주목할 때 이승욱의 시에는 '박탈'이라는 감춰진 뿌리가 발견된다. 그리고 그 뿌리를 더듬으면서 이승욱 시인의 작품이 '꿈이 나를 버리고 간다'는 명제 안에서 태어나는 것으로 읽을 수 있다. 스치고 지나가는 꿈, 상실될 꿈, 그래도 꿀 수밖에 없는 꿈이 이 시인의 시편 곳곳에 박혀 있다.

그러므로 이승욱 시인에게 '꿈꾸기' 자체가 사실은 '꿈잃기'와 같은 말이 된다. 그에게는 꿀 수 있었으나 가질 수 없었던 온갖 소망들이 텅 빈 우울과 함께 등장한다. 시인에게서 우수를 찾을 수 있다 해도 그 원인이 자질적인 멜랑콜리 탓이라고 생각해서는 안 된다. 그는 이유없이 '지나가는 슬픔'에 주목하거나 '한숨짓는 버릇'을 익힌 것이 아니다. 이 시인을 지배하는 것은 담즙질의 피가 아니라 꿈을 해바라기하면서 꿈의 박탈을 응시하는 어려운 '꿈살이'에 있다. 그리고 이것은 낭만주의도 아니고 모더니즘도 아닌 꿈에 대한 제3의 지대에 속해 있다.


## 2. 꿈의 제3지대, 중간계

보드리야르는 근대적 상품들이 현대인을 유혹하는 원인은 편의제공이 아니라 '꿈'의 예감을 선사하기 때문이라고 말한다. 사람들은 누구나 이 모성적이며 호화로운 '꿈의 나라 Pays de Cocagne[2]'를 얻기 원한다. 여기에는 무엇이든지 갖추어져 있으며 인간의 오감과 욕망을 충족시키기에 족하다.

그러나 이승욱 시인의 꿈 세계는 충족이 아니라 상실의 안타까움이 강한 세계에 위치한다. 상실되는 것을 바라보고 있는 시인은 시「잠자는 저 언덕」에서 '마른 덩굴' 이야기를 하고 있다. 이 마른 덩굴의 상태를 한번 확인하자. 시인은 '꺼질 듯 꺼질 듯'이라는 표현을 썼다. 만추의 아름다운 색조에 주목한 것이 아니고, 자연의 이치에 감탄하는 것도 아니다. 그에게 있어 마

---

2 보드리야르, 『소비의 사회』, 이상률 역, 문예출판사, 1991, 24면.

른 덩굴은 죽을 듯 죽지 않는, 아직 저승도 아니고 미처 이승도 못 된, 아슴한 중간계의 사정을 표상하고 있다. 그리고 이것은 시인이 꿈에 대처하고 있는 내면을 드러낸 것이라고 볼 수 있다. 시의 골자를 형성하고 있는 소망은 다 죽어가는 마른 덩굴의 언덕을 다시 살리고 싶다는 마음이다. 그리고 이것은 화자가 알기에도 몹시 허황된 것이다. 하지만 이승과 저승의 중간계에서 상실을 향해 나아가는 '마른 덩굴'에 대한 마음, 다시 말해서 꿈의 획득을 바라는 바람을 포기할 수는 없다. 이 중간계에서 서성이는 시인의 괴로움을 그는 "혼곤한 꿈결"이라고 표현했다. 꿈에 완전히 몰입되어 그것을 꿈이 아니라고 느끼는 것이야말로 낭만주의의 핵심일 것이다. 그러나 시인은 '꿈결'이라는 말을 통해 꿈이 꿈이라는 사실을 알고 있다고 말한다. 꿈도 아니고 현실도 아닌 어떤 꿈결인 듯한 그런 중간지대에 서서 시인은 꿈의 결핍으로서의 꿈과 안타까움을 느끼고 있다. 이런 사정을 통해볼 때 이 시인의 눈에 저 마른 덩굴의 신음이 포착된 이유는 거기에 자신의 내면이 투영되어 있기 때문이다. 시인은 매일 꿈을 살고, 그리고 꿈이 죽는 것을 감당한다. 이 과정에서 시가 나왔다면 그 작품이 쓸쓸하고 슬프지 않을 까닭이 없다.

시집 『지나가는 슬픔』(세계사, 2004)에서 시인은 현재와 타인의 가면을 쓰고 제 슬픔을 많이 숨기려고 애썼다. 그러면서도 숨길 수 없었던 시인의 말이 있었다. 그것은 꿈은 왜 슬픈 것일까, 내 꿈은 어디로 갔을까 하는 질문이었다. 그리고 잃어버린 꿈에 대한 이야기는 「맛있는 살구傳」에서 천국과 분리된 아이의 이야기로 등장한다.

이 시에서 대립적으로 존재하는 것은 '추억 속의 살구'와 '내 입속의 살구'이다. 추억 속의 살구는 현실에서는 결코 찾아볼 수 없는 충족된 맛을 지닌 진수이다. 반대로 현실의 살구는 이데아의 그림자처럼 맛이 텅 비어 있다. 꿈속의 살구와 현실 속의 살구가 대립하면서 시인에게 불귀不歸의 박탈감을 불러일으킨다. 분명 정말 좋은 살구를 가지고 있었는데 '아가'는 그 살구에게서 영원히 분리되었다. 만약 꿈을 꾸지 않는다면, 현실의 살구만을 최상의 가치로 여긴다면 행복을 확보할 수 있을 것이다. 그러나 아가는 천국의 꿈을 기억했고, 그 꿈의 기억만큼 현실은 더 텅 빈 무엇으로서 존재하게 되었다. 이 격차가 불러일으키는 감정이 바로 '슬픔'이다.

　꿈의 입장에서도, 현실의 입장에서도 환기되는 정서가 슬픔이라고 할 때 이것은 시인의 지속적인 테마라고 볼 수 있다. 전작 『한숨짓는 버릇』(황금알, 2008)에서도 이미 "내 입엔 자꾸, 너무 슬픈 단맛"이라는 구절이 들어 있다. 상실로서의 슬픔을 강조하는, 신작시 「맛있는 살구傳」의 단초가 보이고 있는 구절이다. 이 슬픔은 단지 하나의 감정적 반응이고 말 수 없다. 왜냐하면 그는 슬픔을 매우 끈질기게 끝까지 밀어붙이고 있기 때문이다. 이 시인은 탈속脫俗을 꿈꾸는 거속居俗이면서 그 방법론을 자연에의 회귀나 생명사상이나 종교적 가치관에의 귀의로 종결짓지 않았다. 그는 안착가능한 방법론의 건축보다는 일종의 방랑하는 방법론으로서 슬픔이라는, 신뢰할 수 없으나 강력한 감정을 선택하고자 했다. 그리고 슬픔의 범람을 지적인 언어 조형을 통해 방지하면서 '꿈결'을 잃지 않을 매개로 삼고 있다.

　그의 작품을 꿈의 제3지대, 중간계의 시로 읽으면서 신석초의 시구가 떠오른 것은 우연이 아니다. 신석초는 한 시에서 '꿈은 멀어라'라는 말을 한 후에 곧바로 '아아, 나는 온갖 책을 읽었어라'라고 이어갔는데 이 결합은 이승욱 시의 특성과 무관하지 않다. 꿈이 멀리에 있어, 다시 말해 불가능한 꿈을 꾸는 사람이 있다면 그는 그 문제상황을 꿈만으로서 풀 수가 없을 것이다. 신석초 시인은 꿈이 멀어서 책을 읽었던 시인, 다시 말해서 지성적인 흡수를 통해 꿈에 도달하고자 했던 방법론을 선보인 바 있다. 이에 착안하면 이승욱 시인의 지적인 현대시의 풍모 역시 모더니즘에서 출발한 것이 아니라 '꿈'의 해결이 중심된 것임을 알 수 있다. 시쓰기는 꿈을 다루는 하나의 방법일 수 있다. 그러나 이 시인은 어디까지나 꿈과 현실의 중간계에 위치하고 있어 바로 꿈으로 접근할 수 없다. 이럴 때 그는 꿈의 방법인 시쓰기에 현실의 방법인 지적인 탐구를 결합시키는 시도를 하고 있다. 사정이 이렇다면 우리는 꿈과 현실이라는 위험한 대립축에 균형감각을 부여하는 또다른 축을 발견하게 된다. 그는 '꿈 상실'을 견디기 위해서 다음과 같은 방법,

즉 인식에 대한 지지대로서 슬픔을 방법론의 차원으로 끌어올리기, 그리고 그를 위해 지성적인 절제를 빌려오기를 선택하고 있다.

## 3. 그것은 오직 가난이랍니다

> 아아 애달픈 아픈 꿈 꿨다는 것
> 그것은 그것은 오직 가난이랍니다
>
> —「슬픈 L의 신화」부분

이 시인에게서 가족에 대한 작품을 접하기는 쉽지 않다. 그에게 과거와 가족은 일종의 상처에 속해 있다. 그래서 만약 작품에 등장한다 해도 은밀하게 또는 일부 은폐되어서 일부만 드러난 바 있다. 그런 전작들을 염두할 때, 가족을 넘어 '가계'까지를 언급한 「슬픈 L의 신화」는 의외의 작품이었다.

굳이 이니셜을 따지지 않아도 시인은 '슬픈 L'에 자신을 빙의하여 작품을 그렸다. 그러니 우리도 잠시 이 'L'에게 빙의해보자. 이 시는 시인의 총체적인 자의식이 드러나 있다. 아마 'L'이 이 작품을 쓸 때에는 아픈 과거를 직시하는 용기가 동원되었으리라 짐작할 수 있다. 그만큼 이 작품은 순간 포착이 아니라 자아의 형성에 대한 무게 있는 고백이 된다. 이런 경우에는 더욱이 시와 시인의 삶을 무관하게 생각해야 한다는 발레리의 말을 신뢰할 수 없다. 우리가 믿는 것은 한 개인의 신상정보가 시를 지배한다는 단순한 과정에 있지 않다. 한 사람의 문학적 개성은 시의 일부로 치환되는 삶에서 어떤 단서를 얻음으로써 이해될 수도 있다. 그리고 이 작품을 읽으면서 시인의 핵심에 대해 '꿈 상실'과 '슬픔'으로 파악하는 일이 다시금 설득력을 얻는다.

시집 『한숨짓는 버릇』에 있는 '자술 연보'는 「슬픈 L의 신화」를 이해할 몇 가지 정보를 제공한다. 여기에는 시인의 지난 가난과 그로 인한 박탈의 경험이 상술되어 있다. 읽지 못한 독자를 위해 언급하자면, 시인은 어린 시절 서예를 잘하는 아버지로부터 지적인 자극을 받았으며 스스로도 넓은 세상을 향해 뻗어나갈 기대와 준비를 형성하고 있었다. 그러나 아버지의 오랜 와병으로 인해 물질적으로나 정신적으로나 궁핍한 시기를 맞게 된다. 그 과정에서 시인에게는 할 수 있는 것보다 할 수 없는 것을 먼저 알게 되었다. 시인의 시선은 현실이 뒷받침해주지 않을 높은 이상을 향해 있다. 그러나 정신의 상승 방향과는 달리 육체의 방향은 하강을 익혀야 했다. 이 사이에서 한 개인이 겪었던 낙차는 그의 시에서 '꿈꾸기'와 '꿈상실'로 추상되었으리라 추측할 수 있다.

「슬픈 L의 신화」은 그러한 과정을 압축적으로 고백하고 있다. 이 시에 의하면 슬픔의 원천은 '꿈'과 '가난'에 있다. 여기서 가난이 무엇인지 묻지 않을 수 없는데 '기아'가 절대적이라면 '가난'은 지극히 의식적이고 상대적인 개념이다. 배고픔, 추위, 헐벗음과 같은 육체적인 결여 말고도 상대적인 박탈감과 같은 심정적인 부분이 가세할 때 바로 '가난'이라는 말이 탄생하게 된다. 이 시의 후렴이자 결론은 "오직 가난 그뿐"이라는 점에 초점이 맞추어져 있다. 그런데 이 가난은 물질적 가난이자 계보를 지배하는 일종의 정신으로서 그 정체는 꿈을 잃게 만든 운명을 상징하고 있다. 여기서 시인은 자신이 대대로 이어온 '가난의 역사'임을 고백한다. 그 자신은 족보의 유산인 가난을 승계할 수밖에 없었다. 스스로가 가난한 운명, 가난한 아버지, 가난한 가계였던 것이다. 그런데 이 시의 숨어 있는 반전은 가장 마지막 구절인, "애달픈 아픈 꿈"을 꿨다는 말에 있다. 다시 말해서 이승국 시인은 이상李箱처럼 아버지와의 단절을 선언한 것도 아니고, 서정주처럼 종의 아들임을 도전적으로 밝힌 것이 아니라 가난한 운명이 꿈을 아프게 만들었다고 말하고 있는 것이다. 가난이라는 현실을 받아들이지 못하는 것은 전적으로 꿈이 있는 탓이고, 또한 그 꿈을 아프게 상실해야 했던 것은 전적으로 가난 때문이다. 그리고 화해할 수 없고, 해소될 수 없는 갈등이 이승국 시인의 작품을 지속적으로 이끌고 있다.

## 4. 아름다운 인간의 죄

이승욱의 시는 꿈의 실체에 대해 사람이 가질 수 있는 제3지대를 보여준다. 꿈은 상상을 통해 전혀 새로운 지복의 나라에 들어가게 만들 수도 있고 또 그 높은 곳에서 추락하게도 만들 수 있다. 상승과 나락을 경험하게 하는 꿈의 과정은 일종의 사랑 경험과 같다. 도스토예프스키가 『악령』에서 말하고 싶어 했던 것은 바로 이 꿈의 잔인한 양가적 속성이었다. 200년 전 러시아의 소설가는 꿈이란 것이 없으면 인류는 살 수도 없고, 심지어 죽을 수조차 없다고 말했다. 그러니 이승욱 시인의 꿈과 꿈 박탈의 반복은 어디까지나 결여의 확인이 아니라 삶의 원동력이었다고 말할 수 있을 것이다.

나아가 이승욱의 시를 보면서 우리는 꿈에 대한 현대인의 위치를 다시금 뒤돌아보게 된다. 우리는 왜 꿈이 없이 살 수 없으며, 허황된 꿈을 포기할 수 없는지 생각하게 된다. 그 끝에서 얻는 하나의 깨달음은 시의 본질에 대한 일종의 믿음으로도 연결된다. 사랑이나 달에 부여한 환상이 아직 공고한 것과 같이 헛된 꿈을 꾸는 것은 바로 시의 장점이다. 그렇다면 꿈이 있는 한 시는 끝나지 않을 것이란 예상을 해보게 되는 것이다.

이승국 시인은 오늘도 '시詩 꿈'을 꾼다. 이것은 상상과 상징만으로 살 수 없는 가장 현실적인 인간계의 꿈이며, 문학에서만 가능한 삶의 지평이다. 시인은 시를 쓰면서 자신의 꿈을 쓰다듬고, 다시 그 꿈을 땅에 묻고, 돌아서서는 또 꿈을 꾼다. 꿈을 그리고 지우는 과정이 이 시인의 시를 만들었다고 해도 과언이 아니다. 이승국 시인은 나에게도 꿈이 있었지요, 회상하지 않는다. 그의 꿈은 아직 현재진행형이다. 그런데 꿈이 늙지 않는 것만큼 슬픈 것이 있을까. 육신은 나이를 먹어가고, 이데아는 요원한데 별빛을 우러르는 마음이 사그라들지 않는 것만큼 모순된 삶이 있을까. 우리는 이 시인의 '꿈살이'가 투영된 시를 보면서 꿈과 현실 사이의 낙차를 자기 안에서도 절감하게 된다. 하지만 꿈이 늙지 않는 것만큼 또 희망된 것이 있을까. 오늘 시인은 이렇게 말하는 듯하다. 꿈은 아름답다. 그건 어쩔 수 없는 일이다. 아름다운 것은 꿈의 죄이고, 또 꿈꾸는 것은 인간의 죄가 될 테니까.

# 빈가조頻伽鳥의 '그림-노래'

## —박형준론

우리가 이해할 수 없는 소리로
철새들이 말하며 가는 것을 본다
순간 나는 몸이 달아오르는 걸 느낀다
오늘 같은 날은, 나를 상자 속에 가두어
두고 그리운 것들이 모두 집 밖에 있다
—최하림, 「독신의 아침」 부분

박형준의 시세계는 박남수가 개척하였고, 김춘수가 주목했던, 그리고 박용래가 변주를 이끌어냈던 '새의 시학'에 해당한다. 한국시사에서 '새'의 활약은 분명 박남수, 김춘수, 박용래의 공로에 힘입어 있다. 세 명의 시인으로 인해 '새'의 이미지는 "시적 탐구의 한 결정으로 한국 현대시에 그 중요한 한 페이지를 담당"[1]할 수 있었다. 하지만 이후로 새의 비약은 쉽게 이어지지 않았다. 1970년대 한때 '새' 이미지의 갑작스러운 유행이 이미지의 밀도를 낮추었고 이후에도 새의 이미지는 단독 시인에 의해 독점적이고 발전적으로 다루어지지 않았다.

이렇듯 박제화 과정에 놓였던 새를 다시 살려놓은 것은 분명 시인 박형준의 공로이다. 1990년대부터 오늘에 이르기까지 박형준 시인은 분명 새의 이미지를 주요하게 보여주었다. 정작 중요한 것은 새의 이미지를 핵심으로 밀고 나갔느냐 아니냐에 달려 있지 않다. 문제는 박형준 시인의 새가 이전과 어떻게 다르냐에 있다. 박남수의 새가 대상성을 지닌 이미지의 농축 결과여서 '그려지는 것'이라면, 박용래의 새는 내적 자아의 조롱 안에 갇혀 '울고 있

---

1 김 현, 「시와 상투형」, 『상상력과 인간/ 시인을 찾아서』, 문학과지성사, 1991.

는 것'이라고 할 수 있다. '그리는 새'와 '우는 새'는 서로 조합을 이룰 수 없는 다른 종과도 같다. 그러나 박형준 시인은 '그리는 새'이면서도 '우는 새'를 창조해냈다. 이점에서 그에 대한 방점은 '새의 존재 유무'에서 '새의 방향성'으로 나아가야 할 필요가 있다. 이 시인은 '그림-노래'를 부르는 새를 기르고 있다. 20년 동안 침묵했던 새는 이렇게 진화해 비로소 한국 현대시사에 복귀했던 것이다.

## 조류생태사전 1. ⓥ 보다

박형준 시세계의 전개는 이 새의 형상과 함께 진전되었다고 보아야 한다. 이를테면 첫 시집『나는 이제 소멸에 대해서 이야기하련다』에서는 새의 윤곽이, 그것의 위치와 기능에 대한 암시와 함께 드러나기 시작한다. 첫 시집에서의 새는 가지(혹은 공원)에 앉아 '보는' 시각성으로서 등장한다. 이 '보다'의 주체는 도시의 삶과 과거의 기억을 함께 보는, 이중적 시각의 불일치를 노래했고 그것을 선언적으로 표현한 것이 바로 첫 시집의 제목이었다. 이후 박형준의 다른 시집에서 그의 새는 추락해 죽어가기도, 비상해 춤을 추기도 했다. 그런데 불일치와 추락, 비상과 춤의 드라마를 통해 우리는 비단, 새만 보는 것이 아니다. 우리가 새를 통해 볼 수 있는 것은 그것이 넘나드는 배경—병든 현세계와 잃어버린 낡은 세계에 있다. 여기서 시인의 문제 인식이 발생한다. 새가 내려앉을 세계는 양쪽 어디에도 없기 때문이다.

새는 도시에 살기 적합하지 않다. 도시에 사는 새는 동냥으로 연명하고 불시의 불안에 떨어야 한다. 연명과 불안이라는 단어만큼 새의 이미지에 어울리지 않는 것도 없다. 본래적으로 새는 근대적인 자아와 합치되기 어려우며 근대적인 세계와는 어울리지 않는다. 그런데도 이곳에 태어났다면 어쩔 수 없지 않는가. 다음과 같이, 그 새가 할 수 있는 것은 많지 않다.

나는 본다 들여다볼 수 없이 깊은 연못을, 노파들이 오래 된 도시의
주름 속에서 느릿느릿 새어나오는 광경을……
나는 이 도시에서 얼마나 오래 살았던가 향로인 양 주둥이를 내미는
꽃과 상스러운 허리를 뒤트는 몸짓과 교만한 눈빛, 천박한 체위를
강요하는 들끓는 욕망과 왼손으로 써내려간 문장처럼 떠 있는 구름
과 말없이 사라지는 불꽃들을 보면서……

—「공원에서 쉬다 1」 부분,

시집 『나는 이제 소멸에 대해서 이야기하련다』

시 「공원에서 쉬다 1」은 "나는 본다"에서 시작해 "보면서"로 끝맺는 작품이다. 다른 작품에서도 "지나가면서 물끄러미/ 바라보았다"(「공원에서 쉬다 2」)라며 시인이 선택할 수 있는 가장 적극적인 동사를 '보다'에 국한시킨다. '보다'라는 행위는 시 쓰는 자의 본질적인 창작 자세를 보여줌과 동시에, 시인의 초상이 근대적 도시에서 어떻게 살아가고 있는지를 보여준다. 달리거나, 춤을 추거나, 날거나 하지 못하고, 그 많은 역동적 동사들과 함께 하지 못하고 '보는 자'가 된 것을 시인은 행복하게나 벅차게 말하지 않는다. 그에게 '보는 것'이 최선이었다는 것, 가장 가능했다는 일은 매우 슬픈 일이다.

그러나 그는 이 슬픈 일을 자처하는 시인이 되었다. 그 이유는 그가 속해 있는 세계를 지키기 위해서였다. '보는 것'의 다음 수순은 '그리는 것'으로 이어질 수 있다. 박형준의 가장 탁월한 부분, 즉 남들이 보지 못하는 과거의 역사와 낡음의 기억을 '보고─그리는' 능력이 이 동사를 통해 비롯할 수 있었다. 박형준의 첫 시집은 시인의 내면에 보고 그리는 주체로서의 새가 탄생된 장면을 암시적으로 알 수 있게 해준다. 단적으로 말해 그의 새는 바람 속에서 태어났다. 이 시집만큼 '바람 분 이야기'가 자주 나오는 시집이 없다. 그만큼 시인은 바람과 놀았다는 뜻이다. 그만큼 시인에게는 바람밖에 없었다는 뜻이다. 늘 그랬듯이 바람은 나무 가지 사이를 오가며 분다. 공원의 벤치만 찾아다니면 분다. 바쁜 사람에게는 불지 않고 바쁘지 않

은 사람에게만 느껴보라고 분다. 그 불어옴과 불어감 사이에서 새의 형상은 조금씩 시인의 가지 위에 내려앉기 시작했을 것이다. 마치 비너스가 바다의 파도 거품에서 생겨났듯이, 아름다운 것들은 이렇게 생겨날 수 없는 곳에서 생겨나는가 보다.

이 세상 것이 아닌 마음
이 세상 것이 아닌 형체
아무도 내가 왜 유독 저녁의 노래만을
부르는지 모른다
젖은 태양과 흐릿한 어둠 속으로
사라져가는 것들의 뒷모습을

순간의 형용할 수 없는 밝음과 어두움을
동시에 날개로 펴는 저녁의 울음
들어라, 너희는 다 어디로 갔는가

향료 섞인 바람에
살결이 희어지는 여인들
세월에 닦여 반들거리는 가구와
무엇인가 채워지길 기다리는
그릇의 문양들은 다 어디로 갔는가

저녁에는 왜 이리 많은
닳은 지문들이 방바닥에 떨어져내리는지
무릎을 싸안고 들여다보면,

제3부 아직 끝나지 않은 노래

412

오 선명해지는 너희 지친 모습이여

―「저녁의 노래를 들어라」 전문,

『나는 이제 소멸에 대해서 이야기하련다』

　이곳은, 아니다. 새는 생각한다. 잘못 왔다. 새는 생각한다. "이 세상 것이 아닌 마음"을 가졌고 "이 세상 것이 아닌 형체"를 본다. 그것은 응당 이 세상에 없지만, 시인의 세계에는 있었다. 자기가 알고 있는 세계와 살아야 하는 세계의 간극이 크다는 것, 그리고 그 간극 사이에서 부적응을 선택한다는 것이 첫 시집의 출사표로서 이 작품에 들어 있다. 부드러운 어조를 지닌 시인의 스타일로 봐서 상당히 강한 제목의 '저녁의 노래를 들어라'는 자신에 대한 규정이자 다짐으로 들린다. 마치 이 시집은 윤동주가 세상에 없는 아름답고 높고 먼 것들의 이름을 별을 보며 하나씩 헤아렸던 것처럼, 아름다운 '너희'들은 어디 갔느냐 호명한다. "사라져가는 것들의 뒷모습을"을 시인은 향료 섞인 바람, 살결이 희어지는 여인들, 세월에 닦여 반들거리는 가구, 그릇의 문양들로 구체화한다. 이후 시인은 현실 세계와 자기 세계와의 간극에 대해서 다음과 같이 설명한 바 있다. "나는 죽어가는 늙은 세계를 붙잡고 버틸 수 있을 때까지 버텨야 한다"(「소월시 문학상 수상소감」, 「문학사상」, 2009. 5). 붙잡고 버티는 힘은 어디에 있는가. 그것은 '보기―그리기'에서 나온다. 일반의 사람들은 그 죽어가는 늙은 세계를 보지 않으므로 시인은 본다. 그 죽어가는 늙은 세계를 잊고 싶어 하기 때문에, 시인은 그린다.


## 조류 생태사전 2. ⓥ 눈 감다

　첫 시집 『나는 이제 소멸에 대해서 이야기하련다』는 낡아가는 '소멸'의 세계에 대한 수호의 시작이다. 이 시집에는 수문장으로서 '보고―그리는' 새가 등장했다는 의의가 있다. 이어 두 번째 시집 『빵냄새를 풍기는 거울』(창

413

비, 1997)과 세 번째 시집 『물속까지 잎사귀가 피어 있다』(창비, 2002)에서는, 뼈만 앙상한 소멸의 폐허에 건물을 올리고 주민을 살게 하려는 시도가 이어졌다. 이것은 시인의 병든 현세계와 잃어버린 구세계 중에서, 가능하지 않겠지만 후자를 선택하겠다는 확고한 의지를 보여준다. 잃어버린 구세계의 주민이 되기 위해서 그는 다른 주민들을 필요로 했다. 기억과 그것의 변주가 박형준 시인의 작품 세계에서 중요한 방법론이 되는 것은 이러한 목적과 함께 이해되어야 한다.

시인은 다양한 군상을 불러들여서 그들이 지닌 의미와 구체성을 통해 소멸의 세계를 재구한다. 이를테면 두 번째 시집에는 동네 아줌마, 거지 여자, 포장마차 하는 엄마와 그녀의 아기, 러닝을 올리고 부채질하는 노인, 낙서하는 아이, 요금징수원, 돌아가신 할머니, 밭일하는 아버지와 같이 매우 구체적인 행위와 의미를 지닌 사람들이 다양하게 등장한다. 내면의 이야기를 풀어야 할 사유에 대해 선언한 것이 첫 시집의 의의라면, 이 두 번째 시집은 그 연장선상에서 구체성의 획득을 추구했다고 볼 수 있다.

그런데 아이러니하게도 이 구체성의 호명을 통한 낡은 세계의 구축은 '보지 않기'를 통해 이루어진다. 이 작품에서 '장님' 모티브가 자주 등장하는 것은 이러한 상황과 무관하지 않다.

> 내 한때 닫힌 집에서 몽상하기 좋아했지
> 집의 눈꺼풀인 커튼이 반쯤 잠길 때
> 저녁으로 오르는 사다리를 타고 재크의 콩나무가
> 열린 정원을 그리워했지
> 나는 하늘로 오르는 동물이 되고 싶어
> 못된 아버지가 하나 있었으면 했지
> 매에 시달리는 소년에게 세상은 장님이니까
> 장님들은 한결같이 고개를 쳐들고 사는 족속이니까
> —「장님 1」 전문, 『빵냄새를 풍기는 거울』

이 작품은 몽상하는 유년을 고백하는 것으로 시작한다. 몽상은 '장님'에 대한 상상으로 이어진다. 성실하고 과묵한 아버지와 살았으면서도 괜히 못된 아버지를 가정해 보는 것도 '장님'에 모티브에 끌리기 때문이다. 시인이 장님을 생각하는 이유는 "한결같이 고개를 쳐들고 사는 족속"이기 때문이다. 고개를 쳐들고 그들이 보는 것은 무엇일까. 세상을 보려면 앞을 응시해야 한다. 장님들은 앞이 아니라 더 위를 본다. 그들이 보는 것은 하늘, 다시 말해서 이 세계가 아닌 곳이다. 몽상의 구체적인 주체로서 장님을 은유하는 것은 시인이 몽상하는 주체로서의 자각이 확실하기 때문이다. "나는 담벼락 밑에 언제나 앉아 있다. 서른이 넘어 결혼을 재촉하는 어머니마저 지치게 만든 나이에, 고작 나 혼자 있을 때 생각하는 것은 흙담 밑의 구멍이다. 어쩌면 쥐들이 드나드는 구멍에 불과했을 그 구멍을 바라보면, 나는 숨결을 상상했다. 집이 숨 쉬는 소리, 모두 일을 나가고 아무도 없는 낮 두시에 집이 무덤처럼 부풀어 오르며 내뱉는 그 숨소리." 시인이 후기에 밝힌 이 구절은 시 쓰는 자로서의 태생적인 운명을 짐작하게 한다. 남들이 보지 못하는 것을 보게 하는 것은 이 '숨결의 상상'이었다. 숨결이 숨소리가 되어 귀에 울린다면 시를 쓰지 않고 배길 수 없다. 숨결을 더 잘 상상하기 위해서 시인은 눈을 감아야 할 필요가 있었을 것이다. 이 말은 장님이 되어야, 또다른 눈을 뜰 수 있다는 역설적 인식, 시인의 내면의 눈에 대한 지지로 이어진다.

현대사회가 고도화될수록 매사에 빠르고 영민한 사람들이 넘쳐난다. 영민한 사람들은 성공할 것이며, 가족들은 자랑스러워할 것이다. 그리고 결국 그들은 돈의 노예와 거대 시스템의 부품으로 살아갈 것이다. 이에 비해 박형준 시인은 빠르지도 않고 영민하지도 않다. 그는 영리에 밝지 못하다. 그래서 그는 아예 밝지 않으려 한다. 그는 차라리 장님이 되고자 한다. 세상에 밝아야 할 눈을 감아버린 탓에, 그는 시인으로서의 눈을 떴다. 한 쪽 눈은 감기고, 한쪽 눈은 떠졌다. 시인의 '장님-되기'는, 현세계를 봐야 하는 새의 한쪽 눈을 덜어 구세계로 향하게 하는 결과를 낳았다.

그러나 두 눈에 핏발이 서도록 현세계를 쫓아다녀도 부족할 상황에 한쪽 눈을 구세계에 바쳤다는 것은 얼마나 힘든 일인가. 시인의 두 번째 시집은 울고 싶어 막막했던 한 계절을 그리고 있다. 그럼에도 불구하고 시인은 '숨결'을 상상하는 버릇 내지 운명을 지니고 있었고, "나는 아이가 시멘트 바닥에 크레용으로 그린 집에 차양을 달아주고 싶다"(「앞발이 들린 채 끌려가는」)면서 배고픈 사람들에게 차양을 달아주고 싶은 마음을 지니고 있었다.

> 민둥산인 마음아
> 울지 말아라, 붉게 울지 말아라
> 올 봄은,
> ─「빵냄새를 풍기는 거울」 부분, 『빵 냄새를 풍기는 거울』

이것이 바로 구세계 주민으로서의 증거이리라. 시인은 울고 있는 마음으로 울고 있는 모든 것들을 발견한다. 그리고 "울지 말아라"하고 달래준다. 그러나 이 말이 자신에게 향해 있음은, 자신이 속했으나 이제 사라진 세계를 향해 있음은 자명해 보인다. 이렇듯 구세계와 그것을 향해 가는 자신의 날개를 시인은 '기억'이라는 방법론으로 묶고자 한다.

> 나는 바람이 불 때마다 그린 듯이 앉아
> 흔적이 흔적으로 지우려고 열매를 무수히 매단
> 나무를 떠올리곤 한다,
> 병든 어머니의 희게 빛나는 피부 밑에
> 천길 낭떠러지 검은 물이 흘러간다
> ─「그린 듯이 앉아 있는」 부분, 『빵 냄새를 풍기는 거울』

박형준의 '기억'이란 여러 논자에 의해 그 중요성이 지적되었을 뿐만 아니라, 과거 백석이 만들고 이용악이 활용했던, 기억/기록의 집합과 재구성에 닿아 있는 일이기도 하다. 이 방법론 자체가 매우 무겁거니와 또한 고통스러운 작업이다. "기억이란 결코 성찰과 회고의 고요한 행위가 아니다. 그것은 고통스러운 재구성이며, 현재의 외상에 의미를 부여하기 위해 해체된 과거를 한데 모으는 것이다."[2]라는 언급에서 지지되듯이, 박형준의 기억은 분명 고통의 과정을 동반한다. 그러나 이것은 박형준의 아름다운 이미지들을 낳은 원동력이기도 하다. 심상이란 "한번 감지했으나 더 이상 존재하지 않는 어떤 것을 기억하려는 시도 속에서"[3] 발생할 수 있는 것이기 때문이다. 인용시에서 시인은 "나무를 떠올리곤 한다". 이것은 자신의 과거를 뒤적이는 기억의 행위에 해당한다. 그리고 이 기억은 과거의 사실적인 확인, 역사적인 기록을 향하는 것이 아니라 아름다운 심상의 창조, "병든 어머니의 희게 빛나는 피부 밑에/ 천길 낭떠러지 검은 물이 흘러간다"는 구절로 옮겨간다. 병든 어머니(구세계)에 대한 우직한 수호자는 이 이미지의 생성을 통해 울고 싶은 민둥산의 계절을 건너갈 수 있게 된다. 이것, 즉 시마저 없었다면, '그림-노래'마저 부르지 않았다면 새는 화석이 되었을 것이다.

## 조류 생태사전 3. ⓥ 춤추다

박형준의 시를 읽으면, '노인-아이'를 만나게 된다. 그는 이 병든 세계의 사람이 아니라 낡고 늙은 그 세계의 사람이다. 때문에 그는 병들지 않았고, 대신 늙어있다. 하지만 이상하다. 이 늙음의 세계로, 이 세상 다 살아버린 것 같은 표정의 시인이 건너가는 순간 그의 내면에서는 어린 아이가 일어난다. 어린 아이로서 살았던 경험을 기억하는 것이 이 늙음의 세계로 들어가는, 혹은 수호하는 방법이기 때문이다. 여기서 '노인-아이'로서의 시인의 이중성을 확인할 수 있다. 허무하고 절망적인 이야기를 저렇게 서정적이고

---

2 호미 바바, 『문화의 위치-탈식민주의 문화이론』, 나병철 역, 소명, 2003, 139면.
3 박현수, 『시론』, 예옥, 2011, 171면.

순수하게 할 수 있는 힘은 이 '노인-아이'의 이중성 때문이다. 이것이 박형준 시인의 고뇌이고 또한 그의 장점이라고 할 수 있다. '노인-아이'와 함께 어느 시집에서건, 책갈피 사이에서 날개를 푸덕이는 새를 만날 수 있다. 두 번째 시집에도 그것은 "더이상 날지 못하는 날개"(「백조」)나, "초인종은 내게 날개를 감추라는 신호이다"(「노역에 처해진 날개」)로 등장해, '새'의 심상을 갖춘 시인의 초상을 확인하게 된다. 이 푸드덕거림이 창공을 향해 쩡하게 나는 장면을, 우리는 감히 상상하지 않았으나 시인은 보여주었다. 네 번째 시집(『춤』, 창비, 2005)에 실린 작품, 「춤」이 바로 그것이다.

> 첫 비행이 죽음이 될 수 있으나, 어린 송골매는
> 절벽의 꽃을 타는 것으로 비행 연습을 한다.
>
> 근육은 날자마자
> 고독으로 오므라든다
>
> 날개 밑에 부풀어 오르는 하늘과
> 전율 사이
> 꽃이 거기 있어서
>
> 絶海孤島,
> 내리꽂혔다
> 솟구친다
> 근육이 오므라졌다
> 펴지는 이 쾌감
>
> 살을 상상하는 동안
> 발톱이 점점 바람 무늬로 뒤덮인다

발 아래 움켜쥔 고독이

무게가 느껴지지 않아서


상공에 날개를 활짝 펴고

외침이 절해를 찢어놓으며

서녘 하늘에 날라다 퍼낸 꽃물이 몇동이일까


천길 절벽 아래

꽃파도가 인다

-「춤」 전문, 『춤』

    이에 대한 적절한 해석이 있어 옮겨본다. "첫 비행이 죽음이 될 수 있으나, 어린 송골매는/ 절벽의 꽃을 따는 것으로 비행 연습을 한다."고 시(「춤」)의 첫머리에 적었으나 천성이 육식성인 송골매는 절벽의 꽃 따위에는 관심이 없다. 죽음을 무릅쓰고 꽃을 따는 존재는, 미인을 위해 절벽에 기어올라 꽃을 따서 바치는 저 신라 향가 헌화가의 주인공, 견우노옹의 후예들이다. …(중략)… 오르페우스의 후예들, 다름 아닌 시인이며 예술가들인 것이다.[4] 요약컨대, 이 시로 인해 박형준은 자신이 진정한 시인임을 세상에 천명하게 되었다고 볼 수 있다. 이렇게 미학적인 수준을 감당할 수 있는, 완숙한 예술가의 경지를 보여준 작품이라는 점에서 이 작품은 중요하다. 그리고 전작의 흐름을 전제할 때 이 작품은 웅덩이에 머리를 박고 죽어가던 새의 세계를 비상 가능한 세계로 급격히 전환시켰다는 면에서 주목할 수 있다.

    시인의 네 번째 시집에는 새의 형상화가 어떤 시집에서보다 명백히 포착된다. 그런데 이 새의 형상화가 모두 「춤」에서의 황홀한 비행과 예술적 세계로의 투신에 맞춰져 있는 것은 아니다. 그리고 '아니기' 때문에 여전히 박형

---

4 이숭원, 「생의 번민을 대하는 세 가지 방법」, 『감성의 파문』, 문학수첩, 2006.

준은 자기 세계의 고유성을 지키는 자가 된다. 「빛의 소묘」와 같은 시를 보면 시인의 언어적 터치는 빛의 수준으로 가벼워져 깃털처럼 날아다닌다. 미세한 울음과 정밀한 파문까지 시인의 레이더망에 포착되어, 미모사 같은 섬세함이 아름답게 소묘되었다. 그런가 하면, 「황새」와 같은 작품에서는 여전히 가난하고 낡아가는, 그러나 유정하고 유정한 그 세계의 심상을 '조류-인간'을 빌어 표현하고 있다.

눈보라 치는 밤이었다


보퉁이를 손에 꼭 그러쥐고
서울역 광장 역처마에 서서
노인 하나가 정신없이 길 건너 빌딩의 유리창을 바라보고 있었다
기차를 기다리는 것일까
자신의 침과 먼지로 번들번들 빛났을 누더기
오리발 갈퀴처럼 땅바닥을 비비며,
눈보라 속에서 그 하얀 깃이 끌리는 것이
멸족한 새의 환영 같았다


눈보라에 앞뒤로 흔들리는 모습이
제 부리를 길 건너 빌딩의 유리창에 콕콕 가져대는 시늉처럼 보
였다


이런 밤에 고향을 그리다가
불빛 속에 집을 지으러 길 건너쪽으로 날아갔던 것일까
보퉁이를 손에 꼭 그러쥔 노인의 모습이 희미하게 보이다가,
다시 눈보라 속에 지워진다
포도에 흩날리는 눈발이

새가 수면에 남긴 발자국처럼 바람에 사라진다
유리창에 가라앉은 수면에 끊임없이
끼룩대는 불빛들,

겨울밤이 매섭다

—「황새」전문,『춤』

박형준의 장점이 빛을 발하는 작품이다. 「춤」이 벅차게 가슴을 치는 비상의 가능성이라면, 「황새」는 무겁게 가슴을 치는 '비상의 불가능성'에 바쳐져 있다. "멸족한 새의 환영"이라는 구절은 이 비상의 가능성과 불가능성 사이에 고통스럽게 새겨져 있다. 그리고 이 고통의 인장이야말로 시인을 시로 끌어당기는 인력이며, 시인의 새로서의 자아를 비행 가능하게 하는 바람이 된다.

## 조류 생태사전 4. ⓥ 울다

시인의 다섯 번째 시집 『생각날 때마다 울었다』(문학과지성사, 2011)는 아버지에게 헌사된 시집이다. 부친의 죽음으로 인해 시인은 아버지를 잃었을 뿐만 아니라, 같은 구세계의 주민을 잃었고, 구세계의 일부를 잃었다. 불가능과 가능함 사이를 건너다니던 시인의 자아에게 이는 매우 큰 충격이 아닐 수 없다. 따라서 아버지의 죽음이란, 육친을 잃었다는 개인사적인 슬픔 외에 가능함이 불가능함 쪽으로 이전하는 상징적 사건이 된다.

어디로도 갈 수 있고
어디로도 갈 수 없는 길,
저녁의 눈 위에서 경련을 하며

죽어가는 새를 보았지

저녁이 되면, 익숙한 비밀들로 꽉 찬 방에서
혼자 서성이다가 거리로 나와
먼 곳의 마지막 집처럼 방금 나온 집을 바라보았지

그렇게 집에서 몇 걸음 떼지도 않은
겨울 저녁 길,
쏟아지는 눈발이 그친 지
얼마 되지 않은 듯 발자국도 보이지 않는 길,

저녁의 눈 위에서
죽어가는 새가 경련을 하며
날아가는 시늉을 하고 있었지
움직이지도 못하면서
눈을 얼마나 움켜잡았는지

다리 전체가 의지가 된 새는
더운 김이 올리고 있는 모퉁이는
바람이 불 때마다
은빛으로 멍들고 있었지

시작도 못한
이 짧은 저녁 산책길에서 난
새의 지나온 시간을 본 것인지
저녁의 눈이 어디로 다 가는지

방금 나온 집을 뒤돌아보자
휘파람을 불며 바람에 떨리는
먼 유리창,
소중하지만 이제 감출 것도 없는 비밀들
저녁 어스름 속에서 떠다니고 있다
— 「저녁의 눈」 전문, 『생각날 때마다 울었다』

　이 작품은 아버지와의 사별과 어느 정도 시간을 두고 창작되었을 것이다. 누군가를 잃고 나면, 그의 실제 얼굴과 마지막 인사 장면에 사로잡혀 있게 된다. 회한이 벅차오르기 때문에 말이나 이미지는 그 거센 회한에 밀려 쉽게 생겨나지 않는다. 정리할 것을 정리하고, 치러야 할 것을 치른 후에는 부재를 받아들여야 하는 이상한 일상이 찾아온다. 그 이상한 일상이 아버지를 '새'의 심상으로 다시금 환기했고, 그 결과 이 작품이 탄생되었으리라.

　그런데 이 작품이 죽어가는 새를 그리고 있음에도 불구하고 슬픔과 절망의 깊이를 보여준다고는 생각되지 않는다. 시인은 절망의 전문가가 되기보다는 '은빛'의 갈망자가 되려 한다. "어디로도 갈 수 있고/ 어디로도 갈 수 없는 길"은 시인의 작품 세계 초반부터 존재했던 길항의 관계이다. 그에게는 갈 수 있는 현세계가 있었으나 가지 않았고, 갈 수 없는 구세계가 있었으나 그곳에 가려고 했다. 갈 수 있었고 갈 수 없었다. 이 가능함과 불가능함이 시인을 여기까지 이끌었다. 이 시인은 죽어가는 새를 통해 이 두 가지 세계를 보다 명백히 가시화할 수 있었다. 이 작품에 등장하는 '은빛'은 시인의 확고해지는 세계관을 암시적으로 드러내고 있다. 그는 물론 앞으로 여전히 고통스러울 것이다. 죽어가는 새처럼 말이다. 그러나 갈등하거나 더듬대지는 않을 것이다.

## 빈가조의 노래를 들어라

시인은 『불탄 집』(천년의시작, 2013)의 고난을 지나 변화의 길에 서 있다. "어머니, 내 등을 두드려주세요 얹힌 괴로움이 내려가게 해주세요"라고 기도했기 때문일 수 있고, "아, 나는 멀리 떠나려 하는 구나/ 식구들은 폐가의 찢어진 창호지 너머로 하루의 쓸쓸한 저녁을 보는데/ 나는 어디에 머물러야 하는가"(『길에 관하여』) 하고 자문한 결과일 수도 있다. 분명한 것은 시인의 변화는, '그림-노래'를 부르던 새의 목소리가 분명 '어머니'와 '길'을 둘러싸고 변신을 시도하고 있다는 것이다. 그것은 새가 아닌 것일 수도, 혹은 다른 새의 창조일 수도 있는데, 이 실마리는 최근의 작품에서 찾아볼 수 있다.

> 도로에 넘친 물속을 손으로 더듬으며
> 나는 새벽에 아스팔트에서 붕어를 잡는다
> 붕어에게서는 이제 강물이 아니라
> 대지를 몰아가는 힘이 빛난다
> 두 손으로 움켜쥐면
> 손아귀를 벗어나는 비늘의 푸른 힘
> 폭풍우에 강물에서 한꺼번에
> 아스팔트로 뇌우처럼 내리꽂힌 붕어떼들
> 비늘은 농부의 근육 같다
> 꿈틀거리는 종아리 같다
> 폭풍우 지난 새벽 산책길에서
> 내 손은 이제 아스팔트 밑에서 불어오는
> 젖은 피리 소리 찾아 어린 시절처럼 더듬어간다
> 아스팔트에 넘친 물속에서 나는
> 초록이 대지를 들어 올리는 생땅 냄새를 맡으며
> 끝까지 고삐를 움켜쥐려다 놓치고 만

보리밭 속으로 사라진 옛날의 황소를 생각한다

이제 아스팔트에 넘친 강물 속에서

끝까지 버팅기는 붕어가 손아귀에서 반짝인다

보리밭 속으로 들어가던

부은 황소의 발목 같은 아침 해가 그렇게 뜬다

　　　　　　—「아스팔트에서 강물 소리가 나는 새벽」 전문

　　　　　　　　　　　　　　　　(『포지션』 2014년 겨울호)

　가능하지 않은 제목을 통해 시인은 예전 폐허의 구세계를 이곳 병든 현세계에 새로이 재건하고자 한다. 보리밭과 옛날의 황소, 붕어와 강물과 같은 구세계의 주민을 소환하는 것은 이전 그의 작품에서 보여주었던 기억의 방법론과 유사하지만, 이 구세계의 주민이 지닌 속성은 다르다. 예전 시인의 기억의 방법론은 생존하는 부모님이 계신 실질적인 고향과 시인의 유년 세계에 보다 더 깊은 뿌리를 두고 있었다. 그런데 보리밭과 황소, 붕어와 강물과 같은 환경적 주민들은 비단 시인의 유년 세계에만 속한 것이 아니라 더 거슬러 과거에까지 소급되는 보편성을 지녔다. 벤야민 식으로 말하자면 이 기억은 사물들이 인간을 위한 사물로 왜곡되기 이전, 즉자적인 사물의 상태에서 발산하는 향기를 지니고 있다. 이른바 무의지적 기억으로서의 자연발생적인 이 기억은 아직 갈라짐의 고통을 모르는 모태나 태극의 상태까지 연결될 수 있다. 이 고통 없는 기억의 벅참은, 앞서 고통을 동반한 기억의 시학과 양면적 관계에 있으면서 또한 박형준 시인의 변화를 암시하고 있기도 하다.

　박형준 시인이 고대인의 행복을, 그 건강함의 세계를 발견했다는 것은 지난 그의 '그림-노래'의 새를 떠올려 볼 때 일종의 감격으로 다가온다. 방주를 떠나 마른 땅을 찾던 새의 노고가 결실을 맺었다고 봐야 하기 때문이다. 그러나 이 시인이 그 세계에 안주하지 않으리라는 것 역시 자명한 일이다. 지금, 건강함을 지저귀는 저 새의 본질은 빈가조의 원형에 놓여 있기 때문이다. 빈가조란 저 먼 나라에서 춤과 음악을 담당하는 아름다운 극락조, 그것이 지상에 내려앉아 언어로 된 노래를 부른다는 것은 그 새의 날개가 잃어졌다는 것을 전제한다. 지금 이 새는 여읜 날개가 필요 없는 대지에 안착하고 있다. 앞으로 그가 황소가 될 것인지, 붕어가 될 것인지, 아니면 다시 새가 될 것인지는 과연 기대되는 일이다. 더러운 물 웅덩이를 통해 제 모습을 바라보았다던, 낡은 부리를 먼지 묻은 죽지에 닦았다던, 갈 곳도 없고 갈 길도 없다던 이 시인의 실체를 우리는 알고 있기 때문이다.

# 낭만과 리얼 사이의 경계감각
## —여태천론

## 1. 자발적 방외자의 유형

여태천의 작품은 대개 단정한 서술로 구성되어 있지만 우리는 여기서 잔잔함이라든가 서정적 분위기를 먼저 느끼지 않는다. 그의 시를 읽으면서 가장 먼저 대면하게 되는 특징은 짐짓 평온한 어조를 가장한 작품 사이사이, 숨길 수 없는 반골의 노림수가 잠재되어 있다는 사실이다. 그래서 이 시인의 주제를 명확하게 파악하지 못하는 상태에서도 그는 조용한 반역가가 아닌가, 하는 의심을 품을 수 있으며 그의 시를 읽으면서는 '화내지 않고 화내기', '비판 없이 비판적이기' 등의 수법이 어떻게 드러나는지 찾아보게 된다.

때로 그의 작품은 서정적인 순간을 섬세하게 녹여낸다. 특히 이번 신작시의 경우 그 섬세함은 어느 때보다 많이 노출되고 있어 시인이 한 겹의 옷을 벗는 용기를 내었음을 짐작하게 한다. 그럼에도 불구하고 그의 시는 심정이나 순간에 바쳐져 있지 않고 세계에 대한 사유에서 출발한다고 볼 수 있다. 세계라고 했지만, 여태천 시인의 작품은 세계 내적인 구조를 어떻게 바꿀 것인가 하는 문제를 다루고 있지 않다. 결론적으로 말하자면 그는 기존의 세계 판도 안에서 판을 재편성하는 문제보다, 세계 바깥으로 넘어서는 문제를 사유한다. 이것은 세계 내적인 방법론의 모색이 아니라 '세계 외적인 판도로의 전환'이라고 강조될 필요가 있는데, 이 낯선 출발점이야말로 여태천 시인의 장점이자 작품의 특징을 이루고 있다.

'바깥'을 사유한다는 특징에 주목한다면 이 시인의 작품을 외부의 것, 방외자의 유형으로 설명할 수 있지 않을까. 방외자는 첫째 매우 개인적인 낭만형 방랑자, 둘째 낙백한 고난의 유배자, 셋째 반항과 혁명의 아웃사이더 등으로 세분화할 수 있다. 그 중에서도 시인의 작품은 방랑자와 혁명가의 중간 지점에 위치한다. 왜냐하면 그는 영혼의 힘이나 사회적 비판 하나만을 고수하지 않기 때문이다. 때로 그는 개인적 공허를 찾아다니기도 하고 차가운 시선으로 불편한 진실을 간파하기도 한다. 그런 시인을 위해서라면 방외자의 세부 항목에 '자발적 방외자' 내지 '비판적 방랑자'를 덧붙여야 할 듯하다.

많은 경우 내면의 결핍이 시를 만드는 원동력으로 작용한다. 이와 달리 방외자는 결핍에 '의해서'가 아니라 결핍을 '위하여' 움직이는 자라고 알려져 있다. 내면의 결핍은 그것을 달랠 방도가 있다지만 방외자는 방도 자체를 거부하기 때문에 정형어법으로 접근하기 난감하다. 예를 들어 하나의 결핍은 다른 하나의 결핍을 쉽게 알아보며 그들은 따뜻하게 복수複數화될 수 있다. 시인이라는 결핍이 다른 하나의 결핍으로서 세계와 조우한다면 그들은 아름답게 손을 잡는다. 하지만 방외자는 다른 방외자를 알아보아야 할 눈과 다른 방외자의 손을 맞잡아야 할 두 손을 '바깥'을 꿈꾸는데 사용해버린다. 그러므로 개개 단수單數로 존재하는 방외자는 연계나 생성, 관계의 의미망을 만드는 제작으로서의 '포에지'와는 정반대의 수순에 놓여 있다고 볼 수 있다. 이 방외자의 속성을 지닌 여태천의 작품은 이미 구축되어 온 질서의 족적을 지워나가거나 오래전에 승인된 의미를 부정하는 '反완성형'의 과정을 추구한다. 그 과정에서 가진 것을 털어내는, 혹은 가진 것이 아무 것도 없었음을 자각하는 '바깥의 시선'은 명확하게, 그리고 지속적으로 드러난다.

## 2. '국외자'의 '스윙'이 원했던 것

여태천 시인에게는 두 권의 시집이 있다. 하나는 2006년의 『국외자들』이
고 다음 작품집은 2008년의 『스윙』이다. 제목만 봐서는 연관관계를 쉽게 파
악할 수 없다. 시인은 2010년 초반부터 「지구를 이해하기 위한 독서」 시리
즈를 연달아 발표하기 시작했는데 이 「독서」 연작을 다음에 놓고 보아도 사
정은 마찬가지이다. 그런데 사실 '국외자-스윙-지구'로 이어지는 흐름에
는 분명한 하나의 스토리와 문제의식이 담겨 있다. 이번 신작시의 의의 역
시 이 흐름의 연장선상에서 파악될 필요가 있다. 이번 시편들은 '국외자들'
의 진솔한 고백이기도 하고, '스윙'의 포물선이 가닿는 끝을 펼쳐놓기도 하
며, '지구'를 떠난 외로움이기도 하다.

또한 이번 신작시를 통해 여태천의 전체 작품 세계를 재고하면서 그에 대
한 지난 평을 수정할 필요가 있겠다. 나는 여태천의 『스윙』 시집에 대해서는
'사라지기 전법'과 '숨기기 전법'을 특징적으로 언급한 바가 있다.[1] 그리고 「지
구를 이해하기 위한 첫 번째 독서」에 대해서는 "사회학자적 시선과 추리소설
적인 방법론으로 사태를 파악하고 뒤집는 묘미가 있다. 이를테면 그는 A의
국면을 자세하게 분석하면서, 사실은 B의 국면을 드러내고자 한다"[2]라는 언
급을 통해 그가 면전의 가공할 음모를 파헤치는 탐정의 시선을 가지고 있음
을 주목했다. 그러나 여태천 시인의 개별적 특성이 아니라 전체상을 보려는
노력에 의하면 이 시인은 보다 큰 범주에서 '세계 밖의 세계'를 지향했음이 지
적될 필요가 있다. 그것은 구체적으로 지구 밖의 지구인, 또는 바깥의 바깥
꿈꾸기의 명제가 될 수 있다.

세계(지구)를 이야기하면서 동시에 세계 바깥을 이야기하는 이유는 이 시
인이 땅 위의 질서에 대해 비판적인 입장을 견지하기 때문이다. 이 비판은

낭만과 리얼 사이의 경계감각

---

1 졸고, 「밥 해주는 남자와 행간 읽어주는 남자」, 『시인세계』 2009년 여름호.
2 졸고, 「'너무나 가벼운 나'에서 '한없이 무거운 너'에게로」, 『유심』 2010년 5 · 6월호.

「지구를 이해하기 위한 독서」 연작에서 본격적으로 드러난 바 있다. 그런데 이 시편들을 읽으면서 가장 궁금했던 점은 '지구'라는 단어를 선택한 이유였다. 세상을 이해하기 위한, 사람을 이해하기 위한, 또는 불평등과 비합리를 해결하기 위한 독서가 아니라 '지구'라는 행성의 이름을 붙여 세상을 불렀다. 왜 별의 이름으로 세상을 불러야 했을까.

이 점은 신작을 통해 어느 정도 암시되는 듯하다. 신작 시편들의 공통된 특징은 시의 구체적 상황이 어떠하든 시인의 지향이 천체에 바쳐져 있다는 것이다. 그는 별을 따라 크게 흔들리는 마음을 보여준다. 시인이 국내자와 국외자를 구분했던 시선(『국외자들』)은 수평적인 것, 그리고 『스윙』이 그리는 포물선이 가닿는 한계지점도 어느 정도 수평적 선상에 있다. 그렇다면 시인은 '지구'라는 별을 조감鳥瞰하는 수직의 시선을 얻기 위해 이 단어와 연작을 시작한 것이 아닌가. 그러면서 처음부터 지니고 있었던, 일종의 자발적이고 비판적인 방외자의 세계를 확장하고 있다.

## 3. 천체적 상상력의 연원

나는 지금까지 여태천 시인이 세계의 비가시적 지도를 파악하며 시를 쓴다고 생각해왔다. 이때의 지도는 형태가 아닌 의미로 그려진 것이었다. 지도는 때로 치욕스럽고 더러웠으나 시인은 그 점을 미화할 생각이 없었다. 시인은 어느 때고 가슴이 아프다고 말하지 않았으나 나는 미화하지 않는 점이 가슴이 아픈 것과 같다고 이해했다. 그에게 있어 어느 때의 지도는 지워야 할 것이며 동시에 버리지 못할 것이기도 했다. 이러한 지도 제작 과정에 있었던 시인이 이제는 천체의 지도를 더듬어 마음 지도와 세상 지도에 비추어보려는 제2의 작업을 시작한다. 그 시발점이 「지구」에 관한 연작에서 비롯되어 이번 신작으로 이어지고 있다. 사실 나는 이번 신작만을 위해, 그의 '천체적 상상력'을 풀어볼 생각이었다. 그랬던 의도가 여태천 시인의 천체적 상상력의 연원을 이해하기 위해, 그리고 그의 천체가 왜 신화적이기 보다는 천문이라는 의미를 담지하고 있는지 말하기 위해 이렇게 긴 설명을 돌아왔다.

> 혼자였다
> 혼자되는 게
> 익숙하지 않아
> 몰래 따라갔다
> 귓가에 묻어서
> 눈에 매달려서
> 결국 혼자였다
> 마침표처럼
> 혼자였다
> ─「보이저 1호가 헬리오포즈를 넘어가는 저녁」 전문

작품의 내용에는 '보이저 1호'에 대한 어떤 정보도 없다. 반전 구성과 반어법은 이 시인이 즐겨 사용하는 표현 방법인데 이 시에서처럼 정반대의 것(여기서는 제목에서의 fact와 내용에서의 feeling)을 한데 꿰어놓는 불일치의 방법도 신선한 표현법의 하나이다. 기존 발표작과의 연계를 생각할 때 이 작품은 지구에 대한 그의 관심이 어디로 이행했는지를 보여주고 있다. 지구와 보이저 1호의 공통점은 하늘에 떠 있는 행성(또는 유사행성)이라는 점이다.

사전적으로 행성行星이란 스스로 빛을 내지 못하며 일정한 궤도를 따라도는 별을 말한다. 그런데 이때 행성이 따라가야 하는 궤도는 엄정한 질서에 의해 형성되어 있다. 이 엄정한 질서야말로 시인이 신작시 「자정 무렵」에서 말하는 "무섭도록 정확한 행과 열의 반복"이 아닐 수 없다. 행과 열의 반복, 그 질서가 사실이기 전에 감정적으로 '무섭다'는 반응을 이끌어내는

이유는 질서가 인간에게도 적용되기 때문이다. 행성이 천체의 질서에 따라 움직이는 것처럼 각 소행성인 우리 인간 역시 보이지 않는 질서, 즉 행과 열에 의해 움직이고 있다. 그런데 시인의 눈에 이런 질서는 합리적이지 못하고 어이없는 불상사와 불행을 양산하는 무자비함으로 비친다. 시인에게 있어 지구가 빛나는 별로서의 지위를 지키지 못하고 궤도를 따라 움직이는 행성으로 인식되는 것은 전락의 일종이며 비판되어야 할 현상의 중심이다. 무엇보다 천체의 운행 질서는 인간의 상황에 대한 비유를 위해 사용되고 있다. 궤도에서 벗어나지 못하는 행성은 곧 존엄을 상실하고 기존의 질서에 종속된 현대적 삶의 방식을 연상시킨다.

그런데 행성이 행과 열의 피지배자로만 존재하는 것이 아니다. 행성의 '행行'은 질서를 따른다는 의미 외에 이와는 반대로 질서 바깥으로 빠져나간다는 의미로도 이해될 수 있다. 실제로 그리스인들은 행성을 '방랑자'라고 불렀으며 고대 바빌로니아에서는 행성을 가리켜 '우리에서 빠져나와 길을 잃은 양'이라고 했다[3]. 행성의 '행'하는 방향성에 따라 질서의 순종자로 해석되기도 하고 그와 정반대되는 방랑자로 해석될 수도 있다. 인용된 시에서는 '보이저 1호'라는 실제 대상을 통해 방랑자의 후자를 표현한다.

'보이저 1호'는 1977년 나사NASA에 의해 발사되어 30년이 넘는 세월 동안 홀로 암흑의 우주 공간을 떠돌고 있는 무인탐사선이다. 이 우주 여행자는 인간이 만든 물체 중에서 인간과 가장 멀리 떨어져 있으며 예상 수명을 넘겼으나 지금껏 송수신을 하고 있는 비극적인 물체이다. 그런 보이저 1호의 존재는 대중들의 관심에서 내내 잊혀져 있다가 2010년 말에 비로소 그것이 태양권의 경계인 '헬리오포즈'에 도달했다는 뉴스를 통해 다시 화제에 오른 바 있다. 이제 보이저 1호는 아무도 보지 못하는 사이에 태양계를 넘어서 그 밖으로 가버리는 무한정의 방랑자가 되어버릴 것이다.

시인은 보이저 1호가 태양계 밖으로 넘어서는 순간을 상상하며 시를 썼

---

3 앤서니 애브니, 『별을 향한 길』, 박병철 역, 영림, 1999, 66면.

다. 시는 "혼자였다"로 시작해 "혼자였다"고 끝맺는다. 그런데 이 적막감, 공허함, 쓸쓸함이 부정적이라기보다 달콤하게 느껴지는 것은 왜일까. 우리는 '보이저 1호가 헬리오포즈를 넘어가는 저녁'을 상상할 때 "혼자" 가장 많이 벗어난 인공물에서 일종의 초연함마저 느낄 수 있다. 그렇지만 반대로 이때의 '홀로됨'을 최후의 목표로 추천할 수는 없을 듯하다. 이점이 방외자, 세상 밖의 세상을 꿈꾸는 자에게 주어지는 어려움이다. 앞서 우리는 이 시인의 세계를 '자발적 방외자'나 '비판적 방랑자'로 말한 바 있는데 그가 탐지하는 '바깥의 시선'은 안에서 바깥으로 '탈'하려는 자의 것이 아니라, 바깥에서 안을 포용하기 위해 선택하는 방법적 모색의 일환이다. 그러니까 떠나는 '보이저 1호'는 지구 '안'의 대상들을 향해 언제까지나 안테나를 세우고 있을 것이고 시인 역시 모든 것을 전복시키기, 아나키스트적 해체주의, 소승적 해탈을 선택하지는 않을 것이다.

## 4. 낭만과 리얼 사이의 경계 감각

예전에 사람들은 밤하늘의 행성이나 별들의 배열을 광명성과 신성으로 이해했다. 그것은 축복 속에 주어진 것이었다. 덕분에 사람들은 내면의 창공을 믿어 의심치 않았다. 충족될 것이라 속삭여주는 별들 아래 인간은 스스로 하나의 천체가 될 수 있었다.[4] 집단적 무의식을 강조하는 학자는 우리모두가 이 시기를 기억하고 있다고 역설한다. 그런데 시인의 경우는 어떨까. 그는 무의식을 믿는 편일까, 아니면 덧없는 희망을 부정하는 편일까.

여태천의 시에도 사람들을 축복해주는 별들의 목소리가 들린다. 그런데 그것은 매우 희미하거나 사라진 흔적으로 남는다. 시인은 사라진 이후에 남은 것들을 쥐고 다음과 같은 답가答歌를 적었다.

---

4 융, 『원형과 무의식』, 솔, 2003, 57면.

우리의 바깥은 고요합니다, 라고 말한 건

그녀였습니다

수채화물감 같은 표정으로

쳐다보고 있으면 점점 번질 것만 같은 눈빛으로

하얀 손가락이 피어 올리는 저녁의 꽃

나는 그녀의 손을 믿기로 했습니다


언젠가는 달을 가리킬 것처럼 기다란 그녀의 손가락

다음달에는 입가의 꼬리가

조금 더 치솟아 올라갈 것이라고 믿으며

적금을 부었습니다


…(중략)…


오늘밤 멀리 있을 그녀에게

가능하다면 내 저녁의 허기를 꼭 돌려주고 싶습니다


10초씩, 나와 그녀 사이에 나타나는 여백

우리는 같은 곳을 바라보고 있습니다

우리가 고요의 바깥입니다

—「철학하는 여자」부분


마치 이별시나 연시처럼 보이지만 이 작품은 사랑 이야기가 아니라 희망, 또는 별에게서 배운 이야기를 담고 있다. 처음 부분에 '나'라는 한 사람이 있어 그녀의 말을 믿기 시작했다고 적혀 있다. 믿음으로 신봉하고 배웠던 그녀의 말은 무엇이었을까. 그것은 '저녁의 꽃'을 피워 올리거나, 달을 가리키는 일이 가능한 것처럼 보이게 만들었다. 여기서 그녀는 세상을 통찰하는 철학의 사유, 또는 그를 통해 배우는 별빛의 이상주의를 지칭한다. 그것은 우리에게 상승지향적 삶의 방식이 존재함을 알려주었다. 더 높이, 더 멀리, 더 뜨겁게 사유하고 살아야 할 의무를 상기시켰다. 이것이야말로 우리가 머리 위에 떠 있는 별들을 보며 하는 다짐의 내용일 것이다. 그렇지만 이 시는 '철학하는 여자'가 먼 곳에 떨어져 있고 나는 '허기'를 돌려주고 싶다고 말한다.

여기서의 허기란, 천상의 가치를 내면화하되 실천할 수 없는 간극을 상징한다. 이상은 높고 현실은 저열할 때 사람은 격차만큼의 괴로움을 느끼는데 별들의 목소리는 가능성의 세계만을 보여주고 사라졌다. 그럴 때 누군가는 별을 부정하고 지상의 편으로 낮아질 것이고, 누군가는 별을 긍정하며 믿음을 보수할 것이다. 시인의 경우는 '그녀'의 가르침이 몹시 헛되다는 점을 인정하면서도 아직까지 같은 방향을 바라본다. 그리고 별빛에 의지하기보다 동질적이되 다른 영역에 서 있는 듯한 자세를 견지하고 있다. 근거로 '우리의 바깥은 고요합니다'라는 최초의 언술이 '우리가 고요의 바깥입니다'라고 바뀐 점을 들 수 있다. 처음에 우리는 '안'의 입장에서 '바깥'을 보고 있는 상황인데 시의 마지막에서는 우리 자체가 '바깥'이 된다.

주체가 서 있을 안팎의 위치를 전도시키는 일은 여태천의 작품 세계에서 매우 큰 의미로 시도되어 왔다. 낭만주의적 별빛의 가르침과 리얼리즘적인 비판력의 발휘 사이에서 적절한 거리를 유지하려는 이 시인은, 낭만과 리얼을 혼합한 대對지상적, 대對천상적 자세를 점진적으로 구체화하고 있다. 별을 다루면서 별을 노래하지 않기란 쉽지 않은 일, 또한 별에 도취되지 않으면서 별을 다루기 역시 쉽지 않은 일이다. 낭만과 리얼의 중간 지점에 위치할 수 있었던 시인의 자질은 역시 방외자로서의 경계 감각에 기인한다고 볼 수 있는데, 그가 어느 한쪽에 치우치지 않는 사정은 다음 구절에 잘 드러나 있다.

하늘의 저 별들을 봐

언제나 조금 늦게 도착하는 당신의 목소리

상황이 좋아질 것이다

버텨온 시간이 얼마인데

조금씩 부풀어지는 기분들

그래, 난 싸구려다

—「자정 무렵」 부분

어려운 상황에 처했을 때 "하늘의 저 별들을 봐"라는 소리가 들려온다고 가정해보자. 그 다음에는 '그래, 별들이 맞다'는 인정과 함께 독려와 위로를 받아들이는 시의 종결부가 나와야 한다. 우리의 짐작으로는 그렇다. 그런데 이 작품에서 "하늘의 저 별들을 봐"라는 '당신의 목소리'가 들려올 때 이것은 완전한 위로에 할당되지 않는다. 시인은 마치 '서부전선 이상없다'라는 말을 들은 전사처럼 아이러니를 느끼기도 하고, 덕분에 '조금씩 부풀어지는 기분들'에 취하기도 한다. 그리고 나서의 결말은 "그래, 난 싸구려다"라고 하는 현실 직시. 지구를 조감했던 연작에서의 시선처럼, 이 시는 자신의 상황과 감정에 대해 제3자적 분석의 끈을 놓지 않는다. 의미를 고정시키지 않기, 행을 다음 행에서 지우고 부정하기, 그러면서 계속 바깥의 바깥을 만드는 시인의 작법이 이 작품에서도 여실히 드러나고 있다. 이런 끊임없는 분석과 부정의 부정이 시를 쓰게 만들고, 시적 사유의 근간이 되어준다. 그 과정에서 지도라든가, 질서의 비판이라든가, 천상계로의 접근 등도 시인 고유의 의미와 의도로 파악되는 것이다.

방외인이나 경계인이라고 보통 길들여지지 않은 야성이나 본능, 그에 따른 거칠고 남성적인 풍모, 전복적이거나 급진적인 과격을 생각하기 쉽다. 하지만 여태천 시인의 어조는 매우 섬세하고 어느 때에는 침묵에 가까운 세계로 느껴지기도 한다. 강한 주장 자체가 집착이라는 듯이 그의 행간들은 목표하는 대상과 함께 희미해지기를 자청한다. 때문에 여태천 시인의 작품은 한 번에 의미를 다 드러내지 않을 때가 많다.

드러내지 않는 것 중에는 시인의 '심장'도 포함되어 있다. 시인은 그것을 노출시키지 않기 위해 많은 트릭과 기획을 고안했으며 은유적으로, 우회적으로만 언급해왔다. 이 점은 그의 특징이자 시를 읽는 묘미를 선사하기도 했다. 그의 세계가 노래로 채워져 있기보다는 노래를 대체하는 무음이나 침묵 만들기, 또는 의미의 구조들로 이루어진 것도 같은 맥락에서 이해할 수 있을 것이다. 그런데 이번 신작에서는 이전보다 더 육성에 다가간 목소리가 들리는 변화가 감지된다. 여전히 그는 '나'만을 가지고 시를 완성하지 않지만, 이 시편들은 보다 맨몸을 드러낸 듯하다. 시인의 작은 변화가 어떤 사유에서 비롯된 것인지, 혹은 이 변화가 그의 주요성이 될 것인지 아니면 날카로움에 깃들었던 한 때의 반영인지 다음 작품들을 읽지 않고는 아직 말할 수 없다. 그는 현재 낭만주의와 리얼리즘의 사이에서 현명한 줄다리기를 하고 있다. 이 새로운 중도를 즐기는 독자라면 시인이 지성과 감성의 사이에서 어떤 경계를 설정하느냐 역시 추이의 관심사가 될 것이다.

## 제1부 여성시학의 갈래화를 위하여

「무성성의 사랑과 병증의 치유법」, 『문학사상』 2007년 11월호.

「종교적 카타로스catharos'의 열매-허영자의 「감」 깊이 읽기」, 『시와정신』 2009
년 여름호.

「헌신적 기다림의 내면적 변천사-'사랑'의 다른 존재 방식에 대하여」, 『유심』 2010
년 3·4월호

「운명애와 증오 사이의 비극적 거리감-신달자의 「등잔」 읽기」, 『시와정신』 2010
년 봄호.

「'누이'의 서정에서 '세한도'의 길로-비영웅적 삶이 지닌 진정성에 대하여」, 『시
산맥』 2009년 가을호.

「진혼鎭魂, 죽은 자를 위한 마지막 노래-강은교의 「비리데기의 여행노래」에 대
해」, 『시와정신』 2009년 가을호.

노향림, 「흩어진 심장의 지도를 찾아서」 해설, 『바다가 번역된 문장』, 실천문학
사, 2012.

「1980년대 한국 여성 시인의 시적 성취와 의의」, 한국현대문학회 하계학술대회
발표 원고(수정), 2014. 08. 22.

최문자, 「식물성 고통요苦痛謠의 꽃, 만개」 해설, 『파의 목소리』, 문학동네,
2015.

안정옥, 「그림자 유령'의 심혼주의」 해설, 『헤로인』, 지혜, 2011.

「고통스러운 영혼의 방향方向과 방향芳香」, 『불교문예』 2010년 여름호.

「시인의 '궁달窮達'과 심미적 유배자의 초상」, 『시조시학』 2010년 여름호.

「천문天文의 마지막 활용법」, 『시로 여는 세상』 2011년 여름호.

## 제2부  제망아가의 기억

「문학이 하는 다른 기억, 은유적 살림의 시-세월호, 기원, 후, 문학」, 『시인수첩』 2015년 가을호.

「제망아가祭亡雅歌-어린 아가를 위한 슬픈 노래」, 『시대정신』 2009년 겨울호.

「잡음의 세계에서 '푼크툼'을 건지다-대중문화 키즈 2세대의 詩作 보고서」, 『시와시』 2012년 봄호.

「여원 신화에 대처하는 우리의 자세」, 『현대시』 2009년 1월호

「당신의 붓에 묻은 피는 언제의 것입니까-서정시와 100년의 내력」, 『문학사상』, 2008. 4.

「죽은 바람의 심폐소생술-공기의 재래종과 변종 사이에서」, 『시와시』 2010년 여름호.

「한국 현대시에 나타난 물의 이미지-물의 원형 이미지와 그 변용을 중심으로」, 『시와시』 2009년 겨울호.

「부음의 시기', 임을 위한 진혼곡鎭魂曲」, 『시대정신』 2010년 여름호.

「너무나 가벼운 나'에서 '한없이 무거운 너'에게로」, 『유심』 2010년 5 · 6월호.

「동아冬兒에게-통곡의 벽을 건너라」, 『유심』 2010년 11 · 12월호.

「참을 수 없는 존재의 '일리야(il y a)'」, 『유심』 2011년 1 · 2월호.

「극서정시' 선언의 진의와 미학적 성과」, 『시와 사상』 2012년 봄호.

## 제3부 아직 끝나지 않은 노래

「고요한 비극성의 탄생」, 『문학사상』 2010년 6월호.

「죽음은 가라, '고래'가 온다」, 『현대시학』 2010년 5월호.

「인간 정신의 극단에 대하여 고함高喊-오세영의 「그릇」 다시 읽기」, 『시와정신』
2009년 겨울호.

「시로 쓰는 '농사직설農事直說'」, 『시와 경계』 2010년 겨울호.

「사람 국수'의 마음학」, 『서시』 2010년 겨울호.

「혼돈混沌, 아직 끝나지 않은 노래」, 『시사사』 2009년 7·8월호.

「슬픈 것은 '詩꿈-살이'」, 『현대시』, 2010. 12.

「빈가조頻伽鳥의 '그림-노래'」, 『유심』, 2015. 7.

「낭만과 리얼 사이의 경계감각-한 비가시적 지도 제작자에 관해」, 『딩하돌하』
2011년 여름호.